Anton Hansen Tammsaare
Das Leben und die Liebe

Anton Hansen Tammsaare

DAS LEBEN UND DIE LIEBE

Aus dem Estnischen
von Irja Grönholm

Mit einem Nachwort
von Cornelius Hasselblatt

GUGGOLZ

I

Irma Vainu ging bereits auf die Neunzehn zu, als sie im Frühjahr das Gymnasium ihres Heimatstädtchens abschloss. Und da sie im selben Frühjahr konfirmiert worden war, konnte sie das Schulabschlusszeugnis in ihrem hellweißen Kleid entgegennehmen, das sie in diesem bedeutungsvollen Moment erst zum zweiten Mal trug. Dem Kleid schien noch der frische Einsegnungs- und Kirchenduft anzuhaften, und demzufolge war auch das Beenden der Schule beinahe so etwas wie eine heilige Handlung.

Nur eines war schade, schrecklich schade: Es fehlten die roten Rosen zum Anstecken, denn die waren in diesem Marktflecken nirgendwo zu haben gewesen. Das heißt, wären sie zu haben gewesen, dann unter einer Bedingung, die für Irma ganz und gar nicht annehmbar war: Sie hätte sich für die Rosen selbst hergeben müssen. Und zwar hatte sie am Vorabend des großen Tages den Eedi vom Kalmhof auf der Straße getroffen, und der hatte sie gefragt:

»Weißt du, Irma, dass morgen das Fräulein Kase eine Rose an ihrem Kleid tragen wird?«

»Ich habe davon gehört«, erwiderte Irma und blickte zur Seite.

»Aber weißt du auch, woher die Rose stammt?«, fragte Eedi weiter.

»Vom Sohn des Apothekers, heißt es«, antwortete Irma.

»Richtig«, bestätigte Eedi und fügte, da das Mädchen bereits im Gehen begriffen war, noch zögernd hinzu: »Möchtest du für morgen nicht auch eine Rose?« Die Worte des jungen Mannes klangen wie eine Bitte, beinahe wie eine Beschwörung.

»Wo soll ich die denn herbekommen«, entgegnete Irma und wandte sich jetzt Eedi zu. »Nur der Pastor und der Apotheker haben Rosen, aber die werden sie wohl kaum hergeben. Oder hast du vor, mir eine zu stehlen?«

»Wäre denn stehlen so schlimm?«, meinte der Junge.

»Eine gestohlene Rose will ich nicht«, sagte das Mädchen.

»Aber wenn ich dir in der Stadt eine kaufe, willst du sie dann? Ich setze mich aufs Rad und hole eine. Ich würde sofort losfahren, wenn du ›Ja‹ sagst.«

Das Mädchen dachte nach und blickte wieder zur Seite. Schließlich sagte sie:

»Eedi, hol mir lieber keine, ich fürchte nämlich, dass du immer noch der alten Sache nachhängst.«

»Aber nicht mehr so wie früher«, antwortete der Junge.

»Ich will keinen Ton davon hören, keinen einzigen Ton!«, fuhr das Mädchen auf.

»Hör mich trotzdem an«, flehte der Junge. »Früher wollte ich dich sofort, sowie du die Schule beendet hast, aber jetzt bin ich bereit zu warten. Versprich mir nur, dass du irgendwann, in einem Jahr, in zweien, von mir aus auch in dreien …«

»Ich verspreche überhaupt nichts«, fiel Irma ihm ins Wort.

»Versprich es«, bat der Junge. »Von mir aus einfach so, ins Blaue hinein, dann kann ich wenigstens ein Weilchen hoffen.«

»Warum sollte ich dich anlügen?«, fragte das Mädchen.

»Warum denn nicht, wenn ich es selber so will. Glaub mir,

Irma, ich komme um, wenn du mir keine Hoffnung machst. Ich denke, wenn du meine Frau wärst ...«

»Eedi, verschone mich damit«, sagte das Mädchen und wandte sich zum Gehen.

»Hör doch wenigstens an, was ich dir sagen will!«, rief ihr der Junge hinterher. Und als das Mädchen erneut innehielt, den Rücken halb dem Jungen zugewandt, sagte der: »Weißt du, Irma, ich bin überzeugt, wenn du bei mir wärst, dann wäre ich ein anderer Mensch. Das Trinken würde ich sein lassen und auch alles andere, worüber die Leute reden, damit wäre augenblicklich Schluss. Ich würde nur an meine Arbeit und an dich denken.«

»Was man tut, tut man sich selbst«, belehrte Irma ihn altklug.

»Aber ich will für dich da sein«, betonte der Junge. »Denn ich habe nicht das Gefühl, mich selber jemals lieben zu können. Ich liebe nur dich, Irma. Nur dich!«

Doch Irma interessierte es im Moment nicht, dass Eedi nur sie liebte, und deshalb lehnte sie die angebotene Rose ab. Morgen würde also nur die Tochter des Kaufmanns Kase das Abschlusszeugnis mit einer Rose in Empfang nehmen, denn der Sohn des Apothekers war ihre erste Liebe. Sie spürte die ganze Nacht lang, wie die Liebe wuchs, immerfort wuchs, während sie davon träumte, dass unter den sechsundzwanzig Schülerinnen allein sie mit einer Rose an der Brust erscheinen würde.

Und doch verlief am Tage alles anders, als es die Kaufmannstocher in der Nacht geträumt hatte: Am Tage hatte nicht nur sie eine Rose an der Brust, sondern auch Valve, die Tochter vom Kalmhof. Außerdem betonten alle, deutlich hörbar, dass die Rose der Kaufmannstochter neben der der Kalm-Tochter rein gar nichts war. Da spürte die Kaufmannstochter plötzlich, wie der Apothekersohn in ihren Augen ebenso schnell fiel, wie die nächtliche Liebe zu ihm gewachsen war, und sie konnte und konnte die Tränen wegen des unverhofften Falles nicht zurückhalten. Etwas anderes wäre es gewesen, wenn sie auf den Gedanken gekommen wäre, dass es weniger um den Sohn des Apothekers ging, als um die erste Liebe, die so zart ist, dass sie nicht einmal gegen einen Rosenwettstreit ankommt.

In ihrem großen Leid war die Kaufmannstochter beinahe bereit zu glauben, dass der Apothekersohn sie gemein hintergangen hatte: Seine schönste Rose hatte er der Kalm-Tochter verehrt, sie hingegen mit einem Strunk bedacht, der es wert gewesen wäre, mitten auf die Straße geworfen zu werden, dorthin, wo die Automobile und Fuhrwerke darüberfuhren.

Irma hatte über die schöne Rose der Kalmhof-Valve ihre eigenen Ansichten, und wenn sie die hätte vertreten müssen, hätte sie sie für einzig richtig befunden. Valves Rose nämlich war für Irma vorgesehen gewesen, aber weil die sie nicht angenommen hatte, hatte Eedi sie seiner Schwester gegeben – natürlich nur Irma zum Trotz, um sie herauszufordern, als wolle er damit sagen: Es macht mir nichts aus, dass du mich nicht liebst, ich liebe dich trotzdem. Und du kannst nichts dagegen tun, dass ich meine Liebe zusammen mit der Rose meiner Schwester an die Brust hefte. Als sie dies dachte, spürte Irma, selbst gegen ihren Willen, wie ihr warm und wohl ums Herz wurde, so als würde auch bei ihr die Liebe Knospen treiben.

Aber als sie zusammen mit den anderen Mädchen das Schulhaus verließ, stand ihr am Straßenrand der Kalmhof-Eedi mit dem Fahrrad und einem großen Strauß roter Rosen gegenüber, mit offenem Hemdkragen, unter dem die schweißtriefende Brust zu sehen war.

»Verzeih, ich bin zu spät gekommen, aber ich habe es nicht eher geschafft«, sagte der Junge und streckte dem Mädchen, das ihn mit dem zusammengefalteten Abschlusszeugnis in der Hand verständnislos ansah, die Rosen entgegen. »Ich schenke sie dir, einfach zum Spaß, um zu sehen, ob du sie von mir annimmst oder nicht.«

Während der letzten Worte verzog sich das Gesicht des jungen Mannes zu einem kläglichen, verzerrten Lachen.

»Für Späße bin ich im Moment nicht zu haben«, versetzte Irma und wusste nicht, warum sie sich so ärgerte. Sie dachte nicht im Entferntesten daran, die Rosen anzunehmen, sondern ging den anderen hinterher und sann dabei über die Sache nach: Das heißt, Valves Rose stammt nicht von ihrem Bruder, denn der ist mit seinen Blumen ja erst jetzt hier aufgetaucht …

Kaum war sie mit ihren Überlegungen an diesen Punkt gelangt, da sauste Eedi auf dem Rad an ihr vorbei und warf ihr die Rosen vor die Füße, so nahe, dass Irma, um sie nicht zu zertreten, beinahe gestürzt wäre.

Was tun? Die Rosen aufheben? Niemals! Sind sie einmal hingeworfen, dann mögen sie auch liegenbleiben, Irma wird sie nicht auflesen. Mit diesen Gedanken ging sie weiter.

Aber als sie dem Radfahrer nachblickte, sah sie, dass der sich schon ein gutes Stück entfernt hatte und weitersauste, als sei der Leibhaftige hinter ihm her, und nicht einmal den Versuch unternahm, sich umzudrehen, um zu sehen, was mit den hingeworfenen Rosen geschah.

Irma blieb stehen. Vielleicht sollte sie die Rosen doch aufheben? Wenigstens eine, die schönste? Außerdem, Eedi hatte doch gesagt, dass er sie einfach so gebracht habe. Zum Spaß! Dann konnte sie sie auch zum Spaß annehmen? Freilich, nur zum Spaß.

Also ging Irma ein paar Schritt zurück und hob die Rosen auf, um die allerschönste auszuwählen. Aber leider waren alle gleichermaßen schön, und Irma wusste nicht, welche nehmen und welche lassen. In diesem Zwiespalt holte sie ihre Schulfreundinnen ein, und um der schwierigen Lage zu entrinnen, verteilte sie die Rosen einzeln an sie, nur eine behielt sie für sich zurück.

Aber die steckte sie nicht an, sie wollte Missverständnissen vorbeugen, für den Fall, dass Eedi später irgendetwas zu Ohren kommen sollte. Sie hielt sie einfach in der Hand, als sei es eine gewöhnliche Wiesenblume, gepflückt am Wegesrand. Denn nach Irmas Meinung war es ein großer Unterschied, ob man eine rote Rose nur in der Hand hielt, oder ob man sie ans hellweiße Kleid heftete, dahin, wo das Herz ist und wo im Herzen die Liebe wohnt. Im Herzen wohnt nämlich Liebe, wenn man sich eine rote Rose ansteckt! Aber in Irmas Herz war noch keine Liebe, auch so mancher Mitschülerin fehlte sie, aber doch träumten alle von ihr. Irma allerdings hatte nicht einmal einen Traum von der Liebe, das heißt, wenn da doch etwas war, dann berührte es etwas Fernes und Unerreichbares, das sich irgendwo in der weiten Welt befinden sollte.

Jetzt aber waren alle daran interessiert, woher die Rose der Kalmhof-Valve stammte, die der Kaufmannstochter die Tränen in die Augen getrieben hatte. Wer hatte sie ihr geschenkt? Hatte sie vielleicht eine heimliche Liebe, einen heimlichen Verehrer? Valve selbst lüftete das Geheimnis ihrer Rose nicht, sie lächelte nur vielsagend und überlegen, sodass die Mitschülerinnen, ob sie wollten oder nicht, überzeugt sein mussten: also doch eine heimliche Liebe, denn nur die lässt ein junges Mädchen so vielsagend lächeln.

Aber wie groß waren Überraschung und Enttäuschung, als sich das Rätsel noch am selben Tag auf recht irdische und prosaische Weise löste. Und zwar machte die Freude über den Schulabschluss die Mädchen auch in gewissem Maße traurig und füllte ihre Herzen mit einer bis dahin ungekannten Leere. Als hätten sie es vereinbart, wandten sie sich dem Kirchhof mit seinen bemoosten Kreuzen und jahrhundertealten Gräbern zu, dorthin ging man seit jeher Trost suchen. Aber noch ehe die Schülerinnen am Tor des Kirchhofs anlangten, trat das Zimmermädchen aus dem Pfarrhaus und bat, mit dem Kalmhof-Fräulein ein paar Worte wechseln zu dürfen. Und als dieses beiseite trat, während die übrigen langsam weitergingen, hörte man deutlich, wie das Zimmermädchen Valve fragte:

»Nun, Fräulein, wer hatte den größeren *peifall*, Sie oder das Fräulein Kase? Die Gnäd'ge möcht es gar zu gern erfahren.«

»Richten Sie der Gnädigen aus, dass die Rose vom Fräulein Kase neben meiner gar nichts war, und das hat sie dermaßen erbost, dass sie, wie man sieht, gar nicht mit uns gekommen ist, sondern sich die Tränen gewischt hat und nach Hause gegangen ist«, erklärte Valve.

»Nein, sowas!«, wunderte sich das Zimmermädchen mit lauter Stimme. »Da hat sie wohl richtige Tränen vergossen, was?!«

»Sie hat doch geglaubt, dass nur sie eine Rose an der Brust trägt, und plötzlich – ich auch!«

»Was wird sich die Gnäd'ge freun, wenn sie das hört!«, rief das Zimmermädchen, »denn die Herrschaft liebt doch ihre Rosen, als hätten die eine Seele in sich wohnen!«

Nun war es allen klar: Valves Rose stammte aus dem Pfarrhaus. Und Irma wunderte sich, dass sie nicht gleich auf diesen Gedanken gekommen war, wusste sie doch, welcherart die Beziehung zwischen dem Kalmhof und dem Pfarrhaus war. Auch die Bäckerstochter des Städtchens wunderte sich, denn sie hätte doch wissen müssen, dass man im Pfarrhaus nicht die Hände in den Schoß legte, wenn das Apothekerhaus etwas vorhatte. Ebenso auch umgekehrt.

Dies waren natürlich ein wenig hässliche Gedanken, außerdem gehörig ungerechte. Das sahen alle ein, nachdem die Kalmhof-Valve beinahe schon öffentlich erklärt hatte, wie die Rose der Pfarrfrau an ihre Brust gekommen war. Die Pfarrfrau hatte von allen Rosen die schönste ausgewählt und sie eigenhändig da angesteckt, wo sie jetzt noch war. Und wenn man bedenkt, was sie dazu gesagt hatte! Nämlich: Diese Rose sei für das Kalmhof-Fräulein zum Zeichen, dass weder der liebe Gott noch die guten Menschen sie in schicksalhaften Augenblicken vergessen würden. Genau so hatte es die Pfarrfrau gesagt, als sie ihre schönste Rose Valve an die Brust geheftet hatte. Und alle fanden, dass es schöne und sinnreiche Worte gewesen waren.

Irma wiederholte die Worte im Stillen, als sie sich auf den Heimweg machte. Das Wetter war warm und sonnig. Am Himmel war kaum ein Wölkchen zu sehen. Erst als sie zwischen den Häusern des Marktfleckens hinaus auf den Feldhügel kam, von dem aus sich ein weiter Blick eröffnete, tauchten von Südwesten her Wolken auf, die aber so ruhevoll und jenseits von Raum und Zeit zu bestehen schienen, dass Irma einen schmerzhaften Stich in der Brust verspürte. Noch niemals zuvor hatte sie gespürt, dass ferne Wolkengebilde, die hie und da den Rand des blauen Himmels säumen, in der Brust einen Schmerz verursachen können, als würde da die erste Liebe geboren werden.

Mit immer noch wehem Herzen kam sie zu Hause an und schien völlig vergessen zu haben, dass heute der Tag in ihrem Leben war, den sie mit großer Sehnsucht erwartet hatte, so als würden sich nun alle Tore der Welt vor ihr öffnen.

»Na Mädel, du freust dich wohl gar nicht, dass du die Schule hinter dir hast«, empfing sie die Mutter.

»Ach Mutter, auch Freude kann sich aufs Gemüt legen.«

»Woher hast du die Rose?«

»Rose?«, fragte die Tochter verständnislos, denn auch die hatte sie völlig vergessen. »Ach die! Ja … nur so, zum Spaß.«

»Wer hat sie dir gegeben?«

»Ich habe sie mir genommen«, antwortete Irma.

»Wo, bittschön, kann man sich Rosen einfach nehmen?«, fragte die Mutter.

»Auf der Straße haben sie gelegen«, erklärte die Tochter. »Es war ein ganzer Strauß, die anderen habe ich an meine Mitschülerinnen verteilt, nur die eine habe ich behalten.«

»Aber jetzt schwindelst du mir das Blaue vom Himmel herunter!«, mahnte die Mutter.

»Ich sage die reine Wahrheit«, beteuerte Irma.

»Und wie sind die Rosen auf die Straße geraten?«, bohrte die Mutter weiter.

»Ja, das ist es ja … wie sind sie dahin geraten«, wiederholte Irma gedankenversunken.

»Doch nicht etwa Eedi –?«, fragte die Mutter.

»Wer denn sonst«, antwortete die Tochter.

»Und wo hatte der sie her?«

»Er hat sie mit dem Fahrrad aus der Stadt geholt … für mich«, bekannte Irma.

»Und du hast sie nicht genommen?«

»Er hat zu viel dafür verlangt.«

»Um sie dann auf die Straße zu werfen?«

»Er hat sie mir vor die Füße geworfen und ist mit dem Rad davongefahren.«

»Du hast sie also wirklich von der Straße aufgesammelt?«

»Ich habe sie aufgesammelt und an die anderen verteilt, nur die eine habe ich behalten, und zwar deshalb, weil er mir seine Rosen auf ebendiese Weise angeboten hat – einfach so, zum Spaß.«

»Dass du sie trotzdem nicht angenommen hast …«, wunderte sich die Mutter.

»Er sagte – zum Spaß! Versteh doch, er hat die Rosen nur zum Spaß gekauft! Bin ich etwa eine, mit der er sich seine Späße erlauben kann?«

»Was bist du doch für ein Kind, du Dummchen!«, rief die Mutter jetzt. »Paukst und büffelst dein halbes Leben lang, aber wirst keinen Deut klüger! Scheinst mir eher den Verstand zu verlieren! Kind, wenn ein Junge Spaß macht, dann meint er es doch ernst! Als dein Vater selig ein junger Bursche war, da hat er so viele Späße gemacht, dass ich gar nicht gemerkt hab, wann es ernst wurde. So ist das mit den jungen Burschen! Und ich versteh nicht, was du am Eedi so schrecklich auszusetzen hast.«

»Er ist ein Säufer«, sagte Irma, aber so, als würde sie ihren eigenen Worten nicht glauben.

»Liebes Kind, der Eedi ist doch in überhaupt keiner Weise ein Säufer, auch wenn er manchmal ein bisschen beschwipst ist. Sag selbst, wer soll denn den Schnaps trinken, der nicht nur in unsren Fabriken zusammengebraut, sondern zu allem Überfluss auch noch heimlich eingeschmuggelt wird? Doch nicht wir Frauen?! Auch nicht die Kühe und Pferde! Sondern die Männer, unsere Männer! Und weißt du, mein Kind, was ich dir sage: Ein rechtes Weib kommt auch mit einem Säufer zurecht. Denn der Mann wird nicht als Säufer geboren, also warum sollte er als Säufer sterben.«

»Von mir aus kann der Eedi als Säufer sterben, ich jedenfalls werde ihn nicht davon abhalten«, versetzte Irma.

»Aber der alte Kalm behauptet, dass du es bist, die aus seinem Sohn einen Säufer macht«, erklärte die Mutter.

»Würde der neuerdings mit einer Kätnertochter zufrieden sein, nur weil die das Gymnasium absolviert hat?«, fragte Irma herausfordernd.

»Nein, mein Töchterchen, der alte Kalm denkt anders«, sprach die Mutter. »Er meint, dass die Kätnertochter jetzt nicht mehr so gut zu seinem Sohn passt, weil sie vielleicht zu fein geworden ist oder zu klug, denn seiner Meinung nach ist es gar nicht gut, wenn eine Frau klüger ist als der Mann. Ich hab ihm zwar gesagt, dass man mit Schulweisheiten nicht weit kommt, denn das sind nur Bücherweisheiten, aber er bleibt stur und steif dabei, dass es nicht gut ist. Die Klugheit der Frauen macht, dass die Männer trinken, sagt er.«

»Freilich, es kann nicht angehen, dass eine Kätnertochter das Gymnasium absolviert, während der Sohn des Hauses nach der zweiten Klasse abgeht, weil er Eisen schmieden will«, gab Irma ironisch zurück.

»Du bist wirklich nicht bei Trost!«, rief die Mutter jetzt aus. »Du glaubst wohl immer noch, dass ich dich allein und aus eigner Kraft so lange in die Schule geschickt hab, ohne dass der alte Kalm geholfen hätte?!«

»Lass gut sein, Mutter«, sagte Irma jetzt gereizt, »du sagst das nur, um mich mit Eedi zu verbandeln. Wenn ich nur wüsste, warum du mich so unbedingt an den Mann bringen willst! Zumal mir im Moment die ganze Welt offensteht. Ich könnte sogar nach England gehen, und wenn ich will, dann gehe ich mit der Kase-Hilda, jawohl!«

»Die ist doch so liebestoll, dass sie's kaum geschafft hat, die Schule abzuwarten«, sagte die Mutter.

»Aber heute hat sie gesagt, dass sie nach England geht, ganz bestimmt«, behauptete Irma.

»Dann hat sie der Junge sitzenlassen«, folgerte die Mutter, »ansonsten würde ein ordentliches Mädchen so was nicht tun.«

»Ach was, der Robi ist nach wie vor hinter ihr her, nur wird die Hilda ihn sitzenlassen«, erklärte Irma.

»Hofft in England nen Besseren zu finden, wie?«, meinte die Mutter.

»Da wird sie doch keinen Mann suchen«, wehrte Irma ab.

»Was denn sonst?«, fragte die Mutter verwundert. »Was sucht ihr denn in der Welt? Weißt du, mein liebes Kind, ein junges Mädchen kann auf dieser Welt nichts Besseres finden, als einen Mann.«

»Und ein Kind, nicht wahr, Mutter?«, ergänzte Irma.

»Ganz recht«, bestätigte die Mutter. »Der Reiche mag wohl dahin gehen, wohin das Herz ihn ruft, aber wohin geht der Arme? Und wenn er geht, was erwartet ihn – auch nur Müh und Plag! Dann schon lieber daheim schuften, als in der Fremde. Der alte Kalm ist immer ein Mann mit rechten Ansichten gewesen, du weißt, sogar der Pfarrer hält große Stücke auf ihn. Und weißt du, was er zu mir gesagt hat? Er hat zu mir gesagt, ich soll dir sagen, dass du nicht auf gut Glück hinaus in die Welt ziehen …«

»… sondern schön auf seinem Stück Land in der Kate wohnen bleiben sollst, damit die Schar seiner Bediensteten nicht schrumpft«, ergänzte Irma die Worte der Mutter halb im Ernst, halb im Scherz.

»Nein, meine Tochter, so denkt der alte Kalm nicht«, widersprach die Mutter, »er sagt nämlich, dass Eedi für ein oder zwei Jahre in die Stadt gehen sollte, um weiter zu lernen …«

»… während ich hier auf ihn warte, ja?«, unterbrach Irma sie.

»Wie du willst«, meinte die Mutter, »entweder du bleibst hier, oder du gehst zusammen mit Eedi in die Stadt, und dann kommt ihr zurück, denn der Vater wird Eedi die Werkstatt vom alten Kärp kaufen, mit allem Drum und Dran. Und warum solltet ihr davon nicht leben und eure Kinder aufziehen können? Schau, der alte Kärp redet schon lange davon, dass es an der Zeit ist, sich zur Ruhe zu setzen, denn die Plackerei reicht ihm, in seinem Alter. Das heißt, am Hungertuch werdet ihr nicht nagen, auch wenn er die Beine hochlegt. Aber er hätte auch nichts dagegen, wenn Eedi in der Stadt zurecht käme, sodass ihr dort bleiben könntet. Denn, so sagt er, die Werkstatt vom alten Kärp ist schließlich nicht das Einzige auf der Welt, das für Geld zu haben ist. So denkt der alte Kalm, und nicht so, wie du denkst.«

»Mutter, seit wann eigentlich willst du, dass ich mich in Eedis Familie einniste?«, fragte Irma jetzt. »Seit ich denken kann, sprichst du davon, so als gäbe es auf der Welt kein größeres Glück als dieses.«

»Um es genau zu sagen – es gibt auch kein größeres!«, sagte die Mutter aus tiefster Überzeugung.

»Das sind deine Ansichten, Mutter, aber ich bin nicht du«, erklärte Irma. »Dir gefällt der alte Kalm offenbar, und deshalb glaubst du, dass der Eedi mir gefallen müsste. Aber er gefällt mir nicht! Er gefällt mir schon deswegen nicht, weil wir uns von klein auf kennen, weil wir zusammen aufgewachsen sind. Allzu vertraut sind wir, deshalb gefällt er mir nicht.«

»Als Kind warst du verständiger als jetzt: Da liebtest du nur die alten und vertrauten Spielzeuge. Je abgenutzter, desto lieber.«

»Ich habe Eedi nicht abgenutzt, also warum sollte er mir lieb sein«, sagte Irma.

»Das sagst du so«, seufzte die Mutter. »Gerade heute wieder! Oder meinst du, dass es einem Mann nicht zusetzt, wenn er dir die Rosen, für die er zwanzig Werst gestrampelt ist, vor die Füße werfen muss?«

»Ich habe sie doch aufgehoben«, verteidigte sich Irma.

»Na, dein Glück«, sagte die Mutter, »immerhin ein bisschen Liebe.«

»Pah! Liebe!«, rief Irma. »Ich habe es doch nicht aus Liebe getan! Die Rosen taten mir leid. Wenn Eedi an ihrer Stelle am Boden gelegen hätte, dann glaube mir, Mutter, ich hätte ihn nicht aufgelesen. Von mir aus hätte ihn sonstwer mitnehmen können. Solch einen Rußknödel will ich nicht.«

»Was ist doch das Kätnerfräulein vom Kalmhof hochnäsig geworden!«, eiferte sich die Mutter. »Der Bauernsohn ist für sie ein Rußknödel und die alte Mutter ein Aschenbrödel.«

»Lass das Dichten, Mutter«, sagte Irma. »Dich habe ich nie ein Aschenbrödel genannt.«

»Erinnere dich, Töchterchen, erinnere dich, vielleicht hast du es ja doch getan.«

»Nein!«, fuhr Irma auf. »Ich habe nichts dergleichen gedacht und noch weniger gesagt.«

»Aber was war im Frühjahr, noch halb im Winter, bei diesem großen Fest, wo alle eingeladen waren, nur du nicht? Was hast du da zu mir gesagt?«

»Ich habe gar nichts zu dir gesagt, außer, wer wird mich schon einladen, meine Mutter ist doch eine Kätnerin. Das war alles. Aber es ist doch wahr, dass du eine Kätnerin bist, alle nennen dich so.«

»Nein, liebes Kind, das ist es ja, es nennen mich eben nicht alle so. Und wenn sie's täten, deswegen darf's das eigene Kind noch lange nicht. Du meinst natürlich, dass es das doch darf, nicht wahr? Zumal das Kind die Schule besucht hat, die Mutter es mit Hilfe guter Menschen zur Schule hat schicken können.«

»Mutter, Liebe«, sagte Irma jetzt einlenkend, »das war natürlich dumm, dass ich das damals gesagt habe, aber ich war so ungehalten, das war der Grund. Und du hast das die ganze Zeit auf dem Herzen gehabt? Du weißt doch, dass ich es nicht böse gemeint habe, es ist mir nur herausgerutscht, weil ich so wütend war.«

»Ich weiß ja nicht«, sagte die Mutter, »grad eben hast du jemanden Rußknödel genannt.«

»Aber der Eedi ist doch ein Rußknödel!«, rief Irma. »Sieh doch nur, wie er abends nach Hause kommt!«

»Wenn es so ist, dann bin ich in deinen Augen immer noch das Aschenbrödel, die Kätnerin, denn alle sehen ja, dass ich es wirklich bin.«

»Warte, Mutter, nur noch ein paar Jahre, dann bist du es nicht mehr«, beschwor Irma sie. »So wahr ich heute die Schule beendet habe, so werde ich dafür sorgen, dass du keine Kätnerin mehr sein musst.«

»Keine Sorge, Töchterchen«, sagte die Mutter. »Sorg dich nicht um mich, sorg für dich selber. Ich hab bis jetzt gewusst, wie man zu leben hat, und ich weiß es auch in Zukunft. Du aber sieh zu, wie du mit dem Leben zurechtkommst. Das Leben ist keine Schule, wo andre für dich sorgen und zahlen, im Leben muss jeder für sich selber zahlen. Und von der Kätnerin habe ich nicht wegen meines Herzens angefangen, denn was kann ein nacktes Wort dem Herzen eines alten Menschen anhaben. Das Herz eines alten Menschen, besonders das Herz einer Kätnerin, ist wie ein Amboss, sein ganzes Leben lang hat man mit solchen und andren Worten drauf eingeschlagen, sodass ihm kein Wort mehr was anhaben kann, es sei denn, das Wort Gottes in der Kirche. Mit einem jungen Herzen ist es anders, und deshalb rede ich. Diesmal nämlich, an dem großen Festtag, hat man dich nicht deswegen außen vor gelassen, weil ich eine Kätnerin bin, sondern ...«

»... sondern weswegen?«, fragte Irma aufgeregt, als würde sie etwas fürchten.

»Sondern deinetwegen«, sagte die Mutter. »Dich wollte man nicht.«

»Das ist gelogen!«, rief Irma erregt. »Und du, Mutter, glaubst an die heimtückischen Reden!«

»Was ist daran heimtückisch, wenn sie sagen, dass die Kases die Wahl hatten, entweder du – oder Eedi und Valve, denn beide Seiten einzuladen war nicht möglich, wenn man keinen Streit haben wollte.«

»Ja, so ist das«, sagte Irma trotzig, »wenn gewählt wird, dann wählt man den Bauernsohn mit seiner Schwester und lässt die Kätnertochter links liegen. Das ist genau das, was ich meine.«

»Nein, meine Tochter, wenn gewählt wird, dann wählt man die, die mit den anderen auskommen, und nicht die, die Haare auf den Zähnen haben.«

»So! Nun sind wir wohl schon da angekommen, dass alle Kätnertöchter Haare auf den Zähnen haben!«, rief Irma voller Ironie.

»Nicht alle, sondern du, liebes Kind«, erklärte die Mutter. »Du bist neuerdings so aufgeblasen, dass dir nichts mehr gut genug ist. Du bist deiner Meinung nach besser als alle Bauernsöhne und Bauerntöchter und Kaufmannsfräuleins zusammen.«

»Bin ich auch, denn niemand hat ein so gutes Abschlusszeugnis bekommen wie ich!«, sagte Irma im Brustton der Überzeugung.

»Und doch bist du mit deinem ach-so-guten Abschluss-zeugnis nirgendwo anders hingekommen als zurück in die Kate«, erwiderte die Mutter.

»Aber ich werde noch woanders hinkommen, warte noch ein Weilchen, das Leben steht uns erst bevor«, prophezeite Irma.

»Nun, dann lass uns warten«, meinte die Mutter. »Aber was gedenkst du hier anzufangen?«

»Hier gibt es nichts anzufangen«, antwortete Irma. »Im Sommer ist hier überhaupt nichts anzufangen, ich werde den Herbst abwarten und dann in die Stadt gehen.«

»Du willst den ganzen Sommer die Hände in den Schoß legen?!«, fragte die Mutter ungläubig.

»Aber was dachtest du denn?«, gab Irma zurück. »Oder muss ich mich auch diesmal als Tagelöhnerin auf dem Kalm-hof verdingen?«

»Ob auf dem Kalmhof oder anderswo«, sagte die Mutter, »aber du wirst doch um Himmels willen nicht die schönsten Tage des Jahres mit Nichtstun verstreichen lassen! Und wie willst du im Herbst in die Stadt gehen, wenn du im Sommer nichts verdient hast? Zwar kann dir Tante Anna eine Ecke in ihrem Zimmer abtreten, aber für Essen und Kleidung musst du schon selber sorgen.«

Diese Worte brachten Irma plötzlich vom Himmel auf die Erde zurück. Wieder standen ihr die fernen Wolkengebil-de vor Augen, die sie vorhin mit dem schmerzhaften Stich im Herzen betrachtet hatte. Und nun glaubte sie plötzlich zu verstehen, warum Wolken manchmal weh tun können. Aber zu sagen vermochte sie es weder sich selbst noch ei-nem anderen. Sie fühlte nur, dass sie jetzt wusste, zumindest ahnte, warum ein süßer Schmerz im Herzen wächst, wenn der Himmel tiefblau ist und jenseits der Wälder und Felder, jenseits der Moore und Sümpfe, einzelne Wolken wie im ewigen Frieden stehen.

»Wenn es sein muss, dann soll es der Kalmhof sein«, sagte Irma schließlich.

»Ich denke auch«, pflichtete die Mutter bei. »Der Vater jagt vielleicht auch seine Valve hinaus aufs Feld, dann seid ihr immerhin zwei von derselben Sorte.«

»Ich wäre aber lieber allein«, meinte Irma.

»Ach Kindchen, Kindchen!«, seufzte die Mutter.

II

Der Sommer verging für Irma mit schwerer Arbeit, bei der ihr lediglich die Gewissheit, dass es sich um den Kampf für eine bessere Zukunft handelte, etwas Trost spendete. Zwar arbeitete zeitweise auch Valve mit, die Tochter des Hofbesitzers, so als müsse auch sie bereits für etwas kämpfen, aber nein, sie arbeitete nur auf Anweisung des Vaters und wartete sehnsüchtig auf den Herbst, der ihr die Hochschule verhieß, den Ort, an dem es angeblich immer nur Sonn- und Feiertag war. Als Vorgeschmack und Einstimmung auf diese Feiertage dienten die zwei Wochen, die Valve im mondänsten Badeort des Landes verbracht hatte und aus dem sie auf den Kalmhof zurückkehrte, als würde eine Königstochter das Aschenputtel beehren. Den gesamten verbleibenden Sommer lang war von nichts anderem mehr die Rede als davon, was man am Meeresstrand, im Casino, im Konzert, in Gesellschaft, auf dem Tanzboden, auf den Spaziergängen und beim Rasentennis erlebt und gesehen hatte. Schließlich wurden die Zuhörer müde und warteten gemeinsam mit Irma darauf, dass der Herbst käme und sie von den Geschichten der Bauerstochter erlöste.

Jetzt lebt Irma in der Stadt bei Tante Anna, die zwei winzige Zimmer im Souterrain bewohnt. In dem einen wohnt die Tante selbst, im anderen Irma zusammen mit Lonni, der Tochter der Tante, die in einer Konfektfabrik arbeitet, aus der sie jeden Abend süße Düfte mit nach Hause bringt.

Anfangs mochte Irma diese Düfte sehr, so sehr, dass sie dem Wunsch der Base beinahe nachgegeben und sich ebenfalls in der Konfektfabrik verdingt hätte. Aber im letzten Augenblick erinnerte sie sich an die Plackerei des Sommers und an die langen, anstrengenden Schuljahre, und unwillkürlich fragte sie sich: Soll nun eine Konfektfabrik die Zukunft sein, für die ich so hart gearbeitet habe? Trotz aller süßen Düfte kam Irma zur Erkenntnis, dass sie sich die bessere Zukunft so nicht vorgestellt hatte. Also sollten andere statt ihrer die süßen Düfte nach Hause tragen. Base Lonni jedoch sagte dazu Folgendes:

»Pass auf, eines Tages wirst du's bereuen, dass du nicht auf meinen Rat gehört hast, wir haben schon so manches Fräulein aus dem Gymnasium in der Fabrik gehabt. Ob du's glaubst oder nicht, aber aufs Konfektmachen verstehen die sich kein bisschen besser, im Gegenteil, anfangs haben die sich noch dümmer angestellt als unsereins. Nur der Meister tanzt um sie herum wie ein Honigbär, so als würden sie viel süßer duften als alle anderen. Dabei ist es nur der Konfektduft, weiter gar nichts. Wenn du zu uns kommen würdest, dann würde er ganz bald nur noch dich sehen, denn du hast blaue Augen und weiche, runde Arme. Der Meister liebt nämlich Weiches und Rundes. Mich guckt er überhaupt nicht mehr an, von einem Knochengerippe wie mir will er nichts wissen. Und du bist jung! Wie alt bist du eigentlich? Noch nicht mal neunzehn? Es gäb einen Heidenspaß, wenn du zu uns kämst! Komm doch, komm für kurze Zeit, es wird dir nichts ausmachen, zu verlieren hast du doch nichts! Wenn du keinen Spaß mehr daran hast, dann bleibst du einfach zu Hause, und ich überbringe die Nachricht, dass du krank bist oder den Konfektduft nicht verträgst, dass du dich davon übergeben musstest und dir außerdem ständig übel ist …«

Es dauerte Tage, sogar Wochen, ehe die Base ihren gold-
werten Vorsatz, Irma in die Konfektfabrik zu locken, begrub.
Vielleicht wäre Irma am Ende doch mitgegangen, wenn
Lonni nicht so viele »lustige und komische« Sachen über den
Meister und die anderen Leute erzählt hätte, vornehmlich
über die Männer, die in der Fabrik arbeiteten. Aber nun ließ
Irma den Gedanken ans Mitgehen endgültig fallen und be-
gann, nach einer ihrer Bildung gemäßen Stelle zu suchen.

Außerdem bemerkte sie, dass Hunderte, vielleicht sogar
Tausende ein Gleiches taten. Scharenweise schrieben sie
Bittgesuche, und scharenweise putzten sie die Klinken von
Behörden, Unternehmen und Ämtern, scharenweise inse-
rierten sie in der Zeitung und suchten nach Angeboten oder
unterbreiteten die Angebote von sich aus, beständig wartend
und hoffend, bis sie schließlich ermatteten und ermüdeten,
denn sie begannen zu ahnen, dass es für ihre Bildung und
ihre Fertigkeiten gar keine Stellen gab, das heißt, es gab
erbärmlich wenige, nicht einmal auf zehn Bewerber eine.
Also verdingte man sich schließlich als Kinder-, Zimmer-
oder Küchenmädchen, aber selbst da wurden Kenntnisse
in Fremdsprachen verlangt, Empfehlungen und Zeugnisse,
dass man schon vorher in Diensten gestanden und etwas
vorzuweisen hatte.

Doch Irma hatte weder Empfehlungen noch Zeugnisse,
sie hatte nur ein von A bis Z gutes Abschlusszeugnis, das sie
anfangs wie einen Trumpf ausspielte. Doch bald musste sie
einsehen, dass ihr Trumpf keine Wirkung entfaltete, sondern
eher das Gegenteil des Erhofften bewirkte. Es kam sogar
dazu, besonders unter den »Damen des Hauses«, dass sie, als
sie Irmas Abschlusszeugnis sahen, meinten:

»Liebes Kind, mit Ihnen ist nichts anzufangen, aus Ihnen
wird nie jemand, der mir die Böden bohnert und schon gar

nicht die rußigen und fettigen Töpfe scheuert. Was ich brauche, ist ein einfaches Dienstmädchen.«

»Ich tauge dazu, den ganzen Sommer habe ich auf dem Lande hart gearbeitet, ich scheue keine Arbeit«, versuchte Irma zu erklären.

»Gehen Sie nach England, gehen Sie nach London, da gibt es mehr Schmutz und Ruß als hier, vielleicht können Sie da etwas anfangen«, antworteten die Damen des Hauses. »Wir haben bereits jemanden wie Sie gehabt, es kommt nichts dabei heraus, es hat keinen Zweck zu widersprechen oder Zeit zu vergeuden, weder für Sie noch für mich.«

Irma musste mit den Tränen kämpfen, wenn die Aussicht auf eine Stelle mit einer solchen Begründung zerschlagen wurde. Aber als sie der Base daheim ihr Leid klagte, sagte die ohne Umschweife:

»Irma, du bist wirklich schwer von Begriff, genau wie alle vom Lande! Die Damen hier sind doch nicht blind und taub, dass sie eine wie dich zu sich ins Haus holen! Die Dame hat nur Grundschule, aber ihr Dienstmädchen kommt frisch vom Gymnasium, wie soll das wohl gehen! Was würde der Hausherr dazu sagen? Mit dem Hausherrn wäre es bald dasselbe wie mit unserm Meister: Er wäre wie ein Honigbär um dich herum.«

»Du weißt wohl gar nichts anderes, als dass immer nur die Männer um einen herum sind«, versuchte Irma der Base zu widersprechen. Doch die ließ sich nicht beirren und entgegnete:

»Aber was gibt's denn sonst hier auf der Welt! Leb eine Weile, dann siehst du's selber. Merk dir, was ich dir sage, und ich sage es aus reinem Herzen, denn ich bin nicht neidisch auf dich. Andere würden den Schnabel halten, aus Selbstsucht und weil sie sich keine Nebenbuhlerin an den Hals holen wollen, aber ich sag dir, sozusagen von Frau zu Frau – du hast noch den Duft der Landpomeranze an dir, und das ist es, was den Männern gefällt. Landpomeranzen sind nämlich dumm, deswegen. Und Männer mögen dumme Mädchen, die kriegt man nämlich ganz umsonst. Darum geht es, glaub mir, liebe Irma, einzig und allein darum, alles andere ist leeres Gewäsch. Wenn ein Mann an ein Stadtfräulein gerät, dann weiß das sehr wohl, wie mans anfängt, denn es kennt die Tricks der Männer. Schon von klein auf. Solls mal einer mit mir versuchen! Nichts da! Auch Konfekt verteil ich nicht auf blauen Dunst, obwohl ich das ganz umsonst kriege. Aber eine wie du? Sagen wir, du hättest Konfekt, genauso umsonst wie ich, dann würdest du es genauso umsonst hergeben. Und jetzt merk dir, was ich dir sage: Wenn du schon Konfekt umsonst verteilst, dann denken die Männer, dass sie auch alles andere umsonst kriegen. So wahr mir Gott helfe, genau so denken die! Die Männer vom Lande kenne ich nicht so gut, aber in der Stadt sind sie alle gleich. Du müsstest dir ein paar Bekannte zulegen, dann würdest du selber sehen, wie recht ich habe. Willst du, dass ich dich mal mit jemandem bekannt mache?«

Aber nein, Irma wollte nicht, zumindest nicht jetzt, lieber »hockte« sie allein zu Hause, wie Lonni es nannte. Irma hockte zu Hause und zählte ihr Geld, versuchte sich auszurechnen, wie lange sie noch bei der Tante wohnen und nach einer Stelle suchen konnte. Zeitweise fühlte sie sich so matt und niedergeschlagen, dass sie den ganzen Tag keinen Fuß vor die Tür bekam. Enttäuschung und Hoffnungslosigkeit wogen schwer. Aber dann kam ihr doch wieder die Tante zu Hilfe, indem sie sagte:

»Hör nicht auf die Lonni, die verbreitet nur ihre eigenen Geschichten, und das sind Stadtmädchengeschichten.

Fang lieber was an, sitz nicht herum, denn Herumsitzen ist schlimmer als dummes Geschwätz. Hör auf mich, ich bin ja auch vom Lande wie du und werd mich wohl bis zum Tode nicht an das Gemache und Getue in der Stadt gewöhnen. Aber leben lässt sichs auch hier, vielleicht sogar noch ein bisschen leichter als da draußen auf dem Land. Wenn nur die Wäsche der Herrschaften nicht so verdreckt wär! Ja, mein liebes Kind, die Wäsche von den Stadtherrschaften ist manchmal so verdreckt, dass man keine Worte findet, und manchmal ist es sogar so, dass – je vornehmer die Herrschaft, desto verdreckter die Wäsche! So viel Dreck haben wir beide zusammen nicht am Leibe! Kannst dich nur wundern, was die mit ihrer Wäsche machen, oder wie lange sie sie tragen, dass die so verdreckt. Jetzt habe ich wieder einen Schwung beisammen, magst du nicht mitkommen und mir beim Mangeln helfen? Sonst muss ich's mit der Lonni bei Lampenlicht machen, und das macht sich nicht so gut wie bei Tageslicht.«

Also ging Irma der Tante zur Hand, mangelte Wäsche und begann später sogar zu bügeln, um auf andere Gedanken zu kommen. Aber schnell stellte sich heraus, dass diese Arbeit viel mehr Können verlangte, als Irma zu bieten hatte. Die Tante musste ihr das Bügeleisen immer wieder aus der Hand nehmen und das Wäschestück richten, begleitet von einem kurzen »So … und so!« Schließlich kam man überein, dass Irma die leichteren Stücke bügeln sollte, die Taschentücher, Handtücher und Kissenbezüge, während sich die Tante an die Leibwäsche machte, an eine so knifflige Angelegenheit, dass Irma sie wohl nie und nimmer würde verrichten können, Irma würde sich so lange an einem Stück aufhalten, dass es nicht einmal lohnte, das Bügeleisen anzuwärmen. Dennoch ermutigte die Tante das Mädchen, indem sie Folgendes sagte:

»Es gibt nichts, was von Anfang an *ruckzuck* geht, alles braucht seine Zeit. Hauptsache, dass du was von der Pike auf lernst, das dir dann ordentlich und flink von der Hand geht, denn danach richtet sich der Lohn, wie ordentlich und flink du bist. Auch ich hab nicht alles gleich gekonnt, kein Mensch kann alles gleich. Gott schenkt dir zwar das Leben und das Amt, aber wie du's ausfüllst, darum musst du dich selber kümmern. Im Himmel wird keine Wäsche gebügelt, denn die Seligen haben keine Wäsche, also was sollst du da bügeln. Genau wie heutzutage bei den Menschen auf Erden. Die haben auch keine richtige Wäsche mehr, als wollten sie allesamt selig werden, besonders die Frauen. Nur noch dieses Gelumpe, das keiner bügeln muss, drückst es nur im Zuber aus, und wenn es trocken ist, walkst du es nochmal durch, und schon wird's wieder über den Kopf gezogen. So lebt man jetzt! Da musst du dich nicht wundern, dass keiner mehr Hemden und Hosen zu bügeln versteht, vom Zusammenlegen gar nicht zu reden. Hemden und Hosen wird's bald gar nicht mehr geben, richtige Hemden und Hosen mein ich, also was, meine Liebe, sollst du da noch waschen und bügeln?! Bald sind wir soweit, dass keiner mehr eine *orntliche* Waschfrau wie mich braucht. Aber von mir aus, lauft allesamt nackend herum, wie vor Zeiten im Paradies, mir macht das nichts aus, meine Tage sind gezählt, und im Himmel ist Wäschewaschen sowieso nicht mehr nötig. Dass ich in den Himmel komm, das glaub ich schon lange, und zwar felsenfest. Meinem Alten selig hab ich auf dem Sterbebett gesagt, geh ruhig vor, ich werd schon nachkommen. Denn wenn ein Mensch hier auf Erden so für den andern geackert und gerackert hat wie ich, dann muss er dafür doch in den Himmel kommen. Da möcht ich bittschön wissen, wer wohl sonst dahin kommt! Wohl nicht die, von denen ich die Dreckwäsche hab waschen müssen!«

Die Tante verstummte, als würde sie über ihre Worte nachdenken oder als würde sie erwarten, dass Irma auch etwas dazu sagte. Aber die hatte keine Zeit. Genau genommen hatte sie der Tante gar nicht zugehört, denn ihr war ein sackähnliches Wäschestück zum Bügeln in die Hand geraten, das alle Aufmerksamkeit und Geistesgegenwart erforderte. Sogar die rosa Zungenspitze war im linken Mundwinkel aufgetaucht und machte da unwillkürlich die Bewegungen der heißen Bügeleisennase mit, bis Irma, um den Mut nicht zu verlieren, sich im Stillen sagte: »Mein Abschlusszeugnis war so gut, da wäre es doch gelacht, wenn ich mit dir Galgenstrick nicht fertig würde!« Einen Galgenstrick nämlich nannte sie das sackähnliche Wäschestück, dem mit dem heißen Eisen in keiner Weise beizukommen war, egal wie man es auch drehte und wendete.

Zur gleichen Zeit spann die Tante an ihrem Gedankenfaden weiter, und jedes Mal, wenn der eine bestimmte Länge erreicht hatte, brach ein neuer Wortschwall hervor, und so hatte sie das Gefühl, als müsse sie gar nicht groß denken dabei. Denken ermüdet nämlich, und da die Tante eine alte Frau war, konnte sie zwei Dinge, zudem schwierige, nicht gleichzeitig tun – arbeiten und denken. Aber zu wundern braucht man sich darüber nicht, denn wie viele junge Leute, auch solche im besten Alter, vornehmlich Männer, vermögen nicht zu denken, während sie etwas tun. Deshalb liegt in den Worten von Rednern so selten ein Sinn, obwohl sie für ihr Denken das Vertrauen eines ganzen Volkes besitzen. Wenn du nun leider gerade denkst, während du doch reden musst! Der Mensch kann für gewöhnlich entweder schweigen und denken, oder, um dem Denken zu entkommen, reden. Dass dies so ist, wusste Irmas Tante längst, denn wem reden geläufig ist, dem fließen die Worte ohne die geringste Mühe und den geringsten Sinn aus dem Mund. Es ist Sache des Zuhörers zu denken, nicht Sache des Redners! Die Tante hoffte, dass Irma, als junger Mensch, der erst kürzlich die Schulbank verlassen hatte, es noch vermochte, zur gleichen Zeit, in der sie ihre Arbeit verrichtete, auch etwas zu denken. Aber nein, auch Irma vermochte es nicht, obschon sie mit Denken beschäftigt war, aber sie dachte nur ihre Arbeitsgedanken, und die dermaßen konzentriert, dass sie gar nicht hörte, was die Tante redete. So gingen deren schöne, sinnfreie Worte einfach verloren, verhallten in der stickigen Zimmerluft. Doch die Tante sprach weiter, wahrscheinlich um von dem Gewicht ihrer Gedanken nicht erdrückt zu werden:

»Ja wenn man bedenkt, dass ich schon mehr als zwanzig Jahre lang, Tag um Tag, für andre Leute geackert und gerackert hab! Und immer noch kommt mir der Pastor und fragt, ob ich wohl rechten Glaubens bin. Aber wie könnt ich denn für andre Leute rackern, wenn ich nicht glauben würd, dass es Gottes Gnadenkelch ist, der mich ein Leben lang Wäsche waschen lässt! Und dann die Art, wie ich wasche, nämlich nur mit Seife, Soda, warmem Wasser und meiner Hände Arbeit, nicht so, wie die andern, immer gib ihm, Seifenstein, Chlor und Gott weiß was, und schrupp dann mit der harten Bürste, immer gib ihm, schrupp-schrupp-schrupp! Und schrupp-schrupp-schrupp! Und die wollen in den Himmel kommen, die mit ihrem Chlor und ihrem Schruppen! Aber weißt du, mein Kind, von denen würd ich keinen einzigen zur Himmelstüre einlassen, keinen einzigen. Denn wozu dieses ganze Chlor und die harte Bürste, was bloß die Wäsche kaputt macht? Und nicht immer ist die Wäsche so verdreckt, nein, beileibe nicht. Manchmal erkennt man gar nicht, ob sie getragen war oder nicht. Mit Männerwäsche ist das oft so. Deshalb hab ich ja angefangen, die Männer mehr zu lieben als die Frauen, und wenn ich mal sterbe, werd ich wahrscheinlich nur noch die Männer lieben. Aber dir sag ich eins, mein Kind: Männer mit sauberer Wäsche kann man wohl lieben, aber nicht heiraten. Mach nie die Dummheit, dass du die Frau von so einem wirst, denn so einer braucht keine Frau. Eine Frau ist zum Ackern und Rackern da, sonst ist sie keine Frau, sondern ein *Techtelmechtel*. Denn wenn bei einem Mann nichts zu rackern ist, wozu braucht er dann eine Frau? Nein, nein! Ich hab immer gesagt, wenn die Männer reinlicher werden, dann gibt's weniger Hochzeiten …«

Die letzten Worte setzten sich nun doch in Irmas Ohren fest, vielleicht deshalb, weil sie den Kalmhof-Eedi der Mutter gegenüber irgendwann einen Rußknödel genannt hatte. Damals hatte sie gemeint, dass der Mann, den sie einmal heiraten würde, zum Mindesten reinlich sein sollte und nicht so rußgeschwärzt, wie Eedi immer aussah, wenn er von der Arbeit kam. Die Tante jedoch stellte diesen Heiratsgedanken regelrecht auf den Kopf, so als wünschte sie, dass Irma sich doch dem rußigen Eedi zuwandte. Das jedoch war für Irma unannehmbar, und sie versuchte, koste es was es wolle, nicht hinzuhören, was die Tante über die Reinlichkeit der Männer und die Nachlässigkeit der Frauen zu sagen hatte. Da solches Ohrenverschließen am Ende schwer durchzuhalten war, fiel Irma ein Stein vom Herzen, als Lonni nach Hause kam und den Strom der Lebensweisheiten unterbrach.

»Gott sei Dank«, rief Lonni aus, als sie sah, dass die beiden bügelten. »Das heißt, die Wäsche ist gemangelt! Da bin ich ja nochmal davongekommen! Auf dem Weg hierher hab ich mir schon den Kopf zerbrochen, wie ich Irma wohl dazu bringe, dass sie die Wäsche mangelt, aber jetzt brauch ich dich nicht mehr zu überreden, das kann ich mir für ein andermal aufheben.«

Und sie trat zu Irma und schaute, die Hände in die Hüften gestemmt, deren Bügelkünsten zu. Schon nach kurzer Zeit sagte sie:

»Damit wirst du am Hungertuch nagen. Ich hab dir doch gesagt, komm in die Fabrik, aber nein, du hoffst immer noch auf was Besseres. Jetzt hast du's: Waschfrau! Verglichen damit ist eine Fabrikarbeiterin die reinste Baronesse!«

»Aber ich suche doch nach einer Stelle«, antwortete Irma, »heute wollte ich nur Tante Anna helfen und dir eine Freude machen.«

»Freude hin, Freude her, aber wie lange willst du noch suchen«, entgegnete Lonni. »Ewig hinziehen kannst du es nicht. Es gibt keinen Beruf, der da heißt ›Stelle suchen‹ – nur zu! – der Staat wird dir schon den Lohn zahlen und dich hätscheln und päppeln.«

»Auch für Irma wird sich auf dieser Welt ein passendes Plätzchen finden«, meinte die Tante.

»Ja natürlich, sicher findet sich eins«, stimmte Lonni ihr zu, »nur weiß man nicht, wann. Man weiß ja nicht mal, wonach man suchen sollte.«

Auch Irma selbst kam es so vor, dass sie, nachdem sie bereits einige Wochen in der Stadt verbracht hatte, nicht mehr so recht wusste, wonach sie suchen sollte. Mehr und mehr neigte sie zu der Ansicht, dass sie nicht unbedingt gleich zu Anfang nach der einzig richtigen, endgültigen Stelle suchen müsse, sondern nach etwas, das in eine ähnliche Richtung ging, wo es möglich wäre, sich auf die endgültige Stelle vorzubereiten. Denn Irma war überzeugt – wäre sie auf dem Gebiet der Buchhaltung bewandert, dann hätte sie die erwünschte Stelle längst in der Tasche. Also galt es eine Buchhalterlehre zu absolvieren. Aber die dauerte Monate, und es war nirgendwo etwas zu finden, womit man während dieser langen Zeit seinen Unterhalt hätte bestreiten können. Würde die Tante nur zu Hause Wäsche waschen, dann könnte man sich damit, dass man ihr zur Hand ging, noch irgendwie über Wasser halten, doch das Wäschewaschen war eher eine Gelegenheitsarbeit, meist ging die Tante außer Haus, wusch tageweise, heute hier, morgen da. So zerbrach sich Irma den Kopf, was es für eine Stelle sein könnte, die ihr aus der Not helfen würde. Aber Lonni wusste auch hier sofort einen Rat.

»Du suchst dir eine Stelle als Gesellschafterin«, lautete ihr Vorschlag. »Das ist viel angenehmer als nur Dienstmädchen zu sein oder irgendwo Kinder zu hüten. Es sei denn, du könntest das nur für ein paar Stunden am Tag tun. Aber dann wird wenig gezahlt, denn für Kinder will man ja nichts ausgeben. Als Gesellschafterin gehen sogar feine Damen, die fremde Sprachen können, zu den Herrschaften. Deswegen herrscht bei den Gesellschafterinnenstellen so ein furchtbarer Andrang, da wollen nämlich alle hin. Wer da nicht ankommt, der nimmt's auch in Kauf, Gesellschafterin bei Kindern zu sein, denn da braucht man nichts zu können. Mit einem Kind ist es nämlich so: Wenn es größer ist, dann bringt es dir von sich aus bei, was du zu tun hast, und wenn es klein ist, dann bringt's dir seine Mutter bei. Ich habe Kinder gehütet, ich weiß, wovon ich rede. Und wenn dann die Krankheiten kommen, wird der Arzt geholt, und dann bringt der dir bei, was zu tun ist. Und Krankheiten kommen, da kannst du Gift drauf nehmen, so schlimme, dass die Mütter dich anbrüllen, ob du ihre Kinder umbringen willst. Egal welche Krankheit – immer bist du schuld! Deswegen geht heutzutage keiner, der noch ein bisschen klaren Menschenverstand im Kopf hat, Kinder hüten. Dann lieber ins Lokal als Tellerwäscherin.«

»Red doch keinen Unsinn!«, rief die Tante dazwischen. »Kinder sind wohl was anderes als Tellerwaschen!«

»Du, Mutter, misch dich nicht ein, du hast keine Kinder anderer Leute gehütet«, wehrte sich Lonni.

»Und ob!«, gab die Mutter zurück.

»Aber nicht die von heute«, erwiderte Lonni.

»Kind bleibt Kind«, beharrte die Mutter. »Nur gibt es jetzt so schrecklich wenig Kinder, dass die Leute gleich den Kopf verlieren, sobald eins mal krank wird. Den Menschen fehlt's an Gottesfurcht und Gottesglaube. Aber es ist der liebe Gott, der die Kinder gibt und die Krankheiten schickt.«

»Das mag früher so gewesen sein«, sagte Lonni, »jetzt gibt er nur noch Kinder, die sich keiner gewünscht hat. Deshalb, Irma, hör auf mich, wenn ich dir sage: Mach egal was und geh egal wohin, aber fang nicht an, die Kinder anderer Leute zu erziehen. Wer heute was auf sich hält, will ja nicht mal die eigenen Kinder erziehen, von fremden gar nicht zu reden.«

»Hör zu, meine Liebe, jetzt bring mal die Irma nicht durcheinander«, mahnte die Mutter. »Mach sie nicht genauso verrückt, wie du's bist. Und du, Irma, hör nicht drauf, was die Lonni sagt. Anderer Leute Kinder zu hüten ist eine sehr gute und nützliche Sache, denn da kannst du was lernen, das dir im Leben zugute kommt, nämlich, wenn du mal eigene Kinder hast …«

»Mutter, du bist wirklich von allen guten Geistern verlassen!«, rief Lonni. »Irma ist neunzehn, und du willst, dass sie ans Kinderkriegen denkt! Gönn ihr doch ein bisschen Zeit zum Leben!«

So gerieten sich die Tante und ihre Tochter Lonni in die Haare, als sie Irma raten wollten, was für eine Stelle sie suchen solle, um mit dem Verdienst Buchhaltung lernen zu können. Irma fiel es schwer zu entscheiden, wer recht hatte, die Tante oder deren Tochter, aber eines begriff sie doch, und zwar dass die Tante gewissermaßen altmodisch war, die

Tochter hingegen entschieden modern. Die Tante schien zu altmodisch, die Tochter wiederum zu modern zu sein, sodass Irma sich nicht getraute, die Ansichten der einen oder der anderen bedenkenlos anzunehmen.

»Lieber führe ich die Hunde der Herrschaften aus als deren Kinder!«, rief Lonni entrüstet. »Denn ihre Hunde führen die Herrschaften noch selber aus, ihre Kinder nicht.«

»Und ich sage dir, Irma, geh lieber das Kind einer Ledigen hüten, als irgendwas im Gasthof scheuern, ob drinnen oder draußen, und wenn es da noch so vornehm ist!«, beschwor die Tante Irma. »Denn ein Kind ist das Geschöpf Gottes, aber eine Kneipe die Goldgrube des Teufels!«

»Lieber in Teufels Goldgrube singen, als Gottes Geschöpfen den Hintern wischen«, sagte Lonni spitz.

»Natürlich«, gab die Mutter zur Antwort, »du singst mir wahrlich eher in der Kneipe als in der Kirche. Aber deswegen brauchst du nicht andere zu verleiten.«

»Ich verleite nicht, ich gebe Rat«, erklärte Lonni. »Ich gebe ihr den Rat, den sie heutzutage braucht, aber du, Mutter, kommst ihr damit, was vor fünfzig Jahren war. Da gab es noch nicht mal unsere Konfektfabrik. Gar nichts gab es, als es unsere Fabrik nicht gab.«

»Ist ja gut, ist ja gut«, lenkte die Mutter ein. »Damals gab es keine Konfektfabrik und auch kein Kino, wo du dein ganzes Geld verschwendest.«

»Ich verschwende mein Geld nicht im Kino, dazu sind die Jungs da«, gab Lonni zu verstehen.

»Jungs hin, Jungs her, neuerdings gibt es so viele zwielichtige Orte, wo ihr euch herumtreibt, dass man meinen könnte, die ordentlichen und anständigen Menschen sind ausgestorben. Aber ich wünsche, dass aus Irma ein ordentliches und anständiges Mädchen wird.«

»Aha. Das heißt, Mutter, dass ich deiner Meinung nach weder Ordnung noch Anstand habe?«, fragte Lonni.

»Es könnte nicht schaden, wenn du ein kleines bisschen mehr davon hättest«, meinte die Mutter.

»Aha«, sagte Lonni nur. »Also fängst du wieder damit an! Sogar in Irmas Beisein! Kommst du mir schon wieder mit deinem Kino, Café, Kneipe und Tanzengehen! Wieder mit Creme, Farbe, Puder und Parfüm! Als wär ich dran schuld, dass es solche Sachen gibt!«

»O nein, du benutzt sie ja nur und verschwendest dein teures Geld damit«, antwortete die Mutter, »bis du eines Tages kein Hemd und kein Kleid mehr am Leibe trägst, sondern nur noch mit deinen kurzen Röcken durch die Gegend stolzierst, dass die nackten Schenkel blitzen!«

»Jesses, Mutter! Was bist du komisch!«, rief Lonni. »Das ist doch die Mode! Dagegen kommt man nicht an!«

»Natürlich«, spottete die Mutter, »die Mode der kurzen Röcke und nackten Schenkel! Und wenn dann die Mode kommt, dass man ganz nackt herumrennt, dann ziehst du auch die Sachen aus, die du dank mir noch am Leibe hast.«

»Nein, Mutter, dass man ganz nackt ist, wird nicht in Mode kommen«, erklärte Lonni, »denn es gibt nur wenige, die von oben bis unten so schön sind, dass man sie sehen will oder dass sie sich selber zeigen wollen. Sogar ich würde das nicht wollen, obwohl ich finde, dass ich recht passabel aussehe.«

»Jetzt hörst du, wie Stadtkinder mit ihren Müttern reden«, wandte sich die Tante an Irma. »Ist man auf dem Lande auch schon so weit?«

»Ich weiß nicht, wie weit man auf dem Lande ist«, antwortete Irma, »aber auch da gibt es manchmal Streit.«

»Da hast du's, Mutter!«, stieß Lonni hervor. »Auf dem

Lande ist es genau das Gleiche! Die gleichen kurzen Röcke, und blitzen tut es auch!«

»Aber liebe Kinder, wenn das so ist, wozu zerbrechen wir uns dann wegen Irmas Stelle den Kopf«, sagte die Mutter immer noch spöttisch. »Dann braucht man doch nichts weiter, als sich eine Stelle bei einem ledigen Herrn zu suchen und mitzuteilen, dass man mit allem einverstanden ist.«

»Das wäre sogar das Klügste«, sagte Lonni überzeugt. »Das wollte ich ihr schon längst vorschlagen, aber ich hatte Angst, mir wieder mal den Mund zu verbrennen. Sie soll einfach inserieren: Junges gebildetes Mädchen vom Land sucht Stelle als Haushälterin bei Alleinstehendem zwecks eigener weiterer Ausbildung. Mehr nicht. Dann wird es Stellen hageln! Oder, wenn das nicht reicht, kann man noch ›ansehnlich‹ und ›übernehme alle Aufgaben‹ hinzufügen: Jemand Ansehnliches – übernimmt alle Aufgaben – sucht, um weiter zu lernen. Punkt. Anders gesagt, die Landbildung ist da, jetzt geht's um die Stadtbildung.«

»Ich sage dir, Irma, wenn du so etwas machen solltest, dann setzt du deinen Fuß nicht mehr über meine Schwelle«, sagte die Tante drohend.

»Aber Tante, so etwas würde ich doch nie tun«, sagte Irma kleinlaut, beinahe bittend. »Und Lonni macht doch nur Spaß.«

»Nein, Irma, ich meine es ernst«, widersprach Lonni. »Ich an deiner Stelle würde meine Jugend nutzen und, wie ich schon sagte, dass ich den Duft der Landpomeranze noch an mir habe, wie ich ja schon sagte.«

Jetzt brach der Streit zwischen der Tante und Lonni erneut los: Die Tante konnte es nicht ertragen, dass Lonni Irma, der kürzlich vom Lande Gekommenen, solche Flöhe ins Ohr setzte. Außerdem, Lonni hatte ihre Jugend genutzt, aber wie weit war sie damit gekommen? Nicht weit, o nein! In die

Konfektfabrik, aus der sie süße Düfte in ihren Kleidern nach Hause trug. Wurde sie dadurch etwa selbst süßer? Bis jetzt nicht, denn noch hatte es kein Mann länger mit ihr ausgehalten. Nach Meinung der Tante war die Hauptsache, dass bei dem Auserwählten »Aussicht bestand«. Nicht dass man sich gleich verloben musste, aber irgendwie sollte man doch merken, dass er zu einem gehörte. Anfangs hatte die Tante ihrer Tochter ausschließlich Verlobte erträumt, aber bald war sie zur Einsicht gelangt, dass eine Verlobung wirklich, wie auch Lonni behauptete, ein aus der Zeit gekommener Brauch war. Denn Verlobte verließen ihre Bräute oftmals schneller als die Nichtverlobten. Und wozu eine Verlobung, wenn man damit weder Gottes Gnade noch die ewige Liebe erwirkt? Und der Kindersegen – der ist heutzutage, ob nun mit oder ohne Verlobung, nicht gerade reichlich.

Die Tante seufzte und bat den Tod herbei, wenn sie daran dachte, in welchem Maße auch die sichersten Dinge unsicher geworden waren. Den Tod bat sie deshalb herbei, weil wenigstens der ihr noch so sicher wie früher zu sein schien. Aber manchmal durchfuhr ihren alten Körper ein Angstschauer, denn es kam ihr so vor, wer weiß warum, dass nun auch der Tod nicht mehr sicher war, dass auch er dich betrügen konnte: Verspricht zu kommen, kommt aber nicht. Kommt nicht, weil der Mensch so schrecklich klug geworden ist, und genau deswegen kommen ja auch so viele Kinder nicht. Gott würde dem Menschen Kinder geben, aber der Mensch lässt ihn nicht, so als sei er mächtiger als Gott. Vielleicht ist es ja auch mit dem Tod so: Gott schickt ihn zu dir, aber der Mensch – schwupp! – zieht ihn dir vor der Nase weg. Und dann bleibt dir nichts, als zu warten und die verdreckte Wäsche anderer Leute reinzuwaschen und die schrecklichen Geschichten des eigenen Kindes anzuhören.

III

Anfangs war es Irma ein wenig peinlich, sich die Streitereien zwischen Lonni und der Tante anhören zu müssen, doch bald gewöhnte sie sich daran, und irgendwann meinte sie, dass ihr diese Art von Gedankenaustausch vielmehr zum Nutzen gereichte: Sie lernte das Stadtleben kennen, ohne gezwungen zu sein, die Lebenstiefen selbst zu durchwaten. Also hörte sie aufmerksam zu und schrieb sich alles, was von Nutzen sein konnte, hinter die Ohren. Von Tag zu Tag wuchs der Vorrat an Stadtweisheiten, und Irma fühlte langsam, wie sie sicheren Boden unter den Füßen gewann. Wenn sie jetzt noch eine sichere Stelle finden würde! Dann wäre alles in Ordnung, und sie könnte der Mutter auf dem Lande den beschwichtigenden Brief schicken, den jene schon seit langem sehnsüchtig erwartete.

Aber schließlich glückte es auch mit der Stelle, und vielleicht glückte es gerade deshalb, weil Irma bereits klüger und mutiger war, ihrer Ansicht nach erheblich klüger und mutiger als zu Anfang, als sie frisch vom Lande gekommen war. Jedenfalls schrieb Irma die Tatsache, dass sie eine Stelle gefunden hatte, ihrem größeren Maß an Klugheit und Mut zu. Auch die Tante freute sich, dass Irma es geschafft hatte, und Lonni wusste nichts Besseres, als die neue Stelle umgehend zu feiern – im Café oder im Kino. Es half nicht, dass die Tante davon abriet zu feiern, ehe Irma nicht wenigstens ein paar Tage Dienst getan hätte, sodass man abschätzen könne, ob die Stelle auch sicher sei. Lonni aber bestürmte Irma so lange, bis die ihr eine Kinokarte in die Hand drückte. Für das Kino hatte sich Irma deshalb entschieden, weil sie annahm, dass es billiger ausfallen würde als ein Besuch im Café. Auch Lonni bevorzugte das Kino, sie wiederum deshalb, weil es da die meiste Zeit dunkel war, denn sie war nicht darauf erpicht, unter aller Augen im hellen Café mit Irma sitzen zu müssen, der es an modischer Kleidung fehlte und, was die Hauptsache war, an einem halbwegs annehmbaren Hut.

Also waren beide mit dem Kino zufrieden. Lonni im Übrigen auch deswegen, weil sich, Gott sei Dank, nun endlich der Anlass zum Feiern ergeben hatte, möge später aus der Stelle werden was wolle. Entpuppte sie sich als missliche Angelegenheit, musste es einem darum nicht leid tun, war sie förderlich, dann ließ sich vielleicht noch eine zweite Feier herausschinden – einfach deswegen, weil die Stelle förderlich und weil Irma Lonnis Base war. Außerdem wohnte Irma schon so lange bei Lonni und der Tante, da konnte sie sich doch mit einer zusätzlichen kleinen Feier erkenntlich zeigen!

Aber der Kinobesuch fiel für Irma nicht so erquicklich aus wie der Weg dorthin. Zunächst gab es nichts auszusetzen, denn es war reichlich Platz im Kino, sodass sich Irma und Lonni in einer fast leeren Sitzreihe niederlassen konnten, nur an der Wand saßen ein junger Mann und ein Mädchen, die unentwegt flüsterten und kicherten. Außerdem gab es als erste Vorführung einen leichten Schwank, der Lonni und die übrigen Kinobesucher laut zum Lachen brachte, nur Irma verstand nicht recht, was daran so lustig war. Mit der zweiten Vorführung änderte sich die Lage vollends: Nach Irmas Meinung handelte es sich um das ernste und schwerwiegende Lebensdrama eines jungen Mädchens, das Irma sehr an sich selbst erinnerte. Und die Rivalin, sozusagen das schlimme und böse Schicksal, war ein junges Mädchen, das in seiner Waghalsigkeit und Hinterlist, aber auch dem Äußeren nach Lonni wie auf den Leib geschrieben war. Wahrhaftig, Irma schien es, dass es in diesem traurigen Film um niemand anders als um sie beide ging. Und Irma tat sich, je länger sie dem Leinwanddrama folgte, mehr und mehr leid, bis die Tränen, die sich im Halse angestaut hatten, nach oben in die Augen stiegen. Aber Irma hielt sie mit aller Macht zurück, weil sie den Spott Lonnis und der anderen Kinobesucher fürchtete. Besonders lastete ihr der dicke Herr auf der Seele, der sich neben sie gesetzt hatte, seinen Hut auf den Knien und die Ellenbogen kräftig auf die Armlehnen gedrückt hielt, das heißt, auch über die Lehnen hinaus, weswegen Irma ihren Arm in keiner Weise vor der Übermacht des seinen retten konnte, zudem zappelte der Herr unentwegt mit den Füßen, als juckten sie oder als würde er mit ihnen etwas suchen, und seufzte an den herzzerreißenden Stellen des Dramas so tief, als würde er dem traurigen Schicksal des unschuldigen Mädchens aus tiefster Seele mitfühlen. In Irma regte sich bereits eine gewisse Sympathie diesem fremden Herrn gegenüber, der vom Zauber des Dramas derart gefangen war, dass er beinahe seine Umgebung vergaß und, unentwegt seufzend, Irma jeden Moment mit gebrochenem Herzen in den Schoß zu sinken drohte, als Lonni ihr kichernd zuflüsterte:

»Der alte Glatzkopf neben dir schmilzt ja völlig dahin! Hör doch mal, wie der stöhnt. Pass auf, wenn der Film zu Ende ist, findest du unter seinem Sitz nur noch eine große Pfütze und auf dem Gang einen langen Bach.«

Diese Worte wirkten auf Irma wie ein Zuber kalten Wassers, besonders deshalb, weil Lonni so vernehmlich flüsterte, als solle auch der Herr hören, was über ihn gesagt wurde. Außerdem hatte Lonni es fertiggebracht, bereits etwas zu entdecken, von dem Irma nicht einmal die Spur einer Ahnung hatte: Sie hatte die Glatze des Herrn entdeckt, die sich in der nächsten Pause als unumstößliche Tatsache erweisen sollte. Und so kam es, wie es kommen musste: Der eben noch sympathische Herr war in Irmas Augen plötzlich lächerlich geworden, denn es war doch unmöglich, dass jemand in einem dunklen Kino neben einem jungen Mädchen aus tiefstem Herzen seufzen konnte, wenn er doch eine Glatze hatte und ihn jedermann einen Glatzkopf nennen konnte! Hätte er wenigstens Locken gehabt, dann wäre es ganz etwas anderes gewesen, doch so – nein! Irma musste beinahe lachen. Aber der Herr seufzte weiter, als sei seine Glatze nur eine optische Täuschung oder als würde er denken, dass es in einem dunklen Kino nichts ausmache, wenn der Kopf kahl ist, denn er seufzte nur dann, wenn Dunkelheit herrschte, und nicht in der Pause, wenn es hell war.

»Lass uns die Plätze tauschen«, flüsterte Lonni und erhob sich, woraufhin auch Irma sich erheben musste. Aber der Tausch vollzog sich von Lonnis Seite so heftig, dass sie dem Herrn auf die zappelnden Füße trat und beinahe hingestürzt wäre, wobei sie ihm auch noch den Hut von den Knien auf den Fußboden fegte, wo jener unter ausgiebigem Ächzen und Stöhnen danach tastete, während Lonni sich unentwegt entschuldigte. Während der Herr nun seinen Hut umständlich vom Fußboden klaubte, hatte Lonni es sich auf dem Sitz bequem gemacht, und ihr Ellenbogen ragte jetzt ebenso weit über die Armlehne zu dem Herrn hinüber, wie sein Ellenbogen über die Armlehne zu Irma geragt hatte. Und es dauerte nicht lange, da erhob sich der Herr und nahm in einer anderen Reihe Platz.

»Der sucht sich wieder einen Dummen«, raunte Lonni Irma zu. »Ich würde ihm zu gern nachgehen. Willst du, komm, machen wir uns einen Spaß daraus.«

Aber nein, Irma wollte nicht, denn sie verstand den Spaß an Lonnis Vorhaben nicht so recht, und so blieben sie bis zum Ende der Vorstellung auf ihren Plätzen sitzen. Doch die rechte Stimmung wollte sich bei Irma nicht mehr einstellen: Das traurige Schicksal des unglücklichen Mädchens ließ sie nun kalt, so als ginge es auch hier nur um einen lächerlichen Glatzkopf. Dafür erhitzte sich Lonni dermaßen, dass sie einfach nicht den Mund halten konnte. Es sah danach aus, als wäre sie gar zu gern selbst auf die Leinwand gesprungen, um dort nach ihrer Auffassung für Recht und Ordnung zu sorgen.

»Weißt du, Irma«, verkündete Lonni, »wenn ich dir so etwas antun würde, wie diese falsche Schlange da, dann könntest du mich umbringen, von mir aus mit *Rattenkihvt*. Jawohl, mit *Rattenkihvt*! Und das ist keine große Kunst: Nimmst Fliegenpapier, ordentlich viel Fliegenpapier, und schon hast du die richtige Menge. Und diesen Kerl da würde ich an der nächsten Ecke erschießen lassen! Keine Bange, ich würde schon jemanden finden, der ihn ins Jenseits befördert.«

Aber schließlich endete doch alles gut: Die hart auf die Probe gestellte unschuldige Liebe trug den Sieg davon, und die Intrigantin, jene falsche Schlange, erhielt den gerechten Lohn – sie war den geliebten jungen Mann los und warf sich vor einen Zug, ob nun aus rasender Eifersucht oder brennender Liebe, das blieb ein wenig im Dunkeln. Auf jeden Fall war es gut, dass ihr auf der Leinwand ein Ende gemacht worden war, das spürte Irma in ihrem zufriedenen Herzen, als sie das Kino verließ. Und um auch Lonni an ihrer Zufriedenheit teilhaben zu lassen, sagte sie:

»Siehst du, ein Glück, dass du dieser Hexe kein Rattengift geben und auch den jungen Mann nicht an der Ecke erschießen lassen musstest, denn dann wäre alles unglücklich geendet, aber so nahm es doch ein gutes Ende.«

»Und du glaubst daran, was im Kino gezeigt wird?«, wunderte sich Lonni. »Sei so gut, guck hinter die Kulissen, dann wirst du sehen, wie die Sache wirklich ist: Da wirft sich nämlich das unschuldige Mädchen vor den Zug, und die falsche Schlange hakt den jungen Mann unter, hat ein weißes Kleid an und tritt mit ihm vor den Traualtar. Mir ist es so ergangen, ich weiß es.«

»Aber du hast doch noch nie vor dem Traualtar gestanden«, erwiderte Irma verblüfft.

»Bin ich etwa eine falsche Schlange?«, fragte Lonni, fast beleidigt, zurück.

»Nicht doch, meine Liebe«, wehrte Irma erschrocken ab, denn es schien ihr, als habe sie eben ihre Gedanken aus dem Kino ausgeplaudert, wo sie Lonni wahrhaftig mit der bösen Intrigantin und sich selbst mit der unschuldig Liebenden verglichen hatte. »Aber vor einen Zug hast du dich nicht geworfen.«

»Zweimal sogar«, erwiderte Lonni. »Insgesamt zweimal in meinem Leben. Natürlich nur in Gedanken, im Herzen, denn ich bin zweimal in die Fänge einer solchen Hexe geraten. Aber eins sage ich dir, sollte es zu einem dritten Mal kommen, dann kriegt die Hexe *Rattenkihvt* und der Mann, dieser Lump, der sich so an der Nase herumführen lässt, der kriegt die Kugel aus dem Hinterhalt, damit er ein für alle Mal weiß: Die ist dafür, dass sich ein unschuldiges Mädchen vor den Zug wirft und eine Hexe vor den Altar tritt.«

»Aber die Hexe trat doch nicht vor den Altar«, versuchte Irma zu widersprechen.

»Natürlich trat sie, mir braucht keiner was vorzumachen«, sagte Lonni aufgebracht. »Die Hexe vor den Altar, und die andere unter den Zug – die Unschuldige und Ehrliche, die aufrichtig geliebt hat. Denn eine aufrichtige Liebe kommt immer unter die Räder, so ist das und nicht so, wie im Kino.«

»Aber wir reden doch eben vom Kino«, versuchte Irma zu erklären.

»Natürlich reden wir vom Kino«, antwortete Lonni. »Aber im Kino ist es falsch, verstehst du. Auf der Leinwand gewinnt die echte Liebe, aber hinter den Kulissen die falsche Schlange. Ich weiß es, ich bin zweimal unter den Zug geraten. Das heißt, beim zweiten Mal wollte ich unter die Tram oder unters Auto, denn auf einen Zug muss man schrecklich lange warten, aber mit dem Auto oder der Tram ist es so, da kannst du sofort loslaufen und dich hinwerfen, du wirst todsicher überfahren. Im Kino ist ja auch zu sehen, dass sich die jungen Mädchen vors Auto werfen, weil das einfacher ist, als vor den Zug. Und richtiger! Der Tod wird im Kino viel richtiger gezeigt als die Liebe – der Tod und die Hüte und die Kleider. Wegen denen lohnt es sich, ins Kino zu gehen. Denn wenn es die Pariser Mode ist, dann ist es auch die Pariser Mode und nicht so ein Betrug wie mit der Liebe. Bei der Mode ist es nicht nötig zu betrügen wie bei der Liebe, und darum liebe ich die Mode mehr als die Liebe. Die Liebe, weißt du, Irma, ist Sache der Dummen und der Kinder, aber die Mode weiß nur ein Mensch mit Verstand zu schätzen. Das kann man vom Kino lernen – was es heißt, richtig zu sehen, ich meine, sinnvoll zu sehen. Die Menschen gucken nicht richtig hin, und deshalb sehen sie die Dinge verzerrt, sehen die Liebe und ärgern sich, wie ich heute, denn dieser Glatzkopf hat mich bald um den Verstand gebracht. Seufzt und stöhnt, als würde die Liebe nur aus Seufzen und Stöhnen bestehen! Das ist doch der reinste Betrug! Denn glaub mir – der seufzt nicht, der tut nur so, als würde er seufzen. Genau dasselbe, wie mit dem Kino! Dir wird gezeigt, dass das unschuldige Mädchen mit dem jungen Mann vor den Altar tritt, aber es stimmt nicht – vor den Altar tritt die falsche Schlange, denn die Männer sind dumm, wenn es um Liebe geht, die Männer sind Lumpen, weißt du, deshalb …«

So legte Lonni Irma das Kino und die Liebe dar, als sie langsam in Richtung Heimat stapften. Aber Irma hörte kaum zu, denn sie machte sich ihre eigenen Gedanken. Sie dachte darüber nach, wie fröhlich sie von ihrer neuen Stelle nach Hause gekommen war, im Herzen so etwas wie der Beginn eines neuen Lebens. Und mit welcher Freude sie sich gemeinsam mit Lonni auf den Weg ins Kino gemacht hatte, ohne dass es ihr auch nur im Geringsten um die Cents gegangen war, die sie nun sozusagen in den Wind schreiben musste.

Denn jetzt fühlte sie in der Brust eine schwer lastende Leere, so als würde sie alles bereuen, was sie getan hatte. Selbst ihre neue Stelle, eben noch Grund zu großer Freude, war ihr gleichgültig, sogar unangenehm geworden. Denn was stellte sie denn, nüchtern betrachtet, dar? Nichts anderes als eine Dienstmädchenstelle, nur dass der Arbeitsort klein, bequem und sauber war, die Familie aus zwei Personen bestand, einer Schwester und einem Bruder, gebildeten Menschen, dass der Lohn angemessen war und eine Zusatzvereinbarung galt, derzufolge Irma abends ein paar Stunden zum Besuch ihrer Kurse frei bekam.

Letzteres war die Hauptsache, darüber hatte sie sich am meisten gefreut. Denn, so meinte sie, diese Stelle sei sie nur so lange zu behalten gezwungen, bis die Kurse absolviert waren, danach würde sie gewiss eine Stelle finden, die ihrer

Bildung entsprach. Das hieß, nur ein paar Monate Anstrengung und in gewissem Maße Selbsterniedrigung, dann sind alle Schwierigkeiten überwunden. Bestimmt wird sie die Zeit überstehen, sie wird die Zähne zusammenbeißen und, wenn es sein muss, auch leiden. Denn was bleibt jemandem wie ihr im Leben schon übrig?

Mit diesen grüblerischen Gedanken im Kopf und einem halben Ohr bei Lonnis Reden gewann sie zwar nicht die einstige Freude, doch immerhin ihr Gleichgewicht zurück. So fiel sie zur Nacht in einen süßen Schlaf, und am nächsten Morgen packte sie ihre Siebensachen, um an den neuen Arbeitsplatz umzuziehen.

»Nun, was sagt dein Herz dazu?«, fragte die Tante kurz vor dem Abschied.

»Sagen tut es nichts«, antwortete Irma, »es schmerzt nur ein wenig.«

»Ja freilich«, pflichtete die Tante bei, »ein junges Herz kann nie ohne Schmerz. Sogar mir altem Weibe schmerzt es manchmal, als sei wer weiß was im Anzug, aber nichts ist im Anzug, alles ist gut. Hauptsache, du bist flink und gehorsam und hütest deine Zunge. Hüte sie auch dann, wenn du recht hast, denn die Herrschaften wollen, dass nur sie recht haben. Sogar mir passiert es, dass sie kaputte Wäsche bringen und hinterher behaupten, sie hätten heile gebracht. Himmel hilf, sag ich, wie denn heil, wenn sie doch kaputt war! Aber da ist nichts zu machen, es bleibt dabei, dass die Wäsche heil gewesen ist und ich sie kaputtgewaschen habe. Genauso mit den Flecken! Die haben immer die Waschfrauen gemacht! Alle Flecken! So sind die Herrschaften. Drum merk dir eins: Reden ist Silber, Schweigen ist Gold.«

Mit dieser Weisheit begab sich Irma auf den Weg. Ihren kleinen Koffer und das Paket hätte sie mit der Hand tragen können, aber sie meinte, es zeuge von feineren Manieren, ein Auto zu nehmen, obwohl es ihr um das Geld schrecklich leid tat.

Auf der neuen Stelle öffnete der Hausherr selbst die Tür, er war höflich und freundlich und nahm Irma den Koffer ab, um ihn in ihr Zimmer zu bringen. Dann machte er Irma mit der Hausordnung bekannt und sagte schließlich, dass seine Schwester für ein paar Tage habe verreisen müssen und sie deshalb in den nächsten Tagen vielleicht kein Mittagessen bereiten sollten. Er, der Herr, würde auswärts speisen, und Irma möge im Hause etwas finden. Da hierdurch freie Zeit bliebe, solle Irma herausbekommen, wann die Kurse stattfanden, von denen sie beim Vertragsabschluss gesprochen hatte, sodass man sich ein wenig danach richten könne. Abends würde der Herr zu Hause einen Tee nehmen, und wenn nicht, wie es durchaus vorkäme, denn da seien Sitzungen, Zusammenkünfte und Beratungen, dann würde er sie rechtzeitig in Kenntnis setzen. Irma könne doch mit einem Telefon umgehen? Ja natürlich, sie ist ja ein gebildetes Fräulein, sicher wird sie mit einem Telefon zurechtkommen. Die Hauptsache: Manchmal werde angeläutet, wenn er, der Herr, nicht daheim sei, und es werde eine wichtige Mitteilung weitergegeben, dann solle umgehend auf einem Papier die Mitteilung, der Anrufer und die Telefonnummer vermerkt werden. Das sei einstweilen alles. Es möge ein bisschen knifflig klingen, aber sicherlich werde Fräulein Irma sich eingewöhnen, denn sie sei ja sozusagen höher entwickelt. Gerade einen gebildeten Menschen habe er, der Herr, gesucht, denn mit einem Gebildeten falle es viel leichter, die Dinge zu regeln, er habe mehr Umsicht und Verständnis. Hier gehe es nicht nur darum, dass man seine Arbeit zu tun wisse, nein, man müsse auch verstehen,

49

so ein wenig die Hausfrau zu spielen, sozusagen die Dame des Hauses.

»Das macht Sie lachen, das klingt spaßig, nicht wahr?«, fragte der Herr und fuhr fort: »Aber es hat durchaus seinen Sinn, die Dame des Hauses zu spielen. Sie sind wahrscheinlich noch nicht lange in der Stadt, und deshalb kennen und durchschauen Sie unsere sogenannte ›Sachwirtschaft‹ nicht. So nenne ich es. Das bereitet übrigens meiner Schwester großes Vergnügen. Denn stellen Sie sich vor – Hauswirtschaft, Misswirtschaft, Sachwirtschaft, aber andererseits – Liebschaft, Leidenschaft, Rechenschaft. Die Sachwirtschaft hierzulande besteht nämlich darin, dass der eine ungemein am anderen interessiert ist. Ungemein! Die eigenen Belange, das heißt, die eigene Sachwirtschaft spielt keine Rolle, die mag von ihm aus in die Binsen gehen, und das tut sie auch, aber die Hauptsache ist, was tut der andere, was hat der andere, wie steht es um den anderen, wer gibt sich mit dem anderen ab, wo ist der andere. Und dann wird getuschelt, gerätselt und gegrübelt. Sie, zum Beispiel, sind erst seit heute hier, aber ich bin sicher, ich könnte sogar meinen Kopf verwetten oder, salopp gesagt, einen Besen fressen, dass schon so manches Weiblein hier im Hause etwas tuschelt, irgendwohin geht, jemanden dies und das fragt, durch die Blume natürlich, Sie verstehen, und sowie Sie Ihren Fuß vor die Tür setzen, erwartet Sie am Hoftor oder am Schmutzwasserfass, an der Abfalltonne, am Treppenabsatz oder irgendwo hinter der Ecke ein weibliches Wesen, das Sie sogleich in ein Gespräch verwickelt, darüber, wer Sie sind, wessen Tochter, woher Sie kommen, vom Lande oder aus der Stadt, wie alt, gibt es Verwandte und Bekannte, wo wohnen die, was bekleiden sie für ein Amt, sind sie reich oder arm? Und so weiter und so fort, denn Fragen nehmen in unserer Welt niemals ein Ende. Natürlich,

mir ist es gleichgültig, was alte Weiber über mich oder über
jemand anderen schwatzen, aber Ihnen gebe ich in Ihrem eigenen Interesse den dringenden Rat: Hören Sie nicht auf die
Klatschbasen und Tratschtanten, reden Sie nicht mit ihnen!
Ich möchte, dass mein Haus von solcherart Sachwirtschaft
verschont wird und auch die Person, die mit mir unter einem
Dache lebt und sich in meinen Räumen bewegt, in dieser
Hinsicht rein und unberührt bleibt. Denn ich möchte, dass
es auf dieser Welt wenigstens einen Winkel gibt, in dem ich
geschützt bin vor den bösen Zungen, den fragenden Blicken,
den falschen Anschuldigungen, den Missverständnissen, mit
einem Wort, vor alledem, was man Lebenskampf nennt.
Fräulein Irma, Sie sind noch jung, Sie wissen noch nicht,
was Leben und Lebenskampf bedeuten. Sie ahnen nicht, wie
bösartig und ungerecht, wie gemein die Menschen sind, wie
wenig es auf dieser Welt Ehrlichkeit, Gerechtigkeit, Offenheit, Treue und Liebe gibt, ja, Letztere ganz besonders. Und
wenn jemand unglücklicherweise ein wenig anders beschaffen ist, dann steht er wie ein Wolf in der Ecke des Käfigs und
fletscht die Zähne. Deshalb, Fräulein Irma, wenn auch Sie
ein wenig anders beschaffen sind als die anderen Menschen,
wenn Ihnen der Sinn nach Höherem steht und Sie Ziele und
Ideale vor Augen haben, dann keinerlei Verweilen – weder
am Hoftor noch am Schmutzwasserfass, weder an der Abfalltonne noch auf dem Treppenabsatz oder hinter irgendeiner
Ecke, keinerlei Getuschel mit den Weiblein und anderen Bediensteten, selbst wenn sie jung wie Sie sein sollten, denn in
der Stadt sind die Menschen schon von klein auf verdorben,
sozusagen vom Mutterleibe an. Wenn wir uns in dieser Sache
verstehen, einander mit Ehrlichkeit begegnen, dann können
wir lange zusammenbleiben, und sei es lebenslänglich. Lachen Sie nicht! Spaß beiseite, der Mensch verspürt manch-

mal wirklich ein nahezu unbezwingbares Bedürfnis, allein zu sein, was auch ›allein zu zweit‹ bedeuten kann, aber wie soll er allein oder zu zweit sein, wenn er allerorten von Getuschel und neidischem Zungewetzen umgeben ist. Sodass Sie jetzt einen kleinen Einblick in unsere Hausordnung haben und sich danach richten, sozusagen einrichten können. Und was Ihre Kurse anbetrifft, so bringen Sie heute und morgen die Zeiten in Erfahrung, damit Ordnung im Hause einzieht, denn ebenso wie meine Schwester liebe ich Ordnung, Sauberkeit und Ordnung. Das ist sozusagen an uns haften geblieben, denn wir sind viel und weit gereist. Zudem sind wir keine reinen Esten, denn unsere Mutter hatte schwedisches Blut. Von unserem Vater weiß man nicht mit Genauigkeit zu sagen, was er für ein Landsmann war, aber die Mutter war mit Sicherheit schwedischer Abstammung. Und der Schwede liebt Sauberkeit und Ordnung …!«

IV

Als der Hausherr schließlich gegangen und Irma allein geblieben war, setzte sie sich auf den erstbesten Stuhl und blieb eine ganze Weile sitzen. Etwas Wohltuendes und Lichtes durchströmte ihren Körper und drang selbst bis in die Finger- und Zehenspitzen vor. Nie zuvor hatte Irma gehört, dass ein Mann, zudem ein vornehmer Herr, der sogar ein bisschen fremdes Blut in sich hatte, so schlicht und herzergreifend sprechen konnte, außerdem so anschaulich und verständlich. Gebe Gott, dass die Schwester, wenn sie eines Tages zurückkehrt, genauso offen und herzlich ist!

Anders gesagt, so hatte sich Irma immer einen gebildeten Mann vorgestellt, deshalb lag hierin, verglich man den Hausherrn mit ebendieser Vorstellung, nichts Ungewöhnliches. Ungewöhnlich war vielmehr die Tatsache, dass man auf etwas gestoßen war, das mit der eigenen Vorstellung übereinstimmte. Dies ist das Ungewöhnliche, das dem Leben seinen Wert verleiht, es kostbar und segensreich, um nicht zu sagen – ideal macht. Ja, das Leben kann ideal sein, wenn es ideale Menschen gibt, und dass Männer eher ideal sind als Frauen, das fühlte Irma, hier und heute auf diesem Stuhl sitzend, ganz deutlich.

So in ihren Gedanken versunken, wäre sie womöglich wer weiß wie lange sitzen geblieben, wenn es nicht an der Tür geläutet hätte. Etwa der Herr?, fuhr es ihr durch den Kopf. Aber nein, es war nur ein kleines fülliges Weiblein, das höflich, beinahe unterwürfig einen guten Tag wünschte und wissen wollte, ob das Fräulein gedenke, für immer hierzubleiben oder nur für eine gewisse Zeit, denn sie sei die *Frau Hauswart* und müsse darüber wachen, dass im Hause keine Personen *ungemeldet* wohnten. Der Hausherr sei in diesen Dingen (also in der Sachwirtschaft, ergänzte Irma im Stillen, sich an den Ausspruch des Herrn erinnernd) schrecklich *kapriis*, gerade letztes Jahr habe er eine Lektion bekommen, von der Polizei natürlich, die ihm eine *strahv* verhängt hatte, denn es wäre jemand eine ganze Woche ungemeldet gewesen. Deshalb also komme sie, die hier mit ihrem *Ehgemahl* schon seit Generationen Hauswart ist, lieber gleich und bitte auch sehr um Verzeihung wegen der Störung, und wollte fragen, ob sie, wenn das Fräulein gänzlich hier bliebe, den Pass des Fräuleins zum Melden bekommen könne.

»Leider habe ich meinen Pass nicht hier«, gelang es Irma schließlich, den Wortschwall der Frau Hauswart zu unterbrechen, »ich habe ihn bei meiner Tante vergessen. Aber …«

»Ach, das Fräulein hat eine Tante in der Stadt?«, fragte Frau Hauswart, als sei sie hoch erfreut darüber.

»Ja, ich habe eine Tante in der Stadt«, antwortete Irma. »Nachher gehe ich zu ihr und dann …«

»Dann hat wohl die Tante dem Fräulein die Stelle hier besorgt?«, unterbrach Frau Hauswart Irma.

»Ja, die Tante hat sie besorgt, und wenn ich zu ihr gehe, bringe ich den Pass mit, also …«

»Also ist die Tante mit dem Herrn bekannt oder vielleicht sogar verwandt?«, forschte Frau Hauswart, die plötzlich an Irmas Pass und dem Ungemeldetsein jegliches Interesse verloren zu haben schien.

»Das nicht gerade«, meinte Irma, ohne recht zu wissen, was sie darauf antworten sollte, denn sie ahnte, dass die

Sachwirtschaft, vor der sie der Herr so eindringlich gewarnt hatte, bereits ins Rollen geraten war.

»Nun, wie soll man sagen«, bohrte Frau Hauswart vorsichtig weiter, »dann ist er kein Verwandter, sondern ein Bekannter. Wenn ich das Fräulein fragen darf, schon lange bekannt oder erst seit Kurzem?«

»Das weiß ich nicht, ich habe die Tante nicht gefragt, ich bin ja gerade erst vom Lande gekommen, also morgen dann …«, sagte Irma.

»Ach, das Fräulein ist gerade erst vom Lande gekommen!«, wunderte sich Frau Hauswart. »Nehmen Sie es mir nicht übel, aber stammt das Fräulein von einem Hof, oder sind die werten Eltern Kaufleute, Schuhmacher, Sargschreiner, ich meine, all das, was es so in der weiten Welt gibt?«

»Weder das eine noch das andere«, antwortete Irma und fügte rasch hinzu: »Heute hole ich den Pass von der Tante, morgen können Sie mich anmelden.« Sprach's und schloss die Tür.

Für dieses Mal hatte sie die Sachwirtschaft hinter sich gebracht. Gott sei Dank hatte der Hausherr sie gewarnt, sonst hätte Irma noch wer weiß was über sich und die Ihren ausgeplaudert. Aber auch so hatte sie vielleicht schon zu viel gesagt. Nun, beim nächsten Mal wird sie sich klüger verhalten, denn dann ist sie bereits gewappnet. Mit diesem tröstlichen Gedanken begann sie die Zimmer aufzuräumen, dabei bemüht, die Weisheiten der Tante im Auge zu behalten: beim Staubwischen nichts kaputtmachen, nichts fallen lassen und alles schön dahin zurückstellen, wo es gestanden hat. Wenn es nicht leicht zu merken ist, dann vorher genau hinschauen, mehrmals hinschauen, die Ordnung im Hause auswendig lernen, sich hinter die Ohren schreiben und dann erst zur Tat schreiten.

Also begann Irma mit dem Hinschauen und Auswendiglernen der häuslichen Ordnung, sie ging durch die Zimmer und schaute, berührte einen Gegenstand hier, einen anderen da, versuchte die eine und andere Schublade, die eine und andere Tür zu öffnen, denn auch die gehörten zum Bestand der häuslichen Ordnung. Schließlich blieb sie vor einem Bücherschrank mit zur Hälfte verglasten Türen stehen, aus dem ihr goldglänzende Buchrücken entgegensahen. Sie versuchte die Aufschriften zu entziffern, und um es sich dabei leichter zu machen, öffnete sie die Schranktür, in der der Schlüssel steckte. Zu ihrer Überraschung fand sie nur im oberen Teil Bücher, und zwar die, deren vergoldete Rücken durchs Glas geschienen hatten, während sich im unteren Teil andere Gegenstände befanden: Alben, Modejournale, alte Zeitungen und Briefe, Pappkartons, entweder leer oder angefüllt mit irgendwelchem Beiwerk der neuesten und nicht mehr neuesten Mode, abgetragene Schuhe und Pantoffeln, ein Paar neue Galoschen und anderes mehr.

Nach dem Bücherschrank wandte sich Irma dem Kleiderschrank zu – wenn schon Schränke kennenlernen, dann gründlich! Auf der einen Seite des Kleiderschrankes hingen drei verschiedene Anzüge, außerdem ein Smoking und ein Frack. Die andere Seite war verschlossen. Das heißt, da sind die Kleider der Schwester, dachte Irma, und große Neugier machte sich in ihr breit, ja, Irma brannte förmlich darauf, auch diesen Teil des Schrankes in Augenschein zu nehmen. Aber wo könnte der Schlüssel sein? Ach natürlich, die Schwester hat ihn mitgenommen! Dann kam Irma ein hilfreicher Gedanke: Vielleicht hatten ja beide Schranktüren ein und denselben Schlüssel. Sie ging hin und probierte es aus: Genau so war es! Doch wie groß waren Enttäuschung und Überraschung, als sie in der anderen Schrankhälfte nur Leibwäsche fand. Dass sie nicht gleich darauf gekommen war! Das musste doch so sein, denn für Wäsche war im Hause gar kein anderer Platz vorgesehen. Aber wo waren die Kleider der Schwester, wo könnten sie nur sein? Irma durchmaß die gesamte Wohnung, dachte nach und schaute hin. Nirgendwo – soviel stand jetzt fest. Die Schwester musste ihre Sachen mitgenommen haben. Aber wozu, wenn sie nur für ein paar Tage verreist war, wie der Herr gesagt hatte? Oder besaß sie nicht mehr Kleider als die, die sie auf dem Leibe trug? Der Bruder hatte seine fünf, sechs Kleidungsstücke zum Wechseln, die Schwester aber nur eines oder zwei: Das eine hatte sie an, das zweite, vielleicht noch ein drittes, trug sie im Handgepäck bei sich? Aber irgendwo musste sich doch wenigstens ein einziges Wäschestück finden, ein Strumpf oder etwas Ähnliches. Aber es fand sich nichts. Irma stach nichts ins Auge, fiel nichts in die Hände, so sehr sie auch suchte.

Es kam ihr vor, als sei sie einem Verbrechen auf der Spur. Lange stand sie in der Zimmermitte und hing ihren Gedanken nach. Dann machte sie sich an die Arbeit, aber die Gedanken kreisten immer noch in ihrem Kopf herum. Sie kreisten sogar dann noch, als Irma schon zur Tür hinaus war, um zur Tante zu eilen und sich mit ihr zu beratschlagen. Es fehlte nicht viel, dass Irma auch ihren Koffer und das Paket genommen hätte und auf Nimmerwiedersehen verschwunden wäre, mit einer höflichen Zeile als Erklärung auf dem Tisch, dass die Stelle nicht das Richtige für sie gewesen sei. Doch was dann? Wo sollte sie hin? Woher eine annähernd so gute Stelle nehmen? Und warum sollte die neue Stelle besser sein als die alte? Also – zunächst einmal sich mit der Tante besprechen, vielleicht ist alles doch nicht so schlimm, wie Irma befürchtet. Vielleicht hat der Herr doch eine Schwester, und alles ist gut. Außerdem, ein paar Tage könnte man es trotz allem versuchen, in so kurzer Zeit würde schon nichts passieren.

Aber die Tante neigte zu der Ansicht, dass es klüger gewesen wäre, wenn Irma ihre Sachen mitgenommen hätte, um nach einer anderen Stelle zu suchen. Denn hat man einmal angefangen zu suchen, dann soll man beharrlich weitersuchen, so lange, bis die richtige Stelle gefunden ist. Und doch, als Irma ihre Sachen holen wollte, hielt die Tante sie zurück und empfahl Lonnis Heimkehr abzuwarten, um auch deren Meinung zu hören. Denn Lonni habe in solchen Angelegenheiten »eine Nase«, sie kenne sich mit den heutigen Sitten weit besser aus als sie, die alte Tante. Aber Irma stockte das Herz, als sie das hörte, denn sie meinte, wenn Lonni über ihr Schicksal zu entscheiden habe, dann sei sie verloren. Lonni würde ganz gewiss so entscheiden, dass es nur ihr und nicht Irma zugute kam, wenn die ganze Sache zu einem vernünftigen Ende gebracht werden sollte.

Lonni jedoch, als sie Irma mit sorgenvoller Miene dasitzen sah, entbrannte in flammender Neugier, was denn jetzt wohl wieder los sei. Sie überschüttete ihre Mutter und die Base mit derart vielen Fragen, dass es kaum möglich war zu erklären, worum es ging. Aber eines stand für Lonni sofort fest, felsenfest: Irma war an einen ledigen Herrn geraten.

»Wie ist er denn so?«, fragte Lonni. »Gefällt er dir? Das heißt, könnte er dir gefallen?«

Das war nach Irmas Meinung so plump und dreist gefragt, dass sie nichts zu antworten wusste, sondern nur spürte, wie ihr das Blut ins Gesicht stieg. Das aber schien Lonni zu genügen, denn sie sagte:

»Du wirst rot, also gefällt er dir.«

»Lonni!«, rief Irma in heiligem Zorn und sprang vom Stuhl auf, als wolle sie der Base an die Kehle fahren.

»Nun bleib mal ganz ruhig sitzen«, meinte Lonni beschwichtigend, um sogleich fortzufahren: »Ist er jung, alt, mittel? Blond? Schwarz? Was für Augen? Klein oder groß?«

»Wenn du so fragst, sage ich gar nichts mehr«, schmollte Irma.

»Meine Liebe, du bist ja schon bis über beide Ohren verliebt, wenn man nicht mal mehr fragen darf, ob er jung ist oder alt, schwarz oder weiß, groß oder klein!«, rief Lonni.

»Wenn ich ihn wenigstens mal sehen könnte, dann würde ich nichts mehr fragen, aber was soll ich denn machen, was soll ich dir für einen Rat geben, wenn du nichts sagst! Sag wenigstens so viel – hat er mit dir gesprochen? Und worüber habt ihr gesprochen?«

Ja, natürlich hatte er gesprochen, er war sogar gesprächig gewesen und hatte sehr nett gesprochen. Irma erinnerte sich an viele seiner Worte und Gedanken. Auch die Frau Hauswart sei sehr gesprächig gewesen, vielleicht wohnten in diesem Hause überhaupt nur gesprächige Menschen. Aber das interessierte Lonni nicht. Sie wollte auf einmal wissen, ob Irmas Tür abzuschließen sei oder nicht. Hat Irmas Zimmer eine ordentliche und sichere Tür, die man abschließen kann? Und hat das Zimmer ein Fenster, aus dem man springen könnte?

»Die Wohnung liegt im ersten Stock«, sagte Irma.

»Das macht nichts«, meinte Lonni. »Du musst ja nicht gleich springen, es genügt, dass du das Fenster aufmachst und damit drohst.«

»Und wenn das nicht hilft, was dann?«, fragte Irma hilflos, so als würde sie bereits auf der Fensterbank stehen, während gierige Hände nach ihr zu greifen suchten.

»Dann machst du das Fenster auf und schreist«, erwiderte Lonni.

»Ob das wohl hilft?«, wagte Irma zu bezweifeln.

»Meine Güte, wenn es nicht hilft, dann springst du eben«, antwortete Lonni, beinahe gereizt, dass Irma so dumm fragen konnte.

»Nein, dann gehe ich besser gleich und hole meine Sachen«, sagte Irma entschlossen und erhob sich, als wolle sie sich unverzüglich auf den Weg machen. Doch Lonni sagte ruhig und bestimmt:

»Ich an deiner Stelle würde meine Sachen nicht holen.«

»Du würdest lieber aus dem Fenster springen?«, fragte Irma spöttisch.

»Nein, meine Liebe«, antwortete Lonni. »Hör zu, was ich dir sage. Wenn er blond und schmächtig ist und gleich zu Anfang so viele schöne Worte macht – natürlich ist alles gelogen, er lügt, dass sich die Balken biegen –, aber weil er so viele und schöne Worte macht, denk ich mir, dass er unansehnlich ist und mehr an seine Worte glaubt als an sich selbst. Verstehst du! Er meint oder weiß – natürlich weiß er, denn du wirst nicht die erste sein, zu der er so spricht –, er weiß genau, dass er mit seinen dünnen glatten Haaren kein junges Mädchen hinter dem Ofen hervorlockt, denn wir alle träumen doch von lockigem Haar …«

»Was soll das Geschwätz, sprich vernünftig! Irma hat gewartet und gewartet, und jetzt redest du so ein dummes Zeug«, fiel ihr an dieser Stelle die Mutter ins Wort.

»Was heißt dummes Zeug!«, empörte sich Lonni. »Du, Mutter, misch dich nicht ein, denn du hast überhaupt keine Ahnung, was uns junge Leute bewegt.«

»Bin ich etwa nicht jung gewesen?«, wollte die Mutter wissen.

»Was weiß ich«, gab Lonni zurück. »Solltest du es jemals gewesen sein, dann hast du deine Jugend aber gründlich vergessen.«

»Gar nichts hab ich vergessen«, ereiferte sich die Mutter, »nur hab ich nicht nach Locken Ausschau gehalten, sondern danach, ob der Mann eine Familie ernähren kann, danach hab ich ausgeschaut, so wie alle jungen Mädchen.«

»Und, wie ist es gekommen?«, wies Lonni die Mutter zurecht, »so ist es gekommen, dass du dich dein halbes Leben lang mit deiner eigenen Hände Arbeit ernähren musstest und zum Schluss sogar noch deinen Mann und mich, dein Kind, und du hättest noch mehr Kinder ernährt, wenn sie nicht gestorben wären. Daran siehst du doch, wie falsch du gelebt und geliebt hast. Deshalb rede nicht dazwischen, wenn wir versuchen, klüger zu sein im Lieben und Leben als du. Denn die Liebe meldet sich vor allem dann, wenn der Angebetete schwarze Locken hat, das ist das einzig Wahre. Wenn er Locken hat, und dann noch schwarze, dann ist man wunschlos glücklich. Mutter, erinnere dich doch an meinen Ruudi! Der hatte Locken, zwar nicht allzu viele, aber immerhin. Und das ist, soviel ich weiß, der einzige Mann, den ich ernsthaft geliebt habe.«

»Du kannst gar nicht ernsthaft lieben«, versetzte die Mutter.

»Wie kommst du denn darauf!«, verteidigte sich Lonni. »Ich kann sehr wohl, nur muss es der Richtige sein, so einer wie Ruudi. Wenn die falsche Schlange nicht dazwischen gekommen wäre, die Ruudi sonstwas eingezischelt hat, dann wäre ich jetzt vielleicht verheiratet und glücklich. Aber dumm war der Ruudi mit seinen Locken, dumm wie Bohnenstroh. Du hast ihn doch gesehen, Mutter: Er sitzt eine ganze halbe Stunde da und kriegt den Mund nicht auf, und wenn er ihn endlich aufkriegt, dann kommt nur klingende Schelle raus, kannst ihm gleich die Kuhglocke umhängen und ihn zu den anderen Rindviechern schicken, denn ohne

Glocke würde er sich im Wald verlaufen. Wegen der Glocke war ja auch Schluss mit uns, denn er hat mich gefragt: Was für eine Kuhglocke? Da hab ich gesagt: Die, die dir schon was ins Ohr geschellt hat! Und: Diese Kuhglocke kannst du dir jetzt um den Hals hängen, und dann geh mit ihr zum Pastor! Ja, da hat er sich dann die Kuhglocke genommen und ist zum Altar marschiert. Aber das gehört nicht hierher, das geht nur mich was an. Hierher gehören Ruudis Locken und dass er ein Trottel war, weswegen er kein ordentliches Wort zustande gebracht hat. Aber es war ja auch nicht nötig, ich hab ihn ja auch so geliebt, und wahrscheinlich liebe ich ihn heute noch, denn wieso hab ich seitdem mit keinem einzigen Mann mehr Glück gehabt und kein einziger Mann mit mir. Wegen Ruudis Locken. Denn wozu große Reden halten, wenn du doch Locken hast. Was anderes ist es, wenn du keine Locken hast, wenn du überhaupt nicht der Menschenschlag bist, ja dann ist das natürlich eine ganz andere Sache. Dann hilft dem Mann nichts, als große Reden zu schwingen. Aber im Grunde ist es egal, ob einer Locken hat oder ob er schön reden kann. Manchmal ist reden sogar besser als Locken. Reden ist zwar falsch und Locken sind echt, denn Locken lügen nicht, aber wenn du merkst, dass ein Mann deinetwegen lügt und dabei versucht, besonders schön zu lügen, dann tut dir das so gut, dass du die Locken mit einem Schlag vergisst. Denn Locken können ja auch aussehen wie Ochsenhörner, und wie lange mag man sich mit einem Hornochsen abgeben …«

»Hör mal, du kommst ja gar nicht mehr los von deinem Ruudi und seinen Locken«, unterbrach die Mutter den Redeschwall der Tochter.

»Und wie ich von ihm loskomme!«, entgegnete Lonni, fuhr aber ungerührt fort: »Und du, Irma, pass jetzt gut auf, wenn du überhaupt aufpassen willst. Deiner hat nämlich keine Locken, wenn er gleich so schöne Worte macht, und er wird auch keine kriegen. Deshalb wird er weder dich noch dein Herz brechen, so wie Ruudi es mit mir gemacht hat, sondern er ist wie eine Spinne, die ihr Netz spinnt. Wie eine Seidenraupe. Und die schönen Worte, die sind sein Spinnennetz und die Seidenraupenseide. Sowie du zurückkommst, wird er anfangen, sein Netz für dich zu spinnen – und dann spinnt er und spinnt … Aber merk dir eins: Er lügt. Der Mann lügt, so wie er anfängt schön zu reden. Mädchen lügen natürlich auch, aber das ist jetzt unwichtig. Du musst dir nur merken, dass der Mann lügt, nichts weiter, denn sonst fängst du an, ihm zu glauben. Und auch an die Lüge fängst du schließlich an zu glauben, aber mit der Lüge hältst du es länger aus als mit der Wahrheit, insofern ist die Lüge besser. Und zwar glaubst du deshalb an die Lüge, weil du meinst: Der Mensch muss doch was mit dir vorhaben, wenn er so sehr drauf aus ist, dich anzulügen. Denn warum sonst müht er sich so ab und hält nicht einfach den Mund. Und so wie du mit der Lüge da angekommen bist, dass du hinter ihr die Wahrheit suchst, dann hast du schon verloren. Dann ist wirklich das Beste: Fenster auf, sich aufs Fensterbrett stellen und schreien, oder gleich, Hals über Kopf – runter aus dem ersten Stock!«

»Du machst mir richtig Angst«, sagte Irma. »Das heißt, egal ob Locken oder Worte, es wird gesprungen. Und somit …«

»Nein, liebes Kind«, berichtigte Lonni Irma, »wenn er Locken hätte, dann wärst du nicht hergekommen, um unseren Rat zu hören, so sieht es nämlich aus. Dann wärst du schön dageblieben, hättest an seine Locken gedacht und auf ihn gewartet. Bei mir ist das mit Ruudi so, und bei dir wäre es nicht anders. Aber deiner hat keine Locken, deswegen bist du hergekommen, und du hast noch Zeit genug, aus dem ersten Stock zu springen, wenn es denn sein muss. Aber deine Zimmertür, die schließ zur Nacht ab, und den Schlüssel lass stecken und bind ihn zusätzlich an der Klinke fest, damit man ihn nicht von außen durchs Schlüsselloch zurückzuschieben und mit einem anderen Schlüssel aufschließen kann. Wenn der Herr irgendwie Wind davon bekommt, dann sag ihm, dass du dich vor Dieben und Räubern fürchtest, schon von Kind an, denn damit hat man dir damals dummerweise gedroht, sodass dir die Angst immer noch in den Knochen steckt. Du würdest kein Auge zumachen, solange die Tür nicht fest verschlossen und der Schlüssel nicht angebunden ist, denn zu Hause hat die Mutter es so gemacht, und hier machst du es so, und zwar deshalb, weil deine Mutter nicht hier ist und du jetzt an ihrer Stelle selber für dich sorgen musst.«

»Das ist alles so schrecklich! Ich getraue mich gar nicht mehr, meine Sachen zu holen, meinetwegen sollen sie für immer dort bleiben!«, rief Irma aus.

»Du bist mir vielleicht ein Dummerchen«, gab Lonni zu verstehen.

»Du bist aber auch nicht besser«, mischte sich jetzt die Mutter wieder ins Gespräch. »Erst machst du ihr Angst auf *Deibelkommraus*, und dann verlangst du, dass sie in die Höhle des Löwen geht.«

»Ach du meine Güte!« Lonni lachte kopfschüttelnd. »Wo ist da wohl eine Löwenhöhle? Ich sehe nicht mal eine Löwenmähne! Pass auf, dass dir keine Glatze entgegenleuchtet …«

»Du musst andere Leute immer nur schlecht machen«, sagte Irma. »Er hat schöne dicke Haare auf dem Kopf.«

»Ja wenn sie schön und dick sind, was reden wir dann

noch«, meinte Lonni, »geh zu ihm, und die Sache ist in Ordnung. Aber ich gebe dir mein Wort, so wahr ich deine Base bin, dass ich ihn bei lebendigem Leibe fresse, wenn er dich aus dem ersten Stock runterjagen sollte. Das Schlimmste, was er dir antun kann, ist, dass er dich so lange anlügt, bis du anfängst ihn zu lieben. Das ist nämlich auch möglich. Aber da ist nichts zu machen, denn irgendwann musst du ja doch zum ersten Mal lieben, und dann schon besser jetzt als nie. Oder hast du schon geliebt?«

»Lass sie doch endlich in Ruhe, was willst du bloß von ihr!«, wies die Mutter Lonni zurecht.

»Wieso in Ruhe lassen, wenn ich ihr doch einen guten Rat geben soll«, antwortete Lonni. »Oder ist die Liebe etwas, für das man sich schämen müsste? Von Gottes Liebe reden alle, du und alle anderen, aber sobald ich ein Wort über die Menschenliebe verliere, heißt es gleich – Mund halten, in Ruhe lassen. Weißt du Irma, wenn du schon mal geliebt hast, dann hast du eine kleine Ahnung, wie das alles kommt, aber wenn nicht, dann kommt die Liebe über dich wie eine Sonnenfinsternis. Du denkst, dass dein Herz voller Wut ist, aber es ist voller Liebe. Solch wütende Liebe ist die schlimmste. Bei mir ist es mit Ruudi so. Aber er war nicht mein Erster, dafür sei Gott gedankt. Also, wenn du jetzt nachdenkst, hast du schon mal geliebt …?«

»Ich bin schon geliebt worden, aber …«, begann Irma.

»Auch gut«, sagte Lonni. »Besser als nichts. Manchmal ist es sogar besser, wenn dich der andere liebt und nicht du ihn. Das ist eine gute Schule, denn du siehst deutlicher, wie dumm die Liebe ist, hab ich Recht?«

»Der Eedi ist manchmal schrecklich dumm, das stimmt«, pflichtete Irma bei.

»Aha, also Eedi war der erste«, stellte Lonni fest, »und wir werden sehen, wer der zweite ist. Aber eins merk dir, wenn du da wieder hingehst: Mach dein Herz hart und fang nicht an zu lieben, halt einfach stand, dann tut's nicht weh. Am einfachsten ist es, wenn du dir sagst, soll er so schön reden, wie er will, er lügt ja doch. Aber wenn das nicht mehr hilft, das heißt, wenn du nicht mehr an die Lüge glaubst, dann ist wirklich nichts mehr zu machen, dann ist es ernst.«

Mit dieser zentnerschweren Weisheit verließ Irma die Tante. Aber sobald die Tür hinter ihr zufiel, sagte die Tante zu ihrer Tochter:

»Was hältst du denn nun wirklich von der ganzen Sache?«

»Was soll man davon halten«, antwortete Lonni. »Das Mädchen ist bis über beide Ohren verliebt, weiter gar nichts.«

V

Das »über beide Ohren verliebte« Mädchen begab sich in sein neues Heim, aber in einer Weise, als wollte es einen Schritt vor und zwei zurück gehen. Irma wusste selbst nicht, warum ihr Herz da tief drinnen so verzagt war. Und als sie schon mehr als die Hälfte des Wegs zurückgelegt hatte, fiel ihr ein, dass sie wieder den Pass vergessen hatte. Da lag er nun bei der Tante auf der Kommode in der kleinen Schachtel, während Irma als Hindernis für die Passanten mitten auf dem Bürgersteig stand und überlegte, ob sie weitergehen oder den Rückweg antreten sollte. Ginge sie weiter, was würde sie der Frau Hauswart antworten, die morgen kommen und den Pass holen wollte? Und ginge sie zurück, was würde sie dem Hausherrn antworten, der wahrscheinlich schon auf sie wartete und fragen würde, wo sie denn bereits am ersten Tag so übermäßig lange gewesen sei, dass man sie beinahe schon mit der Polizei habe suchen wollen.

Am Ende siegte die Angst vor der Frage des Hausherrn, und so setzte Irma den Weg fort, doch immer noch in der Weise, als täte sie einen Schritt vor und zwei zurück. Dabei grübelte sie unentwegt darüber nach, was es wohl bedeuten mochte, dass sie ihren Pass vergessen hatte. Es war bestimmt eine Warnung, ein Vorbote, dass sie etwas Ungutes erwartete.

Aber da war nichts zu machen, sie musste ihre Schritte setzen, denn sie spürte, dass sie es tun musste. Vielleicht hätte sie es nicht so sehr gespürt, wenn Lonni nicht zum Schluss gesagt hätte, das Schlimmste, was ihr passieren könne, sei, sich in den Hausherrn zu verlieben, und deshalb fühlte Irma, dass sie jetzt unbedingt gehen und sehen musste, ob ihr denn wirklich das Schlimmste passieren konnte.

Außerdem – hatte Lonni etwa recht, wenn sie behauptete, es sei das Schlimmste, sollte sie, Irma, sich in den Herrn verlieben? Irma ist doch ein Fräulein, warum kann denn ein Fräulein nicht einen Herrn lieben, was ist daran so schlimm? Sie selbst wird auch geliebt, und zwar vom Kalmhof-Eedi, mehr als genug, aber nun sollte auch sie jemanden lieben und dadurch endlich einmal erfahren, was es mit der Liebe auf sich hat.

Mit diesen grüblerischen Gedanken kam sie in ihrem neuen Heim an. Es war, wie sie befürchtet hatte: Der Hausherr erwartete sie bereits. Aber als Irma sich wegen ihrer Verspätung entschuldigen wollte, war er nachsichtig:

»Das macht doch nichts, das macht doch nichts, es ist doch erst der erste Tag, Sie mussten sich Ihren Erledigungen widmen. Künftig, ja dann ist es natürlich etwas anderes, dann muss im Hause Ordnung herrschen. Ich liebe Ordnung über alles. Das hat mich das Geschäft gelehrt, denn das Geschäft ist die Grundlage jeglicher Ordnung auf dieser Welt. Das Geschäft bringt dem Menschen Ordnung und Ehrlichkeit bei, denn im Geschäft kommt man mit Betrug nicht weit. Der Beamte mag betrügen, der Beamte mag sogar ein ausgemachter Gauner sein, das kümmert niemanden, er bekommt sein sicheres Gehalt aus der Staatskasse und pfeift auf die Ehrlichkeit. Es heißt: Kontrolle, Staatskontrolle. Aber wer ist die Kontrolle? Niemand anders als der Beamte selbst, der sein sicheres Gehalt bekommt und auf alles pfeifen kann. Doch im Geschäft geht es anders zu. Wo ist da das sichere Gehalt? Wenn du nicht ehrlich und ordentlich bist – Wechselprotest, und wenn du über deine Verhältnisse lebst – Bankrott! So geht es zu im Geschäft. Und ein Haushalt ist, wenn man es genau nimmt, auch nur ein Geschäft. Der Mensch führt einen Haushalt, weil es, geschäftlich gesehen, so günstiger und nützlicher ist, nichts weiter. Denn wenn es nicht nützlicher wäre, wozu sich damit plagen! Und deshalb muss im Hause peinliche Ordnung herrschen. Das Geschäft muss wie ein Glashaus sein, durchscheinend für alle, die nachschauen und kontrollieren wollen, und das Haus wiederum muss sein wie ein Kristallpalast, dessen man sich nicht einmal vor Gottes Angesicht schämen muss.«

Ob das wirklich alles gelogen ist, wie Lonni behauptet?, dachte Irma, sagte aber im selben Atemzug:

»Künftig werde ich pünktlich sein wie eine Uhr, denn auch ich liebe Ordnung.«

Kaum hatte sie das ausgesprochen, als ihr einfiel, wie die Mutter sie ständig wegen ihrer Nachlässigkeit und Unordnung gescholten und immerfort wiederholt hatte: »Was soll nur aus dir werden! Wie willst du einmal einen Haushalt führen!«, und wie Irma für gewöhnlich geantwortet hatte: »Ich werde meinen Haushalt nicht führen, sondern führen lassen!« Nun, da hatte sie es! Nichts da, weder Haushalt noch Dienerschaft, im Gegenteil, sie selbst war zur Dienerin anderer geworden. Und das erste, was sie ihrem Hausherrn zu bieten hatte, war eine Lüge, zudem eine offen ins Gesicht gesagte. Aber schon hatte Irma eine Entschuldigung parat. Wenn es nach Lonni ging, dann log der Hausherr, noch ehe Irma den Mund hatte aufmachen können, also warum sollte sie nicht mit einer Lüge parieren. Außerdem tat sie damit niemandem etwas an, wie auch der Herr mit seinen Lügen niemandem etwas antut, selbst wenn Irma ihn derentwegen am Ende anfinge zu lieben.

Irmas Gedanken wurden vom Hausherrn unterbrochen, denn er war ihr in die Küche gefolgt und begann in leicht warnendem, belehrendem Ton:

»Entschuldigen Sie, dass ich Sie weiterhin belästige, aber ...«

»Nicht doch, ich bitte Sie«, antwortete Irma freundlich.

»... aber ich wollte Ihnen nur ans Herz legen, mit der fixen Idee der Ordnungsliebe nicht zu weit zu gehen. Auch das Beste kann lebensgefährlich werden. Klares Wasser ist doch etwas ungemein Gutes, aber man kann davon trinken, bis man platzt, sogar ertrinken kann man darin. Nicht wahr? Ebenso ist es mit der Ordnung und Ehrlichkeit. Was hieße es für ein Geschäft, wenn es keinerlei Betrug gäbe? Verstehen Sie – keinerlei! Nein, solche Geschäfte gibt es nicht. Denn wozu Geschäfte machen, wenn man den anderen in keiner Weise übertrumpfen darf? Oder glauben Sie, ein Zigeuner tauscht ein Pferd nur aus Gemeinnutz und Nächstenliebe? Nein, er tut es, um überlegen zu sein, um schlauer zu sein als der andere, darauf kommt es an. Das ist Sport, das ist echter Sport, edler Sport. Deshalb sage ich ja immer, wenn ich mir Sportwettkämpfe anschaue – und ich schaue sie mir ständig an, denn ich liebe den Wettkampf –, dann sage ich, ach Brüder, das ist doch gar nichts, geht einmal mit einem Zigeuner euer Pferd tauschen, dann seht ihr, was Sport ist. Da kämpft man mit allem – mit Händen und Füßen, Mund und Augen, mit Geist und Seele, sogar mit der Peitsche und der Schindmähre, aber ihr fuchtelt hier nur mit euren Händen und Füßen herum. Fußball, ja der hat schon ein bisschen mehr mit Geist und Seele zu tun, denn hier kann man sehen, wie man dem Gegner ein Bein wegschlägt, ohne dass das Spiel annähernd so roh wäre, wie die Zeitungen behaupten. Du musst es so machen, dass der Gegner glaubt, er habe dir das Bein weggeschlagen, aber siehe da, plötzlich liegt er selbst auf der Nase, und jetzt hilft nichts mehr als die Gipsbandage. Genau so macht es der Zigeuner. Der Zigeuner lässt seine Schindmähre für einen Augenblick glauben, dass sie besser sei als das Pferd des anderen, ganz zu schweigen von dessen Besitzer. Denn wenn es nicht so wäre, das heißt, wenn die Mähre des Zigeuners nicht daran glauben würde, besser zu sein, wie sollte sie dann die besseren Beine haben, wenn sie, kaum dass sie den Besitzer gewechselt hat, plötzlich gar keine Beine mehr hat! Das ist nichts anderes, als dass die Mähre dem Zigeuner geglaubt hat, so wie ihm auch der andere Besitzer geglaubt hat, Letzterem hat aber die Mähre nicht geglaubt, und deshalb ist sie ihre Beine los. Sie, Fräulein, nehmen es mir bitte nicht übel, dass ich so viel vom Zigeuner und seiner Mähre rede, aber mit den Menschen ist es das Gleiche, darum. Den Menschen muss man vor allem im guten Glauben wiegen, erst dann kann man mit ihm Geschäfte machen. Überhaupt, mit dem Menschen kann man gar nichts machen, wenn er nicht glaubt, wenigstens ein kleines bisschen glaubt. Es heißt, der Mensch müsse wissen. Aber wohin kommen wir mit dem Wissen? Wohin? Sogar lieben tut der Mensch nicht mit Wissen, sondern mit Glauben. Ihnen, Fräulein, wurde bis heute Wissen vermittelt, aber haben Sie auch geliebt? Ich denke, nein. Habe ich recht oder nicht?«

»Sie sprechen über die Liebe, als spiele sie nur eine Nebenrolle«, sagte Irma anstelle einer Antwort, im Bestreben zu zeigen, dass auch sie ein Bild von der Liebe hatte.

»O nein«, widersprach der Herr, »ich nehme die Liebe sehr ernst, zu ernst, das ist ja mein Kreuz. Denn wenn es nicht so wäre, dann wäre ich wahrscheinlich schon längst verheiratet und Vater etlicher Kinder. Auch die Liebe kann zum Geschäft werden, wenn man sie nicht ernst nimmt. Oder glauben Sie, Fräulein, dass ich keine gute Partie machen könnte, wenn ich die Liebe weniger ernst nähme? Bin ich denn so hässlich? Bin ich Ihrer Meinung nach wirklich so hässlich, dass mich kein einziges reiches, oder sagen wir, begütertes Fräulein nehmen würde, wenn ich es ernsthaft haben wollte? Wenn der Zigeuner sogar eine alte Schindmähre für einen kurzen Moment glauben macht, dass sie die Beine einer jungen Stute hat, sollte ich dann nicht imstande sein, ein reiches Fräulein davon zu überzeugen, dass ich der einzig richtige Mann auf dieser Welt bin, mit dem sie vor den Altar zu treten hat, im weißen Seidenkleid, zu beiden Seiten grüner Lorbeer, und das mitten im Winter, bei zwanzig Grad Kälte draußen vor der Kirche? Sie, Fräulein, meinen also wirklich, dass ich es bisher nicht vermocht habe, ein reiches Fräulein dies glauben zu machen?«

»Das habe ich doch gar nicht gesagt«, verteidigte sich Irma.

»Aber was hätten Sie gesagt, wenn sie etwas hätten sagen wollen?«, fragte der Herr.

»Ich wollte nichts sagen«, antwortete Irma.

»Schade, sehr schade«, meinte der Herr jetzt. »Wie gern würde ich die Meinung des Menschen hören, mit dem ich unter einem Dach lebe. Aber da ist nichts zu machen, das muss ich wohl so hinnehmen. Nur wissen Sie, was ich denke: Sie würden bestimmt etwas sagen, wenn Sie nicht Angst hätten, mich zu verletzen.«

»Nein, ich habe wirklich nichts dazu zu sagen«, bekannte Irma und sprach damit die reine Wahrheit, denn sie war den verworrenen Gedankengängen des Hausherrn gar nicht gefolgt, sondern hatte stattdessen gedacht: Das ist es, was Lonni gemeint hat, leibhaftig, wie eine Spinne, wie eine Seidenraupe, so spinnt und spinnt er, wart's nur ab, bald zieht er das Netz zusammen. Genau dies dachte Irma, als der Herr ihr seine Frage stellte.

»Aber ich bitte Sie —«, begann er ungläubig. »Wenn Sie wollen, dann sage ich Ihnen, was Sie gedacht haben. Wollen Sie?«

»Nun, bitte«, sagte Irma, und ihr Herz begann zu zittern.

»Sie haben gedacht«, eröffnete ihr der Herr, »vielleicht würde das reiche Fräulein vor den Altar treten, vielleicht auch nicht. Bestimmt nicht, wenn irgendwo am Horizont ein Anderer wäre, einer, der größer und stärker ist und der, sagen wir, Locken hätte, schwarze Locken.«

Bei den letzten Worten prustete Irma unwillkürlich los, denn Lonni hatte doch so viel von den Locken ihres Ruudi erzählt.

»Sehen Sie, ich habe ins Schwarze getroffen«, sagte der Herr siegesfreudig.

»Keinesfalls«, entgegnete Irma.

»Warum lachen Sie dann? Aber ich muss gestehen, Ihr Lachen kommt so von Herzen, dass es eine Lust ist, Sie dabei zu erleben. Man möchte gleich mitlachen, und sei es über sich selbst.«

»Ich habe gelacht, weil Sie mich an jemand anderen erinnert haben«, erklärte Irma.

»An wen denn?«

»An eine Freundin von mir – sie spricht immerzu von den Locken ihres Ruudi.«

»Himmel!«, rief der Herr jetzt aus. »Das kann doch nicht möglich sein! Denn auch ich heiße Ruudi, Rudolf, aber wie Sie sehen, habe ich keine Locken. Im Gegenteil, mein Kopf neigt eher dazu, seine Haare zu verlieren …«

»Aber Herr Rudolf, warum würdigen Sie sich so herab, Sie haben doch gar kein schütteres Haar«, widersprach Irma, während ihr in Erinnerung kam, dass sie die Haartracht des Hausherrn auch vor Lonni in Schutz genommen hatte. Bedeutete das vielleicht schon Liebe? Hieß das etwa schon, dass Irma anfing, den »Lügen« des Herrn zu glauben? Aber glauben durfte man doch nicht, denn wo der Glaube anfängt, da fängt auch gleich die Liebe an. Glaube bedeutet ja vielleicht nichts anderes als Liebe. Das heißt, wenn du Angst hast zu lieben, dann hüte dich davor zu glauben.

Der Herr aber sprach weiter, während Irma ihren eigenen Gedanken nachging. Denn er wusste ja nicht, dass Irma wegen der eigenen Gedanken nicht sonderlich viel von seinen Worten hören konnte.

»Nein, nein, glauben Sie mir, Fräulein«, betonte Herr Rudolf, »mein Kopf droht wirklich kahl zu werden. Und wenn Sie wüssten, was das für mich bedeutet, was das für einen Mann bedeutet, der die Liebe auch nur annähernd ernst nimmt! Denn es gibt doch keine Frau, das heißt, keine junge Frau, die glauben würde, dass ein Mann, der kaum noch Haare auf dem Kopf hat, auch lieben könnte, außerdem noch ernsthaft. Ein solcher Mann mag wohl heiraten, durchaus, aber nicht lieben, so denken die Frauen. Deshalb gibt es keine Seife, keine Tinktur und keine Salbe, mit der ich meinen Kopf nicht schon eingeseift, getränkt oder eingesalbt hätte, nur um die Haare doch noch zum Wachsen anzuregen. Ich habe gelesen, dass diejenigen, die zum Nordpol reisen, dort dicke Haare und Bärte bekommen, freilich, als Schutz vor der Kälte, und ich hätte nichts lieber getan, als zum Nordpol mitzureisen. Aber da ich das nicht konnte, kaufte ich mir einen Gummibeutel, füllte ihn mit eiskaltem Wasser und Eisstücken und tat ihn auf den Kopf. So, sagte ich zu meinem Kopf, jetzt bist du am Nordpol, jetzt lass die Haare wachsen, aber nur die Haare, denn einen Bart braucht man in der heutigen Zeit nicht mehr für die Liebe.«

»Und, fingen die Haare an zu wachsen?«, fragte Irma, die jetzt von ihren Gedanken losgekommen war.

»Nein«, antwortete Herr Rudolf offenherzig.

»Sie sind kein bisschen dicker geworden?«

»Kein bisschen, eher noch dünner, und so geht das immer weiter, bis heute. Aber ich bin mittlerweile darüber hinweggekommen. Und wissen Sie, wie? Mit Flunkern. In Gottes Namen! Haben Sie noch nicht bemerkt, dass ich auch Ihnen gegenüber ein klein wenig flunkere? Und ob! Denn als ich Ihnen sagte, dass die Mähre dem Zigeuner glaubt und aus diesem Grunde Beine wie eine junge Stute bekommt, so entspricht dies ja nicht ganz der Wahrheit. Im Übrigen, das Leben hier auf Erden wäre doch gar nicht so übel, wenn einem sogar eine Schindmähre glaubt! Nur den Zigeuner kann man nicht zum Glauben bewegen, im Grunde genommen keinen Menschen. Der Mensch will nicht glauben, denn er hat keine Liebe. Der Mensch ist wie die alte Schindmähre. Denn wie viel Liebe kann schon eine alte Schindmähre haben? Kein bisschen! Und weil es so ist, kann man eine Mähre auch nicht anflunkern, nicht einmal der Zigeuner kann es.«

»Vielleicht, weil es eine Mähre ist?«, fragte Irma, um zu zeigen, dass sie vom Leben und der Liebe eine Ahnung hatte.

»Deswegen natürlich auch«, pflichtete Herr Rudolf bei. »Aber das ist nicht alles, glauben Sie mir, das ist nicht alles. Die Hauptsache ist und bleibt, dass man einer Mähre nichts vorflunkern kann. Selbst eine fünfzigjährige alte Jungfer, trocken wie ein Stock, glaubt an die Liebe eines jungen Mannes, wenn der ihr mit schönen Worten etwas vorflunkert. Bei Gott, sie glaubt es! Meine Tante zum Beispiel, seinerzeit begüterte Hausbesitzerin, sitzt nun auf dem Land in einer Kate, denn sie hat an das Flunkern und die Liebe geglaubt. Was habe ich, und nicht nur ich, sie beschworen, glaub dem Grünschnabel nicht, er lügt, denn alle Grünschnäbel lügen, wenn sie es mit begüterten Jungfern zu tun haben, aber sie hat nicht auf uns gehört, die Ärmste. Denn die Lüge ist süß, wenn sie mit einem Hauch von Liebe überpudert wird. Das wissen alle Männer, die jungen und die alten, auch ich weiß es, und darum flunkern wir alle. Nicht um zu betrügen, sondern um ein Zeichen zu geben, dass wir lieben. Denn was willst du machen, wenn dir keine Locken gegeben sind, wie zum Beispiel mir? Du verlegst dich aufs Flunkern – das sind dann deine Locken.«

In Irma regte sich für Herrn Rudolf und auch für alle anderen Männer, denen es an Locken fehlte, eine Spur Mitleid. Unter anderem fiel ihr ein, dass auch Eedi keine Locken hatte, sondern einen kurzen Bürstenschnitt. Außerdem verstand er sich nicht aufs Flunkern, sondern sprach immer klare und sachliche Worte. Das heißt, seine Liebe ist noch nicht groß genug, wenn sie ihn nicht zum Flunkern bringt, folgerte Irma. Die von Herrn Rudolf schien größer zu sein, denn er gab ja zu, dass er aus Liebe flunkerte. Wenn er dies aber von sich aus eingesteht, dann ist es doch kein Flunkern mehr. Oder bleibt es trotzdem geflunkert? Das war eine Frage, die Irmas Entscheidungskraft überstieg. Eines war zumindest sicher – wenn der Mensch flunkert und es selbst eingesteht, dann ist das viel ehrlicher als Flunkern ohne Eingeständnis. Auf jeden Fall ist es dann keine böswillige Lüge, sondern nur ein hübscher Zeitvertreib wie ein Lied oder ein Spiel. Und vermittels eines Liedes oder Spiels kann man doch einen

Menschen anfangen zu lieben, denn wegen Lied und Spiel lieben wir doch sogar das Grammophon!

Im selben Augenblick bemerkte Irma, dass Herr Rudolf etwas fragte:

»Und würden Sie sagen, dass echte Locken schlechter sind als zum Beispiel Heißwellen- und Brennscherenlocken? Man weiß doch ganz genau, wie viele glühende Liebesgeschichten durch Heißwelle und Brennschere entstanden sind. Das heißt, wenn Hitze und Dampf im Spiel sind, dann handelt es sich um Liebe, aber wenn der Geist leuchtet und das Blut in Wallung ist, dann ist da keine Liebe? Sehen Sie, Fräulein, das ist es, was ich an der Liebe eine Schweinerei nenne. Wenn ich flunkere, dann nicht mit Hitze oder Dampf, sondern mit Geisteskraft! Und bin ich mit meiner Geisteskraft nicht viel ehrlicher als all die Heißwellen- und Brennscherenlocken zusammen, selbst wenn ich laufend flunkere? Außerdem, wenn ich mich selbst dazu bekenne, dass ich flunkere, was ist dann ehrlicher?«

Aber das vermochte Irma in keiner Weise zu entscheiden, denn sie hatte noch nie Heißwellen- und Brennscherenlocken gehabt, sie hatte nur so viel Gutes und Schönes und Natürliches darüber gehört, dass sie fortwährend davon träumte und sie liebte, noch lange bevor sie sie ihr eigen nennen konnte. Freilich, auch Herr Rudolfs Flunkern war gut und schön und natürlich, aber das hatte sie noch nicht lange genug erlebt, um mit Bestimmtheit sagen zu können, ob sie auch davon so sehr träumen würde wie von den Locken mittels Heißwelle und Brennschere. Um eine Antwort zu umgehen, wechselte sie das Thema und fragte:

»Darf ich den Herrn jetzt zu Tisch bitten?«

»Ah, schon fertig!«, wunderte sich der Herr, als würde er aus einem Traum erwachen.

»Ja, das Teewasser kocht schon.«

Irma brachte die Wasser- und die Teekanne ins Zimmer, rückte die Utensilien auf dem gedeckten Tisch in die beste Reichweite und wollte sich zurückziehen. Der Herr ließ den Blick über den Tisch schweifen und fragte vorwurfsvoll:

»Warum ist nur für eine Person gedeckt?«

»Aber die Schwester des Herrn ist doch noch nicht zurück«, antwortete Irma, obwohl sie nicht mehr an die Existenz einer Schwester glaubte.

»Aber Sie selbst, Fräulein?«, fragte Herr Rudolf verwundert. »Wo möchten Sie denn speisen? Etwa in der Küche? Natürlich, Sie mögen vielleicht lieber für sich sein, aber mir würde es gefallen, wenn Sie gemeinsam mit mir am Tisch säßen. Darf ich bitten! Das steht zwar nicht in der Abmachung, aber vielleicht kommen Sie mir doch soweit entgegen.«

Irma bekam kein Wort aus dem Mund, sie fühlte nur, wie ihr eine heiße Welle über den Körper brandete, die bis ins Gesicht reichte. Sie musste das Platzieren des Vorlegebestecks mit Absicht verzögern, um nicht mit glühendem Gesicht bei Tisch zu erscheinen. Aber als sie sich schließlich an ihren Platz begeben konnte, stellte sich heraus, dass der Herr höflich auf sie gewartet hatte und ihr von allem anbot, ehe er sich selbst bediente. Nur den Tee einzugießen, blieb Irma vorbehalten, so als sei sie hier wirklich die junge Hausherrin. Das war so verwirrend und so süß, dass Mund und Kehle plötzlich austrockneten und kein Happen hinuntergehen wollte, wenn man nicht mit heißem Tee nachhalf. So bekam ihr Gesicht bald jenes Glühen zurück, durch das sie vorhin gezwungen war, sich mit dem Vorlegen des Bestecks etwas länger aufzuhalten.

»Fräulein, Sie sind mir noch eine Antwort schuldig«, sagte Herr Rudolf, indem er den Gesprächsfaden wieder aufnahm.

»Ach Herr, ich habe Ihre Frage ganz vergessen!«, seufzte Irma.

»Die Frage bestand im Flunkern und in den Locken, welches nun ehrlicher ist«, erinnerte der Herr.

»Das weiß ich nicht«, antwortete Irma, »denn ich habe mir noch nie Locken legen lassen, und angeflunkert worden bin ich auch nicht.«

»Wie alt sind Sie?«, fragte der Herr, nahm sich aber gleich zurück und fügte hinzu: »Ich bitte um Nachsicht, Fräulein, dass ich so direkt bin, aber ich denke, Sie sind noch nicht in dem Alter, da man sich für seine Jahre schämen müsste.«

»Muss man sich denn für seine Jahre schämen?«, fragte Irma.

»Müssen oder nicht, aber manch einer schämt sich«, antwortete Herr Rudolf. »Sie sind wohl noch nicht über achtzehn?«

»Ich bin bald neunzehn«, verbesserte Irma.

»Ach!«, wunderte sich der Herr. »Und immer noch hat Ihnen niemand etwas vorgeflunkert? Flunkern denn die Männer auf dem Lande nicht?«

»Mir jedenfalls hat noch niemand etwas vorgeflunkert«, sagte Irma.

»Das heißt, es geht geradewegs zum Traualtar?«

»Zum Traualtar?«, fragte Irma entgeistert.

»Ganz einfach: Es wird gleich geheiratet, Liebe ist gar nicht erst vorgesehen«, erklärte Herr Rudolf.

Darauf wusste Irma nichts mehr zu erwidern. Es war ihr sogar ein bisschen peinlich, dass über diese, ihrer Meinung nach ernsten Dinge so gesprochen wurde. Das schien auch der Hausherr verstanden zu haben, der sich beeilte, seine Worte wieder wettzumachen, indem er sagte:

»Fräulein, denken Sie nicht, dass ich diese Dinge genauso leicht nehme, wie ich von ihnen spreche. Aber das eine ist Fühlen und Denken, das andere Reden. Mit ernsten Gedanken und Gefühlen tritt man nicht gleich vor fremde Menschen hin. Außerdem interessieren sie heutzutage nur wenige. Ernsthafte Gedanken und Gefühle sieht man nur noch im Film, denn auch das Buch ist nichts anderes mehr als eine Ware. Und wozu sollte ein Mensch sein Innerstes vor seinen Mitmenschen ausbreiten? Glauben Sie mir, Fräulein, diese Mühe hat sich noch nie gelohnt, heutzutage erst recht nicht. Ich habe oft diese, man könnte sagen, kindliche oder kindische Art an mir, dass ich gleich alles geradeheraus sage. Aber Worte dürfen nicht zum Sagen da sein, sondern um zu verbergen, was man sagen will. Ich zum Beispiel sage Ihnen, Fräulein, bauen Sie nicht so sehr auf meine Worte, denn ich flunkere. Ich würde gern wissen, ob Sie viele solcher Menschen getroffen haben, egal ob Männer oder Frauen. Antworten Sie ganz unbefangen, hier brauchen Sie nichts zu befürchten, denn es betrifft nicht Sie und auch nicht mich, sondern wildfremde Menschen, sozusagen die namenlose Masse. Ja oder nein? Haben Sie solche Menschen getroffen oder nicht?«

»Ehrlich gesagt – nein«, bekannte Irma.

»Nun, Gott sei Dank, wenigsten eine klare Antwort von Ihnen!«, rief Herr Rudolf erleichtert aus. »Aber was meinen Sie, ist eine solche Selbstentblößung von Vorteil? Machen Sie die Probe, dann werden Sie es sehen! Aber mir ist es einerlei. Sie als Fremde geraten zum ersten Mal in mein Haus, und schon am ersten Tag spiele ich mit offenen Karten, und ich tue es, damit es später keine Missverständnisse gibt. Ich sage es mit Luther: Hier stehe ich, ich kann nicht anders. Ich bin so beschaffen, dass ich ein bisschen flunkern muss, wenn ich mit Jüngeren zusammenkomme, denn sie wirken anregend auf mich, sodass mein Geist in Bewegung kommt und sich dichterische Freiheiten nimmt. Ich weiß nicht, ob ich mich richtig ausdrücke, das heißt, ob ich mich so ausdrücke, dass Sie mich recht verstehen. Was ich sagen möchte, ist, dass Dichtung offenbar dazu da ist, um auswendig gelernt und aufgesagt zu werden, den Dichtern werden Denkmäler gesetzt, sie werden verehrt und sogar geliebt, nicht wahr! Und doch wissen alle, dass das, was sie schreiben, von Anfang bis Ende erdichtet, oder wie ich es nenne – geflunkert ist. Zählt denn nun das mündlich Gedichtete oder Geflunkerte nichts? Gar nichts? Wenn schriftlich, dann Lorbeeren, Preise und Denkmäler, aber wenn mündlich, dann Vergessenheit und Verachtung? Wenn dem so ist – schön, was soll man machen. Ich bin ein Unglücksrabe, wenn ich mündlich dichte, und ein doppelter Unglücksrabe, wenn ich auch noch eingestehe, dass ich dichte. Ich sollte schweigen, sollte eine Miene machen, als würde ich selber glauben, was ich rede, sicher würden es dann auch die anderen glauben. Unbedingt würden sie es glauben! Auch Sie, Fräulein, würden es zu guter Letzt glauben. Sie würden vielleicht auch glauben, dass der Zigeuner seine Schindmähre dazu bringt, an ihre jungen Beine zu glauben, Beine, die in Wirklichkeit vor zehn oder zwanzig Jahren jung gewesen sind.«

»Nein, das würde ich nicht glauben«, sagte Irma.

»Ich denke, Sie würden es«, widersprach der Herr, »denn ich hätte Ihnen erklärt, dass es sich hier um Hypnose handelt. Sie wissen doch, was das ist? Ein Mensch beeinflusst einen anderen Menschen. Unter uns gesagt, ist dies eine ganz große Schweinerei, denn einer sollte den anderen niemals beeinflussen, das heißt, wenn es sich um ehrliche Menschen handelt. Etwas anderes ist es, wenn man es mit Gaunern zu tun hat. Auch ein Tier zu beeinflussen, ist etwas anderes. Ein

Tier zu hypnotisieren, das könnte man durchaus tun, denn wenn man ein Pferd peitschen darf, warum sollte man es nicht auch hypnotisieren dürfen? Also hätte ich Ihnen erklärt, dass wir, das heißt, die gebildeten Menschen, andere Menschen hypnotisieren, aber der Zigeuner, der ist ein so großer Meister, dass er sogar eine Schindmähre hypnotisiert. Und sind Sie sicher, dass dies nicht heutzutage schon geschieht? Oder, wenn nicht heute, dann morgen oder übermorgen ganz gewiss? Würden Sie dafür Ihre Hand ins Feuer legen? Ich nicht! In keiner Weise! Denn wenn wir mit Gas oder winzigen Lebewesen Tausende oder sogar Millionen Menschen töten können, wenn es uns nützlich erscheint, sollte dann ein Zigeuner seine Schindmähre nicht soweit durch Hypnose beeinflussen können, dass sie auch im hohen Alter glaubt, jungfräulich geschmeidige Beine zu haben? Er kann es, sage ich, der Zigeuner kann es, machen Sie was Sie wollen! Und wenn Sie, Fräulein, es nicht glauben, dann ist das Ihre Sache. Ich aber sage Ihnen, wenn jemand nicht einmal für eine so nichtige Sache genug Glauben übrig hat, dann muss es um seine Liebe sehr kläglich stehen, denn wer nicht glaubt, der liebt auch nicht. Das ist meine feste Überzeugung, möge ich sonst dichten und flunkern, was das Zeug hält …«

Es war an der Zeit, sich vom Tisch zu erheben, denn beide hatten die Mahlzeit schon längst beendet. Irma schwirrte der Kopf, ihr war beinahe schon schwindlig. Sie hatte am heutigen Tage mehr Lebensweisheiten gehört als in ihrem ganzen bisherigen Leben, so jedenfalls kam es ihr vor. Dies alles würde ihr für viele Tage zum Nachdenken und Verarbeiten ausreichen.

Später, als Irma bereits in ihrem Zimmer war, klopfte der Hausherr an ihre Tür und fragte:

»Darf ich kurz eintreten?«

Irma wusste nicht, was sie antworten sollte, denn gerade hatte sie zur Probe das Fenster geöffnet und nach unten in die Dunkelheit gestarrt, so als wolle sie mit den Augen ausmessen, ob man bei Bedarf hinunterspringen könnte oder nicht. Der Augenblick, der jetzt in Angst und Zweifel verging, erschien ihr wie eine Ewigkeit. Schließlich fasste sie sich ein Herz und sagte, mit dem Rücken zum offenen Fenster stehend:

»Bitte sehr!«

Der Herr öffnete die Tür und blieb auf der Schwelle stehen, im Schlafrock und mit weichen Pantoffeln an den Füßen.

»Warum ist das Fenster geöffnet?«, fragte er.

»Ich schlafe gern in einem kühlen Zimmer«, erklärte Irma.

»Und ich dagegen in einem warmen«, entgegnete der Herr und fügte scherzend hinzu: »Sodass wir beide nie in einem und demselben Zimmer schlafen könnten!«

Irma wusste auf den Scherz nichts zu erwidern, und deshalb fragte der Herr nach:

»Es ist also alles in Ordnung?«

»Meines Wissens alles«, antwortete Irma.

»Gute Nacht dann im neuen Heim!«, sagte der Herr, während er den Rückzug antrat.

Eine gute Nacht wünschte Irma auch dem Herrn, doch die Tür verschloss sie sorgfältig, und den Schlüssel band sie an der Klinke fest, so wie Lonni es ihr beigebracht hatte.

VI

Auch am nächsten Tag speiste der Herr mittags nicht zu Hause, somit konnte Irma noch ein zweites Mal aufatmen, denn vor der Zubereitung der Mittagsmahlzeiten fürchtete sie sich am meisten. Zwar hatte sie damals auf dem Land den entsprechenden Kursus in der Schule absolviert, aber jetzt musste sie einsehen, dass ein Kursus ein Kursus war und das Essenbereiten auf einem ganz anderen Blatt stand. Im Kursus ist es so, dass man dich lehrt, auf welche Art und Weise es zu tun ist, aber wenn du das Essen bereiten musst, dann musst du es tun – ohne Wenn und Aber. Die Lehre kommt aus dem Buch, dem Heft, dem Mund oder der Hand des Lehrers, und wenn das Gelehrte endlich in Topf und Pfanne ist, dann werden auch Henkel und Stiel noch durch die Hand eines anderen gehalten, die Mahlzeit wird mit dem Löffel des anderen umgerührt und mit dem Mund des anderen verkostet. Aber hier musst du einfach alles alleine tun: dich alleine unterweisen und die Verrichtungen alleine ausführen – Topfhenkel und Pfannenstiel halten, mit dem Löffel rühren, mit dem Messer wenden, zwischendurch kosten, das Feuer schüren, dich mit den Herdringen plagen, denn die wollen sich einfach nicht lösen, und wenn sie sich lösen, dann springen sie mit einem Höllengepolter entweder auf den Fußboden oder gegen den Topf, der gerade randvoll mit heißem Wasser gefüllt ist, und das Wasser schwappt auf den heißen Herd, und der zischt dir weißen Dampf entgegen und verbrennt dir die Hand. Dies ist der Augenblick, in dem du wegen des heftigen Schmerzes Henkel oder Stiel plötzlich fahren lässt oder eine unwillkürliche Bewegung machst, etwas von dir stößt oder an dich ziehst, und das hat dann Folgen, die man nie vorhergesehen hätte: Die ganze Küche ist plötzlich erfüllt von blauem Qualm und beißendem Gestank, und du verspürst plötzlich im einen oder im anderen Bein, manchmal auch in beiden gleichzeitig, einen schrecklichen Schmerz, denn auch dort ist etwas Heißes hingeschwappt. Du bist den Tränen nahe, wenn du dich beeilst, sämtliche Luken, Fenster und Türen aufzureißen, damit sich dieser verdammte Qualm samt Gestank so schnell wie nur irgend möglich nach draußen verziehen möge. Aber der will um keinen Preis nach draußen, sondern strebt starrsinnig dahin, wo ihm geschlossene Türen und sogar Wände im Weg stehen. Also ist bald die ganze Wohnung erfüllt von dem dichten Qualm, der einfach kein Ende nehmen will. Und da merkst du plötzlich, dass er gar kein Ende nehmen kann, wie sollte er auch, wenn auf dem Herd etwas brennt und den schrecklichen Qualm dabei erzeugt! Jetzt möchtest du eine alte Zeitung packen, sie nass machen und den Brand auf dem Herd löschen, aber weder in der Küche noch im Korridor noch in der ganzen Wohnung findet sich auch nur eine einzige alte Zeitung. Du würdest dein Seelenheil für einen vergilbten Zeitungsfetzen hergeben, aber es ist keiner da. So bleibt dir zwar dein Seelenheil erhalten, aber der Herd qualmt weiter, er qualmt und qualmt, und der Geruch nach Versengtem kriecht, auf Teufel komm raus, bis in die letzte Ecke. Und das nur, weil du keine alte Zeitung hast, die man nass machen könnte und damit scheuern, nichts als scheuern, die andere Seite nehmen und nochmals scheuern und scheuern. Ach! Jetzt erst fühlst du, was es für ein Elend ist, wenn einem der Kulturschatz der Überlieferung fehlt, du fühltest das Elend selbst dann, wenn du keine Ahnung hättest, dass es einen solchen Schatz überhaupt gibt! Freilich, du könntest, um den Herd zu scheuern, auch eine neue Zeitung nehmen, aber dann würde gleich die Suche beginnen, wo ist denn nur die Zeitung hingekommen, und es wird gesucht, bis man bei dir in der Küche ankommt, wo du deine liebe Not mit dem schrecklichen Gestank hast. Also wenn es keine alten Zeitungen, das heißt, keine alte Kultur gibt, dann lieber ganz ohne Zeitung und ganz ohne Kultur, auf diese Weise gibt es wenigstens ein Ungemach weniger. Du unterwirfst dich deinem Schicksal, nimmst das Messer, mit dem du das Fleisch oder die Frikadellen auf der Pfanne gewendet hast, und beginnst damit auf dem qualmenden Herd zu kratzen, um die Quelle des Gestanks zum Versiegen zu bringen. Der vom Dampf verbrannte Arm schmerzt, die mit dem heißen Wasser verbrühten Beine in den neuen Pantoffeln – auch das noch! – brennen, aber du kümmerst dich nicht darum, du kratzt und kratzt. Die Bratpfanne erkaltet auf der Ecke des Herdes, die Suppe im Topf hat aufgehört zu kochen; falls es aber eine Milchsuppe ist, die du auf dem Feuer hast, dann kann es geschehen, dass die Suppe, während du mit Leib und Seele kratzt, unter dem Deckel hervorgekrochen kommt und sich über den Herd ergießt und dir eine zweite Last aufbürdet, sodass alles von vorn beginnt – alte Zeitung, neue Zeitung, überhaupt keine Zeitung, sondern Messer, und am Messer eine Spitze, mit der du kratzt und kratzt, als wolle dir die Seele aus dem Leib.

So stand es nach Irmas Meinung um das Mittagessen, wenn man seine Zubereitung nicht mehr lernte, sondern ausführte. Lernen war leicht und lustig, Bereiten die Hölle selbst. Diese Hölle hatte Lonni um einiges gründlicher kennengelernt als Irma, denn jene machte sie durch, noch bevor sie sich ins Versteck der Konfektfabrik hatte retten können. Und weil Irma jetzt ankündigte, diese Hölle ebenfalls durchschreiten zu wollen, oder besser gesagt, durchschreiten zu müssen, sonst gelange sie nicht ins erhoffte Himmelreich, an den begnadeten Schreibtisch im Kontor, so unterwies also Lonni Irma in der Bereitung der Mittagsmahlzeiten: Sie brachte die Zutaten mit und sagte, mach dies und mach das, denn du glaubst wahrscheinlich, dass du es kannst, oder sie drückte ihr Geld in die Hand und sagte, hol das und das und mach das und das, damit drei Personen was zum Mittag haben. Mit Hilfe dieser Bewährungsproben war in Lonni die Erkenntnis gereift, dass Irma sich bei jemand Alleinstehendem als Haushälterin verdingen sollte, bei einem alleinstehenden Herrn natürlich, der auswärts arbeitete und somit nie erfahren würde, was während der Zubereitung des Mittagessens im Hause geschah. Außerdem fehlte den Männern, was das Essen anbetraf, nach Lonnis Meinung die rechte Vorstellung und der rechte Geschmack. Fleisch kannst du ihnen vorsetzen, zäh wie Leder, aber du wirst sehen, sie essen es brav auf und loben dich obendrein. Peinlich ist es, wofür die Männer dich loben, wenn du noch jung bist und rote Bäckchen hast.

»Mit den Männern hat man's von daher gut«, füllte die Tante eine Lücke in Lonnis Beweisführung, »weil sie beim Essen nicht ans Essen denken, sondern an andere Sachen. Man weiß nie, woran ein Mann denkt, wenn er auf nem Stück Fleisch herumkaut, das zäh ist wie eine Schuhsohle. Mein Alter selig hat beim Essen manchmal Augen gemacht, als wär er grad vom Mond gefallen oder aus dem Mustopf gekrochen, sodass ich ihn voller Angst gefragt hab, was ist dir denn jetzt bloß in den Sinn gekommen, dass du guckst wie ein totes Schaf, da lächelt er und sagt, er hätte gerade daran gedacht, wie glücklich unser Leben bis jetzt gewesen ist. Da hast du's, wie es um die Männer steht: kauen Schuhsohlen, dass die Kieferknochen krachen, aber denken dabei, wie glücklich sie sind. Drum ist es ja mit den Männern so gut, weil sie das eine denken und das andere tun. Aber eine Frau, sowie die anfängt zu essen, da denkt sie natürlich auch ans Essen und ans Essenmachen, und vor allem daran, dass dies nicht gut geworden ist und das nicht gut geworden ist, denn das eine hat zu viel abbekommen, das andere zu wenig, das eine ist hart wie Stein, das andere weich wie Pampe, und das Richtige, das ist überhaupt nicht dabei rausgekommen. Weißt du, zum Schluss geht es noch so weit, dass es dir selber nicht mehr schmeckt, dein schönes selbstgemachtes Essen, alles bloß hart und zäh oder pappig und pampig.«

So klangen die Lehren der Lebenserfahrenen zur »Essens-Sachwirtschaft«, die Tante und Base an Irma richteten, denn auch Irma musste das Leben erfahren, wenn sie nicht auf der ganzen Linie versagen wollte. Trostreich war nach Lonnis Meinung noch, dass, wenn du dich schön eingewöhnt hast und deine Sachwirtschaft in- und auswendig kennst, die besseren Happen natürlich in den eigenen Mund wandern dürfen, denn du musst ja das Essen kosten, ehe du wagen kannst, es auf den Tisch zu bringen. Und das Erledigen der Einkäufe kann auch recht einträglich sein, manchmal bleibt sogar ein wenig übrig, denn du kaufst und feilschst ja wie für dich selbst. Und wenn es vorkommt, dass du beim Auswählen, beim Feilschen oder durch Beziehungen etwas billiger als sonst erstehst, dann ist dies ja dein Verdienst, nicht der eines anderen, und deshalb kannst du diesen Verdienst ganz beruhigt für dich behalten und damit, wenn es sein muss, auch vors Jüngste Gericht treten.

Natürlich, das alles war für Irma ferne Zukunftsmusik, das wusste sie selbst, und das wusste auch Lonni, aber die sagte es für alle Fälle, denn wer weiß, vielleicht brauchte die Base auch irgendwann Zukunftsmusik. Heute jedoch dachte Irma, was sie doch für ein goldenes Leben führen würde, wenn die vermaledeite »Mittags-Sachwirtschaft« ausbliebe, so wie an den beiden Tagen zuvor. Sie wäre bereit, zum Mittag trockenes Brot zu kauen und aus dem Hahn Wasser dazu zu trinken oder gänzlich ohne Essen und Trinken auszukommen, wenn sie doch nur den Töpfen und Tiegeln, Pfannen und Kasserollen entkommen könnte!

So dachte sie, als sie sich ausgehfertig machte, denn heute musste sie endlich ihren Pass von der Tante holen und die Frage ihrer Kurse entscheiden. Sie war gerade dabei, das zweite Kleid anzuprobieren, als es an der Tür läutete. Wer mochte das sein? Der Herr auf jeden Fall nicht, denn der hatte einen Schlüssel dabei. Irma hatte das Kleid noch nicht fertig angezogen, als die Glocke zum zweiten Male schellte. Vielleicht ist es ja ein Notfall, dachte Irma, als sie, noch an ihrem Kleid nestelnd, die Tür öffnete. Aber sie hätte klüger gehandelt, die Tür nicht zu öffnen, und wenn es noch zehnmal geläutet hätte. Denn an der Tür stand die Frau Hauswart, die schon wieder nach dem Pass zu fragen gekommen war.

»Ich wollte gerade zu meiner Tante gehen und den Pass holen, denn gestern hatte ich keine Zeit dazu«, begann Irma.

»Wo ist denn das Fräulein gestern gewesen?«, fragte Frau Hauswart.

»Ach, ich hatte Verschiedenes zu erledigen«, sagte Irma rasch, als sie hörte, dass man ihr gestriges Fortgehen bemerkt hatte.

»Das Fräulein sucht sicherlich eine neue Stelle, nicht wahr?«, ergänzte Frau Hauswart.

»Nein! Wozu?«, fragte Irma.

»Nun, wenn einem die eine Stelle nicht passt, dann sucht man sich doch eine andere«, meinte Frau Hauswart.

Irma wusste nicht, was sie antworten sollte.

»Um die Wahrheit zu sagen, dies hier ist nicht die richtige Stelle für das Fräulein«, sagte die Frau nach einiger Zeit. »Es geht mich natürlich nichts an, was für eine Stelle das Fräulein innehat, denn ich bin ja nur eine Hauswärterin und habe nichts damit zu tun, was die Herrschaften im Hause treiben. Mein *Ehgemahl* sagt sogar, du stopf deine Nase nicht immer in die Angelegenheiten der Herrschaften, du hast deine Abfalltonne und dein Schmutzwasserfass, und danke dem lieben Gott, dass du wenigstens das hast, auch wenn es stinkt.«

Während dieser Worte hatte sich Frau Hauswart still und leise in die Wohnung gedrängt und die Tür mit dem Rücken zugedrückt, als befürchte sie, dass ihr jemand gefolgt sein könnte. Hier im Korridor setzte sie ihre Rede folgendermaßen fort:

»Nun, die Abfalltonnen und Schmutzwasserfässer mögen ja nützliche Sachen sein, und die Herrschaften würden ohne die auch nicht auskommen, aber unsereiner als Hauswart kann ja nicht nur von Schmutzwasserfässern und Abfalltonnen leben. Man möchte doch auch ein kleines bisschen am Tun und Treiben der Leute teilhaben, du willst hören und sehen, wie diejenigen leben, die von der Abfalltonne und dem Schmutzwasserfass ein bisschen weiter weg sind. Sie, Fräulein, sind wahrscheinlich vom Lande, Sie sind noch so frisch und fröhlich, und deshalb wollte ich Ihnen sagen, dass Ihre Mutter und Ihr Vater wohl gar nicht wissen – wenn sie noch leben, oder sind sie schon beide tot?, sind Sie ein Waisenkind? –, also dass sie, die Ärmsten, wohl gar nicht wissen, wo Sie sind und wo Sie wohnen und was für eine Stelle das ist, auf der Sie dienen, was für Leute das sind, die Ihnen den Lohn zahlen, und was für einen Lohn sie Ihnen zahlen und was für eine Arbeit Sie machen, wo Sie essen und schlafen, wo Sie sich waschen und kämmen. Die Ärmsten wissen doch gar nichts! Und Sie selbst wissen wahrscheinlich auch nichts, denn Sie haben ein so nettes Gesichtchen und Augen wie ein Kind, das noch nicht gesehen hat, dass dieses Stadtleben hier nichts anderes ist als eine einzige Abfalltonne und ein Schmutzwasserfass dazu. Deshalb nämlich wollte ich das Fräulein fragen, wer das Fräulein nun angestellt hat, der Herr alleine oder zusammen mit der Schwester?«

»Zusammen mit der Schwester«, bekannte Irma.

»Natürlich, immer schön zusammen mit der Schwester, so ist es am sichersten«, sagte Frau Hauswart. »Die Frauen erledigen die Frauensachen, wie sollte es anders sein. Aber gerade das wollte ich dem Fräulein sagen, dass nämlich die Schwester überhaupt gar nicht die Schwester vom Herrn war, ich weiß nicht mal, von wem sonst es die Schwester gewesen sein könnte. Auf jeden Fall war das so eine Schwester, die mit dem Herrn in einem Bett geschlafen hat. So wahr mir Gott helfe, es ist wahr, so wahr ich hier stehe und zusammen mit meinem *Ehgemahl* Frau Hauswart bin. Mein Alter würde mich zwar verjagen, wenn ihm zu Ohren käme, dass ich mich schon wieder in die Dinge der Herrschaften einmische, aber ich bin ja wegen dem Pass vom Fräulein gekommen, und was soll dem Alten schon zu Ohren kommen, wenn das Fräulein mich nicht verrät. Aber so ist es wirklich und wahrhaftig, und obwohl ich es nicht mit eigenen Augen gesehen habe, das mit der Schwester im Bett, so redet doch alle Welt davon. Und dann ist es noch so: Wenn eine Schwester geht, dann kommt die nächste, denn bei dem Herrn hier werden alle, die da kommen, vor denen, die da gehen, zu Schwestern, sodass, wenn das Fräulein eines Tages geht, es dem Herrn wieder genauso helfen wird, ein Dienstmädchen auszusuchen. Aber ob das so ganz umsonst ist, glaub ich nicht, der Herr wird den Fräuleins sicher etwas dafür geben, denn im Leben ist ja nichts umsonst. Nur weil er eine so Junge und Frische wie das Fräulein noch nie gehabt hat, wollte ich fragen, ob Mutter und Vater vom Fräulein noch leben, oder ob die Tante alles alleine regelt. Aber eins ist sicher, nämlich dass keine Einzige lange bleibt, dem Herrn genügt ein Monat oder zwei, selten drei, dann haben wir wieder einen neuen Wechsel, die Schwester geht, und das Dienstmädchen kommt. So geht's zu bei den Herrschaften: Für jedes neue Gericht neue Messer und Gabeln. Und es finden sich immer welche. In letzter Zeit haben sie manchmal sogar Schlange gestanden, denn heutzutage möchte ja alles in den Betten von den Herrschaften schlafen. Und immer jüngere, immer frischere, immer fröhlichere, dass ich als alter Mensch mich wundere, wie viele junge Mädchen die herrschaftlichen Herren in der heutigen Zeit zur Auswahl haben. Aber eins sage ich Ihnen, Fräulein, dieser Herr hier ist in keiner Weise baltische Herrschaft, und wenn er's doch ist, dann estnische Herrschaft, denn sein Vater war – oder ist er es noch – Tuchhändler oder was Ähnliches, jedenfalls was mit Schachern und Wuchern. Also das Fräulein muss jetzt selber wissen, wie und was, denn das ist ganz allein ihre und nicht Hauswartsache. Wenn das Fräulein meint, so ist es gut, also Heirat und alles, egal ob mit *Ristrierung* oder ohne, ob mit *Herrn Paster* oder ohne, dann ist alles gut, denn was geht's die Hauswartleute an, wir schreiben das Fräulein in unser Meldebuch ein, und dann gehen uns auch die Schmutzwasserfässer und Abfalltonnen der Herrschaften nichts mehr an, wir müssen sie nicht leeren, denn wir haben unsere eigenen Tonnen und Fässer, die Tonnen und Fässer der Hauswartleute. Nur eins wollt ich das Fräulein noch bitten, nämlich dass es nichts davon weitersagt, was ich gesagt hab, nicht dem Hauswart und auch nicht dem eigenen Herrn, denn der sagt's gleich dem Hauswart weiter, dass die Frau sich in die Dinge der Herrschaften einmischt, und dann hat's mein Alter von ihm, und ich krieg's von meinem Alten. Aber ich meine es doch nur gut, denn ich sehe, wie frisch das Fräulein noch ist, da hat noch keiner den Rahm abgeschöpft, und da sieht man gleich, dass die Schwester dem Herrn beim Handel geholfen hat. Also bekomme ich dann morgen den Pass vom Fräulein?«, schloss Frau Hauswart mit einer so sachlichen Frage, als wäre der vorangegangene Wortschwall überhaupt nicht aus ihrem Mund geflossen. Und genauso still und leise wie sie ihn zuvor geschlossen hatte, öffnete sie nun den Türspalt hinter ihrem Rücken wieder und glitt hinaus ins Treppenhaus, wohin Irma ihr nachrief:

»Ja, morgen bestimmt, ich hole ihn heute von der Tante.«

»Dann möchte sich das Fräulein doch einschreiben? Man könnte doch einige Tage warten, dann wird man sehen, was draus wird«, erwiderte Frau Hauswart.

Irma antwortete nicht, sondern schloss wortlos die Tür. Sie ging in ihr Zimmer und sank kraftlos auf den Stuhl. So, nun hatte sie es! Alles war nicht nur geflunkert, sondern schlichtweg gelogen. Es war viel schlimmer, als sie oder Lonni es geahnt hätten. Nur schade, dass sie nicht schon gestern die Hauswartfrau hatte ausreden lassen, dann hätte sie gleich ihre Siebensachen packen und für immer gehen können. Heute war das aus irgendeinem Grund schwieriger und auch nicht ganz unbedenklich. Wie machst du dich hinter dem Rücken des Menschen aus dem Staube, unter dessen Dach du eine Nacht so süß geschlafen hast, von dem du dich hast einladen lassen, mit ihm an einem Tisch zu speisen, der höflich und freundlich war und so vernünftig mit dir gesprochen hat. Aber eins stand fest: Der Herr hatte sie nur deshalb vor den Leuten und ihrem Getuschel gewarnt, damit Irma nicht den richtigen Wind von der Sache bekäme. Genau deshalb! Er wollte Zeit gewinnen. Wer weiß warum, aber Irma stiegen jetzt Tränen in die Augen, ganz eigentümliche Tränen, wie sie meinte, viel schmerzlichere als je zuvor. In der Kindheit und auch in jungen Jahren sind Tränen meist eine Bagatelle, aber jetzt meinte sie plötzlich zu weinen, wie alte Menschen weinen, die im Leben nichts anderes mehr haben, als dieses Weinen.

Und als sie dann spürte, dass es mit dem Weinen genug war, nahm sie einen kleinen Spiegel zur Hand und betrachtete ihre Augen, als fürchte sie um deren Schönheit und Klarheit, und wollte dann an den Wasserhahn gehen, um sich das Gesicht mit kaltem Wasser abzuspülen. Dazu musste sie das Badezimmer aufsuchen, dort wusch es sich viel bequemer, aber noch in der geöffneten Tür blieb sie stehen, denn es kam ihr in den Sinn, wie Frau Hauswart ihre Vorgängerinnen als »Schwestern« des Hausherrn bezeichnet hatte. Plötzlich überkam sie Ekel. Schwester, Schwester! Wie widerlich das klang! Also machte Irma auf dem Absatz kehrt und ging in die Küche unter den Wasserhahn, als wolle sie jegliche Gemeinsamkeit mit den »Schwestern«, die sich vermutlich vor ihr in diesem Badezimmer gewaschen hatten, vermeiden.

Der nächste Gang führte Irma zur Tante. Nur dachte sie jetzt nicht mehr an den Pass, sondern an etwas anderes, woran genau, das wusste sie nicht zu sagen. Es war etwas, das mit der Tante in keinerlei Beziehung stand, und doch musste sie gerade deshalb zur Tante gehen. Lonni war noch nicht zu Hause, und Irma hatte keine Zeit, auf sie zu warten, denn sie musste wegen ihrer Kurse noch einige Wege erledigen, außerdem wollte sie sich heute unter gar keinen Umständen mit der Heimkehr verspäten. Obwohl es sich herausgestellt hatte, dass Herr Rudolf sie nach Strich und Faden belogen und betrogen hatte, so mochte er es dennoch mit der Ordnung und der Pünktlichkeit, von denen er gestern gesprochen hatte, ernst meinen. Und zwar mochte er es deshalb ernst meinen, weil alles andere gelogen war, denn irgendetwas im Menschen muss doch wahr sein, es kann doch nicht sein, dass alles Lüge ist, dachte Irma. Außerdem, wenn Irma nicht nur am ersten, sondern auch am zweiten Tag unpünktlich war, dann würde dies bedeuten, dass auch sie zu einer »Schwester« taugte, zu einer von denen, über die Frau Hauswart geredet hatte, und zu nichts anderem. Zumindest hätte Herr Rudolf das Recht anzunehmen, dass Irma geneigt sei, für ihn eine »Schwester« zu sein, die mit ihm in einem Bett schlafen wolle, und genau dieses Recht durfte Irma dem Herrn unter keinen Umständen einräumen, und deshalb musste sie zur rechten Zeit zu Hause sein.

Als Irma davon berichtete, was sie von der Frau Hauswart gehört hatte, sagte die Tante mit der Weisheit eines alten Menschen:

»Liebes Kind, du musst nicht gleich alle Geschichten glauben, die dir irgendwelche alten Weiber auftischen, der eine erreicht mit Worten mehr als der andere mit Taten.«

»Aber warum sollte sie mir all das vorlügen?«, fragte Irma.

»Ob es nun wirklich gelogen ist«, meinte die Tante vorsichtig, »aber sie wird ein bisschen weiter ausgeholt haben, als die Sache wert ist.«

»Mich hat eine dieser Schwestern eingestellt, das steht fest«, sagte Irma.

»Aber das heißt doch nicht, dass du auch eine Schwester werden musst«, antwortete die Tante. »Sei hübsch ordentlich und immer auf der Hut, er wird schon nicht hinter jedem Rockzipfel her sein.«

»Das bin ich natürlich, aber ...«, sagte Irma und hielt inne.

»... aber? Was hast du denn noch auf dem Herzen?«, fragte die Tante. »Dass er dich am helllichten Tage überfällt, glaub ich nicht. Du hast doch einen Mund, kannst schreien, ringsherum wohnen Leute, die würden dich hören. Er müsste dich schon bewusstlos schlagen oder umbringen, anders würd's ihm nicht gelingen. Aber wozu soll er das mit dir machen, wenn es heutzutage genug andere gibt? Lies doch in der Zeitung: lauter junge, ansehnliche Mädchen und Damen, die eine Stelle bei Alleinstehenden suchen und zu allem bereit sind. Also ich denke, du fürchtest dich umsonst. Freilich, nachts im Schlaf, das ist was anderes, da hat die Lonni recht, da ist's mit dem Menschen selber auch ganz was anderes als am Tage. Deswegen muss man abends die Tür abschließen und von mir aus auch noch zubinden, wie Lonni meint, damit man den einen Schlüssel nicht zurückschieben und mit dem anderen die Tür aufschließen kann. Denn ein junger Mensch hat einen tiefen Schlaf.«

»Ja, ich schlafe wirklich wie ein Stein«, sagte Irma.

»Sag ich doch«, bekräftigte die Tante. »Also, du wirst schön zurückgehen, und sei ein recht aufgewecktes Kind, dann wird er dir nichts tun. Und wenn es dein Schicksal und Gottes Wille ist, dann kann es sogar so kommen, dass wenn er dich sonst nicht kriegen kann, weil du nämlich ordentlich und auf der Hut bist, kindlich und unschuldig, rein und unberührt, dann kann sogar das Wunder geschehen, dass der Herr anfängt dich zu lieben, ganz ernsthaft, und dich ganz für sich zur Frau haben will. Denn mit dem Mann ist es ja manchmal so, dass er zuerst nur gierig ist, aber wenn man seine Gier nicht stillt, dann fängt er an zu lieben. Aber dass du, mein Kind, jetzt bloß nicht gleich hoffst und glaubst, dass es so passieren wird, ich sage nur, dass es passieren kann, wenn es nach Gottes Willen so vorgesehen ist. Denn Gott kann Wunder vollbringen. Auch wenn in unserer Verwandtschaft bis jetzt noch kein Wunder geschehen ist, dann heißt das ja nicht, dass es nicht geschehen kann. Gott kann gerade aus dir unser Wunderkind machen, wenn es sein ernsthafter Wunsch ist.«

Als Irma die Tante verließ, hatte sich in ihrem Herzen bereits so etwas wie die Ahnung eines Wunders eingenistet. Was sie auch tat und wie sie auch versuchte, sich nüchternen Verstand einzuhämmern, es half nicht, irgendwo im tiefsten Grund ihres Wesens atmete der wundersame Glaube an die große und tiefe Liebe, die wie ein Dieb in der Nacht kommt und die Menschen, ihre Träume und Taten, verändert. Grund für das Wunder, so nahm Irma an, war, dass sie den Pass abermals bei der Tante vergessen hatte. Sie wollte schon kehrtmachen und zurückgehen, als ihr einfiel, dass Frau Hauswart ihr hinter vorgehaltener Hand geraten hatte, mit der Einschreibung ein wenig zu warten, ein paar Tage zu schauen. Dabei beließ Irma es jetzt.

Was die Kurse anbetraf, so erfuhr sie, dass vor Weihnachten nichts mehr zu machen war. Nach dem Fest, wenn die neuen Kurse begannen, dann solle Irma rechtzeitig zur Stelle sein. In den Zeitungen würden die entsprechenden Inserate erscheinen, die solle Irma im Auge behalten. Aber diese unschöne Botschaft ließ Irma im Herzensgrunde kalt, denn auch dies konnte eine Prophezeiung, ein Fingerzeig sein, dass sie die Kurse überhaupt nicht mehr brauchen würde. Irma wusste, dass es kindisch und dumm war, so zu denken, aber sie hatte im Moment den sonderbaren Wunsch, von etwas schier Unmöglichem zu träumen. Sie sagte zu sich, sagte zu ihrem Verstand: Lass mich doch ein wenig träumen, lass mich doch ein bisschen glücklich sein! Denn Irma glaubte im Moment, dass das Glück des Menschen ausschließlich im Unmöglichen bestand.

Aus dieser entrückten Stimmung weckte sie eine vertraute Männerstimme, die sagte:

»Guten Tag, Irma! Mich siehst du wohl gar nicht mehr.«

»Du, Eedi!«, rief Irma erstaunt und blieb stehen, wobei sie einerseits fühlte, dass sie jetzt am allerwenigsten ein Treffen mit Eedi brauchen konnte, andererseits aber nichts dagegen tun konnte, dass in ihrem Herzen Freude pochte. »Was machst du denn hier?«

»Ich wollte sehen, was du so treibst«, versuchte der Junge zu scherzen, aber merkte wohl, dass es nicht der rechte Moment zum Scherzen war und fügte ernst hinzu: »Ich bin schon zwei Wochen in der Stadt, ich arbeite in einer größeren Werkstatt.«

»Und wir sind uns noch kein einziges Mal begegnet«, sagte Irma.

»Ja, so ist das«, antwortete Eedi, »jeder hat seine eigenen Wege. Aber wenn man fragen darf, wo wohnst du, und was machst du?«

»Ich habe eine Stelle«, antwortete Irma und fühlte, dass sie sich näher erklären sollte, aber zog es dennoch vor zu schweigen.

»Was ist es denn für eine Stelle, oder ist es ein Geheimnis?«, fragte Eedi.

»Eine ganz einfache Haushälterinnenstelle«, antwortete Irma.

Eedi sah ihr forschend ins Gesicht, als würde er ihr nicht glauben, und stieß hervor:

»Bist wohl auch Dienstmagd bei einem Alleinstehenden, was?«

»Auch? Wieso? Wer denn noch?«, gab Irma zurück.

»Meine Wirtin sagt immer, dass heutzutage alle jungen Mädchen zu Alleinstehenden wollen«, antwortete der Junge, »deshalb habe ich gefragt, ob du auch.«

»Du hast offenbar eine sehr eigenartige Meinung über mich«, sagte Irma jetzt, während sie krampfhaft dagegen kämpfte, dass ihre Lippen anfingen zu zittern.

»Spaß beiseite, gerade du solltest doch wissen, was ich von dir halte«, sagte Eedi.

»Dann solltest du, bitteschön, wissen, dass ich nicht bei einem Alleinstehenden bin, sondern bei einem Geschwisterpaar, Bruder und Schwester, beides gebildete Menschen, die tagsüber arbeiten gehen«, erklärte Irma.

»Aha«, sagte der Junge und fügte nach einer Weile hinzu:

»Und dafür hat es sich gelohnt, Kalmu zu verlassen?«

»Ich habe eine bestimmte Stundenzahl frei, das ist im Vertrag so festgehalten, damit ich weiterlernen kann, ich werde Kurse besuchen, und meine Herrschaft hat versprochen, mir später bei der Suche nach einer passenden Stelle behilflich zu sein, denn sie haben gute Beziehungen und Verbindungen«, erklärte Irma in einem Atemzug.

»Also Vetternwirtschaft«, stellte Eedi fest.

»Wenn es nicht anders geht«, meinte Irma.

»Wo wohnst du? Kann man dich mal besuchen?«, fragte der Junge.

Irma war unschlüssig, was sie antworten sollte. Aber dann fand sie einen Ausweg.

»Leider nicht«, sagte sie. »Ich darf keine Besucher empfangen, weder weibliche noch männliche, auch das steht im Vertrag. Denn Fremde stören, und die Herrschaften möchten nicht gestört sein.«

»Aha«, sagte Eedi wiederum und fragte nach einer Pause: »Aber vielleicht könnten wir uns auswärts treffen, zusammen ins Kino gehen oder etwas unternehmen?«

»Dazu kann ich im Moment noch nichts sagen«, antwortete Irma bereits ein wenig ungeduldig, »die Stelle ist neu, Arbeit habe ich genug, und es kommen ja noch die Kurse hinzu.«

»Was hoffst du mit deinen Kursen und dem vielen Lernen eigentlich zu erreichen?«, fragte Eedi schließlich.

»Das Gleiche wie du, denn auch du bist ja in die Stadt gekommen«, erwiderte Irma und wandte sich zum Gehen.

»Ich bin nur deshalb in die Stadt gekommen, weil ich dich hin und wieder sehen will, ich will dich nicht ganz aus den Augen verlieren, das sollst du wissen«, sagte der Junge leise und schaute zu Seite.

Irma wollte etwas erwidern, aber ihr fiel plötzlich ein, wie sie die Rosen von der Straße aufgehoben hatte, und nun erstarben ihr die Worte auf den Lippen. Sie konnte nicht einmal einen guten Tag wünschen, sondern drehte sich um und ging. Als sie nach einem guten Stück Weg zurückschaute, stand Eedi immer noch an derselben Stelle und sah ihr hinterher. Aus irgendeinem Grunde begannen jetzt aus Irmas Augen Tränen zu fließen, und so, mit nassen Augen, ging sie den ganzen Weg. Anfangs versuchte sie noch die Augen zu trocknen, aber als sie immer wieder von Neuem nass wurden, ließ sie ihren Tränen freien Lauf.

VII

Erstaunt über sich selbst und beinahe ohne es zu wollen begann Irma, als sie zu Hause angekommen war, ihre Sachen zu packen. Und erst als alle Sachen beieinander waren, begriff sie, was sie getan hatte und was für Folgen ihr Tun haben könnte.

Sie nahm den Schlüssel und verschloss den Koffer, aber als sie nach der Schnur griff, um auch das Paket zu verschnüren, hielt sie inne, warf die Schnur beiseite, stand auf und ging in die Küche. Richtig! So konnte sie nicht gehen: Vorher musste die Küche *tiptop* in Ordnung gebracht werden. Also begann sie zu putzen, zu waschen, zu polieren, zu scheuern, damit alles strahlte und glänzte wie nie zuvor. Herr Rudolf soll mit eigenen Augen sehen, so er denn überhaupt Augen im Kopf hat, dass Irma nicht so eine ist, die gern seine Schwester wäre, wie Frau Hauswart es nannte, sondern sie, Irma, würde sich mit Geistesgegenwart und Körperkraft in dieser Welt behaupten. Denn sie ist Tochter einer Kätnerin und kein verhätscheltes höheres Töchterchen, das über ganze Heerscharen von Dienern und Speichelleckern gebieten kann.

Als sie so grübelte, merkte Irma gar nicht, wie sie vom Wasserhahn in der Küche auf den Korridor und vom Korridor in die einzelnen Zimmer gewechselt war, in der einen Hand die Sidolflasche, in der anderen die Putzlappen, und wie sie die Türklinken putzte und polierte, als wolle sie sich vor dem Weggehen mit eigenen Augen davon überzeugen, ob die Messinggegenstände in Herrn Rudolfs Wohnung nun endlich blitzen wollten oder nicht. Irma arbeitete mit einem solchen Feuereifer, dass sie plötzlich bemerkte, wie ihr warm wurde und die Wangen anfingen zu glühen. Sie blieb, die stinkenden Lappen in der Hand, einen Augenblick vor dem Spiegel stehen und sah sich ins Gesicht. Wahrhaftig, die Wangen glühten! Und die Haare waren ganz zerzaust! Und Irma fand plötzlich, dass sie ein ganz hübsches Mädchen war mit ihren zerzausten Haaren und den glühenden Wangen. Auch bemerkte sie zum ersten Mal, dass sie eine gewölbte Stirn hatte, und ihr fiel ein, es irgendwo gelesen oder von irgendwem gehört zu haben, dass eine gewölbte Stirn von Verstand zeugte – nicht die hohe Stirn, sondern die gewölbte. Natürlich, wie hoch und wie gewölbt, das war dann schon eine Frage für sich. Aber für Irmas Gesicht wäre es wahrscheinlich nicht von Vorteil gewesen, wenn die Stirn zudem hoch gewesen wäre, denn in diesem Falle befänden sich die Augen zu weit entfernt vom Haaransatz und ständen sozusagen allein auf weiter Flur.

Im selben Augenblick fragte sich Irma, was sie mit ihren Lappen vor Herrn Rudolfs Spiegel herumstehen musste, so als hinge sein Wohl und Wehe von ihrer Stirn ab. Aber Lonni hatte ja gesagt, dass der Meister in der Fabrik nur dann wie ein Honigbär ist, wenn du jung, weich und rund bist, fiel Irma jetzt ein. Und sie bekam auf einmal Angst, dass sie mit ihrer Arbeit womöglich nicht zur rechten Zeit fertig sein würde und der Herr nach Hause käme, ehe sie es geschafft hatte, ihrem Paket eine Schnur umzubinden. Sie war dumm gewesen, das Paket nicht gleich als erstes zu schnüren. Waschen konnte sie sich zur Not auch bei der Tante, aber wohin willst du mit einem unverschnürten Paket!

Irma machte sich mit neuem Schwung an die Arbeit, und ihre Wangen glühten bald noch stärker als in dem Moment, da sie sich im Spiegel betrachtet hatte. Aber wie's der Teufel will – es kam, wie sie befürchtet hatte: Irma war gerade mit dem Verschnüren ihres Pakets beschäftigt, als der Herr zur Tür hereintrat. Da haben wir es! So ist es, wenn man keine zwei Koffer besitzt, in denen man sein Hab und Gut im Handumdrehen verstaut hat, dachte Irma verdrossen. Bist eben nur eine Kätnertochter, weiter nichts.

»*Nanuu*?!«, machte Herr Rudolf verwundert, als er Irma beim Verknoten der Paketschnur ertappte, während sie sich sagte: Das heißt, nur eine Knotenlänge bin ich zu spät, andernfalls wäre ich gerettet. Das habe ich nun von meiner gewölbten Stirn, die ich in Herrn Rudolfs Spiegel so ausgiebig betrachten musste!

»Liebes Fräulein, was ist mit Ihnen geschehen? Was ist los?«, fragte der Herr und setzte sich Irma gegenüber auf die Bettkante.

»Das, was Sie sehen, Herr Rudolf«, antwortete Irma. »Ich gehe weg, denn ich denke, dass die Stelle bei Ihnen doch nicht das Richtige ist.«

»Aber warum denn das? Habe ich Sie mit meinem Geschwätz und Geflunker gelangweilt, habe ich Ihnen Angst gemacht?«

»Herr Rudolf, Sie schwatzen und flunkern nicht, sondern Sie lügen und betrügen«, sagte Irma, aus irgendeinem Grund bereits mit Tränen im Hals, so als suche die unbändige und törichte Wut gerade hier ihren Ausweg.

»Ich habe Ihnen doch gesagt, dass ich dichte und flunkere, und sogar zu erklären versucht, warum ich das tue«, begann der Herr.

»Aber nicht, dass Sie lügen und betrügen«, fuhr Irma dazwischen.

»Besteht denn da ein so großer Unterschied, dass es sich lohnt, gleich seine Siebensachen zu packen und auf und davon zu galoppieren?«, fragte der Herr.

»Für mich schon«, antwortete Irma, und um Herz und Seele endgültig vom Schmutz dieses Hauses zu befreien, fügte sie mutig hinzu: »Zum Vertragsabschluss bemühen Sie Ihre Schwester, dabei haben Sie überhaupt keine!«

»Ach, das wissen Sie auch schon«, sagte Herr Rudolf.

»Ja, das weiß ich«, bestätigte Irma. »Und ich weiß auch, dass Sie alle paar Monate eine neue Schwester haben und dass Sie mich mit Lug und Trug hierher gelockt haben, damit auch aus mir eine Schwester wird, die mit Ihnen in einem Bett schläft!«

Diese Worte, meinte Irma, waren ungeheuerlich, aber doch schleuderte sie sie dem Mann ins Gesicht, der mit aller Gelassenheit hier vor ihr auf der Bettkante saß und so aussah, als würde er gerade irgendein Für und Wider gegeneinander abwägen.

»Sie wollen doch nicht behaupten, dass Sie Letzteres mit Sicherheit wissen? Und dass es auch Sie betrifft?«, fragte der Herr.

»Genau das will ich behaupten!«, rief Irma unverändert zornig.

»Gestatten Sie, Fräulein, Ihnen jetzt sagen zu müssen, dass auch Sie lügen, um hier Ihren eigenen Ausdruck zu gebrauchen«, sprach der Herr mit der bisherigen Ruhe, vielleicht sogar noch eine Spur ruhiger als vorher: »Letzteres, und besonders das, was Sie betreffen soll, das weiß ja nicht einmal ich, woher also sollten Sie es wissen? Da Sie nun so offenherzig sind, erlauben Sie mir, dass ich mir Ihnen gegenüber das gleiche Recht herausnehme. Ob Sie es glauben oder nicht, aber auch ich habe schon darüber nachgedacht, wie ich Sie auf höfliche

Art und Weise wegschicken könnte, denn ich sah, dass Sie nicht diejenige sind, für die ich Sie gehalten habe. Ich hatte mir sogar schon einen Plan zurechtgelegt, um Sie loszuwerden. Und zwar wollte ich Ihnen sagen, dass meine Schwester ausgezogen ist und nun ihren eigenen Haushalt führen wird, aber wie Sie sehen, wäre ich auch damit hereingefallen.«

Herr Rudolf sprach geradeheraus, einleuchtend und auch respektvoll, aber doch wirkten seine Worte auf Irma wie Hammerschläge: Das Mädchen fühlte plötzlich, wie es in sich zusammenstürzte. Wo waren Sehnsucht und Glaube an das Wunder geblieben, die erst kürzlich durch die tröstenden und ermutigenden Worte der Tante aufgekeimt waren? Alles lag in Schutt und Asche, und das nur deshalb, weil Irma sich mit dem Knoten ihrer Paketschnur verspätet hatte und ihre Stirn nicht hoch genug war, denn die bloße Wölbung reichte offensichtlich nicht aus.

Irma getraute sich nicht, dem Herrn ins Gesicht zu sehen, weil sie dort ein amüsiertes Lächeln oder gar beißenden Spott vermutete. Aber auch sonst wusste sie nicht, wie sie sich verhalten sollte, denn sie dachte, wie willst du etwas tun, wenn du nicht einmal imstande bist, etwas zu sagen, geschweige denn dem Blick des andern standzuhalten.

Schließlich nahm sie all ihre Kraft zusammen, brachte das in sich zusammengestürzte Wesen in eine aufrechte Position und richtete den Blick auf das Gesicht des Hausherrn. Aber wie überrascht war sie, als sie dort weder Lächeln noch Spott erblickte, sondern eher so etwas wie Müdigkeit, Überdruss oder sogar Traurigkeit. Daraus schöpfte Irma neuen Mut, und sie sagte versöhnlich:

»Nun, dann ist ja alles in Ordnung, wenn beide der gleichen Meinung sind.« Ursprünglich wollte sie sagen: »... wenn wir beide der gleichen Meinung sind«, aber fand es dann doch etwas zu vertraut. Das hätte sie sagen können, wenn sie bereits zur »Schwester« geworden wäre – Schwester des Mannes, der hier auf dem Bett sitzt, dem Bett, in dem sie zwei Nächte geschlafen hat und in dem sie nie mehr schlafen wird. Und seltsam, als Irma an dieses Bett dachte, meinte sie plötzlich zu verstehen, was im Leben »nie mehr« bedeutet. Einfach lächerlich, wie dumm das Leben und der Mensch inmitten dieses Lebens beschaffen ist! Dies dachte Irma, als sie sich über ihre Sachen beugte, um sie aufzunehmen, und sie dachte es deshalb, weil es die letzten Gedanken, gerichtet an diesen Mann, sein sollten. Aber Irma irrte sich. Denn als sie ihr Gepäck aufgenommen hatte und auf die Tür zuging, sagte der, obwohl sie die Rechnung mit ihm bereits beglichen glaubte:

»Wissen Sie, Fräulein, irgendwie tut es mir leid, dass Sie gehen.«

Der Mann sagte diese Worte ganz schlicht, beinahe herzlich, Irma jedenfalls fühlte, dass sie herzlich waren, und deshalb wurde ihr ganzes Wesen plötzlich von dem wehen und zugleich süßen Gefühl erfasst, dass das Wunder vielleicht doch noch geschehen könnte und alles, was dieser Mann sagte, vielleicht doch nicht so ganz gelogen war. Richtig, die Tante hat zwar zu verstehen gegeben, dass in ihrer Verwandtschaft noch nie ein Wunder geschehen war, zumindest nach ihrer Kenntnis nicht, aber konnte es nicht sein, dass es doch geschah, dass es hier und jetzt mit Irma in diesem Zimmer geschah, wo dieser Mann auf ihrer Bettkante saß. Ja, jetzt nannte Irma das Bett im Stillen »ihr Bett« und blieb stehen, in der einen Hand den Koffer, in der anderen das Paket, mit dessen Knoten sie sich verspätet hatte.

»Möchten Sie Ihr Gepäck nicht noch einmal absetzen, auf dem Stuhl Platz nehmen und mich anhören? Sie verlieren damit nichts, eher gewinnen Sie etwas, Sie lernen das Leben kennen. Außerdem, ich bin Ihnen den Lohn für zwei Tage schuldig und das Geld für das Auto, denn ob ich will oder nicht, ich komme mir vor wie ein Betrüger, der Ihnen nur Mühe und Ausgaben beschert hat. Eigentlich sollte ich Ihnen den Lohn für zwei Wochen zahlen, aber für zwei Tage und das Auto ganz gewiss«, sagte Herr Rudolf.

»Besten Dank«, erwiderte Irma einsilbig. »Ich habe die Stelle von mir aus gekündigt und demzufolge kein Recht, Geld von Ihnen anzunehmen.«

»Sie gehen doch, weil ich Sie betrogen habe und nicht aus freien Stücken«, widersprach der Herr. »Also bin ich moralisch verpflichtet, Ihnen …«

»Moralisch verpflichtet!«, rief Irma aus und setzte das Gepäck ab, denn diese Worte brachten sie erneut in Harnisch, und zwar dermaßen, dass sie beinahe in Tränen ausgebrochen wäre. Außerdem fühlte sie, dass sie vollkommen frei war und ihre Meinung uneingeschränkt äußern konnte, denn es war ohnehin alles zu Ende. War es aber nicht zu Ende, dann war das Wunder eingetreten, und einem Wunder konnte man mit bloßen Worten nichts anhaben, wohl aber diesem Mann, der da vor ihr saß. »Sie – und moralisch verpflichtet!«, wiederholte Irma sarkastisch.

»Ja, ich bin moralisch verpflichtet«, wiederholte Herr Rudolf überzeugt. »Denn dass Sie zu mir in den Dienst traten, nachdem ich Sie auf Anraten meiner Schwester ausgewählt habe, das war ein verständliches und verzeihliches Missverständnis, das sich darauf begründet, dass es Ihnen an gewissen Lebenserfahrungen fehlt, aber dass ich, obwohl ich mich schon den Vierzigern nähere – jaja, Fräulein, das ist bitter ernst, nicht Dichtung, Flunkern oder Lüge –, also, dass ich derart töricht sein konnte und Sie wahrhaftig eingestellt habe, das ist unverzeihlich. Aber Sie waren so …«

»… so weich und rund!«, stieß Irma die unschönen Gedanken von Lonni aus, um das, was in ihr brodelte, wenigstens etwas zu besänftigen. Aber der Herr sagte darauf in bittendem Ton:

»Liebes Kind, warum solche Worte! Das sind doch nicht Ihre Worte. Seien Sie ganz offen und sagen Sie mir auf den Kopf zu – sind das Ihre Worte oder nicht? Sonst begehe ich womöglich einen neuerlichen Irrtum, und den können weder Sie noch ich verzeihen. Also, ich bitte Sie: Sind das Ihre Worte oder sind sie es nicht?«

»Sind es nicht«, antwortete Irma schließlich, obwohl sie gar zu gern das Gegenteil gesagt hätte. Da sie es aber nicht vermochte, kam sie sich plötzlich so schäbig und gleichzeitig bemitleidenswert vor, dass sie sich auf den Stuhl fallen ließ und losweinte, indem sie sich beiseite drehte und die Augen mit den Händen bedeckte. Wie durch einen Nebel hörte sie, dass das Bett knarrte, woraus sie folgerte, dass der Herr sich bewegt oder erhoben haben musste. Dann ertönten Schritte, sodass es sicher war, der Herr war auf den Beinen. Die Schritte näherten und entfernten sich, blieben einmal direkt vor dem Stuhl stehen, und Irma war, als würde sie gleich etwas berühren, aber nein, die Schritte entfernten sich, bis schließlich wieder das leise Knarren des Bettes zu hören war, das besagte, dass der Herr Platz genommen hatte. Und Irma wurde das Gefühl nicht los, dass gerade eben, vor wenigen Augenblicken, das Wunder ganz nah an ihr vorbeigegangen war und sie beinahe berührt hätte.

»Sie sehen, was es heißt, wenn der Mensch statt der eigenen fremde Worte benutzt«, hörte Irma die Stimme des Hausherrn, die seltsam heiser geworden war. »Ich nahm zwar gleich an, dass es nicht Ihre eigenen Worte sein konnten, aber wer weiß, der Mensch ist komplizierter als man denkt. Natürlich nicht immer, nur manchmal. Und da ich nun durch Sie sozusagen ins Straucheln gekommen bin, da ist es gut, sehr gut, dass Sie meine Vermutung bestätigen. Ich verstehe Sie ja, Fräulein, besonders Ihre Empörung und Ihren Zorn. Aber Sie sollten auch versuchen, mich zu verstehen. Das ist natürlich schwieriger, denn ich habe Ihre Jahre bereits überlebt, Sie meine hingegen noch nicht. Außerdem habe ich so manche Frau recht nahe gekannt, Sie wahrscheinlich noch keinen einzigen Mann. Nicht wahr, so ist es doch? Wenn ich mich irre, dann korrigieren Sie mich. Also – das männliche Geschlecht ist Ihnen völlig fremd. Nicht wahr?«

»Nicht ganz«, sagte Irma und wischte sich die Tränen ab, denn die Worte des Hausherrn hatten den Fluss versiegen lassen.

»Das heißt, ich habe mich abermals geirrt«, sagte der Herr.

»Ich habe einen Bräutigam, der mich liebt«, setzte Irma als Erklärung hinzu und sah plötzlich Eedi, als stände er noch immer an der Straßenecke, wo er letztlich stehengeblieben war, da steht er nun und schaut ihr vorwurfsvoll in die Augen, weil Irma ihm nicht einmal so viel Achtung entgegenbringt, dass sie ihre Zunge im Zaum hält und vor diesem fremden Mann über seine Liebe Stillschweigen bewahrt.

»*Soo* –«, machte Herr Rudolf. »Das glaube ich gern, Sie zu lieben, fällt nicht schwer. Aber wissen Sie, Fräulein, was ich Ihnen sage: Solange ein Mann Sie liebt, wissen Sie nichts oder nur sehr wenig über ihn; warten Sie, bis er Sie nicht mehr liebt, erst dann werden Sie eine Ahnung von ihm bekommen. Zum Beispiel, was wüssten Sie von mir, wenn ich Sie lieben würde? Entschuldigen Sie diese Behauptung, aber gestatten Sie mir zu sagen, dass ich Sie, wenn man logisch denkt, ja schon ein bisschen lieben muss, denn sonst hätte ich Sie ohne ein Wort zu verlieren, zur Tür hinausgehen lassen. Nicht wahr? Diese Logik ist doch nicht von der Hand zu weisen?«

»Wahrscheinlich ist es klüger, wenn ich jetzt doch zur Tür hinausgehe«, versetzte Irma und rutschte auf dem Stuhl hin und her, als wolle sie aufstehen.

»Klüger hin, klüger her, gehen Sie noch nicht«, bat Herr Rudolf halb im Ernst, halb im Scherz. »Denn wenn Sie einmal in meinem Alter sind, dann werden Sie erkennen, dass Sie an Ihrer Vergangenheit nichts tiefer bereuen, als aus allzu großer Klugheit die eine oder andere Dummheit unterlassen zu haben. Schauen Sie sich nur unsere heutige Jugend an! Alle sind felsenfest davon überzeugt, dass sie klüger sind als ihre Väter und Mütter, denn sie haben alle eine mittlere oder höhere Bildung, wohingegen es den Vätern und Müttern oftmals gänzlich an Bildung fehlt. Aber gleichzeitig lebt die Jugend auf Kosten der Väter und Mütter und wird über kurz oder lang bankrott sein und sich eine Kugel in den Kopf jagen. Die Kugel sucht sie im Geschäft und in der Liebe heim, in der Arbeit und im Müßiggang, in ihren Träumen und Gedanken. Als würde man ohne Kugel in dieser Welt überhaupt nicht mehr auskommen. So steht es mit unserer Klugheit. Aber es ist doch so, dass der Mensch nicht nach seiner Klugheit lebt, sondern nach seinem Können. Wir können einfach nicht leben, also was hilft uns dann die ganze Klugheit? Ich möchte Sie fortschicken, aber halte Sie fest. Sie wollen gehen, aber finden es ein bisschen bedauerlich zu gehen. Nicht wahr? Auch das könnte man von mir aus Liebe nennen, wenn man die Wortwahl nicht auf die Goldwaage legen möchte. Das heißt, dass wir beide durchaus schon ein bisschen lieben, nur dass wir einander nicht auf die rechte Weise nahekommen können. Es einfach nicht können, das ist alles. Liebe ist etwas, das Können voraussetzt ...«

»Liebe ist etwas, das Lügen voraussetzt, das meinen Sie doch«, sagte Irma.

»Das war meine Meinung«, sagte Herr Rudolf, »aber sie war falsch. Ich habe Sie durchaus angelogen, aber es half nichts, ich bin hereingefallen, Sie haben ja selbst gesehen, wie. Die Liebe ist zu kompliziert, als dass man mit Lügen weiterkäme. Schmeichelei ist zwar auch Lüge, aber selbst die hilft nicht immer. Die Liebe ist komplizierter als alles andere im Leben, denn ›alles andere‹ umfasst auch andere Personen, in der Liebe aber geht es hauptsächlich um dich selbst. Handelt es sich um ›alles andere‹, dann musst du die anderen ausstechen, aber handelt es sich um Liebe, dann stich dich selbst aus und die anderen obendrein. Das ist das Schlimme daran. Du denkst, dass du die Richtige gefunden hast, aber es ist nicht die Richtige. Du läufst davon, zur nächsten, aber auch da bist du im Irrtum, läufst weiter zu einer Drittem – das Gleiche. Aber wie lange tanzt du so von einer zur anderen? Dennoch glaubst und suchst du, glaubst und suchst ... Wissen Sie, Fräulein, ich bin ein bis auf den Grund verdorbener Mensch. Was mich bessern kann, weiß ich nicht, aber doch müsste es etwas geben, das selbst einen wie mich bessert. Und ich denke, dass auch Sie, Fräulein, ein wenig verdorben sind.«

»Und ich denke, dass ich es nicht bin«, erwiderte Irma trotzig und herausfordernd.

»Sie irren sich«, behauptete der Herr.

»Ich irre mich nicht«, hielt Irma dagegen. »Ich kenne mich doch.«

»Genau darin besteht Ihr Irrtum«, erklärte der Herr.

»Wer soll mich denn kennen, wenn nicht ich?«, fragte Irma jetzt schon lebhafter. Die Sache begann sie plötzlich zu interessieren, obwohl sie die Worte des Hausherrn bis hierher kalt gelassen hatten und Irma sie – sowohl auf sich selbst gemünzt als auch allgemein gesehen – als nichtssagend abgetan hatte.

»Wer Sie kennt, das weiß ich nicht«, erklärte der Herr, »aber eines sage ich Ihnen: Würden wir uns selbst kennen, dann hätten wir und auch die anderen es viel leichter mit uns. Gestatten Sie mir zum Beispiel zu fragen: Was halten und erwarten Sie von der Liebe? Wenn Sie jetzt antworten, dann antworten Sie offen und ehrlich, denn auch ich bin offen und ehrlich.«

»Das ist es ja, was ich bezweifle«, sagte Irma.

»Dies ist der zweite große Irrtum Ihrerseits«, erklärte Herr Rudolf. »Und Ihr Irrtum besteht nicht darin, dass Sie an mir zweifeln, sondern dass Sie meinen, an meiner Ehrlichkeit und Offenheit zu zweifeln. In Wirklichkeit glauben Sie mir.«

»Nein, das tue ich nicht«, erwiderte Irma starrsinnig.

»Nun, in dem Falle ist es natürlich sinnlos, unser Gespräch fortzusetzen«, gab der Herr jetzt nach, »denn wenn …«

»Wozu wollen Sie unbedingt meine Meinung über die Liebe hören?«, unterbrach ihn Irma. »Sie haben ja Ihre noch gar nicht geäußert. Sagen erst Sie etwas dazu, vielleicht sage dann auch ich etwas.«

»Wie?«, wunderte sich der Herr. »Ich sagte doch bereits, dass ich mich unentwegt irre. Ich denke, dass ich der und der Meinung bin, aber es stellt sich heraus, dass ich ganz anderer Meinung bin. Ich glaube, dass ich jemanden aus diesem oder jenem Grunde liebe, aber bald stellt sich heraus, dass ich nicht diejenige, sondern eine ganz andere liebe, bei der sich später herausstellt, dass ich auch sie nicht liebe, denn ich habe mich wiederum geirrt. So ist es bis zum heutigen Tag, folglich weiß ich nicht, was ich überhaupt noch über die Liebe meinen soll.«

»Und ich meine, dass die Liebe das Edelste ist, was es überhaupt gibt und dass sie …«

»… auf immer und ewig hält«, ergänzte Herr Rudolf.

»Ganz recht«, bestätigte Irma, »sonst lohnt es sich gar nicht erst zu lieben. Denn mit der Liebe zu spielen, lohnt die Mühe nicht, dann schon lieber ohne Liebe leben.«

»Hier irren Sie wieder, und deshalb werden Sie in den Tod gehen, in den Freitod sozusagen, ob nun mittels Sprengstoff, Gift, Wasser oder Strick. Sie haben die Wahl zwischen zwei Dingen: entweder Ihre Meinung über die Liebe zu ändern oder in den Freitod zu gehen. Früher habe ich genauso gedacht wie Sie, aber ich wählte statt des Freitods die Meinungsänderung, das war einfacher. Meinungen sind kein Leben wert, denn Meinungen gehen zu oft in die Irre.«

»Haben Sie auch mit all Ihren Schwestern so schrecklich klug geredet?«, fragte Irma spöttisch.

»Nein, mit den Schwestern nicht«, antwortete der Herr, als würde er den Spott gar nicht bemerken. »Wozu mit denen? Die wollten ja nicht wie Sie zur Tür hinausgehen. Nein, sie drängten zur Tür herein. Und unter ihnen waren genauso junge und hübsche wie Sie.«

»Hübschere!«, stieß Irma beleidigt hervor, weil man sie mit den anderen verglich.

»Mitunter auch hübschere«, pflichtete Herr Rudolf bei. »Und glauben Sie mir, Fräulein, auch die haben ihre Meinung über die Liebe.«

»Aber eine, die nicht in den Freitod führt?«, fragte Irma.

»Doch, auch das ist möglich«, antwortete der Herr. »Liebe kann immer zum Tod führen, zum eigenen wie auch zu dem anderer. Denn sie ist trügerischer, als man zu wissen glaubt.«

»Also, wozu dann über sie reden?«, fragte Irma mit einer

gewissen Enttäuschung und Ungeduld, denn sie hatte während des ganzen Gesprächs etwas Besonderes erhofft, das aber nicht eingetreten war. Auch wartete sie immer wieder auf ein Aufblitzen des Wunders, aber sie wartete umsonst. Nur das Wort Liebe flatterte zwischen ihnen hin und her, als sei es schnödes Wechselgeld. »Und was Sie sagen, klingt nicht etwa nach einer Ermunterung zu bleiben?«

»Nein, nein, Fräulein, keinesfalls«, wehrte Herr Rudolf ab. »Ich will einfach mit Ihnen sprechen. Es liegt, wissen Sie, ein besonderer Charme darin, in meinen Jahren mit jemandem über die Liebe zu sprechen, noch dazu mit einem jungen Mädchen wie Ihnen, in dessen Mund dieses Wort noch einen so frischen, regelrecht betörenden Geschmack hat! So möchte man dieses Wort immer und immer wieder hören. Für Sie ist das natürlich unverständlich, aber irgendwann vielleicht werden Sie mich verstehen. Was aber Ihr Bleiben anbelangt, darüber habe ich auch nachgedacht, doch das steht auf einem anderen Blatt. Vor allem — jetzt wissen Sie mehr oder minder, wie und wer ich bin, was Sie von mir zu erhoffen und zu befürchten haben. Die Sache mit den Schwestern ist Ihnen klar. An die Stelle des Dichtens und Flunkerns haben wir das Lügen und Betrügen gesetzt, sodass von meinen seelischen und geistigen Locken nun wahrlich nichts mehr übrig ist. Ich habe keine Locken, also ist auch keine Liebe zu befürchten. Hier im Haus werden mir unerhörte Dinge nachgesagt, obwohl ich nichts getan habe, als denjenigen Arbeit zu geben, die sich eine Stelle bei jemand Alleinstehendem gesucht haben. Also ist mein Gewissen rein.«

»Natürlich«, versetzte Irma ironisch.

»Zweifellos«, bekräftigte der Herr. »Oder meinen Sie, Fräulein, dass ich ein Heiliger sein müsste, der nur deswegen heiratet, damit es in Estland eine Stelle weniger bei einem Alleinstehenden gibt? Das wäre das Gleiche, wie den Freitod von mir zu verlangen, nur weil sonst womöglich eine Frau mit mir ihre Ehe brechen könnte. Nein, ich mache mir keinerlei Vorwürfe. Ich bin nicht zum Weltverbesserer geboren. Ich habe es nicht einmal vermocht, mich selbst zu bessern, ganz zu schweigen von anderen. Die Menschen kommen und gehen, wie es ihnen oder mir gefällt. Aber mit Ihnen ist es ein wenig anders. Sie sind durch einen Irrtum, durch meinen Irrtum, hierhergekommen, denn wenn ich mich nicht geirrt hätte, dann hätte ich Sie auch nicht belogen. Ehrenwort, das hätte ich nicht getan. Die damalige Schwester hat Sie so wärmstens empfohlen, dass ich heute annehmen muss, sie wollte mir einen Streich spielen. Sie waren das Fangeisen, das sie für mich ausgelegt hatte und in das ich hineintappen sollte. Nun, jetzt sitzen wir beide hier. Wenn ich ehrlich sein soll, dann sage ich Ihnen, dass es einerseits sehr nützlich für Sie wäre, wenn Sie bei mir blieben, denn Sie haben hier herzlich wenig Arbeit und Sorgen. Sie sind fast so frei wie ein Vöglein in der Luft. Der Lohn ist auch ordentlich, das war ja von Anfang an so gedacht, weil Ihnen unter anderem auch gewisse Naturalverpflichtungen in der Sachwirtschaft unseres Haushaltes obliegen sollten. Nun fallen die natürlich weg. Aber Ihren Lohn würde ich dennoch so belassen, damit Sie Ihre Kurse und was Sie da noch haben besuchen können. Auch bei der Suche nach einer Stelle könnte ich Ihnen später behilflich sein.«

Gottseidank, da habe ich dem Eedi wenigstens nichts vorgeflunkert, dachte Irma jetzt.

»Das ist das Plus, wenn Sie bleiben«, fuhr der Herr fort, »und es ist ein großes Plus, ein sehr großes, das sollten Sie berücksichtigen. Wo finden Sie in der heutigen Zeit eine solche Stelle? Und selbst wenn Sie eine fänden, wie viele solcher Stellen gibt es wohl? Eine Stelle, bei der weder Fleiß noch Können verlangt wird. Oder können Sie etwa kochen? Sagen Sie es geradeheraus, wir haben einander heute schon so viel Nettes und Freundliches gesagt, dass es darauf nun auch nicht mehr ankommt.«

»Nicht so recht«, gab Irma zögernd zu, und ihr wurde über und über heiß, denn gleichzeitig wurde ihr auch bewusst, dass nicht nur Herr Rudolf sie, sondern auch sie Herrn Rudolf belogen und betrogen hatte. Aber der bemerkte nicht, was mit Irma geschah, oder er zeigte es nicht, denn er sprach im selben Tonfall weiter:

»Das dachte ich mir. Sie haben natürlich gehofft, dass meine Schwester Sie hin und wieder anleiten würde, nicht wahr? Verständlich. Aber Sie brauchen keine Angst zu haben, die Mittagsmahlzeiten werden bei uns nicht zum Zankapfel werden, wenn wir sonst gut miteinander auskommen. Ich esse auch künftig zumeist außer Haus, nur ab und zu werden wir versuchen, daheim etwas zu bewerkstelligen und sehen dann, was draus wird. Denn wissen Sie, Fräulein, wenn man die hiesige gehobene Küche und zudem auch fremdländische Speisen hinlänglich genossen hat, dann überkommt einen manchmal der Appetit auf gänzlich Gegenteiliges, das gar nicht nach Menschennahrung schmeckt, sondern nach etwas, das so hart und zäh ist wie eine Schuhsohle.«

Bei diesen Worten fühlte Irma, wie ihr ganze Ameisenheere aus Peinlichkeit an den Beinen hinunterliefen und sich am Hühnerauge des linken Fußes festbissen. Der rechte Fuß dagegen schien über die Not seines Gefährten schadenfroh zu lachen.

»Also – das wäre das Plus«, sprach Herr Rudolf weiter. »Ich hoffe, ich habe nichts vergessen. Aber ebenso dürfen

Sie, Fräulein, das Minus meiner Stelle nicht außer Acht lassen. Vor allem: Sobald Sie hierbleiben, hält jedermann Sie für meine Schwester, verstehen Sie. Das ist der Punkt, weswegen Sie von den einen bemitleidet, den anderen beneidet und den dritten gehasst werden. Hass ist natürlich das Gleiche wie Neid, nur in stärkerem Maße. Neid und Mitleid, wenn sie von Fremden kommen, fechten einen nicht an, aber wenn sie von Nahestehenden kommen, dann hat es durchaus Gewicht. Dennoch, das ist in der ganzen Sache das kleinere Übel. Die Hauptsache bleibt unser Miteinander. Am schlimmsten ist dabei, dass Sie vor mir nicht ganz sicher sein können.«

Hier zuckte Irma so zusammen, dass sie beinahe aufgesprungen wäre, aber der Herr beschwichtigte sie:

»Bleiben Sie sitzen, Fräulein, denn wenn Gefahr im Verzug ist, dann nicht jetzt, nicht heute, sondern irgendwann später. Und ich sage Ihnen auch gleich, warum Sie nicht sicher sein können: Aus dem Grund, weil ich selber nicht sicher vor mir bin. Es hätte keinen Zweck, wenn ich Ihnen mit hochheiligen Schwüren oder Ehrenworten etwas versprechen würde, ich würde es ja doch nicht halten. Nicht etwa, weil ich es nicht halten wollte oder schon beim Versprechen oder Schwören ganz bewusst vorhätte, es zu brechen. Keineswegs! Zu schwören und zu versprechen ist das eine, es zu halten, das andere. Tut er den Schwur, ist der Mensch der eine, hält er den Schwur, ist er der andere, denn der Mensch verändert sich, er entwickelt sich, das hat die Wissenschaft herausgefunden. Aus diesem Grunde werden Versprechen, auch internationale Vereinbarungen genannt, von ganzen Völkern und Staaten nicht eingehalten. Außerdem, während des Versprechens ist der Zustand des Menschen oder des Volkes wirtschaftlich, moralisch und geistig – mit einem Wort, psychologisch – so, aber im Halten des Versprechens anders, vielleicht sogar gegenteilig geartet. Das heißt, wenn wir von Menschen und Völkern das Einhalten ihrer Versprechen und Verträge verlangen, dann verlangen wir von ihnen etwas Unnatürliches, geradezu Widernatürliches, das wissenschaftlich mit dem Ausdruck ›pervers‹ erklärt wird. Aber ich bin nicht pervers, in keiner Weise, und deshalb ist es sinnlos, dass ich etwas verspreche oder schwöre. Was die Lage des Menschen, im gegebenen Fall die meine, so besonders erschwert, das ist der Gegenpol, in diesem Falle Sie, Fräulein. Mit einem Versprechen ist es ja nicht so, dass ich es nur halten soll, sondern ich muss es jemandem gegenüber – Ihnen gegenüber – halten. Aber Sie wollen vielleicht gar nicht, dass ich es halte, und deshalb bringen, ja, verführen Sie mich dazu, mein Versprechen zu brechen. Noch mehr: Sie verführen mich selbst dann, wenn Sie es gar nicht wissen, das heißt, unbewusst und unwillkürlich. Sie verführen durch Ihre reine Anwesenheit, denn ich entkomme Ihnen ja nicht, Ihrem Zauber, wenn man es so nennen darf, wenn wir gemeinsam in einer Wohnung leben. Ich habe nur ein Hilfsmittel: mich möglichst selten daheim und möglichst oft auswärts aufzuhalten, damit ich Sie nicht sehe und Ihre Nähe nicht spüre. Oder, es kann auch so sein, dass Sie gehen, wenn ich komme, dass Sie zu Ihren Kursen gehen oder was Sie da haben. Dieses Hilfsmittel sollten wir beide nach Kräften nutzen.«

»Aber wäre es dann nicht klüger, wenn jeder in seiner eigenen Wohnung lebt, Herr Rudolf?«, fragte Irma.

»Wieder kommen Sie mit Ihrer Klugheit!«, rief der Herr aus. »Ich rede die ganze Zeit gegen die Klugheit an, aber Sie erheben sich zu ihrer Fürsprecherin! Doch passen Sie auf, was ich Ihnen dazu sage: Wenn wir nur auf Klugheit aus sind, dann lohnt es sich überhaupt nicht zu leben. Die Klugen findet man in der Wüste, im Dornbusch, in einem leeren Fass oder einer Klosterzelle, und die noch Klügeren jagen sich eine Kugel in den Kopf. Denn letztendlich – was wird einem in dieser Welt zuteil, was erhofft man sich? Berühmtheit? Ehre? Reichtum? Liebe? Seelenfrieden? Wissen Sie, Fräulein, Berühmtheit wird zum Mottenfraß, Ehre verflüchtigt sich, Reichtum zerfällt zu Staub, Liebe schlägt bestenfalls in Gleichgültigkeit um, und was nützt Ihnen dann Ihr Seelenfrieden? Wenn Sie so oder so tot sind, mehr oder weniger tot, zumindest was Ihr Erdendasein anbetrifft? Das sagt uns die Klugheit. Und wenn Sie sich selbst verleugnen und nur an andere Menschen denken, dann werden Sie, je mehr Gutes Sie tun, desto mehr beneidet und gehasst. Das Schicksal von Christus und Sokrates ist Ihnen bekannt, denn Sie sind ja ein gebildeter Mensch. Die kommenden Generationen? Die werden Sie auf Händen tragen? Natürlich, warum nicht etwas tragen, was gar nicht mehr zum Tragen da ist! So steht es mit der Klugheit. Aber der Mensch bleibt lieber dumm, dann lebt er länger. Es bedarf nur geringen Könnens, um zu leben. Von diesem Können spreche ich. Ihr Können möge darin bestehen, dass Sie mich weder bewusst noch unbewusst verführen, mein Können darin, dass ich Ihrer Verführung widerstehe. Außerdem gibt es ja technische Hilfsmittel. Die brauchen wir nur nachts, denn tags helfen die körperlichen, zum Beispiel Schreien. Und dass ich etwas tue, wovor Sie sich mit Schreien oder auch nur mit der Androhung zu schreien schützen müssten, steht nicht zu befürchten. So kopflos war ich noch nie und werde es hoffentlich auch in Zukunft nicht sein. Das betrifft den Tag, nicht wahr. In der Nacht ist es etwas anders, denn in der Nacht schläft der Mensch. Aber daran haben Sie offenbar selbst schon gedacht, oder jemand anders hat es an Ihrer Stelle getan. Sie hatten nämlich an Ihrem Zimmerschlüssel ein Band vergessen, kein gewöhnliches Schlüsselband ...«

»Herr Rudolf!«, rief Irma jetzt und sprang auf. »Das ist eine Schweinerei, so mit mir zu sprechen!«

»Natürlich ist es eine Schweinerei«, antwortete der Herr, »aber ich spreche ja bewusst so, um Ihnen zu zeigen, was für einer ich bin und damit Sie mich ein wenig kennenlernen, ehe Sie entscheiden, ob Sie bleiben oder gehen. Diese Schweinereien sind zu Ihrem Nutzen, Fräulein, sodass Sie es vielleicht noch ein klein wenig mit mir aushalten könnten. Ich bin ja bald am Ende. Nur, würden Sie so freundlich sein, mir zu sagen, ob das Anbinden des Schlüssels Ihre oder die Erfindung von jemand anderem war? Moment, antworten Sie nicht gleich, hören Sie zuerst, warum mir das so viel bedeutet. Nämlich: Wenn Sie von selbst darauf gekommen sind, dann habe ich allen Grund, an Ihrem ehrlichen und unvermittelten Zorn zu zweifeln, vielleicht sogar an der Verachtung mir gegenüber, ist aber jemand anders darauf gekommen, hat Ihnen also jemand dazu geraten, den Schlüssel anzubinden, dann entfallen alle Zweifel, und unser Miteinander ist viel einfacher und klarer, mit einem Wort – reiner. Deshalb also sagen Sie ganz ehrlich: Ist das Band am Schlüssel Ihre Erfindung oder die von jemand anderem?«

»Von jemand anderem«, antwortete Irma und errötete schrecklich, denn sie wusste, dass der Herr das schützende Band meinte, das sie am Schlüssel vergessen hatte, und nicht irgendeines. Künftig würde sie ein ganz gewöhnliches Schlüsselband benutzen.

»Das dachte ich mir«, sagte der Herr und fragte: »Die Empfehlung kam doch nicht etwa von Ihrem Bräutigam?«

»Der Bräutigam weiß nicht einmal, dass ich hier bin«, antwortete Irma. »Und es geht ihn auch nichts an, wo ich bin und was ich tue.«

»Wie das?«, wunderte sich Herr Rudolf.

»Weil der Bräutigam eigentlich gar nicht mein Bräutigam ist, darum!«, erklärte Irma.

»Also ein sozusagen geflunkerter Bräutigam?«, fragte der Herr.

»Nicht doch!«, fuhr Irma auf. »Sie sollten mich nicht danach fragen! Aber egal! Es ist ein Bräutigam, den ich nicht zum Bräutigam will. So, nun wissen Sie alles.«

»Ich bin Ihnen sehr dankbar, Fräulein«, sagte Herr Rudolf nach kurzem Zögern beinahe gerührt, jedenfalls glaubte Irma Rührung zu erkennen, »und ich freue mich, dass ich mich in Ihnen nicht getäuscht habe. Ich würde mir sehr wünschen, dass Sie hierblieben, aber ich darf es Ihnen nicht empfehlen, denn es ist gefährlich für mich, besonders aber für Sie. Jedenfalls habe ich Ihnen alles gesagt, was für und gegen Ihr Bleiben spricht, Sie selbst müssen entscheiden, ob Sie es riskieren wollen oder nicht. Oder wollen Sie gehen und mit jemandem Rat halten?«

»Nein, ich bleibe«, sagte Irma.

»Abgemacht«, sagte Herr Rudolf.

VIII

Als Tante Anna und Tochter Lonni von Irma erfuhren, wie es um die Stelle stand, sagte Lonni sogleich:

»Irma, du wirst sehen, du wirst anfangen ihn zu lieben.«

Und Irma gab, wie aus der Pistole geschossen, zurück:

»Das werde ich nicht, so wahr ich hier stehe! Er glaubt und hofft es natürlich, aber ich werde ihn nicht lieben.«

»Dann wirst du ihn heiraten«, folgerte Lonni, und darauf wusste Irma nun wahrlich nichts mehr zu sagen, weder Ja noch Nein, dies wiederum veranlasste Lonni zu bemerken: »Siehst du, du bist sogar bereit, ihn zu heiraten. Schon von Anfang an hast du daran gedacht, ich hab das gleich gemerkt. An der Nase hast du uns herumgeführt, als du so getan hast, als würdest du glauben, dass der Herr wirklich eine Schwester hat. Gib zu, dass du uns an der Nase herumgeführt hast!«

»Ich soll euch angelogen haben?!«, entrüstete sich Irma.

»Warst du wirklich so dumm, dass du geglaubt hast, so ein Herr würde mit seiner Schwester in einer Wohnung wohnen?«, fragte Lonni zurück. »Wenn du wirklich so dumm warst, dann …«

»War ich«, versetzte Irma.

»Dann kann man nur eins sagen, nämlich dass immer nur die Dummen Glück auf dieser Welt haben!«, rief Lonni, schon jetzt zerfressen von dem Neid, der in ihr aufgekeimt war, als sie sich vorstellte, welch großes Glück für Irma eine Heirat mit Herrn Rudolf bedeutete. »Denn wenn man sich's genau überlegt, Mutter, wo habe ich denn mal Glück gehabt?«

»Das kommt davon, dass du an deinem Glück vorbeisaust, jeden Tag mindestens einmal. Du bist wie ein Spatz, husch, hierhin geflattert, husch, dahin geflattert. Ein Wunder, dass du's überhaupt so lange in der Fabrik ausgehalten hast. Heutzutage seid ihr alle spindeldürr und federleicht und tut nichts als um die Wette rennen. Und dann wundert ihr euch, wenn ihr kein Glück habt. Wenn der Mensch immer nur rennt, dann gerät er früher oder später in die Falle, vors Gewehr, ins Wasser und unter die Räder. Wie der Vogel fliegt, so springt der Hase, aber Schlinge und Gewehr liegen für alle beide bereit. In der Luft kann er fliegen, aber am Boden geht er in die Falle. So ist das mit dem Vogel. Das kommt davon, dass der Vogel so wenig Fleisch hat, nur Federn und Knochen. Ihr jungen Leute wollt auch kein Fleisch auf den Knochen haben, besonders du, Lonni, und darum hast du auch kein Glück. Guck, die Irma ist ein bisschen rundlicher, zu ihr kommt das Glück sofort, es fällt ihr von ganz allein in den Schoß.«

»Mutter, das war zu deiner Zeit, als das Glück zu den Rundlichen kam«, antwortete Lonni, »heute kommt es zu den Schlanken.«

»Aber guck dich doch an, wo ist es denn?«, beharrte die Mutter auf ihrer Meinung. »Du bist doch diejenige, die jammert, dass es nicht kommt, nicht ich. Und sag mir, warum bringt sich so viel von euresgleichen um, wenn doch das Glück schon unterwegs ist? Aber nein, Alte wie Junge haben kein Fleisch mehr auf den Knochen, und dann wird sich umgebracht. Jeden Tag liest du's mir aus der Zeitung vor.«

»Die meisten bringen sich doch aus Liebe um«, erklärte Lonni.

»Aus Liebe!«, echote die Mutter. »Wo soll denn die Liebe sein, wenn da kein Fleisch ist? Du glaubst wohl, die Liebe steckt in den Knochen, was? Nein, liebes Töchterchen, die Liebe steckt im Fleisch und im Blut, nicht in Knochen und Knorpeln. Die Liebe macht rote Bäckchen und einen roten Mund, aber ihr nehmt Farbe, um's rot zu kriegen. So sieht's aus. Früher brachte sich ein Mädchen um, weil es ein Kind kriegte. Aber jetzt kriegt ein Mädchen entweder überhaupt kein Kind mehr, oder es ist ihr egal, ob sie eins kriegt, denn großgezogen wird's ja sowieso von anderen, sie selber kann gehen und sich ein neues machen lassen. Warum sollte sie sich also umbringen?«

»Mutter, du bist alt und verstehst die Leute heute nicht mehr«, sagte Lonni.

»Aber du verstehst sie, was?«, fragte die Mutter. »Du weißt nur eins: Liebe, Liebe, Liebe, und wenn der Tod kommt, dann kommt auch der aus Liebe. Aber ich sage dir …«

»Sag es lieber nicht, Mutter, denn ich habe es schon zu oft gehört«, fiel Lonni ihr ins Wort.

»Aha, schon zu oft gehört!«, rief die Mutter. »Aber dein Geplapper von der Liebe hab ich wohl noch nie gehört, was? Weißt du, wie's um deine Liebe steht?«

»Ich weiß, ich weiß«, antwortete Lonni. »Wenn meine Schminktöpfe leer sind, ist auch auf die Liebe nicht mehr zu hoffen.«

»Und dann wird sich ein Ende gemacht, Schluss und aus, denn wozu leben, wenn man sich nicht mehr schminken kann«, fuhr die Mutter fort. »Hättest du deinen Ruudi mitsamt seinen Locken etwa nicht haben können, wenn du ein Mädchen gewesen wärst, das richtig liebt, ohne Schminke?! Aber du liebst ja nicht, hast kein Fleisch auf den Knochen, rennst nur rum, als hättest du Hummeln im Hintern.«

»Was hatte denn der Ruudi an sich, dass ich ihn hätte lieben sollen?«, fragte Lonni.

»Du bist es doch, die jammert, dass du kein Glück hast«, wiederholte die Mutter.

»War denn Ruudi deiner Meinung nach mein Glück?«, wunderte sich Lonni mit so lauter Stimme, dass man es auch in der Nachbarwohnung und im Stockwerk darüber hören musste. »Ruudi war doch kein Herr!«

»Ach, nur ein Herr ist das Glück?«, fragte die Mutter. »Bist du etwa ein Fräulein, dass du einen Herrn haben musst? Weißt du etwa, wie man mit nem Herrn *kokertiert?*«

»Immer noch besser als Irma«, sagte Lonni selbstbewusst.

»Ich kokettiere doch nicht!«, unterbrach Irma jetzt den Disput der beiden.

»So meine ich es ja auch gar nicht«, erklärte die Tante. »Es ist nur so ein schönes Wort, wie *amisieren* und solche Wörter.«

»Mutter, du hast doch keine Ahnung, wie es wirklich zugeht«, winkte Lonni ab.

»Na schön, dann bin ich eben dumm«, stellte die Tante abschließend fest, »aber du hättest deine Zimmertür genauso zugebunden wie Irma, was?«

»Wie hätte ich's ihr sonst beibringen können?«, fragte Lonni zurück. »Ich habe es Irma doch beigebracht.«

»Freilich, du hattest Angst um sie. Aber um dich hast du keine Angst, was? So ist das, und darum hättest du deine Tür nicht zugebunden. Mit der Angst der Frau fängt die Liebe des Mannes an – das, Kinder, müsst ihr euch merken. Wenn eine Frau keine Angst mehr hat, dann lebt der Mann zwar mit ihr, aber lieben tut er sie nicht. Das ist ein Gottesgesetz, der Mensch muss fürchten und lieben. Den Sündenfall hätte es gar nicht gegeben, wenn Eva den Adam nicht so gefürchtet hätte, denn dann wäre sie gegangen und hätte gefragt, lieber Adam, darf ich den Apfel von der Schlange annehmen, und Adam hätte ihr geantwortet, nein, liebes Evalein, das darfst du nicht, das darfst du auf gar keinen Fall, und so wären wir alle im Paradies. Aber Eva hat sich gefürchtet, hat sich nicht getraut zu fragen, und so kriegte die Schlange, was sie wollte. Eva hat sich gefürchtet, und Adam hat geliebt, sonst hätte Eva ja nicht in den Apfel gebissen. So war das. Und heute ist es mit dem Mann und dem Apfel und der Frau noch genauso: Wenn die Frau sich nicht fürchtet, dann beißt sie nicht rein, und reinbeißen tut sie nicht, weil sie nicht liebt.«

Somit hatten Irmas Liebes- und Glückswogen durch den Mund der Tante bereits das Paradies erreicht, von wo es nicht mehr weiterging. Denn jenseits des Paradieses und der Schlange gibt es nichts mehr, nur noch nackte Leere und den Geist Gottes auf dem Wasser und die Dunkelheit in der Tiefe oder die Tiefe in der Dunkelheit, jedenfalls all diese Dinge, die einen nur noch seufzen lassen. Aber da niemand seufzen wollte, packte man Irmas Glück ein zweites Mal am Schopf und ging es in einer zweiten Variante noch einmal durch, dann noch einmal, dann noch einmal, dann noch einmal.

Irma selbst hatte, als der Herr ihr das Leben so lang und breit erklären musste, nicht unbedingt Glück empfunden, nur ein paarmal hatte irgendwo ein Fünkchen Hoffnung aufgeleuchtet, und vermutlich wegen dieses aufleuchtenden Fünkchens war sie bei ihm geblieben, aber auch dies nicht in vollem Bewusstsein, sondern eher von ungefähr, man könnte sagen, blindlings. Blindlings war sie auch mit ihrem Hoffnungsfünkchen zur Tante gekommen, nur wurde das Fünkchen hier gleich zu einer derart lodernden Flamme entfacht, dass sogar Irma warm ums Herz wurde, besonders als sie sah, wie die anderen in Hitze gerieten.

Und als man untereinander alles ausgesprochen hatte, was man dachte, hoffte, wollte, erträumte, glaubte und es obendrein vollbracht hatte auszusprechen, was keiner mehr dachte, hoffte, wollte, erträumte oder glaubte, da begab man sich zu den Verwandten und Bekannten und teilte auch ihnen mit, dass der Herr bereits in Liebe entbrannt war, das heißt, sollte er noch nicht vollends entbrannt sein, dann sei er mindestens von Begehren erfüllt, und wo Begehren ist, da stellt sich auch bald die Liebe ein, ganz gewiss, denn die Männer sind nun mal so, wenn sie einmal richtig begehren, dann enden sie, ob sie's wollen oder nicht, in der Liebe, denn anders können sie ihr Begehren ja nicht stillen.

Und mit Hilfe der Verwandten und Bekannten tauchten am Horizont Ringe, Kleider, Hochzeitsfeiern und Dispute darüber auf, ob der Herr gläubig wäre oder nicht, das heißt, ob er sich wohl kirchlich trauen ließe oder nicht. Schließlich gelangten alle einmütig zum Ergebnis, dass es, wenn der Herr wirklich begütert ist, auch eine Trauung geben wird, ganz bestimmt, ganz bestimmt gibt es eine Trauung. Zu schade, dass die Annonce in der Zeitung lauten wird, dass die feierliche Zeremonie nur im Kreise der nächsten Verwandten, Freunde und Bekannten stattfindet, ja, das war wirklich schade, denn man kann sich doch denken, dass sie in einem reich mit Lorbeer geschmückten Gotteshaus stattfindet, das zu diesem Zweck besonders warm geheizt ist, damit die Herren im Frack und die Damen im Kleid erscheinen können, ohne eine Erkältung befürchten zu müssen.

Dass es unbedingt so kommen würde, folgerte man allein schon daraus, dass der Herr bis heute ein rechtes Lotterleben geführt hatte. Von Mund zu Mund und von Ohr zu Ohr ging die Kunde, dass der Herr nicht einmal eine richtige Geliebte gehabt habe, bis heute nicht, weder ein anständiges

Fräulein noch eine ordentliche Frau. Er hat einfach drauflos gelebt und wollte auch mit Irma drauflos leben. Aber dann kam Gott und erleuchtete ihn, sodass er Irmas Unschuld und ihr jungfräulich frisches Wesen erkannte, und jetzt gedenkt er offenbar, sein altes Leben aufzugeben und ein neues nach den heiligen Sakramenten zu beginnen. Deshalb wird es auf jeden Fall eine Trauung geben, zudem in der Kirche, damit das heilige Gemäuer und die Verwandten, Freunde und Bekannten sehen, dass eine verlorene Seele den Weg zurück zu ihrem Herrn gefunden hat.

Hier erhob sich unausweichlich die Frage, wer denn nun die nahen Verwandten, Freunde und Bekannten sein sollten – von Seiten der Braut natürlich. Die Mutter, die Brautmutter, wäre natürlich die erste, aber da sie auf dem Lande lebt, wird sie wohl nicht kommen, auch deshalb nicht, weil die Hochzeit wahrscheinlich in der kalten Jahreszeit stattfindet. Außerdem wäre es für die Braut besser, wenn die Mutter nicht kommen würde, denn eine Frau vom Lande kennt die feinen Sitten der Stadt nicht, ebenso wie es ihr an der entsprechenden Kleidung fehlt. Wer ist demzufolge außer der Mutter die nächste Verwandte der Braut? Natürlich Tante Anna und deren Tochter Lonni, das war allen klar.

Und nun begann ein großes Schwärmen und Schmeicheln, denn durch sie beide hoffte man in die Kirche zu gelangen. Tagelang kam Tante Anna zu nichts anderem, als Leute zu empfangen, mit Kaffee zu bewirten und manchmal auch mit Kuchen, denn alle wollten über die Tante erfahren, wie es denn nun um ihre Anwesenheit bei der Trauung stünde. War Tante Anna von zu Hause fort, um Wäsche zu waschen, dann fanden entweder sie oder Lonni, wenn sie heimkamen, oftmals einen Zettel in der Tür klemmen mit der Mitteilung,

»Komme morgen, verehrte Madam Kärk, denn heute warst du nicht zu Hause und ich habe keine Zeit.«

Binnen weniger Tage war es Tante Anna klar, so man ihr überhaupt etwas klarmachen konnte, dass sie nicht umsonst gelebt hat, obwohl sie immer nur Wäsche wusch und jahrelang die Straße fegte. Denn wie konnte sie so viele Freunde und Bekannte haben, wie sich jetzt herausstellte, wenn sie wirklich umsonst gelebt hätte? Es kamen sogar die, von denen Tante Anna gar nicht wusste, dass sie mit ihnen bekannt war, von Freundschaft ganz zu schweigen. Und die Tante war bereit, sie alle in die Kirche einzulassen, denn ihrer Meinung nach reichte die Hälfte der Kirche ohne Weiteres für die Freunde und Bekannten der Braut aus, wenn der Bräutigam seine Freunde und Bekannten in der anderen Hälfte unterbrachte.

Aber hier stieß sie mit ihrer Tochter Lonni schwer zusammen, denn Lonni war in den letzten Tagen ohnehin leicht reizbar, so als hege sie tief im Innern einen heftigen Groll auf jemanden. Und so wollte Lonni beileibe nicht alle in die Kirche einlassen, die die Mutter hierfür auserwählt hatte.

»Jetzt sind wohl Hinz und Kunz unsere Freunde und Bekannten, nur weil wir den Schlüssel zur Kirche haben«, sagte sie.

»Wer ist hier Hinz und wer ist Kunz?«, fragte die Mutter beleidigt, weil man ihre guten Bekannten so nannte.

»Was ist denn die alte Sauga deiner Meinung nach?«, fragte Lonni zurück. »Handelt mit Lumpen auf dem Flohmarkt.«

»Aber ihr Mann ist Nachtwächter in der Tabakfabrik, er hat sogar eine Mütze mit einem Stern drauf«, entgegnete die Mutter.

»Das ist gar nicht ihr Mann«, antwortete Lonni, »die leben doch in wilder Ehe.«

»Jetzt lebt alle Welt in wilder Ehe«, erklärte die Mutter, »und wer nicht in wilder Ehe lebt, hält sich ein Liebchen. Da hast du deine große Liebe!«

»Mach, was du willst«, meinte Lonni daraufhin, »aber wenn du solches Pack in die Kirche lässt, dann komme ich nicht. Geh mit denen und lass mich in Ruhe!«

»Du bist auf Irmas Glück neidisch, weiter gar nichts.«

»Natürlich bin ich neidisch, was dachtest du denn«, versetzte Lonni. »Kommt vom Lande, das tumbe Ding, und schon geht's ans Heiraten! Hat nicht mal ein richtiges Hemd auf dem Leibe, wie soll sie sich da vor ihrem Mann ausziehen?«

»Du mach dir mal keine Sorgen um Irmas Hemden, sondern denk besser an dein Auto«, spottete die Mutter, denn sie war ihrer Tochter ein bisschen gram, dass all die großen Reden sich nicht um ihre Lonni, sondern um die Tochter ihrer Schwester drehten.

»Lach soviel du willst, aber ich bleibe dabei: Wenn ich nicht mit nem Auto zur Trauung und zurück kann, dann bleib ich lieber eine alte Jungfer und heirate überhaupt nicht!«, sagte Lonni aufgebracht.

»Dann bleibst du eben eine alte Jungfer«, meinte die Mutter.

»Dann bleib ich's eben!«, schmollte Lonni.

So war denn das Schicksal der beiden Basen entschieden: Die eine heiratet den Herrn, um ihn von seinem Lotterleben zu erretten, und die andere bleibt eine alte Jungfer, weil sie kein Auto für ihre Hochzeitsfahrt findet. Damit waren alle Fragen beantwortet, die mit Irmas wunderbarem und, wie viele meinten, unerklärlichem Glück zusammenhingen. Zwar hatte Lonni anfangs gewarnt, Irma solle aufpassen, die Männer seien um sie herum wie die Honigbären, weil sie noch den Duft einer Landpomeranze an sich habe, aber wer mochte das gehört haben, und wenn – wer mochte sich in diesem undurchdringlichen Dickicht aus Ereignissen und Meinungen daran erinnern. Deshalb musste man alles, wie es gekommen war und wie es noch kommen würde, als das reinste Wunder ansehen.

Nur noch eine Sache hielt die bereits beruhigten Gemüter von Tante Anna und ihrer Tochter Lonni in Atem. Von Irma kam nämlich die Mitteilung, dass der Herr seinen Namen geändert habe, der Herr selbst habe es gesagt. Denn heutzutage ist es ja so, dass jedermann seinen Namen ändern kann. Hast du einen Namen gründlich aus- und abgenutzt, dann nimm dir einen neuen und nutz den aus und ab. So erklärte es Lonni der Mutter.

»Was hat er denn statt Rudolf genommen?«, fragte die Mutter.

»Doch nicht statt Rudolf«, berichtigte Lonni sie, »der bleibt, der wird nicht geändert.«

»Ja was hat er denn geändert?«, wunderte sich die Mutter. »Ich dachte, dass das sein richtiger Name ist.«

»Richtiger Name schon, aber das ist sein Vorname«, erklärte Lonni. »Der Herr hat seinen Familiennamen geändert.«

»Diese Falschspieler allesamt, wollen einen nur hinters Licht führen!«, rief die Mutter. »Meine Güte, nun wär es noch so gekommen, dass die Irma geheiratet hätte, und wir hätten nicht mal ihren richtigen Namen gewusst. Ob du's glaubst oder nicht, aber das bedeutet nichts Gutes! Das ist genauso, als würdest du einen Menschen zur Hölle schicken, und hinterher stellt sich raus, dass es gar nicht der Mensch war, sondern ein ganz anderer. Ich fang an, mich ein bisschen für Irma zu fürchten.«

»Ach, Mutter! Lass doch den Aberglauben. Der Herr hat

sich doch nur, als die Namensänderung im Gange war, zum Spaß Rudolf genannt, und viele haben gedacht, das wäre sein Familienname, auch Irma die ersten paar Tage. Nachher ist er natürlich mit seinem richtigen Namen rausgerückt.«

»Und, wie ist denn nun der richtige Name?«, fragte die Mutter.

»Eindorf, Rudolf Eindorf!«, antwortete Lonni. »Aber jetzt ist auch der nicht mehr sein richtiger, weil er den ja geändert hat.«

»Dieser Mann ändert seine Namen schneller als man hinterherkommt!«, rief die Mutter aus. »Was ist das bloß für ein Mensch! Das wird ja immer schöner!«

Lonni lachte, denn die Entrüstung der Mutter bereitete ihr Vergnügen. Aber ihr Lachen hatte noch einen anderen Grund. Lonni war, wie auch die Mutter, wirklich der Meinung, dass es für Herrn Rudolfs Namensänderung einen triftigen Grund geben musste, ein Geheimnis, und demzufolge standen die Sterne für Irma gar nicht so günstig, wie Lonni und alle anderen es zunächst angenommen hatten. Bei Lonni hatte sich bereits im tiefsten Winkel der Seele so etwas wie Schadenfreude eingenistet, und daher kam auch die übermäßige Lust zu lachen.

»Was lachst du denn so?«, fragte die Mutter vorwurfsvoll. »Freust dich etwa übers Unglück der anderen?«

»Du bist schon komisch, Mutter«, antwortete Lonni. »Wieso redest du von Unglück? Der Mensch ändert seinen Namen wie so viele, gar nichts weiter. Wenn man von Unglück reden könnte, dann nicht deswegen, weil er seinen Namen ändert, sondern – wegen des neuen, den er annimmt!«

»Was für einen nimmt er denn an?«, fragte die Mutter erwartungsvoll.

»Statt Eindorf heißt er jetzt – Ikka*«, antwortete Lonni.

»Verstehst du, Mutter: Ikka, Ikka, Ikka, denn das soll ein rein estnischer Name sein.«

Tante Anna starrte ihre Tochter eine ganze Weile an, als habe sie sich verhört oder als sehe sie eine Erscheinung, und sagte dann:

»Das soll ein Name sein?! Wer erlaubt einem, sich so einen Namen zu nehmen? Gibt es denn überhaupt keine Gesetze mehr auf dieser Welt? Und wenn Irma Kinder mit ihm hat, dann werden die auch auf Ikka getauft?«

»Was denn sonst«, antwortete Lonni.

»Der Mann muss verrückt sein«, meinte die Mutter. »Jedenfalls bei Verstand ist der nicht. Irma muss ihn auf der Stelle verlassen. Geh noch heute hin und hol sie weg von da! Sag, dass ich schwer krank geworden bin und sie brauche, denn du musst ja in die Fabrik. Nein, sag lieber, dass von der Mutter ein Brief gekommen ist, die bestellt Irma augenblicklich zu sich nach Kalmu. Um Himmels Willen, geh schnell, bevor noch ein Unglück passiert!«

»Ich werd mich doch dem Glück der anderen nicht in den Weg stellen«, antwortete Lonni. »Wer sein Glück bei einem Verrückten finden will, bitteschön, was geht's mich an. Rette mal jemanden vor dem Ertrinken, wenn er ertrinken will! Irma war im siebten Himmel, als ich sie zuletzt auf der Straße getroffen habe. Ihr posaunt alle nur herum, dass der Herr sie liebt, dass der Herr sie liebt, aber keiner sieht, dass das Mädchen selber bis über beide Ohren verliebt ist.«

»Ach du liebes Gottchen«, seufzte die Mutter, »das also war's, warum mir das Herz schon wer weiß wie viele Tage so geschmerzt hat. Ich dachte, wegen der großen Freude und dem Glück, aber da hast du's, es schmerzt, weil der Herr verrückt ist! Jetzt traut man sich davon doch keinen Mucks mehr zu sagen! Wem sagst du, dass der Herr jetzt Ikka heißt!

Dass das sein Name ist, aber dass er nicht immer Ikka gehei-
ßen hat.«

»Aber jetzt heißt er Ikka, für immer Ikka und Ikka für
immer«, sagte Lonni lachend.

»Was machst du blindes Huhn dich lustig, wenn ein junger Mensch samt seinen Nachkommen verdorben wird, und
das womöglich für alle Zeiten!«, stieß die Mutter hervor und
fügte, als Lonnis Lachen verebbt war, hinzu: »Was denkt
denn Irma selber darüber? Was sagt sie? Oder sagt sie gar
nichts?«

»Irma sagt, was geht es sie an, was der Herr sich für einen
Namen aussucht«, antwortete Lonni.

»Ich fass es nicht!«, rief die Mutter. »Wieso geht sie das
nichts an? Was soll das nun wieder heißen? Wir laden die
Hochzeitsgäste ein, und sie sagt, es geht sie nichts an. Pass
auf, der Herr wird auch noch sagen, dass es ihn nichts angeht. Nur – wen geht's denn nun was an?«

»Keinen geht's was an«, kicherte Lonni, denn ihr hatte
Gott jetzt reichlich Frohsinn geschickt. »Herr Eindorf-Ikka
hat einen Heidenspaß mit seinem Namen, wie er Irma erklärt
hat. Er sagt, dass jedermann für die Sachen, die er erfunden
hat, ein Patent fordert, damit kein anderer die Sachen zum
zweiten Mal erfindet, aber er würde kein Patent fordern,
denn er sucht sich einen Namen aus, der gar kein Patent
braucht, denn so einen würde man nicht mal von der Straße
aufsammeln, und noch weniger würde ihn einer aus dem
Wörterbuch raussuchen. Also denk mal nicht – der Herr ist
nicht so dumm, wie du denkst. Verrückte haben's manchmal
faustdick hinter den Ohren.«

»Er wäre also der einzige auf der Welt, der diesen Namen
hat?«, fragte die Mutter.

»Richtig! Das ist ja sein Sinnen und Trachten, deswegen

hat er ja diesen verrückten Namen angenommen. Damit sich nicht noch ein Verrückter den verrückten Namen zulegen kann.«

»Wenn er es so erklärt, dann ist der Herr vielleicht gar nicht so verrückt«, lenkte die Mutter ein. »Mir fängt der Name schon ein bisschen an zu gefallen.«

»Hundertmal vernünftiger wär's gewesen, seinen Namen einfach ins Estnische zu übersetzen«, meinte Lonni.

»Was wäre das denn gewesen, dieses Eindorf?«, fragte die Mutter.

»Ganz einfach, Ükskülä* würde er heißen«, antwortete Lonni.

»Das ist ja ein Name wie von Gutsherrn«, sagte die Mutter. »Als ich jung war, da wohnten nicht weit von uns die Ükskülas.«

»Na schön, dann ist es eben ein Gutsherrenname«, meinte Lonni, »wir haben die Güter übernommen, also übernehmen wir auch die Namen, warum sollen die verschont bleiben.«

»Wir haben doch die Güter nicht im Ganzen übernommen, sondern aufgeteilt, also müsste man die Namen auch aufteilen«, meinte die Mutter.

»Dass dann der eine Üks heißt und der andere Küla?«, fragte Lonni.

»Warum nicht, wenn du mitsamt dem Gut auch gleich den Namen von *Euergnaden* kriegen kannst«, antwortete die Mutter, fügte aber bald hinzu: »Aber was ist schon ein Name oder *Euergnaden*, Namen sind Schall und Rauch. Könnte man auch gleich den Stammbaum und das Blaublut übernehmen, sodass man am Ende das Gut, den Stammbaum, Blaublut samt *Euergnaden* hätte, ja dann wäre das Ganze *serjöös*: das eigene Gut, der eigene Stammbaum, das eigene Blaublut und dann noch *Euergnaden* auf dem eigenen Gut.

Da hätten wir *Kultuur*! Aber was haben wir jetzt? Statt Gutsherrn haben wir Bauerntölpel, statt *Euergnaden* Hinz und
Kunz und statt Blaublut einen Mischmasch. Denn was taugt
das ganze Blut, wenn nur Mischmasch dabei rauskommt
und kein ordentlicher Stammbaum?!«

»Aber in der Zeitung steht, dass wir besseres und reineres
Blut hätten als die baltischen Herrschaften«, hielt Lonni
der Mutter entgegen, obwohl sie ihren Worten selber nicht
glaubte. »Mit unserm Blut soll es genauso sein wie mit dem
Blut von unseren Kühen – reines und starkes Landblut. Sogar die Milch von unseren Kühen soll fetter sein als die von
den Herrschaften. Du nennst die Milch, die du heutzutage
aus dem Laden holst, ja selber Gesöff. Das heißt, das ist dann
das Gesöff von den Herrschaften, denn wir haben ja mit den
Gütern auch die Kühe übernommen. Wir trinken also das
Gesöff von den Herrschaftskühen.«

»Ach, Kindchen«, seufzte die Mutter, »nun lass mal das
Gesöff der Herrschaften, wir haben selber reichlich Sachen,
die nichts taugen. Hättest du bloß die Güter der Herrschaften gesehen! Was für Pferde, was für Ställe, was für Kutschen!
Und die Kutscher und die Vögte und die Gärtner! Kammer-
diener, Stallburschen, Hütejungen!«

»Gesinde, Knechte und Mägde! Fron, Kette und Joch!
Prügel, Peitsche und Tränen!«, verspottete Lonni die Begeis-
terung der Mutter.

»Was gibt's da zu spotten!«, wies die sie zurecht. »Du hast
doch die Vornehmheit gar nicht gesehen! Und wirst sie auch
nicht sehen. Wirst sterben und hast sie nicht gesehen. Da
hab ich dir was voraus, mein Kind, allen jungen Leuten hab
ich was voraus. Ich hab die *Kultuur* auf den Gütern gesehen
und du nicht. Unsereins hatte was, wonach man streben
konnte, das Gut mit den Herrschaften vor Augen, brauchst

bloß hin- und abzugucken, und schon hast du Bildung und *Kultuur*. Aber wonach strebt die Jugend heute? Wonach soll sie überhaupt streben? Nach nichts! Und wenn der Mensch in jungen Jahren nichts hat, wonach er streben kann, dann wird er sich und die anderen umbringen, so ist das.«

»Also würdest du, Mutter, die Güter sofort zurückgeben, wenn du was zu sagen hättest?«, fragte Lonni.

»Aber auf der Stelle!«, antwortete die Mutter im Brustton tiefster Überzeugung. »Nur würde ich estnische Güter einrichten, damit das Volk was hat, wonach es streben kann.«

»Weißt du was, Mutter, ich sag dir mal was«, begann Lonni jetzt in vollem Ernst, »dich sollte man in den Gutsstall schicken, und dir sollten die Vögte und Aufseher im Angesicht von *Euergnaden* mal fünfundzwanzig Hiebe auf den Nackten verpassen, dann wirst du merken, ob du dich immer noch nach Kammerdienern und Stallburschen sehnst.«

»Du und deinesgleichen, das ganze junge Volk hätte solche Hiebe manchmal bitter nötig!«, hielt die Mutter dagegen. »Oder meinst du wirklich, dass Irmas Herr sich getraut hätte, so einen Namen anzunehmen, wenn er wüsste, dass man ihm dafür im Gutsstall das Fell gerben würde?«

»Wenn er ein Mann ist, dann könnte man ihm auch den Kopf abhacken, trotzdem würde er sich Ikka nennen«, antwortete Lonni.

»Nun, wir werden ja sehen, was für ein Mann dein Ikka ist. Blaublut und Stammbaum hat er jedenfalls nicht, und seine Kinder haben auch keinen Stammbaum und kein Blaublut.«

Damit endeten die schwerwiegenden Erörterungen zwischen Tante Anna und ihrer Tochter Lonni über Stammbäume, Ehrwürdigkeiten und das blaue Blut. Und da beide meinten, im Recht zu sein, fühlte sich auch keine als Verliererin. So konnte die Mutter in aller Seelenruhe ihre Wäsche bügeln und Lonni die Kartoffeln schälen, als hätten sie nun wirklich nichts mehr miteinander auszufechten. Aber hin und wieder huschte der Blick der Mutter vom Wäschestück hinüber zu Lonnis Händen, um sich zu vergewissern, ob die auch dünn genug schälten. Schließlich führten sie keinen Herrschaftshaushalt, wo man dick schälen muss, damit die Kartoffel hübsch, rein, weiß und glatt aussieht wie die Wäsche der Herrschaften, und damit man was hat, das man in den Abfall tun kann. Nein, sie sind einfache Leute! Ihre Kartoffeln können beulig und löchrig aussehen, und Abfall haben sie überhaupt nicht nötig. Und wenn Tante Anna zwei schwere Arbeiten mit einem Mal hätte tun können, wenn sie gleichzeitig hätte bügeln und denken können, dann wäre sie vielleicht zum Ergebnis gekommen, dass sie sich die Güter wohl nur deswegen zurück wünschte, damit es wenigstens einen sicheren Ort auf dem Land gibt, wo man die Kartoffeln so dick schälen kann wie man will und so viel Abfall sammeln darf, dass man am Ende gar nicht weiß, wohin damit.

IX

Während nun all die Verwandten, Freunde, Bekannten und sogar ganz Fremde Irmas und Herrn Ikkas Lebensfragen von allen Seiten beleuchteten, lebten die beiden still und friedlich in ihrer Dreizimmer-Herrschaftswohnung, jedenfalls viel friedlicher und stiller als in den ersten Tagen. Das hing vor allem mit Herrn Ikkas veränderten Lebensgewohnheiten zusammen. In den ersten Tagen wollte er nichts anderes tun, als in Irmas Nähe zu stehen und Gespräche mit ihr zu führen, so als sei die Haushälterin eigens dazu eingestellt, dass er jemanden hätte, mit dem er sich unterhalten konnte. Aber nach dem letzten großen Gespräch sah es aus, als seien alle Fragen endgültig geklärt und als könne er sich nun, anstatt zu reden, in seinem Arbeitszimmer aufhalten, dort Zeitung lesen oder sich mit einer Zigarette im Mundwinkel auf den Diwan legen. Er verlangte nicht einmal mehr, dass sich Irma zu ihm an den Tisch setzte, um gemeinsam den Abendtee zu trinken, vom Morgenkaffee ganz zu schweigen, denn am Morgen hatte Irma nun wahrlich keine Zeit, dem Herrn Gesellschaft zu leisten, weil es galt, die dringend nötigen Aufgaben zu erledigen – die Kleidung oder die Schuhe zu reinigen, den Zweit- oder Drittanzug zu lüften, die Zimmer aufzuräumen oder sich weiteren Dingen zu widmen, um später mehr freie Zeit für sich selbst zu haben.

Aber der Herr ging noch weiter: Er begann darüber zu wachen, ob auch Irma die Grundsätze der Zurückhaltung, die sie miteinander vereinbart hatten, einhielt. Wenn Irma ihr dunkles Kleid gegen das hellere tauschte, das ihr ein mädchenhaftes Äußeres verlieh, indem es sie zarter, weicher und runder machte, wie Irma es dem Herrn gegenüber selbst einmal geäußert hatte, fragte der sie:

»Fräulein, ist Ihr dunkles Kleid in der Wäsche?«

»Nein, Herr«, antwortete Irma und fragte zurück: »Wie kommt der Herr auf diesen Gedanken?«

»Ich frage nur so«, meinte der Herr.

»Ich dachte schon, das Kleid gefällt dem Herrn nicht«, sagte Irma. »Es ist mir ein bisschen zu klein geworden.«

»Ganz im Gegenteil – gerade das gefällt mir«, erklärte der Herr, »und deshalb ist es vielleicht ein wenig gegen unsere Abmachung, dieses Kleid zu tragen.«

»Ach, ich muss es doch abtragen! Eines Tages ist es mir endgültig zu klein, und dann ist gar nichts mehr damit anzufangen.«

»Natürlich, Fräulein, machen Sie, wie Sie denken, ich meinte ja nur«, sagte der Herr daraufhin.

Aber Irma schlug die Bemerkung des Herrn in den Wind und trug jeden Tag das helle Kleid, das dem Herrn besser gefiel als das dunkle. Was aber die vom Herrn angemerkte Abmachung zur Zurückhaltung anbetraf, so konnte sich Irma nicht erinnern, jemals ein Versprechen abgegeben zu haben. Sie erinnerte sich nur, dass der Herr davon gesprochen hatte. Und das galt wohl eher für den Herrn selbst als für Irma, denn sie hatte die Grenzen der Zurückhaltung noch nie und in keiner Weise überschritten. Dass sie jetzt auch noch Kleider nach dem Wunsch des Herrn tragen sollte, nein, solch eine Abmachung hatte es weder zu Anfang gegeben, als noch die Schwester im Spiel gewesen war, noch später, als es die großen Gespräche unter vier Augen gegeben hatte. Also war

Irma vollkommen im Recht, bei ihrem hellen Kleid zu bleiben. Und selbst wenn dieses Kleid dem Herrn ein wenig in die Nase stach, dann wäre auch das nicht schlimm, denn sie hatte genug unter dem Herrn gelitten, sollte der Herr jetzt ruhig auch ein bisschen unter ihr leiden.

Aber seltsamerweise erschien der Herr an jenem Tag nach dem Gespräch, als Irma wiederum das helle Kleid trug, gar nicht zum Abendessen, sodass Irma schließlich die Kanne mit dem heißen Wasser unter die Wärmehaube neben das Abendessen auf den Tisch stellte, in ihr Zimmer huschte und sich schlafen legte. Der Herr erschien erst nach Mitternacht, und ohne das Abendessen oder das heiße Wasser anzurühren, begab er sich so leise in sein Schlafzimmer, als wolle er Irmas Nachtruhe um keinen Preis stören. An diesem Tag also brauchte er wegen Irmas hellen Kleides nicht mehr zu leiden, so er denn überhaupt litt, wie Irma meinte.

Am nächsten Morgen zog Irma wiederum das helle Kleid an und wartete sehnlichst darauf, dass der Herr noch einmal darauf zu sprechen käme, denn dann könne sie ihm sagen, dass sie dem Wunsch des Herrn entgegenkommen und das helle Kleid nicht mehr tragen würde. Aber der Herr schwieg und ging früher als gewohnt, so als wolle er sich nicht länger als unbedingt nötig zu Hause aufhalten. Irma wartete wieder mit dem Abendessen, tauschte sogar das helle Kleid gegen das dunkle, aber sie wartete umsonst. Das Essen musste sie zum Teil wegwerfen, denn es hatte durch das lange Stehen den Geschmack verloren. Irma wollte es schon selbst essen, aber ließ es dann doch lieber bleiben, denn was dem Herrn nicht schmeckt, dass muss auch ihr nicht schmecken! In den Abfall damit! So lernte Irma die Hauswirtschaft der Herrschaften zu verstehen, wie auch Tante Anna sie verstanden hatte.

Am dritten Morgen erschien Irma in ihrem ursprünglichen dunklen Kleid, und der Herr lud sie ein, Platz zu nehmen und mit ihm den Morgenkaffee zu trinken. Doch Irma dachte, er tue dies nur aus Höflichkeit, sozusagen der Form halber, und zum Dank, dass sie heute das andere Kleid trug, und wies die Einladung höflich zurück. Der Herr blieb fast bis zum Mittag daheim, und Irma lag es schon auf der Zunge zu fragen, ob der Herr heute vielleicht gedachte, zu Hause zu essen. Aber ehe sie fragen konnte, verließ der Herr das Haus und kehrte erst Stunden später wieder zurück, allerdings noch vor dem Abendessen. Zu dieser Zeit hatte Irma sich das helle Kleid angezogen und der Herr – nachdem er ein bisschen in seinem Arbeitszimmer hantiert hatte, als suche er dort etwas – ging bald wieder und kehrte erst nach Mitternacht zurück, heimlich, still und leise wie ein Dieb.

Aha, jetzt glaubte Irma zu verstehen: Wenn sie das helle Kleid anzieht, das dem Herrn gefällt, dann kommt er nur zur Nacht, zum Schlafen, und hält sich sonst wer weiß wo auf. Und Irma trat mit ihrem hellen Kleid vor den Spiegel und betrachtete lange, lange ihr Spiegelbild, ohne sich bewusst zu sehen, denn ihre Gedanken gingen ganz eigene Wege. Nicht einmal ihre gewölbte Stirn sah sie, das vermeintliche Zeichen von Geist und Verstand. Aber selbst wenn sie sie wahrgenommen hätte, wäre es nicht mehr von Bedeutung gewesen – die Wölbung ihrer Stirn hatte den Herrn nicht beeindruckt; tauschte sie jedoch das eine Kleid gegen das andere, kam der Herr entweder nach Hause, oder er kehrte seinem Heim umgehend den Rücken.

Irma fielen die verworrenen Erklärungen über Klugheit und Können ein, und plötzlich schien ihr, als habe sich alles Verworrene in Klarheit verwandelt. In der Schule waren doch alle, sie selbst nicht ausgenommen, in höchstem Maße darauf bedacht, nicht nur Klassenbeste, sondern auch Schulbeste zu sein. Das bedeutete doch nichts anderes, als dass der eine klüger sein wollte als der andere. Aber warum ließ sich das in der Schule Erlernte nicht auf das Leben anwenden? Es durfte doch nicht sein, dass es keinerlei Nutzen brachte, denn wozu hatte sie und wozu hatten alle anderen so schrecklich gepaukt? Also zog man aus der Klugheit offenbar nur dann Nutzen, wenn man sie richtig anzuwenden verstand. Setze deine Klugheit so ein, dass du weißt, wann du welches Kleid anzuziehen hast, dann gereicht dir die Klugheit zum Nutzen – das wollte der Herr mit seinen verworrenen Erklärungen sagen. Jetzt verstand Irma und konnte ihre Klugheit mit Hilfe der beiden Kleider so anwenden, dass das Ganze einen Nutzen hatte.

Also beschloss sie, in den nächsten Tagen das dunklere Kleid zu tragen, sodass der Herr nach Hause kommen und ihre Klugheit und ihr Können sehen sollte, doch der Herr blieb die ganze Nacht fort und erschien erst am nächsten Morgen, fluchend auf die ermüdende und eintönige Geschäftsreise. Damit war für Irma die Anwendung der Klugheit, wie auch die Klugheit in der Anwendung, zunichte gemacht. Denn der Herr blieb auch die folgende Nacht aus, und als er am Morgen nach Hause kam, sprach er überhaupt kein Wort, sondern begab sich geradewegs ins Badezimmer, um sich dort ausgiebig mit kaltem Wasser zu waschen. So ging das mehrere Tage und Nächte. Irma wusste schließlich gar nicht mehr, wie viele Tage und Nächte das so gegangen war, ebenso wie sie nicht wusste, was nun klüger war – immer noch das dunkle Kleid zu tragen, oder das helle, dem sie zu entwachsen drohte, anzuziehen. Am nächsten Morgen zog sie kurzerhand das helle an und glitt durch die Zimmer wie die Frühlingssonne selbst. Der Herr sah sie, aber wandte kein Wort dagegen ein, so als würde ihm heute Sonnenwärme wohltun.

»Wie alt sind Sie eigentlich, Fräulein?«, fragte er.

»Das habe ich dem Herrn schon gesagt«, antwortete Irma.

»Ich weiß, Sie haben es gesagt, aber ich habe es vergessen. Wie alt junge Mädchen sind, kann ich mir nie merken, denn sie behalten ihr Alter nicht bei, mal sind sie älter, mal sind sie jünger«, erklärte der Herr.

»Jünger bestimmt nicht«, widersprach Irma. »Wie kann ein Mensch jünger sein, wenn er älter ist?«

»Und wie kann ein Mensch älter sein, wenn er jünger ist?«, fragte der Herr.

»Das geht beides nicht«, entschied Irma.

»Und doch geht es«, entschied der Herr.

»Wie denn?«

»Schauen Sie, Fräulein, so«, begann der Herr. »Für Sie selbst ist es vielleicht wichtig, wie alt Sie sind. Das heißt, nein, nicht das ist wichtig für Sie, sondern – wie alt Sie sich fühlen, sich fühlen wollen. Ein junges Mädchen kann sich durchaus wie ein altes Weibsbild fühlen, und dann ist es auch ein altes Weibsbild, besonders für die anderen. Aber was gehen Ihre Lebensjahre andere, einen anderen, an? Nur soviel, wie alt oder jung Sie ihm erscheinen, das ist alles. An einem Tag kommen Sie ihm zehn Jahre älter, am nächsten Tag zehn Jahre jünger vor. Das ist einfach schrecklich! Sagen Sie, komme wenigstens ich Ihnen manchmal jünger vor, ein klein wenig vielleicht?«

»Nein, Herr«, antwortete Irma, »darauf habe ich nie geachtet.«

»Das ist genauso schrecklich«, sagte der Herr in so gespielt kläglichem Ton, dass Irma ihm unwillkürlich ins Gesicht sehen und lachen musste. »Vielleicht haben Sie wirklich nicht darauf geachtet, aber sobald Sie es bemerken, werden Sie sehen, dass mit mir das Gleiche geschieht wie mit Ihnen.«

»Dann werde ich den Herrn künftig aufmerksam im Auge behalten«, versuchte Irma zu scherzen.

»O ja, tun Sie das«, sagte der Herr. »Dann habe ich wenigstens einen Menschen, der auf mich achtet. Es tut so gut, dies zu wissen. Tut es Ihnen, Fräulein, auch gut, wenn Sie wissen, dass jemand auf Sie achtet?«

»Manchmal. Manchmal auch nicht«, antwortete Irma. »Das hängt davon ab, wer auf mich achtet.«

»Bei mir wiederum ist es so, dass es ziemlich einerlei ist, wer auf mich achtet, Hauptsache, es gibt überhaupt jemanden, der es tut. Sogar über einen Hund, einen wildfremden Hund freue ich mich, wenn er die Ohren spitzt, mich ansieht, näher kommt, schnuppert, mit dem Schwanz wedelt und dann wieder seiner Wege geht. Solch eine kleine Hundebegegnung kann einem die Laune für Stunden, wenn nicht gar für einen ganzen Tag, spürbar heben. Denn es lebt sich nicht schlecht auf der Welt, solange es noch Hunde gibt. Heute schnuppert der eine an dir und wedelt mit dem Schwanz, morgen wedelt vielleicht ein anderer mit dem Schwanz, wenn er an dir geschnuppert hat.«

Am Abend des Tages, an dem Herr Ikka so zu Irma gesprochen hatte, kam er pünktlich nach Hause, aber klagte über Leibschmerzen. Er bat Irma, eine Schüssel heißes Wasser zu machen und sie ins Schlafzimmer zu bringen, denn er wolle sich eine Kompresse machen. Als Irma gut zehn Minuten später mit der Wasserschüssel erschien, lag der Herr im Bett unter der Decke. Auf dem Stuhl waren Handtücher, verschiedene Binden und ein Stück Mull zurechtgelegt.

»Fräulein, wissen Sie, wie man eine heiße Kompresse macht?«, fragte der Herr. »Es ist das erste Mal heute, dass ich so etwas machen muss, denn bisher habe ich mich mit Arzneien kuriert, aber jetzt wurde mir erklärt, dass mein Leiden am ehesten mit einer heißen Kompresse zu heilen ist. Man hat mir angetragen, die Dinge, die Sie hier sehen, zu kaufen, aber ich weiß leider nicht, ob es die richtigen sind und ob sie ausreichen.«

Irma begann die gekauften Dinge durchzusehen, denn mit heißen Kompressen kannte sie sich aus, mit denen hatte die Mutter sie und sie die Mutter geheilt. Da beide jedes Mal gesund geworden waren, glaubten sie felsenfest daran, dass die Genesung allein von den Kompressen herrührte. Irmas Kompressenkünste hatte man sogar auf dem Kalmhof zu schätzen gewusst, möglicherweise war dadurch auch Eedis Liebe zu ihr entstanden.

»Zu wenig Warmes«, sagte Irma schließlich.

»Was heißt das, zu wenig Warmes?«, fragte der Herr.

»Warmer, weicher Stoff, mit dem man die Kompresse abdeckt. Hat der Herr nicht einen wollenen Schal oder etwas Ähnliches?«

Aber nein, ein wollener Schal fand sich nicht, doch es gab wollene Unterwäsche, die konnte man benutzen – die nützt immer, wenn man nichts anderes hat! Irma legte das Kompressentuch auf bestimmte Weise zusammen und wollte es nass machen, fragte aber plötzlich:

»Wohin soll die Kompresse?«

»Auf den Bauch«, antwortete der Herr.

»Nun, dann messen Sie ab, wie groß sie sein muss, damit sie die schmerzende Stelle abdeckt.«

»Ich weiß doch gar nicht, wohin ich sie legen soll, wie soll ich da etwas messen«, klagte der Herr.

»Ach, Sie!«, schalt Irma. »Sie sind genau wie alle Männer! Wo tut es Ihnen denn weh?«

»Innen drin«, antwortete der Herr. »Der Schmerz schlägt Haken wie ein Hase, wenn ihm die Hunde auf den Fersen sind.«

»Was mag das für ein Schmerz sein«, meinte Irma, »so etwas höre ich zum ersten Mal. Also gut, geben Sie das Tuch wieder her.«

Und als der Herr das zusammengefaltete Tuch zurückgegeben hatte, richtete Irma es erneut aus und sagte:

»So, jetzt bedeckt es den ganzen Bauch, nun mag der Schmerz Haken schlagen wie er will.«

Und daraufhin gab sie dem Herrn eine sachliche Erklärung, was wie zu geschehen, in welcher Reihenfolge man die Stoffe übereinander zu schichten hatte. Hauptsache, die Kompresse ist so heiß, dass die Hände es gerade so aushalten, sonst hilft sie nicht. Aber als sie ging, um die Kompresse nass zu machen, stellte sich heraus, dass das Wasser inzwischen erkaltet war. Man musste es erneut anwärmen.

»Bitte, Fräulein, darf ich probieren«, bat der Herr, und als er die Fingerspitzen ins Wasser getunkt hatte, rief er: »Das ist doch heiß genug! Wenn es noch heißer ist, dann verbrennen Sie mich.«

»Nein, das reicht nicht, es muss heißer sein«, widersprach Irma. »Es muss so heiß sein, dass die Hände es gerade so aushalten.«

»Aber was sagt mein Bauch dazu?«, fragte der Herr beinahe ängstlich.

»Der Bauch wird gesund«, antwortete Irma überzeugt, und als sie das Wasser auf dem Primuskocher heiß gemacht hatte und zurückkam, erklärte sie: »Ich mache jetzt die Kompresse nass, wringe sie aus, falte sie und gebe sie Ihnen, und Sie

147

legen sie sich ganz fix auf den Bauch und tun die anderen Sachen drüber. Und merken Sie sich: ganz fix, denn sonst wird sie wieder kalt.«

»Machen lieber Sie es, Fräulein«, bat der Herr, »dann ist es sicher, dass es hilft.«

»Aber nicht doch!«, sträubte sich Irma. »Wieso ich?!«

»In Krankenhäusern sind doch immer Frauen als Pflegerinnen für alles zuständig«, erklärte der Herr, wobei er das Wort »Schwester« tunlichst vermied, denn in diesem Hause hatte das Wort einen äußerst unangenehmen Beigeschmack.

»Aber ich bin doch keine Krankenpflegerin«, widersprach Irma.

»Heute sind Sie ausnahmsweise eine und zwar meine Pflegerin, Fräulein, ich bitte Sie«, bettelte der Herr, »Sie sehen doch, ich habe niemanden, der mir hilft.«

»Nein und nochmals nein!«, blieb Irma fest. »Ich reiche Ihnen die Kompresse, und Sie legen sie sich selber auf. Und das sollten Sie sofort machen, sonst ist das Wasser wieder kalt.«

»Was sind Sie doch herzlos«, seufzte der Herr in dem Moment, als Irma ihm die heiße Kompresse in die Hand gab – und er sie mit einem Aufschrei zu Boden fallen ließ. »Sie verbrennen mich ja!«, rief er. »Wie soll ich mir jemals so etwas Heißes auf den Bauch legen! Wenn es jemand anders tun würde, ja, dann dürfte ich wenigstens jammern und leiden.«

»So, jetzt ist die Kompresse schmutzig, und ich darf sie waschen, und in der Zeit ist das Wasser wieder kalt«, sagte Irma seufzend und ging erneut in die Küche. Als sie zurückkam, war ihre Miene ernst und abweisend, und sie sagte zum Herrn: »Ich gehe einen Augenblick hinaus, bitte legen Sie sich ordentlich hin, sodass ich Ihnen die Kompresse auftun kann.«

»Fräulein, Sie sind Gold wert, Sie sind ein Engel!«, rief der Herr aus. »Ich tue alles, was Sie befehlen, wenn Sie die Kompresse mit Ihren Händen dahin legen, wo sie hingehört!« Nach einer kleinen Pause rief er: »Fräulein, bitteschön, der Kranke ist bereit!«

»Aber nicht vergessen, dass Sie sich nicht bewegen dürfen«, mahnte Irma.

»Von mir aus reißen Sie mir das Herz aus dem Leibe, unter Ihren Händen halte ich still wie ein Toter«, sagte der Herr, was halb wie ein Scherz klang und halb wie ein feierliches Versprechen.

Irma verbrannte sich beim Auswringen der Kompresse beinahe die Finger, aber sie wrang sie mit diebischer Freude aus, für dieses Mannsbild, wie sie den darniederliegenden Herrn bezeichnete, denn ihr stand gerade das gemeinsame Los seiner Schwestern vor Augen, und sie wollte, dass er spürte, was es hieß, sich von Irma eine Kompresse auf den Bauch legen zu lassen.

»Stillhalten bitte!«, befahl Irma, als sie dem Herrn das heiße Stück Stoff auf den Leib legte und die übrigen Stücke darüber schichtete.

Der Herr gab nur einen wimmernden Ton von sich, wie seinerzeit die Kuh auf Kalmu, als sie sich das Euter aufgerissen hatte und der Arzt es zunähte. Und Irma hatte wirklich für einen winzigen Moment das Gefühl, als läge da vor ihr kein Mann, schon gar nicht der, über den sie so viel Abscheuliches wusste, sondern ein in Not geratener Vierbeiner. Aber als der Herr mit dem Wimmern aufhörte, verflüchtigte sich auch bei Irma das Gefühlsmoment, zumal sie die aus tiefster Seele kommenden Worte hörte:

»Fräulein, wenn Sie wüssten, was Sie mir für eine Höllenqual bereitet haben!«

»Liebster Herr!«, rief Irma aus und erschrak im selben Moment so darüber, dass sie kaum noch imstande war hinzuzufügen: »Aber sonst hilft es doch nicht, glauben Sie mir, ich weiß es.«

»Ich glaube es doch, Fräulein«, antwortete der Herr, als habe er das Wort »Liebster« überhaupt nicht bemerkt, »aber weh tut es trotzdem.«

Das Umwickeln der Kompresse mit den Binden vollzog sich mit vereinten Kräften; schließlich band Irma die Enden zusammen und befestigte das Ganze hier und da noch mit ein paar Sicherheitsnadeln.

»Fräulein, Sie duften wie Klee, der zum Trocknen aufgeschichtet ist«, sagte der Herr, als Irma mit ihrer Arbeit fertig war.

»Jetzt unter die Decke ins Warme!«, befahl Irma, als hätte sie die Worte nicht gehört. »Und wenn das Ganze aufgehen sollte, dann gleich wegnehmen und die Stelle kräftig abreiben, damit sie nicht kalt wird.«

»Zu Befehl, ich tue alles, was Sie wollen«, antwortete der Herr und fügte hinzu: »Haben Sie gehört, was ich gesagt habe, Fräulein – Sie duften wie Klee.«

»Ist das der Dank für meine Hilfe?«, fragte Irma, als wäre sie beleidigt, obwohl sie sich so wundersam leicht und beschwingt fühlte, dass sie gleichzeitig beinahe Todesängste ausstand, ihre Gefühle vor dem Herrn nicht verbergen zu können. Aber der schien sie bereits bemerkt zu haben, denn er bat:

»Bitte, Fräulein, treten Sie näher, ich möchte den Kleeduft noch ein bisschen genießen.«

So seltsam es Irma auch vorkam, aber sie tat, ohne ein Wort zu sagen, ein paar Schritte auf das Bett zu und blieb stehen.

»Bitte noch näher, nur ein kleines Stückchen näher«, bettelte der Herr.

Irma tat noch einen Schritt, einen kurzen Schritt, nur einen Fußbreit.

»Treten Sie ganz nahe ans Bett heran, so nahe, dass ich es wirklich spüre«, bettelte der Herr weiter.

Und Irma näherte sich dem Bett, bis sie es mit dem Kleid berührte, und sagte:

»Noch näher kann ich nicht.«

»Wirklich nicht?«, fragte der Herr verwundert. »Sie sind doch noch gar nicht am Bett.«

»Doch, das bin ich wohl«, antwortete Irma. »Sehen Sie, hier, ich berühre es.«

»Fräulein, Ihr Kleid berührt es, nicht Sie.«

»Sollte das nicht genügen?«, fragte Irma plötzlich kokett, sie spürte, dass da eine Spur Koketterie im Spiel war, und erkannte sich selbst nicht mehr, »mein Kleid duftet doch auch nach Klee, wenn ich danach dufte.«

»Das ist nicht das«, sagte der Herr ernst, beinahe flehentlich. »Kommen Sie, so nahe, dass die Knie das Bett berühren, und dann beugen Sie sich vor, mit dem Kopf zu mir, wie vorhin, als Sie mir die Kompresse machten.«

»Herr, ich kann doch nicht so tun, als würde ich Ihnen fortwährend Kompressen machen«, antwortete Irma ernüchtert und wich ein paar Schritte zurück. »Außerdem sind Ihre Arme nicht unter der Decke. Wenn die Kompresse wirken soll, müssen auch die Arme unter der Decke stecken, sonst ist es nicht warm genug.«

»Na schön«, willigte der Herr ein, »ich stecke meine Arme unter die Decke, sehen Sie, bis zu den Schultern, und die Decke stopfe ich zu beiden Seiten fest. Wenn Sie wollen, helfen Sie mir beim Feststopfen, bis ich meine Arme überhaupt nicht mehr bewegen kann und mich fühle wie in einer Zwangsjacke. Ich tue alles, was Sie wünschen und befehlen, nur kommen Sie, bitte, noch einmal ans Bett und beugen Sie sich zu mir, wie vorhin!«

»Abwarten, bis die nächste Kompresse kommt!«, scherzte Irma und ärgerte sich dermaßen über sich selbst, dass sie auf der Stelle kehrtmachen wollte.

»Fräulein, Sie sind grausam!«, rief der Herr. »Das ist die erste Kompresse in meinem Leben, das heißt, eine Kompresse in fast vierzig Jahren! Und wenn wir davon ausgehen, dass mein Kompressentempo gleich bleibt, dann bekomme ich die zweite Kompresse mit fast achtzig. Verstehen Sie, was das bedeutet? Ich kann sterben, ehe die zweite Kompresse kommt! Darum – haben Sie ein bisschen Mitleid mit mir, Fräulein. Ich würde Sie netter bitten, noch viel netter, aber ich weiß nicht, wie man das macht, ich habe bis heute noch kein Fräulein, noch kein junges Mädchen, um irgendetwas gebeten. Was rede ich von jungen Mädchen! Ich habe niemanden gebeten, genau genommen nicht einmal Gott. Nein, wenn ich mich recht entsinne, auch ihn nicht. In die Kirche gegangen bin ich natürlich, ich gehe auch heute noch in die Kirche, aber das heißt nicht, dass ich Gott um etwas bitte. Und sollte es doch einmal vorgekommen sein, dann habe ich ihn nicht in vollem Ernst gebeten, sondern leichthin, wie jedermann, das fällt nicht so schwer. Und wissen Sie, Fräulein, warum das so ist? Ich denke, dass sich Gott aus meinen Bitten nichts macht, denn aus den Bitten anderer macht er sich ja auch nichts. Ernsthaft zu bitten, lohnt sich nur um seiner selbst willen, aber dazu habe ich bis heute keinen Grund gehabt, die anderen offenbar auch nicht, sonst würden sie ja ernsthaft bitten. Alles tritt mit seinem kleinlichen Firlefanz vor Gott hin, ich nehme mich da nicht aus. Und so habe ich bisher gelebt wie alle anderen, und ich habe nicht schlecht gelebt, denn Gott hat mein Tun gesegnet, ohne dass ich ihn ein einziges Mal um etwas gebeten oder ihm für etwas gedankt hätte. Aus alledem sehen Sie nun, Fräulein, in welch verzwickter Lage ich mich befinde: Wie gerne würde ich Sie auf das Allerliebste und Herzlichste bitten, aber ich weiß nicht, wie man es macht. Mein Hirn zermartert sich die ganze Zeit, was ich Ihnen nur sagen soll, damit Sie noch ein einziges Mal zu mir kommen und sich über mich beugen. Sehen Sie, mein Kopf ist schon ganz nass vom vielen Denken.«

»Das ist von der heißen Kompresse, die jetzt anfängt zu wirken«, erklärte Irma, »und weil Sie die Arme schön unter der Decke halten.«

»… und ich die Decke als Zwangsjacke trage«, ergänzte der Herr, um sich erneut aufs Bitten zu verlegen: »Aber Fräulein, wenn Gott mich annähernd vierzig Jahre lang ohne mein Bitten gesegnet hat, können Sie mir dann nicht einen einzigen Wunsch erfüllen, auch wenn ich nicht weiß, wie man ein junges Mädchen bitten soll? Strafen Sie wirklich härter als Gott, der uns in diesem Falle doch höchstens mit dem Fegefeuer drohen könnte?«

»Herr, jetzt fangen Sie an, Dummheiten zu reden«, sagte Irma.

»Das kommt daher, dass ich es nicht verstehe, Sie richtig zu bitten«, antwortete der Herr. »Aber begehen Sie doch auch einmal eine Dummheit, nur eine ganz kleine, und denken Sie – wissen Sie was, Fräulein? –, denken Sie, dass Sie eine Gottheit sind, nur für einen Augenblick. Und wenn Sie nicht denken wollen, dass Sie ein großer Gott sind, der Berge versetzen kann, dann denken Sie, dass Sie ein winzig kleiner Gott sind, einer, wie ihn die Chinesen und Afrikaner in der Tasche tragen oder anderswo, wenn sie keine Taschen haben, sondern sich, wenn überhaupt, nur einen Fetzen Stoff um die Lenden winden. Und es hat auch wenig Sinn, sich als großen Gott vorzustellen, denn den bittet ja niemand ernsthaft. Also stellen Sie sich vor, Sie wären eine winzige chinesische Gottheit, die einen einzigen ernsthaft Bittenden hat, und der bin ich. Außerdem bin ich ein so unterwürfig Bittender, dass ich nichts für mich oder Sie erbitte, sondern lediglich für meine Nase – ich bitte um den Kleeduft, den Sie an sich haben. Gnädiges Fräulein, seien Sie heute, nur für einen kleinen Augenblick, meine Kleegöttin!«

Irma konnte sich nicht dagegen wehren, dass sie eine nahezu unüberwindliche Lust befiel, für einen winzigen Augenblick eine winzige Gottheit zu sein, selbst wenn sie nur in diesen hölzernen Trockengestängen, den Kleereutern, wohnte und selbst wenn niemand sie kannte, niemand ihren Namen gehört oder in den Mund genommen hatte. Myriaden winziger Wesen werden in die Welt geboren, allein, um kurz darauf zu sterben. Und wenn es sich für nichtige Wesen lohnt, nur für den Augenblick geboren zu sein, warum sollte es sich dann nicht für sie lohnen, für einen Augenblick als winzige Gottheit auf die Welt zu kommen und sich immerhin eines einzigen ernsthaft Bittenden gewiss zu sein?

Irma trat ans Bett, sodass ihre Knie das Holz berührten.

»Herr, Sie behalten Ihre Hände unter der Decke!«, mahnte sie.

»Ich behalte sie unter der Decke, von mir aus bis morgen früh, wenn Sie sich doch nur für einen Augenblick zu mir beugen würden«, antwortete der Liegende.

Und Irma beugte sich vor, als wolle sie den Liegenden küssen. Aber nein, nur ihre Haarsträhnen streiften die Lippen des Mannes, der jetzt sagte:

»Bitte, drehen Sie den Kopf ein wenig, damit der Nacken näher ist. So! Danke! Ah, nun habe ich die Gewissheit: Der

Kleeduft sitzt bei Ihnen im Nacken, so deutlich, man könnte schier verrückt werden.«

Aber auch Irma spürte, dass sie nahe dran war, verrückt zu werden, warum sonst befiel sie plötzlich die Lust, ihren Nacken auf den Mund des Mannes zu drücken, der so mit ihr sprach. Sie vermochte sich zwar wieder aufzurichten, aber in ihrem Kopf drehte sich alles, so als stiege sie zum ersten Mal vom Karussell. Zum Glück hörte sie, wie der Mann sagte:

»Fräulein, bitte setzen Sie sich noch für ein kleines Weilchen auf den Stuhl an meinem Bett, ich fühle mich so gut, wenn Sie in meiner Nähe sind.«

Irma setzte sich. Aber in dem Maße, wie der Kopf klar wurde, füllte sich das Herz mit Furcht – Irma sprang vom Stuhl auf und floh in ihr Zimmer, wo sie die Tür hinter sich abschloss, als sei ihr der Leibhaftige auf den Fersen. Sie fiel vornüber aufs Bett und atmete schwer, als käme sie von einem langen Lauf. So lag sie eine ganze Zeitlang. Das ist es, was Lonni gesagt hat, das Mädchen ist verliebt, dachte sie schließlich. Ist es wirklich Verliebtheit, wenn im Kopf ein wildes Durcheinander herrscht und sich alles dreht wie auf dem Karussell? Aber so wird sich Irma nicht verlieben, nein, sie verliebt sich mit klarem Kopf. Denn wenn man keinen klaren Kopf bewahrt, dann wird man zur Schwester, die mit dem Herrn in einem Bett schläft. Aber mit klarem Kopf, wo schläft sie dann? Wie schläft man mit klarem Kopf? Alleine?

Jemand läutete, läutete unentwegt. Wer mochte das sein? Ach ja! Das ist der, bei dem sich mir im Kopf alles drehte. Bei mir hat sich alles gedreht, und er ist verrückt geworden, das hat er selbst gesagt. Was ist denn nun schlimmer – dass man verrückt ist, oder dass sich alles dreht?

Irma erhob sich vom Bett und blieb ein Weilchen stehen, um zu prüfen, ob es sich im Kopf immer noch drehte. Anfangs drehte es noch ein bisschen, aber dann wurde es vor Augen wieder klar, und alles war vorbei. So, nun bin ich nicht mehr verliebt, jetzt kann ich gehen, dachte Irma und schloss ihre Zimmertür auf. Aber als sie zum Herrn kam, fragte der:

»Fräulein, warum sind Sie weggelaufen? Was hatten Sie nur?«

»Mir wurde vom Herunterbeugen schwindlig und übel, denn ich habe ein schwaches Herz«, erklärte Irma.

»Sie Ärmste!«, sagte der Herr voller Mitgefühl und fügte in ganz anderem Ton hinzu: »Mir wurde auch schwindlig, aber übel geworden ist mir nicht.«

»Ihnen schlägt die Kompresse zu Kopfe«, gab Irma zu verstehen.

»Wer weiß, was einen alles um den Verstand bringen kann, nun, vielleicht lag es wirklich daran«, meinte der Herr und empfahl Irma, sich auszuruhen und besonders ihren Kopf zu schonen, heute würde er sie nicht mehr brauchen.

X

Jetzt folgten Tage, die einander glichen: Der Herr war selten zu Hause, kam meist nur zur Nacht, um zu schlafen, oder tat nicht einmal das. Und wenn er zu Hause war, dann sprach er möglichst wenig mit Irma, an ihrem Tun und Treiben schien er gar nicht mehr interessiert zu sein, auch nicht an der Tatsache, was seine Haushälterin für ein Kleid trug.

Irma folgte dem Beispiel des Hausherrn. Auch sie war bestrebt, möglichst für sich zu sein und nach eigenem Gutdünken zu entscheiden. Nicht einmal um Geld ging sie fragen, wenn es aufgebraucht war, lieber ließ sie die notwendigen Einkäufe anschreiben oder sie verauslagte die Summe, um sie später vom Herrn zurückzuverlangen. Zeitweise schien es, als sei nicht Irma die Haushälterin von Herrn Ikka, sondern als sei Herr Ikka bei Irma in Pension, wohnte in drei hübschen Zimmern, während die Pensionsinhaberin sich mit der Küche und einer kleinen Stube neben der Küche begnügte. Aber warum auch nicht, wenn es für die Beteiligten so am angenehmsten war?

Irma richtete es auch oft ein, dass sie, sobald der Herr nach Hause kam, die Wohnung verließ, was ihr übrigens nie verwehrt wurde. Sie ging entweder zur Tante oder in die Bücherei oder auch das Schreiben mit der Schreibmaschine üben; da es vor den Feiertagen keine Buchhaltungskurse mehr gab, beschloss Irma, die freie Zeit zu nutzen, um sich die Fertigkeiten des Maschineschreibens anzueignen. Auch dafür hatte sie anfangs einen Kursus besuchen wollen, aber der Herr, der dafür zuständig war und mit dem sie über die Sache sprach, erklärte, dass Maschineschreiben keinerlei Kurse brauche, sondern ein System sei. Ein klares System ohne jedweden Kurs! Und das System war simpel: Der Herr gab Irma eine Schreibmaschine, er gab ihr sauberes Papier und er gab ihr auch ein vollgeschriebenes Papier, von Letzterem sollte Irma auf der Maschine eine Abschrift machen.

Also ging Irma für den Herrn, dem das System des Maschineschreibens oblag, Abschriften machen und zahlte demselben Herrn eine bestimmte Summe dafür. Der wiederum versprach ihr, dass sie künftig, sofern sie Fortschritte mache, Abschriften herstellen könne, ohne dafür zahlen zu müssen. Nach den Ausführungen des Herrn war dies eine für Irma äußerst vorteilhafte Abmachung, denn erstens – sie lernt auf der Schreibmaschine zu schreiben; zweitens – sie lernt allerlei Papiere und Schriftstücke kennen; drittens – sie lernt verworrene und schwer lesbare Dokumente zu verstehen; viertens – da die Dokumente in verschiedenen Sprachen abgefasst sind, entwickelt sie ihre Sprachfertigkeiten; fünftens – sie feilt das System des Maschineschreibens zur Kunst des Maschineschreibens aus; und sechstens – sie übt die Kunst schließlich mit einer solchen Fingerfertigkeit aus, dass sie durch das systematische Maschineschreiben selbst zu einer Maschine wird, was heutzutage als Idealfall gilt und der siebente, der größte Vorzug ist.

Dies waren sozusagen die technischen Vorzüge des Maschineschreibens, wenn man keinen Kurs besucht, sondern es als System versteht. Aber das Maschineschreiben sollte noch andere Vorzüge haben und zwar die gesellschaftlichen oder öffentlichen, wie man es nimmt, denn die einen sagen Gesellschaft, die anderen Öffentlichkeit, der Gebrauch der

Wörter hängt von der Entwicklung der Sprache ab. Die gesellschaftliche oder öffentliche Seite bestand nun darin, dass Irma, während sie durch die technische Seite den siebenten Vorzug genoss, es gleichzeitig mit maßgeblichen und tonangebenden Persönlichkeiten weiblichen und männlichen Geschlechts zu tun haben würde, vorwiegend mit Letzteren, die ihr in naher Zukunft, aber auch später durchaus nützlich sein könnten, wobei es nur davon abhängt, in welchem Maße Irma ihre Aufmerksamkeit erringen kann und will. Denn da, wo das Maschineschreiben System ist, sind auch einheimische und ausländische Persönlichkeiten aus der Geschäftswelt, der Justiz, der Architektur, der Welt der Schriftsteller und sogar aus diplomatischen Kreisen gegenwärtig. Justiz, Architektur und Diplomatie verlockten Irma nicht, doch die Welten der Geschäftsleute und Schriftsteller besaßen durchaus eine Anziehungskraft. Denn wer ans Geschäft denkt, der muss auch an den Hut und den Schuh, den Strumpf und den Stiefel, an Samt und Seide denken, sozusagen an das Lyrische des Körpers, und wer an die Schriftstellerwelt denkt, der denkt auch an die Literatur, und denkt man an die Literatur, dann kommt man nicht umhin, auch das Kino einzubeziehen, den Inbegriff aller geistigen oder seelischen Dichtung, je nachdem. Und Irma liebte Dichtung, weil es da immer um die Liebe und das Heiraten ging. Dass es auch eine Scheidung gibt, hatte Irma noch nicht bemerkt, weder im Kino noch im Leben.

Also geriet Irma dahin, wo das Maschineschreiben System hatte und keines Kurses bedurfte, und sie wartete auf ihren Eintritt in die Welt der Geschäftsleute und Schriftsteller, um dort an allem Dichterischen teilzuhaben. Dies jedoch ließ auf sich warten, sodass Irma nichts weiter übrig blieb, als weiterhin Papiere abzutippen. Und damit es Irma beim Warten nicht allzu langweilig würde, war der Herr des systematischen Maschineschreibens um sie herum wie ein Honigbär, zeitweise so grenzenlos behilflich, dass Irma es weniger mit dem Dichterischen und dem Maschineschreiben zu tun hatte, sondern vielmehr mit dem systematischen Herrn selbst, der Zwicker und Perücke trug. Wie in der Konfektfabrik, dachte Irma, denn ihr fiel ein, wie Lonni behauptet hatte, dass dort alle Männer wie Honigbären um die Mädchen herum wären. Schön, in einer Konfektfabrik ist das verständlich, dachte Irma weiter, da ist ja alles von süßem Duft erfüllt, während eine Schreibmaschine, die Maschinenschrift oder ein Dokument wohl eher nicht duften. Ach ja, richtig! Herr Ikka hatte doch gesagt, dass Irma nach Klee duftete, am stärksten im Nacken! Deshalb also stand der Herr der systematischen Maschinenschrift so oft hinter Irma und beugte sich über ihre Schulter nach vorn – er wollte an ihrem Nacken schnuppern. Aber eines Tages, wiederum hinter Irma stehend, fragte er plötzlich mitten hinein in das Lesen des Dokuments:

»Entschuldigen Sie, Fräulein, aber gestatten Sie die Frage – lieben Sie Himbeerkonfitüre?«

Irma drehte sich um, sah den Herrn verwundert an und antwortete:

»Aber ja! Das ist die beste Konfitüre der Welt! Besonders, wenn man ein wenig erkältet ist.«

»Das dachte ich mir«, sagte der Herr.

»Wie kommen Sie darauf?«, fragte Irma.

»Geheimnis!«, rief der Herr schelmisch. »Mein persönliches Geheimnis! Ich kann jeder Dame auf den Kopf zu sagen, welche Konfitüre sie liebt.«

»Komisch«, meinte Irma.

»Nicht komisch, sondern erstaunlich«, verbesserte der Herr. »Ich habe es oftmals bedauert, dass ich nicht schon in jungen Jahren Kriminalist oder Tabaksortierer geworden bin, dann hätte ich Karriere gemacht. Bestimmt!«

»Ach so«, sagte Irma ohne recht zu verstehen, worauf der Herr mit seiner Rede hinauswollte.

»Denn was ist für einen Kriminalisten die Hauptsache?«, fuhr der Herr fort. »Den Spuren von Dieben und Verbrechern zu folgen. Und was macht ein Tabaksortierer? Er unterscheidet eine Sorte von der anderen. Und dafür wäre ich wie geschaffen, denn meine Nase ist feiner als die eines Jagdhundes. Denn wenn ich Ihnen sagen kann, Fräulein, welche Konfitüre Sie lieben, dann hätte ich so manchen Verbrecher gefasst, oder ich könnte sämtliche Tabaksorten voneinander unterscheiden – *abersicher*!«

»Ich habe seit dem letzten Weihnachtsfest keine Himbeerkonfitüre mehr gegessen, und Sie können sie trotzdem riechen?«, fragte Irma ungläubig.

»Darin liegt ja das Geheimnis!«, rief der Herr. »Sie brauchen zehn Jahre lang keine Himbeerkonfitüre zu essen, und doch sage Ihnen auf den Kopf zu, dass Sie sie besonders bevorzugen. Und wissen Sie, woher ich das weiß, ganz sicher weiß? Sagen wir so – irgendwo im Süden lebt ein Kamel, ob mit einem oder zwei Höckern, das ist unwesentlich, verstehen Sie, vollkommen unwesentlich. Wesentlich ist nur das Kamel, das nicht durchs Nadelöhr geht. Nun, und dieses Kamel hat seinen besonderen Geruch, höflicher ausgedrückt, seinen Duft, und zwar nach Wüste und südlichen Gefilden. Wenn wir nun dieses besonders duftende Kamel, sagen wir, zu uns holen und es mit hiesigem Futter füttern – würde sich dadurch der besondere Duft des Kamels ändern? Sodass ein Wüstenkamel es nicht mehr für seinesgleichen, sondern für eine andere Gattung halten würde? Nein! Füttere ein Kamel, womit du willst, ein Kamel bleibt immer ein Kamel, das heißt also, ein im Süden gefüttertes Kamel kann durchaus ein im Norden gefüttertes Kamel lieben und umgekehrt. Dies war nur ein Beispiel, dieses Kamel, mit einem oder mit zwei Höckern. An die Stelle des Kamels können wir jedes beliebige Tier setzen, unsere Logik bleibt bestehen. An die Stelle des Kamels können wir sogar eine Frau setzen, das heißt ein weibliches Wesen, sozusagen eine Dame, und immer noch ist unsere Erklärung richtig. Mit einem Mann verhält es sich natürlich genauso, nur hier richtet meine Nase nichts aus, hier muss eine Frau mit ihrer Nase behilflich sein. Mit einem Mann ist es überhaupt komplizierter, denn er steht dem Tierreich nicht so nahe wie eine Frau. Eine Frau steht auch dem Pflanzenreich oftmals nahe, besonders in jungen Jahren. Und ich habe bemerkt, dass jede Frau zu einer bestimmten Pflanze *tenndiert*. Und dann trägt sie auch den Duft dieser Pflanze an sich, ohne dass sie die Pflanze selbst oder ihre Früchte essen müsste. Es genügt, dass sie die Pflanze oder ihre Früchte liebt. Es gibt Frauen, die *tenndieren* zum Klee …«

»Wie zum Beispiel ich«, unterbrach ihn Irma.

»Nein, Fräulein, Ihre Pflanze ist die Himbeere«, widersprach der Herr.

»Aber erst vor wenigen Tagen hat mir jemand gesagt, dass meine Haare, besonders im Nacken, nach Klee duften«, erklärte Irma.

»Das kann nicht sein!«, rief der Herr aus. »Derjenige muss sich geirrt haben, unbedingt geirrt, denn Ihr Nacken duftet unbestreitbar nach Himbeere. Gestatten Sie, Fräulein, dass ich mich überzeuge … Ausgeschlossen, das ist Himbeere. Aber wir können die Probe machen. Im Nebenzimmer sitzt eine Dame, die etwas schwer hört und deshalb die Musik der Düfte, sozusagen die Duftnoten, bevorzugt. Sie weiß nichts von unserer Meinungsverschiedenheit, möge sie kommen und riechen, dann werden wir sehen, wer recht hat.«

Der Herr ging, öffnete die Tür zum Nachbarraum und rief auffällig laut:

»Fräulein Sinimets! Bitte kommen Sie für einen Augenblick!«

Und als Fräulein Sinimets, deren Schwerhörigkeit Irma gänzlich neu war, erschien, fuhr der Herr in seiner auffälligen Lautstärke fort:

»Würden Sie bitte sagen, wonach die Haare, insbesondere der Nacken von Fräulein Vainu duften?«

Fräulein Sinimets trat zu Irma und schnupperte, lächelte mit ihren gefärbten Lippen und ihrer gepuderten Nase und sagte kurz angebunden:

»Himbeere.«

»Sie können gehen, danke«, sagte der Herr genauso kurz, nur viel lauter. Und als Fräulein Sinimets in ihrem Zimmer verschwunden war, nachdem sie Irma von der Tür her einen Blick gesandt hatte, der sie aufzuspießen drohte, fuhr der Herr, auf die Tür weisend, fort: »Haben Sie bemerkt, was für ein Blick das war? Der galt Ihnen. Aber nehmen Sie es ihr nicht übel, ihre Nase kennt zwar die Noten der Düfte, aber sie selbst hat keinerlei Duft mehr an sich, zumindest nach keiner Pflanze. Mir scheint, dass sie mittlerweile zu einem Tier, einem Raubtier, *tenndiert*, denn sie kann niemanden ertragen, der nicht genauso gepudert und gefärbt ist wie sie. Dies nur unter uns gesagt, damit Sie verstehen, wovon und von wem Sie umgeben sind. Aber was sagen Sie zu unserer ursprünglichen Frage? Wer hatte recht? Haben Sie es gehört? Himbeere, nicht Klee! Nein, nein, mich führen Sie nicht hinters Licht. Mich hat noch niemand hinters Licht geführt.«

Irma zögerte und wusste nicht recht, was sie von den Düften halten sollte. *Tenndierte* sie zum Klee oder zur Himbeere, das war die Frage. Vielleicht zu beidem, oder, zu keinem von beiden? Vielleicht war der Duft nicht an ihr oder ihren Haaren, sondern in der Nase der Männer. Wie die Nase, so der Duft. Sie, Irma, gibt nur den Ausschlag, während sich der Duft als solcher von vornherein in der Nase der Männer befindet. Und so verschieden waren die Nasen gar nicht, denn Klee und Himbeere haben beide einen angenehm süßen Duft. Das heißt, die Nase des Menschen bleibt die Nase des Menschen, egal an welchem Kopf sie befestigt ist. Aber wenn man nun eine Hundenase danebenstellt, zum Beispiel die von Mölla auf dem Kalmhof. Mölla suchte sich immer Blumen mit dem süßesten Duft, fand sie aber offenbar so abscheulich, dass man nur das Bein daran heben konnte. Irma hatte es oft bemerkt und sich jedes Mal gewundert. Aber jetzt wunderte sie sich nicht mehr. Denn das hieß doch, wenn sich die nackten Nasen der Menschen, das heißt der Männer, dermaßen unterscheiden, dass der eine Klee und der andere Himbeere riecht, dann braucht man sich doch nicht über Hundenasen zu wundern, die über und über von Fell bedeckt sind!

Seltsamerweise kam der Hausherr noch am selben Tag, an dem der Schreibmaschinenherr Himbeerduft in Irmas Haaren nachgewiesen hatte, auf den Klee und den Kleeduft zu sprechen. Nach langer Zeit nämlich erschien der Herr wieder einmal in der Küche, er ließ sich auf einem Stuhl nieder und schaute zu, wie Irma das Abendessen bereitete. Zufällig trug sie gerade das helle Kleid, zudem hatte sie sich das Haar ein wenig schneiden und krausen lassen, in der Hoffnung, die Wald- und Felddüfte daraus zu vertreiben, von denen zu sprechen es die Männer allzu sehr drängte. Sicher, das Haarekrausen war dazu geeignet, den Düften den Garaus zu machen, doch sah der Herr die Sache ganz anders. Er sah das ganze Gegenteil, und wahrscheinlich deshalb war er in der Küche erschienen. Krause Haare schienen ihm von Koketterie und Gefallsucht zu sprechen, das las Irma aus seinem Blick. Und doch tat der Herr anfangs nichts, woraus man hätte annehmen oder befürchten können, was schließlich doch geschah. Und nach Irmas Meinung geschah etwas ganz Unerhörtes und Schreckliches.

Der Herr saß mit seinem Stuhl nämlich so, dass Irma, wenn sie den einen oder anderen Gegenstand im Regal erreichen wollte, sehr dicht an den Herrn herantreten und ihn zumindest mit dem Kleid berühren musste. Aus irgendeinem Grunde beschlich sie das Gefühl, dass es im gegebenen Moment angebrachter wäre, das dunklere Kleid zu tragen und nicht dieses helle, ein wenig zu enge, das die Geschmeidigkeit und die Kurven ihres jungen Körpers so sehr ins Auge stechen ließ. Aber zu machen war nichts, denn jetzt das Kleid wechseln zu gehen, war nicht möglich. Also ging Irma ihren Verrichtungen nach, bis sie irgendeinen Gegenstand von weit oben aus dem Regal nehmen musste, wozu sie ihre Arme heben, den Körper strecken und sich auf die Zehenspitzen stellen musste. Was das nun für ein Gegenstand war, nach dem sie sich gestreckt hatte, wusste sie später nicht mehr, die kleine Kasserolle jedenfalls, die sie im Augenblick des Geschehens am Stiel gepackt hielt, war nicht der Gegenstand, den sie gebraucht hätte, wohl aber benutzt hatte.

Das Geschehnis selbst war kurz und bündig verlaufen – gerade in dem Augenblick, als Irma ihre Arme nach dem nicht mehr erinnerlichen Gegenstand ausstreckte, packte der Herr sie unter den Armen, umschlang ihren Körper und presste sein Gesicht an ihre Brust, sodass seine Nase genau zwischen den beiden Hügeln versank. Dies geschah so plötzlich und mit einer solchen Kraft, dass Irma im ersten Moment beinahe das Bewusstsein verlor. In gewissem Maße schien sie es wirklich verloren zu haben, denn daran, dass sie dem Herrn eins mit der Kasserolle über den Kopf gezogen hatte, konnte sie sich beim besten Willen nicht erinnern. Dass sie es dennoch getan hatte, bewies die Tatsache, dass der Herr sie ebenso plötzlich losließ, wie er sie gepackt hatte, und dabei schrie:

»Auuu! Wollen Sie mich umbringen?!«

»Zu gerne!«, konnte Irma gerade noch antworten, als sie aufs Neue in den Armen des Herrn war, der sie derart heftig und ausdauernd küsste, dass Irma der Atem versagte und sie beinahe zu ersticken drohte. Mit letzter Kraft stieß sie mit dem Bein gegen etwas, woraufhin sie beide strauchelten und der Herr hinstürzte. Wie sich später herausstellte, war der Herr mit dem Kopf gegen die scharfe Kante des Regals geprallt und hatte Irma deswegen losgelassen. Aber auch Irma schmerzte der Kopf, also musste auch sie sich gestoßen haben. Aus den Armen des Herrn befreit, fühlte Irma Tränen der Wut in sich aufsteigen, und ohne sich auch nur im Geringsten Rechenschaft darüber zu geben, was sie tat, schlug sie mit den erstbesten Gegenständen, die sie zu packen bekam, um sich und schrie:

»Raus, Unverschämter, Rohling, so einer!«

Wann genau der Herr die Küche verließ, bemerkte Irma nicht, aber plötzlich sah sie, dass sie in ihrem Reich mutterseelenalleine weiter focht. Schwer atmend hielt sie inne, wischte sich über den Mund und betrachtete die Hand, als hoffte oder fürchtete sie dort Blut zu sehen. Aber da war kein Blut, obwohl Irma meinte, dass solches Küssen blutige Lippen hinterlassen musste. Das heißt, sie kannte sich mit dem Küssen noch nicht genügend aus, um es besser zu wissen.

Und genauso, wie sie einmal gewünscht hatte, sich für einen winzigen Moment als winzige Göttin zu fühlen, so schoss ihr für einen Moment durch den Kopf, dass der Herr sie geküsst hatte, wie man im Kino küsst, wenn man schrecklich verliebt ist. Genau so! Und nun meinte sie sich deutlich zu erinnern, wie der Herr mit der einen Hand ihren Kopf und mit der anderen ihren Körper gehalten hatte. Und weiter erinnerte sie sich, dass ihr Mund halb geöffnet war, als der Herr ihn mit dem seinen so fest bedeckte, als wolle er ihr die Seele aus dem Leib pressen oder saugen. Und Irma, vielleicht auch der Herr, wer weiß, vielleicht auch beide, hatten einen Laut von sich gegeben, als würden sie gerade furchtbaren Schmerz erleiden.

Dies alles blitzte flüchtig und sinnverwirrend in Irmas Kopf auf, dann fühlte sie wieder die heiße Wut, die sie auf einen Stuhl sinken und weinen ließ. Aber auch das dauerte nicht lange, schon im nächsten Augenblick sprang sie auf, stürmte in ihr Zimmer und begann hastig ihre Sachen zu packen. Die Utensilien in der Küche blieben liegen, wo sie hingeraten waren, von allem anderen gar nicht zu reden. Soll der Herr selbst nach seinem Primuskocher sehen, auf dem das Wasser schon längst kocht und brodelt, sodass der Kesseldeckel vom Dampf nur so klappert! Soll er sich den Tisch selbst decken oder in der Küche im Stehen essen, ein Stück Brot in der Faust, so als sei er gar kein Herr, sondern ein Pferdekutscher! Außerdem ist er gar kein Herr, denn welcher Herr benimmt sich so, fällt wie ein wilder Wolf ein schutzloses Mädchen an, dachte Irma.

Zur gleichen Zeit begab sich der Herr auf leisen Sohlen in die Küche, in der Hoffnung, Irma dort anzutreffen, aber als er sah, dass sie nicht da war, rief er leise und schuldbewusst:

»Fräulein … gnädiges Fräulein!«

Doch die Antwort blieb aus, während hinter der angelehnten Tür zu Irmas Zimmer ein geschäftiges Hantieren zu hören war, begleitet von einem Schluchzen oder Wimmern, als sei plötzlich ein Kind ins Haus geraten. Der Herr ging zu Irmas Zimmertür, klopfte behutsam an und sagte:

»Fräulein, gestatten Sie mir nur ein paar Worte. Ich möchte es ein wenig erklären dürfen.«

Eine Antwort kam auch jetzt nicht, allein das Hantieren und Schluchzen setzte sich fort. Nun befürchtete der Herr das Schlimmste und wagte den Türspalt etwas zu verbreitern, damit er ins Zimmer schauen konnte.

»Ach, Sie packen«, sagte der Herr jetzt. »Muss es denn gleich das Äußerste sein? Ich habe zwei Beulen am Kopf, genügt Ihnen das nicht? Hören Sie doch wenigstens meine Entschuldigung und Erklärung an.«

»Kein einziges Wort will ich mehr aus Ihrem Munde hören«, fuhr Irma auf, »Sie lügen genauso wie der andere da.«

»Wo – da?«, fragte Herr Ikka, überrascht, dass neben ihm noch ein Mitstreiter im Lügen aufgetaucht war.

»Da, bei den Schreibmaschinen und der ganzen Maschineschreiberei!«, erwiderte Irma voller Zorn. »Da habe ich im Nacken Himbeerduft und liebe Himbeerkonfitüre, hier habe ich Kleeduft und liebe Klee, was soll das heißen, ernähre ich mich hier wie ein Tier und da wie ein Mensch?!«

»Hat Ihnen der Herr dort wirklich gesagt, Sie würden nach Himbeeren duften?«, fragte der Hausherr so ernst, als hege er gewisse Befürchtungen.

»Er holte sogar Fräulein Sinimets als Zeugin, dass …«

»Wer ist Fräulein Sinimets?«, fragte der Herr.

»Woher soll ich das wissen«, antwortete Irma. »Irgendein Fräulein, Gesicht gepudert, Lippen rot.«

»Also eine ehemalige Schwester des Herrn«, meinte Herr Ikka.

»So seid ihr alle!«, rief Irma aus. »Aus jeder Frau, die euch in die Hände fällt, macht ihr eine Schwester!«

»Nein, Fräulein, darin irren Sie sich«, sagte der Herr jetzt. »Nicht aus jeder Frau.«

»Und dann kommt ihr mit euren Lügen, dem ganzen Lug und Trug, der eine mit seinem Himbeerduft, der andere …«

»Himbeerduft ist natürlich falsch«, unterbrach der Herr Irmas Wortschwall.

»Aber Kleeduft nicht?!«, rief Irma, wobei sie sich umdrehte und einen Schritt auf den Herrn zuging, als wolle sie ihm an die Kehle fahren oder etwas an den Kopf werfen. Jedenfalls verstand der Herr es so, denn er machte eine unwillkürliche Schutzbewegung und zog sich aus der Tür zurück. Aber Irma hatte nichts Geeignetes zum Schlagen oder Schleudern zur Hand, außerdem suchte sie auch gar nicht danach, denn jetzt war ihr der Wutausbruch schon ein bisschen peinlich. Also ließ sie nur einen glühenden Blick auf den Herrn los und sagte: »Wagen Sie es nicht, mir noch ein einziges Mal von Kleeduft zu sprechen!«

»Nein, Fräulein, das werde ich nicht tun, denn die Sache mit dem Klee ist gelogen«, sagte der Herr ganz offen, und Irma sollte nun die Wahrheit zu hören bekommen. Aber leider fühlte sie gleich, dass die Wahrheit in dem Maße bitter war, wie die Lüge süß, und dass der Herr besser daran getan hätte, weiter zu lügen oder zum Mindesten die vorherige Lüge durch eine neue zu ersetzen. In dieser Wahrheitsbitterkeit schrie sie denn auch dem Herrn eine ihrer Meinung nach ganz ungeheuerliche Beschuldigung ins Gesicht:

»Und Ihre Bauchschmerzen, Ihre Kompresse, auch das war alles Lug und Trug!«

»Ja, Fräulein, auch das war alles Lug und Trug«, gab der Herr so ungerührt zu, dass Irma die Knie weich wurden und sie vor Wut und Scham erneut zu weinen begann. Sie ließ sich auf dem Bettrand nieder, wo der Herr damals gesessen hatte, als sie ihr erstes großes Gespräch über das Lügen und Betrügen führten. Im Augenblick war Irma weniger über den Herrn als über sich selbst erbost. Himmel, dass sie auch zu dumm für diese Welt war! Da hatte sie nun ihr allerbestes Abschlusszeugnis! Da hatte sie nun ihr himbeerduftendes Maschineschreiben! Nicht der Kursus ist wichtig, sondern das System! Und das System will Lug und Trug, nichts anderes.

Aber zur gleichen Zeit, als Irma dies dachte, stand der Herr wie ein Schuljunge in der Tür – Irma merkte natürlich nicht, dass der Herr wie ein Schuljunge dastand, denn ihre Augen waren voll von bitterem Wasser – der Herr stand da und fuhr in schlichtem, natürlichem Ton leise und nachdrücklich fort:

»Um ehrlich zu sein, meine Bauchschmerzen und Ihre heiße Kompresse, das waren zwei geplante Winkelzüge. Denn ich bin tagelang herumgelaufen, mit dem einzigen Gedanken im Kopf, wie ich es möglichst glaubhaft einrichten kann, dass Sie mir näher kommen. Als ich Ihnen damals ehrlichen Herzens erklärte und darlegte, wie wir leben sollten – falls wir überhaupt Seite an Seite leben wollten –, da hoffte ich noch, dass ich mich beherrschen könne. Und ich hatte wirklich die Absicht, mich zu beherrschen, damit Sie mir vertrauten und sich in meinen Räumen unbehelligt bewegten, denn ich wollte, dass Sie hier wären. Sie brachten eine so gänzlich andere Atmosphäre mit, als sie bisher geherrscht hatte, und die wollte ich nicht mehr missen. Dennoch hegte ich von Anfang an die Hoffnung – und dies war damals der einzige unehrliche

Punkt in alledem, was ich Ihnen gesagt habe, denn wenn ich mich auch dazu offen bekannt hätte, wäre mein Gewissen jetzt vollkommen rein – mit anderen Worten, insgeheim habe ich nie die Hoffnung verloren, Sie im Laufe der Zeit doch so weit zu beeinflussen, dass ich Ihnen eines Tages gefallen würde. Ich dachte wirklich nur ›gefallen‹, nicht dass Sie sich in mich verlieben sollten, nein, so weit bin ich nicht gegangen. Doch schon nach wenigen Tagen war mir klar, dass ich weder Sie beeinflusse noch mich beherrsche, besonders deutlich fühlte ich es, als Sie dieses helle Kleid trugen. Da war mir klar, dass ich verloren bin, dass ich eine unverzeihliche Dummheit begehen werde, und ich floh von Zuhause. Aber da draußen hatte ich nur einen einzigen Gedanken, und zwar, ob Sie sich das helle Kleid wirklich nur angezogen hatten, um es abzutragen, bevor es Ihnen endgültig zu klein ist, wie Sie sagten, oder ob Sie ein klein wenig zu kokettieren, mich sozusagen zu verlocken, zu necken, zu peinigen gedachten. Ja, Fräulein, wenn Sie nur wüssten, nur ahnten, mit welcher Verbissenheit, man sollte sagen – mit welcher Dummheit ich mir den Kopf über diese Frage zerbrochen habe! Ich fürchtete wirklich, eines schönen Tages den Verstand zu verlieren. Und dann tat ich, was ich mir vorgenommen hatte, unter gar keinen Umständen zu tun, solange Sie in meinem Haus sind, denn ich wollte Ihrer würdig sein. Ich weiß, davon zu Ihnen zu sprechen, ist die größte Schweinerei der Welt, aber doch muss ich es tun, denn sonst würden Sie weder mich noch einen einzigen anderen Mann verstehen. Ein Mann nämlich, wenn er bis zum Verrücktwerden über jemandes Kleid nachdenkt, glaubt der Verrücktheit zu entgehen, wenn er zu anderen Kleidern geht. Verstehen Sie? Also habe ich ehemalige Schwestern aufgesucht und neue Bekanntschaften gemacht, stets in der Hoffnung, die Gedanken im Kopf zu sortieren und endlich zu verstehen, was mit mir und was mit Ihnen geschehen ist. Denken Sie nicht, dass es ein sinnloses Unterfangen war. Denn hätte es sich herausgestellt, dass Sie mit Ihrem hellen Kleid ein klein wenig, sagen wir, im Bruchteil einer Million – ich begann schon in Äonen zu rechnen – oder gar in einem Milliardenbruchteil kokettiert hätten, dann hätte ich doch begründete Hoffnungen hegen können. Verstehen Sie: Hoffnungen, die auf Tatsachen beruhen, auf einem Milliardenbruchteil einer Tatsache. Aber als ich genug gewildert hatte, als alles nur noch ekelhaft und gemein war, kam ich wieder heim, um saubere Luft zu atmen. Und da begann bei Ihnen das Kleiderwechseln, und ich entschied mich dazu, nun doch ein klein wenig reale Hoffnung zu hegen. Ich sage nicht, dass ich recht gehabt hätte, ich sage nur, dass ich glaubte, wenigstens einen Milliardenbruchteil Recht auf Hoffnung zu haben. Und dann begann ich mir den Kopf zu zerbrechen, wie man aus dem Milliarden- einen Millionenbruchteil machen könnte. Anfangs half es, dass ich mir sagte, sieh später zu, was daraus wird. So kam ich denn auf die Leibschmerzen und die Kompresse, die mir wieder beweisen sollten, dass ich doch vielleicht schon ein Tausendstel Hoffnung haben durfte. Denn ich glaube bis heute nicht, dass eine Kompresse, wenn sie helfen soll, so schrecklich heiß sein muss, wie Sie sie gemacht haben. Ich dachte damals und denke auch jetzt, dass Sie die Kompresse deshalb so heiß gemacht haben, weil Sie in mir Hoffnung wecken wollten ...«

»Ihre Unverschämtheit kennt keine Grenzen«, sagte Irma daraufhin.

»Die Frage besteht nicht in der Unverschämtheit, liebes Fräulein ...«

»Sagen Sie bitte nicht ›liebes‹ zu mir«, rief Irma, »solche Wörter heben Sie sich für Ihre Schwestern auf!«

»Verzeihen Sie, Fräulein«, sagte der Herr ergeben, »ich wollte Sie nicht verletzen. Denn warum sollte ich Sie verletzen, wenn ich doch allzu gern wissen möchte, ob ich mich wirklich geirrt habe, als ich aus der Hitze der Kompresse Hoffnung ableitete?«

»Natürlich haben Sie sich geirrt«, antwortete Irma in nahezu grausamer Direktheit. »Ich habe die Kompresse besonders heiß gemacht, das ist wahr, aber nicht, um Ihnen Hoffnung zu machen, sondern um Ihnen ein für alle Mal den Wunsch auszutreiben, mich zu zwingen, Dinge zu tun, die nur zu Ihren Schwestern passen.«

»So«, sagte der Herr nur. »Ihre Erklärung klingt wahrscheinlicher als meine. Außerdem haben Sie Ihr Ziel erreicht. Ich hätte bestimmt noch öfter Leibschmerzen bekommen, schon recht bald sogar, aber Ihre Kompresse war so schmerzhaft, dass ich den Gedanken fallen ließ, nicht gänzlich, nur so lange, bis ich den Schmerz ein wenig vergessen haben würde. Aus alledem sehen Sie, wie bewusst und vorausschauend dieser Winkelzug war. Was aber den Kleeduft betrifft, der kam vollkommen unerwartet, auch für mich. Wie ich später begriff, war die Geschichte mit dem Klee, seinem Duft und dem ländlichen Brauch, wie man ihn trocknet, sehr lyrisch, wie geschaffen für junge Mädchen. Aber ehrlich gesagt, zunächst lagen mir jegliche dichterischen Gedanken fern, denn mit der Dichtung kenne ich mich nicht aus. Manch einen unserer weltberühmten Dichter lese ich manchmal, aber nur, um besser gähnen zu können, denn ohne Gähnen stellt sich bei mir der Schlaf nicht ein. Sie, Fräulein, glauben mir vielleicht nicht, halten meine Worte für einen Scherz, aber ich sage die reine Wahrheit. Also – nicht wegen der Nähe zur Dichtung sprach ich vom Klee und seinem Duft, sondern mir fiel, als Sie sich über mich beugten, eine Begebenheit aus meiner Kindheit ein. Wie alt ich damals war, weiß ich nicht, aber ich denke, zwischen drei und fünf. Meine Schwester war vier Jahre älter als ich – das war wirklich meine Schwester, meine leibliche Schwester –, und wir rannten bei einem plötzlichen Regenguss um die Wette, um Schutz zu suchen in einem Kleereuter, Sie wissen, diesem Trockengestänge für Klee und Heu, aber im Lauf schlug ich mit dem rechten Fuß gegen einen spitzen Stein, stürzte zu Boden und fing an zu schreien. Weil ich nicht schnell genug aufstehen und mit dem angeschlagenen Zeh kaum laufen konnte, nahm mich meine Schwester auf den Arm und trug mich in den Kleereuter, der uns Schutz vor dem Regen bot. Dort setzte sie mich behutsam ab und verarztete meinen angeschlagenen Zeh, verband ihn und befahl mir, dabei an etwas anderes zu denken, denn dann würde es nicht so wehtun. Und als mir diese Begebenheit einfiel, dachte ich: Siehst du, das Fräulein Irma ist so natürlich und unschuldig, dass ich mich gar nicht zu verhalten weiß, denn ich bin verdorben, die Schwestern haben mich verdorben, sie mich und ich sie, aber bewahrt habe ich mir den Kleereuter aus der Kindheit, und in der Kindheit bin ich doch genauso natürlich und unschuldig gewesen wie Fräulein Irma – ich dachte wirklich ›Fräulein Irma‹ und nicht ›Irma‹ – und wie wäre es, wenn ich ihr jetzt vom Kleereuter erzählen würde. Und so kam ich auf den Klee zu sprechen, denn mir schien plötzlich, ich weiß nicht warum, dass Klee allein noch natürlicher und unschuldiger ist als das Gestänge, auf dem er trocknet. Mittlerweile ist mir klargeworden, warum ich dies so empfand: Betrachtet man einen Kleereuter von den Enden her, sieht er aus wie ein Mann, der mit gespreizten Beinen dasteht, während eine Kleeblüte, egal von welcher Seite man sie betrachtet, aussieht wie eine Dame mit Krinoline. Das heißt, meiner Ansicht nach ist eine Krinoline unschuldiger als gespreizte Beine, und so ersetzte sich der kindliche Kleereuter durch die erwachsene Kleeblüte. Der Duft allerdings war meine Erfindung, denn was das Kindheitserlebnis anbetrifft, habe ich keine Erinnerung, wie es damals gerochen hat. Auch heute bin ich für Düfte nicht sonderlich empfänglich. Ihren Duft jedoch spürte ich, als Sie mir die Kompresse auflegten und mich verarzteten, wie meine Schwester damals im Kleereuter, und ich dachte wieder: So, nun weiß ich, wie ein unschuldiges Mädchen duftet, und kaum hatte ich es gedacht, überkam mich der fast unbezwingbare Wunsch, um nicht zu sagen, das brennende Verlangen, Ihnen zu sagen, dass ich den Duft Ihrer Natürlichkeit und Unschuld spürte. Aber ich war noch vernünftig genug, um zu begreifen, dass ich Sie, sollte ich es aussprechen oder auch nur darauf anspielen, verletzen würde, denn meiner Ansicht nach hätten Sie sofort folgern müssen: Aha, erst bringt er mich dazu, ihm eine Kompresse zu machen, aber kaum habe ich meine Scheu überwunden und erfülle ihm den Wunsch, schon nimmt er sich das Recht, unverschämt zu werden ...«

»Immerhin ein einziger treffender Gedanke in Ihrem Kopf«, bemerkte Irma an dieser Stelle.

»Nicht wahr, Fräulein«, sagte der Herr, als sei er glücklich darüber, »ich denke und rede nicht immer nur dummes Zeug, und nicht immer lüge ich ...«

»Letztes lassen wir besser offen«, bemerkte Irma wiederum.

»Nun gut«, lenkte der Herr ein, »ganz wie Sie wünschen. Es könnte jedoch sein, dass ich die Wahrheit sagen will, aber unwillkürlich das Gegenteil tue. Nur eines ist sicher: Als ich einsah, dass ich unter keinen Umständen vom Duft der Natürlichkeit und Unschuld sprechen durfte, aber von

irgendeinem Duft, koste was es wolle, sprechen musste, da
kam mir dieser Kleeduft in den Sinn, denn wenn schon
Klee, warum dann nicht sein Duft, obwohl ich ihn in der
Kindheit nicht gerochen habe, aber vielleicht habe ich ihn
im Laufe der Jahre auch nur vergessen. Nun aber war der
Duft einmal da, und somit fiel es auch nicht schwer, ihn zu
projizieren …«

»Der andere Herr sagt immer ›*tenndieren*‹«, spottete Irma.

»Verschonen Sie mich bitte mit dem anderen Herrn«,
wies Herr Ikka den Spott mit ernster Miene zurück. »Ich
bin nicht der andere Herr. Ich habe es immer ehrlich mit
Ihnen gemeint und war bemüht, mich dementsprechend zu
benehmen, aber wenn es anders gekommen ist, dann nur,
weil ich nicht imstande war, meinem besseren Ich treu zu
sein. Genau wie mit dem Kleeduft: Ich wollte, koste was es
wolle, noch einmal den Duft Ihrer Haare spüren, und nur
deshalb sagte ich, dass Sie im Nacken nach Klee duften.
Wenn Sie wüssten, Fräulein, was für ein Glück, was für eine
Seligkeit es war, Ihren Nacken so nahe zu spüren! Aber ein
noch größeres Glück war es, dass ich mich bezwungen hatte – dass ich Sie nicht umschlang und meinen Mund auf
Ihren Nacken drückte. Ich dachte damals: Das heißt also,
ich bin gar nicht so verdorben, wenn ich mich und meine
Leidenschaft noch so zu beherrschen vermag. Sie richteten
sich auf, und mir brannten Gesicht und Lippen, denn sie
waren von Ihrem Haar berührt worden. Aber jetzt bereue
ich es, bereue es, dass ich mein Ehrenwort hielt, dass ich es
zu halten vermochte. Hätte ich damals getan, was ich heute
tat, dann wären Sie nicht so hart zu mir gewesen, denn Sie
dachten, dass ich krank war, und Sie hatten Mitgefühl. Ich
hätte es in dem Augenblick tun sollen, als Ihnen schwindlig
wurde, genau da hätte ich meine Arme unter der Decke he-

rausstrecken müssen, aber ich habe den rechten Zeitpunkt verpasst.«

»Und damit der rechte Zeitpunkt nie mehr kommt, wünsche ich Ihnen einen guten Tag, Herr Ikka«, sagte Irma und nahm ihr Gepäck auf, denn sie war, während der Herr redete, mit dem Packen fertig geworden.

»Aber Ihr Lohn, Fräulein?«, fragte der Herr.

»Ich habe keinen Anspruch auf Lohn, denn, wie ich Ihren Worten entnehmen konnte, habe ich Ihre Hoffnungen nicht erfüllt«, antwortete Irma.

»Ach Fräulein, Fräulein«, seufzte der Herr, »wozu diese Bosheit? Meine dummen Hoffnungen haben Sie natürlich nicht erfüllt, aber Mühe haben Sie genug mit mir gehabt, und in ein paar Tagen ist Ihr Monat voll.«

»Es ist mir zuwider, Geld von Ihnen anzunehmen«, sagte Irma aufgebracht und schritt aus dem Zimmer, während der Herr ihr fast mit einer Verbeugung den Weg freigab.

»Fräulein, darf ich Ihnen einen Scheck anbieten?«, fragte er noch. »Dann haben Sie Zeit nachzudenken, ob Sie das Geld abheben möchten oder nicht. Außerdem bekommen Sie auf der Bank Scheine und Münzen, die ich aller Wahrscheinlichkeit nicht berührt habe. Bitte, nehmen Sie den Scheck, Fräulein!«

»Gut, dann geben Sie mir einen Scheck«, entschied Irma schließlich.

Als der Herr den Scheck ausgestellt hatte, erklärte er wohlwollend:

»Schauen Sie, Fräulein, hier ist vermerkt, wann der Scheck seine Gültigkeit verliert, das behalten Sie bitte im Auge. Und sollten Sie den Termin versehentlich überschreiten, dann bin ich jederzeit bereit, Ihnen einen neuen auszustellen, vergessen Sie das nicht!«

»Gerade das versuche ich zu vergessen«, gab Irma zurück und näherte sich der Wohnungstür, die der Herr eilig öffnete, damit sie ihr Gepäck nicht noch einmal abstellen musste. Aber doch zögerte er beim Öffnen ein wenig, um zu fragen:

»Fräulein, darf ich Ihnen noch einen Vorschlag unterbreiten?«

»Nein, Herr, ich danke«, antwortete Irma. »Bitte lassen Sie mich gehen!«

»Bitte sehr, Fräulein«, antwortete der Herr und gab den Weg nun endgültig frei.

Irma trat hinaus, und die Tür wurde hinter ihr geschlossen. In diesem Moment überfiel sie eine schreckliche Schwäche, während sich im ganzen Körper etwas wie ein heißer Schmerz ausbreitete. Es fehlte nicht viel, und sie hätte, als sie die Treppe hinunterging, erneut angefangen zu weinen, so als täte es ihr unendlich leid, von hier wegzugehen. Besonders schmerzhaft brannte es in der Kehle, als sie über den dunklen Hof ging, den man durchqueren musste, um auf die Straße zu gelangen. Wahrscheinlich hätte sie angefangen zu weinen, wenn nicht an der Gartenpforte Frau Hauswart gestanden hätte, als habe sie bereits einen Ruch des Ganzen in der Nase.

»Du liebe Zeit!«, rief Frau Hauswart. »Will uns das Fräulein etwa schon verlassen?«

»Schon verlassen, ja«, antwortete Irma und fühlte, wie der Schmerz in der Kehle nachließ.

»Hat sie dem Herrn denn ganz und gar nicht gefallen, wenn sie so schnell wieder geht?«, fragte Frau Hauswart in einer Mischung aus Mitgefühl und Verschwörertum.

»Ganz und gar nicht«, antwortete Irma und ging weiter. Aber Frau Hauswart blieb hartnäckig an ihrer Seite, als wolle sie Irma beim Tragen des Gepäcks behilflich sein und fuhr in verschwörerischem Ton fort:

»Man glaubt ja gar nicht, worauf die Männer heutzutage gierig sind! Was sind hier unter meinen Augen Lange und Kurze, Große und Kleine, Dicke und Dünne durchmarschiert! Am längsten haben sich die Langen gehalten, die Langen und Schlanken, die mit den schönen Beinen, ja, die hatten Beine wie die Pferde im *Ippodroom*, wissen Sie, die vor so einer Karre rennen. Mein Alter hat mich mal mitgenommen, damit ich die Beine sehe. Wie die laufen können! Immer eins vorweg und die anderen hinterher, immer hinterher, eine wahre Lust, da zuzugucken. Mit den Frauen ist es ja heutzutage auch nicht anders, die laufen auch immer eine hinter der anderen her … durch unsere Pforte, durch andere Pforten …«

Aber Irma lief nur noch bis zur nächsten Ecke, als Frau Hauswart stehen blieb. Ihre Worte jedoch hallten Irma, wer weiß warum, noch lange in den Ohren:

»… vor allem die Langen und Schlanken, die mit den schönen Beinen …«

XI

Irma beschloss, das Gepäck den ganzen langen Weg zu tragen. Als die Arme müde wurden, stellte sie es ab und ruhte sich aus. Eilig hatte sie es nicht, und jeder Cent, den sie für ein Gefährt hätte ausgeben müssen, war jetzt doppelt so viel wert, denn das Dasein als Dienstmädchen war für dieses Mal beendet. Gerne ging sie nicht zur Tante, denn weder wollte sie auf die Fragen antworten, mit denen sie dort empfangen werden würde, noch die Litaneien hören, die auf die Antworten folgten. Aber es gab keinen Ausweg; diesmal, in Umkehrung des geflügelten Wortes, führte gar kein Weg nach Rom. Zurück zur Mutter in die Einöde von Kalmu? Nein, dann doch lieber zur Tante. Also setzte sie ihren Weg fort, nachdem sie ihren Händen und Armen ein Weilchen Ruhe gegönnt hatte.

»Da bin ich wieder«, sagte Irma, als sie zur Tür hereintrat. Tante Anna starrte sie aus aufgerissenen Augen an und brachte erst nach geraumer Zeit heraus:

»Gnädiger Gott! Was soll das bedeuten?«

»Das soll bedeuten, dass die Stelle gekündigt ist und ich mir eine neue suchen muss«, erwiderte Irma. »Heute ist er über mich hergefallen, wir haben uns regelrecht geprügelt, da bin ich dann doch lieber gegangen.«

»Den Lohn hast du bekommen?«

»Den Lohn habe ich bekommen«, antwortete Irma.

»Na, dann kann's nicht so schlimm sein«, meinte die Tante

tröstend. »Wieder einen Monat auf Weihnachten und den Tod zu, auch gut ... Aber angetan hat er dir nichts?«

»Bitte frag nicht, Tante«, antwortete Irma und wandte den Blick zur Seite.

»Also ist doch was passiert? Mir kannst du's ruhig sagen, ich muss doch Bescheid wissen«, drängte die Tante.

»Nichts ist passiert, außer dass er mich geküsst hat«, antwortete Irma.

»Und deswegen bist du weggelaufen?«, wunderte sich die Tante.

»Worauf hätte ich wohl noch warten sollen?«, fragte Irma. »Wenn die Männer einen nicht nur mit den Augen verschlingen, hat man doch keine Ruhe mehr. Darin sind sie alle gleich, der Eedi nicht ausgenommen.«

»So ist es, liebes Kind«, sprach die Tante, die ihre Ruhe wiederfand, als sie hörte, dass der Nichte nichts Unwiderrufliches passiert war. »Ein Mann ist ein Mann, ob Herr oder Knecht, er hat die Hosen an und nicht den Rock. Aber ich hab's geahnt, dass es so kommen wird. Ich wollte dich gleich wegholen, als ich hörte, was er sich für einen Namen genommen hat, aber die Lonni wollte nicht, sie hat gesagt, sie wird doch dem Glück der andern nicht im Wege stehen, und außerdem wärst du verliebt. Aber du bist nicht verliebt, sonst wärst du ja nicht weggegangen.«

Darauf sagte Irma nichts. Und als Lonni aus dem Kino nach Hause kam, begannen die Tiraden über Irmas Verliebtheit von Neuem, denn Lonni behauptete der Mutter gegenüber genau das Gegenteil:

»Irma ist verliebt, und genau deswegen ist sie weg. Denk doch mal, so eine goldene Stelle, wo man nichts zu tun hat, kassierst nur am Monatsende deinen Lohn und weiter nichts!«

Lonni sagte das so nachdrücklich und überzeugt, dass auch Tante Anna geneigt war, es zu glauben, und Irma unter vier Augen gewisse Fragen stellte, in der Hoffnung, der Nichte ein Geheimnis zu entlocken. Obwohl Irma bei ihrer Beteuerung blieb, schien die Tante daran zu zweifeln, so als habe Lonni sie mit ihrer Sicht auf die Dinge verhext. Erst jetzt begriff Irma, wie klug es gewesen war, der Tante und Lonni nichts von den Erklärungen des Herrn zu erzählen, ganz zu schweigen von der Kompresse und dem Klee samt Reuter und dem Duft in ihrem Nacken. Und was hätten die beiden wohl dazu gesagt, wenn sie erfahren hätten, dass Irma sich zudem über den Herrn gebeugt hatte, weil sie für einen winzigen Moment eine winzige Göttin sein wollte? Sie hätten sie für verliebt und verrückt erklärt!

Dass Lonni trotz ihrer Unwissenheit immer wieder auf Irmas Verliebtheit zu sprechen kam, geschah nicht deshalb, weil sie daran geglaubt hätte, sondern weil sie einen seltsamen Trost empfand, der anderen etwas Großes und Schönes anzudichten, das mittlerweile niemand mehr für wahrscheinlich hielt. So rächte sie sich für den Kummer und den Schmerz, den Irma ihr damals mit ihren freimütigen Bekenntnissen zugefügt hatte, indem sie die Tante, Lonni und die ganze Bekanntschaft glauben machte, dass ihr eine wunderbare und strahlende Zukunft bevorstand – dass ihr, Irma, ein Wunder zuteil werden würde. Lonni, mit dem aufrichtigen und gerechten Herzen einer Base, konnte es in keiner Weise ertragen, dass Irma etwas mit einem Wunder oder ein Wunder etwas mit Irma zu tun haben sollte.

»Hör doch endlich auf damit«, sagte die Tante, als Lonni Irmas vermeintliche Verliebtheit zum wer weiß wievielten Male aufwärmte, »mir scheint, du willst die arme Irma noch verhexen.«

»Wie soll ich sie verhexen, wenn sie schon längst verhext ist«, parierte Lonni, um sich gleich darauf an Irma zu wenden: »Wenn ich dir wirklich glauben soll, dass du nicht in den Herrn verliebt bist, dann kommst du mit in die Fabrik. Vor Weihnachten gibt's mehr als genug zu tun, ich bring dich da mit Leichtigkeit unter. Kommst du mit in die Fabrik, dann bist du nicht verliebt, und das sag ich jedem, aber wenn du nicht mitkommst, dann sag ich: Wissen Sie was, meine Base Irma ist in den Herrn verliebt und deswegen von ihm weggegangen, weil er sie geküsst hat. Na, was ist, kommst du mit in die Fabrik?«

»Lass mich in Ruhe«, sagte Irma, die am Tisch saß und versuchte zu lesen.

»Das heißt, du bist verliebt«, stellte Lonni fest. »Aber merk dir, was ich dir sage: Wenn du verliebt bist, dann ist der Herr nicht verliebt, und wenn du's nicht bist, dann ist er verliebt. Also, komm in die Fabrik, damit alle sehen, dass du nicht verliebt bist, dann nämlich wird der Herr ganz bald seine Liebeslieder singen. So ist es auf der Welt: Wenn der Mann liebt, dann liebt die Frau nicht, und wenn die Frau liebt, dann liebt der Mann nicht. Was anderes gibt es nicht. Mir ist ja nur deswegen alles flöten gegangen, weil ich angefangen habe zu lieben, denn sowie der Mann sieht, dass du liebst, ist er über alle Berge. Der Mann will, dass es lustig zugeht, aber wie soll man denn lustig sein, wenn man liebt! Du bist ja auch so eine Schlafmütze, weil du liebst. Nimm dir mal an mir ein Beispiel: So wie ich sieht ein junges Mädchen aus, wenn es nicht liebt und den Männern gefällt.«

»Sei doch mal ein kurzes Weilchen still!«, schalt die Mutter. »Muss dein Mundwerk pausenlos laufen! Gib ihm Konfekt zum Lutschen, wenn es was zu tun haben will.«

Aber Lonnis Mundwerk konnte nicht stillstehen, konnte

einfach nicht stillstehen, sobald es den geringsten Grund, Umstand oder Vorwand bekam, von Irmas Verliebtheit zu sprechen. Es kam von jedwedem Gesprächsstoff darauf zurück, ob es nun vorher um Zahnschmerzen gegangen war oder um eine Mondfinsternis, die bald nahen oder gerade stattfinden sollte. Es half auch nicht, wenn Lonni ein Konfekt in den Mund steckte, wie es die Mutter empfohlen hatte, das Mundwerk lief und lief und sprach von Liebe und Verliebtheit, denn im Konfektessen war Lonni Meisterin, es hinderte sie in keiner Weise, schon gar nicht am Sprechen über die Liebe, denn beides war süß, das Konfekt ebenso wie die Liebe. Sogar den faden Nachgeschmack hinterließen sie beide, meinte Lonni, und deshalb müsse man es so einrichten, dass man, wenn das Konfekt zu Ende war, von der Liebe sprach, damit man etwas Süßes als Nachspeise hatte, und wenn man mit der Liebe zu Ende war, müsse man ein Konfekt nehmen, um den faden Geschmack aus dem Mund zu vertreiben.

Das einzige, das Lonnis Mundwerk zum Schweigen oder wenigstens zum Verarbeiten eines anderen Motivs gebracht hätte, wäre, wenn Irma ihr davon erzählt hätte, wie der Herr der Schreibmaschinen wie ein Honigbär um sie herum gewesen und mit seinem Himbeerduft hereingefallen war, aber Irma wollte ihre Angelegenheiten nicht vor der Verwandtschaft ausbreiten und sagte von alledem kein Sterbenswörtchen. Also setzte sich Irmas Liebesverhexung von Tag zu Tag fort, und weiß Gott, wie lange es so weitergegangen wäre, wenn nicht etwas gänzlich Unmögliches geschehen wäre, etwas, das niemand geahnt oder geglaubt hätte, am allerwenigsten die Base Lonni selbst. Aber auch dieses Geschehnis schrieb sich Lonni zu, indem sie sich im Stillen als kopflose, kurzsichtige dumme Gans verfluchte, aber lauthals auf irgendwelche Rechte und auf Dankbarkeit pochte, die Irma ihr gegenüber empfinden müsse, auf dieser Welt bis zum Tode und in jener Welt von Ewigkeit zu Ewigkeit.

»Denn ich hab ihn doch mit meinem ständigen Reden hergehext«, beteuerte Lonni.

»Es sieht wirklich so aus, als hättest du ihn hergehext«, meinte auch die Mutter und bestätigte damit Lonnis Worte.

Die Sache selbst jedoch war ganz einfach, man könnte sogar sagen, natürlich, wie so vieles, das einem unmöglich erscheint. Es war ein dämmriger Abend im Spätherbst, es wurde zeitig dunkel. Lonni war gerade aus der Fabrik gekommen und überlegte, ob sie noch ausgehen oder der Mutter sowie Irma, die am Tisch saß und las, Gesellschaft leisten sollte.

»Was soll ich zu Hause«, dachte Lonni laut, »ihr sitzt da wie zwei Taubstumme, und selbst wenn ihr reden wolltet, hättet ihr nichts zu reden. Ihr geht nirgendwohin, ihr seht keinen, ihr hört nichts.«

»Wie sollen wir denn zu Wort kommen«, antwortete die Mutter, »wenn du diejenige bist, die immerzu redet, und, wie man hört, weißt du auch worüber.«

»Es liegt doch auf der Hand«, meinte Lonni, »wenn jemand nichts zu tun weiß als zu lesen, immer nur zu lesen, egal wann man heim kommt, und wenn es Mitternacht ist, dann kannst du doch nur eins annehmen – dass jemand verliebt ist und wartet.«

Und als Lonni die Worte »verliebt ist und wartet« ausgesprochen hatte, klopfte es plötzlich an der Tür, alle erinnerten sich später, dass es plötzlich geklopft hatte, so wie alle seltsamen Dinge plötzlich zu geschehen pflegen. Tante Anna, die sich im vorderen Zimmer befand, ging die Tür öffnen, während Lonni zum Fenster zwischen den beiden Zimmern huschte, um durch einen Gardinenspalt zu erspähen, wer da zu ihnen kam. Aber sie sah nichts, denn es kam niemand, sondern derjenige, der gekommen war, stand bereits drinnen im Flur. Und er brachte etwas Sonderbares, Großes und Unerhörtes mit sich, das hatte Lonni sofort in ihrem Herzen gespürt, wie sie später jedem erklärte, der es hören wollte, denn das gesamte Wesen ihrer Mutter hatte sich auf einen Schlag bis zur Unkenntlichkeit verändert. Tante Anna stammelte:

»Ach, Fräulein Irma? Irma Vainu? Ja … ja natürlich, sie wohnt bei uns, ich bin ihre Tante. Vielleicht möchte der Herr so freundlich sein und näher treten. Bei uns ist zwar alles einfach, aber …«

Lonni konnte nicht erwarten, wer auf derart umständliche Bitten und Entschuldigungen eintreten sollte und flüsterte, die Augen unablässig auf die Tür gerichtet, Irma so heftig zu, dass die geflüsterten Worte an der Tür deutlicher zu hören waren als bei Irma, die hinter Lonnis Rücken am Tisch saß:

»Irma! Irma! Du wirst verlangt! Da ist jemand an der Tür, die Mutter bittet ihn herein! Schnell, Irma!«, drang es aus Lonnis Mund.

Aber noch bevor Irma schauen konnte, wer nach ihr verlangte, trat der Jemand zur Tür herein und setzte seinen Hut ab. Lonni hatte sofort bemerkt, dass der Eintretende einen Hut auf dem Kopf hatte. Außerdem hatte sie ihn lange vor Irma gesehen, eine ganze Weile früher, wie sie stets betonte, und deshalb habe sie ihn in aller Ruhe betrachten können – seine Kleider, seinen Kneifer, seine Schuhe, was alles schick, schick und nochmals schick gewesen war! Er selbst auch. Gleich zu sehen, dass … ja, gleich zu sehen, also …

»Irma! Irmalein!«, rief die Tante mit ersterbender Stimme und wollte ins hintere Zimmer, um nach ihr zu sehen. Aber es war nicht nötig, denn Irma trat bereits zu Lonni in die Tür und verharrte dort in einer Art und Weise, als wolle sie auf der Stelle, durch den Fußboden hindurch, mit großem

186

Getöse in die Erde sinken, wo hernach ein dünnes blaues Rauchwölkchen aufsteigen würde, das ein wenig nach Klee duftete. Das arme Mädchen wusste nicht einmal, ob es erbleichte oder errötete, es spürte nur, dass der ganze Körper wie von seltsamen Wellen erfasst und von elektrischen Strömen durchflossen wurde. Die anderen aber, allen voran Lonni, beteuerten später, dass Irma zunächst ausgesehen habe wie eine Tote, ein Gesicht wie bei einer Leiche, sogar die Nase sei schmaler geworden und schöner. Die Lippen seien wie Papier gewesen und die Stirn wie Marmor, die Augen wie erstarrte Öllachen. Aber dann sei plötzlich alles ins Rote umgeschlagen, erst Rosa dann Rot, als der Herr sie erblickt und – höflich und schick – sich verbeugt hatte. Und dann begannen sich Weiß und Rot abzuwechseln, letztlich so geschwind, dass allen bunt vor Augen wurde und sie den Kopf zu verlieren drohten, bis keiner mehr wusste, was er tun sollte und wie er sich zu verhalten habe – der Herr wusste es nicht, die Tante wusste es nicht, Lonni wusste es nicht, Irma wusste es erst recht nicht, denn sie war in diesem Augenblick nicht von dieser Welt. So erinnerte sich Lonni später an das Ereignis. Sie erinnerte sich daran, was mit den anderen geschah, was aber sie selbst betraf, das war unbeschreiblich, unergründlich, unbegreiflich wie ein Traum.

In Wirklichkeit war die Sache etwas begreiflicher. Als Irma den sich gerade verneigenden Hausherrn erblickte, war ihr, als würde ihr der Mund erstarren und die Lippen leblos werden, sodass sie kaum zu sagen vermochte:

»Herr, Sie!«

Diese zwei Worte gaben Tante Anna und Base Lonni den ersten und entscheidenden Hinweis, wer dieser fremde und höfliche Herr war und an welch unglaublichem Lebensereignis sie beide gerade teilhatten. Nur reichte die Zeit nicht aus, um vom ersten Hinweis gleich zur vollen Erkenntnis zu gelangen, denn es galt sehr genau hinzuhören, was der Herr sagte. Aber der sagte nur:

»Ja, Fräulein, ich bin es, verzeihen Sie.«

»Was wünschen Sie noch?«, fragte Irma vorwurfsvoll; die Tante und Lonni hörten beide, dass es vorwurfsvoll gewesen war. Auch der Herr musste es wahrscheinlich gehört haben, denn es war ihm etwas peinlich, und er stotterte beinahe, als er sagte:

»Ich bitte nochmals um Verzeihung, Fräulein, aber ich wollte Ihnen noch einen anderen Vorschlag machen …«

»Herr Ikka«, sagte Irma jetzt, »ich sagte Ihnen bereits, dass ich nach dem, was zwischen uns vorgefallen ist, keinen Vorschlag mehr hören möchte.« Sprachs, zog sich aus der Türöffnung zurück, setzte sich an den Tisch und hielt sich mit beiden Händen den Kopf.

Der Herr hatte jetzt eigentlich nichts mehr zu tun oder zu sagen, er hätte zur Tür hinausgehen müssen. Darauf wartete Irma mit allen Sinnen, wobei sie gleichzeitig auch ein wenig befürchtete, dass der Herr es wirklich tun würde. Diese Befürchtung knüpfte Irma an das Zittern ihres Herzens, das in dem Maße wuchs, wie der Herr seinen Abschied hinauszögerte. Und das Schrecklichste war, dass sich der Herr am Ende überhaupt nicht verabschiedete, sondern stattdessen zu Tante Anna sagte:

»Wenn Sie die Tante von Fräulein Vainu sind …«

»Ja, das bin ich wohl«, bestätigte Tante Anna beflissen.

»Also, ich meine, wenn Sie wirklich Fräulein Vainus Tante sind, dann …«

»Ja, Herr, ich bin wirklich die Tante vom Fräulein, sie ist meine Nichte, und weil meine Schwester doch auf dem Lande lebt, so bin ich für sie hier in der Stadt sozusagen Tante und

Mutter, gleich beides, weil man so ein junges Menschenkind noch ein bisschen unter seine Fittiche nehmen muss.«

»Dürfte ich etwas mit Ihnen besprechen, wenn Sie für das Fräulein auch die Mutterstelle vertreten?«, fragte der Herr.

»Ja, natürlich, Herr, bitte sehr, bitte sehr. Vielleicht möchten der Herr ein wenig Platz nehmen, ist zwar nur ein Holzstuhl, aber …«

»Danke sehr«, sagte der Herr und nahm Platz.

»Was haben der Herr denn so sehr auf dem Herzen, wenn man fragen darf«, sagte Tante Anna.

»Wie Sie vielleicht schon ahnen, bin ich derjenige, bei dem Ihre Nichte, Fräulein Vainu, kürzlich die Stelle als Haushälterin innehatte«, begann der Herr und wollte fortfahren, doch Tante Anna unterbrach ihn:

»Jaja, das ahnen wir. Ich habe es schon aus Ihrem Namen geahnt, als Fräulein Irma Sie Herr Ikka nannte, denn den Namen gibt es ja nicht nochmal.«

Tante Anna nannte Irma absichtlich Fräulein, damit es in dieser nach Auffassung der Tante für einen so feinen Herrn unangemessenen Umgebung wenigstens etwas höflicher und vornehmer zuging.

»Darin haben Sie wohl recht«, pflichtete Herr Ikka bei, »einen Zweiten dieses Namens wird es vermutlich nicht geben. Aber, um auf die Sache zurückzukommen, Fräulein Vainu sah sich gezwungen, wegen eines bestimmten Missverständnisses aus meinem Dienst zu scheiden, zu dem leider, ja, ich persönlich Anlass gab, wie Sie vielleicht schon gehört haben.«

»Nein, leider haben wir gar nichts gehört, weder ich selber noch meine Tochter Lonni, die da an der Tür steht. Lonni, hast du vielleicht etwas gehört? Oder hast du mir etwas verschwiegen?«, wandte sich Tante Anna mit der unschuldigsten Miene an ihre Tochter.

»Nein, Mutter, ich weiß von nichts. Aber du kennst Irma doch und weißt, dass sie ihren Mund nicht aufmacht.«

»Wie der Herr hören, tappen wir in dieser Sache ein wenig im Dunkeln. Aber vielleicht könnten der Herr ein wenig erhellen, was denn passiert ist, dass das Irma-Fräulein so plötzlich ...«, sagte die Tante, indem sie sich an Herrn Ikka wandte.

»Ja, sehen Sie, gnädige Frau, ich möchte aus dem Missverständnis kein Geheimnis machen, aber wenn Fräulein Vainu es für besser erachtet hat zu schweigen, dann möchte auch ich, um neuen Missverständnissen vorzubeugen, nicht näher über das Vergangene sprechen, ich kann nur mit Nachdruck wiederholen, dass es gewisse Missverständnisse gegeben hat, die ich verursacht habe, allein ich, denn Fräulein Vainu benahm sich vollkommen korrekt und erweckte in mir tiefe Bewunderung, um nicht zu sagen, mehr als das. Und jetzt bin ich gekommen, um die Angelegenheit zu klären, Fräulein Vainu um Verzeihung zu bitten und ...«

»Der Herr möchten das Fräulein wahrscheinlich zurückholen, wie ich sehe«, kam Tante Anna dem Herrn zuvor.

»Im Moment nicht«, antwortete der.

»Ach – nicht?«, wunderte sich die Tante ehrlichen Herzens. »Warum denn nicht?«

»Wie soll ich sagen«, meinte der Herr zögernd. »Wenn man jetzt weniger auf das Wort und mehr auf den Sinn setzt, dann – die Stelle ist für Fräulein Vainu nicht das Richtige, sozusagen nicht das, was der Anstand gebietet.«

»Verstehe, verstehe«, Tante Anna nickte, »es wäre sozusagen ein wenig eine Stelle wie bei einem alleinstehenden Herrn, und dahin drängen die, die solche Stellen und alleinstehende Herren lieben ...«

»Bevorzugen, Mama«, verbesserte Lonni, »denn bei einem

alleinstehenden Herrn ist es leichter, den Haushalt zu führen, ich weiß das.«

»Schon gut«, schnitt die Mutter der Tochter das Wort ab. »Du sagst ›bevorzugen‹, aber ich sage ›lieben‹, denn lieben ist besser zu verstehen und sagt alles.« An den Herrn gewandt, fuhr Tante Anna fort: »Aber was wünschen der Herr dann, wenn seine Stelle nicht das Richtige für Fräulein Irma ist?«

»Ja, sehen Sie, gnädige Frau«, begann der Herr, »was ich wünsche, ist einfach, nur es auszusprechen, das ist alles andere als einfach, denn es könnten wieder neue Missverständnisse entstehen. Fräulein Vainu gegenüber wüsste ich nichts zu sagen, was nicht gleich neue Missverständnisse auf den Plan rufen würde. Mein Wunsch und Vorschlag dem Fräulein gegenüber wäre, dass sie, wenn sie der Ansicht ist und meint, sozusagen überzeugt ist, dass sie unter gar keinen Umständen bei mir dienen kann, ob sie dann nicht bereit wäre, zu mir zu kommen ohne zu dienen, also sich selbst eine Dienerschaft zuzulegen, wenn sie es denn wünscht. Das heißt, ich möchte fragen, ob Fräulein Vainu nicht meine Frau werden will, sodass ich bei Ihnen, liebe Tante, um ihre Hand anhalte, da Sie hier in der Stadt die Mutterstelle vertreten.«

Drei Herzen wollten während dieser etwas langatmigen und betont höflichen Eröffnung vor Spannung bersten, aber jedes Herz auf eigene Weise. Tante Annas Herz war deshalb in Bedrängnis, weil die Tante dachte, was wohl wäre, wenn jetzt kommen würde, woran sie zunächst alle geglaubt, aber mittlerweile den Glauben verloren hatten. Was wäre, wenn sie wirklich noch heute Abend losgehen könnte und all den Verwandten, auch den hochnäsigen seitens des Alten selig, also allen Verwandten und Freunden, und besonders denen, die gar keine Freunde sind, sondern nur Freundschaft heucheln, weil sie sich hinterrücks ständig das Maul zerreißen, ja, wenn man gehen und allen Bekannten, die genug gelacht und sich lustig gemacht haben, sagen könnte, dass es nun doch wahr ist, dass Trauung samt Lorbeeren nun doch stattfindet und dass es in ihrer Hand liegt, ihnen den Einlass in die Kirche zu gewähren oder zu verwehren, wenn Irma vor dem Altar steht und der liebe Gott und seine himmlischen Heerscharen zuschauen, denn der vornehme Herr selbst hat bei ihr, bei Tante Anna als Vertreterin der Mutter, um die Hand ihrer Nichte, Fräulein Irma, angehalten, auf ewige Liebe und Ehe, genau so, wie es der schöne christliche Brauch vorsieht und verlangt.

So stand es um Tante Annas Herz. Um das ihrer Tochter Lonni, die in der Konfektfabrik arbeitete und jeden Abend mit süßen Düften heimkam, stand es etwas anders. Ihr Herz krampfte sich zusammen, als sie daran dachte, welcher Teufel sie geritten haben musste, dass sie unentwegt über Irmas Verliebtheit geredet hatte, zu Hause und auch anderswo, sodass jetzt schon die halbe Stadt wissen dürfte, wie unsterblich ihre Base Irma in Herrn Ikka verliebt war, bei dem sie in Diensten gestanden und dem sie vor wenigen Tagen den Rücken gekehrt hatte, denn der Herr hatte sie auf den Mund geküsst. Und wenn es schon die halbe Stadt wusste, musste es dann nicht auch Herr Ikka selbst wissen, es aus Lonnis dummem Mund erfahren haben, dass Irma unsterblich in ihn verliebt ist? Weiß aber ein Mann vom Schlage eines Herrn Ikka, dass ein törichtes junges Mädchen unsterblich in ihn verliebt ist, dann kann er nicht anders, als gehen und dieses Mädchen aufsuchen. Also hatte Lonni, wenn ihr die Bürde, dass Irma Herrn Ikka heiratete, wirklich auferlegt werden sollte, selbige nur sich selbst und niemand anderem zuzuschreiben: Sie selbst hat Herrn Ikka verhext, soviel steht fest.

Am schwersten war Irmas Lage im hinteren Zimmer am

Tisch. Anfangs hatte sie sich mit beiden Händen den Kopf gehalten, aber als der Herr anfing, seinen Vorschlag in Worte zu kleiden, wollte Irma nichts, als sich die Ohren zuhalten, mit beiden Händen beide Ohren, sodass die rechte Hand das rechte Ohr zuhielt und die linke das linke, und nicht so, wie es die Leute im Kino manchmal tun, wenn sie den Kopf verloren haben und sich mit der rechten Hand das linke Ohr und mit der linken das rechte zuhalten. Doch Irma konnte ihre Hände noch so stark auf die Ohren pressen, irgendwo zwischen den Fingern blieb ein Spalt, durch den die Worte von Herrn Ikka zu ihr drangen. Irma kam es sogar vor, als würde sie, je fester sie sich die Ohren zuhielt, umso deutlicher hören, was im vorderen Raum gesprochen wurde. Außerdem hörte sie nicht nur die gesprochenen Worte, sondern auch das Schweigen und die Spannung, von denen die Worte umgeben waren, und dadurch wuchs die Spannung in ihr, trieb das Herz in die Enge, den ganzen Körper, als seien die Worte, die Herr Ikka aussprach, groß, gewaltig groß, und sie schnappt nach ihnen, geht von ihnen auf und schwillt an, bis alle Kleider und Gürtel, alle Träger und Bänder zerreißen und zerplatzen. Deshalb wollte sie, als sie die Worte »zu meiner Frau« vernahm, nichts mehr hören, sondern aufspringen und sich die Sachen vom Leibe reißen, um sich von dem beißenden Schmerz zu befreien, und wenn das nicht half, dann würde sie sich splitternackt auf den Boden werfen und in Schmerzen winden wie ein Fisch auf dem Trockenen. Und wenn Herr Ikka sie hätte berühren wollen, dann hätte sie mit Händen und Füßen um sich geschlagen, ihn gekratzt und gebissen, um ihn loszuwerden. Aber wenn er dann wirklich hätte gehen wollen, wäre Irma vom Boden aufgesprungen und ihm von hinten um den Hals gefallen, hätte seine Augen bedeckt, mit der rechten Hand das rechte Auge und mit der linken das linke, damit er nicht sähe, dass Irma wegen ihres großen Schmerzes splitternackt war.

Da nun alle drei ihre liebe Not mit dem Herzen hatten, musste Herr Ikka ein wenig warten, ehe er die richtige Antwort erhielt. Als erste fasste sich Tante Anna, denn ihre Lage war die einfachste, weil ihr das Herz weniger um ihrer selbst willen als vielmehr wegen der Verwandten, Freunde und Bekannten schmerzte. Aber auch sie bekam kein Wort heraus, sondern nahm Herrn Ikka bei der Hand und geleitete ihn in den hinteren Raum zu Irma. Zwar dachte Tante Anna anfangs, Herrn Ikka lediglich zu Irma zu geleiten, damit sie dann allein zu zweit sein konnten, während sie und Lonni im vorderen Raum blieben, das heißt, auch zu zweit, und hier warteten, bis sich die Dinge geklärt hatten und sie nicht als Fremde durch ihr Beisein störten – aber das eine war, daran zu denken, das andere, es zu tun. So sehr auch Tante Anna Lonnis Hand festhielt, um Lonni von der Türöffnung wegzuziehen, die Tochter war stärker und zog die Mutter mit sich und zwar dorthin, wohin sie es wollte. Tante Anna wiederum konnte in solch einem wichtigen Moment keinesfalls die Hand ihrer teuren Tochter fahren lassen. Also fanden sie sich beide mit den Köpfen im Vorhang der Türöffnung stecken, bevor zwischen dem Herrn und Irma etwas geschehen konnte. Aber das, was sie sahen, war recht seltsam, und doch sahen sie es alle drei, demnach musste es wirklich so gewesen sein: Irma war vornüber auf den Tisch gesunken und weinte, schluchzte mit lauter Stimme und hatte das dunkle Kleid an. Der Herr konnte nichts tun, als in gebührender Entfernung stehenzubleiben und zu sagen:

»Fräulein, Sie haben vielleicht gehört, was ich mit Ihrer Tante besprochen habe. Um Missverständnisse zu vermeiden, möchte ich Sie persönlich fragen, ob Sie nicht meine

Frau werden möchten, ungeachtet dessen, was zwischen uns vorgefallen ist.«

Irma schluchzte weiter ohne zu antworten. Sie regte sich nur ein wenig.

»Ich bitte Sie, Fräulein, seien Sie mir nicht böse«, sprach der Herr weiter. »Ich kann nichts dafür, dass ich Sie liebe. Meine Verstöße Ihnen gegenüber beruhen auf nichts anderem als Liebe.«

Tante Anna und ihre Tochter Lonni waren drauf und dran, einander noch dort in der Türöffnung um den Hals zu fallen, so schön waren die Worte des Herrn, aber bevor sie etwas tun konnten, hob Irma den Kopf vom Tisch und sagte voller Ingrimm und ohne überhaupt in die Richtung des Herrn zu schauen:

»Sie sind wie der Leibhaftige selber, ich würde Sie am liebsten in Stücke reißen!«

Tante Anna und Lonni wunderten sich sehr, dass ein junges Mädchen wie Irma, das die Mittelschule beendet hat, das Maschineschreiben lernt und zu Hause unentwegt Bücher liest, einem Herrn, der Kneifer und Melone trägt und so wunderschön von der Liebe spricht, in solcher Art und Weise antworten konnte. Erst später begriff Lonni den wahren Sachverhalt, begriff, dass Irma sie, das heißt, Tante Anna und sie, die ganze Zeit an der Nase herumgeführt und ihnen nicht einmal die Hälfte erzählt hatte. Irmas Worte und die Art, wie sie sich verhielt, brachten Lonni auf den Gedanken, dass Irma die Schlange war, die sie an ihrem Busen genährt hatten, denn der Herr antwortete auf Irmas schreckliche Worte mit ausgebreiteten Armen:

»Liebste, Teuerste, hier stehe ich und warte, kommen Sie, reißen Sie mich in Stücke und machen Sie mit mir, was Sie wollen.«

Und was tat Irma zur Untermalung ihrer schrecklichen Worte? Sie sprang auf und sank dem Herrn in die Arme, versuchte dabei, ohne zu wissen wo, ihren Kopf zu verbergen, um in diesem Augenblick einen Kuss zu vermeiden. Aber als der Herr nicht einmal Anstalten machte, sie zu küssen, sondern sie einfach fest, ganz fest in den Armen hielt, da wurde Irma so wundersam wohl, dass sie sich sogar vor den Augen der Tante und Lonnis hätte küssen lassen, und sei es bis zur Atemlosigkeit, wie damals in der Küche, als sie dem Herrn eins mit der Kasserolle übergezogen hatte. Und da der Herr sie ganz und gar nicht versuchte zu küssen, hob Irma von sich aus den Kopf, so als wolle sie den Herrn von Nahem anschauen, und so fanden ihre Lippen schließlich zueinander. Der Herr stöhnte auf, auch Irma fühlte, dass sie aufstöhnte, so als täte ihr der Kuss aus irgendeinem Grunde fürchterlich weh. Aber er tat Irma nicht weh, überhaupt nicht weh, und mochte der Herr noch so ungestüm sein.

XII

Noch am selben Tag, kaum dass Herr Ikka Tante Anna den Rücken gekehrt hatte, begann all das, was nun Wochen dauern sollte. Die Tante musste sogleich irgendwohin eilen, und für Lonni stand fest, dass sie noch heute ins Kino musste, koste es was es wolle, und zwar *schick* in die Loge oder in den Rang, da, wo Lonni schon lange nicht mehr gesessen hatte, denn die Kavaliere wurden von Tag zu Tag geiziger, und das eigene Einkommen war für so etwas zu knapp bemessen.

Heute war es an Irma, für den Kino-*Schick* zu sorgen, einerlei, ob sie viel oder wenig Geld hatte, ab jetzt wurde nicht mehr gespart. Wozu sparen, wenn du heiraten wirst? Soll doch der Mann sparen, es genügt, wenn es einen sparsamen Menschen in der Familie gibt. Überhaupt sind die Männer dazu da, das Geld heranzuschaffen und anzuhäufen, während die Pflicht der Frauen darin besteht, es in Umlauf zu bringen. So dachte Lonni, und so dachte auch die Mehrzahl ihrer Bekannten. Was Freunde davon gehalten hätten, wusste sie nicht, denn Freundschaften waren nicht Lonnis Sache. Freundschaft und Geldbeschaffen waren ihrer Ansicht nach Männersache, den Frauen oblag das Ausgeben und die Liebe. Außerdem ist die Liebe auch nichts anderes als Ausgeben – man gibt sich selbst aus. Dies war Lonnis Denkungsart und Lebenskunst. Und je weiter die schönen Zeiten entrückten, je mehr Jahre ins Land gingen, umso gerechteren Herzens träumte Lonni von ihnen, das heißt von der Liebe und dem Ausgeben.

Also – kaum war Tante Anna aus dem Haus, überfiel Lonni die Base Irma mit ihrer Denkungsart und Lebenskunst. Irma jedoch vertrat eine gänzlich gegenteilige Auffassung: Sie meinte, gerade jetzt dürfe sie keinen Cent sinnlos ausgeben, denn sie müsse sich doch noch das eine und andere kaufen. Lonni aber meinte dazu Folgendes:

»Du willst dir für deine Cents was kaufen? Sei doch nicht dumm! Lass den Mann kaufen! Denn merk dir eins, je mehr er für dich ausgibt, desto wertvoller wirst du für ihn. Würde er sein ganzes Vermögen in Bausch und Bogen auf dich verwenden, dann würde er dich auch hüten und päppeln, als wärst du selber sein Vermögen. So sieht's mit den Männern aus. Sie lieben nicht uns, sondern das, womit sie uns behängen. Selber behängen und selber bewundern, während die anderen Frauen grün werden vor Neid, das wollen sie. Wie sehr dich dein Mann oder Kavalier liebt, kannst du daran ermessen, wie neidisch die anderen Frauen sind. Und merk dir noch eins: Solange dein Mann dich liebt, hast du keine Freundin, kannst in die Grube fahren und hast immer noch keine, es sei denn eine alte, die ihre Hoffnungen auf Liebe schon begraben hat, oder eine junge, die noch mehr geliebt wird als du. Alle anderen sind das reinste Natterngezücht, speien Gift und Galle, wo sie nur können, denn sie sind unglücklich, weil es für sie keine Liebe gibt. In der Ehe gibt es keine Liebe, in der Ehe zählt nur das Geld, und du kannst froh sein, wenn wenigstens das da ist. Und deshalb sag ich dir eins: Behalt deine Cents für dich, denn wenn der Mann dir kein Geld gibt, dann gibt er dir auch nichts anderes …«

Irma hörte sich Lonnis Lebensweisheiten geduldig an, und obwohl sie nicht so ganz daran glauben wollte, sah sie doch ein, dass sie mit den Cents, die sie heute fürs Kino ausgab, keine Hochzeit ausrichten würde, das heißt für den

Fall, dass der künftige Gemahl nichts beisteuerte. Und als Lonni schließlich sagte, es sei höchste Zeit zu gehen, weil die Kinokassen bald schließen würden, stimmte Irma zu und meinte, wenn der heutige Tag gefeiert werden sollte, dann möge er auch richtig gefeiert werden.

Aber sie hätte besser daran getan, wenn sie zu Hause geblieben wäre, meinte sie, als sie das Kino wieder verließ. Nicht etwa, weil es ihr um die ausgegebenen Cents leid getan hätte, sondern weil auch Herr Ikka im Kino war, nur mit dem Unterschied, dass Lonni und sie unten saßen und er oben im Rang, zudem in Begleitung einer Dame.

Irma hätte ihren Zukünftigen wahrscheinlich gar nicht bemerkt, denn sie pflegte im Kino nach vorn und nicht nach hinten zu schauen, aber Lonni wollte auch wissen, was sich hinter ihnen abspielte, und ganz besonders, was sich oben im Rang tat, und so entdeckte sie Herrn Ikka und musste dies umgehend und heftig flüsternd Irma mitteilen. Aber die weigerte sich, nach oben zu schauen, denn sie befürchtete, ihr Blick könne den ihres Zukünftigen kreuzen. Sie schämte sich plötzlich, dass sie an einem bedeutungsvollen Tag wie diesem, nachdem sie da am Tisch bei Tante Anna so unmäßig und aus tiefstem Herzen geweint hatte, einfach ins Kino gegangen war. Mit Herrn Ikka verhielt es sich anders, denn er hatte nicht geweint, er nahm das alles nicht so schrecklich ernst, sodass es aus seiner Sicht durchaus verständlich war, wenn er jetzt im Kino saß.

»Da hast du's, so sind die Männer und ihre Liebe«, flüsterte Lonni in die Gedanken von Irma hinein, »eben noch war er bei uns, Hut in der Hand und Liebe auf den Lippen, und schon sitzt er samt Dame im Kino. Auf jeden Fall ist sie hübsch, viel hübscher als du, aber du musst keine Angst haben, du bist bestimmt ein ganzes Stück jünger als sie. Und ob ihre Schönheit von hier aus richtig zu sehen ist, wohl kaum, ich vermute, da ist allerhand *Makkulatur* im Spiel. Heutzutage ist ja mehr *Makkulatur* als echt. Du musst auch daran denken, du wirst auch nicht ewig ohne auskommen. Wenn's schon in der Fabrik nicht ohne geht, wie soll's dann in der feinen Gesellschaft ohne gehen! Aber man gewöhnt sich schnell daran, und dann merkt man's gar nicht mehr.«

Irma bemerkte schließlich auch Lonnis Worte nicht mehr, denn sie dachte nur das eine: Rudolf sitzt mit einer Dame im Kino, die schöner ist als ich. Warum will er dann nicht die schöne Dame heiraten, sondern mich? Wirklich nur wegen der Jugend? Und wenn die Jugend vorbei ist, was dann? Dann kommt die *Makkulatur*, sagt Lonni. Aber Lonni hat ein loses Mundwerk, wie Tante Anna sagt. Trotzdem, wer ist die Dame? Doch nicht etwa eine »Schwester«? Ist es überhaupt vorstellbar, dass er – heute, morgen oder übermorgen, bis zur Hochzeit – mit einer seiner Verflossenen oder sogar mit einer neuen »Schwester« ins Kino geht?

»Wenn ich an deiner Stelle wäre«, flüsterte Lonni Irma zu, »weißt du, was ich dann machen würde? Ich würde unsere Karten an der Kasse gegen welche im Rang umtauschen, würde zuzahlen, was verlangt wird, und nach oben gehen, ihm unter die Nase, dann nämlich würdest du sehen, was er für ein Gesicht macht. Das gäbe einen Spaß! Aber du bist ja wieder nicht in der Lage dazu, kleine Landpomeranze. Wart's ab, das Leben wird dich schon lehren, das Leben lehrt uns alle. Also, was ist, gehen wir in den Rang?«

Nein, damit war Irma nicht einverstanden. Am liebsten wäre sie aufgestanden und hinausgegangen, sobald es im Kino dunkel wurde, denn dann hätte Herr Ikka sie auf gar keinen Fall entdeckt. Aber auch das blieb aus, denn Irma war nicht einmal in der Lage, ihren Wunsch in Worte zu kleiden.

Alles in allem war dieser Kinoabend für Irma unerquicklich wie schon früher einmal, denn sie hörte und fühlte nichts anderes, als Lonnis Flüstern und Lonnis Gedanken. Peinigend war beides gleichermaßen. Irmas Gemüt beruhigte sich erst, als Lonni ihr mitteilte, dass Herr Ikka verschwunden sei. Doch dieser beruhigenden Mitteilung fügte Lonni sogleich hinzu:

»Die Dame ist auch weg! Natürlich, wo sollte sie auch sein. Die gehen bestimmt noch ins Lokal, essen zusammen Abendbrot. Wer einen Hut trägt, der führt auch seine Dame aus, das ist *korknobel*. Manche gehen auch ins *Kabinett*, wo der Herr tagsüber arbeitet. Wenn ich nur wüsste, wo sie hingegangen sind, ins Lokal oder ins *Kabinett*, das wäre enorm wichtig. Denn wenn sie ins *Kabinett* gegangen sind, dann würde er als künftiger Bräutigam was strikt Verbotenes tun. Dahin gehen nur die, die überhaupt nicht dran denken zu heiraten oder schon längst verheiratet sind.«

Auf dem Heimweg vom Kino fühlte Irma, dass aus dem großen und schönen ein kleiner und hässlicher Tag geworden war. Auch Lonnis Denkungsart und Lebenskunst hatten ihren Anteil daran. Wenn das Leben wirklich so war, wie Lonni es geschildert hatte, und wenn die Liebe auch nur ein kleines bisschen in diese Richtung ging, wie Irma es im Kino hatte anhören müssen, dann lohnte es sich nicht zu leben, geschweige denn zu lieben. Dies meinte Irma erkannt zu haben, als sie in ihrem Bett unter der Decke lag und auf den Schlaf wartete.

Aber am nächsten Tag hatten sich die dunklen Lebensnebel verzogen, und die Liebe schlug in Irmas Herz höhere Flammen als je zuvor. Pünktlich zur vereinbarten Stunde erschien Rudolf und nahm Irma mit. Zuerst gingen sie ins Standesamt und taten ihren Wunsch zu heiraten kund. Dann führte Rudolf seine künftige Braut ins beste Konfektionsgeschäft der Stadt und hieß sie ein passendes Kleid auswählen. Ein tadellos passendes fand sich nicht, es musste hier und da ein wenig geändert werden, aber es hatte unverzüglich zu geschehen, damit das Kleid am Nachmittag zwischen vier und fünf Uhr bei Irma zu Hause abgeliefert werden konnte. Dem Kleid gesellten sich noch ein Mantel, ein Hut, Handschuhe, Schuhe, Strümpfe und verschiedenes schmückendes Beiwerk hinzu. Als das erledigt, sozusagen sachwirtschaftlich durchgeführt worden war, sagte Rudolf zu Irma:

»So, meine Liebe, damit wäre der Anfang gemacht, auf dass ein bisschen Schwung in die Sache kommt. Jetzt haben wir Zeit, uns umzusehen und ein paar Besorgungen ganz allein für uns zu machen.«

Irma war sprach- und besinnungslos, sprachlos vor Verwunderung, dass dies erst der Anfang sein sollte, und besinnungslos vor Liebe, reiner heiliger Liebe, die sie zu empfinden glaubte. Und als Rudolf sie dann noch ins Lokal führte und nicht ins *Kabinett*, sich also eisern an das Bräutigam-Gesetz hielt, wie Lonni es erklärt hatte, obwohl Irma ihm sogar in die Hölle gefolgt wäre, so groß und heilig war ihre Liebe im Moment, jedenfalls, als er Irma nach dem Essen, das in ihrem Mund nur brannte, natürlich allein aus großer Liebe, ja, als er ihr nach dem Essen noch einmal eine Summe in die Hand gab, wie Irma sie noch nie selbst in Händen gehalten und nur selten in Händen anderer gesehen hatte, da entfachte das Glück in ihr einen so wilden Schmerz, dass sie mitten in der Stadt, mitten auf der Straße, am liebsten laut geschrien hätte. Aber schließlich endete es damit, dass ihr Tränen aus den Augen strömten, während sie an Rudolfs

Seite ging, sodass die Entgegenkommenden sie verwundert anstarrten. Irgendwann bemerkte auch Rudolf ihre Tränen und fragte, indem er ihren Arm nahm:

»Liebes Kind, was ist mit dir? Habe ich dich etwa wieder verletzt?«

»Verzeih, Liebster«, antwortete Irma, »das ist vor lauter Glück und Liebe.«

»Dann lass ein lautes Liebesglücksgeheul gen Himmel steigen«, meinte Rudolf schmunzelnd und drückte sie ein wenig an sich. Und wie zum Trost fügte er hinzu: »Das Geld, das ich dir gegeben habe, Liebes, weißt du, das ist dazu da, dass du dir etwas kaufst, das nur ins Reich der Frauen gehört, in eure Sachwirtschaft. Es tut mir gut zu wissen, dass alles um dich herum von mir ausgeht. Denn ich muss wissen, ob die Dinge, die mit und an dir sind, auch mir gehören wollen, so, wie du selbst mir gehören willst. Dich kann ich danach fragen, die Dinge nicht. Dinge sind geheimnisvoller und schlauer als der Mensch. Dinge, sofern sie in die Vergangenheit gehören, ziehen den Menschen dorthin zurück, aber ich will nicht, dass dich etwas in die Vergangenheit zurückzieht; ich will, dass es für dich vom heutigen Tag an nur noch Zukunft gibt, die Zukunft und mich und die Dinge, die ich dir gegeben habe. Dazu ist das Geld gedacht, denn Geld ebnet den Weg in die Zukunft, Geld und Liebe. Auch das Glück ist eine Frage der Zukunft, denn die Vergangenheit ist von Rechts wegen tot. So verstehe ich das Leben und die Liebe.«

Auch Irma fühlte, wie sich ihre Auffassung vom Leben und der Liebe mit der ihres Bräutigams deckte: Sie wollte nur ihm gehören und der Zukunft, wo Glück und Liebe wohnten. In diesem Moment kam ihr nicht einmal in den Sinn, dass sie der Mutter vor ihrem Abschied von Kalmu feierlich versprochen hatte, ihr Leben so einzurichten, dass jene keine

Kätnerin mehr zu sein brauchte. Als sie es versprach, dachte sie es durch eigene Arbeit, durch Fleiß und Sparsamkeit zu erreichen und hatte ein paar Jahre dafür vorgesehen. Ja, erst mit den Jahren meinte sie, so weit gekommen zu sein, dass sie imstande wäre, ihre Mutter von der erniedrigenden Bezeichnung ›Kätnerin‹ zu erlösen. Aber jetzt war alles ganz anders gekommen, ohne Arbeit und Fleiß und ohne dass Irma sich erklären konnte, warum es so gekommen war. Und wenn sie jetzt nur ein klein wenig zu denken imstande gewesen wäre, das heißt, wenn sie nicht so glücklich gewesen wäre und nicht so geliebt hätte, dann hätten sich unweigerlich Zweifel in ihr geregt: Wenn ihr alles ohne Arbeit und Fleiß in den Schoß gefallen ist, kann es dann nicht eines schönen Tages ebenso, ohne Arbeit und Fleiß, wieder entfliehen? War sie womöglich zum Spielball geheimnisvoller Kräfte geworden, die ihren Willen durchsetzten, ohne sie zu fragen? Aber solche Fragen stellt sich niemand, der liebt und glücklich ist, warum also sollte Irma das tun. Mochte die Mutter getrost noch Kätnerin sein, es war doch beruhigend, dass wenigstens die Tochter in Glück und Liebe schwelgte.

Aber weder der Tante noch Lonni gegenüber verlor Irma ein Wort darüber, egal wie groß das Glück in ihrem Herzen und wie groß die Summe in der neuen Handtasche war – und dies sollte erst der Anfang sein, wie Rudolf bemerkt hatte! Für die Tante und Lonni reichte bereits aus, was Irma nicht zu verbergen gelang, das heißt, wovon jene sich mit eigenen Augen, Ohren und Händen überzeugen konnten. Selbst das raubte ihnen den Schlaf, sodass Mitternacht längst vorüber war, als in Tante Annas Wohnung immer noch Licht brannte und Stimmen zu hören waren.

»Hab ich's nicht gesagt, dass auch in unserer Verwandtschaft einmal ein Wunder geschieht!«, rief Tante Anna in feierlicher Extase aus. »Und jetzt geschieht das Wunder direkt vor meinen Augen, als wär ich von allen estnischen Frauen die Auserwählte.«

»Nein, Mutter, die Auserwählte von allen estnischen Frauen ist Irma«, versetzte Lonni spöttisch.

»Natürlich, die Irma, wer sagt denn was dagegen, aber ich doch auch, denn ich bin ihre Tante, außerdem an Mutters Stelle. Und sogar du, meine Tochter, bist ein bisschen auserwählt, und auserwählt ist auch die Konfektfabrik, in der du arbeitest, denn du bist Irmas Base und auch von ihrem Blut«, erklärte Tante Anna.

»Und die Konfektfabrik ist auch von Irmas Blut«, ergänzte Lonni ironisch wie zuvor.

»Was bist du nur für ein unglückseliges Wesen«, sagte die Tante nun zu Lonni. »Dass du auch an keiner einzigen Sache Freude empfinden kannst! Es kommt mir schon vor, als hätten dir die Katzen das Herz aus dem Leibe gefressen. So benehmen sich nur alte Jungfern, die keiner je berührt hat. Aber du bist doch noch gar nicht so alt, dass du schon so giftig und gallig sein musst, du bist doch noch keine dreißig!«

»Wart's ab, bald bin ich drüber«, antwortete Lonni.

»Wenn du drüber bist, dann werd von mir aus giftig und gallig, aber jetzt freu dich gefälligst mit den andern«, beharrte die Mutter auf ihrer Meinung. »Es wär doch nicht richtiger und gerechter gewesen, wenn das Wunder mit dir statt mit der Irma geschehen wäre. Irma ist jünger, und mit Jüngeren geschehen Wunder leichter als mit Älteren. Du weißt doch, die Jungfrau Maria war auch noch ein blutjunges Ding, als das Wunder geschehen ist, dass sie schwanger wurde, wo sie doch vom Mann noch gar nichts gewusst hat.«

»Mutter, lass die Testamente in Ruhe«, unterbrach Lonni sie, »du weißt, dass ich nicht daran glaube.«

»Das kommt alles von dieser Konfektfabrik«, behauptete die Mutter, »früher hast du dran geglaubt, aber sowie du in die Fabrik gegangen bist, hast du's nicht mehr geglaubt, so als wär das Konfektmachen was Gotteslästerliches. Reine Fleischeslust, sonst nichts.«

»Nicht die Konfektfabrik, sondern der Ruudi hat meinen Glauben gefressen«, erklärte Lonni. »Ruudi hat immer gesagt, dass er Gott nicht leiden kann, dass er ihn nicht mal von hinten sehen will, denn warum hat er ihn zum Tischler erschaffen, wenn er doch Kesselschmied sein wollte.«

»Aber den Ruudi hast du doch nicht mehr«, sagte die Mutter.

»Das ist es ja, kein Ruudi und kein Glaube, beide sind sie weg.«

»Wo kein Glaube ist, da ist auch kein Wunder, so geht es hier auf Erden«, meinte die Mutter dazu.

»Nein, Mutter«, widersprach Lonni, »hier auf Erden geht es so: Wo kein Mann, da auch kein Wunder, denn nur durch die Männer geschehen noch Wunder auf dieser Welt.«

»Männer sind die Stellvertreter Gottes auf Erden«, erklärte die Mutter. »Wenn du an Gott glaubst, dann glaubst du auch an den Mann, und wenn du an den Mann glaubst, dann kommt auch das Wunder.«

»Mutter, du stellst alles auf den Kopf«, sagte Lonni mit einer Spur Ungeduld. »Das war vielleicht früher so, aber jetzt ist es umgekehrt, und zwar kommt das Wunder dann, wenn du nicht an den Mann glaubst. Irma hat doch überhaupt nicht an ihren Ruudi geglaubt, als der sie angefallen hat, und deswegen kam das Wunder zu ihr. Hätte sie an ihn geglaubt, wäre das Gleiche passiert wie mit meinem Ruudi: Beide wären weg gewesen, der Ruudi, und das Wunder zusammen mit dem Ruudi.«

Aber als Lonni und die Mutter Irma befragten, ob sie damals an Gott und ihren Ruudi geglaubt habe, als Letzterer sie geküsst hatte, da meinte sie, dass ihr weder Gott noch der Glaube in den Sinn gekommen wären, sie habe nur an sich gedacht, was nur aus ihr werden sollte, wenn Ruudi sie so weiterküsste und ihr dies am Ende noch anfangen sollte zu gefallen. Das habe sie gedacht, und das habe mit Gott nichts zu tun gehabt, es sei ihr vorgekommen, als lebe Gott im Himmel sein Leben und Irma auf Erden ihres.

Als sie sich schlafen legten, wunderten sie sich vermutlich alle drei, wie unterschiedlich die Meinungen selbst naher Verwandter über Gott, die Männer und das Wunder waren, geschweige denn über die Mitmenschen. Tante Anna meinte, wenn du an Gott glaubst, dann glaubst du auch an den Mann, und wenn du an den Mann glaubst, geschieht dir ein Wunder. Ihre Tochter Lonni war überzeugt, wenn du nicht an Gott glaubst, dann glaubst du auch nicht an den Mann, und wenn du nicht an den Mann glaubst, dann macht er dir ein Wunder, wie es gerade mit Irma geschieht. Irma aber, das Wunderkind, sagte sich, denk weder an Gott noch an den Mann, sondern an dich, dann geschieht dir ein Wunder. Du selbst kannst dir ein Wunder geschehen lassen.

Mit so auseinandergehenden Meinungen schliefen alle drei ein, und am nächsten Morgen war es schwer zu entscheiden, wer am süßesten geschlafen hatte, sodass man hieraus schließen könnte: Meinungen haben auf den Schlaf, vielleicht auch auf das Leben selbst, nicht den geringsten Einfluss. Die Meinungen und der Glaube gehen ihren Weg, das Leben seinen. So wie Gott im Himmel sein Leben lebt, leben die Menschen auf Erden ihres. Das wäre die vierte der auseinandergehenden Meinungen gewesen, und ihr wären immer neue und neue gefolgt.

Aber sie folgten nicht, denn niemand war daran interessiert. Hier im Haus hatte niemand Zeit, Schlussfolgerungen zu ziehen. Denn die Zeit war plötzlich so knapp geworden, dass Tante Anna nicht einmal mehr Wäsche waschen gehen konnte, sondern am Morgen auf den Markt eilte, um die Einkäufe für das Mittagessen zu erledigen. Man konnte sich nicht mehr erlauben, dass Irma die Mittagszeit irgendwie verstreichen ließ, sondern es musste dafür gesorgt werden, dass sie sich an einen gedeckten Tisch setzen konnte, mit Teller und Messer und Gabel – und sei es nur wegen des neuen Kleides, der Schuhe und Strümpfe, vom Mantel ganz zu schweigen. Das verlangte der neue *noble Stand*, auch wenn das fehlende *Blaublut* dagegen sprach.

Doch Meinung und Glaube waren das eine, das Leben das andere, dies musste die Tante anhand des verschmähten Mittagessens einsehen. Sie wartete und wärmte es auf, damit Irma etwas zu essen hätte, wenn sie kam. Aber sie kam nicht, und so setzte sich die Tante schließlich selbst an den Tisch und zusammen mit ihr ein paar andere Tanten, die es bereits hierher getrieben hatte, um zu hören, wie es denn nun mit der Hochzeit von Irma aussah, ob man denn nun in die Kirche kommen konnte oder nicht. Auch Lonni kam pünktlich aus der Fabrik, und so saß man zu viert am Tisch.

»Was feierst du denn heute für ein Fest?«, fragte Lonni die Mutter.

»Ich wollte Irma eine Freude machen und ihr ein Mittagessen auf dem Tisch stellen, wenn sie kommt, aber du siehst, sie kommt gar nicht«, erklärte die Mutter.

»Du bist vielleicht komisch«, erwiderte Lonni. »Auf dein Mittagessen wird Irma gerade gewartet haben! Zum Mittag lässt der Bräutigam die *Pulljong* samt Braten mit dem Radio aus Paris kommen! Jetzt ist Irma doch nur noch von

Wundern umgeben! Unsereiner kommt ihr gar nicht mehr in den Sinn.«

So war es auch beinahe. Morgens erwachte Irma zeitig, fuhr rasch in ihre Kleider, immer noch in die bisherigen, als habe sie sich Herrn Rudolf noch nicht ganz versprochen, und ging aus dem Haus, sodass sie an den Schaufenstern der Geschäfte stand, noch ehe die Geschäfte geöffnet hatten. Natürlich, hätten die Besitzer etwas von Irmas Kommen geahnt, dann hätten sie vielleicht etwas früher geöffnet, aber sie ahnten es ja nicht, denn für sie lag alles noch im Verborgenen. Irma nahm es ihnen kein bisschen übel, nein, sie war sogar froh darüber, dass sie nicht ahnten, woher sie das Geld bekommen hatte, mit dem sie heute die Sachen bezahlen würde.

Und sie bezahlte ihrer Meinung nach viel. Selbst nach Meinung der Geschäftsinhaber schien sie viel zu bezahlen, denn die wurden immer freundlicher, höflicher und zuvorkommender und hätten ihr am Ende womöglich noch das ganze Geschäft überlassen. Am Ende nämlich sahen sie nur das, was Irma wählte und kaufte, nicht aber, was sie am Leibe trug, wobei anfangs genau das Gegenteil der Fall gewesen war – sie hatten nur ihre ärmliche Kleidung gesehen. Auch daraus hätte Irma Schlussfolgerungen ziehen können, doch sie tat es nicht, sie freute sich nur, dass es so war, denn auch dies schien ein Wunder zu sein. Als sie ihr Schulabschlusszeugnis entgegengenommen hatte, sah sie darin den Beweis für ihren persönlichen Wert, heute aber vergaß sie ihre Persönlichkeit und ließ das Geld und die Kleider wirken, das fiel leichter und war unverbindlicher.

Als sie schließlich mit ihren Paketen nach Hause eilte, fürchtete sie nur eines, und zwar, dass sie vielleicht nicht genug oder nicht teuer genug gekauft hatte. Denn es war noch eine Menge Geld übrig, und Rudolf hatte ihr eine so große Summe gewiss nicht in die Hand gegeben, um zu sehen, ob sie sparen konnte oder nicht. Nein, Rudolf musste es anders gemeint haben, als er ihr das Geld gab. Aber nun war nichts mehr zu machen, Irma wusste mit dem übriggebliebenen Geld nichts Vernünftiges anzufangen, also musste sie, ob sie wollte oder nicht, den Heimweg fortsetzen.

Zu Hause schlüpfte sie aus ihren alten Kleidern, füllte eine Schüssel mit lauwarmem Wasser und begann sich zu waschen – von den Augen, dem Hals und den Armen bis zu den Füßen. Selbst ihre Brüste wusch sie heute, als täte sie es zum ersten Mal, sie wusch sie gründlich und im vollen Bewusstsein, dass dies ihre Brüste sind, denn ihr fiel ein, wie Rudolf sein Gesicht an sie gepresst hatte, als wolle er von ihnen erstickt werden. Damals war ihr das abstoßend und gemein erschienen, jetzt schien es, als sei es doch schön gewesen, als habe es ihr vielleicht sogar ein bisschen gut getan, denn in der dazwischenliegenden Zeit waren das Leben und die Liebe auf den Plan getreten.

Mühsam wusch es sich bei der Tante aus der kleinen Schüssel mit den vielen abgestoßenen Stellen in der Emaille, doch Irma kam damit zurecht. Und wohin ihre Arme nicht reichten, da half die Tante, denn die fühlte sich wegen ihrer kleinen und kaputten Schüssel zur Hilfe verpflichtet.

»Weich bist du wie eine Mastgans«, meinte die Tante, als sie ihre Nichte wusch. »Deswegen wollt der Herr dich nicht lassen.«

»Tante, sprich nicht so, das klingt ja, als würde ich mich zur Schlachtbank begeben«, sagte Irma, aber sowohl sie als auch die Tante wussten genau, dass man so zwar sprechen, aber nicht denken oder fühlen konnte. Fühlen konnte man nur eins: Es ist wunderbar, wenn du weißt, dass jemand dich

›deswegen‹ nicht lassen wollte und es etwas ist, das dir keiner nehmen kann, denn ›deswegen‹ – das bist du selbst.

»Wenn du dich mit der gleichen Gründlichkeit geschrubbt hast, wie ich dich eben, dann bist du so sauber, als wärst du grad aus dem Mutterleib gekrochen«, schloss die Tante, als sie mit ihrer Arbeit fertig war.

»Ist denn ein Neugeborenes wirklich so sauber?«, fragte Irma, während sie ihren Körper abtrocknete.

»Aber was denkst du denn?!«, entgegnete die Tante. »Ein Kind ist rein, und wenn's irgendwo schmutzig ist, dann ist es trotzdem rein.«

Ob ich auch gleichzeitig schmutzig und rein sein kann?, dachte Irma. Und wenn es so wäre, was dann? Aber sie vergaß die Frage bald, denn sie begann sich anzukleiden – alles neue, alles nagelneue Sachen, zum ersten Mal am Leibe. Wegen dieser nagelneuen Kleider hatte sich Irma so sehr geschrubbt, denn auch sie wollte neu sein, wenn sie sich in die neuen Kleider hüllte.

Es sollte sein, wie Rudolf es gesagt hatte: Alles sollte ihm gehören, was in und um Irma war, was mit ihr zusammenhing. Was ›in Irma‹ anbetraf, das hatte sie ihm selbst versprochen, obwohl sie nicht recht wusste, was sie da versprach. Was ›um Irma‹ war, das war mit Rudolfs Geld gekauft, überwiegend nach seinem Geschmack ausgewählt, so, wie er Irma ausgewählt hatte. Also gehörte jetzt alles ihm, alles und jedes, das fühlte Irma, als sie aus dem Haus ging, um sich mit Rudolf zu treffen. Und die Tante nahm das höchste Taburett, das sie besaß, trug es ans Fenster, warf etwas Weiches drüber, erklomm es mühsam, kniete sich darauf und steckte den Kopf zum Lüftungsfensterchen hinaus, um Irma hinterherzuschauen, bis sie hinter der nächsten Straßenecke verschwunden war. Die Tante schaute ihr hinterher und mühte

211

ihren alten Körper am Fenster ab, weil sie immer noch an Wunder und Gott glaubte. In diesem Glauben bereitete sie auch später das Mittagessen zu, das Irma nicht essen kam, so als habe sie eine ganz andere Auffassung über Wunder als die Tante.

Für Irma begannen bereits die gesellschaftlichen Verpflichtungen oder besser gesagt, die Vorbereitungen dazu. Zuerst ging man ins Café, wo Rudolf Irma seinen Bekannten vorstellte. Aber Irma bereitete es mehr Unbehagen als Vergnügen, denn sie fühlte sich in dieser Umgebung fehl am Platz: Es fiel ihr schwer zu sitzen, es fiel ihr schwer zu essen und zu trinken, es fiel ihr sogar schwer zu reden, denn es kam ihr vor, als sei sie in ihrer Tischgesellschaft, vielleicht sogar im ganzen Café die einzige, die beim Reden etwas sagen wollte. Die Worte der anderen waren so glatt, so beliebig und bedeutungslos, dass sie alles und nichts, alle und niemanden betrafen, aber sie gefielen offenbar, denn man hörte sie, man lachte und schmunzelte, so als hätten sie einen verborgenen Sinn. Irmas Unbehagen wurde noch dadurch vergrößert, dass Rudolf, inmitten seiner Bekannten, fremd und kühl wirkte, vermutlich weil er auf so viele eingehen musste. Als sie sich heute mit ihm traf, hatte Irma gespürt, dass sie sich aus irgendeinem Grund schämte, und war bis über beide Ohren rot geworden, aber jetzt meinte sie, dass das Erröten unnötig gewesen war.

Nach dem Café gingen Irma und Rudolf spazieren, erst gemeinsam mit den Bekannten, später allein, sie blieben vor den Schaufenstern stehen und schauten sich das eine und andere an. Schließlich betraten sie ein Juweliergeschäft, und Rudolf kaufte Irma einen Ring mit einem blitzenden Stein.

»Dies sei mein erstes Geschenk«, sagte er, als sie das Geschäft verließen. Aber als Irma gerade dachte, was denn wohl alles andere gewesen sein mochte, sprach Rudolf weiter: »Denn die anderen Sachen waren notwendig und sind darum kein Geschenk. Als Geschenk zählt nur das, was man nie im Leben braucht und jederzeit wieder zu Geld machen kann. Ein Geschenk ist der höfliche Ausdruck für Geld. Und jetzt begießen wir die neuen Schuhe«, beschloss Rudolf und trat zu einem Auto, das sie, kaum dass sie eingestiegen waren, aus der Stadt hinaus brachte.

Im Restaurant außerhalb der Stadt wurden sie wie alte Bekannte begrüßt. Man brachte ihnen etwas zu trinken, das Irma sehr mundete, aber den Beinen die Kraft entzog. Erst als sie einige Zeit später eine warme Mahlzeit zu sich genommen hatten, kehrte das Leben in die Beine zurück. Auch heute verbrachten sie den ganzen Tag unter Menschen, sodass sich Irma bereits etwas wunderte, warum Rudolf so gar keine Anstalten machte, sie ins *Kabinett* zu führen, denn sie wollte zu gerne wissen, was es damit auf sich hatte und warum Lonni so schlecht darüber gesprochen hatte. Aber es war nichts zu machen. Lonni hatte offenbar doch recht: Ein Bräutigam darf nicht ins *Kabinett*, nicht einmal mit seiner künftigen Gemahlin. Das heißt, man muss geduldig abwarten, bis Rudolf kein Bräutigam mehr ist, sondern Gemahl, und dann werden sie beide ins *Kabinett* gehen. Darum drehten sich Irmas Gedanken, als sie meinte, dass ihr Verstand glasklar war und sich nur die Beine wie Gummi anfühlten.

Als sie endlich in die Stadt zurückkehrten, war es bereits dunkel, und die Kinos strahlten in ihren Lichtern.

»Möchtest du ins Kino gehen?«, fragte Rudolf, als sie aus dem Auto stiegen.

»Ich fürchte, ich werde einschlafen«, sagte Irma und lachte ihn an. »Aber lass uns trotzdem gehen, ich werde meine Augen schon offen halten.«

»Wohin möchtest du, ins Parkett oder in den Rang?«

»In den Rang bitte, da bin ich noch nie gewesen«, bat Irma.

So stiegen sie denn hinauf in den Rang und setzten sich auf die vordersten Plätze in einer der Logen, von wo aus man eine gute Sicht nach unten hatte.

»Ich habe dich gestern Abend gesehen«, sagte Irma zu Rudolf und spürte, dass sie nur wegen der weichen Beine, die sie vorhin im Restaurant gehabt hatte, dazu in der Lage war.

»Hier?«, fragte Rudolf.

»Nein, in einem anderen Kino«, antwortete Irma.

»Ach ja! Richtig«, sagte Rudolf, »ich war mit einer Dame und einem Herrn da.«

»Den Herrn habe ich nicht gesehen«, sagte Irma.

»Wirklich nicht?«, wunderte sich Rudolf. »Der Herr saß auf der einen Seite, die Dame auf der anderen, ich in der Mitte.«

»Richtiger gesagt, gesehen habe ich weder dich noch die Dame«, gestand Irma jetzt, »nur meine Base Lonni hat mir erzählt, dass du mit einer Dame oben im Rang sitzt, die viel hübscher ist als ich.«

»Das hat deine Base wirklich gesagt?«, fragte Rudolf.

»Das hat sie wirklich gesagt. Ich wäre nicht einmal halb so hübsch wie die Dame«, bestätigte Irma.

»Liebes, glaub deiner Base nicht alles, sie ist offenbar wahnsinnig neidisch auf dich. Sie meint, dass es ihr viel eher gebührt, die Stelle an meiner Seite einzunehmen. Die Schönheit der Dame von gestern ist ein wenig der Farbkunst geschuldet, wie bei so vielen Schönheiten auf dieser Welt. Aber darüber darf man in Gesellschaft nicht sprechen, denn im Moment sind gefärbte Schönheiten in Mode, und Ersatz ist bevorzugter als das Echte … Ach, du warst also gestern auch im Kino?«, schloss Rudolf.

»Meine Base hat mir ein Loch in den Bauch geredet, deshalb«, erklärte Irma. »Aber ich habe nicht nach oben geschaut, kein einziges Mal, deshalb weiß ich eigentlich gar nicht, ob du wirklich dort warst, oder ob Lonni geschwindelt hat.«

»Diesmal hat sie nicht geschwindelt«, sagte Rudolf. »Aber alles in allem hast du es wohl nicht gerade leicht bei ihr?«

»Wie es bei solchen Leuten nun mal ist«, antwortete Irma, »bei dir ist es jedenfalls besser.« Und als habe sie immer noch Beine wie Gummi, fügte sie hinzu: »Könnte ich nicht zu dir zurück? Ich habe keine Angst mehr.«

»Aber jetzt habe ich Angst«, antwortete Rudolf und berührte Irmas Hand.

»Ach, deswegen gehst du mit mir nicht ins *Kabinett*?«, fragte Irma.

»Aber Mädchen! Was soll diese Frage?! Weißt du, neben dir komme ich mir oft dumm vor, denn du bist gänzlich anders als ich dachte und glaubte. Nun sag doch bitte, woher nimmst du dieses *Kabinett*? Wer hat dich darauf gebracht? Etwa wieder die Base?« In Rudolfs Sprechweise lag etwas Raues und Drohendes.

»Verzeih«, sagte Irma und tastete nach Rudolfs Hand. »Ich hätte dir nichts davon sagen sollen, aber das ist wahrscheinlich die Folge des Schuhe-Begießens. Meine Base meinte, als du mit der Dame das Kino verlassen hast, dass ihr jetzt wahrscheinlich zu Abend essen geht, und zwar ins *Kabinett*. Und damit du alles weißt, dann sage ich dir auch das noch: Lonni hat gesagt, dass es sich für einen Bräutigam nicht schickt, mit einer Dame ins *Kabinett* zu gehen, denn dahin gehen nur die, die überhaupt nicht daran denken zu heiraten oder die schon längst verheiratet sind. So hat sie es gesagt, aber ich weiß trotzdem nicht, ob es stimmt oder nicht. So, jetzt habe ich dir alles gesagt.«

Eigentlich endete damit ihr Gespräch, denn es kamen immer mehr Menschen ins Kino, die sich in ihrer Nähe niederließen. Nur so viel konnte Rudolf noch sagen, dass die teure Base es wohl darauf abgesehen habe, ihn und auch Irma bei lebendigem Leibe zu zerfleischen. Aber Irma dachte während der ganzen restlichen Zeit schweren Herzens darüber nach, was in Teufels Namen sie dazu gedrängt hatte, Rudolf dies alles zu gestehen. Also misslang auch der heutige Kinoabend so gründlich, dass Irma den Entschluss fasste, ab jetzt nur noch alleine ins Kino zu gehen, dann vielleicht würde sie etwas davon haben.

Während der letzten Pause lenkte Rudolf Irmas Aufmerksamkeit auf einen jungen Mann, der unten in der zweiten oder dritten Reihe saß und unentwegt zu ihnen nach oben schaute. Als Irma den bezeichneten jungen Mann entdeckt hatte, wollte ihr das Herz stehen bleiben, und sie fühlte, wie sie erbleichte, so als habe man sie auf frischer Tat ertappt. Rudolf sagte nichts dazu, aber als er sie nach dem Kinobesuch nach Hause begleitete, fragte er:

»Wer war der junge Mann, den ich dir gezeigt habe? Oder ist das ein Geheimnis?«

»Vor dir habe ich keine Geheimnisse«, antwortete Irma. »Das ist der, von dem ich dir schon einmal erzählte, ich habe ihn damals als meinen Bräutigam bezeichnet.«

»Der dich liebt?«

»Den ich nicht liebe.«

»Aber der Bursche ist doch gar nicht übel«, meinte Rudolf.

»Ein Säufer und Raufbold«, sagte Irma.

»Alle Jungen trinken und raufen, wenn sie nicht geliebt werden«, meinte Rudolf und fragte dann: »Wohnt er in der Stadt?«

»Er ist mir nachgereist, um mich im Auge zu behalten.«

»Belästigt er dich?«

»Nein, er ist zahm wie ein Lamm.«

»... aber sieht gar nicht danach aus«, ergänzte Rudolf.

»Das macht die Liebe«, erklärte Irma. »Nicht einmal ange-trunken hat er mich berührt.«

»Arbeitet er hier?«

»Ja, bei einem Mechaniker.«

Rudolf hatte Irma untergehakt, und sie verloren nur noch wenige Worte, als sie langsam in Richtung Stadtrand gingen. Komisch, Irma wurde das Gefühl nicht los, dass Rudolf Eedi ein bisschen fürchtete, ihn deswegen fürchtete, weil Eedi lieb-te und zahm wie ein Lamm war. Dadurch stieg Eedis Wert in Irmas Augen, gleichzeitig wuchs ihr Rudolf noch mehr ans Herz. Denn wenn er wirklich fürchtete, dann nicht um sich, sondern um Irma. Und wenn er Befürchtungen hegte, dann aus Liebe, aus keinem anderen Grund. So beschloss es Irma.

Von Liebe sprach natürlich auch alles andere. Von Liebe sprach vor allem, dass Rudolf in den nächsten Tagen nichts anderes tun wollte, als mit Irma zusammen zu sein, sie au-ßer ins Kino auch ins Theater, ins Konzert, in verschiedene Lokale ausführte, um Jazz zu hören, zu tanzen und sich zu vergnügen. Und immer waren da neue Menschen um sie, neue Bekanntschaften, neue Freunde, sodass in Irmas Kopf alles durcheinander wirbelte, denn sie genoss hier wie da Getränke, die nicht nur die Beine schwach machten, son-dern es auch im Kopf drehen ließen und einem die Augen mit einem Nebelschleier verhüllten. Irma vergnügte sich, sie tanzte, ging ins Kino, hörte Musik, knüpfte Bekanntschaf-ten – in nur wenigen Wochen mehr als in ihrem ganzen bisherigen Leben.

Aha, so fühlt man sich also als Braut, dachte sie wieder

und wieder. Und wenn man sich als Braut schon so gut fühlt, wie mag es dann erst als Ehefrau sein? Oder ist die Ehe ganz anders, vielleicht sogar das Gegenteil? Und ab und zu wünschte sich Irma, dass jetzt etwas anderes käme, denn so, wie es jetzt war, war es bereits etwas ermüdend.

XIII

Alles kam anders, als es Tante Anna, Lonni und der ganze große Bekannten- und Freundeskreis erhofft hatten: Es gab keine Trauung. Die arme Irma musste ihre Ehe ohne den Segen der Kirche beginnen, und das hieß, dass der Segen Gottes ganz ausblieb.

»Und damit bist du einverstanden?«, fragte Lonni Irma.

»Aber was soll ich denn machen, wenn Rudolf nicht will«, antwortete Irma.

»Aber du willst! Hat er denn mehr zu sagen als du?«

»Mir ist das ziemlich einerlei«, antwortete Irma.

»Es ist dir einerlei, ob mit Trauung oder ohne?!« Lonni war fassungslos.

»Aber wir sind doch nicht gläubig, weder Rudolf noch ich!«, verteidigte sich Irma.

»Was bist du bloß für ein Kindskopf!«, rief Lonni. »Was hat das mit Glauben zu tun? Und was ist mit dem Brautkleid? Und der Schleppe? Und den Lorbeeren? Und den Brautführern? Und den Brautjungfern? Und all den Leuten, die zugucken? Ach so, das sagt dir nichts? Das ist kein Glaube? Das ist mehr als Glaube! Das ist das Leben! Und wenn's kein Leben gibt, dann gibt's auch keine Ehe. Wäre ich an deiner Stelle, weißt du, was ich dann machen würde? Ich würde ganz einfach sagen: Mein lieber Ruudi, wenn du mich wirklich liebst, kannst du dann nicht ein einziges Mal gegen deinen Willen handeln und mit mir zur Trauung gehen? Es macht doch nichts, dass du nicht gläubig bist, ich bin's ja auch nicht, heutzutage ist sowieso keiner mehr gläubig, aber trotzdem gehen alle zur Trauung – und warum? Weil's Kirche, Gäste, Orgel, Pastor und Küster braucht, darum!«

»Zum Pastor nach Hause würde er eher gehen«, meinte Irma.

»Was hilft denn das? Da wird man doch nur auf dem Papier zusammengefügt, weiter gar nichts«, sagte Lonni vorwurfsvoll. »Weißt du was, meine Liebe, ich warne dich, wenn du schon vor der Hochzeit so nach seiner Pfeife tanzt, dann ist das der Anfang vom Ende.«

»Du willst sie wohl scheiden, eh sie geheiratet haben, was?«, fiel Tante Anna, die gerade zur Tür hereingekommen war und die drohenden Prophezeiungen gehört hatte, ihrer Tochter ins Wort. »Du, mein Mädchen, lass die Irma in Ruhe. Bist selber zu dumm, um dir nen Mann zu suchen, also bring die andere nicht davon ab. Und du, Irma, hör nicht auf sie. Natürlich wär's hübscher und schöner, wenn's nach dem christlichen Brauch ginge, sodass man zwei Trauungen hätte, die weltliche und die geistliche. Schaden würd's jedenfalls nicht, wenn's zwei wären. Doppelt hält besser. Auch wenn Gott heute nicht mehr so viel hilft wie früher, ein bisschen hilft er doch. Und trotzdem sag ich dir, wenn der Mann nicht will, dass Gott ihm hilft, dann zwing ihn nicht, denn die Frau muss dem Manne untertan sein in allen Dingen. Eher sag dich von Gott los als vom Mann, denn zu Gott kannst du immer zurück, zum Mann nur selten.«

»Lieber bleibe ich eine alte Jungfer, als dass ich ohne Kirche heirate«, sagte Lonni nachdrücklich.

»Aber Kindchen, für dich war doch das Auto die Hauptsache«, spöttelte die Mutter.

»Auto und Lorbeeren, mit weniger geb ich mich nicht zufrieden«, erwiderte Lonni trotzig.

Aber Irma gab sich mit weniger zufrieden, denn sie hatte ohnehin schon mehr bekommen, als sie jemals zu hoffen oder zu träumen gewagt hatte. Rudolf versorgte sie mit allem, was er für gut und richtig hielt. Die Tage vor dem Standesamt waren für sie angefüllt mit Gehen, Schauen, Kaufen, Bestellen und Anprobieren, und alles, was fertig war, wanderte umgehend in die künftige Wohnung, dorthin, wo der gemeinsame Weg mit Lug und Trug begonnen hatte. Aber entweder hatte Irma es längst vergessen oder neuerdings eine gänzlich andere Auffassung: Lug und Trug waren ein Zeichen dafür, dass Liebe im Spiel war, denn wäre keine Liebe im Spiel gewesen, hätte es für Rudolf keinen Sinn gehabt, sie, Irma, zu belügen. Davon war Irma jetzt überzeugt.

Und eines hätte sie sich zu sehr gewünscht: an den einstigen, nunmehr künftigen Ort zu gehen und sich dort umzutun, alles mit vollkommen anderen Augen zu sehen als damals, als sie dort angestellt gewesen war. Außerdem wollte sie all die Dinge sehen und berühren, die sich während dieser Tage angesammelt hatten, denn sie ahnte, dass es dort vieles geben musste, das ihr Auge überhaupt noch nicht erblickt hatte. Aber Rudolf war unnachgiebig.

»Du hast gehört, was deine Base gesagt hat«, erklärte er. »Ein Bräutigam geht mit fremden Damen nicht ins *Kabinett* und erst recht nicht in seine Wohnung.«

»Aber ich bin doch nicht fremd«, widersprach Irma.

»Dann soll der Bräutigam also mit einer bekannten Dame in die Wohnung gehen, in der er seine Ehe beginnen möchte?«

»Aber ich bin doch deine künftige Frau«, sagte Irma und verstand gar nichts.

»Du verlangst also von mir, dass ich mit meiner künftigen Frau schon vor der Ehe diese Ehe breche?«, fragte Rudolf.

»Das heißt, du hast Angst vor dem Geschwätz der Leute?«, fragte Irma zurück.

»Nein, mein Liebes«, antwortete Rudolf, »ich sagte dir bereits, was, oder besser gesagt wen ich fürchte: dich, denn du bist für mich die gefährlichste Frau auf der Welt.«

»Und die gefährlichste Frau wird mit den schönsten Dingen verlockt, ja?«, fragte Irma schmollend.

»Ich – und verlocken!«, wiederholte Rudolf mit leicht spöttischem Unterton. »Ich zittere vor Angst! Und du sagst, dass ich dich verlocke!«

»Liebster, verzeih, aber ich verstehe dich oftmals nicht, so wie eben. Was für eine Angst hast du, was befürchtest du, ich verstehe dich einfach nicht«, sprach Irma auf ihn ein.

»Du, mein Liebes, verzeih mir ebenfalls, und zwar weil ich dir Dinge sage, von denen ich besser schweigen sollte. Verstehst du: Ich habe Angst vor der Ehe, genauer gesagt – ich habe Angst vor der Ehe mit dir.«

»Aber warum willst du mich dann heiraten?«, fragte Irma, als sei die Sache doch ganz einfach, für sie genauso wie für Rudolf.

»Ich will es – das ist alles. Und um mir den Rückzug abzuschneiden, treffe ich so umfangreiche Vorbereitungen, das heißt, ich mache es mir noch schwerer, gegen meinen Willen zu handeln. Du brauchtest natürlich so manches, aber nicht so dringend und nicht in solchen Mengen, wie wir es für dich gekauft haben. Du bist zwar jung und in diesen Dingen unerfahren, aber ist es dir nicht so vorgekommen, als wäre es ein bisschen viel, was wir in diesen Tagen unternommen haben? All die Einkäufe, die Konzerte, Kino, Kaffee und Kuchen, mit und ohne Likör. Allein die Summe, die ich dir gleich zu Anfang gab …«

»Ja, es kam mir wirklich ein bisschen viel vor«, sagte Irma und spürte, wie ihr Herz tief drinnen anfing zu zittern, als würde etwas Schicksalhaftes sich ankündigen. »Ich wusste nichts Rechtes anzufangen damit. Ich kaufte und kaufte, trotzdem blieb immer noch Geld übrig. Ich zerbrach mir den Kopf, was ich noch kaufen könnte, aber mir fiel nichts mehr ein. Einer anderen hätte das Geld vielleicht nicht gereicht, aber für mich war es schrecklich viel, denn so viel habe ich noch nie besessen, ich verstehe damit einfach nicht umzugehen. Ich war in Sorge, dass ich vielleicht zu billige Sachen ausgewählt hatte, die dir überhaupt nicht gefallen würden, denn du wolltest vielleicht teurere und hast mir deshalb eine so große Summe gegeben.«

»Ja siehst du, mein Liebes, es war die Angst, die dir die Summe in die Hand gedrückt hat«, erklärte Rudolf. »Ich habe es erst später begriffen, als du gegangen warst und ich alleine blieb, um meine Gedanken zu sammeln. Es musste etwas Unbewusstes in mir sein, das da sagte: Aha, du sträubst dich, dieses nette Mädchen zu heiraten, zwar wünschst du es dir im tiefsten Herzen, aber du hast Angst vor deinem Wunsch, na warte, dann werde ich dir einen Riegel vorschieben, dass du nicht weißt, was vorn und hinten ist, dann wag es nur, dich zurückzuziehen! Und so überschüttete ich dich dann wie aus einem Füllhorn, wie ein maßlos reicher Protz. Aber ich bin kein reicher Protz. Du hast ja selbst gesehen, als du bei mir wohntest, dass ich recht sparsam lebe. Und das müssen wir auch in Zukunft beibehalten, denn ich habe nicht vor, zugrunde zu gehen, wie so viele.«

»Ich verstehe immer noch nicht, was du mit alldem sagen willst«, bekannte Irma.

»Ich auch nicht, zumindest nicht ganz«, bekannte Rudolf. »Aber ich versuche es zu erklären – wenigstens mir selbst. Fest steht eines: Ich habe Angst. Obwohl, ob man es überhaupt Angst nennen kann? Das richtige Wort dafür lautet vielleicht ganz anders. Egal, es geht nicht um Worte. Im Grunde genommen geht es um Anstand: Ich scheue die Ehe, das heißt, nicht die Ehe an sich, sondern die Ehe mit dir, und zwar aus Gründen des Anstands. Und jetzt pass auf, was ich dir sage, denn es mag zunächst dumm klingen, hat aber am Ende doch seinen Sinn. Ich fürchte die Ehe mit dir, mein Liebes, weil ich dafür zu anständig bin. Halt, halt! Sag nichts! Ich weiß, was du sagen willst. Du hast vollkommen recht, bis jetzt war mein Leben nicht sonderlich anständig, ganz im Gegenteil, wie es wohl auch deine Erfahrungen im Laufe eines Monats bewiesen haben. Aber doch ist die Sache nicht so, wie du denkst, denn du denkst so, wie alle Menschen denken, einschließlich Gott, obwohl Gott über die Menschen, besonders über einen Mann wie mich, falsch denkt. Deshalb wiederhole ich an dieser Stelle und widerspreche hiermit der Meinung Gottes, der Meinung aller Menschen und auch dir: Ich habe Angst, dich wegen meines Anstandsgefühls zu heiraten. Natürlich, auch du hast Anstand, beängstigend viel sogar, aber du weißt noch nicht, wie es um deinen Anstand steht. Ich weiß es auch nicht, auf jeden Fall aber hat die Unkenntnis über deinen Anstand das Gefühl für meinen Anstand mit einer solchen Wucht in mir wachgerufen, dass ich Angst bekomme. Und ich frage mich: Wie ist mein bisheriges Leben, was den Anstand betrifft, verlaufen? Warum habe ich so unmoralisch gelebt, wie alle meinen? Wirklich deshalb, weil ich ein so genannter verdorbener Mensch bin? Nein! Ganz im Gegenteil: Wegen meines großen Moralgefühls habe ich so unmoralisch gelebt.«

»Nun höre, Liebster, du ...«, wollte Irma ihn unterbrechen, doch Rudolf hinderte sie daran und sprach weiter:

»Warte, warte! Unterbrich mich nicht, sonst geraten meine Gedanken durcheinander. Meine Gedanken haben sich gerade so wunderbar geordnet. Weißt du, was mir so gut tut, wenn ich mit dir zusammen bin: Ich verstehe mich selbst viel besser als alleine oder in Gegenwart anderer.«

»Und ich, Liebster, verliere mich, wenn ich mit dir zusammen bin«, erwiderte Irma. »Sowie ich mit dir zusammen bin, gibt es mich gar nicht mehr, es gibt nur dich, aber weil ich nicht du sein kann, ist am Ende nichts mehr da, gar nichts. Ich höre dir zu und ...«

»Nein, Liebes, umgekehrt – ich höre dir zu«, sagte Rudolf.

Sie fingen beide an zu lachen, als wäre alles nur ein Spaß. Aber dann erklärte Rudolf:

»Du irrst dich, mein Liebes, wenn du meinst, dass du dich bei mir verlierst, dass du ›ich‹ sein oder mit mir verschmelzen willst ...«

»Ich irre mich nicht, Liebster, nein!«, rief Irma.

»Ganz gewiss irrst du dich«, antwortete Rudolf. »Meiner Meinung nach ist es umgekehrt: Wenn du mit mir zusammen bist, kommt es dir vor, als würde ich mich auflösen und mit dir verschmelzen. So ist das. Und das wäre nur natürlich, wenn du mich ein wenig liebst.«

»Ich möchte dich auf der Stelle verschlingen«, sagte Irma lachend.

»Hast du gehört, was du eben gesagt hast?«, fragte Rudolf. »Du möchtest mich verschlingen, möchtest aber nicht, dass ich dich verschlinge. Das ist die Erklärung. Wir sind immer noch Urtierchen – spüren die Nähe des anderen erst dann, wenn wir ihn uns einverleibt haben und anfangen können, ihn zu verdauen.«

»Das ist schrecklich!«, rief Irma. »Aber das meine ich doch gar nicht, wenn ich sage, ich möchte dich verschlingen.«

»Was meinst du denn?«

»Eigentlich weiß ich gar nicht, was ich meine«, gab Irma kleinlaut zu. »Ich meine, dass ich dir nahe sein will, näher als nah, von mir aus in dir, sodass es mich gar nicht mehr gibt, sodass wir eins sind.«

»Das heißt – nicht das Krokodil will das Reh fressen, sondern das Reh will gefressen werden, und schließlich unterwirft sich das Krokodil dem dringenden Wunsch des Rehs – meinst du es so?«

»Ach, ich meine gar nichts mehr«, lachte Irma, »ich fühle mich einfach gut bei dir, und das genügt. Verschling du mich oder lass mich dich verschlingen, es kommt aufs selbe heraus.«

»Wenn es dem Menschen zu gut geht, werden die Götter neidisch, heißt es, und das ist es, was mich zum Nachdenken bringt. Aber jetzt habe ich meinen Faden verloren …«

»Denk überhaupt nicht mehr, das ist das Beste«, riet Irma.

»Dann könntest du genauso sagen: Fühle nichts mehr! Aber wie wollen wir uns gegenseitig verschlingen, wenn wir weder denken noch fühlen? Sei es, wie es sei, so ganz Krokodil sind wir wohl doch nicht mehr, dass wir unseren Gefährten, den wir lieben, verschlingen, das heißt, uns mit ihm den Wanst vollschlagen wollen. Wir machen das ein wenig anders, denn wir haben weder die Zähne noch das Maul noch den Wanst eines Krokodils. Wir machen es geistig, seelisch, moralisch, auf die feine Art – so machen wir das. Wenn wir anfangen, jemanden zu lieben, dann fangen wir auch an, ihn uns liebevoll einzuverleiben, so wie es sich für uns gehört, die wir keine Krokodilzähne mehr haben. Hast du bemerkt, wie gesprächig ich von Anfang an war? Das war der Beweis, dass ich dich bereits liebte und versucht habe, dich einzuverleiben. Und als ich es nicht schaffte, weil du mir eins mit der Kasserolle überzogst, da ...«

»Liebster, was sagst du denn da!«, rief Irma zärtlich, als wolle sie ihren damaligen Ausbruch wieder gutmachen, und schmiegte sich an den Mann.

»Bitte, unterbrich mich nicht, mir fällt gerade wieder ein, was ich vorhin sagen wollte«, sagte Rudolf. »Es geht nicht darum, was ich zur Kasserolle meine, sondern darum, wie es gewesen ist. Und es ist so gewesen, dass ich über Gott und die Welt geredet habe, an schlimmsten Leibschmerzen litt und überdies drohte, den Verstand zu verlieren, denn wie lange hält der Geist stand, wenn der Körper glühenden Kompressen ausgesetzt ist.«

»Und doch war es schön, wenn man jetzt daran zurückdenkt«, seufzte Irma.

»Es ist auch das Allerschönste auf der Welt, gerade dieser Anfang des Einverleibens, dieser, wie soll ich sagen, Beginn des Festmahls, bei dem der Appetit ständig wächst, und mit dem Appetit wachsen die Illusionen, Wunschträume, Erscheinungen und Trugbilder. Ich denke jetzt an das geistige und seelische Einverleiben. Aber dann kommt der Augenblick, an dem du merkst, dass du es nicht mehr aushältst – dass du nicht einverleiben kannst, was du gar zu gerne einverleiben würdest. Dann kommen Gewalt und Kasserolle, dann kommen Messer und Gewehr, Wasser und Gift, Strick und rollende Räder – wenn man nicht mehr imstande ist, nur geistig und seelisch einzuverleiben. Denn der Mensch tötet nicht sich oder den anderen, weil er sich fragt, warum dieses und jenes hiermit und damit einhergeht, sondern weil er sich fragt, warum er nicht imstande ist, dieses und jenes allein geistig und seelisch zu bewerkstelligen. Der Mensch tötet, weil er sich seiner seelischen und geistigen Schwäche bewusst wird, und somit kommt das Krokodil zum Zuge, das mit Maul und Zähnen vorgeht. Und ich habe mich nun gegen die Krokodilzähne und für die Ehe entschieden.«

»*Fui*, Liebster!«, rief Irma. »Vor der Ehe so über die Ehe zu sprechen, das solltest du nicht!«

»Natürlich sollte ich es nicht«, pflichtete Rudolf bei, »aber ich verletze doch damit weder dich noch unsere Ehe, sondern nur mich, wenn es denn überhaupt verletzend ist, was ich sage. Nur noch so viel: Wenn der Mensch nicht mehr imstande ist einzuverleiben, natürlich nur geistig und seelisch, dann wird er entweder zum Verbrecher – oder er wird anständig. Ich werde anständig, denn die Ehe ist ja eine anständige Einrichtung. Oder ist sie das nicht, was meinst du?«

»Ehe besteht meiner Meinung nach aus Liebe«, meinte Irma.

»Oh, wenn sie aus Liebe bestände, dann wäre sie nicht anständig, denn Liebe hat angeblich nichts mit Anstand zu tun«, wandte Rudolf ein. »Ich habe in meinem Leben reichlich geliebt, aber alle meinen, ich sei unanständig, auch du meinst es, oder hast es zumindest gemeint.«

»Lieb nur mich, dann bist du anständig«, sagte Irma daraufhin.

»Mein Mädchen, in dir erhebt der Egoismus das Haupt, und auch das hat nichts mit Anstand zu tun«, warnte Rudolf. »Ich habe ohne Egoismus geliebt, aber selbst das war nicht anständig, also ist die Liebe, ob mit oder ohne Egoismus, immer unanständig. Anständig ist nur die Ehe, und auch die mit und ohne Egoismus. Ich habe unanständig geliebt, weil ich vor meinem Anstand Angst hatte, wie ich schon sagte ...«

»Ich entsinne mich, dass du so etwas gesagt hast, aber verstanden habe ich dich weder damals noch jetzt«, erklärte Irma, als wolle sie durch die Blume sagen, dass es keinen Sinn habe, noch länger über derart Unverständliches zu sprechen. Aber Rudolf überhörte die zarte Anspielung, so es denn überhaupt eine Anspielung sein sollte, und sagte:

»Es macht nichts, dass du nicht alles verstehst, aber du bist wenigstens bereit, mich anzuhören. Denn du bist noch jung und glaubst, dass man mit Worten etwas sagen kann. Aber mit Worten kann man nichts als seine Gefühle betäuben, seine Gedanken in alle Winde streuen. Es ist auch besser, dass du mich nicht verstehst, denn die Dinge, von denen ich rede, gehören sich noch nicht für dich. Dass du dennoch bereit bist, mir zuzuhören, beweist deine Liebe zu mir, zumal es mir eben weniger um dich als um mich geht. Doch durch mich berühren diese Dinge auch dich, sie berühren unsere Ehe. Aber nicht unsere Liebe. Mit ihr hat all das, was ich gesagt habe, nichts zu tun.«

»Wenn du mit deinen Worten unsere Liebe nicht berührst«, sagte Irma, »dann sprich wovon du willst, ich höre dir zu, aber wenn du meinst, an unserer Liebe zweifeln zu müssen, dann …«

»Nein, mein Liebes, die Liebe bleibt, sie ist unantastbar«, bekräftigte Rudolf. »Ich liebe die Liebe über alles in der Welt, und deshalb darfst du zuversichtlich sein. Und wenn es die wahre Liebe ist, wenn es die wahre Liebe zur Liebe ist, dann kann ihr kein Wort etwas anhaben, denn sie existiert unabhängig vom Wort. Das Tier liebt ja auch, sogar die Pflanze liebt, und wenn die Naturwissenschaften sich mit der gleichen Geschwindigkeit weiterentwickeln, dann werden wir bald beweisen können, dass auch die Steine lieben – dass die Luft liebt, der Äther, sogar der leere Raum. Aber wo sind die Worte der Pflanze, des Steins und des leeren Raumes? Das Tier gibt Laute von sich, die für seine Liebe sprechen könnten. Aber die Pflanze, der Stein und der leere Raum geben doch nichts von sich. Glaub mir, Liebes, der Mensch wird eines schönen Tages beweisen, dass die ideale Liebe im Nichts besteht – so ein aberwitziges Wesen ist der Mensch. Was mich anbetrifft, so habe ich den leeren und stillen Raum nie geliebt, mir macht er sogar ein bisschen Angst. Deshalb habe ich mich immer an diejenigen gehalten, die Töne von sich geben – die reden, lachen, weinen oder schreien. Ich habe mich an die gehalten, die meinen, dass sie keine andere Aufgabe im Leben haben, als ein bisschen zu reden oder von mir aus auch zu schwatzen, sich ein bisschen zu vergnügen, ein bisschen zu lachen, ein bisschen zu weinen und sich dann ganz selbstverständlich in all dies zu fügen, mit anderen Worten – ich habe mich an die gehalten, die sich in ihr kleines, nichtiges Schicksal fügten. Wer das bemerkt hat, hielt mich für unanständig, sogar ich selbst tat es. Doch du, mein Liebes, hast mir deutlich gemacht, dass sich der Mensch irrt, dass auch ich mich geirrt habe. Ich bin nicht unanständig, nein, so habe ich nicht gelebt. Ich habe lediglich eines getan: mit denen gelebt, die am Anstand nicht interessiert waren oder so taten, als seien sie es nicht. Ich habe sie deshalb bevorzugt, weil es so am einfachsten war, denn wenn ich auf sie traf, traf ich nie auf mein Gewissen oder mein Anstandsgefühl. Ich habe gelebt und geliebt und konnte alles jederzeit aufgeben, ohne mir den Vorwurf zu machen, unanständig zu handeln. Denn ich habe kein einziges unschuldiges Mädchen und keine einzige treue Ehefrau verführt. Bis jetzt dachte ich, es habe daran gelegen, dass ich keine lyrischen Locken, keinen dröhnenden Bass, ja nicht einmal einen romantischen Bariton habe, außerdem hatte ich Angst hereinzufallen, das heißt, ich befürchtete ein Fiasko, eine Verfehlung, die sowohl für mich als auch für die Frau beschämend und erniedrigend gewesen wäre. Dabei wusste ich längst, dass ein Fiasko nicht mangels Bass oder Locken zustande kommt, sondern schlicht aus Mangel an Geld. Warum habe ich mein Geld nicht arbeiten lassen? Warum habe ich zugeschaut, während es alle anderen taten und kraft dessen unschuldige Mädchen und ehrbare Damen verführten? Hatte ich etwa zu große Ehrfurcht vor der Jungfräulichkeit und Ehrbarkeit? Warum habe ich nicht längst getan, was ich gerade mit dir tue – ein unschuldiges junges Mädchen mit meinem Füllhorn zu überschütten?«

»Du wolltest die anderen nicht heiraten, deshalb«, sagte Irma.

»Ach, liebes Kind, für die Ehe braucht man längst nicht so viel Geld, wie für die Liebe«, gestand Rudolf. »Und als ich die Liebe liebte, aber mein Füllhorn sich nicht über Jungfrauen und ehrbaren Damen öffnete, so geschah es allein aus Anstand, soviel ist mir jetzt deutlich geworden. Und wenn ich von Natur aus noch so lyrische Locken und einen noch so dröhnenden Bass hätte – was junge Mädchen und untadelige Damen gleichermaßen bezaubert –, dann hätte ich auch diese Mittel nicht einzusetzen gewagt, dann hätte ich ein ebenso reines Gewissen wie jetzt. Du hast doch selbst gesehen, was passierte, als ich es mit dir zu tun bekam. Ich hatte mir die Leibschmerzen und die Kompresse so schön ausgedacht und gemeint, dass sie hundertmal besser wirken würden als Geld, Locken oder Bass, aber was habe ich erreicht? Ich habe sogar den Duft des Klees bemüht und es beinahe vermocht, dich zu verzaubern, als ich dich glauben machte, dass du zu einer Göttin wirst, wenn du dich über mich beugst, aber was hatte ich davon? Nichts! Ach ja, mein Liebes, könntest du mir jetzt nicht sagen, da es dich nicht mehr zu verletzen oder zu beschämen braucht – früher habe ich mich nicht gewagt, dich danach zu fragen –, ob du mir nicht sagen möchtest: Wurde dir damals wirklich vom Herunterbeugen übel, oder hattest du einen anderen Grund wegzulaufen? Ich frage dich nicht, was für ein anderer Grund es war, sondern nur – gab es einen anderen Grund?«

»Den gab es, Liebster«, antwortete Irma und war Rudolf aus tiefstem Herzen dankbar, dass er so fragte und nicht anders.

»Siehst du, dann habe ich alles richtig verstanden«, fuhr der fort. »Was ich aber im Zusammenhang damit neulich erklärt habe, nämlich, dass ich nur wegen meines Versprechens die Arme nicht unter der Decke hervorgestreckt hätte, so war dies nicht ganz richtig, sondern es war die Angst, die meine Arme unter der Decke hielt, weil ich wusste, sobald ich sie herausstrecke, wird etwas geschehen, das mich früher oder später mit meinem Gewissen, meinem Gefühl für Anstand, in Konflikt bringt. Diese Angst war der einzige Grund. Und dass meine Angst begründet war, beweist die Tatsache, dass dir nicht vom Herunterbeugen übel geworden war, sondern dass es einen anderen Grund gab wegzulaufen. Ich wusste und fühlte, zum Mindesten ahnte ich damals, dass du dich noch ernst nimmst, besonders wenn du liebst, und dass Liebe für dich Ehe bedeutet – das heißt, Anstand. Und da ich für meinen Teil nur das Unanständigsein der Liebe erfahren hatte, kannst du vielleicht annehmen, was geschehen wäre, wenn ich keine Angst gehabt und meine Arme unter der Decke herausgestreckt hätte.«

»Dann hätten wir hinterher nicht geheiratet«, sagte Irma.

»Ich hätte hinterher nicht geheiratet, darum geht es«, erklärte Rudolf. »Keine Einzige habe ich hinterher geheiratet.«

»Dann hätte ich mir ein Ende gemacht, dir aber trotzdem nicht die Schuld daran gegeben.«

»Ich hätte mir selbst die Schuld gegeben, und das hätte schwerer gewogen als die Beschuldigung durch einen anderen.«

»Woran wärst du denn schuld gewesen, wenn ich alles selbst gewollt hätte?«, fragte Irma.

»Wolltest du denn damals, dass ich meine Arme unter der Decke hervorstrecke?«, stellte Rudolf die Gegenfrage.

»Ich wollte es und habe sogar darauf gewartet und war enttäuscht, als nichts geschah, jetzt kann ich es dir gestehen. Es war mir plötzlich furchtbar peinlich, dass ich so, über dich gebeugt, vergeblich wartete, und dann bin ich weggelaufen. Aber in meinem Kopf herrschte ein großes Durcheinander, und das Herz hämmerte in der Brust, als wollte es herausspringen ... poch, poch, poch ...«

»Aber was hast du denn erwartet?«, fragte der Mann. »Jetzt, da du alles andere gesagt hast, sag mir auch dies noch.«

»Ich habe erwartet, dass du mich in den Nacken küsst, dahin, wo es am stärksten nach Klee duftete, wie du sagtest«, antwortete Irma.

»Und weiter nichts?«, forschte der Mann.

»Nein, weiter nichts«, bestätigte das junge Mädchen und fragte: »Aber was denn noch?«

»Um dich in den Nacken zu küssen, hätte ich doch die Arme nicht unter der Decke hervorstrecken müssen«, meinte Rudolf, »denn dein Nacken war so nahe, ich hätte nur den Kopf ein wenig anzuheben brauchen, schon wäre mein Mund auf deinem Nacken gelandet, aber ich tat nicht einmal das, so groß war meine Angst, den Anstand zu verletzen.«

»Ist denn ein Kuss in den Nacken unanständig?«, fragte Irma.

»Und ob!«, antwortete Rudolf. »Ein Kuss, wohin auch immer, ist unanständig, denn er ruft Gelüste hervor, und Gelüste sind oder werden umgehend unanständig. Und dass ich dann an alledem schuld gewesen wäre, daran gibt es nicht den geringsten Zweifel, denn du dachtest nur an den Kuss in den Nacken, ich hingegen dachte an viel mehr. Außerdem – ursprünglich hast du nicht einmal an den Kuss gedacht, sondern ich habe dich erst mit all meinem Lug und Trug soweit gebracht, ich habe dich auch ohne lyrische Locken und ohne Geld verführt, ich habe deine Arglosigkeit, Naivität und Unschuld ausgenutzt, und so hätte mir der Nackenkuss auf jeden Fall schwer auf der Seele gelastet, von allem andern ganz zu schweigen. Zum Glück hat mich die Angst davor bewahrt, dich, nachdem ich dich in den Nacken geküsst hätte, auch anderswo zu küssen, denn sowie ich anfange, anderswo zu küssen, da gibt es kein Halten mehr – bis zum Zusammenstoß mit dem Anstand. Bis heute habe ich mein Leben so gestaltet, dass mein Anstandsgefühl mit den unschuldigen Mädchen und ehrbaren Damen gelebt hat, ich hingegen mit den sogenannten Schwestern …«

»Liebster, du solltest jetzt nicht an diese Dinge erinnern«, mahnte Irma.

»Natürlich sollte ich nicht, und es ist eine Schweinerei, dass ich mit dir über all das spreche. Aber auch hier ist der Grund wohl nur in meinem Anstand zu sehen. Ich versuche dir zu zeigen, was für ein schwaches und unvollkommenes Wesen der Mann ist, den du heiraten willst, damit du hinterher nicht sagen musst: Schade, dass ich dich nicht rechtzeitig erkannt habe, dann hätte ich dich wirklich nicht geheiratet. Denn was nützt es, reich und in der Gesellschaft wohlgelitten zu sein, wenn du ein solcher Jammerlappen bist, dass du es nicht einmal schaffst, dein Gewissen und dein Anstandsgefühl zu besiegen, um unschuldige Mädchen und ehrbare Damen zu verführen. Denn, pass auf mein Liebes, diese Beschuldigung, aus dem Mund egal welcher Frau, ist das Allernatürlichste auf Erden. Ehrensache ist nicht, wie viele dieser oder jener verführt hat, sondern wen er verführt hat. Zur größten Ehre verhelfen ihm die jungen Mädchen und ehrbaren Damen, die damit enden, dass sie sich selbst ein Ende machen. Ein Mann, der Frauen auf diese Weise ein Ende bereiten kann, ist ein richtiger Mann und immer wert, geliebt zu werden. Ich jedoch bin sein Gegenteil. Ich habe mich mit meiner natur-gegebenen Angst ferngehalten von Frauen, die sich ein Ende machen könnten. Darin besteht mein Anstand.«

»Und doch bist du an eine solche geraten«, lachte Irma.

»Und doch bin ich an eine solche geraten«, wiederholte Rudolf. »Daran kannst du ermessen, in welcher Notlage ich mich befinde.«

»Aber nun wirst du heiraten«, tröstete Irma, fügte aber gleich hinzu: »Ach so, du hast ja selbst gesagt, dass du immer noch Angst hast und hoffst, vielleicht doch noch davonzu-kommen.«

»Nein, gesagt habe ich es nicht, gedacht aber wohl«, sagte Rudolf.

»Denkst du wirklich so?«, fragte Irma und lachte wieder, aber man merkte ihrer Stimme an, dass ihr nicht nach La-chen zumute war.

»Bei Gott, so denke ich«, bestätigte Rudolf. »Aber das heißt nicht, dass ich dich wieder loswerden wollte …«

»Glaub mir, Liebster, aus unserer Ehe wird nichts, wenn wir noch lange so reden«, unterbrach Irma ihn.

»Wieso nicht?«, fragte Rudolf entgeistert. »Du wirst es dir doch nicht anders überlegen? Oder hat sich deine Liebe verflüchtigt, als du hörtest, was für ein anständiges Wesen ich bin? Wäre es dir lieber, wenn ich vor dir eine Jungfrau verführt und ins Unglück gestürzt hätte?«

»Ach, Liebster, Liebster«, seufzte Irma, »wenn du wüsstest, was du mir antust! Damals bei der Tante wollte ich dich in Stücke reißen, aber jetzt reißt du mich in Stücke.«

»Ich liebe dich, darum«, bemerkte Rudolf. »Ich zittere um dein Glück, darum weiß ich nicht, was ich tue. Denn du musst doch verstehen, dass das Bangen um meinen Anstand nicht vergeht, weil wir heiraten werden. Einerseits warte ich auf die Hochzeit, kann sie kaum erwarten, und …«

»Nimm mich mit zu dir, lass uns dort warten«, bat Irma.

»Nein, mein Liebes, das hieße, den letzten Hoffnungsfunken zu löschen«, antwortete Rudolf.

»Was für einen Hoffnungsfunken?«, fragte Irma mit einem Zittern im Herzen.

»Nach meinen Worten zu urteilen, habe ich wahrscheinlich den Verstand verloren«, sagte Rudolf. »Ich kann unsere Hochzeit nicht erwarten, und doch hält sich mit aller Hartnäckigkeit das Gefühl, dass es besser wäre, wenn es keine Hochzeit gäbe. Wenn plötzlich etwas geschähe, das uns keine Möglichkeit gibt zu heiraten, das heißt, so, dass es nicht von uns abhängt, weder von dir noch von mir.«

»Und – was wäre das deiner Meinung nach für ein Geschehnis?«, fragte Irma ernüchtert.

»Etwas Konkretes fällt mir nicht ein«, antwortete Rudolf. »Anderswo auf der Welt könnte es ein Erdbeben sein, ein feuerspeiender Berg, eine Überschwemmung oder ein verheerender Sturm, aber bei uns gibt es ja nichts desgleichen. Wir haben nur den lieben Gott mit seinem Gewitter, doch wo will Gott so spät im Herbst ein Gewitter hernehmen. Dann denke ich plötzlich, was wäre, wenn es eine Kugel richtete, und jetzt kommt mir dieser junge Mann aus dem

Kino in den Sinn, der dich liebt und fromm ist wie ein Lamm …«

Irma wollte aufschreien, aber vermochte es nicht, sie fühlte nur, wie ihre Beine nachgaben. Das heißt, sie ahnte an diesem Abend richtig: Rudolf hat Angst vor Eedi, er fürchtet um ihr, um Irmas Glück. Aber das darf nicht sein, Irma wird es nicht zulassen. Soll Eedi machen was er will, aber Rudolf darf er nicht anrühren. Irma fiele es leichter, für Rudolf zu sterben, als ohne ihn zu leben, das war ihr jetzt klar.

»Aber es wird nichts dergleichen geschehen«, fuhr Rudolf fort, während Irma um Fassung rang. »Es könnte nur dann etwas geschehen, wenn Wunder möglich wären.«

»Glaubst du denn nicht an Wunder?«, fragte Irma. »Ist es etwa kein Wunder, dass wir beide hier sind und so miteinander reden können?«

»Mag sein«, antwortete Rudolf. »Aber glaubst du wirklich, dass uns, die wir gerade ein Wunder erleben, noch ein zweites zufliegt? Nein, mein liebes Mädchen, Wunder sind selten gesät. Nöte kommen zuhauf, aber Wunder lassen sich bei den meisten Menschen überhaupt nicht sehen; der Mensch stirbt, ohne ein einziges Wunder erlebt zu haben. Und wenn uns nun ein einziges Wunder geschieht, dann sollten wir uns für unser restliches Leben damit zufriedengeben. Wir haben unser Wunder, und nun geht alles den gewohnten Weg. Wir hängen so sehr aneinander, dass wir heiraten werden, aber dich jetzt zu mir mitzunehmen, damit es leichter würde, auf unsere Hochzeit zu warten, das kann ich nicht. Denn ich habe keine Leibschmerzen, und meine Arme sind auch nicht fest unter der Decke, ich würde dich zweifellos küssen …«

»Küss mich!«, bat Irma und blieb im Dunkeln stehen.

»… und wenn ich einmal anfange, dann kann ich nicht aufhören«, fuhr Rudolf fort, nachdem er Irma geküsst hatte.

»Noch einen Kuss, Liebster«, verlangte Irma und hielt dem Mann ihre Lippen entgegen.

»… und so würde ich mein Gewissen und mein Anstandsgefühl unwiderruflich an dich binden«, beendete Rudolf seine Erklärung, »dann gäbe es keinen Ausweg mehr. Deshalb lass mich nur noch wenige Tage auf das zweite Wunder meines Lebens warten.«

»Gebe Gott, dass das zweite Wunder niemals geschieht!«, rief Irma.

»Gebe Gott, dass das erste möglichst lange dauert«, antwortete Rudolf.

XIV

Alles kam so, wie Rudolf es damals vorhergesagt hatte, als er seiner Braut verständlich zu machen versuchte, dass sie es gerade riskiere, ein gefährlich anständiges Wesen zu ehelichen, das sogar imstande ist, Gewissensbisse zu verspüren: Es trat kein zweites Wunder ein, sodass Irma mit dem Bestehenden, das heißt, der Liebe vorliebnehmen musste, die sie an einem bestimmten Tag in die Ehe führen sollte.

Die Eheschließung selbst war für alle, die Eheleute ausgenommen, eine Enttäuschung. Von Tante Anna und ihrer Tochter Lonni wusste man bereits, was sie von einer Ehe halten, die ohne kirchliche Trauung geschlossen wird. Zusätzlich könnte man noch anmerken, dass Lonni, je näher der Tag der Hochzeit rückte, in ihren Auffassungen immer radikaler wurde, bis sie am Ende behauptete, dass eine Ehe ohne Trauung schlimmer sei, als eine Trauung ohne Ehe. Und niemand konnte sagen, dass ihre Meinung unbegründet gewesen wäre. Denn heutzutage ist es ja so, dass du dich trauen oder auch nicht trauen lassen kannst – Ehen neigen einfach dazu, in die Brüche zu gehen, sogar die der Älteren, von denen der Jungen und nicht mehr ganz so jungen zu schweigen. Aber wie viele in die Brüche gegangene Trauungen gibt es? Sehr wenige, sehr wenige. Deshalb ist es viel klüger, an der Trauung festzuhalten statt an der Ehe, so hätte man dann wenigstens etwas Feststehendes und Bleibendes. Ja, wenn es im Ermessen Lonnis stünde, die schon in jungen

Jahren bösartig und gallig zu werden drohte, dann würde man Trauungen einführen, egal ob eine Ehe folgte oder nicht. Wie das nun im Einzelnen vonstattengehen sollte, war Lonni nicht ganz klar, aber eines war sicher: Auto und Lorbeeren dürften nicht fehlen.

Auch Irmas Mutter in der Kate auf dem Kalmhof stockte das Herz, als sie die Fotografien der Tochter und des künftigen Schwiegersohnes mit der Mitteilung erhielt, dass die standesamtliche Registrierung dann und dann und dort und dort stattfinden würde. Hilf Himmel! Kein Wort von einer Trauung! Was soll sie als alte Frau dann den weiten Weg in die Stadt auf sich nehmen, wenn es gar keine Trauung gibt, nicht einmal beim Pastor zu Hause? Und mit Tränen in den Augen stellte sich die Mutter vor, wie es wohl gewesen wäre, wenn Irma zusammen mit dem Bräutigam und all denen, die zu einer Trauung gehören, mit einer Reihe von Autos aus der Stadt kommend, bei der hiesigen Kirche vorgefahren wäre – die Autos von oben bis unten von schwarzem Schlamm bedeckt, doch die Braut von Kopf bis Fuß in Weiß. Ja, wenn das geschehen wäre, dann hätte Irmas Mutter gewusst, dass es einen Gott im Himmel gibt, der die Sonne nicht nur auf die Gemeinen, sondern auch auf die Gerechten scheinen lässt. Nein, wenigstens in der Stadt hätten sie sich trauen lassen müssen, zumal der Bräutigam schwerreich ist, wie die Schwester Anna schreibt, denn die Reichen lieben Gott, und der segnet sie dafür. Aber dass ein reicher Mann den lieben Gott samt Gotteshaus links liegen lässt, das verheißt nichts Gutes, dachte die Mutter abschließend. Ja, wenn er arm wäre, dann würde er vielleicht Gott zürnen, dass er so arm ist, und würde aus purem Zorn nicht zur Trauung gehen.

Also fuhr die Mutter nicht in die Stadt, sie nahm ihre schwache Gesundheit zum Vorwand, und Irma erschien bar jeder Verwandtschaft im Standesamt; die Zeugen stammten alle von Seiten des Mannes. Tante Anna und Lonni, die nun nicht zur Trauung gehen konnten, wären durchaus gerne zur Registrierung gegangen, aber niemand hatte sie eingeladen. So wusch die eine Wäsche, und die andere verpackte Konfekt, während Irma und Rudolf zu Eheleuten erklärt wurden.

Aber Lonni sagte am Abend desselben Tages, als sie auf die Sache zu sprechen kamen, zu ihrer Mutter, dass sie einen Besen fressen oder statt Konfekt ihre alten Galoschen kauen würde, wenn aus dieser Ehe etwas werden würde. Wenn man nur bedenkt, was alles kommen sollte und gewesen wäre, was sie ihren Bekannten erzählt und versprochen hatten und wie beinahe schon die Kirchenschlüssel in ihren Händen geklimpert hätten! Ob nicht auch die Mutter glaube, dass Irma eine Schlange sei, die in ihrem Loch lauert und von der du nie weißt, wann und wie sie dich angreift? Schiebt dabei alles auf ihren Rudolf: Es sei ihre persönliche Angelegenheit, die andere nichts angehe. Seit wann ist eine Hochzeit eine persönliche Angelegenheit? Ein Liebchen in seinen vier Wänden zu halten, das ist eine persönliche Angelegenheit, aber nicht eine Hochzeit! Wenn es um persönliche Angelegenheiten geht, wozu lässt man sich dann überhaupt registrieren! Hat sich Irma etwa registrieren lassen, als sie sich bei einem Alleinstehenden verdingte, so als sei sie mit allem einverstanden? Nun, dann würde es auch jetzt ohne Registrierung gehen, wenn es eine so höchst persönliche Angelegenheit ist, dass sie nur die beiden etwas angeht. Nein, mein liebes Kind, eine Ehescheidung ist keine persönliche Angelegenheit, und noch weniger ist es die Ehe. Eine Ehe ist wie ein Konfekt: Wenn es hergestellt wird, dann ist es eine öffentliche Angelegenheit, und wenn es gegessen wird, dann ist es eine persönliche. Der Unterschied besteht nur darin, dass eine Ehe nicht gegessen, sondern geschlossen und gelebt wird, bis der Tod kommt oder die Scheidung, die auch wiederum beide öffentliche Angelegenheiten sind, denn das eine hat Kranz und Sarg, das andere Gericht und Advokat.

Rudolfs Freunde und Bekannte machten sich ihre eigenen Gedanken über die Hochzeit. Nicht dass sie die allein im Standesamt stattfindende Trauung gutgeheißen hätten, aber wenigstens fällten sie kein vernichtendes Urteil darüber. Natürlich wäre es anständiger gewesen, wenn man sich nach einem Leben, wie Rudolf es geführt hatte, von der Kirche hätte läutern und heilen lassen, damit alle sehen könnten, wie der alte Schmutz vor Gott und den Menschen abgewaschen und man neu geboren wird, wenn man es so sagen will, rein an Blut und Geist, denn jetzt beginnt man ein neues Leben. Dennoch fand niemand es verwunderlich, dass es nicht so kam, denn alle wussten, dass Rudolf eine seltsame Art hatte, über den Glauben zu sprechen, sobald die Kirche in Erwähnung kam. Das einzige, was man berücksichtigte, war, dass Rudolf bereits ein Alter erreicht hatte, in dem man Glaubensdinge nüchtern betrachtete, dennoch war man misstrauisch: Rudolf würde es noch fertigbekommen, sich auch ohne kirchlichen Segen bestatten zu lassen, als sei er wer weiß wer!

Die Hauptsache jedoch, die Rudolfs Freunden und Bekannten, besonders den Frauen, keine Ruhe ließ, sie regelrecht vor ein Rätsel stellte, war, dass er eine Irma Vainu heiratete. Denn wer war sie, was war sie, und woher kam sie? Von ihrer Seite war niemand zur standesamtlichen Zeremonie gekommen, das heißt – man schämte sich für sie. Aber was war an dem Mädchen selbst, dass Rudolf gerade sie auserwählt hatte? War sie besonders hübsch oder charmant? Wenn man doch dahinter käme! Aber man kam nicht dahinter. War es die Haltung oder die Figur, war es der Teint oder die Jugend? Am ehesten wohl doch der Teint. Obwohl auch der offenbar nie kultiviert worden war, keinerlei Korrektur erfahren hatte, sodass die junge Frau ein wenig ›ungepflegt‹ wirkte. Ja, genau dieses Wort benutzte eine Dame, die zwei erwachsene Töchter hatte, die eine schlanker als die andere, die eine gepflegter als die andere, beide mit höchster Sorgfalt ausstaffiert. Aber Rudolf sah sie nicht, er tanzte zwar mit ihnen, aber er sah sie nicht. Und doch schmiegten sich die Mädchen wie zarte Hälmchen in seine Arme. Ach, was sind die Menschen und die Dinge heutzutage komisch!

Als einzige Erklärung für Rudolfs Handlungsweise blieb schließlich die, dass er zu lange ein Lotterleben geführt hatte, ohne mit der Kultur in Gestalt unbescholtener Damen näher in Berührung zu kommen, die ihn mittels Mäßigung und Anstand seelisch veredelt und körperlich gestärkt hätten. Jetzt war sein Geschmack verroht, das Bedürfnis nach Kultur auf der Strecke geblieben, wodurch er zwar zu einer Irma Vainu passte, nicht jedoch zu einer Dame von Welt. Also gab es nichts, was besonders zu bedauern gewesen wäre, und man hätte zur Tagesordnung übergehen können, wenn man nicht auch künftig darauf angewiesen wäre, mit diesen Leuten zusammenzukommen. Leider! Das ist es ja gerade in der Gesellschaft, mit wem man nicht alles zusammenkommen muss! Nun also auch Rudolf mit dieser jungen Frau, die eben noch sein Dienstmädchen gewesen war. Nur wusste man nicht, ob sie auch ›mit allem einverstanden‹ gewesen war, nein, das wussten die anständigen älteren Damen nicht. Und wenn sie meinten, es zu wissen, dann sprachen sie es nicht aus, denn sie fürchteten, wenn die anständigen jüngeren Damen es hörten, dann wollten auch sie mit allem einverstanden sein, nur um keine alten Jungfern zu bleiben.

Aber in einer Sache stimmten die älteren Damen auch ganz ohne Worte mit den jüngeren überein: Man muss einer Irma Vainu in aller Höflichkeit zu verstehen geben, wer sie ist – und wer sie sind. Tritt sie allein auf, dann ist sie für sie Luft, einfach nur ein leerer Raum, tritt sie aber zusammen mit Rudolf auf, dann ist es natürlich etwas anderes, denn dann kommt man nicht umhin, Rudolf ist ja nicht daran schuld, er hätte wahrlich ein besseres Schicksal verdient. Genau so: Die Damen sprachen von Rudolfs Schicksal, als sei es allein von der Jugend des Mädchens besiegelt worden. Doch Jugend währt nicht ewig, und bald werden sich jüngere Frauen als dieses Mädchen finden, und vielleicht wird Rudolf dann seinem Schicksal entkommen. Ganz hoffnungslos war die Sache also nicht.

Die Männer hatten von Rudolfs Ehe eine etwas andere Meinung, auch von Irma hatten sie eine etwas andere Meinung als die Damen. So manch einer fand, dass Irma einfach bezaubernd war. Sie habe etwas an sich, auch wenn man nicht wisse, was. Man fragte sich, wo Rudolf sie wohl aufgetrieben und wie er sie zu packen gekriegt hatte, und man bewunderte seine Spürnase. Man meinte, dass Irma selten schöne Augen habe, fein geschwungene Augenbrauen und dichte Wimpern, und, was die Hauptsache war – alles natürlich! Allein das wollte etwas heißen. Und was ihr an Haltung fehlte, wurde wettgemacht durch Kurven, keine üppigen, aber durchaus vorhandene und dazu angetan, um Fleisch und Blut zu spüren. Die Beine gerade und kräftig, aber nicht so, dass es hätte heißen können: der Körper wie ein Halm, aber das Bein wie ein Stamm. Nein, Rudolf hat wieder einmal bewiesen, dass er, was Frauen anbelangt, Geschmack hat. Unverständlich ist nur, warum er sie gleich heiraten musste, ja, wenn man Rudolf näher kennt, dann ist das schon ein bisschen verwunderlich. Sollte er sich etwa in sie verliebt haben? Wahrscheinlich ist es nicht, aber unmöglich ist es auch nicht, denn er näherte sich langsam den kritischen Jahren. Oder hat er das Mädchen anders nicht kriegen können? Das wird es sein: Er hat sie nicht kriegen können, aber er konnte nicht mehr warten, und so ist dann alles gekommen.

Wenn Irma diese Überlegungen mit eigenen Ohren gehört hätte, dann hätte sie vielleicht gefragt: Aber was ist mit meiner gewölbten Stirn, die von Geist und Verstand zeugen soll, hat die etwa gar keine Bedeutung? Oder habt ihr auch die Wölbung meiner Stirn zu den Wölbungen meines Körpers gezählt, als ihr die fehlende Haltung entschuldigen wolltet? Und meine Reinheit, die seelische und körperliche Unberührtheit, zählen die nicht auch? Hätte Rudolf seine Leibschmerzen und Kompressen auch für eine »Schwester« erfunden, und wäre ihm jemals in den Sinn gekommen, ein Wort über den Duft des Klees zu verlieren, wenn sein Leib geschmerzt und eine »Schwester« ihm die Kompresse gemacht hätte? Oder sagt doch bitte, hätte diese »Schwester« ebenso mit ihrer Scham und Scheu gekämpft wie ich, und hätte sie zu ihrem Herrn gesagt, dass er stillhalten soll, wenn er wirklich möchte, dass sie ihm eine Kompresse macht, denn etwas, das besser hilft als eine Kompresse, gebe es im Hause nicht? So und noch anders hätte Irma die Männer gefragt, wenn sie die Gespräche mitgehört hätte. Aber eins hätte sie nicht zu fragen gewusst, obwohl sie eine gewölbte Stirn hatte, die nach Meinung der Männer nicht zu den Kurven ihres Körpers gehörte, nämlich – ob die Männer auch wüssten, wie unfassbar dumm Irma war, indem sie ihrem Herrn die Kompresse machte und an den Kleeduft glaubte, und ob sie jetzt immer noch der Meinung wären, dass Klugheit in der Welt mehr zählt als Dummheit?

Doch Irma hörte nichts und fragte nichts. Sie hatte gar keine Zeit dazu. Denn vom Standesamt ging es zusammen mit den Trauzeugen in ein Lokal, und von da wahrhaftig ins *Kabinett* – Rudolf war nicht mehr Bräutigam; aber zunächst, im Lokal, gab es zu essen und zu trinken, bis die Stimmen der anderen laut und Irmas Beine weich wurden und sich schon wieder wie aus Gummi anfühlten. Als sie sich vom Tisch erhob, musste Rudolf sie stützen und ihr beim Anziehen und beim Einsteigen ins Auto behilflich sein. Aber niemand merkte oder deutete es, denn heute war Hochzeit, und die Trauzeugen betonten, dass jetzt, da das junge Paar nach Hause fuhr, für sie die Hochzeit erst so richtig in Schwung kommen würde, nur in einem anderen Lokal und in angenehmerer Gesellschaft. Braut und Bräutigam sind für gewöhnlich die langweiligsten Menschen auf der Welt, besonders wenn sie verliebt sind, das stand für die Zeugen fest, und deshalb wollten sie das Hochzeitsfest mit denjenigen ausklingen lassen, die weder verheiratet noch verliebt waren, sondern nur nett und vergnügt.

Im Auto begann Irmas Herz zu zittern, denn sie dachte an die gemeinsame Wohnung, die sie, noch als Haushälterin, vor ein paar Wochen unter bitteren Tränen verlassen hatte, als einzige Begleiterin auf der Straße die Frau Hauswart, die immer nur wiederholte, dass die Schlanken mit den langen Beinen, die wie die Pferde im *Ippodroom* gewesen seien, am längsten geblieben wären. Aber jetzt sollte Irma am längsten bleiben, so als sei sie die Schlankste und Langbeinigste von allen. Als sie zur Tür hereintrat, blieb sie verwundert stehen: Die Wohnung hatte während der kurzen Zeit ihrer Abwesenheit ein völlig neues Gesicht bekommen – überall klebten neue Tapeten an den Wänden.

»Ach, deswegen wolltest du mich nicht hier haben«, sagte Irma, mitten im Zimmer stehend, noch im Pelzmantel, dessen Knöpfe der Mann jetzt öffnete. »Du wolltest mich überraschen.«

Aber Rudolf sprach kein Wort, nahm Irma nur in die Arme und küsste sie, als habe es ihn eine Ewigkeit danach gedürstet. Dann geleitete er sie in das große Wohnzimmer, wo die Sachen und Pakete aufgereiht standen, so, wie sie aus den Geschäften angeliefert und abgestellt worden waren. Als Irma das alles sah, fühlte sie, wie ihr die Beine gänzlich versagten, sodass der Mann sie auf den Arm nehmen und wie ein Paket zu den anderen Paketen legen oder, sollte es sein Wunsch sein, auch anderswohin tragen konnte.

»Warum ist das hier alles so?«, brachte Irma schließlich hervor.

»Damit du es als Erste siehst und auspackst«, antwortete der Mann.

Aber Irmas Herz kam ins Stocken, denn ihr fiel ein, was Rudolf über seine Angst gesagt hatte, und sie dachte: Das heißt, dies alles ist nur wegen seiner großen Angst so. Dies alles ist deswegen hier, damit er sich nicht zurückziehen und mich verlassen kann.

»Hast du immer noch Angst?«, fragte Irma ihren Mann, aber der antwortete nicht, lächelte nur und küsste sie. »Warum antwortest du nicht?«, fragte Irma.

»Habe ich denn jemals Angst gehabt?«, meinte Rudolf jetzt nachdenklich.

»Ich bekomme Angst, wenn ich das alles sehe«, sagte Irma.

»Nun denn, mein Liebes, ohne etwas Angst gibt's keine rechte Liebe«, tröstete sie der Mann schmunzelnd, und als er ihr den Mantel ausgezogen und ihn über den nächstbesten Stuhl geworfen hatte, fragte er: »Also aus Angst willst du nicht sehen, was in den Kisten und Kasten steckt?«

»Nicht aus Angst!«, rief Irma. »Ich bin so erschöpft, dass ich gar nicht mehr imstande bin, mich zu freuen. Wenn du gestattest, dann hebe ich mir die Freude für morgen auf, heute war so viel …«

»Noch gar nichts war, mein Liebes«, antwortete Rudolf.

Was jetzt folgte und geschah, war wie ein Traum und ein Märchen zugleich.

Der Mann setzte sich auf einen Stuhl und zog Irma zu sich heran, als wolle er sie sich auf den Schoß setzen. Zumindest hatte Irma die Vorahnung, dass es jetzt so kommen würde, wenn überhaupt etwas kam, denn sie war so müde und erschöpft, dass sie sich unbedingt setzen musste – sich zu ihrem Mann setzen und ausruhen. Aber weil kein Platz neben dem Mann war, gut, dann sollte er sie zu sich auf den Schoß nehmen.

Nur schien der Mann von der Müdigkeit und Erschöpftheit seiner Frau nicht die geringste Ahnung zu haben. Deshalb zog er sie ganz nah zu sich heran, sodass die Frau zwischen seinen Knien zum Stehen kam, und umfasste sie mit beiden Armen, doch nicht um die Taille, wie damals in der Küche, sondern tiefer, ein ganzes Stück tiefer. Nur sein Gesicht presste er wie damals an ihre Brust und verharrte eine ganze Zeit unbeweglich, als würde er ein stilles Gebet zu Gott senden, das Irma noch nicht kannte.

Und da Irma während dieses Gebets nichts zu tun hatte, ihr außerdem die frei herunterhängenden Hände plötzlich schrecklich schwer vorkamen, legte sie sie auf den Kopf des Mannes, um wenigstens ihnen ein bisschen Ruhe zu gönnen, wenn sie selbst schon so aufrecht stehen musste. Aber die Hände wollten sich nicht ausruhen, zumindest die Finger nicht, sondern sie begannen im Haar des Mannes zu spielen, als würden sie nach der Beule suchen, von der der Mann irgendwann gesprochen hatte, während Irma weinend ihre Sachen packte.

Vermutlich durch die Bewegung von Irmas Händen kam auch Leben in die Hände des Mannes, sie befreiten sich aus ihrer Gebetsstarre und bewegten sich auf Irmas Körper langsam auf und ab – liebkosend, streichelnd, voller Zärtlichkeit und vorsichtig ertastend, welches wohl die Stellen sein könnten, die einen zum Beten bringen. Schließlich hielt die rechte Hand oben auf Irmas Brust inne, fast schon in der Nähe des Halses, so als suche sie dort etwas wie einen Eingang. Irma wusste nicht warum, aber ihre rechte Hand packte jetzt die Haare des Mannes im Nacken, und der Rechten gesellte sich auch bald die Linke zu, während es Irma selbst durch den Kopf ging: Macht nichts, das Kleid geht über den Kopf und hat keine Knöpfe. Doch jetzt geschah etwas Unerwartetes: Die Hand des Mannes machte eine plötzliche Bewegung, und das knopflose Kleid war vorne eingerissen. Ja, was hätten Knöpfe noch genützt, wenn das Kleid bereits eingerissen war? Jetzt ein wenig eingerissen, bald vielleicht mehr, und wenn bald mehr, dann ist über kurz oder lang überhaupt kein Kleid mehr da, egal ob mit oder ohne Knopf.

Aber die Hand des Mannes riss das Kleid nicht noch weiter auf, so als habe er Mitleid mit ihm. Stattdessen begann er die Hüllen darunter zu befühlen; Irma wollte ihn daran hindern und hob schon ihre Hand, um die seine festzuhalten, doch da kamen ihr die heißen und zitternden Lippen des Mannes entgegen, die ihr die Kraft vollends raubten. Außerdem kamen ihr in diesem Augenblick die Kisten und Kasten in den Sinn, die sich auf dem Tisch angehäuft hatten und über die zu freuen sie heute nicht mehr die Kraft hatte; es kamen ihr die letzten Tage und die Tränen in den Sinn, die sie vor lauter Glück mitten auf der Straße geweint hatte, während sich diese schrecklich große Summe Geldes in ihrer Handtasche befunden hatte, und sie dachte: Wenn er mir so viel gegeben und versprochen hat, wie kann ich ihm dann dieses bisschen verweigern, zudem er gerade damit beschäftigt ist, was er von seinem eigenen Geld gekauft hat. Und was ist mit mir, die sich unter dem befindet, womit er sich gerade beschäftigt? Ich habe ihm auch mich versprochen, obgleich ich damals nicht wusste, dass ich mich nun gerade auf diese Weise verspreche.

Somit also war der Mann weiterhin beschäftigt, bis ihn nichts mehr daran hinderte, an dem, was er sah, seine Lust zu stillen, die Lust, die neben dem Hochmut als schwere Sünde galt. Beginnt die Ehe etwa mit einer Sünde?, hätte Irma vielleicht gedacht, wenn sie überhaupt noch hätte denken können. Aber ihr kam es plötzlich so vor, als sei sie wirklich so etwas wie eine Pflanze, die manchmal nach Klee und manchmal nach Himbeeren duftet und manchmal nach etwas, dessen Duft nur die Männer kennen, denn sie haben die entsprechende Nase dafür. Doch wozu muss man denken, wenn man eine Pflanze ist und duftet? Dann ist es doch besser, einfach dazustehen und sich bewundern zu lassen, so es jemanden gibt, der dich bewundern will.

Und Irma hatte diesen Jemand, denn sie fühlte seine Hände auf ihren Hüften, die noch von Stoff bedeckt waren, sie fühlte, wie diese Hände sie ein bisschen wegrückten, um besser bewundern zu können, was die Kleider nicht mehr verhüllten. Und um der Bewunderung des Mannes entgegenzukommen, beeilten sich Irmas Hände in einem naturgegebenen Impuls, die bewunderungswürdigen Körperschönheiten endgültig aus der Gefangenschaft der Kleider zu befreien. Die Hände handelten eigenmächtig, ohne auf einen Befehl vom Gehirn zu warten, das erst dann eine Ahnung von der Sache bekam, als alles bereits geschehen war. Doch befand das Gehirn das, was die Hände getan hatten, für gut und richtig, denn der Mann, der bewundern will, ist ihr eigener Mann, und deshalb ist es weder Sünde noch die Gier des Bösen, sondern einzig und allein Liebe. Die Sünde und das Böse wären dann im Spiel, wenn sie dem, der sie liebt, nicht gestattete, sein Begehren zu stillen.

Und als der Mann genug bewundert hatte, zog er Irma wieder näher zu sich heran und berührte mit seinen Lippen zart, zart, kaum merklich, ihre Körperschönheiten, als fürchte er, ihnen weh zu tun, und sagte: »Mein Mädchen, meine Frau, du bist schrecklich in deiner Jungfräulichkeit!« Doch die Jungfräuliche packte jetzt den Kopf des Mannes mit beiden Händen und presste sein Gesicht und den Mund mit aller Kraft, beinahe krampfhaft, an ihren nackten Körper, als wolle sie zeigen – wenn man überhaupt küssen will, dann so!

Doch plötzlich schien dem Mann die Lust auf Küssen vergangen zu sein, denn er nahm die Frau auf den Arm und trug sie ins andere Zimmer, wo er sie aufs Bett legte, ungeachtet dessen, dass sie noch die Straßenschuhe anhatte, die jetzt einer nach dem anderen am Bettende so laut auf den Fußboden plumpsten, dass Irma zusammenzuckte. Dann riss der Mann das Kleid gänzlich entzwei, als wolle er einen Mantel daraus machen. Doch der Mantel blieb auf der Strecke, und auch die Kleiderfetzen flogen dahin, wo die Schuhe gelandet waren, allerdings viel leiser, als sei es so anständiger. Als der Mann sich an die verbliebenen Hüllen machte, hielt Irma seine Hände fest und bat, der Mann möge gestatten, dass Irma selbst … der Mann möge ins andere Zimmer gehen und warten, Irma würde dann sagen, wenn … aber Irma musste lange bitten, ehe der Mann zustimmte, denn er wollte, koste was es wolle, seine Frau eigenhändig aller Hüllen entledigen.

»Ganz zu Anfang tut dies die Mutter«, sagte der Mann, »und küsst ihr Kind in Liebe, dann tut man es selbst, allerdings ohne sich zu küssen, denn man weiß nicht, dass man auch sich selbst lieben muss, und nun tut es dein Mann, der dich wiederum küssen möchte, von Kopf bis Fuß, wie einst die Mutter, als du ein kleines Kind warst.«

Aber nein, Irma blieb standhaft; der Mann möge es nur noch dieses eine Mal erlauben, dass sie sich selbst ihrer Kleider entledigt, danach soll es so sein, wie der Mann es wünscht.

»Du liebst mich doch, dann hör auch auf mich«, bettelte Irma.

»Gerade aus Liebe sollte ich nicht auf dich hören«, meinte der Mann, »denn morgen bist du nicht mehr von Kopf bis Fuß Kind, wie sollte ich dich dann von Kopf bis Fuß küssen!«

»Du kannst und sollst es, Liebster, wenn du mich liebst«, antwortete Irma. »Warte, ein kleines bisschen nur, ich bin gleich fertig.«

Schließlich verließ der Mann das Zimmer. Und als er auf die Einladung erneut erschien, stand die Frau wie eine junge Göttin mitten im Raum, die Augen krampfhaft geschlossen, als müsse sie sich jener am meisten schämen. Der Mann blieb erstarrt stehen, es schien sogar, als täte ihm seine Frau aus irgendeinem Grund leid. Er beugte sich wie in frommer Geste vor ihr nieder und küsste ihre zitternden Knie. Irma wartete und hoffte, dass nun dieses Küssen von Kopf bis Fuß folgen würde, wie der Mann es genannt hatte, und dass er sie dann auf den Arm nehmen und zu Bett bringen würde, aber sie irrte sich, wie sie sich im Leben und in der Liebe schon so oft geirrt hatte. Denn der Mann sprang urplötzlich auf, stürzte ins andere Zimmer und kam mit einem Pappkarton zurück.

»Du lieber Gott«, rief er mit einer Stimme, in der sich Übermut mit Bedauern mischte, »meine Frau ist barfuß, dabei gibt es hier Schuhe zuhauf!«

Und er öffnete den Karton, dem er hellweiße Schuhe entnahm und sie Irma an die Füße steckte, als sei seine Frau vollkommen bekleidet, nur die Schuhe fehlten noch. Aber ehe er die Füße in die Schuhe steckte, bedeckte er sie mit Küssen, den einen wie den anderen, so als dürften sie auf dieser Welt von nichts anderem umhüllt sein als von Küssen. Und als er mit beiden Füßen und beiden Schuhen fertig war, sprang er erleichterten Herzens auf und sagte:

»So. Gottseidank. Meine Frau ist angezogen.«

Und er reichte Irma ehrerbietig den Arm, geleitete sie durchs Zimmer und brachte sie schließlich vor einen Spiegel, als wolle er ihr zeigen, welche Schmuckstücke nun ihre jungen Füße bedeckten. Aber als er merkte, wie seine Frau in ihren weißen Schuhen schwer atmete, führte er sie ins große Zimmer, wo er in den Kartons und Schachteln zu suchen begann, bis er ein langes Nachtgewand fand, das er Irma über den Kopf zog. Dann fand er einen ebenso langen und weichen Morgenmantel, zog ihn über das Gewand und geleitete seine Frau erneut vor den Spiegel. Als Irma sich in diesem Aufzug erblickte, fiel sie dem Mann um den Hals und sagte mit zärtlichem Vorwurf:

»Aber diese Freude sollte doch für morgen bleiben.«

»Diese Freude bleibt auch bis morgen, heute vergnügen wir uns einfach so«, antwortete der Mann und brachte Irma wieder ins andere Zimmer, wo er ihr zuerst den Morgenmantel und dann auch das Gewand vom Leibe riss, als seien sie nicht gut genug, um den Körper der jungen Göttin zu bedecken.

»So wirst du es noch schaffen, dass ich mich erkälte«, sagte die Göttin, die an dem eigentümlichen Gebaren des Mannes bereits Gefallen zu finden schien, denn das schwere Atmen ließ nach, und aus den Augen blitzte ein kleiner Schalk.

»Nichts zu machen, meine Liebste, da ist wirklich nichts zu machen«, erklärte der Mann, als sei er ernstlich besorgt, »du musst dich von Anfang an daran gewöhnen, dass die Ehe kein Spaß ist.«

Und wieder wühlte er in den Kisten und Kästen, bis er ein seltsam knabenhaftes Kleidungsstück fand, wie Irma es noch nie berührt und nur selten, nur im Kino, gesehen hatte, und er machte sich daran, es ihr anzuziehen. Aber plötzlich unterbrach er sein Tun, denn ihm fiel ein, dass er die Glieder seiner Frau nicht mit Kleidungsstücken bedecken konnte, ehe sie nicht mit Küssen bedeckt worden waren. Und so fing er an sie zu küssen, bis Irma die Sinne vollends schwanden und sie kraftlos in die Arme des Mannes sank. Der erwachte jetzt wie aus einem Rausch, legte die Frau aufs Sofa und zog ihr dort diesen seltsamen Anzug an. Dann nahm er sie auf den Arm, trug sie ins andere Zimmer und stellte sie – mittlerweile eine Puppe mit weichen Gliedern – vor den Spiegel, um sie ausgiebig zu betrachten und zu bewundern.

»So, meine Liebe«, sagte er zwischen den Küssen, »erst jetzt darf man unter die Decke ins Warme.«

Und er schob auf dem Bett die Decke beiseite, setzte Irma auf den Bettrand, zog ihr die weißen Schuhe aus, küsste jeden Zeh einzeln und küsste auch die Fußsohlen, wobei er die Beine so in die Höhe hob, dass die Frau auf den Rücken fiel und dem Mann nichts weiter blieb, als sie mit der Decke zuzudecken. Und als Irma dachte, jetzt ist genug geküsst und vergnügt, jetzt legt sich der Mann in sein Bett, das neben Irmas Bett steht, da irrte sie wieder. Zwar erschien der Mann bald, und zwar in ebensolchem Aufzug, mit dem er Irma bedacht hatte, aber in sein Bett legte er sich nicht. Stattdessen begann er Irma mit einer solchen Inbrunst zu küssen, als sähe er sie heute zum ersten Mal.

»Es ist genug für heute«, bat Irma.

»Nein, mein Liebes, es ist nicht genug«, antwortete der Mann.

»Wenn du mich sehr liebst, genügt es dann immer noch nicht?«

»Gerade dann genügt es nicht. Der Liebe genügt nur die Liebe.«

»Und wenn ich dich sehr bitte, dass es genug ist für heute?«

»Bitte nicht, Liebes, ich bitte dich, bitte nicht, wenn du mich liebst«, sagte der Mann sanft und bestimmt.

»Lass uns ein bisschen Liebe für morgen übrig.«

»Morgen kommt ein neuer Tag und eine neue Liebe, und wenn Gott keine neuen Tage mehr hat, dann geben wir uns mit den Nächten zufrieden, so ist das mit der Liebe, mein Kind«, erklärte der Mann wiederum sanft und bestimmt.

Irma sagte nichts mehr, als würde sie schließlich den Erfahrungen des Mannes mehr vertrauen als sich selbst. Sie wurde wie zu einem Kind, das aufgenommen und hingelegt wird, das liebkost und gerichtet, gestreichelt und geküsst wird. Erneut fühlte sie, wie der Mann ihr auch die Kleider abstreifte, die er ihr gerade mit großer Mühe angezogen hatte, als müssten sie durch noch schönere und teurere, durch noch weichere und weichere, noch dünnere und dünnere, durch so dünne und zarte ersetzt werden, dass sie seinen Küssen nirgendwo mehr im Wege waren.

XV

Die Worte des Mannes, die er im ersten Liebesrausch zu Irma gesagt hatte, gingen in Erfüllung: Es kamen neue Tage und mit ihnen neue Liebe. Und als die Tage nicht reichten, nahmen sie die Nächte hinzu und umgekehrt: Waren Gottes Nächte nicht lang genug, dann nahmen sie Tage hinzu. Bei alledem hatte Gott ihnen seine längsten Nächte für die Liebe zugedacht, sodass, wenn auch die nicht reichten, nicht einmal Gott etwas daran ändern konnte. Es verwunderte ihn jedoch nicht, dass selbst seine längsten Nächte nicht lang genug waren, denn er wusste, dass der Mensch nicht nur in der Liebe, sondern auch in Zorn und Hass unersättlich ist. Der Mensch ist wie eine Sanduhr, die nie halt macht, ehe sie leer ist, weshalb Gott sie nehmen und umdrehen muss, wenn er will, dass die Sanduhr erneut anfängt zu laufen.

Und diese Sanduhr Gottes, die vom einen Ende betrachtet Irma war, vom anderen Rudolf, lief noch in voller Kraft, also hatte Gott keine andere Sorge, als Nächte und Tage zu geben, Tage und Nächte, immer abwechselnd, damit wenigstens hierin Abwechslung herrschte und nicht nur das Gleichmaß wie in der Liebe. Essen und Trinken gerieten in Vergessenheit, es gerieten alle Welt und alle Menschen in Vergessenheit, es gerieten Kleider und Schmuck in Vergessenheit, denn wie schön und teuer dies alles auch sein mochte, der Mensch selbst und die Liebe waren noch viel schöner.

Irma hätte nie geahnt, dass sie für jemanden so schön und teuer sein könnte, wie sie sich jetzt fühlte. Erst jetzt begriff sie, wie recht Rudolf damit gehabt hatte, sie so zu belügen und zu betrügen, wie er es anfangs getan hatte, und sie kam, ob sie wollte oder nicht, zum Entschluss, dass Rudolf sie gar nicht belogen und betrogen, sondern geliebt hatte, auf seine Weise geliebt hatte, bis heute, denn jetzt war Irma diejenige, die ihm die wahre Art zu lieben beibrachte.

Jetzt gab es keinerlei Lug und Trug mehr, das fühlte Irma, denn mit einer solchen Zärtlichkeit verwöhnt und vergöttert zu werden, das ließ keinen Raum für irgendwelche Zweifel. Immer aufs Neue erstand das Entzücken des Mannes über ihren Körper, dem immer aufs Neue das Beten und Opfern am Altar der Liebesgaben folgte. Es war ein nicht enden wollender Rausch, wie bei einer heimlichen Sucht – noch ein wenig, noch ein wenig, ein ganz kleines bisschen nur, und dann kommt das große Vergessen, dieses allergrößte Vergessen, das man Tod nennt. Irma hätte sterben wollen in diesen Augenblicken, wenn sie fühlte, dass sie bis zur Atemlosigkeit, bis zum Wahnsinn geliebt wurde. Denn was kann dir das Leben noch bieten, wenn du so geliebt hast, dass du dich fragst, ob man so überhaupt lieben kann und darf. Aber der Mann fragte nicht, er liebte, und er liebte deswegen so innig, weil es, wie er betonte, den Tod gab.

»Solange wir lieben, solange wir imstande sind zu lieben«, sagte er, »dauert das Leben, jenseits der Liebe ist nichts mehr. Endet die Liebe, dann endet auch das Leben.«

»Aber ich würde sterben wollen, wenn die Liebe noch da ist«, erklärte Irma.

»Der Tod kommt ebenso ungebeten wie die Liebe, deshalb solltest du nicht sterben wollen, solange die Liebe noch da ist«, sagte der Mann.

»Dann lieb mich«, antwortete Irma, »hör nie auf mich zu lieben, damit können wir dem Tod ein Schnippchen schlagen.«

Sie warfen einander kleine Sätze und einzelne Worte zu, so als seien sie vor lauter Liebe der Sprache nicht mehr mächtig. Ihre Worte schienen ebenso sinnlos zu sein wie ihre Taten, wenn sie nicht erklärt, erhellt und gesegnet worden wären durch die Liebe.

Ach, Irma hat doch nicht gewusst, dass der Mensch so sonderbar, so kopflos, geradezu unheimlich und dämonisch wird, wenn er liebt! Und doch war es gut und richtig, so unheimlich und dämonisch zu sein, und es sah ganz danach aus, als sollten diejenigen Recht behalten, die behaupteten, dass es nichts Besseres und Schöneres gebe als die Liebe.

Irgendwann hatte sich Irma mit klarem Kopf verlieben wollen, mit vollem Verstand, denn sie meinte dies ihrer Bildung und ihrer gewölbten Stirn schuldig zu sein, und erst jetzt begriff sie, wie ahnungslos sie damals gewesen war, als sie dachte zu wissen, was Liebe ist. Liebe schien alles andere zu sein, nur nicht Verstand und Bildung.

Wenn du richtig lieben willst, dann vergiss, dass du ein Mensch bist, und werde zum Tier, vielleicht auch zur Pflanze, das bleibt sich gleich. Ja, werde einfach zu etwas, das erblüht und duftet und dessen Duft jedem, der sich nähert, den Verstand raubt und ihn ebenfalls in ein Tier oder eine Pflanze verwandelt.

Davon erzählen doch alle Märchen, in denen böse Hexen vorkommen, um Prinzen und Prinzessinnen in Tiere oder Blumen zu verwandeln, die dann sehnsuchtsvolle Klagelaute ausstoßen. Aber im Leben ist ein solches Verhextsein kein Verhextsein und die Bosheit keine Bosheit, sondern reine, nackte Liebe, die sich als Lebensraum ein Tier oder eine

Pflanze ausgesucht hat. Männer wissen das, und deshalb sprechen sie manchmal vom Klee- und manchmal vom Himbeerduft oder zitieren den Duft weiß Gott welcher Pflanze herbei, nur um damit zu sagen, dass du, wenn du nicht zu einer Wildblume im Freien oder einem Schachtel- halm in einer Bachbiegung wirst, auch nicht ins Reich der Liebe gelangst.

Aber schließlich schien es doch so zu sein, dass Gott auch in der Liebe die Oberhand behält: Er hatte mehr Nächte und Tage, als die Menschen Ausdauer in der Liebe hatten. Rudolf war derjenige, der zuerst auf den Gedanken kam, dass der Mensch nicht nur von der Liebe lebt, sondern auch von vielen anderen Dingen. Der Mensch möchte außer lieben und naschen auch essen und trinken, und er möchte andere Menschen sehen, als wolle er auch sie an seiner Liebe teilhaben lassen. Der Mensch will Kurzweil und Zerstreuung, erst dann begreift er so recht, was für ein wundersames Ding die Liebe ist.

Also ging man erneut ins Kino und ins Konzert, ins Thea- ter und in die Oper, ins Lokal und zum Tanz. Nur verstand Irma nicht so ganz, warum man sich ausgerechnet dort all das ansehen und anhören sollte, wenn es auch dort nur um die Liebe ging. Wozu die Liebe der anderen sehen und hö- ren, wenn du deine eigene Liebe zu Hause hast? Sollen doch die anderen gehen und sich ansehen und anhören, was sie nicht zu Hause haben – außer ihren Besitztümern und Wän- den, ihrem Essen und Trinken, ihrer Gleichgültigkeit, dem Überdruss, der Langeweile und Sehnsucht.

Aber etwas nützte es Irma doch, die Liebe und Sehnsucht der anderen zu sehen, ihre Mühen und Bedrängnisse, wie auch ihr Glück und die Seligkeit: Sie sah, dass die Liebe, und sei sie noch so groß, enden konnte, denn irgendwo lauerte der Tod, oder die Gegenliebe hatte sich verflüchtigt. Und mit diesem Wissen wuchs ihre eigene Liebe um ein Vielfaches, wurde noch inniger, beinahe schmerzhaft, bis nur noch das eine Gefühl vorherrschte: Mag der Mann sie noch so lieben, niemals wird er sie so sehr lieben, wie Irma es will. Der Mann wird sie nie so innig und schmerzhaft lieben, dass er diese Liebe immer und überall, im Körper und in allen Sinnen, spüren würde.

Und während der Mann Irma zuvor wie von Sinnen bewundert und verwöhnt hatte, so verfiel jetzt Irma darauf, dem Mann ein Gleiches zu tun, so als seien die Worte der Base Lonni doch wahr, als jene, über die Liebe sinnierend, gewarnt hatte: Pass auf, pass gut auf, denn mit den Menschen ist es so, dass wenn der Mann liebt, dann liebt die Frau nicht, und wenn die Frau liebt, dann liebt der Mann nicht.

Aber nein, nein, das galt nur für Lonnis Liebe, denn jene hatte über die Liebe eine gänzlich andere Auffassung als Irma oder Rudolf. Jene sah in der Liebe nur das Vergnügen und den Zeitvertreib, während für Rudolf und sie die Liebe heilig war wie ein Gebet, ernst wie ein Schwur, schwer wie übergroße Freude, quälend und schmerzhaft wie die Vorahnung des Todes.

Und dass Rudolf für ein paar Stunden am Tag das Haus verlassen musste, hieß auch nichts anderes als Liebe. Besonders deutlich erkannte Irma an jenem Tag die Liebe – in Gestalt der Abwesenheit von zu Hause –, als Rudolf sie fragte, ob sie nicht gemeinsam mit ihm eine kleine Geschäftsreise machen wolle. Wohin? Irma würde es schon sehen. Wie lange? Wie weit? Ob das nicht egal sei, wenn sie zu zweit wären.

O ja! Irma war es egal. Wohin, wie lange oder wie weit, wenn sie nur mit ihrem Mann zusammen sein konnte! Also begann das gemeinsame Unterfangen damit, dass der Mann das beste Auto auswählte und mit dem Chauffeur redete, ihm etwas erklärte. Schließlich stiegen sie ein und fuhren los.

Als sie aus der Stadt hinaus auf die Landstraße kamen, sah es zeitweise danach aus, als würde ihnen der Schlamm in Wellen über dem Kopf zusammenschlagen. Denn der Schnee, der den Boden für wenige Wochen bedeckt hatte, war wieder weggetaut und hatte nun zusammen mit dem Spätherbstregen dem Schlamm Tür und Tor geöffnet. Aber was war bodenloser Schlamm im Vergleich zu berauschender Liebe! Möge der Schlamm der ganzen Welt über uns hereinbrechen, wir bleiben sauber, wenn wir umgeben sind von Liebe!

So fuhren sie im schwankenden, wiegenden Auto, das den Körper in einer Weise ermattete, als würde tief drinnen die Liebe anfangen zu schwelen. Da begriff Irma, dass sie mit ihrem Mann nicht allein zu zweit, sondern dass sie zu dritt waren: sie, ihr Mann und der Chauffeur. Und plötzlich hatte sie das Gefühl, dass dieser Dritte, dieser Chauffeur, das böse Schicksal verkörperte, das sich zwischen sie und ihren Mann drängte; heute zum ersten Mal, aber wenn es bereits ein erstes Mal gibt, dann werden ihm sicherlich auch weitere Male folgen. Jetzt wurde die vom sanften Auf und Ab des Autos hervorgerufene Mattigkeit zu hellem Schmerz, sodass, als man schließlich von der Landstraße auf einen Feldweg abbog, der ganze Körper glühte.

»Wohin jetzt?«, fragte Irma ein wenig angstvoll.

»In unser neues Zuhause«, antwortete der Mann.

Und bald hielt das Auto vor einem alten, geduckten Bauernhaus. Als Irma und Rudolf aus dem Auto stiegen, wurden sie voller Neugier von einer ganzen Familie erwartet, darunter ein bärtiger alter Mann, an den sich Rudolf mit den Worten wandte:

»Nun, Hausherr, ich bin noch einmal gekommen, um mir Euren Hof anzusehen, aber diesmal mit meiner jungen Gattin, vielleicht werden wir ja doch noch handelseinig.«

»Das sieht man, jaja, mit der jungen Gattin«, sagte der Alte schmunzelnd.

»Zu jung, um diesen Hof zu führen«, meinte seine krumme Frau.

»Keine Sorge, sie wird mit jedem Jahr älter«, erwiderte Rudolf scherzend, aber Irma stach es wie mit einem Messer ins Herz, als sie ihren Mann so über ihr Alter sprechen hörte.

»Das wohl, das wohl, werter Herr«, pflichtete die Alte bei, »älter werden wir alle.«

»Könnte man sich das Grundstück noch einmal ansehen?«, fragte Rudolf.

»Warum nicht«, antwortete der Alte. »Möchten die Herrschaften alleine gehen oder soll ich mitkommen, mag sein, Sie erinnern sich nicht mehr so recht?«

»Ich erinnere mich, aber natürlich«, sagte Rudolf, »wir gehen lieber alleine, dann können wir auch besser miteinander Rat halten.«

Für die letzten Worte war Irma ihrem Mann schier bis zum Tode dankbar. Genau! Irma dachte wirklich: bis zum Tode, so als müsste der schon bald kommen, heute oder morgen. Ihre große Dankbarkeit war dadurch begründet, dass sie vorher gedacht hatte: So, erst stand der Chauffeur zwischen Rudolf und mir, jetzt ist es der Alte, und wenn der wirklich mitkommt, dann ist überhaupt nicht mehr daran zu denken, dass man endlich einmal allein ist, denn in der Stadt war die Aufwartefrau die Dritte im Bunde, weil Irma es nicht mehr nötig haben sollte, den ganzen Haushalt selbst zu führen. Genau daran dachte Irma, als Rudolf dem Alten seine dankenswerten Worte sagte.

»Ach, deshalb wolltest du, dass ich die hohen Galoschen anziehe?«, fragte Irma ihren Mann, als sie, vom Feld kommend, sich einer großen Wiese zuwandten.

»Genau deshalb. Damit wir gemeinsam durch Wald und Flur, über Wiesen und Weiden gehen können«, antwortete der und erklärte, dass es seiner Meinung nach kein rechtes Volk und keine rechte Kultur geben konnte, ebenso keine rechte Ehe, wenn die Wurzeln nicht tief in die Erde reichten. Und wegen dieser Erde gedenke er jetzt einen Hof zu kaufen, damit sie einen Ort hätten, wo ihre Ehe Wurzeln schlagen konnte. Natürlich, im Moment habe man hier weder die richtigen Gebäude noch die richtige Bewirtschaftung, denn es sei auch nicht der richtige Boden da. Aber sie, Irma und Rudolf, würden für alles sorgen – für die Gebäude, die Bewirtschaftung und einen besseren Boden, denn die Kultur, auch die Feldkultur, vermag alles. Der Wert der Kultur besteht nämlich darin, dass sie so viel vermag. Sie kann erschaffen, sie kann auch zerstören. Und damit die Kultur sie nicht so leicht findet, um sie zu zerstören, wenn sie mit ihren Bomben, Granaten und Giftgasen daherkommt, deshalb hat Rudolf den Ort so weit entfernt von der Stadt und der Bahnlinie gewählt.

Aber Irma meinte, sie fürchte keine Zerstörung, solange es Liebe gibt, als wollte sie ihrem Mann zu verstehen geben, er möge sich weniger um die Kultur und die Zerstörung als um die Liebe sorgen. So schien es auch der Mann zu verstehen, denn er sagte:

»Manchmal ist einem das Leben noch lieber als die Liebe.«

»Für mich nicht«, sagte Irma. »Für mich ist meine Liebe alles, und ich wünsche mir, dass es nur sie gibt.«

»Nur Liebe«, wiederholte der Mann nachdenklich, als sie vor einem Heuschober standen, aus dem man beim ersten

Schnee Heu geholt und den Eingang danach nur mit Reisern verschlossen hatte, so als wolle man gleich am nächsten Tag noch weiteres Heu holen, was aber ausblieb, denn der Schnee taute weg.

»Spürst du, wie es duftet?« Irma war regelrecht berauscht, denn ihr fiel ein, wie Rudolf damals vom Klee und seinem Duft gesprochen hatte. Und ohne ein weiteres Wort schob sie die Reiser vom Eingang beiseite, kroch hinein und streckte sich auf den silbrigen Halmen aus. »Wie schön!«, seufzte sie, hob die Arme über den Kopf und reckte und streckte ihre matten Glieder.

Rudolf beugte sich herunter und schaute in den Schober, als würde er mit sich zu Rate gehen, ob er seiner Frau folgen oder besser warten sollte, bis sie wieder zum Vorschein kam. Doch Irma machte seinem Zögern ein Ende, indem sie ihre Arme nach ihm ausstreckte und sagte:

»Liebster, komm und lieb mich, solange das Heu duftet und es keine Bomben, Granaten, Kultur und all die schrecklichen Dinge gibt, von denen du eben gesprochen hast.« Und als Rudolf ebenfalls in den Schober gekrochen war und sich neben ihr ausstreckte, fuhr sie fort: »Weißt du, sobald du von Tod und Zerstörung sprichst, denke ich an die Liebe, nur an sie, und ich will lieben, damit ich eines Tages nicht sagen muss, dass ich nicht genug geliebt habe. Und wenn du dann noch sagst, dass ich jedes Jahr älter werde, dann möchte ich nichts, als dass du mich liebst, solange ich noch jung bin, damit ich mich im Alter erinnern kann, wie du mich in meiner Jugend geliebt hast.«

Irma hätte vermutlich noch weitergesprochen, doch der Mann bedeckte ihre Lippen mit Küssen, als fürchtete er ihre Worte, die von so viel Liebe sprachen. Aber durch die Küsse flammten die erstickten Worte auf, wurden zu brennender

Leidenschaft, aus der Leidenschaft wurden ungestüme Umarmungen, als seien sie gar nicht gesetzlich Mann und Frau, die ein wohlgeordnetes Heim haben, wo zwei Betten brav nebeneinander stehen, sondern als seien sie ein Liebespaar, das sein Herzensgeheimnis in wilden Wäldern und dunklen Höhlen versteckt. Und Irma dankte für den heutigen Tag und lobte Gott, dass er diesen Schober hatte bauen lassen, dass er duftendes Heu erschaffen hatte, die große Wiese, den Wald und diesen verhangenen Spätherbsttag, an dem sich kein Fuß rührt und kein Auge schaut, wie sie ihr erstes Liebesgebet auf der künftigen Lebensbettstatt verrichten.

Und als sie schließlich den Schober verließen, um weiterzuziehen, hatte Irma das Gefühl, als sei ihr jeder Baum und Strauch, jeder Hügel, jede Anhöhe und jedes Grasbüschel um ein Vielfaches lieber und vertrauter geworden, denn sie alle waren jetzt die Zeugen ihrer Liebe.

»Diesen Schober werde ich nie vergessen«, sagte Irma zu ihrem Mann.

»Diesen Schober lasse ich abreißen«, antwortete der.

»Warum?«, fragte Irma erschrocken.

»Er ist zu alt und zu klein, es muss ein größerer her, wenn die Wiesen und Weiden genutzt werden sollen«, erklärte der Mann.

»Ich würde ihn lassen, wie er ist«, sagte Irma auf eine solche Weise, dass der Mann jetzt von sich aus fragte:

»Aber wozu?«

»Da fragst du noch?«, wunderte sich Irma. »Gibt ihm denn das, was heute war, kein Lebensrecht?«

»Ach, so meinst du das.« Jetzt begriff Rudolf und setzte hinzu: »Nun gut. Wenn du meinst, dass wir ihn stehen lassen sollten, bis er von selber zusammenfällt, dann mag er als Liebesmuseum stehen bleiben.«

»Als unser Liebesmuseum«, wiederholte Irma. »Und Heu tun wir auch jedes Jahr hinein, damit es duftet wie heute.«

»Und damit auch die Liebe so bleibt wie heute«, bemerkte Rudolf scherzend.

Als sie von ihrem Rundgang zurückgekehrt waren, hatte Irma nichts mehr dagegen, dass ihr Mann das Stück Land kaufte, auf dem ein Liebesmuseum stand, das nur sie beide kannten. Für alle anderen mochte es nur ein alter Schober sein, dessen Dach jedes Jahr aufs Neue repariert werden musste, denn sonst ließ es den Regen herein und das Heu verfaulen.

Und wieder begannen der spritzende Schlamm und die ermattende Schaukelei, denn sie mussten zurück in die Stadt fahren. Rudolf sprach von dem Grundstück und davon, was man tun könnte, und davon, was man tun müsste. Das Wort »könnte« klang nach ferner Zukunftsmusik, das Wort »müsste« nach unverrückbaren Tatsachen – dem Bau eines neuen Wohnhauses und neuer Ställe, nach Verbesserung des Ackerbodens, nach Abmähen und Einebenen der Wiesen, um sie mit Maschinen bearbeiten zu können, denn es ging nicht an, ein Gehöft zu bewirtschaften, wenn die Maschinen fehlten.

Irma hörte den Überlegungen ihres Mannes nur mit halbem Ohr zu. Sie schwankte zwischen ihren eigenen Tagträumen und Rudolfs Auslassungen hin und her. Der sprach von den realen Aussichten und Vorhaben, und Irma dachte, wie lange der alte Schober wohl noch stehen würde, wenn man ihn seinem Schicksal überließe, damit er nicht unter die Aussichten und Vorhaben der Sachwirtschaft fiele, sondern seine eigenen Aussichten hätte. Wenn es diesen alten Schober nicht mehr gibt, wenn er entweder ganz verfallen ist oder einfach sein Dasein fristet, ohne Dach, da zwischen den Bäumen und Sträuchern – was mag dann aus ihrer Liebe geworden sein? Würde ihre Liebe genauso verfallen wie der alte Schober? Nur das Heu duftet noch wie früher, allerdings in einem neuen und größeren Schober? Wozu braucht der Mann eigentlich dieses Gehöft? Ist es wirklich so, was er über die Kultur und die Zerstörung gesagt hat, über Bomben, Gas und Granaten? Aber wenn er vielleicht nur darüber spricht und eigentlich ganz anders denkt? Vielleicht ist es ja die einstige Angst, die ihn umtreibt? Vielleicht ist er immer noch unsicher und versucht sich vor allem erst einmal selbst zu versichern? Deshalb das Gehöft, die Pläne und die Zukunftsmusik. Nein, das war weder denkbar noch möglich! Irma verlangte keine Sicherheiten, sie verlangte doch nur Liebe! Selbst in dem alten Schober mit seinem duftenden Heu begehrte sie nichts anderes als Liebe. Auch mit dem Grundstückskauf war sie nur aus Liebe so schnell einverstanden gewesen.

In der Stadt gingen sie in ein Lokal, um zu Mittag oder zu Abend zu essen, je nachdem, wie man es der Uhrzeit zuordnen wollte, aber vor allem, um auf das neue Grundstück anzustoßen. Es war das erste Mal in ihrer Ehe, dass sie gemeinsam auf etwas anstießen. Hinterher wollte der Mann noch irgendwohin, egal wohin, aber weil Irma nach Hause drängte, gingen sie schließlich nach Hause, denn die ermüdende Fahrt und der leichte Schwips verlangten ihren Tribut. Irma hatte das merkwürdige Gefühl, wer weiß wie lange fort gewesen zu sein, und kaum dass sie über die Schwelle getreten war, fiel sie ihrem Mann um den Hals.

»Du bist doch von dem bisschen Alkohol nicht etwa betrunken?«, fragte der.

»Trunken von Leben und Liebe«, antwortete Irma lachend.

»Aber wir müssen nüchtern werden«, sagte der Mann, »besonders ich, wenn wir leben wollen.«

»Noch nicht, bitte, Liebster!«, bestürmte ihn Irma. »Lass uns nur ein einziges Weihnachten so verbringen. Ein einziges Weihnachten! Dann tu, was du willst.«

»Nun gut, dann bis Weihnachten«, war der Mann einverstanden.

Aber ungeachtet dieses Einverständnisses wich die Liebe langsam aber stetig vor dem Leben zurück. Schon dass sie eine Aufwartefrau einstellten, die die Zimmer sauber halten und gegebenenfalls auch Mittagessen kochen sollte, brachte eine gänzlich andere Atmosphäre ins Haus. Nur abends und morgens, als sie allein waren, versuchten sie an der bisherigen Hochstimmung festzuhalten, doch Irma fühlte in ihrem empfindlichen und wunden Herzen, dass die Liebe vom Leben immer stärker abgenutzt wurde. Schon fielen ihr Momente auf, in denen der Mann ihre Körperschönheiten gar nicht bemerkte, obwohl sich dazu Gelegenheit bot. Oder waren die Schönheiten nicht mehr die früheren? Insgeheim betrachtete sie sich im Spiegel, vorsichtig befühlte sie ihren Körper, als wolle sie sich beweisen, dass alles noch unverändert war. Und als habe der Mann ihre Gedanken gelesen, ließ er wie im Vorübergehen die Bemerkung fallen:

»Meine Frau ist dünner geworden.«

Diese Worte ließen Irma zusammenzucken. Bedeuteten sie Lob oder Tadel? War es ermunternd oder warnend gemeint? Irma wollte den Mann um eine Erklärung bitten, vermochte es aber nicht. Sie fürchtete etwas zu hören, das sie nicht hören wollte. Schließlich sagte sie nur:

»Meinst du?«

»Sicher«, antwortete der Mann. »Fängst an, modern zu werden. Liebe macht die Frauen modern.«

»Und dünn – macht die Liebe wirklich dünn?«, fragte Irma.

»Was dachtest du denn?«, fragte der Mann zurück.

»Also haben diejenigen, die dünner sind als ich, mehr Liebe zu bieten?«, folgerte Irma.

»Oh, sehr viel mehr als du«, scherzte der Mann.

»Glaubst du eigentlich, was du sagst?«, fragte Irma.

»Nein«, antwortete der Mann ganz einfach, und jetzt fingen beide an zu lachen.

»Also bin ich gar nicht dünner geworden?«, forschte Irma.

»Doch, das bist du«, antwortete der Mann, führte die Frau zum Spiegel und zeigte ihr die Stellen, an denen das Dünnerwerden ihres Körpers zu spüren war. Aber er tat es so, als würde es weder ihn noch ihre Liebe berühren, und so stand Irma immer noch vor einem Rätsel. Dafür bekam sie von jemand anderem eine klare und unumwundene Antwort. Es geschah ein paar Tage nach dem Gespräch mit ihrem Mann. Irma war alleine in der Stadt, als ihr Eedi entgegenkam, krampfhaft zur Seite blickend, als habe er Irma nicht gesehen, damit er sie nicht grüßen musste. Aber in dem Moment, als er sich mit ihr auf gleicher Höhe befand, wandte sich Irma zu ihm und sagte:

»Guten Tag Eedi, du kennst mich wohl gar nicht mehr.«

»Entschuldigung, gnädige Frau«, antwortete Eedi in peinlicher Unbeholfenheit, »aber ich wollte … keine Schande machen.«

»Schande machen? Wem?«, fragte Irma.

»Nun, mir nicht, wohl eher jemand anderem«, antwortete Eedi.

»Das heißt – mir?«, fragte Irma vorwurfsvoll.

»Natürlich«, erwiderte Eedi. »Du bist doch plötzlich so piekfein geworden, dass … Und dünn, man erkennt dich kaum noch.«

»Das steht mir gut, nicht wahr?«, fragte Irma ein kleines bisschen kokett.

»Finde ich nicht«, gab Eedi scheinbar ungerührt zurück, »Bohnenstangen sind nicht mein Geschmack.«

»Ich bin doch keine Bohnenstange!«, empörte sich Irma.

»Guck dich nach Weihnachten im Spiegel an, wenn du so weitermachst«, empfahl Eedi und setzte vorwurfsvoll hinzu: »Hungerst du etwa?«

»Mein Mann sagt, das kommt von der Liebe«, antwortete Irma und lachte den Jungen übermütig an, denn sie war stolz auf ihre Liebe.

»Dein Mann ist ein Witzbold«, sagte Eedi.

»Wieso?«, fragte Irma verwundert.

»Wieso nicht«, entgegnete Eedi, »wenn er sagt, dass Liebe dünn macht. Demnach müsste ich ja nur noch Haut und Knochen sein.«

»Liebst denn du auch?«, spöttelte Irma, die dem Jungen aus irgendeinem Grunde zu verstehen geben wollte, dass er noch gar nichts von der Liebe verstand. Doch schon im nächsten Augenblick bereute sie ihre Worte, denn Eedi tat einen Schritt auf sie zu und sagte, dass es sogar die Passanten hören mussten, beinahe wütend sagte er:

»O ja, gnädige Frau, ich liebe dich, liebe dich immer noch. Heirate von mir aus den Kaiser von China, meiner Liebe entkommst du nicht. Beklage dich von mir aus jeden Tag bei deinem Mann, dass ich dich liebe, es wird dir nichts nützen, denn ich liebe dich trotz deines Mannes, ich liebe dich und begehe in meinem Herzen Ehebruch mit dir!«

»Eedi, du bist ja betrunken!«, stieß Irma hervor und wandte sich hastig zum Gehen.

»Betrunken oder nicht«, rief ihr der Junge hinterher, »ich liebe dich auch nüchtern.«

Irma floh, als wären ihr Verfolger auf den Fersen, das Herz hämmerte in der Brust, ein heißer Schmerz befiel sie. Was bin ich doch für ein dummes Ding, dachte sie. Wenn das mein Mann gehört hätte! Ich bin doch verheiratet, und man sollte nie vergessen, dass man verheiratet ist.

Zu Hause angekommen, wartete sie voller Ungeduld auf ihren Mann, und als der sich etwas verspätete, begann Irma das Herz zu schmerzen, als ahne es ein großes Unglück voraus. Aber als das Unglück nicht eintrat, weil der Mann nach Hause kam, fiel Irma ihm so heftig um den Hals, als habe er sie soeben aus den Klauen des Todes errettet.

XVI

Irma wartete mit Herzklopfen auf das Weihnachtsfest, denn es sollte das letzte große Liebesfest sein – zumindest fürs erste, fügte sie, um sich zu trösten, hinzu. Danach musste die Liebe ihnen eine Pause gewähren, so verlangte es das Leben. Und wie der Mann erklärt hatte, kann man schließlich nicht lieben, wenn das Leben nicht gewährleistet ist, das heißt, zuerst kommt das Leben, dann die Liebe, und auf die folgt dann ein neues Leben.

Man beschloss, Weihnachten ganz für sich zu feiern, so als gäbe es außer ihnen keinen Menschen auf der Welt: Es gibt nur zwei Menschen, der eine heißt Irma, der andere Rudolf, und sie vereint etwas Drittes, das keiner sieht, auch sie nicht, es ist nur zu fühlen und heißt Liebe. Es ist das, was Irma die Seidenstrümpfe gebracht hat und die nagelneuen Schuhe, gleich mehrere Paar, entzückende Pantoffeln, Mäntel, alles, was man braucht, um Toilette zu machen; unerhört viel märchenhafte Wäsche, von der Irma nicht einmal zu träumen gewagt hätte; Schmuckstücke, die ihren Sinn erst mit der Zeit bekamen, wie Irma bemerkte; Parfüm verschiedener Sorten, damit Irma ausprobieren kann, welches ihr am besten gefällt, oder, wenn ihr danach zumute ist, benutzt sie alle abwechselnd; Naschwerk, das einem den Appetit nimmt; delikate Gerichte, von denen man Bauchschmerzen bekommt; Vergnügungen, die Irma bald kalt lassen, denn am Ende steht nie etwas anderes als die Liebe, die den Körper und die Sinne verbrennt, aber sollte am Ende doch etwas anderes stehen, so sieht und hört Irma es nicht.

Einen Weihnachtsbaum kauften sie doch, um etwas zu haben, das man schmücken konnte und das voller Licht im Zimmer stehen würde, gleichsam als Symbol ihrer flammenden Liebe. So dachte Irma, und sie dachte es, weil es draußen stockfinster war, denn Weihnachten war ohne Schnee gekommen, ja, draußen herrschte Stockfinsternis, Kälte und Nässe, die bis ins Mark drangen, aber bei ihnen zu Hause war es hell, licht und warm, als schiene ihnen ewig die Sonne und als seien sie von ewigem Frühling umgeben.

Und damit der Weihnachtsbaum, der Stern Bethlehems, auch die Nächte ihres Lebensraums erhellen konnte, ließ Rudolf ihn mit elektrischen Kerzen versehen. Irma war anfangs dagegen, denn elektrische Kerzen brachten ihr die elektrischen Locken in Erinnerung, die der Mann irgendwann mit belustigtem Naserümpfen erwähnt hatte. Aber Irma wollte momentan nichts in ihrer Nähe spüren oder sehen, was auch nur den geringsten Beigeschmack eines Scherzes hatte. Sie brannte in großem, frommem, nahezu heiligem Ernst, als würde sie mit ihrem bisherigen Leben abschließen und alle offenen Rechnungen begleichen. Was gewesen ist, ist das eine, und was kommt, ist das andere. Was aber kommen würde, das wusste Irma nicht, deshalb stand ihr der Sinn auch nicht danach zu scherzen.

Schließlich einigte man sich, denn der Mann meinte, dass die elektrischen die anderen Kerzen in keiner Weise stören würden. Irma solle *Stearin* kaufen – so nannte der Mann die Wachskerzen –, so viel das Herz begehrt, und bunte oder weiße, gedrehte oder glatte, lange oder kurze, dicke oder dünne auswählen, damit sie sowohl duftendes als auch duftloses Licht um sich hätten.

Ja, der Mann sprach von duftendem und duftlosem Licht und sagte, dass er keine schönere Erinnerung an die Weihnachtsfeste seiner Kindheit habe als den Wachsduft der Weihnachtsbaumkerzen, der die Räume erfüllt hatte. Erst später habe er sich gefragt, was für ein Duft wohl im Stall von Bethlehem geherrscht haben mochte und was für einen Duft die drei Weisen aus dem Morgenland mitgebracht hatten, um sich vor dem Friedefürst zu verneigen. Vielleicht ist die Geschichte von dem Stern, der über dem Stall von Bethlehem leuchtete, nur ein Märchen, und in Wirklichkeit kamen die Weisen aus dem Morgenland mit großen, großen Wachskerzen in der Hand?

Also kaufte Irma gemeinsam mit ihrem Mann Licht, das duftete, sie kauften dicke und dünne Kerzen, rote und weiße, glatte und gedrehte. Aber sie kauften auch Weihnachtsschnee, denn ohne Geld war der in diesem Jahr nirgendwo zu haben, und wenn er doch zu haben gewesen wäre, dann hätte er es nicht vertragen, ins Zimmer geholt zu werden – er wäre einfach weggeschmolzen; sie kauften silbernes und goldenes Lametta, sie kauften Glaskugeln, die wie Edelsteine glänzten und leicht und zart waren wie Seifenblasen, sie kauften strahlende Sternchen und allerlei sinnlosen Zierrat, denn anders hatte ein Weihnachtsbaum ja keinen Sinn. Irma kaufte schließlich nur aus dem Grund, um zu kaufen und damit sie etwas zum Nachhausetragen in der Hand hatte, denn wenn ihre Liebe mit Käufen und Nachhausetragen anfangen durfte, warum durfte sie dann nicht genauso enden, so sie denn einstweilen enden musste, weil es ja auch noch das Leben gibt, wie der Mann sagte.

Aber noch war das Ende nicht da, denn der Weihnachtsbaum wartete ja darauf, geschmückt zu werden, und Irma wusste nicht, was interessanter und spannender gewesen wäre, als Gegenstände an die grünen, duftenden Zweige zu hängen, die einen belebend, beinahe erregend stachen. Die Gegenstände wurden hübsch einer nach dem anderen, schön der Reihe nach, an den Baum gebracht, bis dieser von oben bis unten behängt war. Zu Hause war sie jedes Mal mit ihrer Mutter zum Kalmu-Weihnachtsbaum eingeladen worden, denn sie selbst hatten keinen, und wenn, dann gab es nichts zum Daranhängen außer einem billigen Pfefferkuchen oder einem kleinen sauren Apfel, den die Mutter heimlich weggelegt hatte. Und wenn Irma mithalf, den Kalmu-Baum zu schmücken, dann hegte sie keinen schöneren Traum als den, mit der Mutter auch einmal einen großen Weihnachtsbaum zu besitzen, einen beinahe so groß wie den des Kalmhofes, und dass sie dann auch etwas hätten, womit sie ihn behängen konnten. Irma hatte nie daran gedacht, dass sie und die Mutter jemals so viel Baumschmuck haben würden wie die Kalmu-Leute, sie wäre mit viel weniger zufrieden gewesen.

Doch jetzt! Was waren alle Kalmu-Bäume neben dem ihren! Nichts! Nur die Mutter sah ihn nicht, nein, die Mutter sah ihn nicht. Die Mutter sitzt vielleicht auch in diesem Jahr unter dem Kalmu-Baum, vielleicht aber bleibt sie auch ganz zu Hause, singt leise »O kommet, ihr Hirten« und legt sich dann schlafen. Aber das Zimmer ist warm geheizt, unbedingt, damit die Mutter nicht friert, wenn sie sich alleine unter ihrer Decke zusammenrollt. Dies empfand Irma im Augenblick als großen Trost, so als sei sie diejenige, die Trost brauchte, und nicht die Mutter dort in ihrer Kate.

Seltsam, Irma kam kein einziges Mal auf den Gedanken, dass die Mutter jetzt bei ihr sein könnte. Und sie kam deshalb nicht darauf, weil sie sich absolut nicht vorstellen konnte, dass außer dem Weihnachtsbaum etwas oder jemand Drittes zwischen ihr und ihrem Mann stehen könnte. Nein, jetzt noch nicht! Vielleicht wird Weihnachten irgendwann anders sein, aber dieses Jahr ist es so!

Als Irma mit dem Schmücken des Baumes schon ein gutes Stück vorangekommen war und sich für einen Augenblick setzte, um zu verschnaufen, stand ihr erneut die Mutter vor Augen, wie sie alleine ist und von den Hirten, die da kommen sollen, singt, und plötzlich wurde ihr klar, dass auch sie alleine war, nicht anders als ihre alte Mutter dort in der Kate. Da hilft kein strahlender Weihnachtsbaum, da hilft kein treusorgender Ehemann, da hilft auch nicht die Liebe, letztlich bist du doch allein, so als seiest du schon alt. Und Irma tat die Mutter leid, sie selbst tat sich leid, ebenso ihr Mann, wie auch der Weihnachtsbaum, der da so alleine stand. Es gab natürlich unzählige andere Weihnachtsbäume, aber alle standen sie für sich, genau wie dieser hier, sie standen für sich wie die Menschen, jeder mit seinem eigenen Weihnachten vor Augen und im Herzen.

Erst jetzt begriff Irma, dass sie an jedem Weihnachtsabend allein für sich stand, wenn sich alle unter dem Baum des Kalmhofes eingefunden hatten. Ihr war es immer so vorgekommen, als würden die anderen zusammenstehen, denn sie hatten etwas, was sie verbindet und eint, nur sie hat es nicht. Und ohne zu wissen, warum, stiegen ihr jetzt die Tränen in die Augen. Nicht dass sie vorgehabt hätte zu weinen, dazu hatte sie nicht den geringsten Grund, nein, die Augen begannen einfach zu tränen, ein Tropfen nach dem anderen rann ihr über die Wangen, während Irma im Stillen beteuerte: Warum die Tränen, ich bin doch glücklich.

Und als läge in der Beteuerung ihres Glücks eine böse Vorahnung, fügte sie hinzu: zum Mindesten jetzt. Ja, zum Mindesten jetzt war sie glücklich, und deshalb waren Tränen überflüssig. Die sollte man sich für Zeiten aufheben, in denen sie einen Sinn haben würden. Aber weil die Tränen im Moment wirklich sinnlos waren, flossen sie ungeniert weiter, Tropfen um Tropfen, als wollten sie Irma und auch den Mann, der gerade aus dem anderen Zimmer hereintrat, glauben machen, dass sie doch ihren Sinn haben, und sei es ein Sinn um des Sinnes willen.

»Kindchen, dir fließen ja die Tränen wie's Bächlein auf den Wiesen!«, rief der Mann. »Was soll das bedeuten?«

»Ich dachte an unsere Liebe«, sagte Irma.

»Tut es dir leid oder tut es dir weh, dass wir uns lieben?«, fragte der Mann.

»Dass wir uns vielleicht irgendwann nicht mehr lieben, das tut mir weh«, erklärte Irma.

»Irgendwann werden wir auch nicht mehr leben, warum also jetzt schon trauern«, tröstete sie der Mann.

»Mir scheint, es ist leichter zu sterben, als die Liebe sein zu lassen«, sagte Irma. »So schön wie unsere Liebe war mein Leben noch nie. Selbst meine Kindheit war nicht so schön.«

»Du bist noch nicht alt genug, als dass die Kindheit schön sein könnte«, meinte der Mann. »Dafür jedoch, dass die Liebe schön ist, bist du noch jung genug.«

»Liebster, lieb mich, solange ich noch jung und schön bin«, bat Irma und fiel dem Mann um den Hals, die Augen immer noch voller Tränen. »Lieb mich, mehr und mehr, denn auch ich liebe dich mehr und mehr. Mir ist, als würde ich gerade erst anfangen zu lieben.«

»Zuerst trugst du die Liebe im Herzen, dann eroberte sie deinen Körper, und nun steigt sie dir zu Kopfe«, sagte der Mann daraufhin.

»Jetzt ist sie überall«, ergänzte Irma.

»Richtig«, sagte der Mann. »Und kaum ist die Liebe überall, schon bringt sie einen um den Verstand.«

»Anfangs hat sie dich um den Verstand gebracht, erinnerst du dich, und jetzt tut sie es mit mir, von Tag zu Tag mehr.«

»Jemanden ohne Verstand sollte man für alle Fälle im Hause haben«, gab der Mann dem Ganzen eine spaßige Wendung, hakte seine Frau unter und ging mit ihr ins Schlafzimmer, als wolle er sie zu Bett bringen. Aber nein, stattdessen fand die freie Hand am Bettende eine zusammengelegte Decke und trug sie zum Weihnachtsbaum, wo sie ausgebreitet und auf den Teppich gelegt wurde.

»Was hast du vor?«, fragte Irma.

»Ich bereite den Weihnachtsabend vor«, antwortete der Mann.

Jetzt glaubte Irma zu verstehen, und sie fühlte, wie sie über und über errötete, als sie ein weißes Laken suchen ging, um es über die Decke zu breiten.

»Jetzt fehlen noch die Kissen und wir selbst«, sagte der Mann.

»Es fehlt noch mehr«, antwortete Irma und merkte, dass es ihr immer noch nicht gelingen wollte, die Röte zu besiegen.

»Was denn noch?«, fragte der Mann, aber als er sah, wohin Irma ging, fügte er hinzu: »Richtig! Das habe ich ganz vergessen! Wir haben doch Branntwein und …«

»Bitte, keinen Branntwein«, sagte Irma, »nur etwas zu Naschen und Obst.«

»Warum denn keinen Branntwein?«, fragte der Mann.

»Der raubt mir noch das letzte bisschen Klarheit, das ich im Kopf habe, aber heute möchte ich bei klarem Verstand sein«, erklärte Irma.

»Weißt du, mein Heimchen, es ist gar nicht gut, wenn der Mensch bei klarem Verstand ist, denn dann ist er langweilig.

Ob du es glaubst oder nicht, ich kenne keine langweiligeren Geschöpfe, als Menschen bei klarem Verstand, denn die essen in rechtem Maße, trinken in rechtem Maße, hassen in rechtem Maße und lieben in rechtem Maße. Aber eben hast du noch behauptet, dass die Liebe dich um den Verstand bringt, von Tag zu Tag mehr. Und wer seine Bettdecke auf dem Fußboden ausbreitet, der kann natürlich auch nicht bei klarem Verstand sein. Ein Mensch mit klarem Verstand breitet seine Bettdecke auf dem Bett aus, hast du das noch nicht gewusst, mein liebes Weib?«

Während er das sagte, trat Rudolf zu Irma, fasste sie zuerst am Arm, dann um die Taille und küsste sie neckisch mal auf die Wange, mal auf den Mundwinkel, obwohl Irma etwas in der Hand hatte, das sie gerade irgendwohin bringen oder legen wollte. Und nachdem Irma die Erklärungen ihres Mannes geduldig angehört hatte, kam auch sie zum Entschluss, dass kein einziger Mensch mit klarem Verstand seine Bettdecke auf dem Fußboden ausbreitet, wenn er sie denn überhaupt ausbreitet, und schon gar nicht breitet er ein weißes Laken darüber, demnach schienen sie und ihr Mann durchaus schon etwas von ihrem Verstand verloren zu haben. Nun tat es auch nichts mehr zur Sache, wenn sie den Rest dem Branntwein opferten, auf den der Mann gerade großen Appetit verspürte. O komm, edler Tropfen; o komm, süßes Naschwerk; o komm, frische Frucht – auf dass sich das rechte Weihnachtsgefühl einstellen möge, wenn der Baum in duftenden und duftlosen Lichtern erstrahlt!

Somit breitete man alles auf dem Fußboden aus, was sich an Ess- und Trinkbarem fand, damit man es zur Hand hatte, wenn der Appetit kam. Und als auch die Kissen aus dem Bett geholt waren, fehlte nichts weiter, als die Herrschaft selbst. Irma blieb vor der Bettstatt, die auf dem Fußboden bereitet war, stehen, als würde sie überlegen, ob sie sich schon hinlegen oder was sie sonst tun sollte, damit es recht getan sei. Da trat der Mann zu ihr, reichte ihr höflich den Arm und sagte:

»Darf ich bitten, meine Dame.«

Und als könne er nicht erwarten, dass er untergehakt werden würde, packte der Mann die Frau und trug sie ins Schlafzimmer an den Bettrand, wo er ihre Schuhe gegen Pantoffeln tauschte und die Tageskleider gegen ein Nachtgewand. Aber damit es schneller vonstatten ginge, kam die Frau dem Mann zu Hilfe, so als brenne sie auf das Bett, das auf dem Fußboden bereitet war.

»Geduld, gnädige Frau, der Hausherr ist gleich zur Stelle«, sagte Rudolf, als er die Frau unter den Weihnachtsbaum getragen hatte und davoneilte, um auch sich umzukleiden.

Irma lag auf dem Rücken, die Arme über dem Kopf, als würde sie sie nach dem ausstrecken, auf den sie so sehr wartete. Als der Mann schließlich erschien, schaltete er den Weihnachtsbaum auf duftloses Licht, wie er sagte, und löschte alle übrigen Lichter.

»Ich will meine Kerzen auch anzünden«, sagte Irma und wollte aufspringen. Aber der Mann hinderte sie daran, indem er sagte, dass das später käme, denn alles was duftet, kommt später.

Also begaben sie sich auf ihr Bett unter dem Baum und begannen zu essen und zu trinken. Sie aßen und tranken und fütterten und tränkten einander, als könnten sie sich aus eigener Kraft nicht satt genug essen und trinken. Besonders gut schmeckte es, wenn jeder von jedem nur die Hälfte nahm, nur die Hälfte, als seien sie Kinder, die darauf begierig sind, von einem und demselben Stück abzubeißen. Und je mehr sie so aßen und tranken, desto mehr wuchs ihr Appetit aufeinander. Aber sie vermieden das Näherkommen, als seien Ort und Augenblick dafür zu heilig. Als Irma schließlich einen Versuch machte, wies der Mann sie halb im Spaß, halb im Ernst zurück:

»Der Schnaps und die Liebe, merke dir, werden umso stärker und besser, je länger sie stehen.«

Als sie genug gegessen und getrunken und die Liebe gemieden hatten, damit sie stärker und besser würde, sagte Irma schließlich:

»Jetzt zünde ich auch meine Kerzen an, damit die richtige Feststimmung aufkommt.«

Aber der Mann wollte ihr unbedingt behilflich sein. Und als es an die Kerzen ging, die man mit der Hand nicht mehr erreichte, fasste der Mann Irma um die Beine und hob sie hoch bis fast unter die Decke.

»Du zitterst, sieh zu, dass du mich nicht fallen lässt«, warnte Irma. »Der Schnaps ist dir zu Kopfe gestiegen.«

»Nicht der Schnaps, sondern die Liebe«, widersprach der Mann. »Ich zittere unter der Liebeslast, die ich in meinen Armen halte.«

»Nur noch ein paar Kerzen, dann wirst du deine Liebeslast los«, lachte Irma, denn es tat ihr so wunderbar wohl, dass der Mann sie auf diese Weise in seinen Armen hielt. Ihr war beinahe genauso wohl wie damals, als der Mann sie am Hochzeitsabend zum ersten Mal um die Hüften gefasst und zwischen seinen Knien gehalten hatte. Schade, sehr schade, dass nur noch wenige Kerzen anzuzünden waren, denn dann würde der Mann sie aus seinen Armen lassen und auf den Fußboden stellen. Und damit dieser Augenblick ein bisschen hinausgezögert würde, löschte Irma heimlich ein paar brennende Kerzen, damit immer noch etwas anzuzünden war. Dazu sagte sie:

»Die letzten Kerzen wollen doch wahrhaftig nicht anbrennen!«

»Dann muss ich dich noch höher heben«, meinte der Mann.

Schließlich brannten alle Kerzen, und der Mann ließ Irma auf den Fußboden herunter. Dann schaltete er im Zimmer auch alle Lampen an, als würde er sonst den Weihnachtsbaum nicht richtig sehen können. Und er sang im hell erleuchteten Raum:

Wie soll ich dich empfangen
und wie begegn ich dir

»Was ist dir denn jetzt in den Sinn gekommen, dass du auch den Kronleuchter anschaltest?«, fragte Irma, die nur das Licht des Weihnachtsbaumes haben wollte.

»Sonst sehe ich die Kerzen am Weihnachtsbaum nicht«, antwortete der Mann betont sachlich.

»Du bist wirklich verrückt«, lachte Irma und wollte gehen, um den Kronleuchter auszuschalten, doch der Mann versperrte ihr den Weg, packte sie ohne ein Wort und küsste sie derart innig, als habe er sie schon wer weiß wie viele Tage nicht mehr in den Armen gehabt.

»Natürlich bin ich verrückt«, sagte er schließlich. »Ungestraft darf dich niemand an den Beinen halten.« Und als er die Frau unter dem Weihnachtsbaum auf die Bettstatt gelegt hatte, die umgeben war von Süßigkeiten, Obst und Branntwein, fuhr er fort: »Heute bist du mein Christkind, und ich kann dich, weiß Gott, mit fröhlicherem Herzen von Kopf bis Fuß küssen, als die Jungfrau Maria ihren Sohn, denn sei es wie es sei, aber Maria hat das Herz doch ein bisschen bluten müssen, weil …«

»Liebster, ich bitte dich, sag nichts Unziemliches über Maria«, unterbrach Irma ihn, »sie ist am Heiligen Abend Mutter geworden, und über Mütter sollte man nicht spotten. Ach, mein Liebster! Mach du mich heute zur Mutter, tu es in diesem großen Licht, unter dem Weihnachtsbaum, damit unser Kind ein Weihnachtskind wird!«

Die letzten Worte sprach Irma wie in Ekstase. Durch die Anspielung des Mannes auf Marias Jungfräulichkeit hatte sie der Gedanke, Mutter zu werden, der ihr bis heute nicht in den Sinn gekommen war, heftig getroffen. Und nun kam es ihr plötzlich wie ein Traum vor, an diesem Weihnachtsabend, im hellen Lichterglanz und in der Liebesglut, die Körper und Seele gleichermaßen erfasst hatte, ein Kind zu empfangen.

»Du mein Weihnachtskind, mein Weihnachtskind«, wiederholte der Mann, als er seine Frau küsste und entblätterte, als wolle er sich in diesem hellweißen Licht davon überzeugen, ob sie, die so sehr Mutter werden wollte, auch wirklich dazu geeignet war.

»Mach mich zur Mutter, Liebster«, bat Irma nahezu kindlich schlicht, als sie bereits nackt in den Armen ihres Mannes lag.

»Bist du mich etwa schon leid, dass du dich nach einem Kind sehnst, das dich liebt?«, fragte der Mann zwischen den Küssen.

»Liebster, ich will nur Mutter werden, Mutter eines Weihnachtskindes«, bat die Frau.

»Ich beneide das Kind, das du von mir möchtest, sagt mir meine Liebe«, erklärte der Mann.

»Und meine sagt mir, dass ich dich liebe, des Kindes wegen, das ich von dir möchte«, sagte die Frau.

»Das helle Weihnachtslicht treibt unsere Liebe in verschiedene Richtungen, denn die Liebe scheut das Licht«, meinte der Mann dazu.

»Aber ich mag es so«, sagte Irma, »heute ist es schön, dass die Lichter leuchten. Es ist wie Sonnenschein. Spürst du, wie der Weihnachtsbaum glüht?«

»Nein, du bist es, die glüht, dein Körper glüht, weil er so gern ein Kind haben möchte.«

»Dann gib ihm, was er möchte, wenn du mich liebst«, bat die Frau.

So sprachen sie miteinander, als sie zum ersten Mal spürten, dass Liebe nicht nur Rausch, sondern auch Leid bedeuten kann. Wenn Irma sich später hätte erklären wollen, warum der Rausch plötzlich in Leid umgeschlagen war und warum das Leid sie noch stärker als der Rausch aneinander band, dann hätte sie keinen anderen Grund gefunden als den, dass es der Heilige Abend war, dass es den Weihnachtsbaum gab und die Kerzen mit ihrem duftenden und duftlosen Licht, die Glaskugeln, leicht und zart wie Seifenblasen, blitzend wie Edelsteine, und die strahlenden Sternchen und vieles, vieles mehr. Deshalb machte die Liebe sie leiden.

Aber Irma hatte auch andere Gründe zu leiden. Noch kein einziges Mal war es in ihrer Ehe geschehen, dass der Mann nach dem reichlichen Opfern am Liebesaltar eingeschlafen wäre und seine Frau einsam hatte wachen lassen, aber heute geschah es. Sie streckten sich gerade aus, als wollten sie nur kurz verschnaufen und, nebeneinander im Licht des Weihnachtsabends liegend, neue Kraft sammeln, als Irma plötzlich das tiefe Atmen des Mannes hörte. Überrascht wandte sie den Kopf. Aber es war nichts weiter zu sehen, als dass der Mund des Mannes ein wenig offen stand, die Augen geschlossen waren und in den Gesichtszügen wie auch im ganzen Körper göttliche Ruhe lag. Irma träufelte aus einem Konfekt ein wenig Likör auf die Lippen des Mannes, worauf ein kurzer Augenaufschlag folgte. Doch der Blick war so gleichgültig und fremd, dass Irma den Mann gewähren ließ, als der sich auf die andere Seite drehte.

»Mein müdes Weihnachtskind«, sagte Irma scherzend und

wehmütig zugleich, als sie den nackten Körper des Mannes behutsam zudeckte. Am liebsten hätte sie dieses große Kind auf den Arm genommen und ins Bett getragen, aber dazu fehlte ihr die Kraft. Sie stand auf, zog sich das Nachtgewand an und löschte die Kerzen, die bereits weit heruntergebrannt waren. Danach schaltete sie die elektrischen Kerzen aus und ließ am Kronleuchter nur eine Lichterreihe brennen. Denn wozu das helle Licht, wenn die bewundernden Augen des Liebenden geschlossen sind? Wozu die vielen anderen Lichter, wenn das der Liebe gelöscht ist?

Im Zimmer war es jetzt dämmrig, und Irma setzte sich neben ihren Mann, zog die Knie unters Kinn und hielt sie mit beiden Armen umschlungen. So blieb sie eine ganze Zeitlang sitzen, sie blieb still sitzen und dachte, wie ihr vorhin das Herz geschmerzt hatte, weil sie sich von Kind an unter dem Weihnachtsbaum des Kalmhofes verlassen gefühlt hatte. Wieder fiel ihr die Mutter ein, die jetzt vielleicht ebenso verlassen in ihrem Bett in der Kate lag; gut, wenn wenigstens das Zimmer warm ist wie hier, bei Irma. Aber die Mutter hat keinen Mann, der neben ihr schläft, und sie brennt nicht mehr in Liebe, oder wenn da doch noch Liebe ist, dann genügt es ihr, von den Hirten zu singen, die in Betlehems Stall kommen sollen. So steht es um ihre Liebe.

Und Irma sitzt still da und hält ihre Knie umfangen, denn der, der sie halten sollte, ist eingeschlafen. Ja, Irma wünscht sich sehr, dass der, der da schläft, sie immer und immer umfangen hielte. So steht es um ihre Liebe.

Ihr fielen die Worte der Mutter ein, die jene oftmals zu ihr gesagt hatte: »Du bist unersättlich! Dein Maß ist niemals voll!« Genau diese Worte hatte die Mutter gebraucht, so als spräche sie von einem Tier. Wer hatte noch von einem Tier gesprochen, als er von der Liebe hatte sprechen wollen? Ach ja! Das war der Herr des systematischen Maschineschreibens mit seiner Perücke. Er sprach vom Tier und vom Duft, von der Pflanze und vom *Tenndieren*. Und Fräulein Sinimets, was war doch gleich mit ihr gewesen? Richtig! Sie hatte keinen Duft mehr, duftete nach keiner einzigen Pflanze, auch *tenndierte* sie nirgendwohin. Duftet Irma auch nach keiner einzigen Pflanze mehr, dass der Mann neben ihr so schlafen kann?

Entschlossen stand Irma auf, ging ins Schlafzimmer, schloss die Zwischentür, als fürchtete sie, dass der schlafende Mann sie sonst sehen könnte, schaltete sämtliche elektrischen Lampen an, warf das Nachtgewand ab, trat vor den Spiegel und studierte sich von allen Seiten. Dies brachte ihr inneres Gleichgewicht wieder ins Lot, denn sie fand, dass alles noch war wie vorher: die Brüste ohne die geringsten Anzeichen von Schlaffheit, die Hüften in fließenden Kurven, die Haut der Arme und Beine weiß, weich und glatt, so als hätte jemand sie straffgezogen, damit da, wo es angebracht war, Täler, Bögen und Hügel entstehen konnten. Irma lächelte schließlich. Was für ein Dummchen sie doch war! Nur einen Monat oder anderthalb in Liebe, entbrannt in Liebe, und schon vergleicht sie sich mit einem Fräulein Sinimets, untersucht, ob die Küsse und Liebkosungen des Mannes bereits ihre Spuren hinterlassen haben. Oder ist sie auch hierin so unersättlich, dass sie sich diese Spuren bereits wünscht? Du wirst schnell alt, wenn du viel begehrst, hatte die Mutter einmal gesagt. Galt das auch für die Liebe? Vielleicht galt es auch für die Liebe.

Irma zog sich das Nachtgewand wieder an, ordnete das Bett und ging den Mann wecken. Sie küsste ihn zuerst auf die Stirn, dann auf die Augen und zum Schluss auf die Lippen, wo sich noch ein Hauch des genossenen Branntweins und

Naschwerks gehalten hatte. Der Mann schlug die Augen auf. Fragend sah er Irma an, setzte sich hastig auf und fragte:

»Was soll denn das bedeuten? Weihnachtsabend – und der Baum brennt nicht! In Bethlehem singen die Hirten, und wir sitzen im Dunkeln! Und du, mein Mädchen, meine Frau, mein liebes Weihnachtskind, was ist mit dir geschehen?«

»Alle Weihnachtskinder sind müde und werden jetzt schlafen gehen«, antwortete Irma in unglaublich guter Laune, weil der Mann sie Mädchen genannt hatte.

»Aber! Meine liebe Frau, du bist wohl nicht ganz bei Trost!«, rief der Mann und sprang auf. Und schon hatte er die elektrischen Kerzen am Weihnachtsbaum und auch den Kronleuchter angeschaltet. Dann kam er zurück zum Lager, füllte die Gläser und reichte das eine der Frau. Und indem er all die verbliebenen Süßigkeiten und Früchte in Schachteln und auf Platten vor sie hinstellte, sagte er: »Heute ist unser erstes Weihnachten, das darf man keinen Augenblick vergessen.«

»Aber warum bist du dann eingeschlafen?«, fragte Irma.

»Habe ich wirklich geschlafen?«, fragte Rudolf. »Das kann nicht sein! Ich habe nur ein bisschen von dir geträumt.« Und wie zum Beweis, dass er nicht geschlafen, sondern nur geträumt hatte, küsste er die Knöchel des linken Fußes der Frau erst von der einen, dann von der anderen Seite und fragte: »Glaubst du jetzt, dass ich nicht geschlafen habe?«, und als die sagte, dass sie ihm nicht glaube, setzte er das Küssen auf dem Bein fort, denn die Frau sollte ihm glauben, und sei es, dass man sie zu diesem Zwecke noch einmal über und über mit Küssen bedecken musste.

XVII

Das ganze Haus, die einen früher, die anderen später, brachte seine alten Weihnachtsbäume hinaus auf den Hof und warf sie neben der Mülltonne in die Ecke, die, wie es aussah, eigens für diesen Zweck vorgesehen war. Hier wurden die einstigen Prachtstücke von redseligen Hauswartleuten beargwöhnt, hier wurden sie von Dienstboten, die Abfälle in die Mülltonne schütteten, beiseitegeschoben, auch von Hunden beschnuppert, die an ihnen das Bein hoben, zunächst die hauseigenen Tiere, später auch fremde, wenn das Hoftor versehentlich offen blieb; oder die Katzen erhoben ihre zitternden Schwänze, als seien jetzt sie an der Reihe, an Ruhm und Ehre vergangener Tage teilzuhaben. Wann und wohin die vertrockneten Baumreste mit ihren abgefallenen Nadeln schließlich verschwanden, das wusste niemand so recht zu sagen, denn es interessierte sich keiner mehr für sie. Vielleicht zerkleinerte sie der Hauswart, vielleicht schaffte der Müllkutscher sie weg, aber es kann auch sein, dass ihnen geschah, was, wie man wusste, auch manchem frommen Manne geschah: Man sah sie mit Gott gehen, bis man sie nicht mehr sehen konnte. So standen denn die heiligen Tannenbäume neben der Mülltonne, bis sie eines Tages nicht mehr da standen.

Soviel zu frommen Männern und heiligen Tannen. Aber Irma wollte nicht, dass ihrem Weihnachtsbaum das gleiche geschah. Sie wollte nicht, dass der, der in heiligem Lichterschein gestanden und unter dem ihr Liebesfeuer gebrannt hatte, in die Mülltonne wanderte und durch die Hunde und Katzen noch wer weiß wohin. Und als würde sie sich unentwegt den Kopf darüber zerbrechen, welches Schicksal ihrem Weihnachtsbaum zuteilwerden sollte, behielt sie ihn auch dann noch im Zimmer, als alle anderen seiner Art längst den Fußtritten der Menschen und dem Beinheben der Hunde ausgesetzt waren. Weihnachten ging vorüber – der Baum stand, Neujahr ging vorüber – der Baum stand immer noch, der Dreikönigstag ging vorüber, und der Baum stand immer noch an seinem Platz. Die Aufwartefrau klagte, dass die Tanne schrecklich nadeln würde, der ganze Fußboden sei übersät, aber Irma wies die Frau an, die Nadeln einfach zusammenzukehren. Rudolf fragte, ob Irma den Baum nicht hinausbringen lassen wolle, aber sie antwortete, dies sei ihr erster Weihnachtsbaum und er solle noch ein wenig stehenbleiben.

»Wozu ihn noch behalten, er duftet ja nicht mehr«, sagte der Mann.

»Spürst du seinen Duft wirklich nicht?«, fragte Irma.

»Die Nadeln liegen doch alle unten«, bemerkte der Mann und warnte: »Jetzt darf man keine Kerzen mehr anzünden, er könnte Feuer fangen.«

Ja, das Feuer soll ihn haben, beschloss Irma, ließ jedoch kein Wort darüber verlauten. Und am nächsten Tag, als der Mann gegangen war, ließ sie sich vom Hauswart ein Haumesser und eine kleine Säge bringen, trennte die Äste vom Baum ab und zerstückelte dann den Stamm. Sie tat es mit eigenen Händen, schließlich war sie eine Kätnertochter. So verwandelte sich der Weihnachtsbaum in einen kleinen Haufen Reisig und ein paar Handvoll trockener, scharfer Nadeln. Irma steckte alles in den Ofen, zuerst dünnere und etwas kräftigere Äste, dann Stammstücke, die knisternd brannten und zuletzt noch ein paar dünne Ästchen und auch die Nadeln, die im Feuer leise winselten, als täte es ihnen weh. Irma dachte, dass dem vielleicht so war, denn ihr tat es wirklich weh. Mit jedem abgebrochenen Ast, jedem Stammstück, jeder Handvoll Nadeln warf sie etwas von ihrem Liebes- und Lebensschmerz ins Feuer, aber der verbrannte nicht, sondern loderte von Mal zu Mal heller auf. Und als von der Tanne nichts mehr übrig, alles zusammengefegt und auch die letzte Nadel ins Feuer geworfen war, kam es Irma vor, als habe sie den Ofen heute mit ihrem Leben und ihrer Liebe geheizt. Lange saß sie vor dem Ofen, so lange, bis sich nur noch heiße Asche darin fand, und wieder hätte der Mann sie mit feuchten Augen ertappen können, wenn er zur rechten Zeit nach Hause gekommen wäre. Aber da er sich ein wenig verspätete, sah er zu Hause nichts Ungewöhnliches, er merkte nur, dass die Zimmer ungewöhnlich warm waren.

»Warum ist heute so stark geheizt worden?«, fragte er.

»Ich habe geheizt«, antwortete Irma.

»Warum du?«, wunderte sich der Mann.

»Ich wollte es«, sagte Irma.

Der Mann sagte nun nichts mehr über die Ofenwärme, stattdessen fragte er:

»Was ist das für ein Duft?«

»Herrscht denn ein besonderer Duft?«, fragte Irma zurück.

»Es kommt mir so vor«, meinte der Mann. »Es ist, als würde es nach Rauch und Harz duften.«

»Ich rieche nichts«, beteuerte Irma mit einem kleinen Schmunzeln. »Komisch, woher nimmst du das?«

»Irma!«, rief der Mann, sprang vom Tisch auf und riss die

Tür zum großen Zimmer auf. »Du hast deine Tanne verbrannt! Hast du das wirklich ganz alleine getan?«

»Ganz alleine«, antwortete Irma. »Die Äste habe ich abgehauen, den Stamm in Stücke gesägt und alles eigenhändig in den Ofen gesteckt.«

Der Mann sah sie eine Weile tiefernst an, als würde er mit sich zu Rate gehen, ob er sie auch richtig verstanden hatte, dann trat er wortlos zu ihr, nahm ihre Hände und küsste sie, als wolle er die rosaroten Spuren der Tannennadelstiche löschen, mit denen die helle Haut gespickt war.

»Du bist schrecklich in deiner Frömmigkeit«, sagte der Mann, als er sich wieder gesetzt hatte. Und seine Augen glänzten ein wenig, als seien auch sie feucht geworden. Aber Irma sah es nicht, denn sie fühlte sich peinlich berührt und musste kurz zur Seite schauen. Als sie den Blick wieder auf den Mann richtete, war da nichts Ungewöhnliches mehr zu sehen, und Irma hätte nie geglaubt, dass auch Männer Augen haben, die wegen eines alten Weihnachtsbaumes feucht werden können. Eher hätte sie wohl geglaubt, was die Leute glaubten – ihre Aufwartefrau, ihre Hauswartleute, andere Aufwartefrauen, andere Hauswartleute, Bedienstete, Damen, Fräulein und sogar Herren. Für sie alle stand es fest, dass Herr Ikka, dieser Eindorf oder Eindorhv, der vorher solch ein Lotterleben geführt hatte, dass er sich nicht mal ein Dauerliebchen hielt, sondern auf immer Neue aus war, und zwar solche, die es bevorzugten, einem Alleinstehenden zu Diensten zu sein, ja, dass dieser Eindorhv nun wahrlich keine standesgemäße Frau hatte, denn sie hat von den Hauswartleuten ein Haumesser und eine Säge geholt, um den Weihnachtsbaum zu rupfen und in den Ofen zu stecken, und zwar eigenhändig, mit bloßen Händen. Das soll eine Dame sein?! Sich wegen eines alten Weihnachtsbaums die

Hände schmutzig machen! Was hat man denn davon, kostet ein warmer Ofen etwa ein Vermögen?

Ja, die Frau von diesem Eindorhv oder Ikka muss wirklich von sehr niedrigem Stand sein, wenn sie es nicht mal fertigbringt, einen alten Weihnachtsbaum wegzuwerfen, sondern ihn eigenhändig in den Ofen steckt. Suppe wird sie dann wohl auch aus Kartoffelschalen und bloßen Knochen kochen. Jaja, jeder Mann hat sein Kreuz zu tragen. Aber dem Eindorhv schadet das nichts, der mit seinem sündigen Leben, dem schadet das gar nichts. Denn Gott lässt sich nicht hinters Licht führen, und was der Mensch sät, das wird er auch ernten. Aber manche, die von der Aufwartefrau hörten, dass die Frau von diesem Eindorhv gar nicht geizig war, denn den Hauswartleuten hatte sie für die Benutzung des Haumessers und der Säge fünfzig Cent geschickt, verstehen Sie – eine ganze halbe Krone, und das für nur ein paar Minuten, denn die Frau hat die Tanne eins-zwei-drei kurz und klein gehabt, ganz so, als stünde sie mit dem Holzmachen auf Du und Du, ja, wer das hörte und zusätzlich noch erfuhr, dass die Frau immer reichlich Naschwerk und seltene Früchte auf dem Tisch zu stehen hatte, als gäbe es das immer, überall und umsonst, der konnte am Ende nicht umhin, als zu meinen, dass die Frau ein bisschen verrückt sein musste. Verrückt ist ja auch der Eindorf selbst, nicht mal die Namensänderung hat es geschafft, ihn zu ändern, und wenn seine Frau auch verrückt ist, dann haben sich ja die beiden Richtigen gefunden: essen Schokolade und schälen Apfelsinen und heizen mit alten Weihnachtsbäumen den Ofen. Fehlt nur noch, dass sie auch die Bäume anderer Leute von der Mülltonne in ihre Wohnung tragen! Aber ganz so verrückt sind sie wohl doch nicht, die Frau wird nur die eigene Tanne mit schokoladeverschmierten Händen verheizt haben.

Wenn Irma diese durch die Gegebenheiten begründeten Geschichten ihrer freundlichen Mitmenschen mit eigenen Ohren gehört hätte, dann hätte sie zur gegenteiligen Auffassung gelangen müssen. Sie hätte sagen müssen: Mein Mann und ich, wir waren beide ein bisschen verrückt, vielleicht auch mehr als ein bisschen, aber wir sind es nicht mehr. Als der Weihnachtsbaum verbrannt war, sind wir zu Verstand gekommen, zuerst mein Mann, dann auch ich, und jetzt leben wir so, wie alle vernünftigen Menschen leben: Der Mann geht zum Dienst, ich führe den Haushalt, und am Abend sind wir müde. Der Mann ist offenbar wirklich müde, denn heutzutage ist das Leben schwer, und ich tue so, als sei ich müde, denn sonst falle ich dem Mann auf die Nerven und ermüde ihn noch mehr. Und ein Heim, so heißt es doch, sei Kraftquell für den Mann und Ort des Schaffens für die Frau.

So hätte Irma antworten können, wenn sie die Reden der freundlichen Mitmenschen, die an ihr, ihrem Mann und ihrem Weihnachtsbaum so sehr interessiert waren, gehört hätte. Aber ihr Herz hätte sich vor Schmerz gekrümmt, denn es wäre ihm bewusst geworden, dass Irma den Ofen mit Leben und Liebe geheizt hatte und nicht mit einem alten Weihnachtsbaum. Und weil ein Teil des Lebens und der Liebe verheizt worden war, musste sie nun mit weniger auskommen. Das war so schwer, dass selbst der Mann es Irma ansah – an ihrem Gesicht, ihren Augen, dem Gang, der Stimme, dem ganzen Wesen. Deshalb sagte er eines Tages:

»Weißt du, mein Heimchen, tu etwas, und sei es nur zum Zeitvertreib.«

»Ich tue doch etwas«, antwortete Irma so leise und ergeben, als sei sie wirklich nur ein Heimchen.

»Ich meine damit nicht die Hauswirtschaft«, erklärte der

Mann. »Geh außer Haus, tu etwas, das dich ablenkt, denn wie du siehst, meine Zeit für dich ist knapp bemessen.«

»Das sehe ich«, sagte Irma.

»Aber du solltest es nicht so sehen, als hinge es von mir ab, als könnte ich daran etwas ändern.«

»Aber so sehe ich es doch gar nicht«, erklärte Irma. »Ich verstehe sehr gut, dass das Leben und ...«

»Genau«, fiel ihr der Mann ins Wort, »das Leben ist so, es lässt sich nicht ändern. Und deshalb müsstest auch du dich daran gewöhnen, es zu nehmen, wie es ist, ohne Wunschträume und Illusionen. Man muss sich an die Realitäten des Lebens halten, sonst kommt man unweigerlich unter die Räder. Unter die Räder des Lebens natürlich, denn alle anderen sind nicht so gefährlich. Die anderen Räder zerquetschen dich augenblicklich, und dann ist alles vorbei, aber die Lebensräder überrollen dich langsam, sie schleifen dich mit, fügen dir Blessuren zu ...«

»Wozu sagst du mir das eigentlich alles?«, fragte Irma, der das Herz ganz leise anfing zu zittern.

»Du fragst, als hätten dir meine Worte Angst gemacht«, sagte der Mann.

»Das haben sie auch«, bestätigte Irma.

»Schade. Bei dir treffe ich offenbar nie den rechten Ton. Kann man überhaupt ernsthaft mit dir sprechen?«, fragte der Mann.

»Sag es geradeheraus, wenn du etwas auf dem Herzen hast«, bat Irma. »Ein Unglück zu erwarten, fällt schwerer, als unglücklich zu sein.«

»Von was für einem Unglück redest du denn gleich! Nein, ich verstehe dich nicht, wirklich nicht«, sagte der Mann.

»Ach, deiner Meinung nach ist es kein Unglück, dass ich dich von Tag zu Tag seltener sehe?«

»Ich sehe ein, dass es für dich ein Unglück ist«, sagte der Mann, »und ich möchte dir dabei helfen, das unumgängliche Unglück des Lebens erträglich zu machen.«

»Damit, dass du mir empfiehlst, dich noch weniger zu sehen?«, fragte Irma.

»Die Frage besteht nicht darin, sondern in der Tatsache, dass ich nicht reich genug bin, um immer nur mit dir zusammen zu sein: Ich muss auch anderswo sein, muss auch mit anderen Menschen zusammenkommen, oft genug mit solchen, die nur an mir – an mir als Geschäftsmann – interessiert sind, nicht aber an meiner Frau. Das verstehst du doch, nicht wahr? Nun, und weil es unumgänglich ist, weil es ein ehernes Lebensgesetz ist, können wir nur eines tun: es so einrichten, dass uns dieses eherne Gesetz möglichst wenig belastet. Deshalb meine ich, dass auch du ein Betätigungsfeld außer Haus finden solltest, und wenn wir dann am Abend müde heimkommen, genießen wir unsere häusliche Ruhe als das gemeinsame Lebensglück.«

»Was wäre deiner Meinung nach ein solches Betätigungsfeld?«, fragte Irma.

»Lerne etwas«, antwortete der Mann. »Fang von mir aus da an, wo du vor unsere Ehe aufgehört hast.«

»Also dahin zurück, wo man in meinem Nacken Himbeerduft festgestellt hat?«, fragte Irma.

»Warum unbedingt dahin?«, fragte der Mann und fügte hinzu: »Aber mit dir zu reden, ist nahezu sinnlos, für dich sieht es nur so aus, als würde alles von mir abhängen oder als würde ich versuchen, dir etwas aufzuzwingen.«

»Ich denke nichts dergleichen, ich will nur nichts mit diesen Affen zu tun haben«, antwortete Irma, ohne dass sie sich erklären konnte, warum sie die anderen Menschen als Affen bezeichnete. Noch vor wenigen Monaten wollte sie, koste was es wolle, fort vom Lande und hin zu denen, die sie jetzt als Affen bezeichnete.

»Aber wie sollen wir die Affen meiden, wenn wir leben wollen«, wandte der Mann ein. »Außerdem gibt es einen Unterschied, und zwar den, ob du als junges Mädchen, das noch nach Landluft riecht, mit den Affen zu tun hast, oder als gut situierte Dame. Und falls du vom Maschineschreiben genug haben solltest – wiewohl, ich könnte dich auch an einem Ort unterbringen, wo niemand in deinen Haaren nach irgendwelchen Düften sucht –, aber ich wiederhole, wenn du nicht Maschine schreiben möchtest, dann könntest du mit der Buchhaltung einen Anfang machen, deinem ersten Traum hier im Hause.«

»Mein erster Traum hier im Hause war die Liebe«, erwiderte Irma und versuchte so zu lächeln, als würde sie scherzen, »und dies ist auch mein letzter Traum. Aber eins möchte ich doch wissen: Wozu brauche ich Maschineschreiben oder Buchhaltung? Kommst du mit deinen Haushaltsrechnungen nicht anders zurecht?«

»Du fragst, wozu? Ganz einfach – weil man nie weiß, insbesondere wenn man noch in deinem Alter ist, wie sich das Leben ändern kann. Nimm den heutzutage einfachsten Fall: Ich mache Bankrott. Was dann? Natürlich, ich sage nicht, dass ich Bankrott machen werde oder machen wollte, als wäre der Bankrott mein Lebensglück, aber mit solch einer Möglichkeit muss man doch rechnen! Ich habe mein Kapital zwar vorsorglich in verschiedenen Unternehmen untergebracht, doch ganz sicher kann man nie sein. Geht es bei einer Sache schief, dann zieht es die nächste nach sich, eine dritte, eine vierte und so weiter, bis der ganze Kreis, die ganze Reihe, am Boden liegt. Selbst wenn du der Zehnte in der Reihe bist, irgendwann erwischt es dich doch. Mit dem Geschäft ist es wie mit den Männern, die ein Seil halten, und am anderen Ende des Seils ist ein Elefant. Der Elefant zieht so heftig, dass die ganze Mannschaft mit einem Schlag am Boden liegt. Der Name des Elefanten lautet Kapital, und das Seil, an dem er festgemacht ist, besteht aus vielen aneinandergebundenen kleinen Sümmchen vieler einzelner Menschen. Du kannst dir denken, was passiert, wenn der Kapital-Elefant so heftig zieht, dass das Seil der aneinandergebundenen Sümmchen reißt.«

»Mit dir würde ich auch in eine Kellerwohnung ziehen«, sagte Irma daraufhin.

»Schön«, antwortete Rudolf, »aber auch da willst du etwas zu essen und anzuziehen haben. Außerdem, ich würde nicht in eine Kellerwohnung gehen, wenn es noch einen anderen Ausweg gibt.«

»Umso besser«, meinte Irma.

»Für den einen besser, für den anderen schlechter«, meinte der Mann. »Denn vielleicht – ich sage nur ›vielleicht‹, es ist eine reine Annahme, eine reine Überlegung, sozusagen Traum und Dichtung, nicht Realität, sondern angenommene Verhältnisse, wenn man es so nennen kann, verstehst du –, also angenommen, ich würde, um dem Niedergang zu entgehen, um mich aus den Lebenstiefen wieder aufzurichten, auf den Gedanken kommen, erneut zu heiraten, mir eine reiche Frau nehmen, natürlich nicht aus Liebe, sondern des Geldes wegen …«

»Wenn du das wirklich tun würdest, dann brauchte ich weder Maschineschreiben noch Buchhaltung, denn sterben, das kann ich auch so«, gab Irma zu verstehen.

»Nun, aber wenn ich krank werden würde und du bliebest alleine, würdest du dann auch in den Tod gehen?«, fragte der Mann.

»Warum willst du mir ständig Angst machen?«, rief Irma.

»Ich will dir nur den Menschenverstand wieder zurück in den Kopf setzen, den dir die Liebe offenbar geraubt hat«, erklärte der Mann. »Du siehst doch sicherlich ein, dass, wenn einer stirbt, dann nicht auch alle anderen, die ihm verbunden sind, sterben müssen. Auf diese Weise wäre das Menschengeschlecht bald am Ende. Der Tod eines anderen ist zwar schwer, aber der eigene Tod ist meist noch schwerer. Und wer allein weiterleben muss, der muss sich doch irgendwie ernähren können. Dies wiederum ist nur durch Fertigkeiten möglich, und die Fertigkeiten eignet man sich durch Lernen an. Außerdem ist Lernen ein ausgezeichneter Zeitvertreib und Trostspender, deshalb kann ich dir keinen besseren Rat geben als den: Fang an zu lernen. Aber um die Wahrheit zu sagen, wir nehmen, das heißt, ich nehme diese Frage zu ernst, denn ich habe die dumme Angewohnheit, alles zu ernst zu nehmen. Stell dir vor – um dir einen angemessenen und nützlichen Zeitverbreib zu bieten, lasse ich mich zunächst Bankrott gehen, dann bringe ich mich dazu, dich zu verlassen, dann nehme ich mir eine neue Frau, die ich nicht liebe, und zum Schluss lasse ich mich von einer schweren Krankheit befallen, die dich zur Witwe macht. Siehst du, so gründliche Vorbereitungen treffe ich allein für deinen Zeitvertreib. Und doch ist das Ganze einfach, nur stolpert der Mensch nie über das Einfache, sondern schlägt Purzelbaum über das Komplizierte. Das Einfache ist viel zu einfach, deshalb ist es beim Menschen so unbeliebt. Aber dir liegt das Einfache. Deshalb könntest du mich jetzt im Voraus dafür küssen. Um Gottes Willen, komm, küss mich, dann glaube ich, dass du mir all meine Dummheiten verziehen hast.«

Aber als Irma zu ihrem Mann ging und der sie umfasste, hatte sie das Gefühl, als seien seine Hände gleichgültig zu ihrem jungen Körper, den sie doch vor Kurzem noch so sehr bewundert und verwöhnt hatten. Der Mann zog Irma zu sich auf den Schoß und fuhr in seiner Rede fort:

»Die Kardinalfrage besteht nicht darin, was mit dir geschieht, wenn es mich nicht mehr gibt, sondern im Gegenteil – was geschieht mit dir, wenn du meine Frau bist und auf lange Sicht meine Frau bleiben willst? Was geschieht mit uns, solange wir verheiratet sind? Können wir so weiterleben, wie wir es bis heute getan haben? Können wir unsere ganze Ehe hindurch so leben, als hätten wir immer nur Flitterwochen?«

»Warum nicht, wenn wir es so wollen«, meinte Irma.

»Hängt es denn nur von unserem Wollen ab?«, fragte der Mann. »Nehmen wir die Sache ganz einfach und real. Ich kann weder mich noch dich versorgen, wenn ich nicht mit anderen Menschen zusammenkomme. Ich zähle auf sie, sie zählen auf mich. Ich habe Verpflichtungen, und die können sich auch auf meine Frau erstrecken. Denn alle wissen, dass ich verheiratet bin. Wenn sie mich einladen, dann laden sie oftmals auch dich ein, und wir können nicht absagen, wir müssen der Einladung folgen, sonst denkt man wer weiß was über uns, außerdem sind Absagen geschäftsschädigend. Um sich aber unter Menschen bewegen zu können, muss man Sprachen beherrschen, die Sprachen Europas – Deutsch, Englisch, Französisch, und auch Russisch zu können, wäre nicht schlecht.«

»Ich kann Deutsch, Englisch auch«, sagte Irma.

»Du musst es nicht nur können, sondern du musst es beherrschen«, erklärte Rudolf. »Ich wünschte mir, und das wäre mein ganzer Stolz, dass meine Frau die genannten europäischen Sprachen beherrscht, sie gut beherrscht, anders gesagt – was ich nicht kann, das kann meine Frau. Ich kenne mich in der deutschen und russischen Kultur aus, meine Frau in der englischen und französischen. Das wäre auch nützlich, wenn wir auf Reisen gehen. Und irgendwann gehen wir auf Reisen, daran gibt es keinen Zweifel. Verstehst du, was ich meine? Für unser Leben, für unsere Ehe, sind Sprachkenntnisse nötig, außerdem wären sie von Nutzen, wenn mir etwas zustoßen sollte oder ich anderweitig am Ende wäre. Aber da es zunächst um unser beider Leben geht, und nur im Notfall um dein Leben allein, könntest du dann nicht, wenn du mich liebst, irgendetwas tun?«

O ja! Warum nicht, wenn ihr Leben und ihre Liebe zur Disposition steht! Aber natürlich! Dagegen konnte Irma nichts einwenden, weder mit Worten noch mit Taten. Im Namen des Lebens und der Liebe möge der Mann alles von ihr verlangen! Wenn Englisch gebraucht wird, lernt Irma Englisch, wird Französisch gebraucht, dann lernt Irma ohne ein Wort zu verlieren, auch das. Und sollten Leben und Liebe die Sprache der Hereros und Chinesen erfordern, dann erlernt Irma auch die, denn ihretwegen soll sich der Mann nicht schämen müssen, weder in Gesellschaft noch anderswo.

Und als sie ans Erlernen der Sprachen ging, dachte Irma, wenn über das Maschineschreiben und die Buchhaltung schon so viel gesprochen wurde, dann könnte sie auch dies beides wieder aufgreifen, damit der Mann sieht, wie ernst sie seine Wünsche nimmt. Jetzt fehlte nur noch Stenografie, dann hätte sie sich alle Fertigkeiten angeeignet, die heutzutage dringend benötigt werden, um das richtige Leben und die Liebe aufrecht zu erhalten. Aber auch Stenografie kann Irma lernen, wenn der Mann es wünscht.

Somit hatte man jetzt überhaupt keine Zeit mehr, von morgens bis abends musste man irgendwohin eilen oder von irgendwoher geeilt kommen, und wenn gerade kein Kommen und Gehen herrschte, dann galt es zu lernen und zu üben. Der Mann soll sehen, was Irma aus Liebe zu tun imstande ist: Aus Liebe besiegt sie ihre Liebe und handelt wie ein vernünftiger Mensch, der gar nicht weiß, was Liebe ist. Sie will und kann ein Opfer bringen, wenn ihre Zukunft und das gemeinsame Leben auf dem Spiel stehen.

Aber das Lernen war schwerer und komplizierter geworden als damals, als sie noch Kätnertochter auf dem Kalmhof gewesen war. Da war alles Mühen und Plagen so einleuchtend gewesen, jetzt aber ging es um Nachdenken, Erklären und Begründen. Besonders schwer war es, sich in den Lehrstoff zu vertiefen, denn außer ihm gab es so viel Anderes und Interessantes, an das man denken wollte und das es früher nicht gegeben hatte. Deshalb ertappte sich Irma oft, wie sie ins Leere starrte, so als würde ihrer Umgebung alles Sicht- und Hörbare fehlen. Das Auge entzifferte die Zeilen, aber der Gedanke huschte zwischen ihnen hin und her und spann den Faden der Liebe, die gewesen war und wieder kommen sollte. Sie konnten doch nicht ewig dauern, diese Kurse und das Pauken, irgendwann musste doch wieder die Liebe an ihre Stelle treten! So oder so, aber zum Frühjahr wird Irma frei sein von all diesem Tun, dann fahren sie aufs Land, wie es der Mann versprochen hat, sie fahren dahin, wo mitten auf der blühenden Wiese unter grünen Bäumen und Sträuchern ihr Liebesmuseum steht.

Bis dahin aber leben sie wie so viele andere, besser gesagt, wie alle – der Mann sagte, wie alle: die Männer für sich, die Frauen für sich, als gäbe es keine Liebe auf der Welt oder als würde sie niemanden mehr interessieren. Der eine wie der andere hat sein eigenes Tun und Lassen, seine eigenen Sorgen und Nöte, seine eigenen Freunde und Bekannten.

Nur selten kehrt man nach Hause zurück, um sich auszuruhen, um sozusagen vom Leben zu verschnaufen, und
dann, ja dann wartet da auch die Liebe, ein kleines bisschen
Liebe, denn ganz ohne Liebe kommt das Leben nun doch
nicht aus.

XVIII

Im Leben, das heißt: im Arbeiten und Lernen, kam Irma jetzt überwiegend mit jungen Leuten zusammen, mit Gleichaltrigen und solchen, deren Zukunft und Lebenssinn darin bestanden, womit sie sich gerade beschäftigten. Sie waren so, wie Irma vor der Heirat gewesen war, als sie sich für ihren Lebensunterhalt eine Stelle suchte, die es ihr ermöglichen sollte, weiter zu lernen, um dann endlich die richtige Stelle, den richtigen Platz im Leben einnehmen zu können. Da Irma nun aber bereits den richtigen Platz gefunden hatte, waren ihre Arbeit und ihre Beschäftigung im Vergleich zur Arbeit und zur Beschäftigung der anderen nur Spiel und Zeitvertreib. Sie selbst empfand es so, und so empfanden es auch die anderen, die bereits jetzt vor Neid vergingen, dass ihnen bei der künftigen Stellensuche dieses Frauchen als Konkurrentin im Wege stehen würde und die Stelle durch Beziehungen auch fraglos an sie, das Frauchen, gehen würde, nicht aber an sie, die anderen, die Hungrigen, für die es eine Existenzfrage war und nicht nur Vergnügen und Mittel zu noch größerem Luxus. Hätte Irma diese Vorurteile auch nur geahnt, dann hätte sie jedem jungen Mann, jeder jungen Frau und jeder mittellosen Dame tagtäglich aufs Neue versichert, dass sie sie nicht beneiden oder fürchten sollten, wegen einer Stelle würde sie niemals gegen sie antreten, und auch die Beziehungen ihres Mannes würde sie nicht ins Spiel bringen. Eher könne sie ihren Mann darum bitten, denjenigen, die es dringend brauchten, bei der Stellensuche behilflich zu sein. Ja, eher würde sie dies tun, als ihnen eine Stelle vor der Nase wegzuschnappen.

Und als hätten die hilfsbedürftigen jungen Leute Irmas unausgesprochene Worte verstanden, verbündeten sie sich bald mit ihr, als wäre auch sie eine von ihnen, die allein wegen des Daseins und Auskommens lernt. Manch ein junger Mann und manch ein junges Mädchen hielten sich mit sichtlicher Freude in ihrer Nähe auf, wenngleich ihre Gesprächsthemen nicht so recht zueinander passen wollten, so als seien sie, die Personen, einander durch die Gegebenheiten und Lebenswege völlig fremd. Aber, so dachte Irma manchmal, in den Seelen oder im Wesen musste es eine geheime Verwandtschaft geben, die sie zueinander zog. Es musste etwas Ähnliches sein wie das, was sie mit ihrem Mann, in den sie sich vom ersten Augenblick an verliebt hatte, verband. Ja, jetzt glaubte Irma bereits, dass sie gleich von Anfang an in Rudolf verliebt gewesen war, zwar nicht so heftig wie er in sie, aber doch spürbar, und somit war alles, was dann folgte, nichts anderes als die Entfaltung des anfänglich so unerklärlichen Gefühls.

Doch dann geschah etwas, das all die hübschen Vermutungen und Erklärungen Irmas zunichtemachte. Ein junges Mädchen, das ihr besonders angenehm war und wahrscheinlich auch vom Lande stammte, sich zudem so offen und freimütig gab, als sei es allen freundschaftlich verbunden, kam auf sie zu. Wenn Irma sie sprechen hörte, fiel ihr die eigene Vertrauensseligkeit ein, wie sie sich von Rudolf hatte umgarnen lassen und wie schließlich Liebe und Ehe daraus erwachsen waren. Irma wusste derzeit nichts, was sie an anderem als an ihrem Leben und ihrer Liebe hätte bemessen können.

»Liebste Frau, darf ich mich neben Sie setzen?«, fragte das junge Mädchen und errötete ein wenig.

»Aber gern, liebstes Fräulein«, antwortete Irma, die die Fragende absichtlich Fräulein nannte, denn sie fand es ein wenig albern, dass diese sie mit ›Frau‹ angesprochen hatte.

Das junge Mädchen setzte sich und errötete noch mehr, wobei es, als wolle es sich entschuldigen, mit übermäßigem Lachen erklärte:

»Wissen Sie was – Sie duften so schrecklich gut, dass ich am liebsten nur in Ihrer Nähe wäre! Alle anderen sagen auch, dass niemand so schrecklich gut duftet wie Sie! Himmel, was mag wohl ein so gutes Parfüm kosten! Wenn es tropfenweise zu kaufen wäre, dann würde ich mir einen Tropfen kaufen und ihn ins Taschentuch träufeln. Aber wissen Sie was – wenn ich eine Stelle bekomme und meinen ersten Monatslohn, dann kaufe ich mir auch so ein gutes und teures Parfüm!«

Also – es ging hier weder um Seelen- noch um Wesensverwandtschaft, sondern um den Duft, der an Irmas Kleidern haftete und der bei niemandem sonst auszumachen war, wie es das Mädchen gerade zugegeben hatte. Wenn ihn auch die anderen an sich hätten, dann würden sich weder dieses junge Mädchen noch die anderen Kursteilnehmer zu Irma hingezogen fühlen. Aber sie hatten ihn nicht, und deshalb kamen sie, deshalb kamen vielleicht auch die jungen Männer, nur um den Duft zu schnuppern, den Irma vom Geld ihres Mannes gekauft hatte, weil zwischen ihnen Liebe war.

Früher hatte Irma von Natur aus geduftet, Rudolf hatte es so schön erklärt, als er vom Klee sprach und vom Kleereuter, der aussehen sollte wie eine Dame mit Krinoline. Aber duftete Irma jetzt nicht mehr, weil alle nur von Parfüm redeten? Parfüm kann sich jeder besorgen, wenn er Geld hat, aber den eigenen Duft hat niemand anders als man selbst. Mit diesem

Duft begann Irmas Liebe, nicht mit dem für Geld gekauften. Rudolf hatte nicht den Duft, den Irma hatte, niemand hatte ihn, und deshalb war Rudolf ihr verfallen. Das heißt, es ging nicht um Verwandtschaft, sondern um das Gegenteil, um den Gegensatz, folgerte Irma. Sie hatte damals, als ihre Liebe begann, den Duft nach Frische und Jungfräulichkeit an sich gehabt, wie Rudolf erklärte, und der habe ihn verrückt gemacht, denn er, Rudolf, hatte Frische und Jungfräulichkeit längst hinter sich, ebenso wie die »Schwestern«, mit denen er zusammen war. Somit herrschte auch hier der Gegensatz – frisch und verdorben, jungfräulich und erfahren. Ja, so sah er aus, der Weg der Liebe und Lebensweisheit. Und Irma war nicht unglücklich, den Weg der Liebe und Lebensweisheit bereits eingeschlagen zu haben.

In den Englischstunden traf sie auf einen lang aufgeschossenen, schüchternen jungen Mann mit einer etwas gebeugten Haltung, der die Stunde jedes Mal gerade verließ, wenn Irma eintraf. Oft war es so, dass der eine den Mantel anzog, während der andere ihn gerade auszog. Sie kamen nicht umhin, einander zu streifen und sich im Wege zu stehen, obwohl der junge Mann es krampfhaft zu vermeiden suchte. In ihrem Um- und Miteinander musste etwas Komisches und Unbeholfenes sein, denn die Lehrerin, eine ältere Dame, beobachtete sie mit unverhohlenem Vergnügen. Sie trat offenbar nur deshalb auf den Flur heraus, um den beiden zuzusehen, so als würde sie in ihnen die eigene Jugend wiedererkennen.

»Herr Liegenheim, seien Sie doch ein bisschen Gentleman und helfen Sie der Dame aus dem Mantel, Sie sprechen doch beide englisch«, sagte Frau Brett einmal scherzend und fügte sogleich hinzu: »Darf ich vorstellen, Frau Ikka und Herr …«

Aber der Herr war leider völlig kopflos, denn er wusste nicht, was er zuerst tun sollte, der Dame aus dem Mantel helfen oder ihr zur Vorstellung die Hand reichen. Erschwert wurde seine Lage dadurch, dass er sozusagen zum dritten Leidwesen seinen Mantel bereits in der Hand hielt, ihn also von der Garderobe abgenommen hatte und jetzt nicht wusste, was er mit ihm machen sollte – zurück an den Haken hängen, rasch anziehen oder irgendwohin werfen. Schließlich siegte Letzteres: Der junge Mann warf sich den Mantel über die Schulter, jedoch in Richtung Stuhl und Tisch und dies so unglücklich, dass er die Wasserflasche auf dem Tisch umriss und das Glas hinunter auf den Fußboden fegte, wo es klirrend zu Bruch ging.

»Herr Liegenheim, Sie bewegen sich, als hätten Sie von der feinen englischen Art absolut noch nichts gehört«, sagte Frau Brett lachend und eilte, die Wasserflasche zu retten, doch Irma kam ihr zuvor.

Somit war die Bekanntschaft geschlossen, und Irma sagte sich im Stillen:

»Der weiß noch nicht, was Liebe ist, nein, der weiß es bestimmt noch nicht.«

Frau Brett hingegen sagte laut:

»Ach, gute Frau, wenn Sie wüssten, wie sehr er mich an meinen zweiten Mann erinnert, der einige Jahre jünger war als ich.«

»Wie alt könnte Herr Liegenheim wohl sein?«, fragte Irma.

»Dreiundzwanzig! Erst dreiundzwanzig«, antwortete Frau Brett mit einer solchen Hingabe und Inbrunst, dass sogar Irma die Jugend dieses Mannes spürte. Aber bei sich dachte sie: Das heißt, er ist drei, sogar vier Jahre älter als ich und weiß bis heute nicht, was Liebe ist. Also bin ich eigentlich älter als er, denn ich kenne das Leben, und er kennt es nicht. Trotz dieser Gedanken äußerte sie Verwunderung:

»Ach, schon dreiundzwanzig! Ich hätte ihn für jünger gehalten.«

»Gute Frau«, sagte Frau Brett jetzt und legte Irma die Hand vertrauensvoll auf den Arm: »Dies ist die schönste Zeit des Mannes, weil er noch unverdorben ist. Jünger wäre er zu jung und älter wäre er schon verdorben, jedenfalls zumeist, denn es sind die Frauen, die ihn verderben, freilich nur die schlechten Frauen. Aber mit zweiundzwanzig, dreiundzwanzig, manchmal auch mit vierundzwanzig, da sind sie einfach hinreißend!«

Das heißt, auch mein Mann ist verdorben, dachte Irma. Ich bin unverdorben, er ist verdorben, und so wird er früher oder später auch mich verderben. Und sie fragte – und sie konnte es nur deshalb fragen, weil das Gespräch auf Englisch geführt wurde, denn auf Estnisch hätte Irma nie gefragt:

»Sind denn alle Männer über fünfundzwanzig verdorben?«

»Nahezu alle, nein, alle, denke ich, denn das Leben ist so – das Leben und die Frauen«, erklärte Frau Brett. »Ich denke nämlich, dass nichts einen Mann mehr verdirbt als eine Frau. Wenn ein Mann unverdorben ist, dann verdirbt eine schlechte Frau ihn, und wenn er schon verdorben ist, dann kommt eine noch schlechtere Frau und verdirbt ihn noch mehr, sodass der Mann eines Tages durch und durch verdorben ist.«

»Aber wenn man einen verdorbenen Mann und eine unverdorbene Frau nimmt, kann dann die unverdorbene Frau den Mann nicht ein wenig bessern, ein klein wenig nur?«, fragte Irma, und dies immer noch allein deswegen, weil das Gespräch auf Englisch verlief, in einer Sprache, die Irma verstand, die sie sogar anzuwenden wusste, wenngleich ihr die Bedeutungsvielfalt und der tiefere Sinn einzelner Worte verborgen blieb. Und während sie fragte, segnete sie in ihrem Herzen die Sprache, in der man so fragen konnte und auch den Mann, der sie, Irma, dazu gebracht hatte, sich in dieser Sprache zu vervollkommnen. Wenn alle Esten sich im Englischen vervollkommneten und es verstünden und anzuwenden wüssten, dann könnten sie über Dinge reden, über die man auf Estnisch nicht reden kann, weil man sie dann allzu deutlich verstehen würde. So dachte Irma, als Frau Brett ihr mit einem Lächeln, als würde sie scherzen, antwortete:

»So unverdorben kann eine Frau gar nicht sein, dass sie einen verdorbenen Mann, und sei es nur ein klein wenig, bessern könnte. Ich gehe darin natürlich von mir aus. Denn freilich geriet ich, als ich zum ersten Mal heiratete, an einen verdorbenen Mann, weswegen ich später sogar die Scheidung verlangte, denn meiner Ansicht nach war ich die Unverdorbenheit in Person. Und danach heiratete ich den, der in seiner Art unserem Herrn Liegenheim so sehr ähnelt. Sie denken natürlich, dass es aus Liebe geschah, denn in Ihrem Alter heißt Ehe und Liebe noch ein und dasselbe. Aber da ich bereits mit einem verdorbenen Mann verheiratet gewesen war, wusste ich Ehe und Liebe voneinander zu unterscheiden. Deshalb sagte ich mir, als ich meinen zweiten Mann kennenlernte: Armer Junge, du bist noch so unverdorben, du weißt noch gar nicht, was Liebe ist, und deshalb wirst du früher oder später schlechten Frauen in die Hände fallen, die dich verderben, noch ehe du erfährst, was Liebe ist. Und kaum hatte ich mir dies klargemacht, empfand ich Rührung für ihn, ja, er tat mir regelrecht leid, sodass ich beschloss ihn zu retten und bereit war, diesem jungen Mann sozusagen mein Leben zu opfern. Ich hatte mich ja erst kürzlich scheiden lassen, und zwar deshalb, weil mein Mann verdorben war. Und was passte besser zu einem unverdorbenen jungen Mann als eine unverdorbene Frau, die im Leben und in der Liebe bereits gewisse Erfahrungen gemacht hat, natürlich, mit Hilfe des verdorbenen Mannes. Also heiratete ich zum zweiten Mal. Aber können Sie sich vorstellen, was binnen Kurzem geschah? Ich musste mit eigenen Augen ansehen, wie mein Mann verdorben wurde, so sehr, dass er mich verließ und mit der anderen Frau, mit der er mich schon vorher betrogen hatte, auf und davon ging. Da fragte ich mich: Wer hat mir nur diesen Mann verdorben, er war doch noch unverdorben, als ich ihn unter meine Fittiche nahm. Aus den Augen gelassen hatte ich ihn auch nie, weshalb er nirgendwo verdorbenen Frauen hätte begegnen können. Und doch war er schließlich so verdorben, dass er auch das junge Mädchen verdarb, das überhaupt noch nicht verdorben sein konnte! Aber woran lag es nur?, frage ich. An nichts anderem, als dass ich meinen Mann selber verdorben haben musste, denn es gab ja niemanden sonst. Ich war unverdorben, aber verdarb meinen Mann, als sei es das Schicksal aller Frauen, unverdorbene Männer zu verderben, aber keinen einzigen zu bessern, so als seien die Männer grundsätzlich unverbesserlich.«

An dieser Stelle hätte Irma zu gerne gefragt, was denn mit einem Mann ist, was er an sich hat oder tut, wenn er verdorben ist, aber das wagte sie nicht einmal auf Englisch zu fragen. Sie fürchtete weniger das Fragen an sich, als vielmehr das, was sich aus der Antwort auf die Frage erschlossen hätte: Das Wort »verdorben« oder »unverdorben« musste doch unbedingt auch die Liebe berühren und nicht nur das Leben! Und wenn Frau Brett jetzt die Liebe unterscheiden würde, die verdorbene Liebe von der unverdorbenen und wahren, dann könnte es Irma so vorkommen, als habe sie noch gar keine wahre Liebe erfahren, sondern nur die verdorbene, die man eigentlich gar nicht Liebe nennen durfte. Das war der Grund, warum Irma sich nicht einmal auf Englisch zu fragen getraute.

Und Frau Brett, die sah, dass Irma anstatt zu fragen lieber zuhörte, sprach weiter, so als habe heute sie und nicht Irma die englischen Sprachübungen zu absolvieren:

»Nett sind die Männer nur unter fünfundzwanzig und über fünfunddreißig. Die bedauernswerten Frauen im reiferen Alter, vom Leben gebeutelt und verdorben, würden doch nie erfahren, was wahre Liebe ist, wenn Gott nicht die Männer unter fünfundzwanzig erschaffen hätte. Und die jungen unschuldigen Mädchen würden nie die Wertschätzung ihrer Jugend und Reinheit erfahren, wenn die Männer nicht älter würden als fünfunddreißig. Denn es tut nichts zur Sache, dass sie dann bereits verdorben sind. Nein, es ist sogar gut, wenn der Mann ein bisschen verdorben ist, sonst hätte er für Jugend und Jungfräulichkeit nicht den rechten Blick, der ja bekanntlich erst mit den Jahren kommt. Mit den Frauen ist es natürlich genauso, auch ich war offenbar schon verdorben, da ich die Unberührtheit und Unbeholfenheit meines zweiten Mannes so sehr zu schätzen wusste. Und wäre ich jetzt nicht so alt wie ich bin, dann würde ich mich in Herrn Liegenheim verlieben, denn auch ihn würde ich vor den schlechten Frauen retten wollen.«

Irma fing bei Frau Bretts Worten das Herz vor Freude an zu zittern. Das heißt, Rudolf kann ihre Jugend und Jungfräulichkeit wertschätzen, weil er in ausreichendem Maße verdorben ist. Ihre Liebe ist die wahre Liebe, denn der eine ist hinlänglich verdorben und der andere entsprechend unverdorben.

So machte Irma ausgerechnet in der Englischstunde die interessanteste und wertvollste Entdeckung ihres Lebens, was dazu führte, dass sie diese Sprache gleich doppelt liebte. Sie begann sogar die Menschen zu lieben, mit denen sie sich in dieser Sprache unterhalten konnte. Wäre sie nicht verheiratet und würde sie ihren Mann nicht so sehr lieben, denn der hatte ihr die wahre Liebe beschert, wie Frau Brett es so schön zu erklären wusste, dann stünde sie mit allen Männern, und seien es windige Matrosen, auf Du und Du, wenn sie mit ihr englisch sprechen würden.

Überhaupt war es wunderbar zu wissen, dass es eine Sprache gab, in der man so wahnsinnig viele interessante Dinge besprechen konnte. Und der junge Mann, dieser Herr Liegenheim, sprach auch englisch, wenngleich ein wenig schlechter als Irma. Bisher war es ihr nicht aufgefallen, aber seitdem sie beide am Gruppenunterricht teilnahmen, weil es preiswerter und auch unterhaltsamer war, merkte sie es immer deutlicher. Jetzt gingen sie zur gleichen Zeit in die Stunde, nicht wie früher, als der eine sich verabschiedete, wenn der andere kam, und umgekehrt. Auch den gleichen Weg hatten sie ein ganzes Stück gemeinsam zu gehen, weswegen sie oft zusammen gingen und englisch sprachen, wobei Irma die Überlegene war, oder sie sprachen deutsch, dies wiederum konnte der junge Mann besser.

Ja, es kam vor, dass sie bei Frau Brett zur Tür hereinkamen, als hätten sie von Anfang an einen gemeinsamen Weg gehabt oder es absichtlich so eingerichtet, dass die Lehrerin für sie beide die Tür nur einmal zu öffnen brauchte. Die Stunde verließen sie ohnehin gleichzeitig, und jetzt half Herr Liegenheim Irma jedes Mal in den Mantel, ehe er sich den eigenen vom Garderobenhaken nahm, sodass die Wasserflasche nie mehr umkippte und auch das Glas nicht mehr herunterfiel, um den Fußboden mit seinen scharfen Splittern zu übersäen.

Eines Tages half der junge Mann sogar, das Kettchen an Irmas Galosche festzuziehen, denn Irma wollte es selber irgendwie nicht gelingen. Aber das blieb Frau Brett verborgen, denn sie trat nicht mehr hinaus auf den Flur, seit sie erkannt hatte, dass Wasserflasche und Glas außer Gefahr sind. So waren Irma und der junge Mann immer unter sich, wenn sie vor der Stunde die Mäntel ablegten und sie nach der Stunde wieder anzogen.

Am jenem Tag, als er beim Galoschenkettchen behilflich gewesen war, gab der junge Mann Irma mitten auf der Straße und vor allen Leuten zum Abschied einen Handkuss. Und Irma tat der Junge leid, weil der ihre Hand durch den Handschuh hindurch küssen musste. Also zog Irma am nächsten Tag den Handschuh aus, aber da vergaß der junge Mann seinen Handkuss.

Dann verhakte sich Irmas Galoschenkette aufs Neue und wollte und wollte nicht schließen, selbst wenn sich Irma die Finger noch so verrenkte, und so musste der junge Mann wieder zu Hilfe kommen. An diesem Tag reichte Irma ihm zum Abschied wieder die bloße Hand, aber diesmal packte der junge Mann sie mit seinen beiden Händen und drückte das ganze schmale Gesicht auf den Handrücken, sodass auch seine Nase ganz plattgedrückt wurde.

Und wegen dieser plattgedrückten Nase genierte sich Irma ganz furchtbar, sie errötete zutiefst, denn sie dachte: Das ist jetzt aus Liebe, die Nase drückt er sich aus Liebe platt, also weiß er schon ein bisschen, was Liebe ist. Aber welches ist die wahre Liebe – Rudolfs Kleereuter oder Herrn Liegenheims plattgedrückte Nase? Ach ja! Da war ja noch der Eedi mit seinen Rosen, auch die waren aus Liebe … da mitten auf dem Weg … vor die Füße geworfen …

»Gnädige Frau, darf ich Sie ein Stück begleiten?«, fragte der junge Mann, als seine Nase nicht mehr platt war.

»Bitte sehr«, antwortete Irma.

Also gingen sie gemeinsam weiter, als suchten sie Gelegenheit, sich noch einmal voneinander zu verabschieden, damit der junge Mann noch einmal die Nase auf Irmas Handrücken plattdrücken konnte. Aber sollte dies ihr heimlicher Wunsch gewesen sein, so ging seine Umsetzung in die Tat gänzlich daneben, denn plötzlich kam Rudolf ihnen entgegen, und Irma verlor so sehr den Kopf, dass sie ihrem Mann Herrn Liegenheim vorstellte, woraufhin auch Herr Liegenheim den Kopf verlor und nicht wusste, was tun, was sagen oder wohin gehen. Die Situation wurde durch Rudolf gerettet, der, wie Irma bemerkte, in außergewöhnlicher Natürlichkeit und Höflichkeit sagte:

»Junger Mann, ich bin Ihnen sehr dankbar, dass sie meiner Gattin Gesellschaft leisten, aber vielleicht haben Sie noch Zeit und Muße für einen gemeinsamen kleinen Spaziergang?«

»Sehr gerne, doch, leider, ich werde zu Hause erwartet«, antwortete der junge Mann.

»Nun, dann ist nichts zu machen«, sagte Rudolf, »auf Wiedersehen.«

Rudolfs Benehmen beruhigte Irma. Wahrhaftig, wozu die Aufregung? Es ist doch nichts geschehen, der junge Mann hat sie nur ein Stückchen begleitet, auf allerhöflichste Weise begleitet, nur dass er sich beim Handkuss die Nase plattgedrückt hat.

»Das war der junge Mann, der zusammen mit mir in die Englischstunde geht«, erklärte Irma, als der Fremde gegangen war.

»Ein netter Junge«, lobte Rudolf.

»Nicht wahr«, bestätigte Irma. »Sein Vater soll Deutscher sein.«

»Ja, man sieht, dass er ein wenig anders ist, ein wenig vornehmer«, sagte Rudolf.

»Ja, mir kam es auch gleich so vor, als sei er etwas vornehmer«, stimmte Irma zu. »Wir haben vereinbart, dass wir, wenn wir von der Stunde kommen, einen Tag englisch sprechen, wobei ich ihn korrigiere, und den anderen Tag sprechen wir deutsch, und er korrigiert mich. Das ist ganz interessant und auch nützlich für uns beide. Du hast doch nichts dagegen, dass wir so miteinander üben?«

»Absolut nicht«, antwortete Rudolf. »Nur, liebes Kind, wozu hast du ihn mir vorgestellt, das wäre nicht nötig gewesen, denn …«

»Das kam ganz unerwartet«, erklärte Irma. »Ich hatte gar nicht vor, es zu tun, aber als du so plötzlich vor uns standest, da dachte ich, du sollst doch wissen, mit wem ich unterwegs bin und wer mich manchmal nach Hause begleitet, und so habe ich euch bekanntgemacht.«

»Es ist ja kein großes Unglück, dass du uns bekanntgemacht hast«, beruhigte Rudolf seine Frau, »aber in Zukunft sei darin etwas zurückhaltender, denn denk nur, was geschähe, wenn du mir all deine Kursteilnehmer vorstellen würdest. Ich könnte den Hut gleich in der Hand tragen, weil ich vor lauter Grüßen gar nicht dazu käme, ihn aufzusetzen. Außerdem, für dich sind es sozusagen deine Kameraden und Mitstreiter, für mich nicht. Du gehst mit ihnen spazieren oder ins Kino, um Sprachen zu üben …«

»Nein, lieber Rudolf, im Kino bin ich nie gewesen, weder mit Herrn Liegenheim noch mit jemand anderem«, unterbrach ihn Irma.

»Ich sage ja gar nicht, dass du bereits im Kino gewesen bist«, erwiderte der Mann, »ich sage nur, dass du in Zukunft durchaus ins Kino …«

»Hättest du wirklich nichts dagegen, wenn ich zum Beispiel mit diesem jungen Mann ins Kino ginge?«, fiel ihm Irma wieder ins Wort.

»Wie kannst du so etwas fragen?!«, gab Rudolf zurück, so als habe Irmas Frage ihn verletzt. »Bin ich deiner Meinung nach wirklich so ein Schreckensherrscher und Tyrann, der seiner Frau nicht erlaubt, in Gesellschaft des einen und anderen Bekannten für ein paar Stunden ins Kino zu gehen, und es nur deshalb verbietet, weil es dort dunkel ist? Wie kommst du überhaupt auf solche Gedanken?«

»Ich liebe dich, deshalb«, sagte Irma ganz einfach. »Und ich denke, dass du mich ebenfalls liebst, und deshalb …«

»… und deshalb stelle ich dich zu Hause in eine Glasvitrine und ziehe die Scheibengardinen vor, wenn ein Fremder zur Tür hereintritt, nicht wahr«, ergänzte Rudolf. »Warum, glaubst du, habe ich dir überhaupt empfohlen, Kurse zu besuchen? Doch nicht nur zum Lernen, sondern auch, damit du unter Menschen kommst und lernst, mit ihnen umzugehen und sie, wenn nötig, auch um den Finger zu wickeln.«

»Wenn alle Menschen so wären wie dieser junge Mann, dann könnte ich sie alle um den Finger wickeln«, lachte Irma. »Er ist zwar drei oder vier Jahre älter als ich, aber verglichen mit mir ist er wie ein Kind.«

»Lerne erst den einen um den Finger zu wickeln, dann wird es dir auch bald mit den anderen gelingen«, sagte der Mann lebenserfahren.

»Ich werde es schon lernen«, versprach Irma, und wieder musste sie lachen, als seien Menschenkenntnis und Um-den-Finger-Wickeln nur Spiel und Zeitvertreib.

Aber wie sie bald sah, war es alles andere als leicht, selbst diesen jungen Mann, der so schüchtern war und laufend rot wurde, um den Finger zu wickeln. Besonders störrisch zeigte er sich, nachdem Irma ihn ihrem Mann vorgestellt hatte, so als habe der ihn heimlich verwarnt oder ihm gedroht. Denn anders wusste Irma es nicht zu erklären, dass der junge Mann ihr zwar nach wie vor in den Mantel half, aber wenn es um die Galoschenkette ging, dann stellte er sich blind und taub, als sei es ihm einerlei, dass Irma mit offener Kette unfein durch die Straßen schlurfte. Irma musste ihn in den folgenden Tagen regelrecht darum bitten, ihr beim Festzurren der Galoschenkette zu helfen, erst daraufhin schien er sich daran zu gewöhnen, bis er es genauso selbstverständlich tat, wie er ihr in den Mantel half. Und als man erneut da angekommen war, wo man vor dem Bekanntmachen mit Rudolf gewesen war, das heißt, als der junge Mann sich wieder die Nase an Irmas Handrücken plattküsste, da warfen sie auch einen Blick auf die Bilder an den Kinotüren, ohne jede Absicht, sozusagen im Vorübergehen. Aber gerade da wollte es der Zufall, dass ein sehr schöner Film angekündigt wurde, den Irma allzu gern gesehen hätte, und da sie sich nicht getraute, alleine im dunklen Kino zu sitzen, so bat, ja bettelte sie schließlich beinahe darum, dass der junge Mann mitkäme, denn der wollte sich ihr um keinen Preis anschließen. Sie wandten sich am Kinoeingang bereits zur Straße zurück, als Irma zum letzten Hilfsmittel griff und sagte:

»Entschuldigen Sie, Herr Liegenheim, aber da ich Sie von mir aus gebeten habe mitzukommen, würden Sie dann auch gestatten, dass ich für die Kosten aufkomme? Natürlich, Sie halten es für unwürdig, wenn die Dame …«

»Ja, gnädige Frau«, sagte der junge Mann.

»Wenn Sie mit Ihrem Englisch eine Stelle bekommen und Ihr erstes Gehalt beziehen, dann zahlen Sie es mir zurück«, sagte Irma, »von mir aus auch mit Zinsen, damit es Geschäftssache ist, wie mein Mann sagt. Ich gehe auf alles ein, nur leisten Sie mir bitte Gesellschaft, ich habe eine so unbändige Lust, ins Kino zu gehen.«

So gingen sie schließlich doch hinein und setzten sich

gleich unter den Rang, damit Rudolf, sollte auch er zufällig im Kino sein, sie nicht sehen würde – es sei denn, sie begegneten sich beim Verlassen des Kinos. Im Großen und Ganzen war Irma heiterer Stimmung, denn mit ihrem Mann war das Ganze ja bereits besprochen, nur dass Irma für beide Karten aufkam, das war an der Sache neu. Aber es war eine unwesentliche Seite der Sache, denn sonst hätte ihr Mann auch dies erwähnt, ebenso wie er das Dunkel im Kino erwähnt hatte. Natürlich, richtiger wäre gewesen, vom Hellen zu sprechen, das hatte der Mann wahrscheinlich auch gemeint, denn nur im Hellen sieht man, wer mit wem im Kino sitzt und wie er sitzt.

So dachte Irma an das Licht im Kino, bis es verlosch und die Dunkelheit einsetzte. Jetzt hatte sie plötzlich das Gefühl, dass ihr Mann doch die Dunkelheit gemeint haben musste und nicht das Licht. Im Dunkeln fiel Irma zunächst der Glatzkopf ein, der vor Zeiten neben ihr gesessen, unentwegt geseufzt und sich auf seinem Sitz viel zu breit gemacht hatte. Von dem jungen Mann dagegen war kein Laut zu vernehmen, kein Seufzen und auch kein Ellenbogen, so als habe er sich plötzlich in Luft aufgelöst.

»Wo sind Sie?«, fragte Irma auf Englisch, denn in dieser Sprache war sie am mutigsten.

»Ich bin hier«, antwortete der junge Mann, ebenfalls auf Englisch, und bewegte sich, sodass Irma seinen Ellenbogen und auch das Knie kurz zu spüren bekam. Doch zogen sich beide so erschrocken zurück, als sei die Berührung schmerzhaft gewesen. Aber Gott sei Dank, jetzt stand es fest, sie saßen nebeneinander und sahen dieselben Bilder, hörten dieselben Worte und Klänge, waren umgeben von derselben Dunkelheit. Langsam gewöhnten sich die Augen an die Umgebung, und sie erkannten mehr. Langsam gewöhnten sich auch

Hände und Knie, und die Berührung schmerzte nicht mehr so stechend. Insbesondere die Knie lehnten sich schließlich beinahe vertrauensvoll aneinander, und Irma erfuhr etwas Naturgegebenes, und zwar, dass nicht nur die Berührung des eigenen Mannes, sondern auch die des schüchternen jungen Platznachbarn wohltuend war.

»Das heißt, ich bin schon verdorben, weil es mir guttut«, dachte sie, »und ich verderbe auch den jungen Mann, denn auch ihm tut es wahrscheinlich gut, wenn er mein Knie spürt. Also hat Rudolf doch die Dunkelheit gemeint. Und der junge Mann hat vielleicht auch die Dunkelheit gemeint, als er nicht mitkommen wollte, denn er hatte Angst, dass er im Dunkeln verdorben werden könnte. Wenn aber Rudolf die Dunkelheit gemeint hat, dann musste er wissen, dass, sobald es dunkel wird, das Verderben einsetzt, aber da er mir nicht verboten hat, hierher zu gehen, so kann er auch nichts dagegen haben, dass ich den jungen Mann ein wenig verderbe, denn er hat selbst gesagt, dass es ein netter junger Mann ist. Allzu sehr kann ich ihn ohnehin nicht verderben, weil ich ja selber nicht allzu sehr verdorben bin. Mein Mann weiß mich zu schätzen, wie Frau Brett erklärt hat, er weiß meine Jugend und Reinheit zu schätzen, denn er ist über fünfunddreißig. Anders wäre es, wenn er unter fünfunddreißig wäre und nicht den rechten Blick für mich hätte, dann hätte er mich vielleicht so verdorben, dass ich jetzt den jungen Mann verderben würde, aber so lerne ich nur, ihn um den Finger zu wickeln, wie Rudolf es gemeint hat. Denn man muss es verstehen, die Menschen um den Finger zu wickeln, anders kommt man nicht weit, das Leben ist so.«

XIX

Irma ging noch einige Male mit Herrn Liegenheim ins Kino, so als habe sie wirklich vor, den jungen Mann zu verderben oder zum Mindesten, wie Rudolf gemeint hatte, um den Finger zu wickeln. Aber nein, Irma verwarf den Gedanken, denn es war doch zu abwegig, jemanden für sein eigenes Geld zu verderben. Sie ging nur deshalb mit ihm ins Kino, weil sich dort so gute Gelegenheiten zum Üben der englischen wie auch deutschen Sprache ergaben, denn die Vorführungen lieferten anregenden Gesprächsstoff mit ihren stets neuen Handlungen und, ja, sogar Liebe war dabei, die Irma besser verstand als der junge Mann, erheblich besser, wie sie meinte, wodurch sie ihm sogar etwas hätte beibringen können.

Aber Irma ging nicht nur mit Herrn Liegenheim ins Kino, sondern nahm auch ein paarmal jenes Mädchen mit, das ihr im Buchhaltungskurs unter Lachen und Erröten gestanden hatte, dass sie besser dufte als alle anderen. Irma nahm das Mädchen nur mit, damit es einmal mehr neben ihr sitzen und den Duft riechen konnte. Denn warum seinen Mitmenschen nicht Gutes tun, wenn es so wenig kostet wie eine Kinokarte. Nur eines war etwas eigenartig: Ging Irma mit dem jungen Mann ins Kino, dann nahm sie immer Karten fürs Parkett, mit dem jungen Mädchen hingegen kaufte sie Karten für den Rang, so als wolle sie zeigen, dass sie ebenso gut oben wie unten sitzen konnte. Aber das junge Mädchen war keine so interessante Gesprächspartnerin wie der junge Mann, mit ihr musste Irma estnisch sprechen, sodass das Üben gar nicht erst zum Zuge kam, und die Filme verstanden beide auf ganz verschiedene Weise, weswegen sie sich kaum etwas zu sagen hatten, sondern den eigenen Gedanken nachhingen. Lohnte es sich dafür, im dunklen Kino zu sitzen?

Und Irma erging es jedes Mal so, dass ihre Gedanken, wenn sie mit dem jungen Mädchen im Kino war, zu Herrn Liegenheim wanderten oder zu ihrem Mann, zu Männern überhaupt, das heißt, wenn kein Mann in der Nähe war, dann dachte sie sich einfach einen herbei – saß neben einem Mädchen, aber dachte, sie säße neben einem Mann, denn das war viel interessanter, und irgendwie gab es auch mehr Selbstvertrauen. Das hatte Irma seit einiger Zeit nötig, besonders in Bezug auf den eigenen Mann, den sie immer seltener sah und in dessen Gesellschaft sie sich immer weniger aufhielt. Nicht dass der Mann sich gescheut hätte, mit ihr auszugehen, nein, das nicht. Auch mit ihrem Mann ging Irma ins Kino, ins Theater, ins Konzert oder ins Lokal, wo sie mit vielen Menschen zusammenkam, mit Frauen und mit Männern, besonders Letzteren, die ihr ausnahmslos die Hand küssten. Aber die taten es auf andere Weise als der junge Mann aus dem Englischkurs, der sich an ihrer Hand die Nase plattküsste.

Im Lokal erging es keiner einzigen Nase so, und deshalb war ein Handkuss im Lokal auch weniger interessant, eher eine Gewohnheit, die ebenso gut hätte ausbleiben können. Manchmal war es auch abstoßend, nämlich wenn ein junger Galan mit glasigen Augen und begierigen Lippen daherkam, der die Jugend und Reinheit einer jungen Frau weder zu schätzen noch zu achten wusste. Für solcherart Küsse hätte sich Irma gern einen Handschuh angezogen, was aber am

Ende recht komisch ausgesehen hätte: Wird die Hand draußen in der Kälte geküsst, dann ist sie unbedeckt, drinnen im warmen Lokal hingegen behandschuht, so als sei ein Kuss in der Kälte warm und in der Wärme kalt.

Auf diese Weise vergingen Tage und Wochen mit geschäftigem Treiben, mit dem Lernen von Sprachen und Maschineschreiben, ohne dass etwas Besonderes geschehen wäre. Aber dann glaubte Irma zu bemerken, dass Frau Brett nicht ganz im Recht war, wenn sie behauptete, ein Mann wisse erst ab fünfunddreißig zu schätzen, was Jugend und Frische einer Frau bedeuteten. Wenn es so wäre, warum neigte Rudolf dann dazu, sich abends immer häufiger zu verspäten, so als sei es ihm egal, ob Irma wartete oder nicht. Hatte er wirklich so viele unerwartete Geschäftssachen zu regeln, wie er mit saurer Miene erklärte und Irma damit zu trösten versuchte, dass solche Sachen ja nicht immer vorkämen? Aber was für Geschäfte mochten es sein, dass sie sich manchmal sogar bis nach Mitternacht erstreckten? Allerdings, eine Freude brachten diese Geschäfte doch mit sich: Wenn Rudolf sich verspätete, war er Irma gegenüber außergewöhnlich liebevoll und zärtlich, sodass sie, ob sie wollte oder nicht, einsehen musste, wie sehr sich der Mann nach ihr verzehrt hatte.

Manchmal war Irma auch froh darüber, dass ihr Mann sich verspätete, denn auch sie kam manchmal spät nach Hause, und es wäre peinlich gewesen, erst dann zu Hause zu erscheinen, wenn der Mann bereits auf sie wartete, wie es leider auch schon ein paarmal geschehen war. Außerdem konnte Irma ihre Verspätungen nicht mit dringenden geschäftlichen Angelegenheiten entschuldigen, sondern lediglich mit Maschineschreiben, Buchhaltung und der englischen Sprache, mit deren Übungen sie ihren schüchternen Begleiter nach und nach verdarb, sich aber auch selbst verderben ließ, indem sie so manchen Zug an derselben Zigarette tat, die bereits im Mund des jungen Mannes gewesen war.

»Wenn das mein Mann sehen würde!«, rief Irma in solchen Fällen aus. Aber der junge Mann tröstete sie mit der unschlagbar schlichten Bemerkung:

»Haben Sie keine Angst, gnädige Frau, er sieht es ja nicht.«

Und wahrhaftig, Rudolf sah es nicht, wenn seine Frau mit Herrn Liegenheim rauchte, mit diesem netten Jungen ein und dieselbe Zigarette rauchte. Er glaubte wahrscheinlich eher, dass Irma die Freiheit immer besser schmeckte, und deshalb begann auch er, die Freiheit immer mehr auszukosten, bis es soweit war, dass er erst am nächsten Tag nach Hause kam.

Es fiel in die Zeit, als Irma an Frau Bretts Lebensweisheiten über die Männer zu zweifeln begann. Irma blieb die ganze Nacht wach und wartete auf ihren Mann. Zuerst lernte sie der Notwendigkeit halber Englisch, dann Französisch, und am Ende mühte sich auch noch mit der Buchhaltung ab. Und als der Mann immer noch nicht kam, lernte sie zum Zeitvertreib Englisch, zum Zeitvertreib Französisch, und anstatt auch in der Buchhaltung Zeitvertreib zu suchen, begann sie zu weinen, und das war dann kein netter Zeitvertreib mehr.

Es ging so vonstatten, dass Irma, da sie einmal angefangen hatte zu weinen, die ganze Nacht hindurch weinte, nur hin und wieder hielt sie kurz inne, so als seien die Tränen versiegt, aber dann setzte das Weinen erneut ein. Sie stieß Klagelaute aus und schluchzte aus vollem Halse, konnte es aber nicht lange durchstehen, sondern saß bald still und in sich zusammengesunken mal hier und mal da, als würde sie nach einem Platz suchen, an dem es nicht mehr nötig wäre zu weinen. Aber dieser Platz fand sich nicht, in der ganzen Wohnung nicht.

Mund und Gesicht ermüdeten und erstarrten schließlich, bis das Weinen sie nicht mehr verzerren konnte, nur die Augen ließen ihre Tränen weiter strömen und hielten so am längsten stand. Vielleicht hätte Irma sogar im Schlaf weiter geweint, wenn sie hätte schlafen können, aber sie konnte nicht, obwohl sie es versuchte, der ganze Körper glühte vor Schmerz, sodass es ihr nicht einmal gelang, sich hinzulegen. Also musste sie sitzenbleiben und sich zusammenkauern wie ein Häufchen Elend.

So fand sie der Mann vor, als er am Morgen kam, direkt von der Eisenbahn, wie er sagte. Er wollte noch mehr sagen, aber als ihm die Frau durch die Schlafzimmertür nicht antwortete und er die Tür öffnete, war er sprachlos: Irma hatte Weinkrämpfe, sie schluchzte wie ein Kind, nicht wie eine Frau, das sah Rudolf auf den ersten Blick. Er blieb ein Weilchen auf der Schwelle stehen, trat dann ins Zimmer und blieb auch da stehen, als überlege er, womit er am besten anfangen sollte. Schließlich setzte er sich zu seiner Frau auf den Bettrand und sagte:

»Liebstes, du hast wohl die ganze Nacht nicht geschlafen? Wie kannst du nur! Ich muss doch hin und wieder auf Reisen sein, und wenn du dann jedes Mal …«

»Lüg mich nicht an«, unterbrach Irma ihn schluchzend.

»Aber ich lüge doch gar nicht«, wollte sie der Mann besänftigen.

»Natürlich lügst du«, brachte Irma mit starren Kiefern und bebendem Kopf hervor. »Du denkst, dass Lügen für mich leichter zu ertragen sind. Du willst überhaupt, dass alles leichter ist, aber mit mir hast du es schwer, denn ich liebe dich.«

»Aber du hattest doch diesen jungen Mann, den du mir sogar vorgestellt hast, diesen netten Jungen«, sagte Rudolf.

»Was?!«, rief Irma und hätte viel darum gegeben, wenn ihre Kiefer nicht steif gewesen wären und der Kopf nicht so gebebt hätte. »Du kommst mir damit?! Du selbst hast ihn mir auf den Hals geschickt!«

»Liebes Kind, wo ist dein Verstand? Ich wusste nicht einmal, dass es diesen jungen Mann überhaupt gibt, und selbst jetzt, nachdem du ihn mir vorgestellt hast, würde ich ihn nicht wiedererkennen.«

»Und wer hat mich dazu getrieben, Englisch zu lernen?«, fragte Irma. »Da habe ich ihn doch kennengelernt!«

»Englisch ist für unsere Zukunft, denn …«

»Unsere Zukunft hat doch mit Englisch nichts zu tun«, behauptete Irma, verkrampft und mit bebendem Kopf. »Und wozu hast du mir empfohlen, mit diesem jungen Mann« – Irma betonte die beiden letzten Worte und äffte damit Rudolf nach – »ins Kino zu gehen? Etwa auch für unsere Zukunft?«

»Das habe ich doch nicht empfohlen«, widersprach Rudolf.

»Natürlich hast du es empfohlen, denn wozu hast du die Dunkelheit im Kino ins Spiel gebracht, wenn es keine Empfehlung sein sollte?«

»Meine liebe Frau, du fängst an, den Verstand zu verlieren«, sagte Rudolf ernst.

»Im Gegenteil, ich fange an, zu Verstand zu kommen«, erwiderte Irma. »Eine ganze Nacht lang bin ich zu Verstand gekommen, und jetzt ist mir, als sei ich um zehn Jahre gealtert.«

»Du siehst wirklich schrecklich aus«, sagte der Mann und machte ein entsetztes Gesicht, »ich hätte nie gedacht, dass du …«

»Dass ich dich immer noch so liebe«, sprach Irma dazwischen.

»Das natürlich auch«, pflichtete der Mann bei, »aber dass du es so tragisch nimmst, wenn ich …«

»Wenn du zurück zu deinen Schwestern gehst, so ist es doch?«, fragte Irma.

»Ach, mein kleines Heimchen, weißt du eigentlich, was an dir so schrecklich ist, so ganz schrecklich schlimm? Dass in deinem Herzen eine Jungfrau wohnt und in deinem Hirn ein scharfer Verstand, aber den benutzt du nicht immer. Das ist vielleicht das Schlimmste, denn so lasse auch ich deinen Verstand außer Acht und glaube, dass es nur die Liebe ist, Liebe ohne Verstand, die nichts sieht und nichts hört. Das ist von Anfang an so gewesen, und deshalb bin immer nur ich hereingefallen, niemals du.«

»Du gibst also zu, dass das Sprachenlernen, die Kurse und Bekanntschaften, der nette Junge, das Kino und die Dunkelheit im Kino nur dazu da waren, um mich los zu sein und Gelegenheiten zu finden, auch nachts von zu Hause wegzubleiben?«, fragte Irma, wobei sie immer noch die Kieferstarre und das Kopfbeben spürte.

»In deiner Logik stellt sich alles so einfach dar«, sagte der Mann. »Du denkst, dass ich dich vorsätzlich an der Nase herumführe. Aber so ist es nicht.«

»Und wie ist es?«, fragte Irma.

»Das ist schwer zu sagen«, sagte der Mann. »Gehen wir zum Beispiel davon aus, dass du mich liebst …«

»Warum ›gehen wir zum Beispiel davon aus‹, wenn ich dich doch liebe?«, fragte Irma verwundert.

»Nun, sei es drum: Du liebst mich, und es tut dir gut, mit mir zusammen zu sein. Aber es tut dir doch nicht immer gut, nicht pausenlos gut, mit mir zusammen zu sein, weil …«

»Mir tut es immer gut, mit dir zusammen zu sein«, unterbrach Irma ihn, wobei ihr der Kopf dreimal nach hinten zuckte.

»Das ist ja schrecklich«, meinte der Mann und fügte hinzu: »Das heißt, dass du meiner noch nie müde oder überdrüssig gewesen bist?«

»Noch nie«, bestätigte Irma. »Ich habe nie von dir genug gehabt.«

»Das ist wirklich schlimm«, sagte der Mann, und Irma fühlte, dass er es ernst meinte, es war nur schade, dass Irma den Sinn hinter den ernsten Worten nicht so recht verstand. »Mit mir verhält es sich ein wenig anders …«

»Das heißt, du hast mich satt«, sagte Irma. »Aber das habe ich mir schon gedacht. Die ganze Nacht, als ich hier so saß, habe ich es mir gedacht.«

»… aber völlig umsonst«, ergänzte der Mann. »Meine Liebe ist nicht so beschaffen, dass sie jetzt da und kurze Zeit später wieder verschwunden ist, sondern wenn ich ausgiebig geliebt habe, dann möchte ich mich ein wenig ausruhen, sozusagen die geliebte Liebe verdauen.«

»Und dazu ist es nötig, die ganze Nacht wegzubleiben?«, fragte Irma beinahe giftig.

»Kleines Heimchen, sei nicht so garstig zu mir«, sagte Rudolf. »Du, mein Mädchen, liebst zum ersten Mal, aber meine Liebe ist eine abgenutzte Liebe, man könnte sogar sagen, eine verdorbene Liebe. Denn je mehr der Mensch liebt, desto mehr verdirbt er seine Liebe, so nämlich steht es um den Menschen. Natürlich, du verstehst das noch nicht, aber ich verstehe es, und da ich, wie ich schon früher erklärte, Anstand und Gewissen habe, denke ich viel über dich und meine Liebe nach. Sie erinnert mich manchmal an eine bestimmte Blume im tropischen Urwald. Es heißt, sie blühe nur eine Nacht, und es gibt Menschen, die ihre Seele dafür geben würden, um sie, die Königin der Nacht, nur ein einziges Mal zu sehen.«

»Wozu erzählst du mir das?«, fragte Irma.

»Ich erzähle dir von der ersten Liebe«, erklärte der Mann.

»Wozu erzählst du mir etwas von der ersten Liebe, wenn ich sie doch gerade erlebe?«

»Damit du weißt, dass es wirklich deine erste Liebe ist und nicht die Liebe an sich. Denn niemand erkennt seine erste Liebe, ehe sie nicht vorbei ist.«

»Meine ist nie vorbei.«

»Mag sein«, meinte der Mann, »aber bei mir ist sie vorbei, längst vorbei. Und deshalb kommt es mir so vor, als sei meine Liebe im Moment Schwerstarbeit. Denn man sollte nicht vergessen, dass wir beide wegen meiner Liebe Beulen am Kopf bekommen haben, und danach blieb mir nichts weiter übrig, als dir einen Heiratsantrag zu machen.«

»Das war doch das Beste, was du tun konntest«, sagte Irma.

»Aber es war nicht schön. Ich habe mich wie ein Trottel gefühlt, der mit seiner Liebe nicht gegen die Liebe ankommt.«

»Das ist nicht wahr«, widersprach Irma, »ich habe dich schon geliebt, bevor du mir den Heiratsantrag machtest.«

»Umso schlimmer für mich«, sagte der Mann. »Je mehr du mich liebtest, umso schlimmer war ich der Trottel, und dass ich dir mit der Hochzeit kam, das war mein letztes Mittel. Aber du, womit kamst du? Du kamst mit gar nichts, nur mit Liebe, reiner nackter Liebe. Was mir am heftigsten den Verstand raubte, war die Ahnung, dass du mich liebst und dass ich es nicht vermag, dich ebenso zu lieben, so zu lieben, dass du mir ohne Wenn und Aber glauben würdest. Das war der schmerzlichste Punkt in meiner oder unserer

Liebe. Und deshalb, mein Heimchen, habe ich manchmal gedacht, dass du eigentlich noch gar nicht weißt, was Liebe ist. Denn wenn die richtige Liebe kommt, die ganz richtige, dann hilft nichts, gar nichts, nicht einmal die Ehe. Solch eine Liebe müsstest du einmal kennenlernen, habe ich gedacht, so wie ich sie gefühlt habe, als ich zu dir gekommen bin und um deine Hand anhielt. Denn ich kam gegen meinen Willen, ich verfluchte und verdammte dich in Grund und Boden, mein Heimchen, aber ich kam trotzdem, denn ich konnte nicht anders, wegen der reinen nackten Liebe. Und indem ich dir das Ehejoch um den Hals hängte, das du so ernst nimmst, habe ich dir für immer die Möglichkeit genommen kennenzulernen, wie die ganz richtige Liebe ist, gegen die nichts hilft.«

»Und so hast du mich dann zu allen möglichen Kursen geschickt, mir alle möglichen Bekanntschaften vermittelt, damit ich vielleicht irgendwo auf die ganz richtige Liebe stoße?«, fragte Irma ungläubig und mit einer Spur Ironie.

»Ja und nein«, antwortete der Mann. »Nein insofern, als ich dich nicht gezielt auf die Liebe ausgesandt habe, denn ich glaube nicht, dass die richtige Liebe einfach so irgendwo zu finden ist. Ich dachte so: Die richtige Liebe ist da, wo gemeinsame Interessen sind, wo man gemeinsam kämpft und leidet, und sei es auf Leben und Tod, nein, besser sogar, genau wenn es um Leben und Tod geht. Also wenn du gehst und solche Menschen triffst, wie du sie kürzlich getroffen hast, und gemeinsam mit ihnen anfängst zu arbeiten, dann kannst du vielleicht auch die Liebe treffen, die richtige, gegen die nichts hilft, nicht einmal unsere Ehe. Geschieht es aber, dass sich die richtige nicht findet, dann hast du deine Zeit wenigstens nutzbringend verbracht und mein Herz ist beruhigt, weil ich dir die Möglichkeit gegeben habe, nicht nur bei einer Liebe zu bleiben, einer, die schon abgenutzt und sogar verdorben ist, wie ich vorhin sagte. So dachte ich, und ich dachte weiter: Jetzt weiß mein Heimchen schon ein wenig, was Liebe ist, zwar noch nicht ganz, aber etwas weiß es doch. Mochte ich in der Liebe ein noch so großer Trottel sein, ein kleines bisschen musste auch ich richtig lieben. Und wenn mein Heimchen jetzt mit seinem Ein-bisschen-richtige-Liebe-Kennen geht, dann trifft es vielleicht auf jemanden, der nicht einmal dieses kleine bisschen kennt, sodass mein Heimchen Lust bekommen könnte, auch ihm das kleine bisschen beizubringen ...«

»Sag doch lieber gerade heraus, dass du Herrn Liegenheim meinst«, unterbrach ihn Irma.

»Nein, mein Heimchen, ich kannte den jungen Mann noch gar nicht, als ich zum ersten Mal diese Gedanken hegte. Aber als du ihn mir vorgestellt hast, sagte ich mir im Stillen: Das ist der Richtige, ihn könnte mein Heimchen lehren, was für eine wundersame Blume die Königin der Nacht ist, das heißt, die erste Liebe.«

Als Irma die letzten Worte des Mannes hörte, fing ihr Herz an zu zittern, und sie sagte:

»Ach so? Wegen Herrn Liegenheim bliebst du heute Nacht weg? Nein, mein lieber Mann, weißt du, was ich dir daraufhin sage: Du sprichst immerzu von der richtigen Liebe, aber ich habe keine Liebe auf der ganzen Welt, die richtiger wäre als die deine. Die Liebe eines anderen Mannes könnte mich höchstens dann ein wenig interessieren, wenn ich deine Liebe habe. Fängst du aber an, sie aus dem Haus zu tragen, dann ist mit mir Schluss. Oder meinst du, dass ich nach der heutigen Nacht noch irgendwohin gehe, zum Unterricht oder zum Kursus? Da irrst du dich! Ich gehe nirgendwo mehr hin, und ich tue nichts mehr, wenn ich deine Liebe nicht habe. Das ist alles, was ich zu sagen weiß. Alles andere hängt von dir ab.«

»Wie du das sagst! Wie schlicht und unschuldig ...«, bekannte Rudolf.

»Du hast natürlich gedacht, dass ich mit der Jungfräulichkeit auch die geistige Unschuld verloren habe«, hielt Irma ihm vor.

»Nein, mein Heimchen, ich glaube, dass du noch nicht einmal die Jungfräulichkeit verloren hast«, sagte der Mann resigniert.

»Was bist du unverschämt, ich mag dich nicht mehr sehen!«, rief Irma empört aus und wandte sich ab.

»Was ist daran unverschämt, wenn ich dich jungfräulich nenne?«, fragte der Mann.

»Stell dich nicht dumm!«, fuhr Irma ihn an. »Ich verstehe einfach nicht, wie du dieses schreckliche Wort benutzen kannst, nachdem ich dich so mit Leib und Seele geliebt habe.«

»Ach, mein Mädchen, mein liebes Heimchen!«, sagte der Mann und seufzte. »Ich weiß gar nicht, welchen Namen ich dir geben soll, denn kein Name ist für dich gut genug, kein einziger Name drückt annähernd das aus, was du bist. Du sagst, dass Jungfrau ein schreckliches Wort ist, wenn du mit aller Macht und Kraft ...«

»Mit Haut und Haar«, verbesserte Irma.

»Nun gut, also mit Haut und Haar, wenn es so schöner und richtiger ist ...«

»Nein, so ist es hässlicher und gemeiner«, erklärte Irma trotzig. »Ich sage es mit Absicht hässlich und gemein, weil du alles genauso hässlich und gemein ...«

»Das alte Lied«, seufzte der Mann. »Mit dir kann ich nicht reden. Und weißt du, warum? Du bist dermaßen Jungfrau, dass ...«

»Wegen dieses Worts könnte ich dich umbringen! Aber mich auch! Zuerst mich und dann dich – nur geht das leider nicht. Solange ich lebe, kann ich dich nicht umbringen, weil ich Angst habe, dass es misslingt und ich allein zurückbleibe«, sagte Irma aus tiefstem Herzen und fing wieder an zu weinen.

»Wie kann ich dir nur sagen, was ich sagen will, und zwar so, dass es dir nicht wehtut, sondern schmeichelt, denn wie gerne würde ich dir jetzt schmeicheln«, sagte der Mann langsam.

»Eine nette Schmeichelei, mich nach solchen Weihnachtstagen und unserem Liebesmuseum Jungfrau zu nennen! Nenn mich doch lieber gleich alte Jungfer!«, sagte Irma böse.

»Du wolltest doch Mutter eines Weihnachtskindes werden, und Christkinder werden nun mal von Jungfrauen geboren«, antwortete der Mann.

»Was soll der dumme Scherz, wenn wir gerade ernsthaft miteinander reden«, mahnte Irma.

»Das ist kein Scherz und schon längst kein dummer«, widersprach der Mann. »An unserem Weihnachtsabend glaubte ich zum ersten Mal, dass Kinder doch von Jungfrauen geboren werden können. Nur wie soll ich dir das erklären? Sagen wir so: Wenn der Mensch anfängt zu lieben, natürlich richtig zu lieben, dann gibt es doch nichts anderes als diese Liebe. Da blüht etwas, duftet, ist im Werden. Aber du siehst es nicht, du weißt nichts davon, denn die wahre Liebe kennt keine Gedanken, sie hat im Grunde genommen auch keine Gefühle, wenn man es so sagen könnte – es sind nur Träume. Die Gedanken und Gefühle kommen später, dann, wenn die Liebe schon im Gehen begriffen ist ...«

»Das heißt, die wahre Liebe ist nicht mehr da, wenn man

anfängt zu denken«, folgerte Irma, doch der Mann ließ sich nicht unterbrechen:

»Die Gefühle beginnen dann, wenn wir merken, dass derjenige, dem unsere Liebe gehört, etwas Besonderes an sich hat. Ich, zum Beispiel, bemerkte als erstes deine Augen, sodass ich mich plötzlich fragte, was für Augen du eigentlich hast. Aber da musste schon Liebe im Spiel sein, denn wozu sonst hätte ich deine Augen bemerken sollen. Die Liebe war schon in meinen Augen da, die schauten, und auch in deinen Augen war sie, die ich anschaute, nur dass ich das lange vor dir wusste. Aber das Wissen war verzerrt, denn ich dachte, dass es nur Begierde ist, nackte Begierde und nicht Liebe. Hätte ich gleich gewusst, dass es Liebe ist, dann hätte ich dich, mein Heimchen, auf der Stelle fortgeschickt. Aber ich wusste es nicht, und deshalb fielen mir deine Augen auf, zuerst nur die Augen, dann auch die Augenlider, die Wimpern, die Augenbrauen. Und ich dachte: Aha, sie hat blaue Augen, tiefblaue, aber Wimpern und Brauen sind schwarz, wohlgemerkt, von Natur aus schwarz, und ihre Augen liegen ein bisschen tief, denn sie hat eine stärker gewölbte Stirn, als die Frauen es mögen. Genauso dachte ich es: als die Frauen es mögen, denn Frauen legen keinen Wert auf Stirn, schon gar nicht auf eine gewölbte. Aber du hast eine, und unter den Augen hast du Bäckchen, die aussehen, als seien sie vom vielen Lachen höher gerutscht als nötig, denn es gibt ja Frauen, die lachen sich Bäckchen herbei. Aber verstehst du: Ich liebe dich bereits, aber denke immer noch, dass deine Bäckchen höher sind ›als nötig‹! Selbst da wusste ich nicht, dass es Liebe ist, sondern dachte immer noch an Begierde, denn hätte ich geahnt, dass es Liebe ist, dann wäre mir klar gewesen, dass es nichts Verrückteres gibt, als Fehler zu sehen und dennoch zu lieben. Deine Augen aber – an sie dachte ich zumeist, wenn ich alleine war, dann sah ich sie deutlicher, so als stünden sie meinem inneren Auge näher als der Realität – deine Augen zwischen Stirn und Bäckchen waren gar nicht wie Augen, sondern wie Blütenkelche, so sonnenwarm und freundlich, dazu gemacht, dass sich Schmetterlinge und Heimchen darauf niederlassen, um sich auszuruhen. Und sowie ich das Wort ›Heimchen‹ gedacht hatte, nannte ich dich so, ich sagte mir im Stillen: Was bist du mir nur für ein Heimchen! Was es sonst noch an dir zu entdecken gab, das kam später. Du erinnerst dich, wie ich dich in der Küche umfasste, aber auch das war keine Begierde, sondern eher Traurigkeit. Denn in diesem Augenblick bemerkte ich zum ersten Mal deine Brüste, und mir tat es auf seltsame Weise leid, dass es niemanden gab, der sie bewunderte und verwöhnte. Also wusste ich nichts Besseres zu tun, als mein Gesicht an sie zu drücken, und sowie ich das getan hatte, sagte ich mir: Das ist Liebe! Ja, da begriff ich zum ersten Mal, dass es Liebe war und nicht Begierde, die kam erst später. Aber du hieltest es für Begierde und zogst mir eins mit dem erstbesten Gegenstand über …«

»Ich hätte dich erschlagen mögen«, bekannte Irma und dachte gleichzeitig: Wenigstens wusste er meine Jugend und Unschuld zu schätzen.

»Das habe ich gemerkt und daran gesehen, dass auch du liebst, nur dass du es selber noch nicht wusstest. Und so kam denn alles, wie es kommen musste. Zuerst war die reine Liebe da, die richtige und wahre, und dann kam die Begierde hinzu. Denn auch zur reinsten Liebe gesellt sich schließlich die Begierde, und sie ist es, die die Liebe verdirbt, sodass das, was bleibt, manchmal gar keine Liebe mehr ist, sondern nackte Begierde. So geht es mir und allen anderen – wie ich bis heute dachte. Nur dir geht es nicht so. Deine Liebe wird nicht durch Begierde verdorben. Davon konnte ich mich unter dem Weihnachtsbaum überzeugen, und davon überzeuge ich mich jeden Tag aufs Neue, denn deine Liebe ist wie die Liebe einer Jungfrau, der die Begierde noch nichts hat anhaben können. Daraus habe ich übrigens eine Schlussfolgerung gezogen: Meine Liebe zu dir ist doch nicht die ganz reine, sonst müsste sie in dir Begierde wecken, und die wiederum würde die Liebe über kurz oder lang verderben. Mit anderen Worten: Wäre meine Liebe die reine und wahre, dann müsstest du deine Jungfräulichkeit nicht nur körperlich, sondern auch seelisch verlieren, andernfalls erwartet dich noch als Hundertjährige der Tod einer alten Jungfer. Deshalb habe ich mir den Kopf zerbrochen, wie man dich vor diesem schrecklichen Tod erretten könnte.«

»Frau Brett hat wahrhaftig recht: Die größte Sorge der Männer ist, wie sie ihre Frauen verderben können«, sagte Irma.

»Wer ist Frau Brett?«, fragte Rudolf.

»Hast du es schon vergessen!«, rief Irma.

»Ach ja! Deine Englisch-Dame. Nun, in England mögen die Männer ihre Frauen verderben, aber …«

»Umgekehrt! In England verderben die Frauen ihre Männer, sagt Frau Brett«, erklärte Irma.

»Mir ging es nie darum, dich zu verderben, ich wollte dich sozusagen nur in die natürliche Lage einer Frau versetzen, auf dass du deine Jungfräulichkeit hinter dir lassen und erwachsen werden kannst. Nur das wollte ich. Deshalb habe ich dich mit so vielen Salonlöwen bekannt gemacht, denn irgendwann stellte ich fest, dass Jungfräulichkeit Salonlöwen nicht standhält, weder die körperliche noch die seelische, und ganz besonders dann, wenn die Löwen ein bisschen angetrunken sind. Ja, mein liebes Heimchen, das hatte ich festgestellt. Aber auf dich hat kein Löwe gewirkt, weder nüchtern noch betrunken. Nun, als ich das sah, dachte ich, wie soll ich dich dann vom Altjungferntod retten, wenn nicht einmal ein Salonlöwe etwas auszurichten vermag? Muss ich wirklich mit der Schande ins Grab gehen, dass meine Frau Jungfrau bleibt?«

»Ins Irrenhaus solltest du gehen, sonst habe ich ganz bald meine liebe Not mit dir«, entgegnete Irma und versuchte zu lachen, denn ihr schien, als würde der Mann alles zu einem dummen Scherz verdrehen. Doch der sprach todernst weiter:

»Irrenhaus hin oder her, ich machte mir wirklich Sorgen um dich. Aber dann kam ich auf die Sprachen und die Kurse, in der Hoffnung, dass die vielleicht helfen.«

»Sie helfen aber nicht«, sagte Irma mit schiefem Lächeln.

»Ja, auch die helfen nicht, jedenfalls bis jetzt nicht«, bestätigte der Mann.

»Und ab jetzt helfen sie überhaupt nicht mehr!«, trumpfte Irma auf.

»Dann müsste man etwas anderes ausprobieren«, meinte der Mann.

»Schämst du dich wirklich nicht, so zu sprechen?«, fragte Irma. »Wenn du es unbedingt für nötig hältst, dass ich verdorben bin, dann verdirb mich doch selber, warum möchtest du mich dazu in andere Hände geben. Verdirb mich, wie du willst, ich bin mit allem einverstanden.«

Irma hätte vielleicht noch etwas gesagt, aber sowie sie die Worte »mit allem einverstanden«, noch dazu aus ihrem eigenen Mund hörte, verstummte sie. Mit diesem Leitspruch hatte Lonni ihr empfohlen, eine Stelle zu suchen, was für Irma damals völlig unannehmbar gewesen war – und wo war sie jetzt angekommen?!

»Ich kann dich nicht verderben, mein Heimchen, das ist es ja«, sagte der Mann.

»Ach du Ärmster, kannst nicht mal deine eigene Frau verderben!«, klagte Irma voller Ironie.

»Es tut mir leid, aber so ist es«, wiederholte Rudolf. »Denn womit soll ich dich verderben, wenn nicht einmal Gold und Edelsteine deine Begierde wecken. Ich habe dir so manches Schmuckstück geschenkt, aber du trägst ja nichts von alledem. Sogar die Parfüms stehen seit geraumer Zeit unberührt da, nur waschen und schrubben tust du dich. Schrecklich ist das!«

»Ich will nicht, dass sie alle an mir riechen«, erklärte Irma. »Als ich den vermeintlichen Kleeduft an mir hatte, da fühlte ich mich gut, aber es ist mir zuwider, wenn alle meine Nähe suchen, um an mir zu riechen, bis ihnen die Nasenflügel beben. So ist es nämlich, wenn ich nach Parfüm dufte und das mein richtiger Duft sein soll. Ich möchte meinen eigenen Duft haben, und den nur für meinen Mann, aber ich habe keinen Mann mehr!«

»Natürlich hast du einen, mein Heimchen, nach wie vor hast du einen«, tröstete Rudolf.

»Eben nicht«, widersprach Irma und fühlte plötzlich wieder die Starre in den Kiefern und das Zucken im Nacken. »Aber weißt du, zu welchem Entschluss ich heute Nacht gekommen bin? Betrüg mich, egal wie schrecklich und gemein, aber los wirst du mich nicht. Ich liebe dich trotzdem, liebe dich gegen meinen und sogar gegen deinen Willen! Und wenn du gar nicht anders kannst, als mich unbedingt betrügen zu müssen, dann bitte, betrüg mich, ich werde es schon aushalten, denn von meiner Seite ist es Liebe, die ganz reine und wahre. Nur werde ich auf diese Art schnell altern, und meine Augen werden vom Weinen erlöschen, das steht fest. Ich kannte damals auf dem Land eine Frau, so alt wie ich, der sind die Augen im Laufe eines halben Jahres erloschen. Damals wusste ich nicht, was es war, aber jetzt weiß ich, dass es Liebe war, die reine wahre Liebe.«

»Das ist ja furchtbar«, sagte der Mann. »Hättest du denn noch ein klein wenig Glauben an mich, wenn ich versprechen würde, dass …«

»Keine Versprechen!«, schnitt Irma ihm das Wort ab. »Du hast selber unlängst erklärt, dass du deine Versprechen nicht hältst.«

»Dann sage ich es so: Solange du mich liebst, werde ich dich nicht mehr betrügen«, räumte der Mann ein.

»Du bindest dich bis an den Tod«, warnte Irma, »versprich nur nicht zu viel.«

»Wenn bis an den Tod, dann soll es so sein«, sagte der Mann.

»Vor der Hochzeit hast du dir Hindernisse gebaut, damit es kein Zurück mehr gibt«, erinnerte ihn Irma, »willst du es jetzt nicht wieder versuchen? Könnten wir nicht beide etwas tun, das dir hilft, dein Versprechen zu halten?«

»Und das wäre –?«, fragte Rudolf.

»Am Weihnachtsabend bat ich dich um ein Kind«, sagte Irma mit starren und zitternden Lippen.

»Meine liebe Frau, glaub mir, was ich dir sage: Ein Kind hilft nicht, wenn die Liebe nicht hilft. Nichts hilft, wenn die Liebe nicht hilft«, lautete die Antwort des Mannes.

XX

Jetzt begannen wundervolle Tage, noch wundervollere als in ihrem ganzen bisherigen Leben. Irma hatte sich nie vorstellen können, dass es solche Tage geben könnte. Sie erinnerte sich an den Vorfrühling aus Kindheitstagen, ja, es war dieses Jahr das erste Mal, dass sie an frühlingshafte Wintertage zurückdachte, aber nie waren sie so schön gewesen wie jetzt. Vielleicht rührte es daher, dass, wenn man auf dem Lande lebte, die funkelnden Schneefelder jederzeit gegenwärtig waren, jetzt aber nur dann, wenn man aus der Stadt hinausfuhr. Außerdem sah Irma damals die weiten weißen Felder und schneebedeckten Bäume immer nur alleine, immer nur mit ihren Augen, jetzt sah sie alles zu zweit, und zwischen ihr und Rudolf stand die Liebe wie eine Frühlingssonne, die den Himmel von Tag zu Tag blauer und die Wolken noch weißer als sonst erstrahlen ließ.

Oh, jetzt fanden Irma und Rudolf Zeit, gemeinsam spazieren zu gehen, sogar Ausfahrten zu machen, und das, obwohl jeder seine eigenen Pflichten und Sorgen zu tragen hatte. Überall sah man die beiden, im Kino und im Konzert, im Theater und beim Tanz, im Café und im Lokal. Irma hatte sich nämlich vorgenommen, ihren Mann öfter zum Ausgehen zu bewegen, damit ihm das Zuhausesein nicht zum Überdruss wurde und er am Ende heimlich das Weite suchte. Sie dachte: Wenn die Liebe das Höchste ist, dann muss man alles für sie tun und auch Opfer bringen. Außerdem: Wenn ich so mit ihm ausgehe und unter fremden Menschen bin, vielleicht vergeht dann das, was er Jungfräulichkeit nennt.

Irma verstand zwar nicht bis ins Letzte, was es damit auf sich hatte, denn Rudolf konnte oder wollte es ihr nicht erklären, aber offenbar war es etwas, das nur sie und kein anderer besaß. Und wenn man jetzt möglichst oft unter Menschen ging, sie sozusagen hautnah spürte, dann würde es bestimmt irgendwann Wirkung zeigen, und der Mann brauchte nicht mehr zu befürchten, Irma seelisch den Tod einer alten Jungfer erleiden zu sehen.

Ja, zu guter Letzt war sich Irma im Stillen doch mit ihrem Mann darüber einig, dass sie ein sonderbares Wesen war, genannt seelische Jungfer. Doch gerade dies galt es zu überwinden. Es muss überwunden werden, wiederholte Irma noch und noch einmal, als sie Dinge zu tun versuchte, die nicht in ihrem Sinne waren.

Das Aussprechen dieser Dinge wurde ihr durch die Zuhilfenahme einer fremden, der englischen Sprache erleichtert, aber was erleichterte das Umsetzen derselben Dinge in die Tat? Was half, damit man gewisse Handküsse und Blicke nicht spürte, die einen vor aller Augen entkleideten? Was half, damit man nicht begriff, wenn jemand dich beim Tanzen so umfasst, dass du mit dem ganzen Körper wahrnimmst, dass er dich jetzt vor aller Augen ganz bewusst in seine Arme nimmt und nur so tut, als wolle er mit dir tanzen?

Nein, hier gab es keine Hilfe, man musste sich nur daran gewöhnen, gewöhnen, gewöhnen. Und Irma begann langsam daran zu glauben, dass just in dieser Gewöhnung die Rettung vor dem Altjungferntod lag, und nicht darin, dass man ab und zu ein bisschen trank oder rauchte, auf Englisch unerlaubte Sachen sagte, mit einem jungen Mann im dunklen Kino saß und ihn ein ganz klein wenig verdarb.

Die Frage bestand darin, wie man sich selbst verdirbt oder verderben lässt, nicht aber, wie man andere verdirbt. Also, wenn Frau Brett damit recht hat, dass eine unverdorbene Frau einen unverdorbenen Mann verderben kann, was nützt das dann Irma! Umgekehrt muss es sein: Ein unverdorbener Mann muss eine unverdorbene Frau verderben können! Wäre das möglich, dann hätte es Sinn, mit Herrn Liegenheim im dunklen Kino zu sitzen.

Irma begann auch all ihren Schmuck zu tragen, den der Mann ihr geschenkt hatte, und sie deutete manchmal sogar an, dass sie nicht genug davon hätte. Dies tat sie absichtlich, denn der Mann hatte ja unter anderem gesagt: Womit soll man dich verderben, du liebst ja nicht einmal Schmuck, Gold und Edelsteine. Auch begann sie ihre Parfüms erneut zu benutzen, abwechselnd, mal das eine und mal das andere, manchmal sogar mehrere an einem Tag. Im Zuge der Haarpflege hätte sie auch gern ihre Wimpern und Augenbrauen gefärbt, aber dies war nicht möglich, denn sie waren von Natur aus schwarz, und andersfarbige Wimpern und Brauen waren nicht in Mode. Sie überlegte ihre Augenlider und den Bereich unter den Augen ein wenig zu schattieren, doch man erklärte ihr, dass auch die bereits von Natur aus schattiert seien. Indes, Gesichtspuder, Lippenrot und Nagelpolitur lernte sie doch zu benutzen, denn wenn es die anderen taten, dann musste auch sie es tun.

Nicht dass sie plötzlich ein Geschäft aufgesucht und befohlen hätte, all diese Dinge auf dem Ladentisch auszubreiten, um dann zu fragen: Was kostet das? Nein, es geschah langsam, Schritt um Schritt, behutsam, so als würde Irma meinen, wenn es so schwer fällt, jemanden zu verderben, dann müsse man vorsichtig zu Werke gehen. Währenddessen wartete sie sehnsüchtig und mit pochendem Herzen darauf, ob Rudolf ihre Veränderungen bemerken und etwas dazu sagen würde. Aber nein, Rudolf hatte weder Augen noch Mund, er sah nichts und sagte auch kein Wort. Nur Frau Brett fragte Irma einmal (natürlich auf Englisch, damit es leichter fiele zu antworten), als sie ihre Lippen rot gefärbt hatte:

»Sie haben einen jungen Ehemann?«

»Wieso?«, fragte Irma überrascht, denn sie wusste, dass sie Frau Brett das Alter ihres Mannes nicht nur einmal genannt hatte. »Wie kommen Sie darauf?«

»Sie haben ihre Lippen geschminkt, deshalb«, erklärte Frau Brett.

»Tun es denn nur die, die junge Männer haben?«, fragte Irma verwundert.

»Ich glaube schon, denn junge Männer haben für die wahre Schönheit einer Frau noch keinen Blick«, erklärte Frau Brett. »Außerdem sind junge Männer für gewöhnlich blind und schrecklich eitel, sie wollen, dass sie selbst, aber ganz besonders, dass ihre Frauen sind wie alle anderen. Sie wissen noch nicht, dass der echte Charme im Außergewöhnlichen besteht. Sie können sich fragen, gute Frau, was soll ein junger Mann von einer Frau oder ihrer Schönheit wissen, wenn die Angetraute womöglich die erste Frau in seinem Leben ist. Die Angetraute dient ihm nur zum Prahlen und als Hilfsmittel, den Blick für die wahre Schönheit anderer Frauen zu schärfen. Erst dann ist er imstande, auch die Schönheit der eigenen Frau zu schätzen. Ein junger Mann erliegt leicht der Täuschung, dass Künstliches das Echte ersetzen kann, dass die künstliche Schönheit einer Frau ihren natürlichen Charme übertrifft, aber eine künstliche Schönheit übertrifft bei uns gar nichts, glauben Sie mir, liebe Frau, denn ich bin alt und ich weiß, was ich sage. Die jungen Leute sind heutzutage doch alle so ungemein begeistert von der Kunst und dem Kino, wo alles nur Farbe und Tünche ist, und durch ihre Liebe zur Kunst lieben sie auch in uns, den Frauen, nur das Künstliche. Aber Männer im reiferen Aller, wie ich schon früher sagte, Männer über fünfunddreißig, die wissen, dass nicht die Kunst wichtig ist, sondern das, wovon die Kunst lebt. Und die Kunst lebt durch uns, meine Liebe, sie hat immer durch uns gelebt, und deshalb liebt der reife Mann mehr uns als unsere Kunst.«

»Mein Mann ist über fünfunddreißig«, erklärte Irma, als wolle sie Frau Brett darauf hinweisen, dass ihr ein Denkfehler unterlaufen war. Doch die verstand das vollkommen anders, denn sie sagte:

»Das heißt, Sie sind mit Ihrem Mann nicht glücklich.«

»Ich bin sehr, sehr glücklich«, beteuerte Irma, und es freute sie besonders, dass sie es auf Englisch sagen konnte, denn so schien es ihr noch schöner und unanfechtbarer zu sein. Doch Frau Brett fragte so schlicht und geradeheraus, als würde sie es gar nicht auf Englisch tun:

»Wie lange sind Sie verheiratet? Oder ist es ein Geheimnis? Heutzutage ist ja die Dauer einer Ehe beinahe das gleiche Übel wie unser Alter: Beides lässt uns erröten.«

»Mich nicht«, sagte Irma, »denn ich bin noch keine zwanzig, und meine Ehe ist noch kein halbes Jahr alt.«

»Und Ihr Mann ist über fünfunddreißig?«, fragte Frau Brett verwundert.

»Mein Mann ist über fünfunddreißig«, bestätigte Irma, fügte aber rasch hinzu: »Das heißt, in seinen Pass oder in den Taufschein habe ich nicht geschaut, also den Dokumenten nach …«

»Dann passen Sie auf, liebe Frau«, lachte Frau Brett, »Ihr Mann ist unter fünfunddreißig, und zwar gehörig.«

»Das kann nicht sein!«, rief Irma betroffen. »Wozu sollte er mir ein falsches Alter vorgaukeln?«

»Um zu imponieren«, antwortete Frau Brett, »denn junge Frauen mögen reife Männer. Wissen Sie, wir Frauen besitzen die naturgegebene Einsicht, dass es keiner großen Mühe bedarf, einem jungen Mann zu gefallen; einem Lebenserfahrenen hingegen, der bereits weiß, was eine Frau ist und was ihren Zauber ausmacht, eine rauchgeschwärzte Brille aufzusetzen, das ist ganz etwas anderes. Deshalb mogeln die Männer sich oft älter, so wie wir uns jünger mogeln.«

»Ich kann es einfach nicht glauben, dass auch das Alter meines Mannes gelogen sein soll«, sagte Irma.

»Warum nicht, wenn auch anderes gelogen ist«, meinte Frau Brett.

»Oh, es gibt auch andere Lügen!«, rief Irma, denn auf Englisch ließ es sich so leicht aussprechen. »Mein Mann gefällt sich darin zu lügen, er nennt es Flunkern. Seit wir uns kennen hat er nichts getan, als ständig zu flunkern, sodass ich manchmal nicht mehr weiß, was ich überhaupt noch glauben soll.«

»Liebe Frau, finden Sie nicht, dass das Flunkern eine der unterhaltsamsten Eigenschaften eines Mannes ist, besonders in der Ehe, die sonst doch schrecklich eintönig und langweilig wäre, um nicht zu sagen: die reinste Ödnis. Aber wenn der Mann seine Kunst beherrscht, dann gaukelt er einem über Tage und Wochen etwas vor. Zuerst ist man überrascht, dann fängt man Feuer, dann kommen leise Zweifel, man denkt nach, grübelt, mutmaßt, macht sich Sorgen, vergießt Tränen und bereut …«

»Ich habe nie etwas bereut«, fiel Irma Frau Brett ins Wort. »Geweint habe ich, das wohl, aber bereut nicht.«

»Also ist dieser Mann Ihre erste Liebe«, folgerte Frau Brett.

»Ja, mein Mann ist der Erste«, bestätigte Irma und wunderte sich, wie sie, um Himmels Willen, mit ihrem Gespräch dahin gekommen waren.

»Natürlich, andernfalls hätten Sie doch gleich bereut, keinen anderen geheiratet zu haben«, erklärte Frau Brett. »Aber glauben Sie mir, liebe junge Frau, sei es wie es sei, bereuen lohnt sich nie, denn die Männer sind alle gleich: Sie lügen alle und sind letztendlich alle gleich langweilig.«

»Mein Mann ist nicht langweilig«, widersprach Irma.

»Dann gestatten Sie mir, ganz höflich zu fragen: Warum haben Sie angefangen, Puder und Schminke zu benutzen? Entweder ist Ihr Mann jünger als er vorgibt, oder er interessiert Sie nicht mehr und Sie wollen Blickfang für andere sein.«

Irma starrte Frau Brett fast mit offenem Mund an. Ach, das also war der langen Rede kurzer Sinn! Doch der Sinn war falsch, grundfalsch! Deshalb erwiderte Irma schließlich:

»Mein Mann mag unter fünfunddreißig sein, beschwören kann ich das nicht, aber andere Männer interessieren mich kein bisschen, das steht fest.«

»Dann ist Ihr Mann wirklich unter fünfunddreißig, sonst würde er es nicht zulassen, dass Sie so mit sich umgehen, wie Sie es derzeit tun«, behauptete Frau Brett.

Aber jetzt war bei Irma das Maß voll. Sie stieß hervor:

»Ich bin dabei, mich zu verderben, denn mein Mann will eine verdorbene Frau!«

»Meine Liebe, passen Sie auf, Ihr Mann wird noch unter dreißig sein«, lachte Frau Brett aus tiefstem Herzen, fragte dann aber sachlich: »Lieben Sie Ihren Mann?«

»Sehr!«, antwortete Irma. »So, so sehr, sonst würde ich doch nicht darauf aus sein, mich zu verderben.«

»Ihre Mühen sind umsonst«, sagte Frau Brett. »Solange

eine Frau liebt, ist es gar nicht möglich, sie zu verderben. Selbst ein Mann kann eine liebende Frau nicht verderben.«

»Das sagt mein Mann auch«, bekannte Irma, »er sagt, dass er es nicht zuwege bringt, mich zu verderben, er habe es zwar versucht, aber er vermag es nicht.«

»Der eigene Mann vermag es wirklich nicht«, stimmte Frau Brett zu, »aber ich dachte nicht an den eigenen Mann, sondern an einen anderen. Ich wollte nämlich sagen, dass eine liebende Frau nicht einmal von einem anderen Mann verdorben werden kann, ganz zu schweigen von sich selber. Eine liebende Frau kann nichts verderben, das ist es. Deshalb ist ja die Liebe für uns Frauen solch ein Kreuz, sei es in oder neben der Ehe. Die Männer lieben an uns nicht die Liebe, sondern das Vergnügen. Liebe ist für sie eine Last. Deshalb lassen sie uns mit unserer Liebe sitzen und gehen zu den Frauen, die sie nicht lieben, sondern vergnügen.«

»Zu lieben ist allerdings nicht immer vergnüglich«, sagte Irma gedankenversunken.

»Aha, das haben Sie schon bemerkt«, meinte Frau Brett. »Zu lieben ist auch für die Männer kein Vergnügen, und wie gesagt, noch weniger für uns Frauen. Sie sehen, unser treuer Herr Liegenheim fehlt im Unterricht. Wissen Sie, warum? Nein? Nun, dann passen Sie auf: Er hat angefangen zu lieben, deshalb. Verstehen Sie, gute Frau: Unser netter junger Mann ist verliebt und kommt deshalb nicht mehr zum Unterricht.«

»Verliebt! In wen denn?«, fragte Irma und spürte, wie es in der Brust ein wenig weh tat, ein ganz klein wenig nur. Das heißt, Irma bedeutete ihm nichts. Zur gleichen Zeit, da sie zu zweit im Kino sitzen und Englisch üben, verliebt er sich in wer weiß wen. Irmas Gedanken wurden von Frau Bretts Worten unterbrochen, die folgendermaßen klangen:

»Das müssten Sie am besten wissen, denn Sie haben gemeinsam Englisch geübt und sind sogar im Kino gewesen.«

»Das stimmt«, antwortete Irma, »aber trotzdem – ich habe nicht die geringste Ahnung.«

»Nun, dann ist es klug von Herrn Liegenheim, dass er nicht mehr zum Unterricht kommt«, bemerkte Frau Brett.

»Wieso?«, wunderte sich Irma. »Das verstehe ich nicht. Weil ich nicht weiß, in wen er verliebt ist, ist es richtig, dass er nicht mehr zum Unterricht kommt?«

»Ja natürlich, denn es beweist, dass er keine Gegenliebe erfährt«, erklärte Frau Brett.

Irma spürte, wie ihr plötzlich heiß wurde, wie ihr das Blut bis in die Wangen stieg, so als habe man mit ihr estnisch gesprochen, denn beim Englischsprechen war sie noch kein einziges Mal errötet.

»Frau Brett, Sie machen mir Angst«, sagte Irma, als sie imstande war, den Blick zu heben.

»Da sehen Sie, wie es mit der Liebe ist: Sie macht dem Gegenpart Angst«, sagte Frau Brett. »So wird es immer sein: So war es, als ich jung war, und so ist es jetzt, da ich alt bin. Es wird sich wohl nicht einmal nach meinem Tode ändern.«

»Aber ich habe doch einen Mann, den ich liebe«, sagte Irma, als wolle sie sich rechtfertigen, denn sie fühlte sich schuldig vor Frau Brett und dem abwesenden Herrn Liegenheim.

»Ja natürlich, liebe Frau, Sie haben einen Mann, aber Sie erschrecken ihn mit Ihrer Liebe vermutlich genauso, wie unser netter junger Mann Sie mit seiner erschreckt«, sagte Frau Brett lachend. »Die Menschen suchen das Vergnügen und nicht die Liebe. Brot und Spiele, das wollen die Menschen.«

Irma hätte Frau Brett am liebsten gesagt, sie solle mit ihr nicht so über die Liebe sprechen, aber ihr fiel ein, dass es ja gar kein richtiges Gespräch war, sondern nur eine Übung im Englischen, sozusagen eine Lehrstunde, die ihr für Geld erteilt wurde. Außerdem hatte sie ja selbst beinahe absichtlich das Gespräch so weit gehen lassen, in der Hoffnung, auf diese Weise endlich zu begreifen, was eine verdorbene und was eine unverdorbene Frau ist. Und jetzt meinte sie, dass es ihr, Gott sei Dank, mehr oder weniger klar war, nicht mehr und nicht weniger. Denn als sie sich von Frau Brett trennte und wieder auf Estnisch denken konnte, ging ihr Folgendes im Kopf herum: Die verdorbene Frau liebt nicht, die unverdorbene liebt und ist deshalb jungfräulich, aber das ist schlecht, zumindest für Irma, denn jungfräulich ist nicht vergnüglich, also besteht das Grundübel ihrer Ehe darin, dass sie liebt und nicht vergnügt ist, und das liegt an ihrer jungfräulichen Liebe, aber es ist nicht möglich, sie zu verderben und ihr das Jungfräuliche zu nehmen. Das heißt, die Hauptfrage besteht in der Liebe und darin, sie loszuwerden, denn sonst ist es nicht möglich, verdorben und vergnügt anstatt jungfräulich und ernst zu sein – so, wie es die Männer lieben, unter anderem auch Rudolf. Ja, über die Liebe musste man hinwegkommen, wenn man die Ehe nicht aufs Spiel setzen wollte, die Irma beinahe höher als die Liebe schätzte, das heißt: zu schätzen beginnen wollte.

Während Irma den gordischen Knoten der Liebe zu lösen versuchte, handelte ihr Mann so, als seien für ihn alle Fragen bereits beantwortet. Er hatte sein großes Versprechen gegeben, das bis an den Tod dauern sollte, und damit hatte er den Strich unter die Schlussrechnung seines Lebens gezogen: Das Leben war es nicht mehr wert, sich den Kopf darüber zu zerbrechen. Aber zu leben lohnte es sich. Und da nach Rudolfs Meinung die wahre Quelle jeden Lebens auf dem Lande lag, so wandte er seine Aufmerksamkeit dem Hof zu, seinem Sooniku-Hof, den er im vorigen Spätherbst gekauft hatte, denn dort befand sich ein Liebensmuseum. Mit Irmas Zustimmung beschloss er, dort den kommenden Sommer zu verbringen, natürlich zusammen mit ihr. Andere fahren in die Sommerfrische, an den Meeresstrand, Irma und Rudolf fahren auf ihren Hof. Dazu jedoch war es nötig, ein neues Wohnhaus oder zumindest eine Unterkunft zu errichten, die vor Wind und Regen schützte.

Also wandte man sich an einen Architekten. Der Architekt, stellte sich heraus, war der Ästhetik verbunden und konnte keine Dächer ertragen, denn seine wahre künstlerische Bestimmung lag in der Bildhauerei, und da kannte man kein Dach. Ein Bild bedarf des Rahmens, sonst ist es nicht vollkommen, aber in der Bildhauerei existiert nur die reine Form ohne ein einziges Accessoire, das vom Praktischen bestimmt wäre. Die wahre und reine Kunst verachtet das Praktische.

Somit ging der Architekt beim Errichten der Gebäude, zumindest bei ihrem Entwurf, in Richtung der reinen Kunst und hätte gar zu gern ohne Dach gebaut. Da es aber ganz ohne nicht möglich war, das versteht ein jeder, entschied er sich für möglichst wenig Dach, um den ästhetischen Blick nicht zu trüben. Das Ergebnis seines künstlerischen Anspruchs plus der aufgezwungenen Bedingungen – die Unterkunft sollte schnell und preiswert zu bauen sein – war sozusagen ein Interimsbau, zwar nicht ganz ohne Dach, sonst wäre ja der Unterschlupf nicht gewährt, aber nur mit einem Dach, das gewissermaßen aus seiner Hälfte bestand, einer Hälfte ohne die andere, und auch die war möglichst flach gehalten, sodass es gar nicht erst an ein Dach erinnerte, sondern vielmehr an den Deckel einer Kiste, der einen Spaltbreit offen stand.

Unter diesem Kistendach sollten drei Räume entstehen: einer zum Schlafen, einer zum Wohnen, ein dritter zum

Ernähren, Herstellung der Nahrung inbegriffen. So sah es der Plan vor. Sogar die Farben waren vermerkt: die Wände grün – im Einklang mit dem Laub und der umgebenden Wiese; das Dach schwarz, denn geteert – im Einklang mit den Birkenstämmen, natürlich nur in gewissem Maße; die Fensterrahmen weiß – ebenfalls im Einklang mit den Birkenstämmen, sprich: mit ihrem Weiß. Dies alles wurde bereits während der schneereichen Zeit erledigt, das heißt, der Plan lag vor, man konnte das benötigte Material frühzeitig heranschaffen.

Aber dies war für Herrn Ikka nicht das einzige Vorhaben auf seinem Sooniku-Hof. Dies war sozusagen nur der Beginn seiner Vorhaben. Es war ja nicht möglich, sich in den Hof und die Eigenverantwortlichkeit einzuleben, wenn man nicht zu allererst das Notwendigste an Unterkunft schuf und sich dadurch mit dem richtigen Wohnhaus Zeit lassen konnte. Das richtige Wohnhaus sollte erst dann entstehen, wenn alle anderen Notwendigkeiten bereits erledigt waren – wenn die Bewirtschaftungsmöglichkeiten des Hofes so weit vorangeschritten waren, dass Herr Ikka ihn in eigene Hände nehmen konnte. Zunächst teilte er sich die Aufgaben mit einem Pächter, zu dem er den ehemaligen Hausherrn machte, denn der meinte, die Sorgen eines Pächters noch tragen zu können, die eines Besitzers dagegen nicht mehr.

Herr Ikka als der neue Besitzer hat nun vor allem eines vor, und zwar einen vorbildlichen Schweinestall zu bauen, denn er ist überzeugt, dass die wahre Kultur der Esten beziehungsweise die Grundlage jeglicher Kultur in den Schweinen verborgen liegt. Natürlich muss man das richtig verstehen, belehrt Herr Ikka diejenigen, die ihm widersprechen und Rindviecher oder Schnapsbrennereien als Grundlage der Kultur empfehlen.

In der Schweinezucht – natürlich nur, wenn man sie vorbildlich betreibt – würde sich im Laufe der Zeit nach Meinung von Herrn Ikka unbedingt auch eine Wirkung auf die Kindererziehung entfalten. Zumindest sei es anderswo bereits geschehen, zum Beispiel in Dänemark. Der Mensch würde sein Kind nicht richtig verstehen, wenn er nicht lernte, mit Ferkeln umzugehen, denn ein Ferkel ist wie eine Blume, die nicht nur Licht und Wasser braucht, sondern auch persönliche Zuwendung.

Ja, ganz recht – persönliche Zuwendung, also Liebe! Und wenn der Mensch mit Hilfe des geschäftlichen Gewinns lernt, sein Ferkel zu lieben, dann ist es gar nicht mehr weit bis zur Einsicht, dass man auch seine eigenen Kinder lieben muss. Herr Ikka war bereit, jedem Menschen, der daran interessiert war, zu erklären, dass Estland mehr vorbildliche Schweineställe brauche und für diese Ställe mehr Ferkel, dann würde sich die Kindstötung und vielleicht sogar die vorzeitige Eliminierung deutlich verringern – ja, vielleicht sogar Letzteres.

Denn eine Frau, sei sie alleinstehend oder nicht, das heißt, auch eine verheiratete Frau, die sich einmal an das Quieken der Ferkel gewöhnt hat und anfängt sie zu lieben, liebt auch das Quieken der eigenen Kleinen. Und sie ist doch nicht verrückt, dass sie gehen und töten würde, was sie liebt! Außerdem stehen Kinder dem himmlischen Reich näher als wir, die Erwachsenen. Also – wenn wir mit Hilfe der Ferkel die Kinder lieben lernen, dann nähern wir uns auch der Frömmigkeit, das heißt, unserem Seelenheil.

Dies war der ethische Sinn des vorbildlichen Schweinestalls, den Herr Ikka auf seinem Sooniku-Hof zu bauen gedachte und auch seiner jungen Frau dementsprechend nahelegte. Natürlich, ein Stall für Schweine hat, wie auch das Haus des Menschen, ebenfalls einen ästhetischen Sinn, aber davon sprach Herr Ikka nicht. Die ästhetischen Perspektiven waren dem Architekten vorbehalten, der nach wie vor bestrebt war, sich in seinem Schaffen auf Sooniku der Bildhauerei anzunähern.

Als Irma die Erklärungen ihres Mannes hörte, sah sie ein, dass sie sich geirrt haben musste, wenn sie annahm, ihr Mann habe bereits all die komplizierten Fragen des Lebens gelöst. Nein, er zerbrach sich den Kopf genauso wie sie, nur dass Rudolfs Kopfzerbrechen sozusagen am einen Ende, Irmas am anderen Ende begann. Irma begann immer bei sich selbst, der Mann aber irgendwo in der Ferne, und sei es bei den Ferkeln, deren Stall noch nicht einmal in Angriff genommen war.

Dies war einer der Unterschiede zwischen zwei Menschen, die zusammen lebten, einander liebten und glücklich sein wollten. Insofern also war das Glück durchaus auf ihrer Seite, in der Arbeit und auch in der Liebe. Aber als die Schneeschmelze einsetzte, ging dem Mann sein nunmehr wichtigstes Arbeits- und Interessengebiet verloren, denn auf dem Hof war wegen der aufgeweichten Wege nichts anzufangen, und auch die Fahrt dorthin war mit Schwierigkeiten verbunden. Jetzt stellte Irma fest, besser gesagt, sie begann zu ahnen, dass sich ihr Mann wieder auf eine Krise hin bewegte. Er wurde wortkarg, unruhig, nachdenklich, nervös, wollte irgendwohin gehen, ging aber doch nicht. So kam Irma auf den klugen Gedanken, dem Mann irgendwie auf die Sprünge zu helfen und ihn mit einem Vorwand dahin zu locken, wohin sie selbst so gerne gegangen wäre. So sagte sie eines Tages:

»Weißt du, Liebster, ich möchte zu gerne etwas tun, was ich noch nie getan habe, oder irgendwohin gehen, wohin ich noch nie gegangen bin. Erinnerst du dich, dass wir einmal vom *Kabinett* gesprochen haben? Das war, als wir noch Braut und Bräutigam waren. Möchtest du mich jetzt nicht ins *Kabinett* bringen, denn da bin ich noch nie gewesen.«

»Wir sind doch im Kabinett«, antwortete der Mann lachend. »Wir leben die ganze Zeit darin, in unserem eigenen Kabinett.«

»Gehen denn Ehemänner mit ihren Frauen nie in ein anderes Kabinett?«, fragte Irma.

»Doch, durchaus«, antwortete der Mann, »wenn auch andere dabei sind, eine ganze Gesellschaft.«

»Dann gehen wir mit der ganzen Gesellschaft!«, rief Irma. »Lass es uns tun, Liebster, ich würde so gerne mit der ganzen Gesellschaft gehen!«

»Du irrst dich«, sagte der Mann, »du willst ganz bestimmt keine Kabinettgesellschaft um dich haben.«

»Doch, ich will! Glaub mir, dass ich will!«, beschwor Irma ihn und fügte scherzend hinzu: »Lass uns auch ein paar verdorbene Leute mitnehmen, die mich dann ein bisschen verderben. Damit ich vom Altjungferntod errettet werde, wie du damals sagtest.«

»Du bist ein Kind und weißt nicht, was du redest«, sagte der Mann schroff.

»Ich weiß es sehr gut«, widersprach Irma. »Ich möchte sehen, was verdorbene Leute machen, wenn sie in Gesellschaft im *Kabinett* sind, und ich möchte wissen, was es für Orte sind, die die Männer aufsuchen, wenn sie ihre Frauen betrügen.«

»Sag besser gleich, dass du wissen möchtest, wo dein Mann war, als er noch nicht dein Mann war, oder wenn er spät in der Nacht kam, oder wenn er gar nicht kam!«

»Ja, Liebster, genau das möchte ich wissen«, bestätigte Irma. »Denn du hast ja nun nichts mehr zu verbergen, wir haben über alles gesprochen.«

»Du meinst, dass Sprechen und Tun ein und dasselbe sind?«

»Ich möchte zu gerne etwas tun, nicht nur davon sprechen. Außerdem gehen wir doch zu zweit, dann ist es halb so schlimm.«

»Na schön«, meinte der Mann, »dein Wille geschehe.«

»Wie schön, wie schön, wie schön!«, rief Irma und klatschte in die Hände wie ein Kind, das sich unbändig freut.

Also begab man sich noch am Abend desselben Tages in ein Lokal, wo anfangs nur getrunken, dann gegessen und getrunken und schließlich nur noch getrunken wurde. Denn ein dicker Herr, der sich ihnen irgendwie zugesellt hatte, meinte, dass zu seinen Lebzeiten genug gegessen worden sei, jetzt müsse damit Schluss sein, während ein junger Mann, der auch irgendwie an ihren Tisch geraten war, sagte, dass man Gottes Korn nicht verschwenden, das heißt, mit Essen vermischen solle, denn so steige es nicht zu Kopfe. Der dicke Herr hatte eine Frau Kōrendik – zu Deutsch: Frau Stange – dabei, die Irma heute zum ersten Mal sah, und der junge Mann kam mit Fräulein Sinimets, von der Irma wie eine Busenfreundin behandelt wurde. Auch Irma war heute allen gegenüber ausgesprochen freundlich gesonnen.

Wie der dicke Herr hieß, daran erinnerte sich Irma später nicht, sie wusste nur noch, dass Frau Kōrendik ihn Toto genannt hatte, ebenso wie Fräulein Sinimets ihren jungen Begleiter zärtlich Pobi rief. Außerdem waren ein weiterer junger Mann mit einer weiteren Dame und schließlich ein ältlicher Herr aus dem Ministerium oder einer anderen wichtigen Instanz mit von der Partie.

Aber über sie wusste Irma noch weniger, denn sie gesellten sich erst später, als Irmas Kopf nicht mehr so ganz zuverlässig arbeitete, zur ursprünglichen Gesellschaft hinzu. Möglich, dass da auch noch andere Leute waren, mit denen man trinken, lachen und reden musste, durchaus möglich, doch das interessierte Irma nicht. Sie wusste nur, dass Pobi, der junge Mann, der mit Fräulein Sinimets gekommen war, bald sein Fräulein verließ und sich in Irmas Nähe begab, wobei er redete wie ein Wasserfall. Fräulein Sinimets versuchte Frau Kórendik ihren Toto auszuspannen, und als das nicht glückte, gesellte sie sich zu dem wichtigen ältlichen Herrn. Die namenlose Dame des namenlosen jungen Mannes, schlank und geschmeidig und über und über geschminkt und gefärbt, gesellte sich zu Rudolf, während der alleingebliebene junge Mann weiterhin alleine blieb, mit grauen, leblosen Augen vor sich hin starrte und ab und zu etwas trank.

So war die Konstellation, als man sich vom Tisch erhob. Irma drehte sich zwar der Kopf, aber so viel war ihr doch klar geworden: Ihr Mann hatte sie auch heute nicht ins *Kabinett* geführt. Und als wolle sie sich dafür rächen, nannte sie ihren Gefährten Pobi, ebenso wie Fräulein Sinimets es getan hatte, so als sei sie, Irma, in jeder Hinsicht die rechtmäßige Vertreterin, und hakte ihn unter, noch bevor sich Rudolf entschließen konnte, ob er mit der namenlosen Dame oder seiner Frau gehen sollte.

Draußen stieg man in die Autos. Aber hier vergaß Irma plötzlich ihren Pobi und setzte sich Rudolf, dem die namenlose Dame allzu nahe kam, mit großem Gelächter auf den Schoß. Sie umhalste ihren Mann und küsste ihn vor aller Augen lange und innig, denn sie hatte das Gefühl, schon ein wenig verdorben zu sein, da sie imstande war, in aller Öffentlichkeit so zu küssen, als sei sie von Leidenschaft übermannt.

»Liebster, ist das heute schön!«, sagte sie mit einem schwärmerischen Seufzer, woraufhin das ganze Auto lachte. »Du bist der allergoldigste Mann auf der ganzen Welt, dich könnte man auf der Stelle fressen!«

»Oh, ich übergebe dich lieber an jemanden, der dich fressen könnte«, sagte der Mann lachend und hob Irma zu Pobi, ihm beinahe auf den Schoß, und der hatte nichts Besseres zu tun, als ihr seinen Arm zärtlich um die Taille zu legen und ihr aus so nächster Nähe in die Augen zu schauen, als wolle er sie jeden Moment küssen.

»Schöne Frau, was sind Sie warm und weich«, sagte Pobi, nachdem er sich überzeugt hatte, dass sich die namenlose Dame an Rudolf zu schaffen machte und der nun anderes zu tun hatte, als sich um seine Frau zu kümmern.

»Warm und weich sind kleine Küken, auch frisches Brot«, scherzte Irma.

»Frisches Brot hat eine knusprige Kruste, und das sagt mir, dass Sie nun wahrlich alles andere als ein Brot sind«, gab Pobi zurück.

»Küken haben Federn …«

»Richtig. Und Sie haben eher Federn als eine knusprige Kruste«, meinte Pobi, und sie mussten beide lachen.

Indes rollte das Auto hinaus aus der Stadt, um irgendwann vor einem hell erleuchteten Haus zu halten. Wieder hakte Irma Pobi unter, und sie gingen gemeinsam mit den anderen hinein. Das musste das *Kabinett* sein! Irma meinte, jetzt endlich an dem erträumten Ort angekommen zu sein. Irgendwoher waren noch irgendwelche Leute aufgetaucht: ein älterer Mann mit langem Bart und großen, kräftigen, mit einer Lücke versehenen Schneidezähnen, den Irma vor allem deswegen und wegen seines Bartes bemerkt hatte; dann waren da noch einige Damen, darunter eine mit blonden Locken, eine andere mit schwarzem Kraushaar, und zu ihnen gehörte offenbar eine Anzahl jüngerer wie auch reiferer Herren, und schließlich erklang auch Musik, zu der man tanzen konnte. Alle tanzten, aber in einer Weise, wie Irma es noch nie gesehen hatte. Irma tanzte auch, mal mit Pobi, mal mit ihrem Mann, wahrscheinlich auch mit dem großzahnigen Herrn, denn sie erinnerte sich so gut an die Zähne, und wer weiß, mit wem noch, denn in Irmas Kopf herrschte Nebel, sodass es im Grunde genommen egal war, mit wem man sich drehte oder was man tat. Pobi sorgte dafür, dass Irma zu trinken hatte, denn auch die anderen tranken, ohne zu essen. Jedenfalls erinnerte sich Irma nicht, dass irgendjemand ihr oder den anderen etwas Essbares angeboten oder etwas zu sich genommen hätte.

Dann gab es eine Pause. Die Leute zerstreuten sich, sie entschwanden oder waren bereits entschwunden, auch Rudolf war mit seiner Dame gerade dabei zu entschwinden. Der namenlose junge Mann saß am Tisch und starrte mit seinen grauen Augen vor sich hin. Der Bärtige sprach auf Fräulein Sinimets ein, der er seinen Arm um die Taille gelegt hatte. Pobi wollte es ihm mit Irma gleichtun, doch sie stieß ihn von sich und zog sich in eine Ecke zurück, die auf der einen Seite von der Wand und auf der anderen von einem großen Schrank oder etwas Ähnlichem begrenzt war. Pobi stemmte einen Arm gegen die Wand und den anderen gegen das Möbelstück und stand nun vor Irma wie ein Schutzengel, der da sprach:

»Oh, jetzt hab ich Sie! Jetzt kann ich mich endlich überzeugen, wie warm und weich Sie sind.«

Irma bückte sich blitzschnell, um unter Pobis Arm hindurchzuschlüpfen. Aber aus irgendeinem Grund gaben ihre Knie nach und sie fiel vornüber. Pobi, der sie zu fangen versuchte, fiel auf sie, ob nun mit Absicht oder ebenfalls wegen nachgebender Knie, das blieb ungeklärt, aber er lachte und bekam Irma zu packen. Sie wehrte sich mit aller Kraft und kam schließlich auf die Beine. Aber Pobi, als habe er den Verstand verloren, klebte an ihr wie eine Klette. Schon waren sie wieder in der Ecke, aber jetzt rief Irma nach ihrem Mann – einmal, zweimal, dreimal oder auch mehrmals, sie rief mit so greller Stimme um Hilfe, als sei sie in Todesnot. Und schließlich erschien Rudolf, gerade in dem Augenblick, als Pobi Irma festhielt und sie küssen wollte.

»Junger Mann, keine Gewalt gegenüber der Dame!«, sagte Rudolf und zog Pobi an der Schulter, aber der antwortete mit einem Faustschlag. Jetzt machte auch Rudolf eine Bewegung, auf die hin Pobi zwischen die Stühle stürzte. Irma fühlte, wie sie an der Hand gepackt und aus dem Raum gezerrt wurde. Als Letztes blieben ihr die hohnlachenden Augen von Fräulein Sinimets am anderen Ende des Tisches in Erinnerung, wo auch der großzahnige Herr mit dem langen Bart stand.

Im nächsten Augenblick waren Rudolf und sie draußen und bestiegen das nächstbeste Auto, Mäntel und Hüte lose in der Hand. Als sie ein Stück gefahren waren, ließ Rudolf das Auto anhalten, damit sie sich die Mäntel überziehen konnten.

»Wenn Pobi betrunken ist, ist er ein elender Raufbold, der absolut nicht weiß, was er tut«, sagte Rudolf zu Irma.

»Uns kommt aber keiner hinterher?«, fragte Irma, der vor lauter Angst und der vielen frischen Luft der Kopf klar geworden war.

»Keine Angst, die Jungs haben kein Geld«, beruhigte Rudolf sie und begann aus tiefstem Herzen zu lachen.

»Worüber lachst du so?«, fragte Irma beinahe unwillig, denn sie fühlte sich durch das Gelächter des Mannes verletzt.

»Ich lache über dich! Über dich!«, antwortete der.

»Du lachst, weil ich dich um Hilfe gerufen habe?! Meinst du etwa, ich hätte mich lieber von diesem Hammel küssen lassen sollen? Ich habe leider nichts zu packen bekommen, sonst hätte ich ihm eins über den Schädel gehauen, dass …«, sagte Irma.

»… dass es ihm genauso ergangen wäre, wie mir damals in der Küche!« Rudolf lachte aus vollem Halse. »Und Du fühlst dich immer noch ungerecht behandelt, wenn ich dich Jungfrau nenne! Deine Jungfräulichkeit scheint eher zu- als abzunehmen, denn was du früher nüchtern nicht ertragen hast, das erträgst du heute nicht einmal mit einem Schwips. Wenn es so weitergeht, dann bleibst du noch über den Tod hinaus eine Jungfrau.«

Jetzt musste sogar Irma lachen. Sie schmiegte sich ein wenig verschämt an den Mann und sagte:

»Das hätte ich nie gedacht, nie. Meine Liebe zu dir muss wohl schrecklich stark sein, wenn ich sie sogar in trunkenem Zustand spüre, das heißt offenbar, dass ich dich so noch mehr liebe und es dann noch schwerer ist, mich zu verderben.«

»O ja, Liebes, beschwipst bist du noch jungfräulicher als nüchtern«, lachte der Mann und umfasste sie.

»Dann lieb mich, wie ich bin, egal ob beschwipst, nüchtern oder jungfräulich«, gab Irma ihm zur Antwort.

XXI

Da Herrn Ikka das Verderben seiner jungfräulichen Frau
bereits beim ersten Versuch so kläglich misslungen war, sah
er seine Hoffnungen, dass es ihm überhaupt jemals gelingen
sollte, dahinschwinden. Auch Frau Ikka war mittlerweile
überzeugt, dass da nichts zu machen war, sie würde ihre Le-
benstage so beenden müssen, wie sie nun einmal erschaffen
worden war. Nur tat ihr der Mann leid, seinetwegen war sie
in Sorge, und deshalb wiederholte sie bei jeder passenden und
unpassenden Gelegenheit ihre Bitte jenes Abends: »Liebster,
lieb mich so, wie ich bin«, als gestehe sie damit ein, dass sie
ihr Eheglück wohl nicht mehr so recht verdient habe.

Der Mann erhörte Irmas Bitten nur zu gerne, und so
lebten sie wie zwei Turteltauben, nur Zeit und Muße waren knapp bemessen, denn Irma war dabei, ihre Kurse zu
absolvieren, und Rudolf musste des Öfteren nach Sooniku
hinaus, alleine oder gemeinsam mit dem Architekten oder
einem anderen Fachmann. Irma nahm er in solchen Fällen
nicht mit, sie sollte erst dann kommen, wenn das Haus fertig war, Rudolf wollte sie damit überraschen. Den Bau des
vorbildlichen Schweinestalls hingegen mochte sie von Anfang an mit eigenen Augen verfolgen, dagegen hatte Rudolf
nichts, mochte sie ruhig zusehen, wie eine Fuhre behauener
Steine nach der anderen vom Feld kam und wie daraus
Mauern entstanden, die Wände des Stalls, in der Weise, wie
Rudolf ihn sich vorgestellt hatte.

Aber doch kam es ein wenig anders als gedacht, und zwar durch eigenes Verschulden, denn als Rudolf Irma bat mitzukommen, um die Tapeten auszusuchen, konnte er sich nicht verkneifen zu bemerken:

»Wenn du wüsstest, wie viele Mehlprimeln und Trollblumen um unser neues Haus herum wachsen! Das reinste Blumenmeer!«

Kaum hatte Rudolf das ausgesprochen, rief Irma:

»Und du willst mich nicht mitnehmen! Wartest, bis alles verblüht ist! Aber ich warte nicht mehr! Wenn du mich nicht mitnimmst, fahre ich alleine, den Weg kenne ich ja. Übrigens, wächst da auch der Faulbaum?«

»Oh, du solltest es nur sehen!«, antwortete der Mann.

Also war es beschlossen: Irma fuhr mit.

Es war ein wunderschöner Frühlingstag. Der Wind wehte zwar kühl, aber der hellblaue Himmel gab einem das Gefühl, als sei es warm. Nur vereinzelte weiße Wolken zogen dahin, wirkten aber irgendwie dünn und flach und waren so weit weg, dass sie es nicht vermochten, der Sonne, die in den Augen beinahe schmerzte, etwas von ihrer Leuchtkraft zu nehmen. Die Waldränder hallten wider vom Vogelgesang, die Lerche tirilierte sich so hoch, bis sie kaum noch zu hören war. Auf den Äckern staksten die Krähen und Bachstelzen durch die Furchen, von allen Seiten wurde das Auge von frischem und zartem Grün verwöhnt. Von der Natur, dem Land, ging etwas aus, das einem zu Kopfe stieg und das Herz zusammenschnürte. Dieses Gefühl erinnerte Irma daran, wie sie im Grunde genommen in jedem Frühjahr diese Enge in der Brust gespürt hatte, die Enge und das Ziehen im Herzen, als käme etwas Großes und Schönes auf sie zu. Jetzt war es eingetroffen, ja, und es war noch größer und schöner, als sie es jemals zu erträumen gewagt hätte – und dennoch hatte sich der Frühlingsschmerz auch jetzt wieder im Herzen festgesetzt, als müsse etwas noch Schöneres und Größeres kommen. Mit diesen Gefühlen traf Irma auf Sooniku ein.

Rudolf hatte wirklich recht gehabt, das Haus war von einem Blumenmeer umgeben: Der ganze Waldrand, sogar das Unterholz, die Feldraine und die entfernteren Wiesen wiegten sich in Mehlprimeln und Trollblumen, sodass Irma nicht anders konnte, als zu laufen, zu laufen, was die Beine hergaben, in dieses Meer hinein, mitten hinein in die Blumen, als müsse sie alle berühren, alle abpflücken, selbst darin aufgehen. Aber das eine war so unmöglich wie das andere, allein schon der Menge wegen, und so tat Irma nichts als laufen, und sie badete und schwamm in ihrem Blumenmeer. Als sie sich bereits ein ganzes Stück vom Hause entfernt hatte, hörte sie ihren Mann rufen:

»Wo willst du denn hin?«

Irma kam unter einem Faulbaum zum Stehen, der so stark duftete, dass sie nach oben schauen musste, sie griff nach einem großen weißen Blütenstand, zog ihn zu sich heran und drückte das Gesicht hinein. Erst dann konnte sie sich umdrehen. Der Mann stand vor dem neuen Haus und rief ihr zu:

»Wie weit und wohin gedenkst du denn noch zu laufen?«

»Das weiß ich nicht«, rief Irma zurück. »Ich will nur laufen, egal wohin und wie weit. Komm mit, lass uns miteinander laufen!«

»Und das Haus willst du dir gar nicht ansehen?«, fragte der Mann.

»Später«, antwortete Irma.

So folgte der Mann ihr zum Faulbaum, von dem Irma einfach nicht lassen konnte, wieder und wieder drückte sie das Gesicht in die Blüten.

»An manchen Stellen ist es noch morastig«, warnte der Mann.

»Aber über den Galoschenrand geht es nicht«, meinte Irma, »und wenn, dann suchen wir uns einen Weg.«

Irma hatte einen bestimmten, aber unbewussten Wunsch: mitten durch das Blumenmeer zum Liebesmuseum zu laufen und zu schauen, ob es ebenfalls von Blumen umgeben war, aber auch zu erfahren, ob man wirklich mitten durch die Blumen bis dahin gelangen konnte. Ihr war, als müsse dies als allererstes getan werden, erst dann könne man das Haus begutachten und sich auch noch anderen Dingen widmen.

»Ich habe nie gedacht, dass der Frühling so schön sein kann«, sagte Irma, als sie zusammen mit ihrem Mann weiterging.

»Dann schau ganz genau hin«, meinte der, »einen zweiten, ebenso schönen wird es nicht geben.«

»Meinst du wirklich, keinen zweiten?«, fragte Irma etwas befremdet.

»Wohl kaum«, antwortete der Mann.

»Dann lass uns mit vier Augen schauen, lass uns gemeinsam schauen, du hilfst mir dabei, ja?«, bat Irma, schob ihren Arm unter den des Mannes und schmiegte sich an ihn. »Bei all dieser Schönheit stockt mir einfach der Atem, es tut weh und gut, weh und gut, sieh, hier und hier und überall. Küss mich, vielleicht geht der Schmerz dann weg und ich kann wieder atmen. Küss mich, die Büsche bieten Schutz, niemand kann uns sehen, küss mich unter dem Faulbaum, sieh, die Blüten fallen schon ab …«

»Wie lange wohl wird sich deine übermächtige Liebe noch halten?«, fragte der Mann, nachdem er seine Frau geküsst hatte und die feststellte, dass ihr jetzt wahrhaftig ein bisschen leichter zumute war.

»Tut es dir denn gar nicht weh?«, fragte Irma.

»Nein«, antwortete Rudolf.

»Aber was fühlst du dann?«, forschte sie weiter.

»Ich fühle mich einfach wohl«, sagte der Mann lachend, und der Frau tat sein Lachen weh, denn wie kann ein Mensch lachen, wenn alles so schön ist, dass es beinahe schon schmerzt.

Schon von Ferne bemerkte Irma, dass ihr Liebesmuseum in all den Blumen schier versinken wollte, doch angesichts der Blütenpracht und des frischen Grüns noch älter und erbärmlicher wirkte als im Herbst, sodass es Irma beinahe leid tat. Die zwei Luken, die obere und die untere, gähnten leer und schwarz. Von den Reisern mit dem knisternden Laub, durch die sie letzten Herbst ins Innere gekrochen waren, war keine Spur mehr. Zusammen mit dem duftenden Heu waren sie in die Scheunen und Ställe gebracht worden, das Heu auf den Heuboden, von wo es, Armvoll um Armvoll, an die Tiere verfüttert wurde, und die Reiser, Zweig um Zweig, waren in den Ofen und den Herd gewandert. Geblieben war nur die Erinnerung, und die bereitete Schmerz. Aber es war gut und richtig so, als müsse alles, was gut und richtig ist, auch ein wenig Schmerz bereiten.

Als sie am Schober ankamen und Irma durch die Luke hineinschaute und sich auf der Schwelle niederlassen wollte, packte der Mann sie plötzlich am Arm, wie er es des Öfteren in der Stadt tun musste, wenn Irma gerade dabei war, blindlings unter ein Auto oder die Tram zu geraten. Unwillkürlich schaute Irma nach unten, wobei ihr Blick auf eine nussbraune Schlange vor der Luke fiel, die sich im Sonnenschein zusammengerollt und ihren Kopf in der Mitte ein wenig erhoben hatte. Als das Tier die Störenfriede erblickte, reckte es den Kopf noch höher und ließ kurz die schwarze gespaltene Zun ge sehen und machte Anstalten, den hübschen Anblick, den es darbot, zu zerstören und zu fliehen, aber als die Menschen stehen blieben, ließ auch die Schlange den Kopf sinken und gab sich nach dem langen Winterschlaf weiter dem Genuss der Sonnenwärme hin.

»Sie hat wahrscheinlich unter den Reisern überwintert«, sagte Rudolf leise.

»Vielleicht war sie schon im Herbst da, als wir den Schober zu unserem Liebesmuseum machten«, meinte Irma daraufhin.

»Ganz gewiss«, sagte der Mann und fügte hinzu: »Gib acht auf sie, ich hole einen Knüppel.«

Aber Irma packte den Mann an der Hand und ließ ihn nicht gehen. Denn sie wollte nicht, dass der Mann etwas tötete, das zu ihrer Liebe, zu ihrem Liebesmuseum, gehörte. Außerdem fiel ihr ein, wie sie irgendwann vor Jahren gesehen hatte, wie sich eine ebensolche nussbraune Schlange um eine andere, größere, in der Farbe roten Tons, gewunden hatte, sodass sie gemeinsam aussahen wie ein Zopf im Sonnenschein. Und der Kalmhof-Eedi, der ihr seine Rosen vor die Füße geworfen hatte, hatte damals erklärt, dass dies die Liebe der Schlangen sei. Damals verstand Irma ihn nicht, denn damals wusste sie auch über die Liebe der Menschen so gut wie nichts, aber jetzt schoss ihr durch den Kopf, dass die Menschen, und mögen sie einander noch so lieben, sich niemals zu einem so wundersamen Zopf verflechten können, wie die Schlangen es tun. Und sie hatte das Gefühl, als könnten die Menschen auch nie so glücklich sein, wie die Schlangen es sind. So vor sich hin sinnierend, bat sie ihren Mann:

»Lass sie am Leben, ich möchte nicht, dass wir unseren ersten Frühlingstag hier mit dem Tod beginnen. Komm, wir gehen einfach weg, soll sie die Sonne genießen.«

»Als Wächterin unseres Liebesmuseums«, scherzte der Mann.

»Als Wächterin unseres Liebesmuseums«, wiederholte Irma so ernst, als würde sie immer noch glauben, dass Schlangen in der Liebe glücklicher sind als Menschen, denn sie werden zu einem Zopf, während die Menschen immer nur sie selbst bleiben. Und um dem Liebesglück der Schlangen wenigstens etwas entgegenzuhalten, begann sie vor dem Liebesmuseum Blumen zu pflücken, Mehlprimeln und Trollblumen, Trollblumen und Mehlprimeln.

»Hilf mir«, sagte sie zu dem Mann, der eben noch eine Schlange töten wollte, »alleine schaffe ich es nicht.«

»Müssen es denn so schrecklich viele sein?«, fragte der.

»Das ganze Auto voll«, forderte Irma und pflückte schnell, schnell weiter, »denn wenn wir das nächste Mal kommen, blüht keine einzige mehr.«

»Nächstes Frühjahr sind sie doch wieder da«, tröstete sie der Mann.

»Du hast selber gesagt, einen so schönen Frühling gibt es kein zweites Mal«, wiederholte Irma die Prophezeiung ihres Mannes.

Also begann Rudolf Blumen zu pflücken, als ginge es nun auch ihm um das Unwiederholbare der Frühlingsschönheit. Und als Irma keine Handvoll und auch keinen Armvoll, sondern ein ganzes Fuder Blumen gepflückt hatte, dachte sie, dass es jetzt genug sei, nur Faulbaumblüten wären noch nötig, und sie sagte, der Mann möge sie brechen, damit sie durch sie an ihre erste Ernte auf Sooniku erinnert würden.

»Unsere erste Ernte auf Sooniku war die im Liebesmuseum«, antwortete der Mann.

»Dafür könnte ich dich von oben bis unten abküssen, aber ich kann die Blumen nicht fallenlassen«, sagte Irma lachend, trat zu ihrem Mann und streckte ihm die Lippen entgegen. Der Mann tat ein Gleiches, denn er musste mit seinen beiden Händen die Faulbaumzweige halten, weil die Arme der Frau voll waren von Mehlprimeln und Trollblumen.

Zum Haus zurückgekehrt, wo gerade die Fußböden genagelt wurden, erklärte der Mann seiner Frau in allen Einzelheiten, wo und wie die Möbel und der Hausrat untergebracht werden sollten und wie sie dann hier wohnen würden: Der Herd wird aussehen wie ein Stubenwagen, fehlen nur die Räder, dann kannst du ihn hierhin, dahin und dorthin rollen. Vom Haus aus, so ist es geplant, werden sich Sträucher, Blumenbeete und Sandwege bis weit hinten unter die Bäume erstrecken. Richtig, auch zum Wäldchen müssen sandige Fußwege führen, denn sonst kommt man nach einem Regenguss nicht trockenen Fußes heim, ebenso bei Morgentau oder spät am Abend, wenn das Gras nass ist. Natürlich ist auch ein eigener Brunnen mit Pumpe und großem Wasserreservoir vorgesehen, von dem ein Rohr direkt in die Küche und auch ins Badezimmer führt. Denn auch ihr eigenes Badezimmer werden sie haben, zwar nicht hier in diesem Übergangsbau, sondern im richtigen Wohnhaus, nur möge dies hier zunächst in aller Ruhe fertig werden. Und danach ist der vorbildliche Schweinestall an der Reihe, denn im Sommer lässt es sich mit dieser Ausstattung hier ohne Weiteres aushalten. Und dass das Haus ein bisschen abseits von den andern Wohnhäusern des Hofes steht, ist Absicht – damit man wirklich seine Ruhe hat, wenn man aus der Stadt aufs Land kommt.

Der Mann führte Irma schließlich auch aufs Feld, um ihr zu zeigen, was mit den Steinen geschieht, aus denen bald Wände erstehen werden. Wenn es dann soweit ist, dass der Bau des Schweinestalls in Angriff genommen werden kann, soll alles bis auf den letzten Stein und bis auf den letzten

Balken vom eigenen Grund und Boden stammen. Alles soll das Eigene sein: die Technik, das Können, die Kultur.

Irma wusste auf all dies nichts Rechtes zu sagen, und so verebbte der Redefluss des Mannes, denn wie lange redet man schon mit sich selbst. Dass es dennoch maß- und grenzenlosen Gesprächsstoff über all diese Dinge gab, davon durfte sich Irma mit eigenen Augen und Ohren überzeugen, und zwar zu Johanni, als sie ihren neuen Wohnort einweihten, denn mittlerweile war alles an Ort und Stelle gekommen: Farbe an die Fußböden und Decken, Tapeten an die Wände, Türen und Fenster in die dafür vorgesehenen Öffnungen, Mobiliar und Küchengerät in die Räume. Und draußen hatten ein halbes Fuder Birkenholz, verschiedene Sandwege und Blumenbeete und zu guter Letzt die Staatsflagge am Mast vor dem Hausgiebel ihren Platz gefunden.

Diesen wichtigen Tag feierlich zu begehen, half der Architekt, der das Haus geplant und gebaut hatte, der Agronom, der den Hausherrn über Ackerbau beraten sollte, ein berühmter Maler auf Motivsuche, der das Liebesmuseum auf die Leinwand bannen wollte, obwohl er gar nicht wusste, dass es ein Liebesmuseum war, ein bislang unbekannter aber künftig weltberühmter Schriftsteller, der sich dem Maler zugesellt hatte, sowie weitere Gäste männlichen und weiblichen Geschlechts.

Für all die Besucher reichte der Platz im Haus natürlich nicht aus, das heißt zum Übernachten reichte er nicht, zum Schlafen, denn zum Schlafen braucht der Mensch weit mehr Platz als zum Arbeiten, zum Essen oder um sich zu vergnügen. Aber verdrießen ließ sich davon niemand, denn erstens war es Sommer, und zweitens fanden sich in den anderen Hofgebäuden genug Böden, Ecken und Nischen, wo man notfalls unterschlüpfen konnte.

Wie sich herausstellte, war außer zwei oder drei Personen, die wieder zurück in die Stadt fuhren, niemand darauf erpicht zu schlafen, und so konnte später auch niemand behaupten, dass man zum Schlafen aufs Land gekommen wäre, weil es da ohnehin nichts anderes zu tun gäbe. Der Maler sagte, solange er frischen Tabak habe, halte er vom Schlafen gar nichts, und der Schriftsteller meinte, dass ihn der Schlaf nie übermannt habe, solange es noch zu trinken gab. Überhaupt, es ist doch unbegreiflich, wie ein Mensch zur gleichen Zeit schlafen und trinken kann! Mit dem Essen ist es eine andere Geschichte, beim Essen kann man durchaus mal einschlafen, denn auch Pferde knuspern manchmal an der Krippe und haben die Augen halb oder ganz geschlossen. Aber hat man jemals ein Pferd mit geschlossenen Augen trinken gesehen? Nein! Also, ganz klar – wo Trinkbares vorhanden ist, da hat der Schlaf nichts zu suchen!

Und zu trinken gab es reichlich, dafür hatte der Hausherr gesorgt, er, der zuerst mit dem Agronomen über die Ackerkultur disputierte, dann mit dem Architekten über die Baukultur und zum Schluss mit dem Schriftsteller über die Geisteskultur, denn er als Laie war der Meinung, sich auf all diesen Gebieten am besten auszukennen. Der Maler schwieg und meinte, arbeiten würde er mit dem Pinsel und nicht mit dem Maul, und nur dann mit dem Pinsel, wenn ihm die Farben etwas sagten, die richtigen Farben, versteht sich, andere als die richtigen Farben interessierten ihn nicht. Ansonsten würde er rauchen, und das wiederum so, als arbeite er mit der Tabakspfeife und nicht mit dem Pinsel.

Der Disput war daraus erwachsen, dass Herr Ikka, nunmehr rechtmäßiger Hausherr auf Sooniku, sich darüber ausließ, wie er sich auch seiner jungen Frau gegenüber ausgelassen hatte, was es hier zu tun gab, und als er genug geredet und genug getrunken hatte, natürlich mit Hilfe der Gäste, ließ er sich darüber aus, was es hier zu tun geben könnte. Nun aber widersprach ihm der Agronom, indem er sagte:

»Sehr gut, sehr gut, Herr Ikka, aber ob es sich lohnt, das ist doch die Frage!«

»Warum muss es sich lohnen?«, fragte Herr Ikka mit einiger Verwunderung.

»Aber wovon und wofür machen Sie es dann?«, fragte der Agronom, der sich nun seinerseits wunderte.

»Wovon – vom Kapital; und wofür – dafür, um zu zeigen, was man überhaupt machen und wie viel Kapital man in ein solches Stück Land hineinstecken kann«, erklärte Rudolf.

»Das wäre dann aber kein Ackerbau«, gab der Agronom zu bedenken.

»Nein, das wäre Ackerkultur, und ich will ja Kultur machen«, hielt ihm der Hausherr entgegen.

»Kultur wird nicht gemacht, Kultur wird geschaffen!«, rief der Schriftsteller, aber das nahm keiner zur Kenntnis, so als würde das Wort eines Schriftstellers in Sachen Kultur gar nicht zählen.

»Ist das etwa Kultur – zu zeigen, in welchem Maße man Kapital in seinem Hof versenken kann?«, fragte der Agronom.

»Aber was denn sonst?«, fragte der Hausherr zurück. »Warum tun es denn alle? Sie, mein Herr, meinen vielleicht, dass man ein Geschäft damit macht. Ist es wirklich ein Geschäft, wenn man Kapital versenkt?«

»Vielleicht ist diese Art von Geschäft besonders einträglich«, meinte der Agronom ironisch.

»Ja, vielleicht«, wiederholte Rudolf, als würde er darüber nachdenken. »Entweder man macht Kultur, oder man macht Geschäfte, aber möglich ist auch, dass man beides macht, denn draufgezahlt wird auf beides: Es wird gefördert, damit es auch *ganz sicher* ist. Denn wenn jemand seinen Acker bestellt, sodass nichts draufgezahlt werden muss, dann bestellt er ihn kulturlos, aber sowie dieser Jemand gefördert wird, weiß man, dass genau hier die Kultur beginnt, und zwar die Ackerkultur. Deshalb versucht hierzulande jeder, der ein kleines bisschen Köpfchen hat, seinen Acker nicht zu bestellen, sondern zu kultivieren, verstehen Sie, zu kul-ti-vie-ren!« Rudolf betonte das letzte Wort Silbe für Silbe. »Denn wozu etwas bestellen, wenn es nicht gefördert wird! Bringst du deine Hühner dazu, Eier zu legen, wirst du ja auch gefördert, denn es geht um die Legekultur, melkst du deine Kuh, wirst du gefördert, denn du betreibst Milchkultur, fütterst du ein Schwein dick und rund, wirst du mit Sicherheit gefördert, denn da geht es um die Schweine- beziehungsweise Esskultur. Man spricht doch auch von einer Kultur, wenn man Bazillen züchtet, nicht wahr. Es ist doch so? Und genau wegen dieser Ess- oder Schweinekultur werde ich einen vorbildlichen – verstehen Sie?, vor-bild-li-chen! – Schweinestall bauen, denn ich hoffe, dass auch diese Kultur, die Schweinestallkultur, gefördert wird. Sodass Kultur ein Geschäft ist, ein reines Geschäft, bei dem draufgezahlt wird. Denn, meine Herren, was ist ein Geschäft, das nicht gefördert wird? Ich frage: Wo findet man ein solches Geschäft? Bei uns ist nur noch der Gewürzhändler so einfältig, das heißt, so ungebildet, dass er ohne Kultur auskommt, seine Geschäfte ohne Förderung erledigt – Sie wissen schon, der Gewürzhändler und der russische Salzgurkenhersteller als Industrieller! Ich bin selber Aktionär, ich weiß das. *Ganz sicher*! Die Kultur braucht überall ihre Förderung – im Moor, im Schweinestall, auf der Bank, in der Fabrik, das heißt, in der Produktion, wo etwas produziert wird, und im

Geschäft natürlich, sofern es ein kulturvolles Geschäft ist, verstehen Sie?«

»Das heißt doch, dass diese ganze Ausgeburt von Land- und Stadtbourgeoisie die Staatskuh melkt«, folgerte der Schriftsteller, und jetzt nahm man seine Worte zur Kenntnis, auch der Hausherr wandte sich quer über den Tisch an ihn:

»Herr Schriftsteller, verbrennen Sie sich mal nicht den Mund, Sie sind doch selber Staatsaktionär!«

»Nicht Staatsaktionär, sondern Aktionär des Volksgeistes, des nationalen Genius«, korrigierte ihn der Schriftsteller. »Der Staat ist für mich ein Nichts.«

»Sie sind Aktionär des Kulturkapitals˙!«, rief der Hausherr. »Und das, meinen Sie, entsteht aus dem Volksgeist? Aus dem nationalen Genius? Sie gehören zu den Aktionären, die für ihre Aktien keinen einzigen Cent gezahlt haben! *Aber sicher*! Sie haben Ihre Aktien bekommen – entweder durch Bestechung oder durch Begünstigung, was, offen gesagt, eine Straftat ist. *Ganz sicher*!«

»Nicht durch Bestechung oder Begünstigung, sondern für Kulturschaffen«, rechtfertigte sich der Schriftsteller.

»Erzählen Sie mir nichts!«, rief der Hausherr. »Sobald es um Kultur geht, geht es auch um Bestechen und Bereichern, um Draufzahlen und Draufgehen. Genau wie im Geschäft!«

»Aber es ist doch ein Unterschied, ob man seine eigenen Geschäfte macht oder kulturelle Werte schafft, die dem ganzen Volk gehören«, warf jetzt der Architekt ein.

»Glauben Sie wirklich, dass mit Kapital Kultur geschaffen wird?«, fragte der Hausherr. »Wenn Sie einen Aktionär an ein Kapital ankoppeln, dann meinen Sie, wird die Kultur nur so fließen? Ich habe festgestellt, dass man mit Kapital nur Kapital zum Fließen bringt – und man kann froh sein, wenn wenigstens das funktioniert.« An dieser Stelle wollten sowohl der Schriftsteller, der Architekt als auch der Agronom dem Redner ins Wort fallen, sogar der Maler nahm die Pfeife aus dem Mund, als wolle er etwas sagen, aber der Hausherr ließ sich nicht beirren: »Und das Kapital – das fließt immer nur in die Tasche des Menschen, nicht in seinen Geist oder in den Kopf, es sei denn, es wird versoffen, dann bekommt neben dem Bauch auch der Kopf etwas ab. Die Aufgabe des Kapitals besteht nicht im Schaffen, sondern im Beschaffen. Verstehen Sie – nicht Schaffen, sondern Be-schaf-fen!« Rudolf betonte wieder das letzte Wort Silbe für Silbe. »Denn wenn du Kapital hast und Aktionär bist, wozu dann schaffen? Das wäre genauso wie – du hast ein Auto, du hast ein Flugzeug, aber gehst zu Fuß! Du hast gesunde Beine, aber kriechst auf allen vieren! Du hast zwei Beine, aber hüpfst nur auf einem, so als verträtest du die Kriech- und Hüpfkultur. Kopf und Geist wissen es, und der Genius weiß es auch: Wenn es ums Kapital geht, dann geht es nicht ums Schaffen, sondern ums Be-schaf-fen!« Wieder betonte er das letzte Wort Silbe für Silbe. »Ich zum Beispiel habe Kapital, ich habe Aktien, aber glauben Sie, dass dies beides mich jemals dazu getrieben hätte, etwas zu schaffen?«

»Aber Sie betreiben doch Ihre Geschäfte!«, riefen der Maler, der Schriftsteller und der Architekt wie aus einem Munde.

»Kann man denn mit Pinsel und Feder keine Geschäfte betreiben?«, fragte Herr Ikka. »Schafft man mit ihnen einzig und allein Kultur?«

»Es ist doch nicht die gesamte Literatur und Kunst nur ein Geschäft«, meinte der Schriftsteller.

»Das fehlte noch!«, rief der Hausherr aus. »Aber es genügt doch schon, wenn ungefähr die Hälfte zum Geschäft tendieren würde. Passen Sie auf: Ich sage ›tendieren‹, denn allein das reine Tendieren würde zum Beschaffen reichen, es würde wunderbar reichen. Denn gehen wir davon aus, dass sich unter den Künstlern wirklich Unikate finden, die das Geschäft kein bisschen interessiert, obwohl ich als Geschäftsmann diese Annahme aus dem einfachen Grund für unrichtig halte, weil die Künstler meiner Meinung nach die eitelste, ehrgeizigste, sozusagen aufgeblasenste (hier unterbrachen Einzelne mit ›richtig, richtig‹, und Beifall übertönte die Worte des Hausherrn) und egoistischste Kaste der Welt bilden – wie sollten ausgerechnet sie nicht am Eigennutz, am Geschäft interessiert sein! Aber wir nehmen dennoch das Unmögliche an, wir nehmen an, dass es solche Sonderlinge gibt: Künstler und Schriftsteller, die sich partout nicht für das Geschäft interessieren! Mit anderen Worten: Wir nehmen an, dass die Dinge des Lebens nicht der Realität, sondern der Sichtweise unterliegen. Verstehen Sie, der Sicht-wei-se! Gut. Was aber geschieht unter den Bedingungen der Sichtweise, wie verhalten sich die, die von der Sichtweise gesteuert sind? Sagen Sie es! Werden sie ihre Aktien vorzeigen, wenn die anderen, die ohne Sichtweise, das Kapital aufteilen? Aber warum sollten sie sie vorzeigen, wenn sie gar nicht am Geschäft, sondern am Schaffen interessiert sind? Und wie wird dann das reale Kapital aufgeteilt, wenn nur die Aktien der realen Künstler und Schriftsteller vorliegen und die der Sichtweisengesteuerten fehlen? Ich sage Ihnen eines. Ich sage Ihnen: Ich glaube nicht daran, dass es unter den Künstlern jemanden gibt, der seine Aktien nicht vorzeigen würde, wenn es daran geht, dass die Kultur per Kapital verteilt wird, aber ich sehe noch etwas anderes – ich sehe, dass es Geschäftsleute gibt, die das Geschäft nicht interessiert! Verstehen Sie – kein Interesse, also sichtweisengesteuerter Geschäftsmann! Die anderen kommen mit ihren Aktien zusammmen, aber er kommt nicht. Und wissen Sie, was mit solch einem sichtweisengesteuerten Geschäftsmann passiert? Früher oder später wird er mit seinem Geschäft aufsitzen, das heißt, die anderen werden ihn aufsitzen lassen, sodass ihm der Sichtweisenzahn tropft, während die anderen das reale Kapital schlucken. So geht es im Geschäft zu, natürlich nur in dem Geschäft, in dem es noch Kapital gibt, dies ist die Psychologie des Kapitals; wo es aber kein Kapital mehr gibt, da haftet der sichtweisengesteuerte Geschäftsmann dafür, dass das Geschäft kein bisschen Kapital mehr abwirft, das von den realen Geschäftsleuten verteilt werden könnte, und auch das ist die Psychologie des Kapitals. Und ich sage Ihnen, solange es Kapital gibt, ob mit Kultur oder Melioration an der Spitze, das ist egal – solange es Kapital gibt, samt seiner Psychologie und der dazugehörigen Aktien, dann bekommen in erster Linie diejenigen etwas ab, die ihre Aktien vorzeigen, das heißt, die Realisten, sozusagen die Lebensnahen und nicht die Sichtweisengesteuerten, die angenommene Größe, die es gar nicht gibt, wie ich bereits sagte. Und je länger ein vernünftiges Kapital arbeitet, umso mehr bekommen die Realisten, das heißt, die Lebensnahen etwas davon ab, denn die lernen das Beschaffen am ehesten, und die Beschaffungsfähigkeit zu entwickeln, das ist das wahre kulturelle Schaffen eines jeden Kapitals. *Sicher!* Geistig schaffen kann man auch ohne Kapital, Hauptsache, man hat zu Essen und zu Trinken, aber das Beschaffen ohne Kapital zu lernen, ist absolut unmöglich. *Ganz sicher!* Unmittelbar hieraus folgt die Pflicht zum Anstand – verstehen Sie, Anstand, sozusagen Ethik, nicht zu verwechseln mit der Ästhetik, die zum Schaffen tendiert – es folgt die Pflicht zum anständigen Pragmatismus, sozusagen zum Amerikanismus: das Kapital seiner inneren Beschaffenheit nach zu nutzen – und was heißt das? Das heißt Beschaffung, Beschaffung, Beschaffung …«

»Herr Ikka, Sie als Geschäftsmann haben von der Tätigkeit unseres Kulturkapitals offensichtlich keinerlei Kenntnis, denn sonst …«, begann der Schriftsteller, doch der Hausherr ließ ihn nicht ausreden und rief mit erhobener Stimme dazwischen:

»Warum zum Teufel stellen Sie dem Kapital immer noch die Kultur voran? Warum sagen Sie nicht einfach Kapital? Denn Kapital bleibt Kapital, stellen Sie ihm voran, was Sie wollen! Und wenn es um Kapital geht, dann geht es auch um Beschaffung, wie ich bereits sagte. In unserer Kultur und unserem Kapital besteht der wahre Unterschied doch darin, dass es keinen gibt, denn beides lehrt das Beschaffen! Wir machen keine Kultur und schaffen kein Kapital, sondern wir kombinieren beides, Kultur und Kapital. Verstehen Sie, wir kombinieren, um uns die Förderung zu beschaffen, besser gesagt die Zuzahlung, denn Förderung ist ja Zuzahlung. So hinken wir den anderen Völkern zwar in unseren Taten – sozusagen im Schaffen – hinterher, aber im Beschaffen haben wir die Nase vorn, andere Länder können durchaus etwas von uns lernen.«

»So manches andere Land könnte auch das Schaffen von uns lernen«, versetzte der Schriftsteller, denn er glaubte felsenfest daran, dass er in hundert oder zweihundert Jahren weltberühmt sein würde.

»Nur in der bildenden Kunst, in der Schriftstellerei und Musik kaum«, meinte der Architekt, dem der Schriftsteller unbedingt etwas geantwortet hätte, wenn ihm nicht der Hausherr zuvorgekommen wäre, der jetzt sein Hausherrenvorrecht nutzte.

»Sehr gut möglich«, sagte er, »nur fehlt mir hier die Sachkenntnis zu entscheiden, da ich keine estnische Literatur lese, mir keine estnischen Bilder ansehe und keine estnische Musik höre. Auch die estnische Hymne singe ich nur deshalb, weil sie keine estnische Schöpfung ist. Ich glaube, wenn man wirklich eine rein estnische Hymne dichten würde, dann würde sie kein gebildeter Este singen, es sei denn, es herrscht Kriegsrecht. Und der Grund liegt weniger im Nationalen oder im Vaterland – ich bin national und vaterländisch, und das sind die anderen ebenfalls – als vielmehr in der Psychologie, und zwar genauso, wie es auch beim Kapital der Fall ist, oder, wenn Sie gestatten, in der Gesellschaft, sozusagen der Gemeinschaft: Es liegt im Wesen des Menschen. Denn sagen Sie mir zum Beispiel – passen Sie auf, ich sage nur ›zum Beispiel‹ und nicht mehr, ich bin also höflich und bleibe auch höflich, denn ich bin der Gastgeber – deshalb also frage ich zum Beispiel: Was halten Sie von einem Menschen, der das eine sagt und das andere tut? Ist das ein ordentlicher Mensch? Ist das ein ehrlicher Mensch? Ist das ein vorbildlicher Mensch? Ist das ein edler Mensch? Was antworten Sie mir? Sie sagen vielleicht, das ist ein Jesuit, mit anderen Worten, ein Bauernfänger. Aber um Himmels willen nicht der Jesuit, der wirklich Jesuit ist, denn der kann durchaus ein rechtschaffener Bürger sein, sondern der andere, der keiner ist. Verstehen Sie? Na schön. Jetzt aber frage ich Sie: Gibt es einen Menschen, der das tut, was er sagt? Sie meinen natürlich – nein, den gibt es nicht, wirklich nicht. Aber ich sage Ihnen: Es gibt ihn. Es gibt Geschäfts-leute, die pünktlich zahlen, und zwar die Summe, die sie versprochen haben zu zahlen. Zu denen gehöre ich: Ich zahle immer pünktlich und immer die vereinbarte Summe. Etwas anderes ist es natürlich, wenn der Bankrott droht oder schon da ist, das ist natürlich etwas anderes, davon rede ich nicht. Aber jetzt frage ich Sie, gibt es irgendwo einen Künstler oder Schriftsteller, der pünktlich zahlen würde und noch dazu die

Summe, die er versprochen hat zu zahlen? Deutlicher: Ist ein Schriftsteller oder Künstler derjenige, den er darstellt? Passen Sie auf – ich sage ›darstellt‹, denn das ist ein klassisches estnisches Wort. Ist er als Mensch genauso schön, ehrlich, direkt, offen, großherzig, alles in allem – so edel wie sein Werk? Das heißt, wenn sein Werk überhaupt edel ist! Denn ist es das nicht, wozu dann das Werk! Gott hat die Welt ohnehin mit Halunken gefüllt. Mit einem Wort – gibt es sie oder nicht?, frage ich und antworte: Natürlich gibt es sie nicht. Denn wie soll man edel sein, wenn man eitel und ehrgeizig ist? Und deshalb dringen wir darauf, sobald das Auge über die Grenze des Vaterlandes huscht, dass für die Nation eine Hymne erschaffen wird, egal ob mit Worten und Klängen oder mit Pinsel und Farbe. So ist es doch: Wenn wir schamlos sind in Worten und Taten, dann verehren wir die Jungfräulichkeit. Wenn jemand seinen Freunden, Verwandten, Amtskollegen und Kapitaleignern einen ordentlichen Batzen Wechsel an den Hals gehängt hat, dann lobt er diejenigen, die damit auskommen, was sie haben. Fälsche eine Unterschrift, und schon hast du lebenslänglich Grund, die ganze Welt als Gefängnis für Schwerverbrecher anzusehen. Intrigiere und verleumde, dann bist du der rechte Mann, um aller Welt zu erklären, was für eine Schweinerei die Demagogie samt Intrigogie mit ihrer Tratsch- und Klatschologie und dem ganzen elenden Verrätertum ist! Solche Leute gibt es, es gibt sogar sehr viele davon, und im Grunde genommen ist es egal, denn wir alle sind mehr oder minder genauso. Nur ist es ganz etwas anderes, wenn der Künstler und der Schriftsteller genauso sind! Ha! Das ist ganz etwas anderes!«

»Herr Ikka, gestatten Sie den Einwand, dass Sie über Ethik sprechen, hingegen Kunst und Literatur sich mit Ästhetik befassen«, warf der Schriftsteller an dieser Stelle ein.

»Ich spreche mit Absicht über Ethik«, erklärte der Hausherr, »denn Kapital ist ein ethischer Begriff, ebenso wie Kulturkapital, und damit haben Literatur und Kunst doch wohl etwas zu tun, zumindest Ihrer Meinung nach. Sodass ich kaum im Unrecht bin, wenn ich sage: Es ist ganz etwas anderes, wenn Künstler und Schriftsteller Strolche sind wie jeder andere. Nur muss der Künstler schlimmer sein als zum Beispiel ein Geschäftsmann wie ich, denn er ist ja eitler, ehrgeiziger und egoistischer, sonst wäre er schließlich kein Künstler, kein Schriftsteller, kein Bildhauer oder Maler. Und warum ist das so? Etwa weil es das Kapital gibt? Aber Sie selber bestreiten doch das Beschaffen und betonen das Schaffen, sodass Eitelkeit, Ehrgeiz und Egoismus ihren Platz behalten. Gäbe es diese ›Drei Großen E‹ nicht, wäre der simple Diebstahl einträglicher als das hehre Schaffen. *Sicher!* Und für Diebe sorgt der Staat auch besser als für Schaffende. Auf der ganzen Welt! *Ganz sicher!* Denn auch für den Dieb ist Kapital vorhanden, ebenfalls ein Kulturkapital, um sozusagen die Kultur seiner Fingerfertigkeit und sein Dasein als Bohemien auf ein höheres Niveau zu stellen: Es ist der Gefängnisetat, und der wird im Staatshaushalt festgeschrieben, das heißt, das kulturelle Niveau der Diebe hängt keineswegs davon ab, wie viel Schnaps das Volk trinkt. Nur einen Unterschied gibt es bei den Dieben bezüglich der sogenannten ethischen Kultur und der anderen, der sogenannten ästhetischen Kultur: Wenn du ethisches Kapital hast, dann bist nicht du der Aktionär, das heißt, die Aktien befinden sich in staatlicher Hand, aber wenn das Kapital ästhetisch ist, dann gehören die Aktien dir. Das ist der Unterschied zwischen dem ethischen und dem ästhetischen Kapital. Aber das Volk wirft beides in einen Topf, es kennt keinen Unterschied. Also: Wenn die Diebe es für nötig halten, jemandem ein Ruhepölsterchen zu verschaffen, dann entscheidet dies der Staat, und zwar der Staatsbeamte, der ein Register führt, und nach diesem Register wird dann festgelegt, für wie lange sich jemand auf dem Ruhepölsterchen ausruhen darf. Die Diebe selbst, nein, die kommen nie zusammen, weder offiziell, noch privat, noch konspirativ, um zu sagen: So, Brüder, das heißt, Amtsbrüder, ihr seid Sachkenner, denn Diebstahl ist eure Spezialität, eure besondere Fertigkeit, die Können voraussetzt, entscheidet nun über mich, damit auch ich über euch entscheiden kann, denn auch ich bin Spezialist, entscheidet und sprecht, welches Pölsterchen ihr mir zugesteht, denn ich habe mir so und so viele Pferde und so und so viele Wagen unter den Nagel gerissen und so und so viele Schlösser geknackt. Nein, dies tut ein Dieb nicht, obwohl es das Diebeskapital gibt, das die Kultur und das Ruhepölsterchen für den Diebstahl, mit anderen Worten, das Gefängnis, garantiert. Und warum tut er es nicht? Warum prahlt er nicht mit seinen Taten? Weil ihm Eitelkeit, Ehrgeiz und Egoismus des ästhetischen Schaffens fehlen, darum.«

Jetzt schrien mehrere Stimmen in großer Erregung durcheinander, Hände fuchtelten, Gläser klirrten, Stühle polterten. Auf den Lärm hin kam Irma aus dem Nebenzimmer gelaufen und blieb auf der Schwelle stehen. Aber die Lage war nicht ganz so prekär, wie sie befürchtet hatte: Der Agronom und einige andere lachten lauthals, der Architekt und der Schriftsteller leerten ihre Gläser, der Maler stand am offenen Fenster und betrachtete den rötlichen Himmel, wo bald die Sonne aufgehen würde, und der Hausherr hielt sich auf seinem Stuhl.

»Mit deinen Reden fachst du den Lärm und das Geschrei nur noch mehr an«, ermahnte Irma Rudolf, als sie zu ihm trat. »Sei doch ein bisschen netter zu deinen Gästen!« Und an jene gewandt, meinte sie: »Kümmern Sie sich nicht darum, was er sagt.«

»Was heißt nicht kümmern!«, rief der Schriftsteller. »Wenn einem doch die Galle überläuft?!«

»Dass einem die Galle überläuft, hat nichts zu sagen«, antwortete Irma, »ins Herz schließen und lieben werden Sie ihn am Ende genau wie ich, denn auch mir lief anfangs die Galle über.«

»Kleines, komm uns nicht mit Herz und Liebe, denn hier geht es ums Kapital«, sagte Rudolf. »Ich versuche nämlich dem Künstlervolk gerade klarzumachen, dass Kunst und Kapital genauso schlecht zusammenpassen wie Kapital und Liebe.«

»Kapital und Liebe passen doch sehr gut zusammen«, sagte Irma.

»Ganz recht!«, riefen der Schriftsteller und der Architekt wie aus einem Munde.

»Nun, siehst du, Liebes, sie teilen in der Kunst, der Liebe und im Kapital deine Auffassung, aber ich möchte ihnen meine Auffassung nahebringen, darum lass mich noch ein bisschen reden. Jetzt habe ich leider vergessen, wo ich stehengeblieben war. Erinnert sich jemand? Wir hatten das Kapital, die Psychologie, das Kulturkapital, das Diebeskapital, den Jesuiten, den Menschen … Ah! Ich hab's! Also, wenn ein Künstler oder ein Schriftsteller noch eitler und ehrgeiziger ist, sozusagen noch aufgeblasener als ein Geschäftsmann wie ich oder als ein gewöhnlicher Dieb, was kann er mir dann für ein Vorbild sein? Wenn ich Schriftsteller anderer Länder lese, Gemälde aus anderen Ländern betrachte und mir fremde Musik anhöre, dann ist dies für mich wahrlich Literatur, Malerei und Musik. Aber was bedeuten mir die estnische Literatur, Malerei und Musik? Sie sind jeweils der

Mensch dahinter, denn ich kenne ihn, kenne ihn persönlich, ihn, der die Literatur, Malerei und Musik gemacht hat. Und wie soll ich das, was er gemacht hat, lesen, anschauen und hören, wenn ich mit ihm gegessen und getrunken habe, hauptsächlich getrunken, seine Wechsel beglichen und für ihn noch andere Schweinereien gemacht habe? Ist das etwa schön? Sind wir edelmütig, freigiebig und großherzig, wenn wir miteinander gesoffen haben und ich für seine Wechsel aufkomme? Antworten Sie!«

»Das heißt, Sie ziehen auch die besten Stiefel nicht an, wenn der Schuhmacher mal trinkt?«, fragte der Schriftsteller.

»Ich möchte doch bitten!«, protestierte der Hausherr. »Erstens, ein Stiefel muss weder edel noch großherzig sein, sondern nur dem Körper entsprechen, sozusagen körpernah sein, was, deutlicher ausgedrückt, lebensnah heißt, denn der Fuß lebt in diesem Stiefel oder in der Nähe des Stiefels, also steht der Stiefel dem Fußleben beziehungsweise dem lebenden Fuße nahe. Aber mit der Literatur und Kunst ist es anders, die muss herzensnah sein, ins Herz gehen, sozusagen in die Seele und in den Kopf. Außerdem haben Schuhmacher keine Stiftung, und das ist die Hauptsache, denn wir reden ja vom Kapital, von Anfang an reden wir vom Kapital und von nichts anderem, denn ich will einen Schweinestall bauen, der für alle Vorbild sein wird, sodass die Schreibenden darüber schreiben, die Maler ihn malen und die Musiker ihn in Noten setzen. Und dazu ist doch Kapital nötig, oder etwa nicht?«

»Natürlich«, machte nun zum Schluss sogar der Maler den Mund auf, besser gesagt, nur die Lippen, denn seine Zähne hielten nach wie vor die Pfeife, »wenn man einen vorbildlichen Schweinestall baut, dann braucht man Kapital, aber erschafft man ein unsterbliches Werk, das den Namen Estlands in die Welt hinausträgt, dann ist kein Kapital nötig.«

»Wer sagt, dass es nicht nötig ist?«, fuhr der Hausherr auf. »Ganz im Gegenteil! Ich erkläre die ganze Zeit, wie sehr wir Kapital brauchen – nur wofür? Darin gehen unsere Meinungen auseinander. Und wissen Sie, warum? Wenn Sie das Kapital betrachten, dann tun Sie es vom Standpunkt des Ideellen, sozusagen von dem des sichtweisengesteuerten Menschen und seinen Verhältnissen, ich dagegen nehme reale Verhältnisse und Menschen zum Ausgangspunkt. Also reden Sie vom Schaffen und ich vom Beschaffen, wobei Letzteres dem Kapital wesenseigener ist als Ersteres. Aber das Kapital hat noch eine gute Eigenschaft: Es macht den Menschen ordentlicher, besser und anständiger, denn es ist doch unbestritten, dass der Hauptgrund für Verbrechen im Mangel an Kapital zu suchen ist. Beim Künstler schwächt das Kapital Eitelkeit und Ehrgeiz. Wenn es auch den Egoismus schwächen würde, dann wäre das Kapital das ideale Mittel zum Anstand. Vielleicht würde es den Egoismus schwächen, wenn es ausreichend groß wäre, aber das ist es nicht, denn ein ausreichend großes Kapital gibt es nicht auf dieser Welt, immer fehlt noch ein kleines bisschen, und das bedeutet, dass auch das Kulturkapital nicht ausreicht: Der eine bekommt zu wenig, der andere geht gänzlich leer aus, unabhängig davon, wer es verteilt. Habe ich recht oder nicht?«

»Das ist das einzige, womit Sie recht haben«, bestätigten diesmal nur der Architekt und der Schriftsteller, da der Maler – trrz! – durch die Zähne und durch das offene Fenster in die aufgehenden Sonne spuckte, die wie glühendes Kupfer aussah.

»Immerhin. Wenigstens etwas«, sagte der Hausherr. »Also: Der Egoismus bleibt, weil das Kapital nicht ausreicht. Aber

Eitelkeit und Ehrgeiz, die beiden großen Sünden wider den Anstand, die werden mit Sicherheit durch das Kapital geschwächt. Denn wenn eine Künstlerpersönlichkeit, gemartert von Eitelkeit und Ehrgeiz, über längere Zeit konsequent, das heißt, systematisch und stetig dem Beschaffen von Kapital unterworfen wäre, würde sie dann ihre Eitelkeit und ihren Ehrgeiz nicht loswerden, sodass sie letztendlich gar keine schöpferische Persönlichkeit mehr ist? Denn wie soll sie noch schöpfen, wenn die Beschaffung ihre beiden Grundfehler, die Eitelkeit und den Ehrgeiz, beseitigt hat? Natürlich, der Schreibende lässt deswegen nicht das Schreiben, der Maler nicht das Malen, der Bildhauer nicht das Hauen – nein, alle machen weiter, aber ohne Eitelkeit und Ehrgeiz, auf dass es möglichst wenig Erschaffenes, aber möglichst viel Beschaffenes gibt.«

»Herr Ikka«, sagte jetzt der Schriftsteller, erhob sich am anderen Ende des Tisches, beugte sich vor, stützte sich mit beiden Händen zwischen die Teller, Gläser und Flaschen und starrte den Hausherrn aus leblosen Augen an. »Wollen Sie mir nicht geradeheraus sagen, was diese Schweinereien vom Schaffen und Beschaffen heißen sollen? Was soll das?, frage ich. Warum? Etwa deswegen, weil ich betrunken an Ihrem Tisch sitze? Warum haben Sie das alles nicht gesagt, als ich nüchtern war? Warum nicht?«

»Weil ich da noch selber nüchtern war, darum«, antwortete der Hausherr. »Mein Kopf wird nur in trunkenem Zustand klar. *Sicher*! Fragen Sie meine Frau, wenn sie kommt. Sie weiß, was Liebe ist, ich habe es ihr erklärt. Und Ihnen erkläre ich, was Kapital ist. Ich weiß, was Kapital ist, mein Vater wusste es schon. Aber Ihr Vater, der wusste es nicht. Er wusste nicht einmal, was Literatur ist. Ich weiß es auch nicht, aber ich weiß, was Literaturkapital ist. Passen Sie auf!« Der Hausherr erhob sich jetzt ebenfalls und beugte sich über den Tisch zum Schriftsteller hinüber, sodass sich ihre Köpfe berührten. Dann fuhr er fort: »Nein, erst trinken wir Brüderschaft, dann sage ich, was es mit dem Literaturkapital auf sich hat.« Sie gossen ihre Gläser voll, stießen an und tranken aus. »So. Jetzt hör zu«, sagte der Hausherr, »denn Sie bist jetzt du. *Sicher*! Wenn es das Kapital gibt und es den Schriftsteller verbessert, sozusagen veredelt, ihn von Eitelkeit und Ehrgeiz befreit, damit er anfangen kann zu schreiben, einfach nur zu schreiben – der Egoismus zählt nicht, denn der hat mit Literatur nichts zu tun, der hat mit der Person zu tun – wenn das Kapital so groß wäre, dass der Schriftsteller seine Eitelkeit und seinen Ehrgeiz nahezu loswerden würde – verstehst du? Nahezu, nicht ganz oder gänzlich, denn gänzlich ist nicht möglich, auch in mir stecken ein bisschen Eitelkeit und Ehrgeiz – also, nur nahezu, wenn er beides nahezu losgeworden ist – mittels Kapital natürlich –, und nun würde dieser nahezu uneitle und nahezu ehrgeizlose Schriftsteller die geschriebene Literatur fortschreiben, dann würde sogar ich sie lesen, denn dann würde es sich um etwas rein vom Kapital Erzeugtes handeln, ohne Eitelkeit und Ehrgeiz, frei und edel, sozusagen ein Produkt, und gegen ein Produkt hätte ich nichts, dagegen hätte auch kein anderer gebildeter Este etwas. Aber ein reines Produkt, das heißt, nahezu ohne künstlerischen Schöpfergeist, das ist für uns nicht so leicht erhältlich, denn wir haben wenig Kapital. Das reine Produkt hat denselben Haken wie das reine Vergnügen: Man bekommt es nicht, immer ist ein bisschen Liebe dabei.«

»Rudolf, bitte fang jetzt nicht an, von Liebe zu reden, du bist betrunken«, sagte Irma, die erneut auf der Schwelle erschienen war.

»Hörst du, Herr Schriftsteller, was für eine jungfräuliche Frau ich habe – wer betrunken ist, darf nicht über die Liebe reden«, sagte Rudolf.

»Liebster, lass die Jungfräulichkeit«, bat Irma, »sonst beschämst du nicht nur dich, sondern auch mich.« Sie trat zu ihrem Mann und richtete ihm den Hemdkragen.

»Wie wahr, wie wahr«, lobte Rudolf seine Frau, »es ist beschämend, wenn es im Leben noch Jungfrauen gibt, denn in der Literatur sind sie schon ausgestorben. Dabei soll doch das Leben so sein wie Kunst und Literatur! Herr Schriftsteller, hör zu, was ich dir sage. Ich habe eine gute Bekannte, eine Frau natürlich, Dame zudem, und die fragt immer: Warum gibt es in der Literatur keine einzige Jungfrau? Warum? Versteht ihr. Gut, wenn es im Leben keine gibt, sagt sie, aber dann möge sie doch wenigstens in der Literatur vorkommen, damit die Gattung nicht gänzlich vom Erdboden verschwindet. Von Jungfrauen wollen die Menschen leider nicht viel wissen. Deshalb, Herr Schriftsteller, wenn du über die Frauen und die Liebe schreibst, dann schreib über die Jungfrauen. Denn meine gute Bekannte, die Dame, sagt: Was soll ich mit der estnischen Literatur, wenn da keine einzige Jungfrau vorkommt. Und, pass auf, Herr Schriftsteller, wenn du keine Jungfrau kennst, dann schreib über meine Frau, denn die ist eine.«

»Du bist doch vollkommen betrunken!«, sagte Irma barsch und verließ das Zimmer.

»Siehst du, Herr Schriftsteller, auch meine Frau will keine Jungfrau sein, keiner will Jungfrau sein«, bemerkte der Hausherr.

»Jungfrauen gehören ins Mittelalter«, sagte der Maler und spuckte durchs Fenster in die Sonne, deren Scheibe schon langsam zu leuchten begann.

»Gehören wir etwa nicht ins Mittelalter?«, fragte Rudolf. »Was hatten wir im Mittelalter? Den Glauben und die Seuchen, aber ohne Bazillen. Und jetzt? Immer noch Glaube und Seuchen, nur mit Bazillen, sodass sich der Glaube eigentlich erübrigen würde. Der Glaube war ja dazu da, um zu erkennen, dass Gott die Seuchen schickt, denn der Mensch dachte, was hat Gott wohl den lieben langen Tag zu tun, also denkt er sich zum Zeitvertreib die Seuchen aus. Aber jetzt ist es so, dass wir, wenn wir eine Seuche hinlänglich an Hunden, Affen und Meerschweinchen erprobt haben, dazu übergehen, die erprobten Bazillen auch in den Menschen hineinzubekommen, das heißt, wir gehen, sagen wir von ein oder zwei Millionen Menschen aus, dann schicken wir ihnen eine Million Trillionen Bazillen auf den Hals. Mit anderen Worten, wir haben entdeckt, dass der Gott der Seuchen, das heißt, der Gott der Bazillen, kein anderer ist als der Mensch selber – und der glaubt nun mal an seine Bazillen. Ist das Mittelalter oder nicht? Ich denke, es ist Mittelalter, und deshalb ist es an der Zeit, die Jungfrau in die estnische Literatur einzuführen.«

»Ich bin Bohemien«, antwortete der Schriftsteller, »und verzichte gerne zugunsten anderer auf die Jungfrau.«

»Du – und Bohemien?«, wunderte sich der Hausherr. »Du hast Kapital, du bist Aktionär, und so einer will Bohemien sein?! Du irrst dich, alter Freund! Du bist kein Bohemien. Willst du – ich sage dir, was du bist. Ich sage es dir aus reiner Brüderlichkeit, das heißt: Du kannst es glauben. Aber erst trinken wir, mein Kopf ist noch nicht klar genug. So! Und nun antworte mir: Wenn du ein Bohemien bist, warum liebst du dann das Beschaffen so sehr? Nein nein, du bist nicht mehr und nicht weniger Bohemien als ich, der einen vorbildlichen Schweinestall baut, um gefördert zu werden, nur dass dein Schweinestall ein Roman ist, den ich nicht lese, ein Gemälde, das ich nicht anschaue und eine Skulptur, die nur zum Grabmal taugt. Wir alle sind stets und ständig am Beschaffen, aber wer beschafft, ist ein Bourgeois, ein elender ausgekochter Bürger. Bohemien zu sein, das hat mit Schaffen zu tun und nicht mit Beschaffen. Wir alle haben unsere Gläubiger, und fördern können sie uns gerne, denn wir alle geben mehr aus, als wir Lust haben zu verdienen. Ich habe manchmal gedacht, was ich wohl tun könnte, um nicht gefördert zu werden. Natürlich müsste es etwas Ordentliches sein. Eine Bank gründen kann ich nicht – die wird saniert; eine Fabrik bauen kann ich nicht – die wird mit Zöllen geschützt; ein größeres Geschäft eröffnen kann ich nicht – das wird von der Mehrwertsteuer befreit, denn der Buchhalter ist akribisch. Eine Kuh melken geht nicht, ein Schwein füttern geht nicht, ein Huhn zum Eierlegen bringen geht nicht wegen der Prämien. Land kultivieren kann ich wegen des Meliorationskapitals nicht, Roggen oder Weizen anbauen kann ich wegen des Monopols nicht, schreiben kann ich nicht, malen kann ich nicht, singen kann ich nicht, schauspielern kann ich nicht, reisen kann ich nicht, um die Wette laufen kann ich nicht, ich meine, öffentlich kann ich es nicht, wenn die anderen zuschauen – wegen des Kulturkapitals kann ich das alles nicht tun. Weiter: Geld leihen kann ich nicht – wenn es eine halbwegs erkleckliche Summe ist, dann schreibt es der Verleiher früher oder später in den Wind; stehlen kann ich nicht, denn wegen guter Führung werde ich aus dem Gefängnis entlassen; lieben kann ich nicht, denn für die Kinder sorgt der Staat. Es wird einem ganz blümerant, wenn man bedenkt, was für Steine einem in den Weg gelegt werden! Es bleibt nur noch, Stuten zu melken, Kakteen zu züchten und mit Schlangeneiern zu handeln! Selbst dann wird dir ganz bald ein Instrukteur auf Staatskosten auf den Hals geschickt, damit auch dies gefördert werden kann. Deshalb, Herr Schriftsteller, nicht schaffen, sondern beschaffen! Um die Förderung kommst du so oder so nicht herum.«

Der Hausherr hätte vielleicht weitergesprochen, merkte aber plötzlich, dass der Schriftsteller, den Kopf auf dem Tisch, eingeschlafen war. Also schwieg er, sich selbst wollte er keine Reden halten, obwohl er es liebte, Reden zu halten. Er wandte sich um. Der Maler saß am offenen Fenster, die Pfeife zwischen den Zähnen, und zeichnete. In der hintersten Ecke seiner Perspektive war im Schatten der Bäume ganz schwach das Liebesmuseum zu erkennen.

»Machen Sie das in Farbe und geben Sie es meiner Frau«, sagte Rudolf, »das gefällt ihr, denn da hat sie eine zusammengerollte Schlange gesehen.«

»Schlangen kommen nicht auf mein Bild«, versetzte der Maler.

»Das ist auch nicht nötig, die Schlange ist hinter dem Bild«, erklärte Rudolf.

»Auch hinter dem Bild wird keine Schlange sein«, sagte der Maler.

»Nun, dann ist sie drinnen im Bild, denn Sie können doch eine Schlange nicht weglassen, die meine Frau vor wenigen Wochen dort gesehen hat!«, entrüstete sich der Hausherr.

»Ich habe die Schlange nicht gesehen«, widersprach der Maler, »und ich male nur das, was ich sehe.«

»Malen Sie, in Gottes Namen, was Sie wollen«, winkte Rudolf ab, »aber meine Frau sieht, was sie denkt, was sie fühlt und woran sie sich erinnert! Und deshalb geben Sie das Bild ihr und die Rechnung mir!«

»Abgemacht.«

»Abgemacht.«

XXII

Es sah ganz danach aus, als sei Herrn Ikka nach der Ein-
weihungsfeier des neuen Hauses, auf der er so viel über die
Kultur und das Kapital geredet hatte, plötzlich jegliches
Interesse an den kulturvollen Vorhaben, die er auf seinem
Sooniku-Hof bereits in Angriff genommen hatte beziehungsweise in Angriff zu nehmen gedachte, vergangen.
Es schien, als würden sich die Worte des Agronomen über
Ackerbau und Rentabilität erst jetzt, im Nachhinein, in
Kopf und Herz des Hausherrn festsetzen, und als müsste
erst gründlich nachgedacht werden, ehe man sich erneut in
die Arbeit stürzte. Irma kam es so vor, als würde ihr Mann
fortwährend über etwas nachgrübeln, aber weder den
rechten Ort noch die rechte Stimmung dafür finden. Er
fuhr oft in die Stadt, obwohl er geplant hatte, mindestens
einen ganzen Monat auf dem Lande zu bleiben, um sich
von seinen aufreibenden Geschäftsangelegenheiten vom
letzten Winter zu erholen. Was er da nun im Einzelnen
zu erledigen hatte, blieb Irma verborgen, aber eines stand
fest – auch die Gegebenheiten in der Stadt waren nicht das
Richtige, denn Rudolf kehrte genauso unzufrieden zurück,
wie er weggefahren war.

Natürlich, er hatte Grund genug, unzufrieden zu sein.
Hals über Kopf hatte er die provisorische Bleibe errichtet,
um hier gemeinsam mit seiner Frau die ländliche Ruhe,
Licht und Luft, Wärme und Sonne zu genießen, aber jetzt

stelle sich heraus, dass es viel zu ruhig war, dass Licht und Luft gerade so reichten, aber Wärme und Sonne gänzlich fehlten. Tag um Tag hielt sich das kühle Wetter, es regnete unentwegt, und kaum dass sich die Sonne hervorwagte, war auch schon ein Gewitter im Anzug: Es blitzte und donnerte über den Feldern, den Wiesen und dem Wald und kam auch ihrem kleinen Haus so nahe, dass es, nur wenige Meter entfernt, in die riesige krumme Birke einschlug, die der einstige Hausherr als Räderholz für die künftige Generation hatte stehen lassen und die bisher als Blitzableiter gedient hatte. Das nahe Wäldchen und die Wiesen waren so nass, dass man kaum Lust verspürte, spazieren zu gehen, ganz zu schweigen davon, sich gemütlich ins Gras zu legen und in den Himmel zu schauen. In der Umgebung des Liebesmuseums klitschte einem stellenweise das Wasser unter den Füßen, und die Kreuzotter, der sie im Frühling das Leben geschenkt hatten, zeigte sich weder vor der Scheune noch anderswo, so als hätte man sie doch erschlagen. Die Staatswälder in der weiteren Umgebung standen noch ziemlich niedrig und lockten bei Regenwetter auch nicht zum Spaziergang, sodass Herr Ikka nicht umhinkam sich zu fragen, was das wohl für eine Sommerfrische sein sollte, wenn es weit und breit keinen hohen trockenen Kiefernwald gab, und auch das Fehlen des Wassers machte sich bemerkbar: Es fehlte, obwohl es allerorten so nass war, dass man kaum aus dem Haus gehen konnte. Es gab kein Meer und keinen See, wo man ein Bad hätte nehmen können. Einen Fluss gab es, aber der reichte nicht bis an die Grenzen von Sooniku, und so musste man, wenn man im Wasser und in der Sonne baden wollte, sein Grundstück verlassen. In diesem Jahr spielte es allerdings keine Rolle, denn die Sonne reichte nicht fürs Sonnenbad und die Wärme nicht fürs Bad im Wasser, aber Herr Ikka dachte weiter, er dachte, dass es bestimmt wieder so schöne und heiße Sommer geben würde wie in seiner Kindheit, als es einem schier die Haut vom Leibe brennen wollte. Was würde er dann tun? Würde er, wie der alte Hausherr empfahl, in die Flachsröste steigen, wenn er auf seinem eigenen Grundstück baden wollte – solche Wasserlöcher gab es wirklich auf Sooniku –, oder würde er eine Wanne oder Tonne mit Brunnenwasser an die Hauswand in die Sonne stellen und da hineinsteigen? Und wie würde er hineinsteigen – alleine? Er steigt in die Wanne oder Tonne, und die Frau schaut zu? Oder hat die Frau ihre eigene Tonne oder Wanne? Also stünden da zwei Tonnen oder Wannen nebeneinander an der Wand. Würden sie sich Badekleidung anziehen, wenn sie in ihre Wanne oder Tonne steigen, denn das tun sie ja nur, wenn die Sonne scheint, und dann ist es keine Körperwäsche, sondern Badevergnügen? Oder steigen sie nacheinander in eine und dieselbe Tonne oder Wanne, als ginge es doch nur ums Waschen und nicht ums Baden? Und wie würden sie sich in die Sonne legen, vielleicht auch nacheinander, das heißt, erst in die Tonne und dann in die Sonne? Also liegst du alleine unter der großen Birke, wo der Blitz vielleicht beim nächsten Gewitter wieder einschlägt, und alles ist voll von Rindenkrümeln und Reisigstücken, du liegst da, und die Frau sitzt neben dir und wartet darauf, dass sie an die Reihe kommt, denn so schnell wärmt die Sonne das eisige Brunnenwasser in der Wanne oder Tonne nicht auf, sodass der eine herauskommt und der andere gleich ins frische Wasser einsteigen könnte. Aber man könnte vielleicht auch zusammen in die Wanne oder Tonne steigen, wenn sie groß genug ist, denn im Meer, im See, im Teich, im Fluss und im Bach geht man ja auch zusammen baden. Ach ja! Gemeinsam in der Sonne zu liegen, gemeinsam trunken zu sein vom warmen, hellen Licht, gemeinsam ins kühle Wasser zu gehen, Seite an Seite, Hand in Hand!

Am Abend war Rudolf mit seinen Grübeleien bis zu diesem schönen Traum vorgedrungen, doch bereits am nächsten Morgen befiel ihn das unwiderstehliche Bedürfnis, in die Stadt zu fahren, um, wie gewöhnlich, zum Abend wieder zurück zu sein. Aber Rudolf kam nicht, er kam nicht an jenem und auch nicht am darauffolgenden Abend, sodass Irma schon ganz unruhig wurde. Am dritten Tag bekam sie einen Brief, in dem ihr der Mann mitteilte, dass er da und da in einem Kurort sei, den er zunächst dienstlich aufgesucht habe, dann aber geblieben sei, denn dort gebe es mehr Sonne, mehr Wasser, mehr Menschen. Irma solle gleich nachkommen, auf Sooniku könnten sie immer sein, auch im Herbst und Winter, wenn es sie danach gelüsten sollte, genau so schrieb er es – wenn es sie danach gelüsten sollte.

Also ließ Irma ihr Liebesmuseum stehen und liegen und fuhr dem Mann hinterher. Aber sobald sie ankam, setzten auch in jener Sommerfrische Regen und Kühle ein, was dazu führte, dass der Mann wieder seine gute Laune verlor, die aus dem Brief noch so deutlich zu spüren gewesen war. Nach wenigen Tagen packten sie die Koffer und fuhren zurück nach Sooniku. Es hat keinen Sinn, in einem teuren Kurort zu wohnen, wenn es da genauso regnet wie auf dem eigenen Hof, erklärte der Mann. Außerdem braucht der Mensch im Laufe des Jahres wenigstens einmal Ruhe; im Winter kann er sie sich nicht leisten, also bitte, dann sollte man den Sommer dazu nutzen, egal wie er ausfällt, warm oder kalt, verregnet oder trocken. Und wo hat es der Mensch ruhiger, als im eigenen Haus, auf dem eigenen Stück Land, erworben mit dem eigenen Geld.

Aber anstatt sich auszuruhen, fing der neue Hausherr auf Sooniku an zu arbeiten. Das Behauen der Steine, das die ganze Zeit fortgeführt worden war, wurde beendet. Die Menge reichte aus, und jetzt ging es darum, die fertigen Steinbrocken zur rechten Zeit an den rechten Ort zu bringen. Als die Fuhre begann, wollte Rudolf dabei sein, er wollte sehen, wie die Steine auf den Wagen aufgeladen und dort, wo der vorbildliche Schweinestall entstehen sollte, wieder abgeladen wurden. Aber dann kam der erste neblige Morgen. Schaute man aus dem Fenster, war die ganze Umgebung wie in weiße Watte gepackt, in der die Gebäude, Bäume und Sträucher nur zu ahnen waren. Die Stimmen der Menschen, Tiere und Vögel klangen seltsam gedämpft, wie unter Wasser, sie klangen wie aus der Ferne, waren aber doch nah.

Das spricht für Feuchtigkeit, für Grundwassernähe, meinte Rudolf. Aber wie soll es erst im Herbst werden, wenn die Nebel schon im Sommer beginnen? Im Herbst siehst du nichts außer Nebel und Wasserdampf, lebst schier im Wasser, gehst im Wasser, atmest Wasser. Wieder gab es Grund zum Grübeln.

Der Agronom hatte doch recht, als er all das vorausgesagt hatte. Aber damals dachte Rudolf, dass solcherart Wasser und Feuchtigkeit niemals von Dauer sein können, wozu gibt es schließlich entsprechende Gelder, Vereinigungen und Gräben?! Und nun ging er umher und überlegte, wie viele Gräben hier vonnöten wären, damit Feuchtigkeit und Nebel sich in Grenzen hielten. Und wieder fuhr er in die Stadt, diesmal, um einen Fachmann zu holen, mit dem er sich die Sache ansehen und Schritte planen konnte, aber der Fachmann kam nicht, denn er war gar nicht in der Stadt, sondern verreist, im Urlaub. In der Stadt wurde Rudolf wiederum von neuen Sorgen und Erledigungen heimgesucht, und so musste Irma eine weitere Nacht alleine auf Sooniku verbringen. Auch jetzt herrschte Nebel, allerdings nicht so dichter wie beim letzten Mal. Schon am Abend stieg er von Weitem wie Rauch zwischen den Büschen auf, so als würde dort ein heimliches Feuer brennen – es glimmt und kriecht langsam weiter, immer näher auf das Haus zu. Aber ganz heran kommt es nicht, es hält inne, kriecht auf die niedrigeren Feldraine, als wolle es sich den alten Hofgebäuden nähern, doch auch da wagt es sich nicht weiter vor – es zögert, als würde es über irgendetwas nachdenken. Irma kommt es so vor, als würde der Nebel nachdenken, denn auch bei ihr bricht sich Nachdenken Bahn: über ihren Mann, ihre Ehe, ihr Glück, über die Zukunft, die Vergangenheit und die Gegenwart, und das Nachdenken dauert die ganze Nacht, bis der weiße Nebel das Haus umschließt und es aussieht, als würde das Land von innen her Rauch ausstoßen. Aber als der Mann am nächsten Tag eintrifft, Obst und Süßigkeiten mitbringt, der Frau gegenüber zärtlich und aufmerksam ist, als habe er sich den ganzen gestrigen Tag und die Nacht hindurch nach ihr gesehnt, vergisst Irma ihr Nachdenken über die Vergangenheit und Zukunft und gibt sich ausschließlich der Gegenwart hin. Der gestrige und der heutige Tag scheinen nur zum Glücklichsein und Naschen vorgesehen zu sein, es ist nicht zu warm, auch nicht zu kühl, sondern gerade richtig, es bläst ein frischer Nordost, am Himmel ziehen einzelne Wolken dahin, die bereits irgendwie an den Herbst gemahnen, aber die Sonne steht noch hoch und wärmt. Die Bauersleute sind zum ersten Mal im Roggen, der oben auf dem Hügel schon zum Mähen taugt.

Am frühen Abend unternehmen Irma und Rudolf einen Spaziergang, um in der Nacht besser schlafen zu können. Sie schlagen einen weiten Bogen und kommen schließlich an der Landstraße heraus, von wo aus sie nach Hause zurückkehren. Auf dem Hof ist es schon still, aber sie wollen noch nicht ins Haus. Sie stehen am Giebel ihres Hauses und schauen auf das Weideland, als würden sie auf den steigenden Nebel warten. Aber noch ist kein Nebel da, noch nicht.

»Komm, lass uns gehen!«, sagte Irma und zog den Mann an der Hand.

»Wohin?«, fragte Rudolf etwas widerstrebend.

»Du wirst schon sehen«, lockte Irma und zog ihn mit sich.

»Es ist nass, alles ist voller Tau«, sagte der Mann.

»Macht nichts«, sagte Irma.

Und so gingen sie, zuerst am Feldrain entlang, dann über die Weide, gingen auf das Liebesmuseum zu, bis sie direkt davorstanden, da, wo im Frühling die zusammengerollte Kreuzotter gelegen hatte. Die Scheune war halb mit Heu gefüllt, denn noch war nicht alles gemäht und eingefahren worden, das Heu lag flach oder in kleinen Haufen oder stand noch auf dem Halm.

»Eigentlich möchte ich heute gar nicht nach Hause«, meinte Irma.

»Und wohin möchtest du?«, fragte der Mann.

»Hierbleiben«, antwortete Irma, »in die Scheune möchte ich und mich im Heu verkriechen.«

»Aha, deswegen wolltest du hierher«, sagte der Mann.

»Ich möchte so gerne noch einmal hier in der Scheune sein wie damals, erinnerst du dich?«, fragte Irma ihren Mann und schmiegte sich an ihn. »Als ich in der Nacht auf dich gewartet habe und am Fenster saß, kam der Nebel von hier, und da dachte ich, wenn es noch einmal sein soll, dann jetzt, denn jetzt ist der Nebel noch der schöne warme und weiße Dampf und nicht der, der er im Herbst ist. Und jetzt ist hier frisches Heu, erst vor ein paar Tagen eingebracht, warm und knisternd …«

»Sag mal, bist du wirklich noch so ein Kind, oder spielst du mir aus irgendwelchen Gründen etwas vor?«, fragte der Mann.

»Ich – und spielen!«, rief Irma, und als der Mann ihr von Nahem in die Augen sah, standen sie in Tränen.

Jetzt leistete Rudolf keinen Widerstand mehr, sie krochen in die Scheune, obwohl sich ihr Zuhause, wo die Betten warteten, nur wenige hundert Meter entfernt befand. Draußen war es kühl und feucht, in der Scheune aber, im knisternden Heu, schien es wirklich trocken und warm zu sein. Der Mann führte Irma auf dem Heu hin und her, als würde er den besten Platz suchen, und Irma hielt sich an ihm fest, als würde sie sich anders nicht auf den Beinen halten können. Als der Mann stehenblieb, sagte die Frau:

»Lass uns weiter so gehen, weiter durchs Heu stapfen, bis sich im Kopf alles dreht, und wenn wir dann hinfallen, dann ist da der richtige Platz. Mir ist schon ein bisschen schwindlig, wie immer, wenn ich in deiner Nähe bin. Und das frische Heu mit seinem Duft. Erinnerst du dich, wie du sagtest, dass ich nach Klee dufte, und als ich mich über dich beugte, da wurde mir auch schwindlig. Aber das kam von dir, nicht vom Herunterbeugen, ich habe mich damals so schrecklich geschämt, dass es von dir kam. Aber jetzt schäme ich mich nicht mehr, ich fühle mich einfach nur wohl, dass es so ist, und je öfter es so ist, desto wohler …«

Die Frau sprach, und der Mann schwieg, als sie da auf dem weichen Heu herumtraten, als wollten sie es festtreten, um Platz zu schaffen für das frische, das noch nicht eingefahren war. Aber nein, mit dem Heu hatten sie nichts im Sinn, sondern es war die Liebe, die sie wie im Rausch vorantrieb, weiter, weiter, einen Fuß vor den anderen setzen ließ.

»Als ich klein war, hörte ich die Mädchen kreischen, wenn

sie mit den Jungen in die Scheune gingen, um das Heu fest-
zutreten«, sprach Irma weiter, »aber ich habe damals nicht
begriffen, warum. Jetzt weiß ich es: Ihnen war von den
Jungen und dem Heu so schwindlig, als hätten sie Schnaps
getrunken, und dann mussten sie einfach kreischen.«

»Aber du fängst mir hier um Mitternacht nicht an zu kreischen«, warnte der Mann schmunzelnd.

»Nein, Liebster, ich werde immer leiser, je schwindliger
mir wird. Jetzt leg mich ins Heu, es ist genug, jetzt komm zu
mir, ganz nah, dass ich dich spüre, denn ich will dich spüren,
ganz und gar spüren.«

Sie legten sich beide ins Heu, doch das war so locker, dass
die Körper darin ertranken – es war, als fielen sie in einen
Brunnen. Mehrmals musste die Schlafstatt gerichtet und
geordnet werden, ehe man zufrieden sein konnte.

»Fühlst du, wie das Heu glüht?«, fragte die Frau.

»Das bist du, die glüht, nicht das Heu«, antwortete der
Mann.

»Meinst du? Aber das Heu auch«, sagte die Frau. »Lieb
mich, solange ich noch glühe!«

»Ich liebe dich doch, mein Heimchen«, sagte der Mann
beinahe seufzend, als fiele es ihm schwer zu lieben und genauso schwer, darüber zu sprechen.

Aber wie sich bald herausstellte, fiel es nicht nur dem
Mann schwer, sondern auch der Frau. Denn wie auch immer
sie ihre Schlafstatt richteten und ordneten, es wurde nicht so,
wie es hätte sein sollen. Es wurde nicht so, wie es im Herbst
gewesen war, es schien, dass ein Heuschober im Sommer
nicht zum Liebesnest taugte. Sie mochten den Mantel noch
so schön glatt auf dem frischen Heu ausbreiten, aber sowie sie
sich drauflegten, schrumpfte er zu einem Häuflein, Knäuel
oder Strick zusammen, und die Spreu kroch und rieselte

ihnen in die Haare, die Augen, die Ohren, den Kragen, das ganze Heu schien lebendig geworden zu sein, denn es kroch und krabbelte unter den Kleidern weiter, sodass bald etwas in der Taille stach, bald unter den Armen, dann auf der Brust, an den Beinen, an den Armen, überall, so als wäre der ganze Körper übersät mit haarigen und vielbeinigen Insekten. Und wehe, wenn man anfing zu suchen oder zu fangen und sich bewegen musste, dann krabbelte und kroch es gleich zehnfach in die Augen und in den Kragen! Es gab nur eine einzige Möglichkeit: Wickel dir etwas um den Kopf, leg dich still hin und schlaf. Wenn du dann irgendwann erwachst, hast du Zeit genug, um Hals und Kragen von der gesammelten Spreu zu befreien.

Irma wusste von Kind an, dass es sich mit dem Heu, besonders dem frischen, so verhielt. Sie wusste sogar noch mehr, sie wusste, dass mit dem frischen Heu auch zahllose kleine schwarze, braune, bunte und grüne Vielfüßer im Schober Einzug hielten, kleines Getier, das dir überallhin kriecht, wickel dir etwas um den Kopf oder lass es sein, beweg dich oder beweg dich nicht. Aber dieses Wissen und diese Erfahrungen waren Irma gerade abhanden gekommen, sie lebte allein in ihrem Traum und ihrer Erinnerung. Dennoch erwies sich die Wirklichkeit heute stärker als alle Träume und Erinnerungen. Denn was half es, von der Liebe zu träumen, wenn die Küsse mit Spucken endeten, weil irgendwas auf die Lippen geraten war, das heißt, wenn es nicht von alleine dahin geraten war, dann hatte es der Mann in seinem Schnurrbart mitgebracht. So wandelte sich die Trunkenheit in Lachen und Prusten, und die anfängliche Verzauberung wurde zur Erinnerung. Am Ende fragte Irma verzweifelt:

»Warum ist es so, dass in der Vorstellung alles viel schöner ist als in der Wirklichkeit?«

»Deshalb«, antwortete der Mann, »weil in der Vorstellung die stechenden Halme und die beißenden Käfer fehlen.«

»Du verdrehst alles zum Scherz«, sagte die Frau enttäuscht, »Halme und Käfer kann ich mir doch auch vorstellen!«

»Aber du stellst sie dir nicht vor, das ist es«, erklärte der Mann. »Und wenn du sie dir vorstellst, dann stechen die Halme nicht, und sie krabbeln auch nicht, zusammen mit den Käfern, überall hin.«

»Aber warum stechen sie nicht, und warum krabbeln sie nicht überall hin?«

»Wie sollten sie, wenn deine Vorstellung keinen Körper hat! Nicht vorhandene Käfer können doch nicht mit stechenden Halmen, die es ebenfalls nicht gibt, über einen nicht vorhandenen Körper krabbeln.«

»Also wenn etwas nicht da ist, dann ist es besser, und wenn es da ist, ist es schlechter«, sagte Irma nachdenklich. »Wenn du die Liebe nimmst, dann ist die Vorstellung davon besser als die wirkliche Liebe, aber doch gibt sich keiner nur mit den Gedanken an die Liebe zufrieden.«

»Daran siehst du, dass wir das Schlechtere wählen und das Bessere lassen. Ist es dann ein Wunder, wenn das ganze Leben eher schlecht als gut ist?«, folgerte Rudolf.

»Nein, mein lieber Mann«, widersprach Irma, »das Leben ist unsagbar gut und schön. Ich will kein besseres, denn dann wäre es vielleicht zu gut und zu schön.«

»Wenn uns das Heu heute nicht in den Kragen, in Mund und Augen gekrochen wäre, dann wäre zu gut und zu schön gewesen?«, fragte der Mann.

»Was quälst du mich«, sagte Irma bittend. »Bring mich lieber ins Bett, wo es kein Heu gibt.«

Also erhoben sie sich, brachten ihre Sachen halbwegs in Ordnung, zogen sich die Mäntel über und wollten den

Schober verlassen. Der Mann kroch durch die Luke im Tor nach draußen, wo es sich stark abgekühlt hatte. Zwischen den Büschen in Richtung Haus hielten sich leichte Nebelschwaden.

»Trag mich nach Hause, damit ich mir die Füße im Tau nicht nassmachen muss«, bat Irma auf allen vieren in der Tür.

»Auf dem Arm oder Huckepack?«, fragte der Mann.

»Egal wie«, antwortete Irma und fügte hinzu: »Trag mich so, wie es die Wilden tun, wenn sie sich Frauen rauben.«

»Dann muss ich dich ohnmächtig schlagen, damit ich dich wie ein Stück Holz auf den Rücken nehmen kann.«

»Also gut, schlag mich ohnmächtig«, willigte Irma ein, »und trag mich dann auf dem Rücken in dein Wigwam.«

»Erinnerst du dich, vorhin hast du gesagt, was es nicht gibt, ist besser als das, was es gibt. Machen wir es so, als sei es besser: Ich schlage dich nicht ohnmächtig, aber du bist so benommen, als hätte ich dich geschlagen, und so trage ich dich dann in mein Wigwam«, sagte der Mann.

»Gut, ich bin benommen, ohne dass du mich schlägst. Und was nun weiter?«, fragte Irma.

»Jetzt hocke ich mich vor die Luke, und du legst dich quer über meinen Rücken, damit ich dich wie ein Stück Holz tragen kann«, wies der Mann sie an, und als er die Frau quer auf dem Rücken hatte, erklärte er: »Jetzt merk dir, dass ich dich ohnmächtig geschlagen habe und du keinen Schmerz spürst, ich kann dich egal wo und wie festhalten.«

»Gut, pack mich, wo und wie du willst, ich spüre keinen Schmerz«, sagte die Frau.

»Aber mit ohnmächtigen Frauen spricht man nicht, und ohnmächtige Frauen sind ziemlich still, sie schnaufen höchstens ein bisschen«, sagte der Mann.

»Eine ohnmächtige Frau ist ziemlich still, wenn der Mann sie in sein Wigwam trägt«, sagte die Frau.

»So, nun gehe ich los, denn ich habe dich ohnmächtig geschlagen.«

»Liebster, geh schon, ich bin wirklich schon ziemlich hinüber«, sagte Irma.

Also erhob sich der Mann in gebückter Haltung am Scheunentor, die Frau quer über dem Rücken, und eilte mit kurzen Schritten nach Hause, denn die Last war so schwer, dass sie einen schon bald schnaufen ließ, aber es schnaufte nicht die ohnmächtige Frau, wie es eigentlich hätte sein sollen, sondern der in vollem Bewusstsein befindliche Mann. Und die Frau hielt sich tapfer, auch dann, als der Mann ihr beinahe den Mantel über den Kopf riss und sie wirklich wie ein Stück Holz zurechtrückte, denn sie drohte ihm immer wieder vom Rücken zu rutschen. Um das zu verhindern, war der Mann gezwungen, sich nach jedem Zurechtrücken tiefer zu beugen, denn die Tragfläche sollte eine möglichst geringe Neigung haben. Infolgedessen aber engte sich das Sichtfeld des Mannes so ein, dass er nicht mehr sehen konnte, was vor seinen Füßen, sondern nur noch das, was unmittelbar unter ihnen war. So stolperte er zuerst über einen Stubben oder Stein, dann aber geriet eines der müden Beine in ein Loch, das zwar nicht tief war, aber den Mann so bedrohlich schwanken ließ, dass er schließlich mitsamt seiner Last hinstürzte – er lag unten, und die Frau, die zwar lachen musste, aber nicht aus ihrer Ohnmacht erwachte, auf ihm.

»Bleib mir ja hübsch ohnmächtig!«, mahnte der am Boden liegende Mann, »ich werde schon auf die Beine kommen und dich in mein Wigwam tragen.«

Aber als er auf den Beinen war, rutschte ihm die Frau erneut vom Rücken und fiel ins weiche Moos.

»Ich bin ohnmächtig, ich weiß von nichts«, flüsterte sie und blieb liegen, wo sie hingefallen war, umfangen von der Stille der Sommernacht. Nur irgendwo in der Ferne bellte ein Hund, und es rief eine kräftige Männerstimme, die jemanden zu suchen schien.

»Natürlich bist du ohnmächtig und weißt von nichts«, sagte der Mann. »Du hörst auch die Stimme des Mannes nicht, der eine Frau sucht, um sie ohnmächtig zu schlagen, denn er ahnt nicht, wie schwer er es mit einer wachen Frau haben wird, ganz zu schweigen von einer ohnmächtigen.«

Und er machte sich wieder an seine ohnmächtige Frau: küsste sie zunächst in eine noch tiefere Ohnmacht hinein, nahm sie dann auf den Arm und trug sie bis zur Haustür, wo er sie, weil sie ohnmächtig war, an die Wand gestützt abstellte, damit er den Schlüssel aus der Tasche heraussuchen und die Tür öffnen konnte. Dann lud er sich die Frau wieder auf, jetzt aber so, dass er sie an den Beinen hielt und ihm ihr Kopf und die Arme über den Rücken hingen, er lud sie auf und ging hinein und legte sie auf dem Bett ab. Als die Frau nun immer noch nicht aus ihrer Ohnmacht erwachen wollte, zog er ihr die Kleider vom Leib, bis sie nackt wie eine Möhre war, küsste sie von oben bis unten und ringsherum ab, zog ihr das Nachthemd an, verfrachtete sie unter die Decke ins Warme und steckte ihr eine Likörpraline in den Mund. Erst jetzt erwachte die Frau aus ihrer Ohnmacht und sagte:

»Liebster, wenn du wüsstest, wie schön das ist, wenn jemand so mit dir herumhantiert – dich aufnimmt, dich hinlegt und mir dir macht, was er will! Wenn das den Frauen der Wilden auch so gefällt, dann ist es kein Wunder, dass sie sich dafür ohnmächtig schlagen lassen.«

»Was meinst du, gibt es im Wigwam auch ein Bett mit

gefederter Matratze und einer weichen Seidendecke?«, fragte der Mann.

»Wohl kaum, aber das macht nichts«, antwortete die Frau, »Hauptsache, es gibt Liebe.«

»Aus Liebe wird aber niemand ohnmächtig geschlagen«, behauptete der Mann. »Aus Liebe schlägt man nieder oder wird niedergeschlagen – ohnmächtig nur dann, wenn man einen Sklaven haben will.«

»Ach so …«, meinte die Frau ein klein wenig enttäuscht.

Aber als der Mann ins Bett kam, hatte die Frau ihre Enttäuschung bereits vergessen und sagte:

»Weißt du, Liebster, was ich mir wünsche, wenn du so gut zu mir bist? Ich wünsche mir ein Kind von dir! So sehr! Denn ich denke, das Kind wird genauso wie du, und gute Menschen gibt es nur wenige auf der Welt.«

»Liebe ist kein Zeichen von Güte, Liebe ist Liebe«, sagte der Mann.

»Bist du denn nicht gut?«, fragte die Frau.

»Wenn du mich so fragst, bin ich es wahrscheinlich nicht«, antwortete der Mann.

»Nun, dann frage ich nicht mehr«, sagte die Frau.

»Das ist das Vernünftigste.«

Am nächsten Morgen war Rudolfs liebevolle Stimmung verflogen, das merkte Irma sofort und an allem. Wieder plagten den Mann irgendwelche Sorgen und Nöte, ruhelos ging er hin und her, als würde er über den Bau des Schweinestalls grübeln oder über das Behauen der Steine oder über das Trockenlegen des Landes oder Gott weiß worüber. Als Irma ihn schließlich ansprach, stellte sich heraus, dass er eine ganz andere Sache im Kopf hatte, zumindest behauptete er es. Und zwar wollte er die Badefrage auf seinem Grundstück lösen – ohne Tonne und Wanne.

Das Land muss trockengelegt werden, das ist unvermeidlich, denn wie soll man es kultivieren, wenn es nicht trockengelegt ist. Und wenn jetzt Gräben gegraben werden, in denen das Wasser abfließt, dann könnte man das Wasser doch durch einen Badeteich leiten, sodass auch dieser ununterbrochen von frischem Wasser gespeist wird? Das könnte man doch tun, nicht wahr? Wozu also Tonne oder Wanne, wo das Wasser steht – wenn es einen Teich gibt, in dem das Wasser fließt! Also – weder Wanne noch Tonne! Diese schwierige Frage war nun auch gelöst.

Aber es war offenbar nicht die einzige schwierige Frage, die die Sinne und Gedanken des Mannes in Beschlag nahmen, denn er schien sich auch weiterhin den Kopf zu zerbrechen. Ob sie zu Hause waren, ob sie spazieren gingen oder mit den Bauern bei deren Arbeit zusammenkamen, stets hatte Rudolf einen müden und gequälten Gesichtsausdruck, was sogar vom alten Hausherrn, der den Hof mittlerweile als Pächter bewirtschaftete, bemerkt wurde. Er erklärte das sorgenvolle Gesicht des neuen Hausherrn natürlich auf seine Weise, auf Hausherrenweise.

Hausherren und Hausfrauen hätten immer sorgenvolle Gesichter, ohnedem sei es auf dieser Welt gar nicht möglich zu leben. Eine ganz andere Sache sei es mit dem Pächter, wie er jetzt einer ist, denn ein Pächter ist die Hälfte der Sorgen los. Der neue Hausherr muss ein Darlehen aufnehmen, da kommt er nicht drum herum, alle machen es so, aber wie sollst du es machen, wenn du schon alt bist? Wann und womit zahlst du es ab? Ja, der alte Hausherr dachte an die Abzahlung eines Darlehens, bevor er überhaupt eines genommen hätte. So war seine Denkungsart. In seinem Leben gab es kein anderes Ziel, als von seinen Schulden loszukommen, denn sonst gehört der Hof ja nicht dir, sondern dem Gönner. Und jetzt soll er schon wieder Schulden machen? Nein, auf gar keinen Fall! Da hat er den Hof lieber verkauft und ist Pächter geworden, damit war er auch gleich die Sorgen des Hofbesitzers los. Soll ein anderer sich damit abplagen, Besitzer von Sooniku zu sein. Jetzt war es Herr Ikka, und der ging schon tagelang mit finsterer Miene herum, mit starren Augen wie ein Frosch. Auch redete er, als würde er an ganz andere Dinge denken. Für den alten Hausherrn war das durchaus verständlich.

Aber für Irma war es schwer, den Mann zu verstehen, denn sie sah in ihm nicht den Hausherrn, sondern den Mann, den sie liebte und der auch sie lieben sollte, damit all ihre Sorgen verschwanden. Dies aber konnte Irma weder dem alten Hausherrn noch der alten Hausfrau und schon gar nicht dem Mann selbst sagen, denn er verhielt sich wirklich sonderbar: Mal war er so lieb und vertraut, dass sie alles hätte sagen und alles hätte machen können, aber urplötzlich war er so fern und fremd, dass einem ganz unheimlich wurde und man lieber einen großen Bogen um ihn machte.

Irma hatte das schon längst bemerkt, eigentlich schon von Anfang an, wie sie jetzt begriff. Sie interessierte nur noch eine Frage: Wenn jemand anders ihr Mann wäre, zum Beispiel der Kalmhof-Eedi, wäre es dann mit ihm genauso, dass er einmal lieb und vertraut und dann wiederum fern und fremd ist? Und wenn es wirklich mit allen Männern so sein sollte – warum ist das so? Aber eine Antwort auf diese Fragen gab es nicht, eigentlich war sie auch gar nicht nötig, denn es interessierte Irma weniger, ob alle Männer so waren, sondern nur, warum ausgerechnet Rudolf so war. Andere Männer sollten, in Gottes Namen, sein wie sie wollten, wenn einem doch nur der eigene Mann gleichbleibend lieb und vertraut wäre!

Um es dem Mann in seinem Fern- und Fremdsein leichter zu machen, mied Irma unter verschiedenen Vorwänden seine Gegenwart, geduldig auf den Augenblick wartend, an dem der Mann von allein auf sie zukommen würde. Sie ging sogar den Bauern beim Aufstellen der Getreidegarben und beim Heumachen helfen und behauptete dem Mann gegenüber, sie würde es aus Freude an der Sache und zum Zeitvertreib tun, denn ernste, sozusagen sachliche Arbeit habe sie zur Genüge geleistet, jetzt wolle sie herausfinden, wie Arbeit schmeckt, wenn man sie als Spiel, als Bewegung an der frischen Luft ansieht. Das könne der Mann doch verstehen?

Oh ja, der Mann konnte es verstehen! Der Mann verstand alles, was in, an und mit Irma war, nur verstand Irma ihren Mann nicht, das war der Haken an der Sache. Jedenfalls dachte Irma, dass dies der Haken sei – denn würde sie ihn verstehen, dann würden sich alle Probleme ganz von selbst lösen.

XXIII

Schließlich sah es doch danach aus, als würde Irma ihren Mann so langsam verstehen. Wenn sie stundenlang bei der Heumahd gewesen war und der Mann sie abholen kam, schien er ihr um ein Wesentliches vertrauter zu sein als sonst. Das heißt, Irma hatte recht daran getan, den Mann alleine zu lassen, damit er seinen Gedanken in dem Maße nachgehen konnte, wie sein Herz es verlangte. Ein paar Tage Ruhe und Einsamkeit, und der Mann wird bestimmt so, wie Irma ihn haben will. Nur ein bisschen Geduld, und dann ist alles wieder wie früher.

Also übte sich Irma in Geduld und versuchte ihre Zeit so gut es ging totzuschlagen, teils mit Lesen, teils mit Arbeiten, oder sie schaute einfach nur zu, wie die anderen arbeiteten, oder sie schwatzte mit ihnen über Gott und die Welt. Aber eines Tages geschah es, dass der Mann Irma nicht von der Heumahd abholte, und als sie nach Hause kam, fand sie auf dem Tisch ein paar Zeilen vor, die besagten, dass der Mann in die Gemeindeverwaltung gegangen war, um ein dringendes Telefongespräch mit irgendjemandem in der Stadt zu führen. Da die Gemeindeverwaltung nur zwei, drei Kilometer entfernt war, wenn man den kürzesten Fußweg nahm, musste der Mann bald zurück sein. Und doch war er es nicht – nicht einmal am nächsten Morgen war er zurück.

Er war auch früher auf diese Art fort geblieben, aber nie hatte es auf Irma so gewirkt wie diesmal. Deshalb wartete sie den nächsten Tag bis zum Abend, und als der Mann auch dann nicht gekommen war, machte sie sich reisefertig und ging zur Landstraße, um auf den Abendbus zu warten, der sie in die Stadt bringen würde. Dort angekommen, eilte sie auf schnellstem Wege in ihre Wohnung. Aber als sie sie betreten wollte, gelang es ihr nicht, denn außer dem Sicherheitsschloss war die Tür entweder zusätzlich von innen verriegelt, oder der Schlüssel vom einfachen Schloss war noch ein zweites Mal umgedreht worden und steckte von innen. Irma klingelte – sie klingelte einmal, klingelte zweimal, wartete ein Weilchen und klingelte dann noch ein drittes Mal, diesmal sehr lange.

Und plötzlich befiel sie ein schrecklicher Verdacht, denn ihr war, als hätte sie in der Wohnung etwas gehört. Sie lief die Treppe hinunter zum hinteren Aufgang, der zu den Küchen führte, und in dem Moment, als sie um die Hausecke bog, trat eine Frau aus jener Tür und strebte mit eiligen Schritten dem Hoftor zu. Obwohl es keinen Beweis dafür gab, ging Irma ein so schmerzhafter Stich durchs Herz, als sei diese Frau durch die Hintertür ihrer Wohnung gekommen. Sie lief die Treppe hinauf, doch an der Küchentür war alles still. Um sicher zu gehen, klopfte Irma auch an diese Tür, wieder mehrmals und von Mal zu Mal lauter. Und gerade, als sie gehen wollte, ertönten Schritte, und die Stimme ihres Mannes fragte:

»Ist da jemand?«

Irma antwortete nicht. Es war ihr plötzlich peinlich, so hinter der eigenen Küchentür zu stehen und Einlass zu begehren. Und als der Mann noch einmal gefragt hatte, ob da jemand sei, öffnete er die Tür.

»Du –«, sagte er im Tonfall der Verwunderung, als er seine Frau erblickte, aber Irma fühlte, dass der Mann kein bisschen verwundert, sondern lange im Voraus sicher gewesen war, wen er hinter der Tür vorfinden würde. »Ich laufe von einer Tür zur anderen, aber nirgendwo antwortet jemand, obwohl es klingelt und klopft«, sagte der Mann. »Aber komm doch herein, du stehst ja hier wie eine Fremde.«

Irma trat über die Schwelle, zuerst in die Küche, von da in den Flur, vom Flur ins Speisezimmer, vom Speisezimmer ins Wohnzimmer.

»Das heißt, die Frau kam doch von hier, aus unserer Wohnung, von dir«, sagte Irma leise, wie zu sich selbst, den Rücken zum Mann gekehrt.

»Was für eine Frau?«, fragte der mit der gleichen geheuchelten Verwunderung.

»Die Frau, die über die Hintertreppe herunterkam, als ich um die Hausecke bog«, erklärte Irma, immer noch mit dem Rücken zum Mann.

»Nun rede doch kein kindisches Zeug!«, sagte der Mann, als sei er beleidigt, weil die Frau ihn so verdächtigte.

»Warum hattest du die Wohnungstür doppelt und dreifach verschlossen, sodass ich gar nicht hereinkam?«, fragte Irma und drehte sich um, weil sie dem Mann jetzt ins Gesicht sehen wollte.

»Ich halte die Wohnungstür immer so verschlossen, wenn ich alleine zu Hause bin: Sicherheitsschloss, einfaches Schloss, Riegel und Kette«, erklärte der Mann.

»Aber es ist doch noch gar nicht Nacht«, sagte Irma.

»Ich war aber dabei, schlafen zu gehen«, erklärte der Mann, »und wollte vorher noch lüften und habe die Fenster aufgemacht.«

»Um vor meinem Eintreffen noch schnell den fremden Duft loszuwerden, nicht wahr?«, sagte Irma, denn der fremde Duft war der Grund dafür, dass sie dachte, die Frau müsse von hier gekommen sein und von nirgendwo anders.

Der Mann antwortete nicht mehr, als würde er den Worten seiner Frau recht geben, die sich nun aufs Sofa setzte und anfing zu weinen – sie saß da, in Hut und Mantel, so als habe sie beides vergessen abzulegen, ebenso die Handtasche, die achtlos auf ihrem Schoß lag und schließlich auf den Fußboden rutschte. Auch der Mann nahm Platz, aber von der Frau weit entfernt, in der anderen Zimmerecke. Die Zeit verging, die Frau weinte still vor sich hin, und der Mann starrte, ohne ein Wort zu sagen, auf den Fußboden. Schließlich, als der Tränenfluss halbwegs versiegt war, sagte Irma:

»Das heißt, wir sind da angekommen, wo wir schon einmal waren.«

»Ach Liebes, wenn du wüsstest, wie schrecklich das ist«, seufzte der Mann. Aber diese Redensart ärgerte die Frau, und sie antwortete:

»Du weißt ganz bestimmt nicht, wie schrecklich es ist, denn wenn du es wüsstest, würdest du es nicht tun!«

»Ich weiß es«, erwiderte der Mann kurz und fügte, als wolle er über etwas anderes sprechen, hinzu: »Dürfte ich dich um etwas bitten?«

»Ich weiß wirklich nicht, ob es angebracht ist, dass du mich noch um etwas bittest«, antwortete Irma.

»Lass uns weggehen von hier«, sagte der Mann. »Ich mache die Fenster zu und …«

»… der liebgewordene Duft bleibt hier«, versetzte Irma spitz.

»Wenn du das meinst«, sagte der Mann jetzt, »dann reiße ich sämtliche Fenster auf, und wir gehen in die Küche, sitzen dort oder im Dienstmädchenzimmer, das ja einmal dein Zimmer war.«

Und der Mann ging daran, alle Fenster und Luken zu öffnen, damit von dem fremden Duft keine einzige Spur mehr bliebe. Danach nahm er seine Frau sanft und höflich bei der Hand und bat sie, aus dem Zugwind zu gehen. Als sie in die Küche kamen, setzte er Irma auf einen weichen Stuhl und sagte zu ihr:

»Wenn die Zimmer gelüftet sind, lass uns wegfahren, aufs Land, da ist alles noch rein und unberührt.«

»Jungfräulich, wolltest du sagen, nicht wahr?«, fragte Irma spöttisch, denn ihre Stimmung war nun vollends bitter und gallig.

»Mach dich wegen dieses Wortes nicht lustig über mich«, bat der Mann, »denn wenn ich es benutze, dann meine ich es auch wirklich so. Du denkst natürlich – und du hast ein Recht dazu –, dass ich nur schöne Worte mache, ohne mir dabei etwas zu denken, vielleicht weil ich nichts Besseres zu tun habe.«

»Ja, ich glaube wirklich so langsam, dass alles, was du mir sagst, woher auch immer kommt, nur nicht aus dem Herzen«, sagte Irma. »Auch das, was du tust, steht mit wer weiß was im Zusammenhang, keinesfalls aber mit Gefühlen. Du tust alles offenbar nur dazu, um mich an der Nase herumzuführen und zu betrügen. Wie gerade neulich: Wozu hast du mir den Brief dagelassen, dass du ins Gemeindehaus telefonieren gehst? Nur um mich zu beruhigen und dass ich dir nicht so bald in die Stadt folge, nicht wahr?«

»Ach, Liebes, es ist nicht so, wie du denkst. Deiner Meinung nach tue ich nichts anderes, als Pläne auszuhecken, wie ich dich am besten betrügen kann.«

»Du hast nie etwas anderes getan, weder in unserer Ehe noch davor!«, gab Irma zurück.

»Als ich den Brief schrieb, den ich dir auf dem Tisch hinterlassen habe«, erklärte der Mann, als seien die Worte der Frau an seinen Ohren vorbeigerauscht, »da meinte ich

wirklich das, was ich geschrieben habe: Ich gehe in die Gemeindeverwaltung, um zu telefonieren ...«

»Aber mit wem und weswegen musstest du denn so dringend telefonieren?«, unterbrach ihn Irma.

»In dem Moment, als ich den Brief schrieb, wusste ich es
nicht«, antwortete der Mann, »aber ich hatte das Gefühl,
dass es sich auf dem Weg in die Gemeindeverwaltung her-
ausstellen würde, genauer gesagt – eigentlich stand es bereits
fest, nur fiel es mir im Moment des Schreibens nicht ein. Ich
hatte das Gefühl, als müsse ich da anrufen, wo ich derzeit unter gar keinen Umständen anrufen durfte, und dann dachte
ich noch, dass es gut ist, dass ich diesen Brief schreibe, denn
damit gebe ich gewissermaßen ein Versprechen ab, das ich
mit meinem Anruf nicht brechen kann. Aber als ich in der
Gemeindeverwaltung ankam, hatte ich den Brief, das heißt,
mein Versprechen völlig vergessen, und als ich den Hörer ergriff, rief ich ohne zu zögern den Standplatz an und bestellte
mir ein Auto. Dabei dachte ich: Aha, das Auto war es, auf das
ich zunächst nicht gekommen war. Stell dir vor, ich dachte
nicht: Aha, das Auto war es, auf das ich beim Briefschreiben
nicht gekommen war – nein, ich dachte nur vage ›zunächst‹,
als habe es den Brief mit dem Versprechen nie gegeben.
Trotz alledem wusste ich beim Schreiben des Briefes wirklich
nicht, warum ich telefonieren musste. Aber als ich dann im
Auto saß, da fiel mir der Brief wieder ein, und ich dachte
auch daran, dass er sozusagen ein Versprechen bedeutete,
aber jetzt nützte es nichts mehr. Denn was sollte ich machen?
Das Auto wenden lassen und nach Sooniku zurückfahren?
Das wäre doch lächerlich gewesen: In der Gemeindeverwaltung oder sonstwo zu sitzen und zu warten, bis das Auto
nach etlichen Kilometern bei mir ankommt, nur damit es
mich gleich wieder zurück nach Hause fährt? Wenn ich das

wirklich getan hätte und du es mit eigenen Augen gesehen hättest, dann hättest du gedacht, was mich wohl gebissen hat oder ob ich verrückt geworden bin, irgend so etwas hättest du ganz gewiss gedacht. Also blieb mir nichts anderes übrig als weiterzufahren, ob ich wollte oder nicht. Es gab noch eine Möglichkeit – das Auto unterwegs anzuhalten, zu zahlen, es weiterfahren zu lassen und zu Fuß nach Hause zurück zu kommen, zur Strafe, dass ich das Auto überhaupt aus der Stadt angefordert hatte. Auch an diese Möglichkeit habe ich gedacht. Aber hätte ich das getan, dann hätte mich wiederum der Chauffeur für verrückt erklärt, und das wäre mir nicht gleichgültig gewesen, denn er kannte mich, ich bin ja schon oft mit ihm gefahren. Wie dem auch sei, letztlich hätte ich mich doch über die Meinung des Chauffeurs hinweggesetzt, ich wollte ihm auch schon den Befehl zum Anhalten geben, aber dann kam mir plötzlich in den Sinn, dass ich, bevor ich mich bestrafe, wissen muss, wie groß die zu erwartende Strafe sein wird, und deshalb fragte ich, wie viele Kilometer wir schon gefahren seien. ›An die fünfzehn‹, antwortete der Chauffeur, was mich wie ein Schlag traf. Was, sagte ich mir, nur weil ich entgegen meinem Versprechen ein Auto aus der Stadt angefordert habe, soll ich zur Strafe fünfzehn Kilometer zu Fuß gehen, und dazu noch mit meinen Hühneraugen?! Das war unerhört! Das war unmöglich! Selbst du hättest das von mir nicht verlangt, wenn du dagewesen wärst und ich dich gefragt hätte, was du dazu meinst.«

»Du musst in deinem Leben schon viel gelogen haben, dass dir das alles so leicht über die Lippen kommt«, sagte Irma.

»Du meinst, ich lüge?«, fragte Rudolf. »Aber warum sollte ich lügen? Ich versuche doch nicht einmal, mich zu verteidigen, zu entschuldigen oder zu rechtfertigen, sondern erkläre nur, wie alles zustande gekommen ist, beinahe ohne mein

Zutun. Begreifst du überhaupt, warum ich es so reinen Herzens zugebe? Damit du siehst, was für ein hoffnungsloser Fall ich bin, das ist alles. Nur fatal, dass du mir nicht glauben willst. Mit alldem, was ich getan habe, habe ich das letzte bisschen Vertrauen in dir zerstört, und jetzt hältst du auch meine Worte, vielleicht die einzige Wahrheit in meinem Leben, für eine Lüge. Ich weiß bald überhaupt nicht mehr, wie ich mich äußern soll, damit du auch nur im Geringsten verstehst, mit wem du es zu tun hast. Du glaubst offenbar immer noch – und das ist sozusagen der einzige Glaube an mich –, dass ich nicht anders, nicht besser zu dir sein will, genauer gesagt – ich will nicht besser zu dir sein wollen. Aber ich bin nicht imstande zu wollen, selbst wenn ich wollte, das ist die ganze Erklärung. Oder glaubst du, dass ich nicht verstehe, wie schön und rein das Leben sein könnte, wenn wir danach leben würden, wie du die Liebe und alles andere verstehst? Ich sage mit Absicht ›alles andere‹, denn wenn ich etwas näher bezeichnen würde, würde ich nur wieder beißenden Spott von dir ernten. Ich verstehe dich und weiß, dass du im Leben viel Freude und vielleicht auch Glück haben könntest, aber mit mir wirst du weder das eine noch das andere haben.«

»Das ist schon wieder eine von deinen Lügen«, erwiderte Irma. »Ich habe bei dir in dieser kurzen Zeit um ein Vielfaches mehr Glück und Freude gehabt als in meinem ganzen bisherigen Leben. Besser gesagt, ich habe im Leben nie mehr Freude und Glück gehabt als bei und mit dir.«

»Zieh deine Sorgen und dein Leid ab, wie viel Freude und Glück bleibt da noch?«, entgegnete der Mann.

»Warum sollte ich Sorgen und Leid abziehen?«, fragte Irma.

»Der Grund ist ganz einfach«, antwortete der Mann, »wenn du es nicht heute tust, dann tust du es morgen, und wenn du es morgen nicht tust, dann tust du es übermorgen, aber über-übermorgen ganz bestimmt.«

»Ich tue es nie«, beteuerte Irma.

»Ach, liebes Kind …«

»Ich bitte dich, lass dieses Wort«, sagte Irma bitter, »ich bin kein Kind mehr, sondern eine Frau, die liebt.«

»Verzeih, ich wollte dich nicht verletzen«, sagte der Mann. »Natürlich bist du eine Frau, die liebt, aber du sprichst über die Liebe, als seist du noch ein Kind. Du weißt noch nicht, dass in einer Liebe, die mit Sorgen und Leid beginnt, nur Letzteres wachsen wird und zwar so lange, bis die Freude und das Glück, die ursprünglich mit den Sorgen und dem Leid einhergingen, abnehmen, bis eines Tages nichts mehr davon übrig ist. Was bleibt, sind Sorgen und Leid ohne Freude und Glück, und so ist, wenn du dein Leid und die Sorgen von irgendetwas abziehen wolltest, nichts mehr da, von dem du es abziehen könntest.«

»Ich bin glücklich mit dir, auch dann, wenn ich zu leiden habe«, sagte Irma.

»Das sagst du so, solche Weisheiten kennt man nur aus Büchern oder Filmen, denn wenn wir jung sind, lieben wir alle die großen und starken Worte«, sagte der Mann. »Aber im Leben kommt es oft anders. Im Leben hilft kein Buch und kein Film, und genau das ist die Tragik des Lebens.«

»Dann bin ich eben so beschaffen, als sei ich aus einem Buch oder Film«, fuhr Irma starrsinnig fort.

»Du irrst dich«, widersprach der Mann. »Niemand würde ein einziges Buch lesen oder einen einzigen Film anschauen, wenn er darin nicht mehr finden würde als das Leben, so wie es ist. Und wenn es Menschen geben sollte, die sich wirklich nur wie aus einem Buch oder einem Film fühlen, dann enden sie genauso plötzlich wie ein Buch oder Film. Natürlich, solche Menschen gibt es, aber ich glaube nicht, dass du einer von denen bist.«

»Doch bin ich einer von denen«, versetzte Irma trotzig.

»Dann ist es sinnlos, weiter zu reden«, meinte der Mann, »denn über Bücher und Filme kann man erst dann reden, wenn man sie gelesen oder gesehen hat.« Damit ließ er die Frau in der Küche sitzen und ging ins Zimmer. Kurze Zeit darauf kam er zurück und sagte: »Ich denke, dass die Luft ziemlich rein ist, aber für alle Fälle solltest du mitkommen und entscheiden, ob man die Fenster schon schließen kann. Sei so gut und komm, du mein Buch, du mein Film«, schloss der Mann scherzend.

»Was hast du es leicht auf dieser Welt, bei dir ist alles nur ein Scherz«, seufzte Irma, als sie sich vom Stuhl erhob.

»Weißt du denn nicht, dass diejenigen, die stets und ständig scherzen, in Wirklichkeit die traurigsten Menschen auf der Welt sind?«, fragte der Mann.

»Auf dich trifft das aber nicht zu«, entgegnete Irma.

»Dann hast du wohl noch gar nicht bemerkt, dass ich nie froh, sondern höchstens fröhlich bin, dass ich nicht die Freude suche, sondern die Zerstreuung anstelle des Glücks«, gab der Mann zu verstehen.

Jetzt erst begriff Irma, wovon der Mann sprach, und sie fühlte einen stechenden Schmerz im Herzen, als sähe sie die Kluft zwischen sich und dem Mann, die Kluft, die von Anfang an da gewesen war, nur dass sie sie nicht bemerkt hatte. Sie bekam plötzlich weiche Knie und musste sich auf den nächstbesten Stuhl setzen, ehe sie fragen konnte:

»Das heißt, du bist die ganze Zeit – vor und auch nach unserer Ehe – niemals froh und glücklich gewesen?«

»Liebes, sag erst einmal, ob sich der Duft schon verzogen hat«, antwortete der Mann hierauf.

»Herrgott!«, rief Irma. »Er redet von Duft! Was hat denn der Duft noch zu bedeuten, wenn du nicht einen einzigen Tag, nicht einen einzigen Augenblick, glücklich und froh mit mir gewesen bist!«

»Ich habe mich bei dir wohlgefühlt, unsagbar wohl, genügt das nicht?«, fragte der Mann.

»Wohlgefühlt! Und jetzt fühlst du dich nicht mehr wohl?«, fragte die Frau zurück.

»Könnte ich bitte die Fenster schließen, ehe wir weiterreden?«, fragte der Mann.

»Von mir aus kannst du sie zumauern, mir ist das völlig egal!«, rief Irma, denn ihrer Meinung war es unerhört, dass Rudolf von irgendwelchen Fenstern sprach, wenn es doch um ihrer beider Lebensglück ging. Aber der Mann hantierte mit diesen vermaledeiten Fenstern, als würden Freude und Glück wirklich mehr von ihnen als von der Antwort auf die Fragen seiner Frau abhängen. Und nachdem er die Fenster sorgfältig geschlossen hatte, machte er sich reisefertig.

»Du willst mir also nicht antworten?«, fragte Irma.

»Es ist doch einerlei, ob ich antworte oder nicht, dadurch ändert sich doch nichts«, erklärte der Mann. »Gehen wir lieber weg von alledem hier, lass uns aufs Land fahren, da haben wir Zeit genug zu fragen und zu antworten.« Als sich die Frau nicht rührte, trat der Mann zu ihr, nahm sie an der Hand und sagte: »Bitte, komm, lass uns fahren!« Also stand Irma auf, und sie fuhren gemeinsam fort.

»Ich sollte nirgendwohin fahren«, sagte Irma auf der Treppe, »aber ich kann dir nicht widerstehen, wenn du mich bittest.«

»Wir können auch bleiben, wenn du unbedingt willst«, sagte Rudolf und verlangsamte den Schritt.

»Ach was, lass uns gehen, da wir nun schon zur Tür hinaus sind«, antwortete Irma und zog den Mann mit sich.

So fuhren sie aufs Land, fuhren in das Haus, das vom Sumpf des Lebens noch rein und unberührt war. Aber auch da konnte Irma die Worte ihres Mannes nicht vergessen, die er über die Freude und das Glück gesagt hatte, denn sie kreisten ihr im Kopf herum, im Herzen und im Blut. So lange zusammen mit ihm — und erst jetzt erfährt Irma, dass er nie glücklich war! Was ist es denn, was um Irma herum geschieht? Alles nur Einbildung? Aber das kann doch nicht sein, das ist bestimmt wieder eine von diesen vielen Lügen, mit denen der Mann sie die ganze Zeit eingewickelt hat. Webt ein Lügennetz wie eine Spinne … nein, wie eine Seidenraupe.

Richtig, als Seidenraupen hatte Lonni die Männer bezeichnet, die nichts anderes tun als lügen.

»Wie gern würde ich wissen, was bei dir Lüge und was Wahrheit ist, ob überhaupt ein einziges Körnchen Wahrheit in dir steckt«, sagte Irma, als sie in ihrem neuen Haus auf Sooniku jeder in seinem Bett lagen. Ja, heute war es der erste Abend in ihrer Ehe, dass zum Schlafengehen jeder in sein eigenes Bett kroch.

»Das möchte ich manchmal selber wissen«, lautete die Antwort.

»Ach, du weißt selber nicht, was du mir vorlügst?«, fragte Irma. »Du weißt selber nicht, ob es wahr oder gelogen ist, wenn du sagst, dass du mit mir noch nie glücklich gewesen bist?«

»Meine Worte sind nicht mehr so ganz die meinen, wenn sie durch deinen Mund gegangen sind«, sagte der Mann und drehte sich auf die Seite, die der Frau zugewandt war, denn bis jetzt hatte er auf dem Rücken gelegen und an die Decke gestarrt. »Ich habe doch nicht gesagt, dass ich mit dir nicht glücklich gewesen bin, das heißt, in deiner Gesellschaft; ich habe gesagt, dass ich nie glücklich gewesen bin, das heißt, auch vor deiner Zeit nicht. Es betrifft dich nur insofern, als sich dieser Zustand auch während deiner Zeit nicht verändert hat – ich habe kein Glück gefunden. Ich habe gehofft und geglaubt, dass du es mir bringen könntest, aber ich habe mich geirrt, wie schon so oft.«

»Also hat dir die Ehe mit mir nichts gegeben«, folgerte Irma und fragte dann: »Begreifst du eigentlich, was du mir da in aller Herzensruhe sagst?«

»Von meinem Herzen möchte ich jetzt nicht sprechen«, antwortete Rudolf, »denn es ist ein schlechter Ratgeber, zumindest für mich, aber was das Begreifen meiner Worte betrifft, weiß ich recht gut, was ich sage. Früher oder später hätte ich es dir doch sagen müssen, also besser heute als morgen. So denke ich. Und das um deinetwillen.«

»Wenn es um mich geht, dann ist es heute schlechter als morgen und morgen schlechter als übermorgen«, widersprach Irma. »Am besten, wenn es nie zu diesem großen Sagen gekommen wäre!«

»Du hast es selber dazu kommen lassen«, sagte der Mann.

»Wie das?«, fragte Irma verwundert und drehte sich ebenfalls zu ihrem Mann um, sodass sie jetzt nahe beieinander und einander zugewandt lagen. Ihre Gesichtszüge erkannten sie nur verschwommen, denn die Nächte waren bereits herbstlich düster, zu sehen war nur der Glanz ihrer Augen.

»Du hättest mich sein lassen sollen, wie ich war und wie ich imstande war zu sein, dann wäre es nicht zu diesem großen Sagen, wie du es nennst, gekommen«, erklärte der Mann. »Du wusstest doch, wie ich als Junggeselle war, du sahst auch, was ich für Großtaten als Schürzenjäger vollbrachte, und daran hättest du sehen können, wie ich bin und was du von mir zu erhoffen hast. Daraus hättest du deine Schlussfolgerungen ziehen müssen, und zwar ohne ein Wort zu sagen, denn Worte haben noch keinen Menschen verändert. Ich jedenfalls habe es nicht vermocht, mich durch irgendwelche Worte zu ändern.«

»Du redest, als hättest du kein Herz im Leibe«, sagte Irma, und ihre Augen füllten sich mit Tränen. »Ich hätte dich gehen lassen sollen, das meinst du?«

»Entweder gehen lassen oder selber gehen«, sagte der Mann. »Aber du tatest weder das eine noch das andere, also musste ich dir sagen, was ich eben gesagt habe.«

»Du sprichst, als sei ich ein Stück Holz oder gerade dabei, eins zu werden. Aber glaub mir, mein lieber Mann – so wahr mir Gott hilft, du bist mir trotzdem lieb, was für ein Strolch auch immer du in den Augen der Welt sein willst, und deshalb glaube mir, wenn ich dir sage: Ich bin nicht aus Holz, und du schaffst es nicht, mich dazu zu machen, ich werde dich immer und immer lieben. Ich liebe dich so, dass ich nicht einmal imstande bin, auf die Frauen neidisch zu sein, mit denen du mich betrügst.«

»Es lohnt sich auch nicht, sie zu beneiden«, sagte Rudolf daraufhin. »Es ist nur schrecklich schade, dass du deine Liebe auf einen wie mich verschwenden musst.«

»Ich bitte dich, sprich nicht so«, sagte Irma, »es wird nichts nützen, ich liebe dich trotzdem.«

»Das kann doch nicht ewig so gehen«, sagte der Mann, »du musst darüber hinwegkommen, ich bin nicht der Mann fürs Leben, das siehst du doch genauso ein wie ich. Wir beide sind in einem fatalen Irrtum gefangen.«

»Ich bin in keinerlei Irrtum gefangen«, widersprach Irma ihrem Mann, während sie, den Kopf ins Kissen gepresst, bitterlich weinte.

»Doch, das bist du, nur weißt du es noch nicht«, sagte der Mann. »Du liebst mich doch deshalb, weil du jung

bist und lieben willst, sogar musst. Junge Mädchen lieben
Puppen, Hunde und Katzen, wenn sie noch keinen Mann
haben, den sie lieben können, und wenn eine Frau alt wird
und keine Liebe zum Mann mehr in Reichweite ist, dann
fängt sie wieder an, Hunde und Katzen zu lieben – denn
sie muss lieben.«

»Also bist du für mich der Ersatz für Hund und Katze,
ja?«, fragte Irma verärgert.

»Vermutlich«, antwortete der Mann.

»Kannst du dir nicht noch Abwegigeres ausdenken?«, fragte Irma jetzt.

»Ich könnte«, antwortete der Mann, »aber auch das wäre
nicht abwegig und auch nicht erdacht, sondern eine Tatsache. Es gibt auch junge Mädchen, die mangels Hunden
oder Katzen Raupen lieben, aus denen dann Schmetterlinge
werden. Darin liegt sogar Poesie, denn die Entwicklung der
Raupe erinnert sehr an die Entwicklung der Liebe.«

»Aha, jetzt bist du also schon eine Raupe! Was kommt
denn noch? Wohin willst du dich noch entwickeln?«, fragte
Irma und hob den Kopf, um den Mann anzusehen, aber in
der Dunkelheit sah sie nichts als eine verschwommene Gestalt und so etwas wie den Glanz zweier Augen.

»Das ist es ja – ich entwickle mich nicht mehr«, sagte der
Mann, »die Liebesraupe bin und bleibe ich. Mir wachsen keine Flügel mehr, ich bleibe, bildlich gesprochen, ein Wurm.
Und es tut mir leid, dass du einen Wurm liebst. Und weißt
du, meine Teure – ich sage absichtlich ›Teure‹, denn du bist
mir lieb und teuer …«

»Und trotzdem tust du das alles?«, fragte Irma fassungslos.

»Und trotzdem tue ich es«, bestätigte der Mann. »Ich
wollte, ich könnte anders, aber ich begehe Gemeinheiten,

und das ist noch gelinde ausgedrückt. Ich bekenne das alles nur deshalb, weil ich dich liebe. Wirklich, ich bin zu der Erkenntnis gekommen, dass ich dich doch liebe, mein Heimchen. Ich bin nichts als ein Wurm, aber ich liebe, das ist unglaublich.«

»Du liebst mich, aber willst mich loswerden«, sagte Irma. »Das ist wahrlich eine schöne Liebe!«

»Daran siehst du doch, wie flügellos ich bin«, erklärte der Mann. »Mit der Liebe ist es so, dass sie den Menschen entweder besser und reiner macht, oder sie zieht auch den anderen, den Geliebten, mit hinein in den Lebensschmutz. Ich gehöre zu denen, die mit ihrer Liebe Letzteres tun: Ich ziehe auch dich schließlich dahin, wo ich selber stehe.«

»Mach mit mir, was du willst und zieh mich, wohin du willst, nur lieb mich«, bat Irma. »Ich will Liebe.«

»Die Liebe, die du ersehnst, habe ich nicht zu bieten, das ist es, was du begreifen musst, das ist es, weswegen du von mir weggehen musst, selbst dann, wenn ich dich bitten würde zu bleiben. Geh um deinetwillen, nicht um meinetwillen, geh möglichst bald, denn gehen wirst du ohnehin.«

»Ich gehe nicht«, erklärte Irma. »Solange ich dich liebe, gehe ich nicht.«

»Alle jungen Frauen lieben auf die gleiche Weise«, sagte der Mann traurig, »alle glauben an ihre Liebe und beschwören sie, selbst dann noch, wenn sie gar nicht mehr da ist.«

»Meine Liebe ist und bleibt da«, gab Irma trotzig zurück.

»Deine Liebe, wie sie bis jetzt war, gibt es nicht mehr, und so, wie sie jetzt ist, wird sie nicht bleiben« sagte der Mann. »Wenn du von Anfang an gewusst hättest, dass ich dich seit jeher betrogen habe, dich vor der Ehe betrog, was du nicht weißt, und dich in der Ehe betrog, was du weißt, dann hättest du mich nie geliebt. Deine Liebe war nur deshalb möglich, weil du an die Wirkung deiner Jugend und Unschuld auf mich geglaubt hast. Dies hast du mit vielen anderen Frauen gemein: die Hoffnung, dass durch deine jungfräuliche Liebe ein anderer Mensch aus mir wird, der rechtschaffener und besser ist als der bisherige. Das hast du geglaubt, als du dich in mich verliebtest. Aber das ist von Anfang bis Ende ein Irrtum, das heißt, dass auch deine Liebe ein Irrtum ist. Diesen Irrtum zu vergrößern, dazu trugen deine Armut bei und deine Träume, die sich aus der Armut speisten, und mein Reichtum, ja, mein Reichtum, denn im Vergleich zu dir war ich reich. Wegen meines Reichtums hast du mir alles verziehen, anders gesagt, du warst blind und hast nicht mehr gesehen, was um dich herum geschah. Diese Blindheit hält bis heute an, und deshalb bemühe ich mich wahrscheinlich vergeblich, dir die Augen zu öffnen. Zu alledem kommt noch etwas hinzu – die Scham, ohne sie gibt es keine Liebe. Die Scham sitzt auf der Schwelle der Liebe: Kommt die Liebe, bezaubert sie, geht die Liebe, quält sie. Bei dir ist die Zeit der Qual angebrochen. Du denkst: Was werden die Verwandten, die Freunde und Bekannten sagen, wenn sie dich so sehen, und was machen sie, wenn sie merken, dass deine Liebe am Ende ist. Diese Gedanken gehen dir ganz bestimmt durch den Kopf, wenn du von deiner Liebe zu mir sprichst. Ich kenne Menschen, die keinen anderen Grund zum Lieben haben als ihr Hab und Gut und ihre Scham vor den Mitmenschen, und ich habe manchmal gedacht, ob es die Liebe als solche überhaupt gibt, das heißt, gibt es ein Gefühl, das von keinerlei Bedingungen abhängt, also weder vom Hab und Gut noch vom gesellschaftlichen Stand, von Beziehungen und so weiter, und die nur deshalb entflammt, weil es gewisse Augen gibt, eine gewisse Stimme, gewisse Bewegungen, ein Lächeln, den Gang, die Haltung, das Fließende der Glieder und Rundungen, mit einem Wort, die reine Person, ohne jegliche Kleider und andere Zusätze. Ich habe versucht, mich zu erinnern, ob ich solch eine reine Liebe jemals im Leben erfahren habe, und ich bin zum Ergebnis gekommen, dass es nicht der Fall war, kein einziges Mal. Was ich erfahren habe, war eine Liebe, die nicht zu der Gattung gehört, die man für gewöhnlich Liebe nennt, das heißt, in der es Träume, Sehnsucht, Vergötterung, mit einem Wort: Romantik gibt. Und weil es so ist, dass es die Liebe, die reine Liebe, gar nicht oder nur höchst selten gibt, darum ist ein so großer Teil davon bestimmt für die Zusätze, wie Kleider, Hüte, Ringe, Edelsteine, Pelze, Brautkränze und sogar Lorbeeren. Sie alle bezeugen, wie wenig Liebe es auf der Welt gibt.«

»Wozu erzählst du mir das?«, fragte Irma. »Ich habe von dir doch nichts dergleichen verlangt.«

»Natürlich nicht«, antwortete der Mann, »aber ich habe gedacht, wenn ich eines schönen Tages nichts mehr besitzen sollte …«

»… dann würdest du sehen, dass ich dich nach wie vor liebe«, fiel Irma ihm ins Wort.

»Nehmen wir an, ich besäße absolut nichts«, fuhr der Mann fort, als habe er die Worte der Frau überhört, »und du, als meine Frau, müsstest dir deinen Lebensunterhalt selber verdienen. Wenn man Vermögen hat, kann man solche Mutmaßungen anstellen, nicht wahr? Aber könnte man ebenso mutmaßen, dass ich dadurch eines schönen Tages ein ordentlicher Mensch werden würde, das heißt, ein treuer und redlicher Ehemann? Nein, das kann man nicht. Die Veränderung der Vermögenslage würde mich als Mensch nicht verändern. Was meinst du, wie lange würdest du meinen liederlichen Lebenswandel ertragen, wenn du gezwungen wärst, dir mühsam den Lebensunterhalt zu verdienen, während ich mich, mit wem auch immer, in der weiten Welt herumtriebe?«

»Mutmaße lieber, dass ich auch dich noch ernähre und kleide, das ist noch schrecklicher und unmöglicher«, sagte Irma.

»Das wäre natürlich noch schrecklicher, aber nicht unmöglich«, antwortete der Mann, »denn solche Ehen gibt es heutzutage an jeder Ecke. Es sieht aus, als würden sie immer mehr in Mode kommen. Aber eines ist sicher: Die Liebe hält dem nicht lange stand. Das Vergnügen und die Befriedigung gewisser körperlicher Bedürfnisse, dafür ist gesorgt, du aber brauchst vor allem Liebe. Und so geht es mir schon manchmal durch den Kopf, dass ich Bankrott gehen sollte, Bankrott in Bausch und Bogen, wenn es mir nicht anders gelingt, dich zur Vernunft zu bringen.«

»Mein lieber Mann, an Vernunft mangelt es dir, nicht mir«, sagte Irma jetzt.

»Meine liebe Frau, nein und nochmals nein«, antwortete der Mann. »Denn ich sage doch: Es geht mir manchmal durch den Kopf, verstehst du? Träume in die Tat umzusetzen, das bedarf großer Liebe, und daran mangelt es mir, nicht an der Vernunft. Ich liebe dich zwar …«

»Liebster, wenn du mir etwas von der Liebe erzählen willst, dann komm zu mir, ganz nah zu mir, damit ich dich spüre«, sagte die Frau.

»Warte einen Moment«, antwortete der Mann, »denn jetzt kommt das Allerschlimmste. Warte dies noch ab, und dann komme ich zu dir, wenn du es noch möchtest.«

»Nein, komm vor dem Allerschlimmsten!«, beharrte die Frau auf ihrem Wunsch. »Oder besser komme ich, sonst fange ich womöglich an, mich vor dem Allerschlimmsten zu fürchten. Wenn ich bei dir bin, dann habe ich keine Angst – nein, dann habe ich Angst wie in der Kindheit, wenn dir ein Märchen erzählt wird und du vor lauter Gruseln die Knie unters Kinn ziehst, und trotzdem ist dir unsagbar wohl dabei. So, nun rede weiter, jetzt habe ich keine Angst mehr, jetzt bin ich bei dir.«

Irma umfasste ihren Mann und presste sich mit dem ganzen Körper an ihn.

»Das Allerschlimmste ist, dass ich die große Liebe nicht habe, die das, was einem so durch den Kopf geht, versuchen würde in die Tat umzusetzen. Meine Liebe ist die ganz gewöhnliche Liebe eines Mannes, die nichts Außergewöhnliches verträgt. Meine Liebe will mehr das Vergnügen als die großen Taten, so ist sie beschaffen. Und dementsprechend ist auch alles andere so, wie es ist. Ich werde keinen Bankrott herbeiführen, wie es mir manchmal durch den Kopf geht, lieber häufe ich mehr und mehr Vermögen an, um dir mehr bieten zu können und zwar als Wiedergutmachung für das, was ich dir angetan habe.«

»Und das war nun das Allerschlimmste?«, fragte die Frau, die mit verhaltenem Atem gewartet hatte, was da kommen sollte.

»Gibt es denn noch Schlimmeres auf der Welt, als Liebe mit Geld zu bezahlen?«, stellte der Mann die Gegenfrage.

»Ich verstehe gar nichts«, sagte Irma.

»Du sagst doch, dass du mich liebst …«

»Ich sage es nicht nur, sondern ich liebe dich wirklich«, bestätigte Irma, an den Mann geschmiegt.

»Nun, dann müsste ich dich ebenso lieben, das wäre logisch. Ich müsste das Vergnügen vergessen können, das nicht mit dir zu tun hat, und müsste für meine und deine Liebe leben. Aber stattdessen biete ich dir Geld an und sage: Ich habe nicht genug Liebe für dich, darum geh und sieh dich um, vielleicht findest du die wahre Liebe anderswo.«

»Das heißt, du willst mich aufs Neue verderben?«, fragte Irma.

»Nein, mein Liebes, wir müssen uns trennen, wir müssen uns scheiden lassen, damit jeder seinen Weg gehen kann, jeder mit seinesgleichen, ich mit den Frauen, die nur das Vergnügen suchen, und du mit dem Mann, der Liebe will.«

»Und für die Trennung oder Scheidung bietest du mir das Geld an?«, fragte Irma. »Du bist ja vollkommen verrückt! Von dir trenne ich mich weder mit Geld noch ohne, das sollst du wissen!«

»Erinnerst du dich, was du mir an jenem Morgen gesagt hast, als ich das erste Mal in unserer Ehe nachts nicht nach Hause kam?«, fragte der Mann. »Du hast gesagt, dass deine Augen vom vielen Weinen verlöschen werden, wie bei dieser jungen Frau aus deiner Heimatgegend.«

»Schön, dann verlöschen sie eben«, antwortete Irma. »Wenn du sie nicht brauchst, brauche ich sie erst recht nicht.«

»Bist du wirklich so sehr, so durch und durch vergiftet?«, fragte der Mann bestürzt.

»Vergiftet – womit?«, fragte die Frau ebenso bestürzt zurück.

»Mit Liebe, womit sonst«, antwortete der Mann. »Denn mit uns ist es doch so, wenn wir uns in die Augen schauen, einander berühren, uns lieben oder nur liebkosen, ja selbst wenn wir nur aneinander denken, geht von uns eine Kraft, eine Macht oder eine Aura in den anderen über und gibt ihm das Gefühl, als habe er über längere Zeit ein süßes und betäubendes Gift verabreicht bekommen. Jedes meiner Worte, und seien es nur Lügen gewesen, jede meiner Taten, und seien sie nur Betrug gewesen, jede meiner Berührungen, das Streicheln und Liebkosen, vom Küssen ganz zu schweigen, hat sich in deinen Körper und die Seele eingebrannt und dich vergiftet. Und weißt du, mein Heimchen, ich kenne keine andere Frau, deren Augen, deren Köstlichkeiten, mich so berauscht hätten, die ich so bewundert und liebkost hätte wie deine, gerade deshalb bist du so vergiftet, dass …«

»Liebster, vergifte mich noch mehr!«

»Du bist schon viel zu sehr vergiftet …«

»Ich will aber noch mehr! Gib mir das Gift deiner Liebkosungen! Küss mich so, dass ich daran sterbe! Ich will nicht mehr leben, wenn ich auf dieses Gift verzichten muss!«

XXIV

Die letzten großen Erklärungen und Reden endeten erfolglos, denn die Liebe der Frau war stärker als die Vernunft des Mannes. Aber die einmal ausgesprochenen Worte schwelten in jenen Tagen still in den Herzen und fraßen sich immer tiefer in die Seele hinein. Es lag eine unbeschreibliche Traurigkeit, eine nie dagewesene Melancholie in der Luft, über den Feldern, den Büschen und Bäumen, den geschwungenen Waldwegen, wo Irma und Rudolf spazieren gegangen waren oder in der Sonne gesessen hatten. Es gab keinen Ort mehr auf der Welt, an dem man nicht jeden Augenblick laut hätte schreien mögen. Und doch rollte keine einzige Träne, und es ließ sich kein einziger Seufzer oder Klagelaut hören, so als sei es gar nicht vorhanden, was da im Herzen schwelte. Man wollte noch einmal glücklich sein, koste was es wolle, man wollte noch einmal vergessen, dass es das Leben war, und glauben, dass allein die Liebe zählte.

So vergingen die Tage, sie gingen dahin, bis der Mann einen Brief erhielt, der ihn in die Stadt beorderte.

»Darf ich mitkommen?«, fragte Irma.

»Warum nicht«, antwortete der Mann, »aber ich denke, es lohnt sich nicht, ich bin doch heute Abend, spätestens morgen früh wieder zurück. Oder hast du Angst, nachts hier alleine zu sein?«

»Nein, nein«, antwortete Irma, »ich kenne die Abgeschiedenheit. Das Haus, in dem ich aufgewachsen bin, stand auch allein, am Waldrand. Außerdem bekomme ich sowieso kein Auge zu, wenn du nicht zu Hause bist.«

»Aber nicht, dass du weinst wie damals«, sagte der Mann.

»Nein, Liebster, ich bin tapfer, du kannst ruhigen Herzens fahren. Aber erlaub mir, dass ich dich bis zur Gemeindeverwaltung begleite, da warten wir dann gemeinsam, bis das Auto da ist.«

»Natürlich, gern«, stimmte der Mann zu, »von da könnten wir sogar noch gemeinsam bis zum Ende der Dorfstraße fahren.«

»Wir könnten dieses Stück auch zu Fuß gehen, dem Auto entgegen«, meinte Irma.

»Wie du möchtest«, sprach der Mann.

Also verließen sie das Haus, um zunächst in die Gemeindeverwaltung telefonieren zu gehen, von da richteten sie ihre Schritte in Richtung Stadt, dem bestellten Auto entgegen. Aber nie zuvor hatte Irma einen solchen Spaziergang gemacht. Nicht dass sie es begriffen hätte, als sie neben ihrem Mann ging, nein, das Begreifen kam erst später. Es kam in dem Augenblick, als das Auto vor ihnen stand und der Mann sich von Irma verabschiedete. Es war der Abschiedskuss, der Irma vorkam wie ein Todeskuss, obwohl sie noch nie einen Toten geküsst hatte und nicht wissen konnte, was ein Todeskuss ist. Aber sowie sie diesen Kuss auf den Lippen spürte, schossen ihr die Tränen aus den Augen. Der Mann mit seinem Totenmund versuchte ihr zwar die Tränen wegzuküssen, aber es gelang ihm nicht, weil immer neue nachflossen. Also ließ er die Frau mit ihren Tränen am Ende der Dorfstraße stehen, stieg hastig ins Auto, und nach wenigen Augenblicken war nichts von ihm übrig als eine weiße Staubwolke auf der Landstraße, die der Wind auf die umliegenden Felder trug, in die Büsche und in den Wald hinein.

Irma stand da, bis sie keinen Staub mehr sah, und wenn doch, dann war es nicht mehr der Staub, den das Auto, mit ihrem Mann darin, hinterlassen hatte. Und jetzt auf einmal wusste sie, sonnenklar und felsenfest, dass dies der letzte Kuss von ihrem Mann gewesen war. Warum auch immer, aber sie war so überzeugt davon, dass sie, wenn im Augenblick etwas zur Hand gewesen wäre, um sich das Leben zu nehmen, es wohl ohne zu zögern getan hätte. Aber es war nichts zur Hand – kein Wasser, in das man springen, und kein Felsen, von dem man sich stürzen konnte, kein Zug, kein Auto, nicht einmal ein durchgegangenes Pferd, auch keine Waffe und kein Gift, es mangelte sogar an einem Stück Strick, das man sich um den Hals legen konnte, und selbst wenn sie irgendwo ein Stück gefunden hätte, dann gab es nichts, woran sie es hätte knüpfen können, um sich aufzuhängen. So kam Irma diesmal mit dem Leben davon, wie auch so viele andere davonkommen, denen es nicht vergönnt ist, nach der Laune des Augenblicks zu handeln.

Als sie auf der leeren Dorfstraße nach Hause ging, die Glieder taub und steif von der Ahnung des nahen Todes, da kam ihr nicht nur der Kuss, sondern auch der gemeinsame Spaziergang zum Auto wie eine Erscheinung vor, denn auch der war der letzte gewesen, daran zweifelte Irma nicht mehr. Deshalb war ihr auch das Heidekraut dort am Grabenhang am Rande des Gartens ins Auge gestochen, sodass sie ein paar Stiele abbrechen und sie dem Mann schenken musste – als Letztes. Als er das Heidekraut entgegennahm, packte der Mann ihre ganze Hand, und Irma hoffte, dass er sie über und über mit Küssen bedecken würde, doch der Mann berührte zart, hauchzart nur die Spitze des kleinen Fingers mit den Lippen, so als würde er scherzen, und jetzt, im Nachhinein, begriff Irma, dass es kein Scherz, sondern die größte Liebesbezeugung gewesen war. Später, an der Landstraße, hatte der Mann einige besonders schön aufgeblühte Erikazweige von seiner Brust genommen und Irma zurückgegeben, dazu wiederum wie im Scherz gesagt: Auch dem Gebenden muss man geben. Aber auch dies war kein Scherz, sondern Dank gewesen, für alles, alles. Dann fiel Irma noch ein, wie sie unterwegs am Feldrain späte, kümmerliche und unscheinbare Blumen entdeckt hatte, selbst die wollte sie pflücken und dem Mann geben, doch sie hatte es unterlassen, weil sie fürchtete, ausgelacht zu werden. Jetzt bereute sie, dass sie der Stimme ihres Herzens nicht gefolgt war. Was hätte es ausgemacht, wenn der Mann gelacht hätte, sie, Irma, hätte wenigstens alles gegeben, was sie zu geben hatte.

So vor sich hin sinnierend gelangte Irma an einen Feldrain, der von dichten Haselbüschen bestanden war, sie verließ den Weg und schritt über die helle Wiese, auf der das Heu nach der Mahd noch unberührt lag, ging an drei, vier Büschen vorbei, betrachtete die Nüsse, streckte die Hand aus, um sie zu pflücken, aber noch ehe sie etwas pflücken konnte, brach sie in lautes Weinen aus und sank auf den Boden. Da saß sie nun im dicken Heu und weinte die Tränen ihres Lebens, so jedenfalls empfand sie sie. Denn wenn der Mann das alles schon früher getan hatte, was er getan hat, was wird er erst nach seinen großen Erklärungen und Reden tun! Er wird unweigerlich etwas tun, das man mit keiner einzigen Liebe mehr gutmachen kann, und sei sie noch so groß und rein.

Und als Irma sich schließlich aus dem Schatten des Busches erhob, um zu gehen, dachte sie keinen Augenblick daran, dem Mann in die Stadt hinterherzufahren, um das Unabwendbare aufzuhalten. Stattdessen wiederholte sie die Worte des Mannes, die aus wer weiß welchen Tiefen der Erinnerung plötzlich aufgetaucht waren: Wer leben will, muss sich fügen. Richtig, sonst gibt es wieder die langen und zu nichts führenden Reden. Irma wusste, dass Reden zwecklos war, denn ihre Liebe hielt immer noch stand. Aus Liebe wird sie sich fügen, wenn der Mann sagt, dass er mehr das Vergnügen als die Liebe sucht, nun, mag er gehen und sich vergnügen. Irma wird ihn nicht daran hindern.

Diesen Gedankengang wiederholte Irma unzählige Male, als täte sie einen Zauberspruch oder als sei mit ihrem Verstand nicht mehr alles im Lot. Sie wusste doch um all die langen Tage und die schlaflosen Nächte, sie wusste, dass es nicht mehr ums Vergnügen ging, sondern um ganz etwas anderes, dennoch blieb sie auf Sooniku, um dem Mann Zeit zu lassen. Erst am fünften Tag beschloss sie in die Stadt zu fahren und auch ihre persönliche Habe mitzunehmen, denn dass sie noch einmal zusammen mit Rudolf zurückkommen würde, glaubte sie nicht, und alleine hierher zu kommen, hatte keinen Sinn.

Vor der Abreise durchwanderte sie noch einmal die Orte, die an das vergangene Glück, die Freuden und Zärtlichkeiten erinnerten, sie hielt vor dem Liebesmuseum inne und suchte den Weg, auf dem der Mann sie in einer Sommernacht in sein Wigwam getragen hatte. Sie fand sogar die Stelle, zumindest meinte Irma die Stelle gefunden zu haben, wo der Mann mit ihr gestrauchelt und gestürzt und wo sie einfach liegen geblieben war, so als sei sie wirklich ohnmächtig gewesen. Und sie erinnerte sich deutlich, ja, vielleicht am deutlichsten erinnerte sie sich daran, dass ihr das Kleid bis weit über die Knie hochgerutscht war und sie die stacheligen Grasbüschel der frisch gemähten Wiese genauso wie das kalte, nasse Moos gespürt hatte. Aber die Hände des Mannes waren weich und warm gewesen, als er sie vom Boden aufhob, um sie nach Hause zu tragen. An all das erinnerte sich Irma, und doch kam es ihr plötzlich so weit zurückliegend vor, als wäre es Gott weiß wann geschehen. Aber es war nur wenige Wochen her.

Als Irma ging, um den Bauersleuten einen Guten Tag zu wünschen – nicht Adieu zu sagen –, da fragte die alte Frau, ob die Dame nicht mehr zurückkommen wolle, weil sie so viele Sachen dabei habe, doch Irma antwortete mit fester Stimme:

»Wir kommen bestimmt wieder, das Wetter ist ja noch so schön.«

Und sowie sie das gesagt hatte, schoss ihr ein freudiger Gedanke durch den Kopf: Was ist, wenn wir wirklich zusammen wiederkommen! Aber als sie dann im Auto saß und in die Stadt fuhr, stiegen ihr die Tränen in die Augen, und sie hätte gewiss wieder laut geweint, wenn sie sich nicht vor dem Chauffeur geschämt hätte. Ihr fiel ein, wie sie diese Strecke mit ihrem Mann zum ersten Mal gefahren war und den Chauffeur, weil er der Dritte im Bunde war, in Grund und Boden verdammt hatte. Jetzt verdammte sie ihn genauso, aber deshalb, weil er nun mit ihr allein im Bunde war. Irma wäre zu gern ganz für sich gewesen, mit all den Tränen und dem Schmerz im Herzen.

In der Stadt angekommen, besserte sich ihre Stimmung etwas, aber gleichzeitig machte sich eine seltsame Gleichgültigkeit all den Leuten gegenüber breit, die sich auf den Straßen bewegten, ob zu Fuß oder in Pferdedroschken, ob mit Autos oder in den Wagen der Tram. Und als der Chauffeur vor ihrem Haus anhielt, atmete Irma auf: Gottlob, endlich – nun komme was wolle.

Aber als sie in der Abenddämmerung die Wohnungstür aufschloss und hinter sich zuschlug, traf ein bislang unbekannter Ton ihr Ohr, ein Hall, als beträte sie einen leeren

Raum. So hatte diese Wohnung nie geklungen, auch damals nicht, als Irma hier Dienstmädchen gewesen war, und deshalb fuhr ihr dieser fremde, unangenehme Hall durch Mark und Bein. Es fehlte nicht viel, und sie wäre zu Boden gesunken und hätte mit beiden Händen nach ihrem Herzen gegriffen, damit ihm die große Angst nichts zuleide tat.

Irma lehnte sich im dämmrigen Flur an die Wand, bis sie so viel Kraft gesammelt hatte, dass die Beine sie wieder trugen. Dann öffnete sie die Tür zum Speisezimmer und spähte über die Schwelle hinein. Mitten im Zimmer stand ein Tisch und an diesem Tisch zwei Stühle, die Irma nie zuvor gesehen hatte, so als wäre sie in eine fremde Wohnung geraten.

Wahrhaftig, im Speisezimmer befand sich nichts anderes als dieser fremde viereckige Tisch und die beiden Holzstühle, das heißt, das Schlimmste und Schrecklichste war nicht geschehen. Dennoch getraute sich Irma eine ganze Zeitlang nicht, die Schwelle zu übertreten. Aber dann fasste sie sich ein Herz, so als habe sie begriffen, dass nicht vorhandenes Mobiliar davon zeugt, dass das Schrecklichste und Schlimmste ebenfalls nicht vorhanden war: Der Mensch legt schließlich nicht Hand an sich, solange er noch an Möbel denkt.

Als Irma an der Landstraße gestanden und der Staubwolke hinterhergeschaut hatte, dachte sie an nichts, denn sie hatte ja nichts, woran sie hätte denken können, und wahrscheinlich kamen daher auch die Selbstmordgedanken. Denn wo nichts mehr ist, wo Leere herrscht, da ist oder dahin kommt der Tod. Deshalb also war sie so zu Tode erschrocken, als sie die Tür zugeschlagen und den schrecklichen Hall der Leere gehört hatte: Nur dann können Räume so hallen, wenn der Tod darin haust – Irma wusste, dass der Tod irgendwo da hauste, so heimtückisch, dass einem das Blut in den Adern gefror.

Aber eben gerade hatte sich herausgestellt, dass nicht nur der Tod in der Leere hauste, sondern dass da auch ein wildfremder Tisch mit ein paar Stühlen hausen konnte, was wiederum nicht ganz so beängstigend war. Natürlich, warum soll dieser Tisch schrecklicher sein als jeder andere? Weil er allein im leeren Zimmer steht? Aber nein, er steht doch in Gesellschaft zweier Stühle, der eine ist für Irma, der andere … ja, für wen ist der andere Stuhl, wenn der eine für Irma ist?

Irma trat also über die Schwelle ins Speisezimmer, und von dort ging sie ins Wohnzimmer, denn jetzt fürchtete sie den Tod nicht mehr. Das Wohnzimmer war ebenfalls leer. Nein, nicht ganz: Es befand sich eine kleine Couch darin, und vor der Couch lag ein kleiner Teppich. Den Teppich kannte Irma, die Couch kannte sie nicht. Ebenfalls fremd waren zwei oder drei Stühle und ein kleiner Tisch. Im Schlafzimmer war Irmas Bett übriggeblieben und der Toilettentisch mit Spiegel, den der Mann ihr geschenkt hatte. Hinzugekommen war ein kleiner Schrank, in den Irmas Leibwäsche geräumt worden war, während alle anderen Kleidungsstücke einfach auf dem Bett ausgebreitet lagen, weil man offenbar keinen geeigneten Platz für sie gefunden hatte. Aus dem Schlafzimmer ging Irma zurück ins Wohnzimmer, von da zurück ins Speisezimmer, von da aus in die Küche, die sie noch nicht besichtigt hatte. Auch die war fast leer, nur ein paar Töpfe, Tassen, Teller, Gläser und Besteck fanden sich darin, eine kleine Pfanne und der Primuskocher. Aus der Küche ging Irma wieder ins Schlafzimmer, und erst jetzt machte sie Licht auf dem Nachttisch, so als wolle sie das Ganze gründlicher in Augenschein nehmen, setzte sich aber stattdessen, im Mantel, wie sie die Wohnung betreten hatte, auf die Bettkante, auf die ausgebreiteten Kleidungsstücke, und blieb eine Zeitlang so starr sitzen, als würde kein einziges Organ in ihr mehr arbeiten.

Wie lange das so dauerte, wusste sie nicht, aber als sie zum Schluss den Blick hob, sah sie auf dem Nachttisch einen Brief liegen, der, wie sich herausstellte, an sie adressiert war. Irma starrte lange ihren Namen auf dem Umschlag an, so als habe sie vergessen, zu wem der Name gehörte, sie drehte und wendete den Brief hin und her und warf ihn schließlich zurück auf den Nachttisch, von wo sie ihn genommen hatte. Dann hockte sie weiter auf dem Bettrand auf ihrem Kleiderstapel und starrte auf den Boden, als käme von dort die Erklärung für alles, was geschehen war. Plötzlich fiel ihr die kleine Kasserolle in der Küche ein, mit der sie dem Mann eins übergezogen hatte, als er sie das erste Mal umfasst und sein Gesicht an sie gepresst hatte, sodass sich seine Nase genau zwischen ihren Brüsten befunden hatte, und sie sagte sich im Stillen: »Er meint wohl, dass ich mir in dieser Kasserolle mein Essen koche.« Das war der erste Gedanke, der erste bewusste Gedanke in ihrem Kopf.

Nun nahm sie den Brief vom Nachttisch, riss ihn auf und begann zu lesen.

»Meine liebe Frau!«, schrieb der Mann. »Es gibt zu meiner Entschuldigung nichts zu sagen, nur dass ich so bin, wie ich bin. Hätte ich gleich zu Anfang gewusst, dass ich so mit Dir umgehen muss – ich betone das Wort ›muss‹, denn ich kann nicht anders –, dann hätte ich Dich wahrscheinlich nie geheiratet. Aber damals kannte ich Dich (und mich selbst) nicht gut genug. Ich weiß, wie niederträchtig es aussieht, was ich tue, aber glaube mir, so ist es doch am allerbesten – für Dich und für mich. Aber Du irrst Dich, wenn Du glaubst, dass ich mit diesem Vorsatz von Sooniku abgereist bin. Keinesfalls! Mein endgültiger Schritt war mir während der ersten paar Tage in der Stadt noch gar nicht bewusst; erst am dritten Tag, wohlgemerkt erst am Abend des dritten Tages, ergaben sich die Umstände, die mich dahin führten, wie Du sie, während Du diesen Brief liest, vorgefunden hast. Das heißt, wenn Du mir am dritten Tag nachgereist wärst, dann wäre es vielleicht anders gekommen. Dennoch ist es gut, dass es nun so ist, denn einmal wäre es doch so gekommen und möglicherweise auf viel schlimmere und hässlichere Art und Weise als jetzt. Eine gewisse Vorahnung, das will ich nicht leugnen, hatte ich bei meiner Abreise, und zwar, dass bestimmt etwas geschehen würde, wenn ich in die Stadt fahre. Diese Vorahnung nistete vermutlich schon lange in meinem Herzen, bewusst wurde sie mir aber erst im Augenblick der Abreise, in dem Moment, als ich Dich küsste. Ich fühlte plötzlich, dass wir uns nie zuvor so geküsst hatten, und das musste doch etwas bedeuten. Als Du mir am dritten Tag immer noch nicht nachgereist warst, dachte ich: Aha, sie wird das Gleiche gefühlt haben wie ich, denn warum sonst haben sich ihre Augen mit Tränen gefüllt, und wenn sie mich so lange alleine lässt, dann nur deswegen, damit alles endlich ein Ende findet, denn auch sie ist, weil sie in Ruhe nachdenken konnte, zum Entschluss gekommen, dass es so nicht weitergehen kann. Also handelte ich nach bestem Wissen und Gewissen, handelte in Deinem Sinne, denn ich war überzeugt, dass Du derartiges von mir erwartetest, ja, ein Recht darauf hattest, es zu erwarten. Ich war sozusagen der Anstifter unserer Ehe, und nun war es auch an mir, sie zu beenden. Für Dich wäre es schwerer in die Tat umzusetzen gewesen, obgleich Dir unsere Ehe auch zur Qual geworden war, schwerer deshalb, weil Deine Liebe – ich würde gern sagen, Deine irrtümliche Liebe – viel größer ist als meine, die der Realität entspricht, denn in meiner Liebe zu Dir bin ich keinem Irrtum aufgesessen, du aber wohl in Deiner Liebe zu mir. Deine Liebe ist ein einziger großer Irrtum. Aber deshalb hast Du es nicht leichter, sondern, im Gegenteil, noch schwerer, als es gewesen wäre, wenn auch Du entsprechend der Realität geliebt hättest – was möglich gewesen wäre, wenn ich die Person wäre, für die Du mich gehalten hast, die ich aber nicht bin. Somit hast Du die doppelte Bürde zu tragen: erstens: Du liebst, und zweitens: Deine Liebe ist ein Irrtum. In jungen Jahren ist die irrtümliche Liebe die tiefste und schmerzhafteste, denn wenn wir jung sind, glauben wir, dass sich der Mensch in allem irren kann, nur nicht in der Liebe. Und wenn sich herausstellt, dass wir uns auch in der Liebe – und darin sogar am heftigsten – irren können, dann fühlen wir uns verletzt und versuchen in egoistischer Manier uns und von mir aus auch der ganzen Welt klarzumachen, dass wir uns nicht geirrt haben und dass unsere Liebe die einzig wahre ist. In dieser verzwickten Lage befindest Du Dich gerade, und deshalb war unter keinen Umständen zu erhoffen, dass Du etwas tun würdest oder zu tun imstande wärst, um Dich von Deiner irrtümlichen Liebe zu befreien, selbst wenn Du es ehrlichsten Herzens gewollt hättest. Also war es meine Pflicht, für mich, der ich gemäß der Realität und außerdem nicht so stark liebe wie Du – ich mit meinen Jahren, meinem müden Herzen und den abgenutzten Sinnen bin gar nicht mehr in der Lage, auf Deine Weise zu lieben –, deshalb also war es meine Pflicht, Dich an den Anfang eines neuen, des einzig richtigen Weges zu stellen. Genauer gesagt, ich hatte die Pflicht, Dich an den Punkt zu stellen, an dem Du warst, als wir uns kennenlernten, sodass Du Dein Leben jetzt neu beginnen kannst. Das heißt, wieder Maschineschreiben, Buchhaltung und Sprachen und die Suche nach der entsprechenden Arbeitsstelle, falls Du Dein Glück nicht wieder in einer Ehe suchen willst. Letzteres wünschte ich Dir sehr, denn seien die Männer wie sie sind, nicht alle sind wie ich. Außerdem hast Du jetzt gewisse Erfahrungen, und wenn Du eines Tages von Deiner irrtümlichen Liebe losgekommen bist, dann wirst Du Dich nicht mehr so leichtfertig verlieben wie damals. Das wäre ein großer Gewinn für Dein Leben. Ein Gewinn wäre auch, wenn der Mann Dich mehr liebte als Du ihn, denn ein Zuviel an Liebe schwächt die eheliche Bindung, etwas weniger hingegen vermag sie zu stärken. Und dass man Dich mehr lieben kann, als Du an Gegenliebe zu bieten hast, ist meiner Meinung nach leicht möglich, denn egal wie sehr Du liebst, Du entfachst eine noch viel stärkere Gegenliebe. Ich sage das nicht, um Dir zu schmeicheln, sondern um eine Tatsache zu untermauern. Und glaub mir, mein Liebes, was die Tatsachen in Bezug auf Frauen anbetrifft, darin kenne ich mich aus. Ich kann nie ohne eine gewisse Ehrfurcht oder sogar Furcht an die Schönheit Deines Körpers denken. Das mag daran liegen, dass ich nie gelernt habe, die Weiblichkeit gebührend zu schätzen. Du bist die einzige Frau, über die ich so denke, und das hat es mir leichter gemacht, den Schritt zu gehen, der Dir nun während des Lesens dieses Briefes klar geworden sein muss.

Also – Du beginnst da, wo ich Dein Leben unterbrochen habe. Und Du sollst es so beginnen, dass Du Dich in keiner schlechteren Ausgangslage befindest als damals. Natürlich, damals warst Du arglos, denn Du nahmst ja sogar bei mir die Stelle an. Jetzt würdest Du es nicht mehr tun, denn obwohl die Jungfräulichkeit Deiner Gefühle geblieben ist, ist Deine Lebenserfahrung gewachsen. Damit hast Du es jetzt schwerer, eine Anstellung zu finden, als es damals der Fall war. Verstärkt wird es noch dadurch, dass Du mittlerweile gesehen und erfahren hast, wie man lebt und wie man leben kann. Dies alles macht Dir den bevorstehenden Daseinskampf nicht leichter. Damit Du Dich aber ein kleines bisschen als das Vöglein auf dem Zweig fühlen kannst, das Du damals, frisch vom Lande gekommen, warst, habe ich tausend Kronen auf Deinen Namen bei der Bank deponiert. Dies wird für den Anfang reichen, wenn Du so umsichtig bleibst, wie Du es warst, als Du bei mir gewohnt hast. Die Miete für den kommenden Monat ist auch bezahlt, falls Du der Erinnerungen wegen wünschst, hier wohnen zu bleiben. Schade nur, dass zu diesen Erinnerungen auch der Duft gehört, den Du vorfandest, als Du letztens von Sooniku kamst. Aber vielleicht ist es auch gut so. Ich habe das Allernötigste an Mobiliar hergebracht, obwohl die Möbel schrecklich sind und es mich grauste, als ich sie hier in den leeren Räumen sah. Aber wer weiß, wozu dies nun wieder gut ist. Sei es, wie es sei.

Du wunderst Dich vielleicht, dass ich mich um Dich sorge, während ich diesen letzten Schritt gehe. Aber erinnere Dich bitte daran, was ich Dir irgendwann über mich als anständigen Menschen erzählt habe. Ich sprach von meinem Anstandsgefühl als meiner Hauptsünde. Jetzt spürst Du diese Sünde am eigenen Leibe. Dir wäre bestimmt leichter zumute, wenn ich mich benehmen würde wie ein Schurke, wie jeder Zweite, der den Schlussstrich unter seine Ehe zieht. Dann wäre Dir sofort klar, dass Du Dich in mir geirrt haben und Schluss mit mir machen musst, und Dir bliebe nur die allgemein schwierige Lage und das Peinliche an der Sache. Aber mit einem anständigen Mann wie mir ist alles viel komplizierter. Zwar bin auch ich nur ein Gauner und Halunke, aber sowohl Du in Deiner irrtümlichen Liebe als auch alle anderen Mitmenschen würden mich für einen Ehrenmann halten, wenn sie wüssten, wie ich gehandelt habe.

So verdorben ist die Welt. Wenn ich mich wirklich wie ein Ehrenmann verhalten hätte, dann hätte ich mir das Leben genommen, anstatt das zu tun, was ich gerade tue. Das ist meine Meinung. Und ich hätte mir das Leben so nehmen müssen, dass zumindest Du geglaubt hättest, es sei ein tragischer Unfall gewesen und nichts anderes. Letzteres deshalb, um Dich von Deinen Selbstmordgedanken abzubringen. Denn, kommt ein Mann durch einen Unfall zu Tode, dann wird er von seiner liebenden Gattin in allen Ehren begraben. Und wenn eine liebende Gattin so etwas zum ersten Mal getan hat, dann sind ihre Sinne dermaßen geschärft, dass nur ein Wunder Selbstmordgedanken bei ihr hervorrufen könnte. Doch Gott verschwendet seine wenigen Wunder nicht auf Selbstmörder. Außerdem, wenn dieses Wunder geschähe, dann würde es der unter der Erde Ruhende gar nicht mehr sehen. Nun kann es aber geschehen, dass Du, mein Heimchen, wirklich Selbstmordgedanken hegst und nicht nur deshalb, weil Du in keiner Weise ohne mich leben kannst, sondern weil Du prüfen willst, ob diese letzte und endgültige Tat auch keinerlei Wirkung zeigt, mit anderen Worten – Du willst wissen, ob ich Dich wirklich absolut nicht mehr liebe. Aber dieser Versuch hat die schlechte Eigenschaft, dass Du seine Folgen nie erfahren würdest. Deshalb wäre er nur dann sinnvoll und von Nutzen, wenn Dein Selbstmord so auf mich wirkte, dass auch ich mir ein Ende bereiten würde. Aber soweit ich mich kenne, ist dies kaum zu erwarten. Ich liebe Dich, und wie gesagt, ich habe ein Gefühl für Anstand, doch weder das eine noch das andere reicht aus, um meinem Leben ein Ende zu bereiten. Du glaubst bis heute, soweit ich Dich verstanden habe, dass das Leben nur aus Liebe besteht, anders gesagt, dass die Liebe das Leben ausmacht ...«

»Das hast du, mein Liebster, ganz richtig verstanden, und keine einzige Erklärung wird meine Meinung ändern«, sagte Irma an dieser Stelle laut und las dann nach kurzer Denkpause weiter:

»… aber ich hingegen meine, dass das Leben auch ohne Liebe bestehen kann. Genauer gesagt, selbst wenn das Leben nur aus Liebe bestünde, dann doch nicht nur aus einer einzigen Art von Liebe, denn was wäre die Liebe dann noch wert. Meiner Meinung nach ist es nicht so wichtig, wen man liebt, sondern dass man liebt. Dass man liebt, ist wichtiger, als die Liebe auf jemand Bestimmtes zu richten. Deine große, schöne, edle, jungfräuliche Liebe ist viel mehr wert als meine verdorbene Person, und so mancher andere hat Deine Liebe weit mehr verdient als ich. Also – was für einen Sinn hätte es, etwas Großes und Schönes wegen etwas Nichtigem und Erbärmlichem zu zerstören? Denn indem Du Dir das Leben nimmst, nimmst Du der Welt Deine schöne und große Liebe, derer sie so sehr bedarf. Rette Dein Leben allein dieser Liebe wegen, denn durch meinen Weggang wird sie in Dir nicht erlöschen. Schütze Deine Liebe mehr als Dein Leben, denn sie ist es wert. Dein Leben habe ich vermocht zu verderben, Deine Liebe hingegen nicht …«

An dieser Stelle ließ sich Irma hintenüber aufs Bett fallen und schluchzte:

»Mein geliebter Mann, du bist viel schrecklicher und grausamer, als du denkst! Ich will weder leben noch lieben, wenn es dich nicht gibt, verstehst du das endlich einmal?«

Es brauchte eine ganze Zeit, ehe sie weiterlesen konnte:

»Du warst nicht einmal in der Lage, Deine Liebe zu verderben, wir waren beide nicht in der Lage dazu, obwohl wir es versucht haben, denn wir meinten, dass eine verdorbene Liebe glücklicher macht, als eine unverdorbene. Hüte Dein

Leben wegen dieser unverdorbenen Liebe. Wenn Du Dein Leben trotzdem verderben willst, weil Du Deine Liebe nicht anders besiegen kannst, dann fügst Du mir großen Schmerz zu, und ich würde niemals das Gefühl loswerden, dass Du mir etwas von dem Schmerz und den Qualen heimzahlen wolltest, die ich Dir zugefügt habe. Anders gesagt, das Wissen darum, dass Du versuchst, mir etwas heimzuzahlen, wäre der schwerste Schlag meines Lebens, denn der würde mir sagen, dass Deine Liebe bereits verdorben war, ehe Du Hand an Dich legtest. Du tatest diesen Schritt, weil Deine Liebe so verdorben war, dass sie dem Leben nicht mehr standhielt. Glaub mir, Liebes, ich zittere um Deine Liebe beinahe mehr, als um Dein Leben. Erbarme Dich Deiner Liebe …«

»Nein, mein Liebster, eines Tages werde auch ich erbarmungslos sein«, sagte Irma an dieser Stelle, ehe sie weiterlas:

»… damit Du Deinen aberwitzigen Gedanken, falls er Dich doch treffen sollte, nicht augenblicklich umsetzen kannst – denn augenblickliche Umsetzungsmöglichkeit ist immer die gefährlichste –, und darum habe ich alles getan, was in meinen Kräften stand, damit Dir diese Möglichkeit genommen ist. Wundere Dich also nicht, dass in den Zimmern nicht nur die elektrischen Deckenarmaturen, sondern auch alle Haken aus der Decke und den Wänden entfernt worden sind. Das ist zwar lächerlich, aber es hat seinen Sinn. Denn obwohl ich zuvor schrieb, dass Deinem vorsätzlich herbeigeführten Tod wohl kaum mein vorsätzlich herbeigeführter Tod folgen würde, bin ich doch nicht ganz sicher darin, denn mein Gefühl für Anstand hat mir immer wieder Überraschungen bereitet, sodass Deinem Tod der meine durchaus folgen könnte. Das ist es, was ich unter gar keinen Umständen will, denn ich liebe das Leben und seine Vergnügungen mehr als den Anstand und die Liebe, und das deshalb, weil mein Anstand und meine Liebe so beschaffen sind, wie bei nahezu allen Menschen: Ihretwegen wird sich keiner umbringen, während man um der Vergnügungen willen zu allem bereit ist. Außerdem würde kein Mensch glauben, dass ein Mann in meiner Lage, in meinen Jahren und mit meiner Vergangenheit sich aufgrund des Todes seiner Ehefrau ein Ende bereitet, sondern alle wären der Meinung, dass ich schon vorher verrückt geworden sein muss, und als Verrückter möchte ich nun wahrlich nicht sterben.

Aber jetzt sollte ich schließen, sonst kann es geschehen, das ich hier in den geplünderten Räumen noch schreibe, während Du bereits zur Tür hereintrittst. Ich habe nicht so viel Selbstvertrauen, um Dich hier zu verlassen. Andererseits – gemeinsam mit Dir hier Stunden oder gar eine Nacht zu verbringen, das wäre das lächerlichste, das ich mir vorstellen kann. Genauso lächerlich, wie ich gerade beim abermaligen Lesen meiner Zeilen sehe, ist mein Versuch, Dich vor dem Selbstmord zu bewahren, während ich Dich gleichzeitig dazu verführe. Denn wie sollte man es anders bezeichnen, wenn ich Dir Hoffnung mache, dass Deinem Tod der meine folgen könnte! Für einen Selbstmörder gibt es keinen größeren Trost als den, dass ihm derjenige folgt, dessentwegen er sich das Leben nimmt. Deshalb müsste ich diesen Teil meines Briefes von Rechts wegen streichen. Aber ich tue es nicht, ich lasse alles, wie es ist, damit Du siehst, wie unbedacht ich handele, man könnte sogar sagen – wie aufrichtig und reinen Gewissens. In dieser Handlungsweise sehe ich letztlich sogar einen kleinen Trost, denn ich sage mir: Nun habe ich ihr zu dieser abscheulichen Sache eine so lange Predigt gehalten, dass sie nichts mehr davon hören und sehen will. Dem Überdruss folgt Lächerlichkeit, und wer möchte sich schon lächerlich machen. So denke ich, wenn ich auch jene Zeilen nicht streiche, denen zufolge man vermuten könnte, dass ich Dich in den Selbstmord treibe. Aber Du weißt genau so gut wie ich, dass ich diese Zeilen nicht aus solchen Gründen geschrieben habe. Der einzige Grund mag in meiner Ratlosigkeit, in meiner Kopflosigkeit, vielleicht auch Dummheit liegen, denn ich weiß nicht, was ich Dir sagen soll, um Dich zu trösten. Ich möchte so sehr, dass Du wenigstens noch einmal jemanden lieben kannst, der Deine Liebe wert ist und sie zu schätzen weiß. Und wenn es dieser junge Mann ist, der Dich liebt und fromm ist wie ein Lamm. Es klingt komisch, dieses ›liebt und fromm ist wie ein Lamm‹, aber das sind Deine Worte, erinnerst Du Dich an damals, als wir im Kino waren und der junge Mann unten saß und wir oben im Rang?

Also gut, ich schließe jetzt. Vorher noch ein paar sachliche Zeilen. Suche mich nicht, denn es hat keinen Sinn. In Sachen Scheidung wende Dich an einen Anwalt, ich tue das Gleiche, damit sie beenden mögen, was wir begonnen haben. Ich wäre froh, wenn das Ende genauso schön wäre wie der Anfang, deshalb sollte es im gemeinsamen Einvernehmen geschehen und zwar so, wie es der Paragraph 30 vorschreibt. Ich wäre bereit, Sooniku auf Deinen Namen zu überschreiben, wenn Du den Hof wegen des Liebesmuseums oder aus anderen Gründen behalten möchtest, denn jetzt glaube ich nicht mehr daran, einen vorbildlichen Schweinestall zu bauen, der sich vorteilhaft auf die Kindererziehung und Gott weiß was auswirkt. Solltest Du Dich jedoch nicht einvernehmlich scheiden lassen wollen, dann bin ich bereit, der Beschuldigte zu sein – der bin ich in der Tat –, und auch dann wäre ich bereit, Dir Sooniku zu überschreiben. Ich rate Dir an, den Hof vorerst zu nehmen, denn später, wenn er aus irgendeinem Grunde wirklich nichts für Dich sein sollte, kannst Du ihn immer noch verkaufen oder von mir aus auch den Armen in der Gemeinde schenken. Deine Briefe an mich sende bitte über Frau M. Polli in die Kaevu-Straße 18-3. Dir schreibe ich vorwiegend hierher, und wenn Du den Wohnort wechselst, dann teile es mir mit, damit wir uns nicht aus den Augen verlieren, bis unsere Ehe endgültig liquidiert ist, das heißt äußerlich, sozusagen formell, juristisch. Darüber hinaus bleibt etwas, das nur die Zeit zu liquidieren vermag, wenn überhaupt. Aber die Zeit hat einen treuen Gehilfen, Du kennst seinen Namen ebenso wie ich, und der kennt kein Erbarmen.

R.

P. S. Ach ja! Eine kleine Bitte: Verbrenn diesen Brief, wenn Du ihn zur Genüge gelesen hast, er ist nur für Dich bestimmt, und ich möchte nicht, dass er in fremde Hände fällt. Du hast bis heute alle meine Bitten erfüllt, ich hoffe, Du erfüllst auch diese.

Der Obige«

»Gerade die werde ich dir nicht erfüllen«, sagte Irma, als sie den Brief zu Ende gelesen hatte. Aber sie hielt nicht Wort, denn schon am nächsten Tag entsprach sie der Bitte, nachdem sie ihn, mit kleinen Unterbrechungen, fast die ganze Nacht hindurch gelesen hatte.

XXV

Am Morgen, nachdem die Sonne aufgegangen war, verfiel Irma für wenige Stunden in einen Zustand von Ermattung und Starre, der ihr den Schlaf ersetzen sollte. Zusammengerollt lag sie in voller Kleidung auf dem Bett, da, wo sie eben noch gesessen hatte, die Augen geschlossen, den Mund halb geöffnet, als schnappe er nach Luft, die Sinne dagegen doppelt geschärft. Und doch musste sie sich jenseits der Bewusstseinsschwelle befunden haben, denn die im Liegen verbrachten Stunden waren vergangen wie ein einziger Augenblick. Als sie aufstand, schmerzte der ganze Körper – sie spürte kein einziges Körperteil, das nicht wehgetan hätte. Irma riss sich die Kleider vom Leib und ging ins Badezimmer unters kalte Wasser, anders war es nicht mehr möglich, das Leben in Körper und Seele zurückzuholen. Danach wartete sie ungeduldig auf den Augenblick, da sich die Türen der Ämter öffnen würden.

Ihr erster Gang führte sie ins Einwohnermeldeamt, denn sie wollte wissen, ob und wo der Mann sich neu eingeschrieben hatte. Als Wohnort von Rudolf Ikka war jedoch ihre gemeinsame, nunmehr geplünderte und verlassene Wohnung verzeichnet. Das heißt, Herr Ikka war sozusagen in der Versenkung verschwunden, vielleicht hatte er sogar die Stadt verlassen. Jetzt war Irma unterwegs zu jener Frau Polli, über die der Schriftverkehr erfolgen sollte. Die Adresse zu finden, war nicht schwer, und an der Tür las sie: ›M-me Polli,

Kosmetik und Schönheit – Anwendung und Behandlung‹.
Irma läutete. Es öffnete eine Dame mit weißblonden Locken, groß, schlank, mit kräftigem Oberbau und schmalen Hüften, in der Irma die »Schwester« vermutete, die Rudolf geholfen hatte, sie, Irma, als Dienstmädchen zu erhandeln, um danach spurlos zu verschwinden.

»Wir kennen uns wahrscheinlich«, sagte die Dame, der die Augen ein wenig feucht zu werden schienen. »Frau Ikka, wenn ich mich nicht täusche?«

»Ich komme wegen meines Mannes«, sagte Irma und fühlte, wie ihre Lippen trotz aller Anstrengung, gefasst zu bleiben, zu zittern begannen.

»Ich weiß, gute Frau, ich weiß alles«, antwortete die Dame, »aber Ihr Mann wohnt nicht hier.«

»Können Sie mir wenigstens sagen, wo er gerade ist?«, fragte Irma. »Ist er überhaupt in der Stadt, oder ist er verreist?«

»Soviel ich weiß, ist er in der Stadt«, sagte die Dame.

»Wie kann ich ihn denn nur erreichen?«, fragte Irma ratlos, halb zu sich selbst, halb zur Dame gewandt.

»Das weiß ich wirklich nicht«, antwortete die Dame. »Aber wenn ich fragen darf, gute Frau, wozu wollen Sie ihn denn noch erreichen?«

»Wenn ich das wüsste«, antwortete Irma mit zuckenden Lippen, während die Augen scheu zur Seite blickten.

»Möchten Sie nicht einen Moment eintreten?«, fragte die Dame, wobei sie Irmas Hand berührte. »Kommen Sie, reden wir ein bisschen, das erleichtert das Herz. Ich verstehe Sie sehr gut, ich habe selber Ähnliches durchlebt.«

Sie betraten ein Zimmer, in dem Irma mit weit aufgerissenen Augen stehen blieb, denn sie sah sich von lauter vertrauten Dingen umgeben – Dingen, in deren Mitte sie über ein halbes Jahr gelebt hatte und glücklich gewesen war. Ihr Blick irrte zwischen der Einrichtung und der Dame hin und her, die etwas unbeholfen lächelnd vor ihr stand und sagte:

»Sie wundern sich, nicht wahr?«

»Ich wundere mich über gar nichts mehr, und es wäre das Beste, wenn ich ginge«, erwiderte Irma, aber anstatt zu gehen, sank sie kraftlos auf den nächstbesten Stuhl.

»Gute Frau«, sagte die Dame jetzt in herzlichem Ton, und Irma fühlte, dass es ehrlich gemeint war, »ich bitte Sie einen Augenblick zu bleiben, denn ich möchte sehr gern mit Ihnen sprechen. Teilweise bin ja ich an Ihrer momentanen Lage schuld. Ich war diejenige, die Sie damals als Haushälterin ausgesucht und somit hintergangen hat, ich war aber auch die erste, der Ihr Mann seine Heiratspläne offenbarte. Genau so war es, gute Frau, auch wenn es Sie noch so sehr verwundert. Aber bei alledem, eines wussten weder ich noch er, nämlich, dass alles so enden sollte. Wobei ich mich in Ihrem Mann nicht getäuscht habe, in Ihnen aber wohl, denn ich dachte, Sie seien eine lebenslustige Person ...«

»Ich bin doch lebenslustig«, fiel Irma der Dame ins Wort.

»... oh, keine lebenslustige Dame ist heutzutage, nach einem halben Jahr Ehe, noch in den eigenen Mann verliebt, so wie Sie es sind, falls man Ihrem Mann glauben darf«, sagte Madame Polli.

»Das ist das einzige, das man ihm glauben darf«, versetzte Irma.

»Oh, ihm kann man auch vieles andere glauben«, meinte Madame Polli. »Auch Sie könnten ihm glauben, dann wäre Ihnen sicherlich leichter zumute. Aber Sie glauben ihm nicht, obwohl Sie in ihn verliebt sind, darin liegt die Tragik, sowohl Ihre als auch die Ihres Mannes.«

»Wie soll ich das verstehen?«, fragte Irma hilflos.

»Haben Sie denn wirklich nicht bemerkt, dass Ihr Mann

außerstande ist, länger als ein paar Wochen in eine und dieselbe Frau verliebt zu sein? Und sind Sie wirklich außerstande, es ihm zu glauben, selbst wenn er es gesteht?«, fragte die Dame entgeistert. »Nur in Sie war er über Monate verliebt, außerdem so verrückt, dass er anderen Frauen gegenüber völlig blind und taub geworden war. Es grenzt an ein Wunder, dass ihm so etwas überhaupt passieren konnte. Und Sie hoffen noch nach einem halben Jahr, dass das Wunder anhält!«

»Ich denke, dass es nicht nur ein halbes, sondern ein ganzes und noch viele Jahre anhalten könnte«, erwiderte Irma.

»Wie wollen Sie denn mit Ihrem Mann zusammenleben, wenn Sie solch eine Meinung vertreten?«, fragte Madame Polli. »Nein, dann ist es ganz natürlich, dass Sie sich scheiden lassen werden. Was ist das für ein Leben, wenn der eine zwei Monate lang verliebt ist und der andere womöglich sechs Jahre. Außerdem haben Sie einen zweiten großen Fehler gemacht ...«

»Ich bin damals mitgegangen, und deshalb hat er direkt unter meinen Augen ...«

»Gute Frau, das hat gar nichts zu sagen«, beruhigte sie die Dame. »Aber Sie wollten von ihm ein Kind, das haben Sie wiederholte Male geäußert.«

»Liebt denn mein Mann keine Kinder?«, fragte Irma beinahe verängstigt.

»Das wäre das kleinere Übel«, erklärte die Dame, »aber er bekommt keine Kinder. Verstehen Sie, es ist ihm gar nicht möglich, eine Familie zu gründen, Nachkommen zu haben.«

»Um Himmels Willen!«, rief Irma aus. »Warum hat er es mir denn nicht gesagt – ich hätte doch nie wieder von Kindern angefangen!«

»Und von anderen Frauen hätten Sie auch nie wieder angefangen?«, fragte Madame Polli, und da Irma nicht gleich eine Antwort fand, fuhr sie fort: »Verstehen Sie doch bitte, in welcher Lage Ihr Mann ist: Ein Kind kann er Ihnen nicht schenken, aber ohne andere Frauen kann er auch nicht leben. Sie dagegen wünschen sich ein Kind und verstehen absolut nicht, warum er neben Ihnen auch andere Frauen haben will. Ja, wäre er ein durch und durch verdorbener Mensch ...«

»Das ist er doch, zumindest behauptet er es«, sagte Irma.

»Gute Frau, Sie sind schon über ein halbes Jahr verheiratet und glauben immer noch, was die Männer reden. Die Männer reden doch nur, um sich interessant zu machen oder uns Frauen an der Nase herumzuführen. Und was die Hauptsache ist, nur wir kennen die Männer, kein Mann kennt sich selber. Ihr Mann ist ein gottesfürchtiger Mensch, allerdings ein charakterschwacher, der sich irrt, wenn er behauptet, verdorben zu sein. Seiner Meinung nach hat er keine schwerere Sünde begangen als die, dass er Sie geheiratet hat, und mir gegenüber hat er keinen schwereren Vorwurf gehabt als den, dass ich diese Ehe gestiftet habe. Er verzeiht sich niemals, dass er Sie in der Ehe betrogen hat, aber da er ganz genau weiß, dass er Sie auch künftig betrügen wird, gibt es für ihn nur einen Ausweg – sich scheiden zu lassen, denn er hat Angst, Sie zu verderben.«

»Davor hat er keine Angst, da irren Sie sich«, widersprach Irma, »er setzt alles daran, auch mich zu verderben – damit wir besser zusammenpassen.«

Madame Polli begann aus vollem Herzen zu lachen und sagte:

»Sie spielen auf den jungen Mann an, mit dem Sie im Kino waren, um Englisch zu üben?«

»Woher wissen Sie das?«, fragte Irma verblüfft und fühlte, wie ihr das Blut zu Kopfe stieg.

»Von Ihrem Mann, woher sonst«, erwiderte Madame Polli. »Aber wissen Sie auch, wie sehr er da um Sie gezittert hat? Wie er an Ihrem Rockzipfel hing? Wie ist es denn geendet mit dem jungen Mann? Sind Sie ganz sicher, dass Ihr Mann da nicht seine Hand im Spiel hatte? Ach, Liebste, wenn Sie wüssten, wie er Ihretwegen gelitten hat! Er erklärte es mit Liebe, ich mit Gottesfurcht. Bisher war er mit etwas anders gearteten Frauen zusammen, deshalb kamen Sie ihm vor wie ein zartes Porzellan, das schnell zerbrechen kann – natürlich durch seine Schuld, also kommt seine Seele nicht zur Ruhe, ehe er Sie losgeworden ist!«

»Das verstehe ich nicht«, sagte Irma.

»Was ist daran nicht zu verstehen?«, meinte Madame Polli. »Sie lieben, und nichts macht uns so verletzlich und zerbrechlich wie die Liebe. Außerdem ist Ihr Mann zutiefst enttäuscht.«

»Von mir?«, fragte Irma.

»Von Ihnen, von sich selbst, wie man es nimmt. Er hoffte, wie so viele Männer hoffen – sie sind ja die reinsten Kinder –, er hoffte, dass die Liebe eines unschuldigen jungen Mädchens oder richtiger – sich in ein solches Mädchen zu verlieben, ihn ändern könnte, damit er mit seiner bisherigen Lebensweise, die weder von seinen Mitmenschen noch von ihm selbst gutgeheißen wurde, Schluss machen könnte. Das war seit geraumer Zeit seine fixe Idee, besonders wenn er ein bisschen getrunken hatte. Wie oft hat er zu mir gesagt – liebe Madelaine, wenn du mich wirklich liebst, dann mach mich gut und fromm. Verstehen Sie? Also musste ich ihn mit Hilfe einer anderen Frau gut und fromm machen, denn ich selber war dafür ungeeignet. So kam ich schließlich auf Sie. Aber wie Sie nun sehen, ist Ihr Mann zwar gut und fromm, doch seine Lebensgewohnheiten hat er nicht abgelegt. Ob nun deswegen, weil Sie es nicht vermocht haben, ihn zu ändern, oder weil es gar nicht möglich ist, ihn zu ändern, das weiß man nicht. Ich habe ihn zwar gewarnt, ich sagte, dass er sich in die Nesseln setzen wird, aber er hat nicht auf mich gehört. Ein Freund hat auch zu ihm gesagt: Lieber Ruudi, Gott hat noch kein so schönes Mädchen erschaffen, als dass ein gottesfürchtiger und sündiger Mann wie du nicht neben ihr auch andere – lebenslustige – Frauen begehrt, denn ein gottesfürchtiger Mensch ist mehr der Sünde zugetan als der edlen Liebe des allerschönsten Mädchens. Aber nichts half. Alles anderen wissen Sie aus eigener Erfahrung. Und jetzt versucht er einen Schlussstrich zu ziehen, und wie Sie sehen, wieder mit meiner Hilfe.«

»Ach, deshalb hat er mir Ihre Adresse gegeben?«

»Wozu denn sonst? Er sagt zu mir: Du hast mir die Suppe eingebrockt, jetzt löffel sie auch aus. Hilf Himmel!, habe ich geantwortet, wieso habe ich sie eingebrockt?! Ich helfe dir ein Dienstmädchen zu finden, aber du hast nichts Besseres zu tun, als es zu heiraten. Aber er sagt ganz einfach: Was suchst du mir auch ein Dienstmädchen aus, das ich heiraten muss! So geht unser Streit. Aber Ihnen, gute Frau, sage ich eines – lassen Sie ihn gehen, wenn er denn so unbedingt gehen will. Er passt nicht zu Ihnen, und Sie passen nicht zu ihm, Sie sind einander nur ein Kreuz, das Sie beide zu tragen haben. Er wird für Sie nie ein Kindsvater sein, und früher oder später möchten Sie doch Mutter werden, denn dieser Wunsch ist für Sie seit jeher der natürlichste. Er wird auch nie ein richtiger Mann für Sie sein, denn was ist das für ein Mann, der sich auf andere Frauen verschwendet.«

»Aber zu Ihnen passt er?«, fragte Irma und verkniff sich weitere Worte, denn im Moment zweifelte sie an allem.

»Mit mir ist es ganz etwas anderes«, antwortete Madame Polli. »Ich habe nie von ihm ein Kind gewollt, und selbst von Liebe ist zwischen uns nie die Rede gewesen. Hat er genug von mir, dann stehe ich ihm nicht im Wege, kommt er zu mir zurück, dann nehme ich ihn freundlich auf. So sieht meine Liebe aus, und nur solch eine Liebe kann er ertragen. Mit Ihnen ist es vollkommen anders, und deshalb wäre es meiner Meinung das einzig Richtige, sich scheiden zu lassen, und zwar einvernehmlich.«

»Ich möchte ihn nur noch ein einziges Mal sehen«, sagte Irma, als sei sie mit Madame Pollis Ansichten einverstanden.

»Gute Frau, wozu?«, fragte Madame Polli, »das macht doch alles nur noch schwerer.«

»Schwer – was hat das schon zu sagen«, sprach Irma mit zitternden Lippen, während sie mit aller Macht gegen die Tränen ankämpfte, die nicht nur in der Kehle, sondern im ganzen Körper schmerzten.

Madame Polli betrachtete sie einen Moment nachdenklich und sagte dann:

»Kommen Sie morgen zur gleichen Zeit, ich werde es versuchen, vielleicht kann ich Ihren Mann dazu bewegen herzukommen. Und noch eines: Wenn er Ihnen öffnet, dann sind Sie beide allein in dieser Wohnung, vollkommen unter sich. Das ist Ihnen doch recht?«

»Ich danke Ihnen von ganzem Herzen«, antwortete Irma und versuchte zu lächeln.

»Sehen Sie, gute Frau, Sie können sogar schon ein bisschen lächeln«, sagte Madame Polli, als sei auch ihr leichter ums Herz. »Alles geht vorbei, nur der Anfang ist schwer. Später werden Sie Gott danken, dass Sie aus dieser Sache heil herausgekommen sind.«

Irma verließ Madame Polli beinahe glücklich: Morgen würde sie Rudolf treffen. Es schien ihr, als sei schon alles gerettet, alles zum Guten gewandt. Kurz schoss ihr der Gedanke durch den Kopf, dass sie wieder aufs Land fahren könnten, so, wie sie es der alten Bäuerin versprochen hatte. Mit welchen Augen würde sie dann wohl die Stelle an der Straße sehen, wo sie gestanden hatte, bis die Staubwolke verzogen war; mit welchen Augen den Haselbusch, unter dem sie im Heu gesessen hatte? Ach, wenn doch nur noch ein einziges Mal in ihrem Leben ein Wunder geschähe!

Aber es geschah kein Wunder. Sie musste zurück in die geplünderte Wohnung, weil sie der Tante nicht unter die Augen treten wollte, ehe die Dinge geklärt waren. Ebensowenig wollte sie sich auf der Straße zeigen, weil sie fürchtete, Bekannten zu begegnen. Also eilte sie nach Hause und quälte sich dort bis zum späten Nachmittag herum, dann ging sie ins Kino, um die Zeit totzuschlagen. Als sie die Vorstellungen in einem Kino gesehen hatte, ging sie starr und stumm ins nächste. Nach Hause kam sie erst um Mitternacht.

Heute Nacht wollte sie, komme was wolle, schlafen, um morgen etwas frischer und lebendiger auszusehen. Vor dem Zubettgehen betrachtete sie sich eine ganze Weile im Spiegel und stellte fest:

»Schrecklich, wie ich aussehe! So kann ich doch meinem Mann nicht unter die Augen treten! Das ist einfach schrecklich!«

Aber es half weder das Zubettgehen noch die Feststellung, dass sie unbedingt schlafen müsse, um sich in Form zu bringen, denn davon, wie müde sie morgen sein würde, konnte ihr ganzes weiteres Schicksal abhängen. Doch der Schlaf kam nicht. Irma verließ das Bett und ging im Dunkeln durch die Zimmer, hin und her, von einer Ecke in die andere, aus einem

Zimmer ins nächste. So kam schließlich das Morgengrauen, ein nebliger grauer Morgen. Irma öffnete die Fenster und ließ die nasskalte Luft herein, die ihr langsam an den Beinen nach oben kroch. Am Ende war der ganze Körper kalt. Dann schloss sie die Fenster und kroch unter die Decke ins Warme. Augenblicklich schlief sie ein, um in dem Moment zu erwachen, als sie schon in Madame Pollis Wohnung hätte sein müssen. Das brachte sie fast um den Verstand: Diesem Augenblick so entgegenzufiebern und sich dann zu verspäten! Außerdem hatte sie vor, an diesem Morgen gründlich Toilette zu machen und sich frische Wäsche anzuziehen, aber jetzt war für nichts mehr Zeit. Hals über Kopf fuhr sie in ihre Kleider, stieg ins erstbeste Auto und begab sich mit einer unguten Vorahnung zu Madame Pollis Wohnung. Sie kam eine halbe Stunde zu spät. Der Mann öffnete die Tür.

»Ich dachte, du kommst gar nicht mehr«, sagte Rudolf.

»Du wirst es nicht glauben!«, rief Irma mit Tränen in den Augen. »Kannst du dir vorstellen, was passiert ist? Ich durchwache die ganze gestrige und auch die heutige Nacht, bekomme kein Auge zu, und dann schlafe ich heute Morgen so fest ein, dass ich zu spät komme! Verstehst du diese Idiotie: Ich komme, um mich mit dir zu treffen, und verspäte mich!«

Aber auf Rudolf wirkte diese »Idiotie« keineswegs idiotisch, ganz im Gegenteil, er zog daraus eigene Schlussfolgerungen und fragte geradezu und sogar in fröhlichem Ton:

»Nun, mein Heimchen, warum wolltest du mich denn so unbedingt treffen?«

»Ich wollte dir sagen, dass du den Verstand verloren hast, mein lieber Mann«, antwortete Irma.

»Aber nicht doch«, sagte Rudolf. »Ist das alles, was du mir zu sagen hast?«

»Nein. Ich möchte wirklich wissen, was das alles bedeuten soll. Wozu dieses Theater?«

»Liebes, es ist kein Theater«, sagte der Mann.

»Das heißt, du willst mich wirklich, koste was es wolle, loswerden?« Irma fühlte, wie ihr die Lippen zu zittern begannen, obwohl sie vorhatte, ruhig und sachlich zu bleiben.

»Nein, mein Liebes, umgekehrt: Du musst mich, koste was es wolle, loswerden«, sagte der Mann.

»Weil ich kein Kind von dir bekomme?«, fragte Irma.

»Auch deshalb.«

»Warum denn noch? Weil du mich betrügst, weil du nicht anders kannst?«

»Auch deshalb.«

»Und? Was noch? Weil ich dich mehr liebe als du mich?«

»Auch dies«, bestätigte der Mann.

»Und nun?«, fragte Irma.

»Genügt das denn nicht?«, fragte der Mann zurück. »Es ist doch keine Ehe mehr, wenn kein Kind da ist, keine Treue und Liebe.«

»Mein lieber Mann, ich liebe doch noch, und treu bin ich auch. Und auf ein Kind werde ich verzichten. Genau das wollte ich dir sagen – dass ich auf ein Kind verzichte, wenn du bei mir bleibst. Und weißt du, auf deine Treue verzichte ich auch, denn es ist leichter, auf deine Treue zu verzichten als auf dich. Auch das wollte ich dir sagen. Und wenn meine Liebe dir zur Last wird, dann verzichte ich auch darauf. Wenn du willst, dann sage ich dir nie mehr, dass ich dich liebe, und ich tue nichts mehr von alledem, was ich tat, als ich dich noch liebte, sodass du wirklich siehst, dass ich dich nicht mehr liebe.«

Der Mann sank bei den Worten der Frau in sich zusammen, so als würde ihm von Wort zu Wort eine schwerere Bürde auferlegt. Schließlich sagte er fast wie zu sich selbst:

»Meine Frau, mit dir ist es vollkommen aussichtslos.«

»Genügt das immer noch nicht?«, fragte Irma. »Was verlangst du noch von mir? Verlange, was immer du willst, nur nicht, dass ich mich von dir trenne.«

»Das ist das erste und einzige, was du tun musst, wenn du nicht zugrunde gehen willst«, sagte der Mann.

»Lieber zugrunde gehen, als auf dich verzichten«, stieß Irma hervor.

»Das kann ich nicht auf mich nehmen.«

»Das ist auch gar nicht nötig, das verantworte ich selber«, sagte Irma.

»Im Moment bist du vollkommen entscheidungs- und verantwortungsunfähig«, erklärte Rudolf.

»Und du bist fromm und gottesfürchtig, ja?«, entgegnete Irma. »Aber ich sage dir, wen oder was du fürchtest: Du fürchtest nicht Gott, sondern diese Frau! Sie hat dir die Idee der Scheidung in den Kopf gesetzt. Sie will dich von Gott und von mir übernehmen – natürlich mitsamt dem Mobiliar, das ihr schon hierher geschafft habt. Ihr lügt mich beide nach Strich und Faden an, denn ihr haltet mich für ein unmündiges Kind. Ihr erklärt mich zu einer Wunderfee, zu etwas Zartem, das man hüten und beschützen muss, aber ich will nicht behütet und beschützt sein! Ich bin eine Frau, die liebt und lieben will wie jede andere. Auch das wollte ich dir sagen, damit du es weißt, ehe du dich endgültig entscheidest. Ich bin bereit zu allem, zu dem auch andere Frauen bereit sind, und ich scheue mich nicht zu kämpfen, denn bei meiner Liebe geht es um Leben und Tod. Wenn du vielleicht noch etwas hast, worauf ich als deine Frau verzichten sollte, dann nenne es, damit ich sehe, ob ich es vermag oder ob es meine Kräfte übersteigt. Und wenn du nichts mehr vorzubringen hast und ich auf alles, was du nanntest, verzichte, du mich aber trotzdem loswerden willst, dann ist mir eines klar: Du hast mich einfach satt, nichts weiter, und in dem Falle nützen auch all meine Verzichtsangebote nichts. Aber dann könntest du es mir auch ins Gesicht sagen, damit ich es weiß, und dann fiele ich dir auch nicht mehr zur Last. Ich habe mich all die Tage und Nächte auf dem Land und in der Stadt so zermartert und so viel gegrübelt, dass ich mich fühle wie ein Stück Hartgesottenes. Am Ende ist der Verstand klar und das Herz hart. Du hast von Anfang nichts anderes getan, als gelogen und betrogen. Und wenn ich jetzt auf alles verzichte, damit ich wie jede andere zu dir passe, und du schweigst immer noch, dann steht fest, dass du mich nicht willst. Aber dann ist auch das Gerede von der Kinderlosigkeit und den Treuebrüchen nur Lug und Trug – von wegen, du kannst nicht treu sein, auch wenn du mich noch so sehr liebst. Es gibt nur eine Wahrheit in deinen langen Erklärungen – du liebst mich nicht, du hast mich wahrscheinlich nie geliebt. Du hegtest anfangs nur ein bisschen Interesse, denn ich hatte, wie meine Base Lonni sagte, den frischen Duft einer Landpomeranze an mir, oder, wie du selbst gesagt hast und es natürlich auch jetzt noch sagst – ich würde jungfräulich duften, was auch nur eine von deinen Lügen ist, mit denen du mich einwickelst …«

Irma redete, und Rudolf hörte zu, er hörte ruhig und gefasst zu, bis Irma laut in Tränen ausbrach. Aber auch da blieb er ruhig und gefasst, als wolle er das Ende des Weinkrampfes abwarten, aber nein, das vermochte er doch nicht, er sagte vorher:

»Möchtest du mir nicht eine Frage beantworten?«

»Ich will auf gar nichts mehr antworten, alles ist sinnlos und dumm«, schluchzte Irma.

»Aber ich würde dich sehr darum bitten zu antworten, und ich bitte dich, dass du ehrlich und unumwunden antwortest.«

»Natürlich, ich antworte ehrlich und unumwunden – aber du? Du windest dich, wie immer!«

»Nein, ich versuche auch ganz direkt zu antworten, so gut ich nur irgend kann.«

»Was willst du denn noch von mir wissen? Ich habe dir doch alles gesagt! Du weißt alles von mir, ich aber gar nichts von dir!«

»Hier irrst du dich«, sagte Rudolf, »auch du weißt alles von mir, nur glaubst du mir nicht, ich dagegen glaube dir, das ist der Unterschied. Und jetzt möchte ich wissen, ob deine heutigen Angebote, das heißt, der Verzicht auf ein Kind, meine Treue und deine Liebe, ob dies nur eine Prüfung ist, um zu sehen, was ich tue, oder gedenkst du wirklich auf all das zu verzichten, nur damit wir zusammenbleiben können?«

»Ich verstehe einfach nicht, wie du so fragen kannst«, sagte Irma traurig. »Natürlich meine ich es so, ich bin bereit zu allem – nur um dich nicht zu verlieren.«

»Aha«, sagte Rudolf, »dann habe ich es richtig verstanden, nur deine letzten Worte ließen mich zweifeln. Und weil dem so ist, darum nenne ich eine Liebe, die bereit ist, letztlich auf sich selbst zu verzichten, in höchstem Maße unschuldig und jungfräulich. Verstehst du das jetzt?«

»Ja, das verstehe ich«, antwortete Irma.

»Und glaubst du mir, dass ich, wenn ich von deiner jungfräulichen Liebe spreche, nicht nur schöne Worte mache, sondern mit meinen Worten wirklich etwas Reales meine? Glaubst du das jetzt?«

Aber Irma konnte nicht antworten, denn wieder wurde sie von einem heftigen Weinkrampf gepackt. Erst nach geraumer

Zeit sagte sie, während ihr Kopf noch zuckte: »Jetzt glaube ich es. Es ist so schrecklich, dass du recht haben musst.«

»So, das wäre geklärt«, sagte Rudolf erleichtert. »Wenigstens eines, das du als Lüge angesehen hast, bin ich nun los. Weiter: Machst du dir auch nur im Geringsten bewusst, was du tust, wenn du auf ein Kind, auf meine Treue und schließlich sogar auf deine Liebe verzichtest? Gut, du verzichtest auf ein Kind und auf meine Treue, aber wie willst du auf deine Liebe verzichten? Wozu hältst du dich noch so krampfhaft an mir fest, wenn du nichts mehr für mich empfindest?«

»Wozu halten sich die anderen an dir fest, wenn sie nichts für dich empfinden?«, fragte Irma.

»Die anderen«, wiederholte Rudolf nachdenklich, »die anderen tun es deshalb, weil ich ein wenig Geld habe. An dem Tag, an dem mir das Geld ausginge, würde auch ihr Festhalten ein Ende haben. Und behalte unbedingt eines im Blick: Sie wurden nicht gezwungen, auf ihr Teuerstes, auf ihre Liebe zu verzichten, um mich zu erobern. Sie kommen ohne Liebe, mit leeren Händen, und hoffen, von mir etwas zu bekommen. Die noch lieben, sind nie unter den sogenannten ›anderen‹, und schon deshalb ist es nicht möglich, dass du dazugehören könntest. Meiner Meinung nach ist das so eindeutig, dass ich es sinnlos finde, darüber auch nur ein Wort zu verlieren. Was meine Treue oder Untreue angeht, so brauchen wir auch hierzu kein weiteres Wort zu verschwenden, denn du kennst die Tatsachen. Leider aber glaubst du nicht an Tatsachen, sondern an Erklärungen, und zwar nur an deine, und die gehen so: Nicht dass ich nur so untreu wäre, nein, ich vollziehe absichtlich und in vollem Bewusstsein die Untreue, um dich auf diese Weise loszuwerden und dir zu verstehen zu geben, dass ich dich nicht mehr liebe. In Wirklichkeit liegt das Übel darin, dass ich die Liebe, die den

Menschen treu macht, gar nicht in mir trage, aber für dich ist dies unbegreiflich und unglaubwürdig gleichermaßen, denn deine Liebe ist treu. Vom Standpunkt deiner Liebe aus gesehen liebe ich überhaupt nicht. Leider habe ich das erst im Zusammenleben mit dir begriffen, und daher meine Erkenntnis, dass zwei Menschen, deren Art und Weise zu lieben, so weit auseinandergeht, niemals länger zusammenbleiben können, wenn sie das Leben für beide Seiten nicht zur Hölle machen wollen. Verstehst du das?«

»Aber wenn ich die Hölle will?«, antwortete Irma mit einer Gegenfrage.

»Die will kein Mensch, der bei klarem Verstand ist«, sagte Rudolf.

»Dann habe ich eben keinen klaren Verstand«, bemerkte Irma.

»Aber ich habe ihn«, entgegnete Rudolf, »denn gerade im Alleinsein beziehungsweise in Gesellschaft Unbeteiligter bin ich zu Verstand gekommen, und jetzt es ist meine Pflicht, danach zu handeln.«

»Erinnerst du dich, was du mir gesagt hast, als ich danach leben wollte, was klüger ist?«, fragte Irma.

»Damals hatte auch ich keinen Verstand im Kopf«, sagte Rudolf und fügte hinzu: »Außerdem geht es im Moment nicht um die Frage, was klüger, sondern was überhaupt möglich ist. Und jetzt kommt der dritte Punkt.« Rudolf nahm sein Notizbuch und suchte etwas zwischen den Seiten, und als er das Gesuchte gefunden hatte, reichte er es Irma mit den Worten: »Bitte, lies und achte darauf, wann das Papier ausgestellt worden ist.« Nach einer Weile, als Irma die Augen vom Papier hob und den Mann fragend ansah, sagte der: »Bist du jetzt zufrieden? Oder glaubst du vielleicht, dass ich mir von diesem ehrwürdigen Professor eine Fälschung erkauft habe? Du kannst ihn gerne persönlich sprechen, wenn du es wünschst.«

»Ich wünsche gar nichts«, sagte Irma. »Das allerschlimmste ist, dass du am Ende doch ehrlich zu mir bist.«

»Ja, es ist wirklich das allerschlimmste, dass wir ehrlich und gut zueinander sind«, bestätigte Rudolf. »Es wäre viel leichter, wenn es anders wäre. Das habe ich dir auch in meinem Brief gesagt. Überhaupt ist alles schon längst gesagt und gedacht, es ist nicht erst von gestern auf heute so gekommen. Begonnen hat alles am Weihnachtsabend, erinnerst du dich, als du Mutter eines Weihnachtskindes werden wolltest. Das Zimmer war warm und hell, so hell, du lagst da, als würdest du auf die Verkündigung des Engels warten, und ich kniete vor dir. In dem Moment kam es mir so vor, als sei ich so etwas wie ein übermächtiger Geist, der sich über dich breitet, dich unter sich begräbt und erdrückt, und erst wenn du von ihm erlöst wirst, dann wirst du auch Mutter, Mutter eines Weihnachtskindes. Es kam mir so vor, weil ich von deiner jungfräulichen Schönheit schier überwältigt war, ich fühlte sie und dachte, dass auch an mir etwas Besonderes sein muss, wenn ich deine Schönheit so klar und tief erkenne. Aber wie du weißt, ist an mir ist nichts Besonderes, nicht einmal das Normalste: Du bist nicht Mutter geworden. Und als du deinen Wunsch auch später wiederholt hast, begann ich an mir zu zweifeln und ging zum Arzt, der mir dann dieses Papier ausgestellt hat. Verstehst du, ich wollte es schriftlich haben, denn ich befürchtete von Anfang an, dass es dir schwerfallen würde, mir zu glauben. Und entsinnst du dich auch daran, dass du auch deshalb ein Kind wolltest, damit es mich daran hindert, weiterhin auf Abwege zu gehen? Ich sagte damals, dass ein Kind kein Hindernis dafür ist. Aber ich log in vollem Bewusstsein, denn da hatte ich bereits dieses Papier in der Tasche. In Wirklichkeit war ich vollkommen deiner Meinung, nämlich, dass ein Kind in unserem Leben sehr viel bedeutet hätte, vielleicht sogar auf ganz entscheidende Weise. Seit der Zeit, da ich wusste, dass wir kein Kind haben können, war meine einzige Sorge: Wie einen passenden Mann für dich finden? Verstehst du, ich wollte dich, koste was es wolle, unter die Haube bringen, so als wäre ich dein Vater oder deine Mutter. Aber ehrlich gesagt, welcher Vater sorgt sich so um den künftigen Lebenspartner der Tochter, wie ich es getan habe! Also war ich in dieser Hinsicht eher eine Mutter als ein Vater für dich. Und kein einziger Mann, der sich dir genähert hätte, wäre gut genug gewesen. So verrückt habe ich dich geliebt, als ich dir einen anderen Mann suchte. Damals mussten in mir zwei Gefühle gegeneinander ankämpfen, auf der einen Seite die Liebe des Mannes zu seiner Frau, auf der anderen Seite das Gefühl für Anstand und Pflicht. Heute denke ich, dass meine Liebe die Sache letztlich doch so einzurichten wusste, dass das Pflichtgefühl leer ausging. Natürlich, formell musste die Pflicht erfüllt werden, die Sache an sich aber hatte zu bleiben wie sie war: Du wärst weiterhin meine Frau gewesen. Diese beiden Seiten der Medaille zeigten sich besonders in der Zeit deiner Bekanntschaft mit diesem Schmiedebohn oder wie er hieß ...«

»Liegenheim hieß der junge Mann«, berichtigte Irma.

»Richtig, Liegenheim. Mir ist er komischerweise als Schmiedebohn im Gedächtnis, also lass mich ihn so nennen. Du denkst dir den richtigen Namen dazu, also Liegenheim. Gut. Als du diesen Schmiedeheim kennenlerntest, hatte ich plötzlich das Gefühl, dass dies der richtige Mann für dich sei, der Vater für das Weihnachtskind. Das ist ein Mann, der nicht an Liebe denkt und über Liebe spricht, so wie ich das

tue, sondern einfach liebt. Eine Ewigkeit hübscher Gedanken und Worte sind nichts gegen einen Augenblick stummer
Liebe, wenn es die wahre ist. Denn was ist aus unserer Liebe
geworden? Ich habe sie ertränkt in leeren Worten. Worte sind
im Meer der Gedanken wie Mühlsteine am Hals der Liebe.
Allein dies sollte dir beweisen, wie wenig ich imstande bin,
wahrhaft zu lieben. Der Schmiedeheim dagegen war ganz
anders. Du hast vielleicht nicht bemerkt, dass …«

»Habe ich wohl«, sagte Irma.

»Was hast du bemerkt?«, fragte Rudolf.

»Als wir einmal im Kino saßen und ich mir die Handschuhe ausgezogen hatte und sie in der Hand behielt, da nahm
er sie am anderen Ende und hielt sie fest, und so saßen wir,
ich weiß nicht wie lange, ohne auch nur ein einziges Wort zu
sagen. Selbst als es im Kino wieder hell wurde, ließ er meine
Handschuhe nicht los. Aber damit es ihm nicht peinlich
würde, schob ich meine Hand mitsamt Handschuhen näher
zu ihm hin. Ja, so war das.«

»Das ist es, was ich sagen wollte«, bekräftigte Rudolf, »das
ist die wahre Liebe. Hätte ich dich ihm wirklich überlassen
wollen, dann hätte ich so tun müssen, als merkte ich nichts,
und es so einrichten müssen, dass Herr Schmiedeheim
zu unserem Hausfreund wird. Ihr wärt einander langsam
nähergekommen, und eines Tages hätte euch keine Macht
dieser Welt mehr trennen können. Ich hätte ein trauriges
Gesicht gezogen und dich gehen lassen und dir noch eine
ordentliche Mitgift für die neue Ehe mitgegeben. Das wäre
anständig gewesen …«

»Auch das traurige Gesicht?«, fragte Irma erstaunt.

»Auch das traurige Gesicht«, bestätigte Rudolf, »sonst wäre
es dir schwer gefallen, mich zu verlassen.«

»Ich denke, umgekehrt«, sagte Irma.

»Egal, was reden wir über Nebensächliches«, meinte Rudolf. »Jedenfalls dachte ich, dass zu meiner Anstandspflicht auch das traurige Gesicht gehört, zumal ich wusste, dass ich nicht der Richtige für dich bin, weil ich über kurz oder lang dein schönes Leben und deine Liebe verderben würde. Glaub mir, ich war wirklich davon überzeugt. Nur deshalb habe ich dir die Kurse empfohlen, denn dort würdest du hauptsächlich mit jungen Leuten zusammenkommen, außerdem mit solchen, die bereits einer Arbeit nachgehen. Wenn der Mensch arbeitet und ein Ziel, sozusagen Ideale vor Augen hat, dann verdirbt er keinen anderen, und auch ihn selbst zu verderben, dürfte schwer werden. Selbst durch den größten Schmutz kommt ein solcher Mensch sauber hindurch. Nun, da hast du dann diesen Schmiedebaum kennengelernt.«

»Dieser Mann hat deinen Verstand völlig zerrüttet«, stellte Irma fest. »Er heißt Liegenheim, aber du machst Schmiedebohn, Schmiedeheim und jetzt auch noch Schmiedebaum aus ihm.«

»Daran kannst du sehen, wie sehr ich dich liebe«, meinte Rudolf.

»Kommt das auch von der Liebe, dass du einerseits versucht hast, mich zu verderben, im selben Atemzug aber erklärst, mich vor dem Verderben bewahrt zu haben?«, fragte Irma.

»Gut möglich, dass auch das von der Liebe kommt«, antwortete Rudolf. »Aber eines ganz bestimmt und zwar das, was ich mit diesem Schmiedeheim gemacht habe: Ich habe ihn auf der Straße abgefangen und ihm zu verstehen gegeben, was für ein unschuldiges Kind du bist. Deiner Meinung nach sind Liebe und Ehe ein und dasselbe, sagte ich zu ihm. Natürlich befiel den jungen Mann Panik, als ich anfing, von der Ehe zu reden, denn einer wie er hat so vage Vorstellungen davon, dass es schon zu viel ist, überhaupt von Liebe zu reden.«

»Ach, deshalb kam er plötzlich nicht mehr zu den Englischstunden!« Irma ging ein Licht auf.

»Ja natürlich«, bestätigte Rudolf, »denn einem Mann sollte man die Ehe nie vor Augen führen, wenn sie bereits unabwendbar ist und es keinen Ausweg mehr zu geben scheint. Das wissen die Frauen am besten, und doch sind sie oft genug schlecht beraten, weil sie aufs Ganze gehen und den Mann trotzdem nicht bekommen. Die Sache mit dir und Schmiedebohn war deine erste und letzte, denn danach warst du wachsam. Du hast dich auf nichts mehr eingelassen, weil du ja wusstest, dass Liebe nicht nur mit Lug und Trug und großen Reden einhergeht, wie bei uns, sondern auch mit Lachen und Schweigen, mit gemeinsamem Festhalten an Handschuhen oder woran auch immer und sei es im dunklen oder hellen Kino. Also ging mein Plan, dich an den Mann zu bringen, daneben: erst wegen meiner Liebe und danach wegen deiner Liebe. Gleichzeitig sprachst du immer öfter von einem Kind, was mein Pflichtgefühl deiner Zukunft gegenüber auf den Plan rief, und so verfiel ich wieder in mein Lotterleben, als wollte ich mich absichtlich zu einem abstoßenden Menschen machen, den du mühelos verlassen konntest. Allerdings blieben die erwünschten Folgen aus, aber Madelaine, das heißt Frau Polli – sie ist wahrscheinlich die einzige in meinem Bekanntenkreis, die noch ein wenig Herz hat –, gab mir zu verstehen, dass ich zwar tun und lassen könne was ich wolle, aber so dürfe ich nicht weitermachen. Zu dieser Einsicht war ich schon längst gekommen, und dementsprechend habe ich mich dann entschieden. Auch du wirst, wenn du alles abwägst, unausweichlich zu dem Schluss kommen, dass dies für uns der einzige Ausweg ist. Natürlich, für dich ist es zunächst schwer, aber was soll man machen. Sich über Irrtümer zu streiten ist immer schmerzlicher, als sie zu begehen. Und was die finanzielle Seite anbelangt, so …«

»Bitte nicht das«, unterbrach Irma den Mann mit bebenden Lippen.

»Wie du wünschst«, antwortete Rudolf, »aber merke dir, wenn …«

»Ich merke mir gar nichts«, unterbrach Irma den Mann erneut.

»Liebes Kind«, begann Rudolf.

»Und es hilft nicht, wenn ich verzichte?«

»Ich habe dir doch erklärt, warum es sinnlos wäre.«

»Würdest du mich dann wenigstens noch einmal küssen, damit der Kuss, den du mir gabst, als du Sooniku verlassen hast, nicht der letzte ist?«, bat Irma.

Sie erhoben sich beide ohne ein Wort. Rudolf trat auf die Frau zu, die ihm kraftlos in die Arme sank. Aber als der Mann sie geküsst hatte, bat sie – und sie bat immer wieder aufs Neue:

»Noch einmal! Bitte, noch einmal! Noch einen Kuss! Es ist doch das letzte Mal!«

Schließlich riss sich Irma aus dem Armen des Mannes los und taumelte wie blind zur Tür hinaus.

XXVI

Als Irma Madame Pollis Wohnung verließ, schwirrte ihr der Kopf, sie war außerstande, ihre Gedanken zu ordnen, um festzulegen, wohin sie jetzt gehen und was sie tun sollte. Ziellos lief sie durch die Straßen, stieß mit anderen Passanten zusammen, so als gäbe es auch unter jenen solche wie sie, die nicht in der Lage sind, ihre Gedanken zu ordnen. Später konnte sie sich nicht entsinnen, wie oder warum sie in der Innenstadt vor das Schaufenster der größten Drogerie geraten war, in dem unter anderem ein Reklamebild für Fliegenpapier aufgestellt war. Der Anblick dieses Bildes rief in Irma etwas längst Vergessenes ins Bewusstsein, und sie betrat das Geschäft und fragte den jungen Mann hinter dem Ladentisch nach Fliegenpapier. Der junge Mann hatte blaue Augen, und Irma fiel ein, wie Rudolf ihre Augen tiefblau und sie selbst sein Heimchen genannt hatte. Also ist der da auch ein Heimchen, wenn er so blaue Augen hat, dachte Irma und bemerkte gar nicht, dass der junge Mann sie schon zum zweiten oder dritten Mal fragte, wie viele Fliegenpapiere er der Dame geben dürfe.

»Zehn Stück, nein, besser zwölf«, sagte Irma schließlich, und als der junge Mann die Papiere abgezählt hatte und die Quittung schreiben wollte, bedauerte Irma, nicht mehr verlangt zu haben. »Einen Moment«, sagte sie schließlich und tat so, als denke sie nach.

»Aber natürlich, meine Dame«, antwortete der junge Mann

höflich. Doch jetzt stoben Irmas Gedanken schon wieder in alle Richtungen davon, und sie vermochte sie nicht darauf zu lenken, was sie jetzt hätte sagen sollen.

»Die Dame hat noch einen Wunsch?«, fragte der junge Mann und schaute Irma mit seinen blauen Augen lächelnd an, denn es bereitete ihm Vergnügen, was für eine schwere Aufgabe das Kaufen von Fliegenpapier für die Damenwelt war.

»Ich wollte fragen«, begann Irma schließlich, »ob dieses Papier auch gut ist, also ob es auch wirklich tötet.«

»Keine Sorge, meine Dame, dieses Papier tötet unter Garantie«, erklärte der junge Mann. »Nur nicht zu viel Wasser draufgeben, es genügt, wenn es feucht ist, und als Lockmittel ein bisschen Zucker dazu, damit die Fliegen auch wirklich kommen, und wer dann den Rüssel ausstreckt, der streckt auch bald die Beine aus.«

»Sie meinen also, dass dieses Papier wirklich etwas taugt?«, forschte Irma.

»Glauben Sie mir, meine Dame, es taugt«, beteuerte der junge Mann mit den blauen Augen.

»Dann geben Sie mir zwanzig Stück«, entschied Irma und fügte hinzu: »Einmal habe ich welches bekommen, das kein bisschen geholfen hat.«

»Haben Sie es bei uns gekauft?«, fragte der junge Mann. »Dieses, das ich Ihnen heute verkaufe, ist mit Rattengift getränkt, also wenn das keine Fliege tötet, dann weiß ich wirklich nicht …«

»Wenn es so ist, wenn es wirklich mit Rattengift gemacht ist, dann geben Sie mir lieber dreißig Stück, damit man ordentlich etwas zu nehmen hat, denn ich fahre aufs Land«, sagte Irma.

»Auf dem Land sollten Sie darauf achten, dass die toten Fliegen nicht von den Hühnern gefressen werden, sonst gehen auch die Hühner ein. Am besten, man verbrennt die toten Fliegen«, erklärte der junge Mann.

»Ach wirklich, die Hühner sterben, wenn sie die mit diesem Papier getöteten Fliegen fressen?«, wunderte sich Irma.

»Garantiert«, antwortete der junge Mann.

»Ich danke Ihnen für die freundliche Beratung«, sagte Irma, als sie das Geschäft verließ.

»Aber gerne«, erwiderte der junge Mann und verbeugte sich höflich.

Aber wohin tue ich sie, wenn ich zur Tante gehe, wo könnte ich sie nur verstecken? grübelte Irma unterwegs. In die Handtasche – nein, die durchsucht Lonni sofort. Eigentlich gibt es überhaupt kein Versteck, wo sie es nicht finden würde, denn ihre Neugier kennt keine Grenzen. Am besten, das Paket bleibt einfach so liegen, dann weckt es keine Zweifel. Richtig, ich sage, dass ich vorhabe, aufs Land zu fahren und das Fliegenpapier mitnehmen will, denn im Herbst ist da immer alles so schrecklich voller Fliegen, nicht nur bei den Bauersleuten, sondern auch bei uns. Das klingt einleuchtend. Aber plötzlich kam ihr ein noch besserer Gedanke: Sie bringt das Fliegenpapier in ihre Wohnung und lässt es da. Nicht dass sie dort tun würde, was sie zu tun vorhat, nein, das nicht, denn dort würde sie vielleicht keiner suchen, wenn der Zeitpunkt gekommen ist, und das wäre schrecklich. Wenn überhaupt, dann wird sie es bei der Tante tun, aber vorher muss sie gehen und in Erfahrung bringen, wie es dort aussieht und wann der rechte Augenblick da ist, an dem sie Zeit hat und alleine ist.

Also ging Irma zunächst in ihre Wohnung, aber auch dort warf sie das Paket mit dem Fliegenpapier nicht in die erstbeste Ecke, sondern dachte nach, wohin sie es legen könnte – sie benahm sich, als habe sie das Papier gestohlen und als sei man bereits auf der Jagd danach. Nach langem Hin und Her steckte sie es schließlich in den Schrank zwischen die Wäsche. Aber auch da nahm sie es wieder heraus, denn ihr fiel ein, dass das Papier giftig war und das Gift in die Wäsche und durch die Wäsche in den Körper gelangen könnte. Sie umwickelte das Paket mit mehreren Schichten weißen Papiers und wollte es an denselben Ort zurücklegen, doch jetzt passte es nicht mehr in den Schrank, denn durch die zusätzliche Verpackung war das Ganze zu voluminös geworden. Schließlich hatte sie das Hin und Her satt, schleuderte das Paket mitten auf den Tisch und sagte laut: »Es kommt doch keiner, und selbst wenn, was geht ihn das Fliegenpapier an!« Also blieb das Paket auf dem Tisch liegen, und Irma ging, denn sie wollte keinen Augenblick länger hierbleiben als unbedingt notwendig.

Sie begab sich in die Vorstadt zur Wohnung der Tante. Da sie den Weg kannte, ging sie nach Gefühl: ohne etwas zu sehen, zu hören oder zu denken. Alles war irgendwie leer, sinnlos, vage, nur die blauen Augen des jungen Mannes, von dem sie das Fliegenpapier gekauft hatte, blitzten ein paarmal mit ungewöhnlicher Klarheit auf. Heimchen, formten ihre Lippen unbewusst.

Bei der Tante war niemand zu Hause. Diese einfache Tatsache ließ Irma plötzlich aufleben. Ihre Sinne erwachten, die Umgebung nahm Konturen an, alles hatte seine Bedeutung wiedergewonnen. Sie suchte den Haustürschlüssel im Versteck und fand ihn. Ging hinein. Alles war so, wie sie es in Erinnerung hatte. Das heißt, die Tante war vermutlich Wäsche waschen und Lonni in der Fabrik. Irma verließ die Wohnung wieder, schloss die Tür ab, steckte den Schlüssel in die Handtasche und wandte sich zum Gehen. Machte kehrt, nahm den Schlüssel aus der Handtasche und versteckte ihn an seinem angestammten Ort. Danach eilte sie zur nächsten Ecke, wo für gewöhnlich ein oder zwei Autos standen, fand dort eines vor, stieg ein, fuhr in ihre Wohnung, nahm das weiße Paket und kehrte zur selben Straßenecke in der Vorstadt zurück, zahlte dem Chauffeur das Fahrgeld, gab ihm mehr als nötig, wartete nicht darauf, dass er ihr etwas zurückgab, winkte ab und eilte wieder in die Wohnung der Tante. Der Schlüssel war da, wo sie ihn hingelegt hatte. Aber als sie daran ging, die Tür aufzuschließen, kam aus der Wohnung gegenüber ein alter Mann mit Brille heraus und sah sie fragend an. Irma erschrak, als sei sie bei einem Einbruch ertappt worden, wortlos starrte sie den alten Mann an, bis der sagte:

»Ach, Sie sind das! Und ich dachte schon, wer weiß, wer hier ein und aus geht.«

»Ja, ich«, brachte Irma nun heraus. »Die Tante ist waschen –?«

»Ich glaube nicht«, antwortete der Alte, »sie sagte, dass sie auf den Friedhof wollte.«

»Dann warte ich, bis sie kommt«, sagte Irma, so als habe sie es mit dem Warten sehr eilig, schloss die Tür auf und betrat die Wohnung, wo sie als erstes den Primuskocher in Gang setzte, um Wasser warm zu machen. Erst als das Wasser schon auf dem Feuer stand, nahm sie ihren Hut ab und zog auch den Mantel aus. Jetzt suchte sie eine kleine Schüssel, aber fand keine saubere, dann griff sie nach einer Aluminiumkasserolle, aber die war zu groß. Außerdem konnte das Metall einen Geschmack, eine chemische Reaktion hervorrufen, dachte Irma, und sie freute sich, dass sie solche Sachen in der Schule gelernt hatte. Siehe da, jetzt war das Schulwissen nützlich. Du weißt nie im Voraus, wo und wann du das brauchst, was du lernst, deshalb ist es immer gut zu lernen, egal was. Mit diesen Gedanken kontrollierte Irma das Wasser, aber das war erst lauwarm. Himmel, wie lange das alles dauert! Die Tante kann jeden Moment vom Friedhof kommen! Trotzdem, woher ein passendes Gefäß nehmen? Es sollte nicht allzu groß, zudem poliert oder aus Glas sein. Emaille ginge auch, aber so etwas gibt es hier nicht. Ach ja! Es muss ein Gefäß sein, aus dem man mühelos etwas in ein Glas gießen kann. Das heißt, ein Suppenteller kann es nicht sein, denn aus dem kann man nichts in ein Glas gießen, da läuft alles daneben. Aber sonst wäre ein Teller wie geschaffen – die Papiere passen genau auf den Tellerboden, du brauchst nichts weiter zu tun, als Wasser drauf zu gießen und mit einem Stab zu drücken, damit das Gift heraus-kommt. Während dieser Überlegungen geriet das Wasser in Vergessenheit und begann zu kochen. Jetzt erwachte Irma wie aus einem Traum: Sie griff sich die kleine fettige Schüssel voller Essensreste und begann sie zu schrubben. Goss ko-chendes Wasser hinein, sodass sie sich die Finger verbrannte, aber machte sich nichts daraus, denn jetzt war es ja egal, ob verbrannt oder nicht verbrannt, wenn man doch nur die Schüssel schnell sauber bekäme! Als das getan war, trockne-te sie sie sorgfältig ab, bis sie sich mit dem Handtuch glatt anfühlte, stellte sie auf den Tisch, nahm die Papiere aus dem Paket und legte sie auf den Grund der Schüssel. Ein großer Teller wäre besser gewesen, viel besser, aber aus dem konnte man nichts in ein Glas gießen, also doch lieber die Schüssel. Sie goss heißes Wasser auf die Papiere, einen Schwall, einen zweiten, einen dritten. Es war zu viel. Man musste etwas abgießen, aber das ging nicht, denn … Sie nahm einen Stab, drückte, ja stampfte die nassen Papiere, die so zusammengin-gen, dass sie nun doch ganz gut auf den Grund der Schüssel passten. Es machte also nichts, dass sie in der Schüssel waren und nicht auf dem Teller. Während die Papiere aufweichten, nahm Irma ein Glas, hielt es gegen das Licht, goss das letzte warme Wasser aus der Kasserolle hinein, wusch das Glas sorgfältig aus und trocknete es hinterher eine ganze Weile ab. Dann tat sie Zucker hinein, zuerst einen Löffel, dann einen zweiten, aber nun dachte sie, dass es zu viel war, schüttete etwas zurück, dachte, dass sie zu viel zurück geschüttet hatte, und gab wieder eine Löffelspitze hinzu und beruhigte sich. Dachte kurz nach, nahm ein Messer, suchte sich ein dünnes Holzstäbchen und schnitt davon einen Span ab, mit dem man das Wasser im Glas gut umrühren konnte, damit sich der Zucker auflöste. Der junge Mann im Geschäft, dieses blauäugige Heimchen, hatte ja gesagt, dass man Zucker draufstreuen sollte, damit es süß ist und die Fliegen anlockt, und wer den Rüssel hineinsteckt, der streckt auch die Beine von sich. Erneut drückte, ja knetete Irma die Papiere in der Schüssel. Das Wasser verfärbte sich gelblich, dann kräftig gelb. Das heißt ... Schließlich goss sie die gelbe Flüssigkeit ins Glas, das sich halb füllte, nahm die Papiere aus der Schüssel zwischen die Finger und drückte sie über dem Glas aus: Es kam noch viel gelbe Flüssigkeit heraus, ein Teil lief auf den Tisch. Irma suchte einen Lappen und trocknete den Tisch ab, rührte die Flüssigkeit im Glas um, bis der Zucker aufgelöst war. Sie musste jetzt die weiße Decke vom Bett nehmen, sah und erinnerte sich, dass es zwei Betten waren, ach ja, das dritte stand im vorderen Zimmer, also hatte man wieder eine Untermieterin genommen, die mit Lonni im hinteren Zimmer schlief, so, wie sie irgendwann hier geschlafen hatte, während sich das Bett der Tante nach wie vor im vorderen Zimmer befand. Dorthin ging sie, leerte das Glas in einem Zuge, bemerkte das nackte Fenster, zog die Gardine vor und legte sich aufs Bett.

Als Tante Anna nach Hause kam, fand sie den Schlüssel nicht am vorgesehenen Ort, zweifelte an ihrem Verstand, klinkte an der Tür, ob sie verschlossen war, tastete mit der Hand alle Verstecke ab, und als sie auch da nichts fand, ging sie den Alten aus der gegenüberliegenden Wohnung fragen. Als sie hörte, dass ihre Nichte gekommen war, ging sie zurück an ihre Tür, versuchte sie noch einmal zu öffnen, bückte sich, schaute ins Schlüsselloch, der Schlüssel steckte innen, sie klopfte, rüttelte an der Klinke, rief. Aber es nützte nichts, drinnen blieb es still.

Jetzt wurde die Tante plötzlich von einer großen Angst gepackt, die noch anwuchs, als der Alte mit der Brille meinte, dass sich die junge Frau wirklich ein wenig seltsam benommen habe. Tante Anna lief zum Fenster, versuchte hineinzuschauen, doch es war nichts zu sehen, die Gardine war vorgezogen. Was tun? Wie die Tür aufbekommen? Zur Polizei gehen? Nein! Die Tante lief zur selben Straßenecke, zu der auch Irma gelaufen war, fand dasselbe Auto, das auch Irma gefunden hatte, stieg ein und brauste in die Innenstadt zur »Werksstube«, wo der Kalmhof-Eedi arbeitete, denn der würde die Tür aufbekommen – wer, wenn nicht er!

Dass die Tante nun ausgerechnet zum Eedi brauste, hatte seine Gründe. Nach Irmas Heirat nämlich machte Eedi es sich zur Angewohnheit, Tante Anna und Tochter Lonni zu besuchen, immer öfter, immer ausgiebiger, denn sie beide waren die einzigen Menschen, mit denen er über Irma sprechen konnte, genauer gesagt – es waren die einzigen Menschen, die ununterbrochen über Irma sprachen, über das wundersame Schicksal der Verwandten, ohne zu fragen, ob jemand es hören wollte oder nicht. Und Eedi gehörte zu denen, nein, er war der einzige, der immer wieder begierig darauf war, etwas über Irma zu hören. Aber während er etwas über Irma hörte, fand er auch Gefallen an den Reden der munteren und wortgewandten Lonni, besonders dann, wenn sie von etwas anderem als von Irma sprach. So wurden sie langsam zu Vertrauten, die zusammen ins Kino gingen und ein paarmal sogar ins Theater, im Sommer unternahmen sie Spaziergänge, machten Ausflüge, fuhren hinaus aufs Meer. Mit der Zeit fühlten sie sich beinahe schon wie Braut und Bräutigam, und Tante Anna beschwor ihre Tochter bei jeder Gelegenheit, dass sie doch endlich zur Vernunft kommen und aufhören solle, mit anderen Männern zu *kokertieren*, und dass sie diesen Jungen nie mehr aus den Fingern lassen dürfe.

Also eilte Tante Anna zu Eedi als ihrem künftigen Schwiegersohn, um von ihm Hilfe zu bekommen, denn wenn Schlimmes geschehen sein sollte, dann hätte man nicht gleich eine Schar fremder Mitwisser am Halse. Als aber die Tante sah, wie sehr ihre Botschaft Eedi erschütterte, wie »der Junge plötzlich bleich wurde wie ein Totenhemd« – so berichtete die Tante später, was ihr an Eedi aufgefallen war, als sie mit ihrer Schreckensbotschaft zu ihm kam –, jedenfalls, als die Tante dies nun mit eigenen Augen sah, da wurde auch sie bleich wie ein Totenhemd, denn ihr Mutterherz ahnte sofort, dass ihre Lonni, sobald es um Irma ging, dem Jungen gar nicht mehr in den Sinn kam. Ach, sie hätte besser daran getan, wenn sie sonstwohin gegangen wäre, und wenn zur Polizei, nur nicht zu Eedi!

Aber jetzt war nichts mehr zu machen, die Sache nahm ihren Lauf, man konnte nur noch folgen. Und die Sache verlief von nun an so, als sei nicht sie, Tante Anna, die Tonangebende, sondern Eedi, der Kalmhof-Eedi, ein wildfremder junger Mann, der zum Bräutigam ihrer Tochter Lonni auserkoren war und sich plötzlich so benahm, als habe er nie etwas davon gewusst. Sogar ins Auto stieg Eedi zuerst, und erst nach ihm die Tante.

Als sie ankamen, stürmte Eedi wie ein Besessener durchs Hoftor hinein, während er dem Chauffeur über die Schulter zurief, dass er warten solle.

Unterdessen war Lonni aus der Fabrik heimgekommen und sprach mit neugierigen Nachbarn an der Wohnungstür, aber Eedi hatte keine Augen für sie. Und als Lonni ihm als ihrem Bräutigam Fragen stellte, hatte Eedi auch keine Ohren für sie. Jetzt begriff Lonni genauso wie ihre Mutter, dass sie neben Irma für Eedi einfach Luft war, einfach ein Nichts, und beiden wurden die Augen feucht, so als würden sie das ungewisse Schicksal ihrer lieben Verwandten schon im Voraus beweinen.

Währenddessen arbeitete Eedi mit nahezu affenartiger Behändigkeit: Er schob den Schlüssel zurück, der im Zimmer klirrend zu Boden fiel, und öffnete das Schloss. Sofort drängten sich die Neugierigen in die Wohnung. Aber sie bekamen kaum etwas zu sehen, weil Eedi den auf dem Bett liegenden, halb entseelten Körper, der helle Kleider trug, bereits mit seinen rußigen Händen gepackt hatte und wütend brüllte: »Aus dem Weg!« Mit Riesenschritten war er an den Gaffern vorbei im Korridor und draußen am Auto, wo er »Tür auf!« brüllte, und als der Chauffeur dem Befehl nachgekommen war, hob der junge Mann seine helle Fracht mit rußigen Händen behutsam hinein und kletterte selbst hinterher.

Im nächsten Augenblick war an einem Hoftor der Vorstadt nichts weiter zu sehen, als eine kleine Schar Neugieriger, die dem Geschehnis auf den Grund gehen wollte. Aber weit kam man nicht, denn eigentlich hatte niemand etwas Rechtes beizusteuern – weil niemand etwas wusste. Am meisten wusste noch der bebrillte Alte, aber auch seine Kenntnisse waren so kümmerlich, dass sie sich bald erschöpften, obwohl er sie mehrmals von den verschiedensten Seiten aus betrachtete und wiederholte.

Tante Anna und Tochter Lonni zogen sich aus der Schar der Neugierigen zurück, kaum dass das Auto verschwunden war, und das war sehr schnell fort, um die nächste Straßenecke gebogen. Sie wären gerne mitgefahren, besonders die Tante, denn es war ja nicht gerade schicklich, dass der Kalmhof-Eedi, ein wildfremder junger Mann, mit der Frau eines anderen Mannes durch die Gegend fuhr, doch Eedi benahm sich so, als sei nicht er der Wildfremde, sondern all die anderen, darunter auch Tante Anna und Lonni. So hatten auch sie zunächst nichts zu tun, als zu warten, ob und wann Eedi zurückkommen würde, um von ihm zu erfahren, was das alles nun eigentlich bedeuten sollte. Als sie im Zimmer waren und die Tür abgeschlossen hatten und niemand sie mehr behelligen konnte, sagte Lonni zu ihrer Mutter:

»Was hat die sich bloß eingebildet! Ist wie ein Pfau umherstolziert, hat ihr Rad bis sonstwohin geschlagen, aber wenns ans Sterben geht, muss sie ausgerechnet zu uns kommen!«

»Ja, weiß Gott, was das alles zu bedeuten hat. Als sie zuletzt hier war, sagte sie, dass sie aufs Land fahren würden, auf ihren Hof in die Sommerfrische, es hieß, sie hätten da ein neues Haus, grün gestrichen, damit es die gleiche Farbe hat wie der Wald«, erzählte die Mutter.

Das war schon alles, was sie an Tatsachen über Irma und ihr Leben zu berichten hatten. Alles andere waren lediglich Annahmen und Auslegungen. Darüber aber, was ihre Herzen am meisten bedrückte, wollte keine als erste den Mund aufmachen, anders gesagt, obwohl sie den Mund aufmachten, streiften sie es nur, als würde es sie nicht unmittelbar betreffen. Schließlich hatte die Mutter genug vom Gerede um den heißen Brei, und als Lonni, auf Irmas Mann abzielend, in Wirklichkeit aber auf Eedis Verhalten gemünzt, das ganze Männergeschlecht Schurken und Halunken schimpfte, sagte die Mutter seufzend:

»Was soll man machen, Töchterchen, alte Liebe rostet nicht.«

Diese schlichten Worte ließen wie bei einem Hochwasser die Dämme brechen, Lonni brach in Tränen aus, als wisse sie jetzt schon, dass ihre Zeit als Braut wieder einmal abgelaufen war. Schließlich sagte sie vorwurfsvoll zu ihrer Mutter:

»Musstest du denn auch ausgerechnet zu ihm rennen! Als gäbe es in der ganzen Stadt keine anderen Schlosser!«

»Ich weiß auch nicht, wo ich meinen Menschenverstand hatte, wir haben doch um die Ecke einen Meister, der damit allemal klargekommen wäre«, bekannte die Mutter.

»Du hast dich zeitlebens mehr um Irma gesorgt als um mich«, stieß Lonni hervor.

»Nun red kein dummes Zeug«, mahnte die Mutter. »Eigentlich ist es doch egal, ob ich den Eedi hergeholt habe oder nicht, erfahren hätte er's sowieso, und dann wär auch alles so gekommen, wie es gekommen ist und wie es noch kommen wird. Aber vielleicht macht der liebe Gott, dass alles gar nicht so schlimm kommt, wie wir fürchten.«

»Dann hoff nur«, sagte Lonni, während sie sich die Augen wischte. »Irma hätte diesen Zirkus nie veranstaltet, wenn mit ihrem Mann nicht alles schon längst in die Binsen gegangen wäre. Bleibt als einziger Trost, dass sie vielleicht stirbt.«

»Aber Kind!«, rief die Mutter aus. »Wie kannst du eine so schreckliche Sünde in den Mund nehmen!«

»Eigenhändig erwürgen werde ich sie, wenn sie mir den Eedi ausspannt! Erschlagen wie eine Wanze! Scharwenzelt um den Jungen, bis sie ihm auch das letzte bisschen Verstand geraubt hat, und wenn ich ihm dann aufs Neue klarmache, dass er ein Mann ist, dann macht sie kehrt und schnappt ihn mir weg. Ich könnte sie alle beide …«

So besprachen die Mutter und Lonni die neue und unerwartete Sachlage, die sie wie ein Blitz aus heiterem Himmel getroffen hatte. Schließlich hatten sie von all dem Wenn und Aber genug und hätten zu gern etwas mehr den Tatsachen Entsprechendes gehört, aber Eedi kam und kam nicht, sodass Tante Anna und Lonni am Ende befürchteten, dass er überhaupt nicht mehr zurückkommen, sondern von da, wo er Irma hingebracht hatte, direkt in die Werkstatt gehen würde. Wohin hatte er sie überhaupt gebracht? Natürlich, ins Krankenhaus und nicht zu ihr nach Hause – aber in welches Krankenhaus? Man müsste suchen gehen, müsste die Krankenhäuser nacheinander absuchen, sicherlich würde man sie finden.

Die Tante war diejenige, die zunächst die Krankenhäuser absuchen wollte, aber Lonni hielt sie zurück. Und als die Tante sich beruhigt hatte, verlor Lonni die Geduld, aber jetzt war die Tante dagegen, loszugehen, und empfahl zu warten. Irgendwann würde der Eedi ja doch kommen. Also blieb man zu Hause. Als Eedi kam, stellten beide dieselbe Frage, jedoch, was die Antwort betraf, nicht vom selben Wunsch getragen, denn die Mutter erwartete ein Ja, Lonni eher ein Nein.

»Bleibt sie am Leben?«, riefen sie dem jungen Mann entgegen.

»Natürlich«, antwortete Eedi. »Keinen Verstand im Kopf! Will sich mit Fliegenpapier umbringen, als wäre sie selber eine Fliege!«

»Geht das denn nicht?«, fragte Lonni und fühlte plötzlich

einen Stich im Herzen, denn ihr fiel ein, dass sie es war, die Irma vom Fliegenpapier erzählt hatte, an jenem Abend, als sie im Kino waren und Rudolf in Gesellschaft einer Dame oben im Rang saß. Richtig, das war doch der Abend, als Rudolf kam und um Irmas Hand anhielt! Aus diesem Gespräch musste sich Irma das Fliegenpapier gemerkt haben.

»Offenbar nicht, wenn sie lebt«, antwortete Eedi.

»Was sagt sie denn selber? Warum hat sie es getan?«

»Gar nichts sagt sie. Schreit nur, dass sie sterben will, das ist das einzige, was sie sagt«, berichtete Eedi.

»Armes Kind«, meinte Tante Anna, »warum bloß hat sie so der Teufel geritten?«

»Ich hab doch gesagt, dass ihre Ehe in den Binsen ist«, meinte Lonni.

»Und der Mann, wo ist der und was ist mit dem?«, wandte sich Tante Anna jetzt an Eedi.

»Weiß ich nicht«, antwortete der junge Mann kurz angebunden. »Es wurde telefoniert, man hat ihn nicht erreicht.«

»Wenn man was rauskriegen will, dann über die Zeitung«, meinte Lonni.

»Die Zeitung kommt doch erst morgen«, sagte die Tante. Aber auch die morgige Zeitung half ihnen nicht weiter, denn inzwischen hatte Herr Ikka von der Sache erfahren und den Telefonhörer nicht aus der Hand gelegt, ehe ihm von allen Zeitungen versichert worden war, dass das Geschehnis entweder vollkommen verschwiegen oder nur mit wenigen Zeilen und dem Anfangsbuchstaben des Familiennamens erwähnt wird, damit Außenstehende auch nicht das Geringste über die Sache erfahren. Also erschienen die Zeitungen am nächsten Tag ohne die Nachricht, die Tante Anna und ihre Tochter Lonni und so manch anderer ihrer Bekannten für die wichtigste der Welt hielten und sie alle in ihrer Meinung bestärkte, dass die Zeitungsberichterstattung diesmal ihre hehre Aufgabe in keiner Weise erfüllt hatte. Nur in einem Blatt, das über jedes Unglück, jedes Verbrechen und jeden Selbstmord unglaubliche Geschichten verbreitete, fand sich die knappe Notiz, dass man Frau I. mit Anzeichen einer Vergiftung in eine Klinik gebracht habe, ihr Leben aber außer Gefahr sei. Selbst das Fliegenpapier hatte die Zeitung verschwiegen, sodass die Menschheit gar nicht erfuhr, dass es auf der Welt auch Leute gibt, die sich mit Fliegenpapier vergiften wollen. Ebenfalls war aus der Notiz nicht zu ersehen, ob Frau I.s Gesundheit überhaupt jemals in Gefahr gewesen war oder nicht. Eher konnte man annehmen, dass das Ganze nur ein dummer Scherz gewesen ist, der Unruhe und Aufregung verursachen sollte. Lonnis lebhafte Vorstellungskraft wäre jedoch, wenn man auch nur ein klein wenig nachgeholfen hätte, so weit gegangen, dass sie behauptet hätte: Irma hat nie im Ernst daran gedacht, sich umzubringen, sondern alles nur vorgetäuscht, um ihr, der Lonni, den Eedi auszuspannen, nachdem ihr der eigene Mann davongelaufen war. Demzufolge waren auch Irmas Worte, dass sie sterben wollte, nichts als sterben, das reinste Manöver, denn Tränen und Tod sind die Schlagwaffen einer Frau, mit denen auch der stärkste Mann zur Strecke gebracht wird. So hätte es Lonni erklärt, wenn man sie auch nur ein klein wenig bestärkt hätte. Aber es gab niemanden, der es getan hätte, und so blieb von der ganzen Sache, die zunächst so viel Angst und Aufregung hervorgerufen hatte, nur eine große Enttäuschung übrig. Du lieber Gott, wozu das alles, wenn nicht einmal die Zeitungen darüber schreiben!

Im Zustand dieser Enttäuschung und Unwissenheit musste man bis zum Abend des dritten Tages ausharren, denn erst jetzt war Irma seelisch und körperlich in der Verfassung, um zur Genesung in die häusliche Pflege entlassen zu werden. Wäre es nach Irma gegangen, so wäre sie jetzt lieber in ihre geplünderte Wohnung gezogen als zu Tante Anna, denn sie wollte keinen einzigen Menschen sehen und hören. Doch im Krankenhaus war man der Meinung, dass die Genesende unbedingt die Gesellschaft und Hilfe anderer Menschen brauche, und deshalb wurde Irma der Tante sozusagen persönlich übergeben, für den Fall der Fälle und damit nicht noch Schlimmeres passieren würde, als schon passiert ist. Denn die Tante hörte mit eigenen Ohren, wie Irma dem Arzt vollkommen kaltblütig mitteilte:

»Es wird nichts nützen, dass Sie mir einen Wächter zur Seite stellen, ich mache letztendlich doch, was ich will.«

»Selbstverständlich, gute Frau«, pflichtete ihr der Arzt bei, »aber ganz bald werden Sie es nicht mehr tun wollen. Ein bisschen Ruhe und Erholung, dann ist es überstanden. Glauben Sie mir, ich kenne Sie besser als Sie sich selbst, denn Sie erleben so etwas zum ersten, ich aber zum wiederholten Mal.«

»Mit mir erleben Sie es zum ersten Mal«, erwiderte Irma.

»Und ich hoffe, es ist das letzte Mal«, antwortete der Arzt.

Tante Anna hatte man im Krankenhaus ans Herz gelegt, die Genesende nicht mit unnützen Fragen und Nachforschungen zu belasten. Das erschwerte die Lage erheblich, denn die Tante wusste nicht, wie sie sich verhalten und was sie sagen sollte. Da sie anfangs mit Irma allein war, denn die anderen waren noch nicht von der Arbeit gekommen, versuchte die Tante zu schweigen – still vor sich hin zu *wurschteln*, wie sie zu sagen pflegte. Aber dieses stumme Spiel konnte Irma nicht lange ertragen und suchte nun von sich aus nach einem Gesprächsfaden.

»Wen habt ihr denn zur Untermiete?«, fragte sie. »Ich habe erst jetzt gemerkt, dass es ein Mann ist.«

»Ein Mann, ja«, antwortete die Tante. »Der, der dich ins Krankenhaus gebracht hat.«

»Der Kalmhof-Eedi?«

Jetzt herrschte eine ganze Weile Schweigen, beide hatten mit ihren Gedanken zu tun. Schließlich sagte Irma wie zu sich selbst:

»Es ist also Eedis Bett, das im vorderen Zimmer steht.«

Der Gedanke, dass sie sich zum Sterben auf Eedis Bett gelegt hatte, erschütterte sie. Sie hatte sich aufs Bett der Tante legen wollen, war aber stattdessen auf Eedis Bett geraten, so als habe sich darin ein Wink des Schicksals verborgen.

»Eedis Bett, ja, natürlich«, erklärte die Tante und unterbrach damit Irmas Gedanken, »denn er und Lonni sind ja noch nicht soweit, dass sie in einem Zimmer schlafen könnten oder in einem Bett.«

Irma hätte beinahe gefragt, wie weit sie denn wären, aber sie tat es nicht, denn es ging sie nichts an, jedenfalls nicht in dem Maße, dass man so direkt hätte fragen dürfen. Die Tante sagte auch nichts mehr, so als hielte sie ihre Anspielung für ausreichend. Und wieder herrschte Schweigen.

»Tante Anna, warum erzählst du nichts?«, fragte Irma schließlich.

»Liebes Kind, ich habe nichts zu erzählen«, antwortete die Tante. »Aber du vielleicht ... du hast vielleicht etwas.«

»Ach, liebe Tante«, seufzte Irma, »ich habe doch auch nichts zu erzählen. Du siehst ja selbst, wie es um mich steht, was soll man da noch sagen.«

Aber schließlich war doch etwas zu sagen, sogar sehr viel, und je mehr sie redeten, desto mehr schienen Irmas Lebensgeister zurückzukehren, und bald sah Tante Anna, wie sehr man sich im Krankenhaus geirrt hatte, indem man ihr verboten hatte, Irma durch Nachforschungen zu belasten. Nur eines gefiel der Tante nicht, eines verstand sie partout nicht: Warum weinte Irma so wenig? Besser gesagt: Warum weinte sie überhaupt nicht? Nur hin und wieder zeigte sich eine Träne im Augenwinkel, die da hängenblieb und eintrocknete, und das wirkte auf die Tante so befremdlich, dass nun sie an Irmas Stelle anfing zu weinen, denn ihr liebendes und mitleidiges Herz konnte es keinesfalls gestatten, dass etwas so Trauriges, wie es Irma widerfahren war, ohne Tränenvergießen vorübergehen sollte. Auf diese Weise jedoch wurde aus der traurigen beinahe eine komische Begebenheit, denn wie soll man es anders nennen, wenn diejenige, die die Sache betrifft, trockenen Auges dasitzt, während die andere, die Außenstehende, in Tränen geradezu zerfließt.

In dieser Gemütsverfassung fand Lonni die beiden vor, als sie, wie immer mit süßen Düften behaftet, aus der Fabrik kam. Natürlich musste die Mutter auch ihr alles haarklein berichten und erklären, aber sie tat es in gedämpftem Tonfall und während der Zeit, als Irma im anderen Zimmer war. Auch Eedi musste man die Sache klarmachen, aber in noch leiserem Ton. Das fiel nicht schwer, denn Eedi stellte keinerlei Fragen, sondern schien an der ganzen Sache gar nicht interessiert zu sein. Er sah den Sprechenden nicht ein einziges Mal ins Gesicht, sondern richtete den Blick starr auf den Fußboden oder aus dem Fenster, als fühle er sich davon, was da geredet wurde, peinlich berührt. Auf diese Weise gelangte man noch am selben Abend an den Punkt, dass zwar alle auf dem Laufenden waren, aber keiner mehr ein Wort darüber verlieren wollte, obwohl alle im Herzen darauf brannten. Es gab so schrecklich viel Unverständliches und Unerklärliches an diesem Vorfall, dass man ihn den ganzen Abend und noch die halbe Nacht hätte erörtern können und mit seinen Fragen und Antworten dennoch zu keinem schlüssigen Ergebnis gekommen wäre.

Am nächsten Morgen gingen Lonni und Eedi zur Arbeit, während die Tante Irma zu Hause Gesellschaft leistete. Dies wiederholte sich zwei, drei Tage. Dann musste die Tante Wäsche waschen gehen, und Irma hoffte, endlich alleine zu bleiben, doch sie irrte sich, denn anstelle der Tante blieb nun Eedi daheim, um an irgendeinem alten Schloss zu feilen und zu basteln. Irma wartete bis zehn Uhr, und als Eedi immer noch nicht gegangen war, fragte sie ihn:

»Warum gehst du heute nicht zur Arbeit?«

»Ich habe keine Arbeit«, antwortete Eedi ohne den Kopf von seinem Werkstück zu heben, »deshalb dachte ich, ich könnte zu Hause etwas tun, aber wenn es dich stört, kann ich es auch bleiben lassen, es hat keine Eile damit.«

»Ach, an dem Tag, an dem die Tante die Wohnung verlässt, hast du keine Arbeit?«, fragte Irma, als hätte sie Eedis umständliche Erklärung gar nicht vernommen. »Fängst auch du schon an zu lügen? Sag doch geradeheraus, dass du geblieben bist, um mich zu bewachen! Ihr getraut euch nicht, mich alleine zu lassen, das ist alles. Aber wie lange wohl könnt ihr mich noch bewachen? Ich bin gesund und kann gehen, wohin ich will, und machen, was das Herz begehrt.«

»Das kannst du nicht. Jedenfalls nicht, solange ich lebe«, sagte Eedi jetzt.

»Du kannst mir etwas verbieten?«, fragte Irma.

»Sicher kann ich das«, meinte Eedi.

»Du wirst sehen, ich ziehe mir jetzt meine Sachen an und gehe«, drohte Irma.

»Warum bist du so voller Hass auf mich?«, fragte Eedi daraufhin und drehte sich auf dem Schemel um zu Irma, die in der Öffnung zwischen den beiden Räumen stand. »Weißt du schon, dass Lonni und ich Braut und Bräutigam sind?«

»Nein, gewusst habe ich es nicht, geahnt aber schon«, antwortete Irma.

»Nun kannst du auch wissen, dass ich Lonni nicht mehr will«, erklärte Eedi. »Wenn du da bist, kann ich keine andere nehmen.«

»Ach so …«, sagte Irma spöttisch und gedehnt, »dazu also behältst du mich im Auge! Nein, mein lieber Junge, du bemühst dich umsonst. Nimm in Gottes Namen deine Lonni und lass mich in Ruhe.«

»Und wo willst du hin? Hoffst auf Rückkehr zu diesem Schurken?«, fragte Eedi aufgebracht.

»Nein, zurück kann und will ich nicht mehr, aber ich liebe diesen Schurken, und darum will ich nicht mehr leben«, sagte Irma.

Jetzt sprang der junge Mann vom Schemel auf, trat dicht vor Irma hin, beugte sich über sie, als wolle er sie anfallen, sah ihr mit eindringlichem, wildem Blick in die Augen und sagte mit aller Entschlossenheit:

»Irma, wenn du deine Selbstmordgeschichten nicht lässt, dann bringe ich ihn um.«

»Was … wen …«, sagte Irma irritiert.

»Deinen Schurken!«, rief Eedi. »Erst bringe ich ihn um, und dann kannst du dich umbringen, wenn du willst.«

»Ich bringe mich um, dessen kannst du sicher sein«, erklärte Irma daraufhin.

»Gut. Dann gehe ich jetzt und bringe ihn um«, sagte Eedi, machte auf dem Absatz kehrt, ließ die Feile, die er die ganze Zeit in der Hand gehalten hatte, auf den Tisch krachen, griff sich vom Haken den Mantel, zog ihn über, setzte sich auch die Mütze auf und ging ohne ein weiteres Wort zur Tür hinaus. Irma stand die ganze Zeit in der Türöffnung und schaute den Handgriffen des jungen Mannes zu, ohne dass sie wahrgenommen hätte, was er tat. Mit einem traurigen Lächeln dachte sie im Stillen: Armer Junge, er versucht mir Angst zu machen, aber weiß nicht, dass es gar nicht mehr möglich ist, mir Angst zu machen.

Und als der »arme Junge« gegangen war, atmete Irma auf. Endlich alleine, dachte sie, reckte und streckte sich mit hoch erhobenen Armen und legte sich aufs Bett, wo sie in einen wohltuenden Dämmerschlaf fiel. Wie lange sie so gelegen hatte, wusste sie nicht, aber plötzlich überkamen sie verschwommene, schreckliche Erscheinungsbilder, die sie bis ins Mark erzittern ließen. Durch dieses Zittern wurde sie wach, und jetzt sah sie auch Eedis Gesichtsausdruck in aller Deutlichkeit vor sich, den schrecklichen Glanz in seinen Augen, und sie hörte seine drohenden Worte und spürte, dass sie sich selbst belogen hatte, als sie sagte, es sei nicht mehr möglich, ihr Angst zu machen. Sie hatte Angst, aus tiefster Seele Angst und zwar von dem Augenblick an, als Eedi so vor ihr gestanden und geredet hatte, nur war ihr nicht bewusst geworden, wie groß ihre Angst war. Aber jetzt wusste sie es und musste mit beiden Händen ihr Herz festhalten.

XXVII

Nachdem er Irma allein gelassen hatte, nahm Eedi den kürzesten Weg zu Madame Polli, deren Adresse er sich fest eingeprägt hatte, als Tante Anna und Lonni sie im Zuge ihrer Litaneien und Spitzfindigkeiten erwähnt hatten. Jetzt kam es ihm so vor, als habe er bereits in dem Moment, als er die Einzelheiten über Irmas Schicksal hörte, den Entschluss gefasst, diesen Schurken, wie er ihn nannte, umzubringen. In Grund und Boden verdammt hatte er ihn bereits, als er Irma vom Bett in seine Arme gerissen hatte und mit ihr ins Krankenhaus gebraust war, aber Mordgedanken hatte er dabei nicht gehegt, es sei denn unbewusste und als Echo auf den Gedanken, der ihm damals im Kino gekommen war, als er unten und der Schurke mit Irma oben im Rang gesessen hatte. Da stand ihm plötzlich, wer weiß woher, das Bild vor Augen, wie er von seinem Platz aufsteht und nach oben geht, sich in dieselbe Loge setzt, in der die beiden sitzen, und sobald die Lichter im Kino erlöschen, packt er den Schurken und wirft ihn ohne viel Federlesens vom Rang hinunter.

Dieses Erscheinungsbild zeigte sich so, als säße er nach wie vor auf seinem Platz, würde aber gleichzeitig beobachten, wie er nach oben geht und mit diesem Schurken abrechnet, so als habe er sich eigens zu diesem Zweck in zwei Teile geteilt. Er wandte sich damals sogar um und starrte nach oben, als warte er auf den Augenblick, da die Erscheinung Wirklichkeit werden würde. Als es jedoch nicht geschah, begründete er es damit, dass es schließlich unmöglich war, jemanden von da oben herunterzuwerfen, ohne dass unschuldige Menschen, die nichtsahnend im Kino saßen, zu Schaden gekommen wären. Ja, genau deshalb wird er den Schurken nicht herunterwerfen, hatte er gedacht, selbst jetzt nicht, da das Kino zufällig so spärlich besucht ist, dass er nur auf leere Sitze fallen würde.

Dies alles fiel ihm ein, als er zu Madame Pollis Wohnung eilte, und es fiel ihm vielleicht nur deshalb ein, weil er endlich am Ziel sein und allem ein Ende machen wollte. Wie sinnlos, so durch die Straßen zu laufen, um Ecken zu biegen, den Leuten ins Gesicht zu sehen, nichtssagende Worte und auch Lachen hören zu müssen – das war wirklich so sinnlos, dass man am liebsten geflohen wäre, dorthin zurück, von wo man gekommen war. Aber um dies zu verhindern, rief sich Eedi die Umstände ins Gedächtnis, die ihn überzeugten, nicht aus einer Laune heraus unterwegs zu sein, sondern auf Geheiß eines über Jahre gewachsenen Gedankens. Wenn er jetzt kehrt macht und ungeschehen lässt, was die Stimme des Blutes fordert, dann hat er keinen anderen Ausweg, als das zu tun, was Irma zu tun versucht hat und wovon sie immer noch nicht lassen will. Aber es ist doch zwecklos, auf der Welt zu sein, wenn du nicht auf die Stimme des Blutes hörst!

Dann endlich, Gott sei Dank, war er am Ziel: ein zweigeschossiges Holzhaus mit zwei Wohnungen, eine oben, eine unten, der Eingang am Giebel, man betrat das Grundstück durch eine eiserne Gartenpforte, da vor dem Hause ein kleiner Vorgarten mit Bäumen und Sträuchern angelegt worden war. Madame Polli musste im oberen Stockwerk wohnen. Eedi nahm die wenigen Stufen bis zur Haustür, öffnete sie und betrat das Treppenhaus. Als er die Holztreppe nach oben stieg, fing sein Herz plötzlich an zu zittern: Was tun, wenn er nicht da ist? Dann ist alles verloren! Eedi spürte deutlich, dass er nicht imstande sein würde, diesen Gang ein zweites Mal zu unternehmen. Von Stufe zu Stufe wuchs seine Furcht, und als er an der Tür der oberen Wohnung angekommen war, blieb er schwer atmend stehen und wagte nicht, die Hand zur Klingel zu führen. Er fühlte, dass er vor dem Schicksalsmoment seines Lebens stand. Sein ganzes Leben, seine ganze Zukunft, hing davon ab, ob der Gesuchte da war oder nicht. Und die Befürchtung, ihn nicht vorzufinden, war so groß, dass er kehrt gemacht und die Treppe wieder hinuntergestiegen wäre, wenn er nicht plötzlich drinnen Schritte vernommen hätte. Das entschied alles. Die Wohnungstür konnte jeden Moment geöffnet werden, und dann würde man ihn ratlos auf dem Treppenabsatz vorfinden, ihn, eine lächerliche Gestalt. Nur das nicht! Er hob die Hand und drückte mit einem Finger auf den Klingelknopf. Im ganzen Körper hatte sich ein Zittern breitgemacht, sodass Eedi, als die Tür geöffnet wurde, kaum den Mund aufbekam. Aber als er erfuhr, dass Herr Ikka zu Hause war, wurde er plötzlich ganz ruhig.

»Sie wünschen?«, fragte die weißblonde Dame.

»Ich komme von Frau Ikka«, antwortete Eedi.

»Ist denn wieder etwas passiert?«, fragte die Dame angstvoll.

»Ja. Ich bitte Herrn Ikka persönlich zu sprechen.«

»Treten Sie ein«, sagte die Dame. »Einen Moment.«

Die Dame ging auf eine Zimmertür zu, öffnete sie und sprach in den Raum hinein:

»Jemand von Irma. Wahrscheinlich ist wieder etwas. Er möchte unbedingt persönlich.«

»Bitte ihn herein«, antwortete eine Männerstimme, die wider Erwarten sympathisch klang.

Die Dame wandte sich an der Tür um und sagte:

»Herr Ikka lässt bitten.« Mit diesen Worten schob sie die Tür weiter auf, damit der Fremde besser eintreten könne, während Herr Ikka sich erhoben hatte, um dem Besucher höflich entgegenzugehen. Aber Madame Polli hatte die Tür hinter dem Fremden noch gar nicht richtig geschlossen, um ihn mit Herrn Ikka unter vier Augen alleine zu lassen, als sie sie gänzlich aufriss, auf den Besucher zusprang, den schweren marmornen Tintentrockner vom Tisch ergriff und dem Besucher damit einen solchen Schlag an den rechten Arm versetzte, dass der Revolver mit Getöse zu Boden fiel. Aber doch hatte es vor dem Fall zweimal geknallt – der Schütze war dem Schlag zuvorgekommen. Herr Ikka griff mit der rechten Hand krampfhaft nach der Stuhllehne, als wolle er Platz nehmen, sank aber kraftlos und irgendwie schlaff neben den Stuhl auf den Teppich, der den Boden bedeckte.

»Mörder!«, schrie die Dame.

Dieses Wort erweckte den Schützen wieder zum Leben, er machte auf dem Absatz kehrt und stürzte, seine Feuerwaffe gänzlich außer Acht lassend, zur Tür hinaus. Dies alles geschah so rasch, dass keiner der Beteiligten sagen konnte, wie es überhaupt geschehen war. Die Dame wollte Herrn Ikka helfen und stellte ihm Fragen, doch anstatt zu antworten, befahl er wie in Trance:

»Füllfederhalter! Zwei Blatt Papier! Umschlag! Mappe! Schnell, Madelaine …«

Umgehend hatte die Dame das Verlangte zur Hand. Als sie damit zu Herrn Ikka trat, sagte der:

»Liebste, stütze mich!«

Die Dame half Herrn Ikka zu einer halb aufrechten Sitzhaltung, damit es ihm möglich war zu schreiben, und las die auf dem Papier erscheinenden Worte: »Ich bin bei klarem

Verstand und bitte, für meinen Tod niemanden zu beschuldigen. R. Ikka.« Danach nahm Herr Ikka den Umschlag, schrieb »An die Polizei« darauf und befahl der Dame, die angefangen hatte zu weinen:

»Papier in den Umschlag! Umschlag zu! Bitte!«

Dann griff Herr Ikka nach dem zweiten Blatt und wollte anfangen zu schreiben, musste aber die Dame zuvor bitten:

»Madelaine, halt mich … etwas höher. Nicht weinen! Sei tapfer!«

Jetzt schrieb er: »Mein Heimchen, ich liebe Dich immer noch. Werde glücklich! R.« Er nahm den Umschlag, um auch dort etwas zu vermerken, und er hätte es vielleicht auch noch vermocht, wenn Madelaine nicht gefragt hätte:

»Sag, Liebster, wer war das, der geschossen hat?«

»Das war der … der lieb und fromm ist wie ein Lamm.«

Mit diesen Worten sank er zusammen, und so blieb der Umschlag unbeschrieben. Madelaine ließ Herrn Ikka auf den Teppich sinken und sah ihm ins Gesicht: Auf seinen Lippen war Blut. Sie wischte es ab, doch es quoll immer wieder neues Blut hervor. Schließlich gab sie auf, ließ den Mann mit den blutigen Lippen auf dem Fußboden liegen, sammelte Papiere, Mappe und Füllfederhalter ein, verschloss den an die Polizei adressierten Brief und legte ihn zusammen mit dem unbeschriebenen Umschlag auf den Tisch. Als dies getan war, ging sie zum Telefon und bat um Verbindung mit der Polizei.

Eedi war unterdessen aus der Zimmer- und Wohnungstür hinaus, ließ beide weit offen, sprang die Treppe hinunter und rannte auf die Straße. Plötzlich fiel ihm ein, dass Rennen Verdacht erweckt, und er zwang sich zum Gehen. Dass der Revolver am Tatort zurückgeblieben war, bereitete ihm wiederum keine Sorge, denn er dachte gar nicht daran, seine Tat zu verbergen. Er fürchtete nur eins: mit seinem Benehmen die Aufmerksamkeit der Leute auf sich zu ziehen, sodass er festgenommen werden würde, bevor er Irma mit eigenen Worten ins Gesicht sagen konnte, was er getan hatte. Davon hing im Moment das ganze Lebensglück und Seelenheil ab. Nur noch einmal Irma sehen, mit ihr ein paar Worte wechseln, dann komme was wolle. Das war der einzige Gedanke, den Eedi im Kopf hatte, alles Übrige war verschwommen, irgendwie schwankend, gar nicht greifbar. Dessen ungeachtet eilte er mit weit ausholenden Schritten weiter, rempelte die Passanten an, stieß mit einigen sogar zusammen, geriet beim Überqueren der Straßen beinahe unter die Räder, bekam von einem Radfahrer einen Rippenstoß, aber schließlich verlief doch alles glimpflich, und er kam in der Vorstadt an. Er war vollkommen verschwitzt und hechelte, als er in die Wohnung hineinstürzte, die Tür hinter sich zuschlug und sich mit dem Rücken gegen sie lehnte, als würde er sich anders nicht mehr auf den Beinen halten können. Irma prallte vor ihm zurück, denn gerade eben wollte sie die Wohnung verlassen.

»Jetzt ist es getan«, bekam Eedi schließlich heraus.

»Was ist getan?!«, schrie Irma in wilder Angst.

»Er ist umgebracht«, antwortete Eedi und fügte hinzu: »Nun hast du, was du wolltest.« Und als würde er erst jetzt begreifen, was er getan hatte, verzerrte sich sein Mund mit einem hässlichen Zittern, seine Hände griffen an den Kopf, und der junge Mann sank auf den Schemel, der neben der Tür stand. Er erinnerte sich später nicht, ob Irma noch etwas gesagt oder gefragt hatte, er bemerkte nicht einmal, wie Irma zur Tür hinauslief, so als habe sie nur auf den Augenblick gewartet, dass Eedi sich auf den Schemel fallen lässt und die Tür freigibt.

Das erste, was Eedi bemerkte, als er die Hände sinken

ließ, war, dass die Tür offen stand. Komisch, er hatte sie doch zugemacht, sich noch mit dem Rücken dagegen gelehnt. Ach ja! Also Irma. Sie hat sie offen gelassen. Egal, alles egal, denn gleich ist alles aus. Je schneller, desto besser. Die Sache hinter sich bringen, das ist das einzige. Er erhob sich vom Schemel und beschloss zu gehen. Aber die Tür, was wird mit der Tür? Richtig, der Schlüssel muss versteckt werden, damit Tante Anna ihn findet, wenn sie kommt, denn er, Eedi, wird nie mehr zurückkehren. Wenn er jetzt geht, ist er für immer fort.

Er zog den Schlüssel ab und versteckte ihn an dem angestammten Platz, und erst als er sich umdrehte, bemerkte er, dass die Tür immer noch offen stand. Richtig, Irma hat sie offen gelassen, sagte er sich, zog die Tür zu und wollte gehen, als ihm plötzlich einfiel, dass er die Tür gar nicht abgeschlossen hatte. Doch jetzt vergaß er den Schlüssel im Schlüsselloch und musste noch einmal kehrt machen. Was ist das für ein verdammtes Theater, fluchte er, schloss die Tür noch einmal auf, hielt sie versuchshalber für einen Moment geöffnet, schloss sie dann erneut ab, drückte die Klinke herunter, ob auch wirklich abgeschlossen war, zog den Schlüssel aus dem Schlüsselloch und wandte sich mit dem Schlüssel in der Hand zum Gehen. Aber er musste noch einmal zurück, um den Schlüssel in sein Versteck zu legen. Er klinkte, als er an der Tür vorbeiging, noch einmal, um sich zu vergewissern, dass sie nun auch ganz gewiss verschlossen war, und ging zur Polizei, um sich zu stellen.

Aber die gleichen Irrtümer, die ihm beim Abschließen der Tür und beim Verstecken des Schlüssels unterlaufen waren, unterliefen ihm auch beim Gang zur Polizei. Er meinte zur Polizei zu gehen, aber nahm den Weg, auf dem er eben gekommen war, und fand sich genau in dem Augenblick am

Tatort ein, als die Polizei mit der Leiche das Haus verließ. Eedi stand unter all den Neugierigen am Eisenzaun, musste sich sogar kurz mit der rechten Hand an einem der Stäbe festhalten, denn er war so müde, dass er sich kaum aufrecht halten konnte, er schaute zu, wie die Polizisten und die Herren in Zivil ins Auto stiegen, und hörte schließlich auch die Stimmen der Neugierigen.

»Tot«, erklärte ein älterer Mann, offenbar der Hauswart, der über die Geschehnisse auf dem Laufenden war. »Eine Kugel in die Brust, die andere in die Ecke unters Sofa in den Fußboden.«

»Und weiß man, warum?«, fragte eine Frau.

»Wegen einer Frau, warum sonst«, erklärte der Alte. »Wohnt hier mit seinem Liebchen in unserem Haus, hat sogar all seine Möbel hergeschafft, und die Ehefrau hockt Gott weiß wo. Haben Sie denn nicht vor ein paar Tagen in der Zeitung gelesen, dass eine Frau I. mit Vergiftungen ins Krankenhaus gebracht wurde? Das war seine Frau.«

»Ach! Jetzt verstehe ich: Dann hat die Frau zuerst sich und dann den Mann umgebracht«, stellte eine Mollige fest, die die Arme über der hohen Brust gekreuzt hatte. »Jetzt ist mir alles klar. Das heißt, er hatte doch ein Gewissen. Aber einen Mörder kümmert das wenig, ein Mörder will immer nur ans Geld.«

»Die Frau lebt«, sprach der Alte weiter, während die Mollige mit den gekreuzten Armen über Gewissensfragen schwadronierte, »sie soll in der Vorstadt bei ihrer Tante sein.«

»Was hat der dumme Kerl sich denn umbringen müssen, wenn die Frau doch lebt«, klagte ein altes Weiblein, die Augen voller Mitleidstränen.

»Weil er ein Gewissen hat, ich sag's doch«, wiederholte die Mollige mit den gekreuzten Armen und dem hohen

Busen. »Wenn du einen anderen in den Tod treibst, es nur versuchst, dann musst du selber folgen – das ist die Stimme des Gewissens.«

Mehr hörte Eedi nicht, denn sonst hätte er mitreden müssen, zumal er besser wusste, wie die Dinge standen. Aber er wollte nicht mitreden, er wollte nicht erklären, dass die Geschichten vom Gewissen und dem Selbstmord ein Irrtum waren, denn es gibt ja kein Gewissen und auch keinen Selbstmord, sondern einfach einen Mord, und den nur deswegen, weil die Menschen kein Gewissen haben. Ein Mensch kann einen anderen in aller Seelenruhe in den Tod treiben, er kann sich benehmen wie der letzte Lump, und nichts geht ihm zu Herzen, denn er ist ein Schurke. Der Mensch ist ein Schurke, dieser tote Mensch hier ist ein Schurke, und deshalb musste er sterben, er, der Eedi vom Kalmhof, hat ihn umgebracht, das sollen alle wissen, das soll die ganze Welt wissen, dass er, Eedi, einen Schurken zur Strecke gebracht hat, der kein Gewissen kennt.

Das hätte Eedi den Leuten hier, die nichts vom wahren Sachverhalt wussten, sagen können, doch er wollte nicht, denn wozu solche Sachen unter die Leute bringen, wenn es doch die Polizei gibt. Der Polizei wird Eedi sagen, wie sich die Sache wirklich verhält.

Aber die Polizei war an Eedis Aussage kein bisschen interessiert, sie stieg in aller Ruhe ins Auto und fuhr davon. Denn ihrer Meinung nach war die Sache eindeutig: ein Ehedrama, wie es heutzutage oft genug vorkommt. Die Frau versucht sich mit Fliegenpapier zu vergiften, der Mann greift nach der Waffe, zudem noch in der Wohnung der Geliebten. Die erste Kugel ist tödlich, aber der Finger hat die Gewohnheit, den Abzug noch ein zweites Mal zu betätigen, und jetzt geht die Kugel in den Fußboden. Einen Waffenschein gibt es nicht, die Waffe ist ungesetzlich erworben worden, muss also konfisziert werden.

Was nun aber die Tatsache betraf, dass die Mitteilung an die Polizei ordentlich in einen Umschlag gesteckt worden war, während die an die Ehefrau gerichteten Zeilen in einem offenen, unadressierten Umschlag auf den Tisch lagen, so als habe man vergessen zu adressieren oder als sei der Selbstmörder in seinen Vorbereitungen gestört worden, das erklärte Madame Polli ganz einfach. Genau in dem Augenblick, als Herr Ikka am Tisch schrieb, läutete es, und als Madame Polli öffnete, stand da ein junger Mann, der sagte, dass er von Frau Ikka komme und den Herrn unbedingt sprechen wolle. Madame Polli ließ den jungen Mann warten und machte Herrn Ikka Mitteilung. Herr Ikka bat sie, den Besucher hereinzuschicken, doch kaum hatte sich Madame Polli an der Tür zum Gehen gewandt, als schon die Schüsse fielen. Der junge Mann, der alles gesehen oder zum Mindesten gehört haben musste, was geschehen war, rannte zur Tür hinaus, um Frau Ikka die Nachricht zu überbringen, und daraufhin sei sie, Madame Polli, zum Unglücksort geeilt. Daraus musste man also folgern, dass Herr Ikka in dem Augenblick, als der Besucher erschien, den an die Polizei bestimmten Brief beendet hatte, während er den, der für seine Frau bestimmt war, noch schrieb. In der Befürchtung, man könne ihn an seinem Vorhaben hindern, ließ er die Adresse auf dem Umschlag weg und setzte seinem Leben ein Ende, noch ehe ihn jemand daran hindern konnte. Dies schien, wie man den Worten von Madame Polli entnehmen konnte, die einzig plausible Erklärung für den Zustand der Briefe zu sein. Frau Ikka, die zum Tatort geeilt kam, konnte Madame Pollis Erklärungen, was den jungen Mann, den Kalmhof-Eedi, betraf, nur bestätigen. Der habe ihr wirklich die Mitteilung vom Tode ihres

Mannes überbracht. Sie hätten kurz zuvor über Selbstmord gesprochen, und sie, Frau Ikka, habe dem jungen Mann klargemacht, dass er sie bei der Tante noch so gut bewachen könne, sie würde sich schließlich doch umbringen, denn sie wolle nicht mehr leben. Daraufhin sei der junge Mann weggelaufen und mit der schrecklichen Nachricht zurückgekehrt. Also war er genau in diesem schicksalhaften Augenblick an den Tatort geraten.

Als die Polizei das Haus verlassen hatte und die beiden Frauen alleinblieben, gaben sie sich im ersten Moment ihren Gefühlen hin, jede für sich. Aber auch da geschah, was seltsamerweise geschehen war, als Irma ihre Geschichte der Tante erzählt hatte. Damals hatte die Tante mehr geweint und war unglücklicher gewesen als Irma, und auch heute schien es, als sei das Unglück von Madame Polli viel größer als das von Irma. Ob es daran lag, dass Madame Polli alles von Anfang an miterlebt hatte, oder ob sie den Verschiedenen mehr liebte als Irma, wer weiß. War es möglich, dass jemand Rudolf noch mehr lieben konnte als sie, Irma? Nach Madame Pollis Zustand zu urteilen, war es durchaus möglich. Irma empfand Mitleid, erhob sich vom Stuhl und näherte sich dem Sofa, wo Madame Polli sich beinahe schon in Krämpfen wand. Aber bevor sich Irma aufs Sofa setzen und die Schluchzende besänftigen konnte, läutete es. Jetzt vollzog sich eine urplötzliche Wandlung: Madame Polli sprang vom Sofa auf, als habe sie nie geschluchzt oder ihr Schluchzen nur vorgetäuscht, sie strich sich mit beiden Händen übers Haar, horchte, ob es noch ein zweites Mal läuten würde und ging die Tür öffnen.

»Ach, Sie sind das«, sagte sie. »Treten Sie ein, Frau Ikka ist hier.«

Durch die geöffneten Türen sah Irma, dass es Eedi war,

und ihr fiel ein, dass er vorhin bei der Tante absurdes Zeug geredet hatte, oder sie, Irma, hatte seine Worte falsch verstanden. Also ging Irma auf den jungen Mann zu. Aber der schien sie gar nicht wahrzunehmen, er trat vom Flur ins Zimmer und ließ sich auf dem erstbesten Stuhl nieder, wo er eine Weile verharrte, ohne dass auch nur einer von ihnen ein Wort gesprochen hätte. Schließlich wollte Irma Eedi fragen, mit was für einer absurden Botschaft er vorhin zu ihr gekommen war, doch der kam ihr zuvor und sagte, indem er versuchte, spöttisch zu lächeln:

»Wisst ihr, was die Leute draußen reden? Herr Ikka soll sich selber erschossen haben. Die Frau, sagen sie, soll nur versucht haben, sich umzubringen, der Mann dagegen hätte sich umgebracht, denn er hätte ein Gewissen gehabt.«

Während dieser Worte starrte Eedi auf den Fußboden. Irmas Blick wanderte von Eedi zu Madame Polli und zurück. Es herrschte Schweigen. Irma hielt es schließlich nicht mehr aus und sagte, als Antwort auf Eedis Äußerung:

»Aber es ist doch so, die Leute haben recht, nur du hast vorhin ...«

»Ich habe vorhin gesagt, dass ich ihn umbringe, und ich habe ihn auch umgebracht, denn er hatte kein Gewissen!«, unterbrach Eedi sie aufgebracht.

»Armer Junge, du hast den Verstand verloren«, sagte Irma.

»Frag sie, frag sie, sie soll es sagen!«, stieß Eedi hervor und wies auf Madame Polli.

»Frau Polli hat mir schon alles gesagt, ich weiß Bescheid«, entgegnete Irma. »Und hier ist auch sein letzter Brief an mich. Da, lies, wenn du willst.« Irma nahm das zusammengefaltete Blatt Papier, das sie an der Brust verborgen hatte, und reichte es dem jungen Mann. Während der mit aufgerissenen Augen auf das Papier starrte, sprach Irma weiter: »Der zweite Brief war an die Polizei, darin stand, dass er, Rudolf Ikka, bei vollem Verstand ist und darum bittet, für seinen Tode niemanden zu beschuldigen.«

Eedi richtete, nachdem er die Worte »Mein Heimchen, ich liebe Dich immer noch. Werde glücklich« gelesen hatte, seinen starren Blick erst auf Irma, dann auf Madame Polli, die aber die Fassung bewahrte und seinem Blick standhielt. Zum Schluss senkte der junge Mann den Kopf und sagte wie zu sich selbst:

»Dann bin ich wirklich verrückt geworden.«

Aber nach kurzer Zeit sprang er auf und schrie:

»Nein, ich bin nicht verrückt! Ich bin doch heute zum zweiten Mal hier! Bin ich oder bin ich nicht?!«, fuhr er auf Madame Polli los.

»Sie sind«, antwortete die ruhig.

»Also habe ich ihn doch umgebracht!«, rief Eedi.

»Nein, junger Mann, Sie haben nur den Schuss gehört, sonst nichts, und danach sind Sie zur Tür hinausgerannt. Warum Sie sich zum Mörder machen wollen, weiß ich nicht, aber vielleicht meinen Sie, vor Frau Ikka den Helden spielen zu müssen«, sagte Madame Polli mit der bisherigen Ruhe.

»Eedi, schämst du dich nicht, ein solches Spiel mit mir zu spielen«, fiel nun Irma Madame Polli ins Wort.

Aber Eedi geriet in immer größere Erregung, er bekam kaum noch Luft, er fuchtelte mit den Armen, schien etwas sagen zu wollen, fand nicht die richtigen Worte und begann schließlich in seinen Taschen zu wühlen.

»Ich hatte doch einen Revolver«, brachte er hervor, »habe ihn geladen und entsichert in die Tasche gesteckt – jetzt ist er nicht mehr da! Wo ist er denn hin, wenn ich nicht geschossen habe? Wo habe ich ihn hingesteckt? Wer hat ihn mir aus der Tasche genommen?«

»Das weiß ich nicht«, sagte Madame Polli.

Aber Eedi rief jetzt alles in Erinnerung, alles bis zur letzten Kleinigkeit, sprach von seinem Weg hierher, wie sein Herz auf der Treppe gezittert und was er für Befürchtungen an der Tür gehegt hatte, er sprach von seinem Eintreten, von Herrn Ikkas sympathischer Stimme, dem Gang ins Zimmer, vom Schuss, vom Schlag auf den Arm, vom Fallenlassen des Revolvers und seinem Weglaufen. Und plötzlich trat ein freudiger Glanz in seine Augen: Er zog den rechten Jackenärmel hoch, öffnete den Hemdenknopf und rollte den Hemdsärmel auf, ging mit nacktem Arm auf Madame Polli zu, wies auf den bläulich-roten Fleck und sagte:

»Sehen Sie, hierher haben Sie geschlagen, daraufhin ist mir der Revolver aus der Hand gefallen, und deshalb traf die zweite Kugel nicht.«

Jetzt hielten Madame Pollis Nerven nicht mehr stand: Sie sank auf dem Stuhl zusammen und begann zu schluchzen. Eedi wandte sich zu Irma um und sagte:

»Siehst du, ich bin doch ein Mörder.«

Aber Irma sah aus wie eine Wachsfigur und starrte irgendwie seltsam an Eedi vorbei. Der blieb noch eine Weile vor ihr stehen und zog sich dann langsam zum Stuhl zurück, auf den er sich fallen ließ, während sich sein Mund wieder unschön verzerrte. So vergingen etliche Augenblicke. Dann trat Irma wie hypnotisiert hinter Eedis Stuhl und legte dem jungen Mann die linke Hand auf den Kopf, während sie sich mit der rechten an der Lehne festhielt, als würde sie befürchten, sonst umzufallen. Die linke Hand auf dem Kopf des Jungen hielt zunächst still, aber begann dann in den Haaren zu zausen und schließlich an ihnen zu zerren, immer stärker und stärker, als wolle sie sie vom Kopfe reißen. Der junge Mann saß da, als würde er gar nicht bemerken, was die Hand der Frau tat.

»Warum hast du das getan, warum, wenn du mich liebst?«, fragte Irma schließlich und fügte hinzu: »Ich liebe doch nur ihn.«

»Und ich liebe nur dich, deshalb«, antwortete der junge Mann, packte die Hand der Frau, die das Ausreißen der Haare gelassen hatte und still auf seinem Kopf lag, zog sie herunter, als wolle er sie küssen, aber tat es nicht, sondern presste sie gegen die Wange, sodass die Fingerspitzen bis an seine Lippen reichten. Irma beugte sich über die Rückenlehne nach vorn zu ihrer Hand, und dadurch sah es so aus, als wolle sie dem jungen Mann von hinten um den Hals fallen, aber nein, sie hatte weder diesen noch einen anderen Wunsch, sie stand einfach da, über die Stuhllehne gebeugt, während sich der Mörder ihres Mannes die Hand gegen seine Wange presste, so als sei er ein Ertrinkender, der nach dem Strohhalm greift.

»Ich muss gehen«, sagte Eedi schließlich, ließ Irmas Hand los und wollte aufstehen.

»Wohin musst du gehen?«, fragte Irma verwundert.

»Wohin wohl«, erwiderte Eedi. »Zur Polizei.«

Dieses Wort ließ Madame Polli aus ihrer Erstarrung erwachen. Sie trocknete ihre Tränen und sagte:

»Junger Mann, gerade dies hat Herr Ikka nicht gewollt, darum hat er vor seinem Tode die beiden Briefe geschrieben.«

»Das kann ich nicht annehmen«, antwortete Eedi.

»Er hat es nicht für Sie getan«, erklärte Madame Polli, »er dachte an die, die er liebte.«

»Richtig. Genau deshalb kann ich es nicht annehmen«, wiederholte Eedi.

»Du hast doch gesagt, dass du nur mich liebst, wieso kannst du es dann nicht?«, fragte Irma.

»Das ist … das ist zu schwer«, sagte Eedi, und wieder verzog sich sein Mund wie bei einem Kind, als er die Hände vor die Augen schlug und zu weinen begann.

»Ich jedenfalls möchte Herrn Ikkas letzten Wunsch erfüllen, denn auch ich bin imstande zu lieben«, sagte Madame Polli. »Niemand soll sagen können, dass seine letzten Worte und Taten nur eine Pose waren.«

Während sie sprach, wandte sich Madame Polli langsam zu dem Zimmer um, in dem der Tote gelegen hatte, dessen letzten Wunsch sie erfüllen wollte, weil auch sie imstande war zu lieben. Irma trat hinter der Stuhllehne hervor und stellte sich zu Eedi, der die Hände immer noch vor Augen hielt, strich ihm über den Kopf und sagte bittend:

»Liebster, tu es wegen der Rosen, die ich damals von der Straße aufgesammelt habe.«

Der junge Mann weinte.

ANHANG

ANMERKUNGEN

Seite 131

»Denn heutzutage ist es ja so, dass jedermann seinen Namen ändern kann.« — In den 1930er Jahren gab es eine staatliche Kampagne zur Estonisierung von Familiennamen, da das nationale Selbstwertgefühl der Esten nach dem Freiheitskrieg (1918 – 1920) und der Ausrufung der Republik Estland am 24. Februar 1918 immens gewachsen war: Wissenschaftliche, politische und kulturelle Errungenschaften sollten deutlich erkennbar auf estnische Persönlichkeiten zurückzuführen sein. Im Zuge dieser Kampagne änderten ca. 210.000 Esten (damalige Einwohnerzahl: 1 Million) ihren Familiennamen.

Seite 132

»Ikka« — immer (estn.)

Seite 135

»Üksküla« — Eindorf (ein Dorf) = Üksküla (üks küla)

»wir haben die Güter übernommen« — Anspielung auf die Enteignung der deutschbaltischen Güter und die Landreform nach Ausrufung der Republik Estland

Seite 372

»Kulturkapital« — In der Republik Estland (1918 – 1940) ins Leben gerufener staatlicher Fonds, der sich aus der Alkohol-, Tabak- und Spielsteuer speiste und zur Finanzierung kultureller Projekte verwendet wurde. Der Fonds wurde abgeschafft, als Estland Sowjetrepublik wurde; mit der neuen staatlichen Eigenständigkeit 1991 wurde er wieder etabliert. Heute ist er als finanzielle Basis für die estnische Kultur unverzichtbar.

TAMMSAARES LIEBE

»Arbeite und mühe dich ab, dann kommt die Liebe von selbst.« – Dieses vermutlich berühmteste Tammsaare-Zitat, das in Estland beinahe jedem geläufig ist, stammt *nicht* aus dem vorliegenden Roman, und wer den Roman soeben gelesen hat, kann sich darüber kaum wundern. Denn in diesem Roman ist auf eine ganz andere Weise von der Liebe die Rede, sie ist niemals Konsequenz, sondern prinzipieller Ausgangspunkt. »Jenseits der Liebe gibt es nichts mehr. Wenn die Liebe aufhört, hört auch das Leben auf.« – So lautet einer der zentralen Sätze, ziemlich genau in der Mitte des Buches, zu Beginn des 15. Kapitels von Rudolf ausgesprochen. Es ist kein Zufall, dass bereits im zweiten Absatz des Romans eine rote Rose – das Symbol der Liebe schlechthin – erwähnt wird, und ebenso taucht sie im vorletzten Satz des Buches auf, durch diese symmetrische Umklammerung gleichsam andeutend, dass sie das alles beherrschende, allesumspannende Motiv ist.

Und trotzdem lässt sich ein Bezug zwischen den beiden Zitaten herstellen, und nicht nur aufgrund der Tatsache, dass sie aus der Feder desselben Autors stammen. Das eingangs angeführte Zitat stammt aus Tammsaares Hauptwerk, der Pentalogie »Wahrheit und Recht«, zwischen 1926 und 1933 in Estland erschienen. Es findet sich am Ende des ersten Bandes, als der älteste Sohn zum Militär einrücken muss und mit seinem Vater unter anderem über die Liebe zur

Heimat, zum heimatlichen Hof und zu dem Stück Land, das der Vater beackert, diskutiert. Es ist der ein wenig elegische Ausklang dieses ansonsten keineswegs schwermütigen großen Romans, der aber unter anderem eben die Mühe des Landwirts auf teils steinigem, teils sumpfigem Boden zum Thema hat. »Arbeite und mühe dich ab, dann kommt die Liebe von selbst.« – Das scheint zu verweisen auf eine protestantische Arbeitsethik im Sinne Max Webers als Voraussetzung für den (Erfolg im) Kapitalismus, doch hier ist Vorsicht geboten, denn das Gespräch geht weiter: »Das hast du getan und die Mutter auch, sonst wäre sie wohl nicht so früh gestorben; aber die Liebe blieb aus ...«, gibt der scheidende Sohn nämlich zurück und begründet somit seine Skepsis hinsichtlich einer Rückkehr aufs Land nach dem Militärdienst. So ganz einfach, geschweige denn monokausal, kann es mit der Liebe wohl doch nicht sein, das wusste natürlich auch Tammsaare, und das ist sicherlich einer der Gründe, warum er einen ganzen Roman dem Thema widmete und sich nicht scheute, das Problem auch gleich im Titel zu benennen.

Es ist indes nicht ganz verkehrt, Max Weber in diesem Zusammenhang zu bemühen, denn will man die Esten in irgendeinen größeren kulturhistorischen Zusammenhang einordnen, so ist der des protestantischen Teils von Europa sicherlich einer der nächstliegenden. Die finnougrischen Esten – an bekannteren Sprachverwandten in Europa haben sie nur die Finnen und Ungarn, ferner zählen die Samen in Nordskandinavien zu dieser Sprachgruppe sowie ein gutes Dutzend in Russland gesprochener Sprachen – lebten höchstwahrscheinlich seit einigen Jahrtausenden in ihrem angestammten Land, als sie um die Wende vom 12. zum 13. Jahrhundert vom christlichen

Abendland »entdeckt« wurden. Zuvor hatte es sowohl Kontakte mit den Wikingern als auch mit den Slawen gegeben, von letzteren rühren auch die ersten Kontakte mit der neuen Religion, dem Christentum, her. Aber die komplette Eroberung, Missionierung und Einbindung in einen neuen Kulturkreis und andere Machtstrukturen erfolgte von Westen aus.

Es waren zunächst Deutsche und Dänen, die, analog zu den Schweden in Finnland, im Hochmittelalter das Land eroberten und unter sich aufteilten. Nach einem Aufstand der Esten verkauften die Dänen 1346 ihren Teil jedoch an den Deutschen Orden, der sich die Macht fortan nur noch mit der Kirche teilen musste. Im Unterschied zu Preußen fand allerdings keine Vollkolonisation statt, es war immer nur eine relativ dünne Schicht von Kaufleuten, Rittern und Klerus, die die Macht ausübte. Nur deswegen haben die Esten überhaupt bis heute überlebt, manch anderes Volk ist im Zuge derartiger Kolonialisierungen ausgestorben (bzw. assimiliert worden) wie beispielsweise die Prußen, die lediglich im Namen »Preußen« fortleben. Ein den Esten vergleichbares Schicksal hatten die südlich von ihnen siedelnden lettischen Stämme, während die Litauer sich länger den deutschen Ordensrittern widersetzten und Ende des 14. Jahrhunderts mit Polen zusammenschlossen.

Als Anfang des 16. Jahrhunderts von Deutschland die Reformation ausging, war neben Skandinavien auch das Gebiet des Deutschen Ordens eine der Regionen, wo die neue Konfession schnell Fuß fasste. Das bedeutete jedoch unmittelbar den Zusammenbruch des Ordensstaates, da ihm die kirchliche Legitimation abhanden gekommen war. Die allzu geringe Anzahl der Ritter war nicht in der Lage, den gierigen Nachbarn Widerstand zu leisten, sodass die estnischen und lettischen Gebiete im entstandenen Machtvakuum zum Spielball zwischen Schweden, Russland, Polen und Dänemark wurden. Wichtig und prägend war jedoch, dass die lokale deutsche Oberschicht jeweils am Ruder blieb und sich mit den verschiedenen Machthabern arrangierte.

Ruhigere Zeiten stellten sich erst Anfang des 18. Jahrhunderts ein, als das gesamte Gebiet, erneut im Zuge eines verheerenden Krieges, Russland einverleibt wurde. Das brachte zwei vergleichsweise friedliche Jahrhunderte mit sich, hatte aber auch den Nachteil, dass sich die Macht der lokalen Oberschicht festigte. Sie arrangierte sich außerordentlich geschickt mit der Zarenbürokratie in Sankt Petersburg bzw. formte diese zu einem nicht geringen Teil selbst, wenn man bedenkt, wie viele Deutschbalten – so die gängige Bezeichnung für die deutsche Oberschicht – Karriere am Zarenhof machten.

Dennoch waren die Jahrhunderte vorher nicht ein einziges Chaos von Krieg, Pest und Hungersnöten, wenngleich all dies an der Tagesordnung war. Aber ins 17. Jahrhundert, das größtenteils für Estland die »schwedische Zeit« genannt werden kann, fallen auch die ersten größeren Textpublikationen, die Gründung von Volksschulen und der Universität (1632 in Tartu) und sogar Versuche, die Leibeigenschaft aufzuheben, da diese in Schweden unbekannt war. Neben religiösen Texten wurden auch einige Gelegenheitsgedichte auf Estnisch publiziert, sodass man im 17. Jahrhundert einen zaghaften Beginn des estnischen Schrifttums ausmachen kann.

Dieser Trend setzt sich im 18. Jahrhundert fort, wenngleich nach wie vor religiöse Texte dominieren. Bald aber kommen allgemein erbauliche und aufklärerische Texte hinzu, häufig von Deutschen verfasst, die die Bauernsprache, wie sie von ihnen genannt wurde, beherrschten und die Bevölkerung mit

Lesefutter ausstatten wollten. Die soziale Grenze verlief immer noch strikt entlang der Sprachengrenze: Wer sich bilden und höher hinaus wollte, wurde praktisch zum Deutschen, denn das allein war die Sprache, in der das möglich war. Estnisch war ein Bauernidiom ohne jeglichen Status, obwohl es nicht an neugierigen und aufgeklärten Geistern fehlte, die die Schönheit und Ausbaufähigkeit der Sprache sahen. Doch diese blieben Ausnahmen, wie etwa Herders Publikation von estnischen Volksliedern in seiner Volksliedersammlung (1778–1779 bzw. 1807).

Die Aufhebung der Leibeigenschaft erfolgte in Estland 1816 (bzw. im südlichen Landesteil 1819) – fast ein halbes Jahrhundert früher als in Russland (1861). Dies, weitere Agrarreformen in den 1840er Jahren und die allgemeine wirtschaftliche Entwicklung führten um die Mitte des 19. Jahrhunderts zu einer fundamentalen Änderung im Bewusstsein vieler Esten. Sollte es nicht möglich sein, gesellschaftlich aufzusteigen, *ohne* die Sprache abzulegen, also deutsch zu werden? Mit anderen Worten: Könnte man nicht auch *auf Estnisch* etwas erreichen? In dieser Zeit erst begannen die Esten sich auch »Esten« (estn. »eestlased«) zu nennen, vorher waren sie in ihrer eigenen Sprache einfach »Landvolk« oder »Bauern«. Das dritte Viertel des 19. Jahrhunderts nun erlebte eine Emanzipationsbewegung, in deren Folge auch die moderne estnische Literatur entstand: Ab 1857 erschien die erste langlebigere Zeitung unter Johann Woldemar Jannsen (1819–1890), 1857–1861 publizierte Friedrich Reinhold Kreutzwald (1803–1882) sein beinahe 20.000 Verse umfassendes Epos »Kalevipoeg«, das auf alter Volksüberlieferung beruhte, 1866 und 1867 erschienen die Gedichtbände von Lydia Koidula (1843–1886) mit einer romantischen Vaterlandslyrik, die es bis dahin noch nicht gegeben hatte. Von hier führt der Weg – mit Rückschlägen, Revolutionen und Kriegen – schließlich zur Eigenstaatlichkeit von 1918.

Es ist genau dieses entscheidende dritte Viertel des 19. Jahrhunderts, das auch Anton Hansen Tammsaare (1878–1940) als Aufhänger für sein Hauptwerk, die erwähnte Pentalogie »Wahrheit und Recht«, dient. Denn der Eröffnungssatz – den vermutlich jedes estnische Schulkind kennt, der in beiden deutschen Übersetzungen aber leider weggefallen ist – lautet: »Es war am Ende des dritten Viertels des vergangenen Jahrhunderts.« Hiermit beginnt der größte Roman der estnischen Literatur, der im Stile eines Entwicklungsromans den Werdegang einer ganzen Nation zum Gegenstand hat und in den 1930er Jahren endet.

Es ist natürlich kein Zufall, dass ein 1878 geborener Autor einen solchen Roman schreibt. Selbstverständlich trägt der Roman, sicherlich was die ersten Bände trifft, unverhohlen autobiografische Züge. Anton Hansen kam 1878 auf dem Hof Tammsaare (»Eicheninsel«) in Nordestland als viertes Kind und vierter Sohn von Ann und Peeter Hansen, die 1872 aus Südestland hierher gezogen waren, zur Welt. Seine Eltern bekamen danach noch vier Töchter und vier weitere Söhne, bis auf zwei wurden von den Geschwistern alle erwachsen. Die Kindheit auf dem Bauernhof und die in einer so kinderreichen Familie notgedrungen begrenzten finanziellen Möglichkeiten haben den jungen Anton geprägt.

Wie damals üblich, wurde er erst als Achtjähriger eingeschult, nachdem er zu Hause bereits lesen gelernt hatte. Doch auch dann konnte sich der wissbegierige Junge noch nicht vollends dem Lernen hingeben, aus vorgeschobenen gesundheitlichen Gründen – tatsächlich konnte sein Vater den Sohn gut auf dem Hof einsetzen und wollte überdies Geld sparen – musste Anton seine Ausbildung für zwei Jahre unterbrechen, sodass er die Mittelschule in Väike-Maarja erst 1897 abschloss. Er wollte aber weiterlernen und ging 1898 nach Tartu, wo auch ältere Schüler die Möglichkeit hatten, sich auf dem Privatgymnasium von Hugo Treffner auf die Hochschulreife vorzubereiten, die sie dann als Externe an einem Gymnasium erwerben konnten. 1903 legte Anton Hansen am Gymnasium von Narva die Reifeprüfung ab, womit der Weg zur Universität frei war. In diesen entscheidenden Lehrjahren wandelte er sich vom Bauernjungen zu einem belesenen und gebildeten realistischen Prosaisten, der im September 1900 seine ersten Erzählungen im »Postimees« (»Postbote«), der führenden Zeitung Estlands, gedruckt sah. Hier verwendete er noch das Kürzel »A.H.« als Verfasserangabe, später nutzte er als Pseudonym immer häufiger den Namen seines väterlichen Hofes, sodass er als »A.H. Tammsaare« oder »Anton Hansen Tammsaare« in die Geschichte eingegangen ist.

Nach der Reifeprüfung arbeitete Tammsaare zunächst ein paar Jahre in verschiedenen Zeitungsredaktionen, wo er unter anderem mit dem kritischen Realisten Eduard Vilde (1865–1933) zusammentraf, der bereits ein anerkannter Autor war. Im Rahmen seiner journalistischen Tätigkeit veröffentlichte nun auch Tammsaare immer häufiger Prosatexte, und 1907 erfolgte sein Debüt in Buchform. Danach ging es Schlag auf Schlag weiter, 1917 waren bereits zehn Bücher erschienen, vorwiegend Novellen und Erzählungen.

Das 1907 aufgenommene Jurastudium hatte Tammsaare 1911 wegen einer Tuberkulose-Erkrankung abbrechen müssen. Vom März 1912 bis zum Mai 1913 hielt er sich zur Kur im Kaukasus auf. Zunächst in Sotschi, dann in Krasnaja

Poljana nahe der Grenze zu Georgien (Abchasien), wo es seit 1886 eine estnische Siedlung gab, und später in Sochumi. Nachdem sich sein Gesundheitszustand merklich verbessert hatte, reiste er über Tiflis und Batumi zurück nach Estland. Hier quartierte er sich zunächst bei seinem Bruder ein, der in Koitjärve Waldhüter war. Er verarbeitete seine kaukasischen Erfahrungen zu Literatur und blieb notgedrungen sechs Jahre dort, da der ausbrechende Erste Weltkrieg das Leben abermals durcheinanderwürfelte. Außerdem waren nach der weitgehend überwundenen Tuberkulose andere gesundheitliche Komplikationen entstanden. Tammsaare musste sich einer schweren Magenoperation unterziehen, von der er nur langsam und unter Einhaltung einer strengen Diät, die ihn bis zu seinem Lebensende begleiten sollte, wieder genas.

1919 übersiedelte Tammsaare nach Tallinn, wo er Käthe Veltman (1896–1979) heiratete und eine Familie gründete. Die folgenden zwei Jahrzehnte, die ihm noch gegeben waren, widmete er sich, abgesichert durch staatliche Stipendien und allmählich häufiger und regelmäßiger eintreffende Honorarzahlungen – nicht zuletzt auch für seine Übersetzungen aus dem Englischen und Russischen –, einzig und allein dem Schreiben und hielt sich dem öffentlichen literarischen Leben nach Möglichkeit fern. Alles, was er in den ersten vierzig Jahren seines Lebens gesehen, erlebt und gelesen hatte, wurde nun in Literatur verwandelt. Neun Romane, zwei Schauspiele und zahlreiche essayistisch-philosophische Wortmeldungen sind die Früchte dieser arbeitsintensivsten Phase im Leben des Schriftstellers, der dadurch schnell zur unangefochtenen intellektuellen Autorität Estlands aufstieg. Als Tammsaare am 1. März 1940 überraschend starb, unterbrach der Rundfunk seine Sendung und trauerte das ganze Land.

Der weltweite Ruhm ist dem Autor zu Lebzeiten nur knapp versagt geblieben, denn kurz vor Ausbruch des Zweiten Weltkriegs, als Teile seines Hauptwerks bereits ins Finnische, Lettische und Deutsche übertragen worden waren und auch Bücher auf Schwedisch und Ungarisch vorlagen, galt er als aussichtsreicher Kandidat für den Literaturnobelpreis, den dann jedoch – 1939 – sein finnischer Kollege Frans Eemil Sillanpää (1888–1964) bekam. Es sollte noch eine Weile dauern, ehe ihm die vollständige internationale Anerkennung zuteil wurde: 1978 wurde der 100. Geburtstag von Tammsaare unter der offiziellen Schirmherrschaft der UNESCO begangen. Mittlerweile wurden Tammsaares Werke in über dreißig Sprachen übersetzt, der Autor ist also weit über die Grenzen seines Landes hinaus bekannt.

Tammsaare hat mit den fünf Bänden »Wahrheit und Recht« einen philosophischen Panorama- oder Gesellschaftsroman vorgelegt, nicht unbedingt eine Familiensaga oder einen psychologischen Entwicklungsroman. Hier war eindeutig kein Chronist am Werke, der minutiös eine Entwicklung nachzeichnen wollte, sondern ein philosophischer Autor, der sich seine Themen selbst sucht und sich zum Beispiel beim Übergang vom dritten zum vierten Band einen Sprung von etwa zwanzig Jahren gestattet. Der gesamte Komplex der Entstehung des eigenen Staates interessierte den Autor nicht, aber trotzdem ist das Werk der Schlüsselroman für Estland schlechthin, und tatsächlich kann man ihn als Schlüssel, als Informationsquelle für alles, was mit Land und Leuten in diesem Zipfel Nordosteuropas zu tun hat, lesen. Schon die ebenso schlichte wie vielsagende Titelgebung weist darauf hin, dass es um universelle Probleme geht, die keineswegs auf ein kleines Land beschränkt sind.

In der deutschen Übersetzung – und in Anlehnung an diese auch in einigen anderen Sprachen – kommt dies nicht zum Tragen, da nichtssagende Orts- und Personennamen den einzelnen Romanteilen als Titel verpasst worden sind. Auf Estnisch lautet der Titel »Tõde ja õigus«, ganz wörtlich »Wahrheit und Recht«. Da es inhaltlich betrachtet aber natürlich auch und gerade um »Gerechtigkeit« geht, findet sich im Deutschen gelegentlich auch diese Übersetzung, zumal die gängige englische Übersetzung in der Regel »Truth and Justice« lautet. Es gibt aber ein eigenes estnisches Wort für »Gerechtigkeit« (»õiglus«), weswegen hier der schlichtere und universelle Titel vorgezogen wird. Im Übrigen war auch im Vertrag zwischen Tammsaare und seinem deutschen Verlag von 1937 vom Arbeitstitel »Wahrheit und Recht« die Rede.

Diesen Verleger hatte Tammsaare nach längerer Suche gefunden, und damit stellte sich die Frage, unter welchem Titel das Buch in Deutschland auf den Markt gebracht werden sollte. Da sich der Verleger nicht selbst unter Zugzwang setzen wollte, schied ein denkbares »Wahrheit und Recht I« vermutlich von vornherein aus, denn dann hätte ein zweiter Band folgen müssen. Der Verlag wollte aber den Erfolg des ersten Bandes abwarten und sich nicht festlegen. Wieso der erste Band 1938 unter dem opaken Namen »Wargamäe. Roman aus Estland« publiziert wurde, ist unklar. Der Name, übersetzbar mit »Diebsberg«, kann einer deutschen Leserschaft nichts sagen. Vielleicht war es der Hauch des Exotischen – denn die Endung »äe« ist im Deutschen unbekannt –, der die Käufer anlocken sollte, denen dann mit dem Untertitel gleich erklärt wurde, worum es ging?

Die folgenden Bände mussten jedenfalls separate Titel bekommen. 1939 erschienen Band 2 und 3 zusammengefasst (und vom Autor leicht gekürzt) unter dem Titel »Indrek«, 1940 der vierte Band als dritter deutscher unter dem Titel »Karins Liebe« und 1941 der Abschlussband als »Rückkehr nach Wargamäe«. Eine zwischen 1970 und 1989 in der DDR veranstaltete Neuausgabe (inklusive Neuübersetzung) verwendete die gleichen Titel, stellte aber die Pentalogie wieder her, indem der dritte Band separat erschien. Als notwendig gewordene neue Überschrift dachte man sich »Wenn der Sturm schweigt« (1983) aus, womit offenbar die revolutionären Ereignisse von 1905 angedeutet werden sollten.

Die Übersetzungen der weiteren Teile der Pentalogie wurden dann zügig vorgelegt, aber der Zweite Weltkrieg wirkte sich hemmend auf eine »normale« Rezeption aus. Allein aus diesem Grund war die Neuausgabe in der DDR zu begrüßen. Hier waren überdies zuvor schon zwei weitere Romane von Tammsaare erschienen: 1958 »Der Bauer von Körboja« und 1959 »Satan mit gefälschtem Pass«. Ersterer war Tammsaares Debütroman aus dem Jahre 1922 (estn. »Kõrboja peremees«), eine psychologisch feinfühlige Darstellung einer als unmöglich erscheinenden Liebe, die sich am Ende auch tatsächlich als unmöglich erweist, weil der gewünschte Liebhaber der Bäuerin von Körboja sich das Leben nimmt. Als Bauer von Körboja muss dann der verwaiste Sohn aus einer anderen Liebschaft des Selbstmörders herhalten, dessen sich die Bäuerin nun annimmt. Ein Roman über die Liebe, die (Schwierigkeit der) Kommunikation darüber und über vertane Chancen. Aber auch ein Buch mit einem in die Zukunft gerichteten, also optimistischen Schlussakkord, da die Bäuerin von Körboja am Ende ihren künftigen Hofeigentümer findet und nicht in die Stadt zieht, wie sie es zunächst vorhatte.

Ganz anders ist »Satan mit gefälschtem Pass«, der geniale Schlussakkord des schreibenden Philosophen, der 1939 erschien (estn. »Põrgupõhja uus Vanapagan«). In dieser Allegorie auf die Unzulänglichkeit menschlichen Handels und auch gleichzeitig auf die Absurdität metaphysischer Verklärungen desselben wird der Teufel in Menschengestalt auf die Erde geschickt, um den Nachweis zu erbringen, dass der Mensch auf Erden selig werden könne. Nur wenn das nämlich gelänge, könne er, so hat ihm Petrus zuvor in einem schrägen Deal erläutert, weiterhin Anspruch auf Seelen erheben, andernfalls sei die ganze Idee von Hölle und Paradies hinfällig. Jürka, wie der Teufel in Menschengestalt heißt, müht sich unverdrossen auf der Erde ab, unterliegt letztendlich aber allen Schicksalsschlägen, Intrigen und Gemeinheiten der Nachbarn, weswegen er – nachdem er in einem Wutanfall den Hof seines Peinigers angezündet hat und selbst in den Flammen umgekommen ist – unverrichteter Dinge die Erde wieder verlässt. Das Paradox, als Mensch nach der Seligkeit streben zu müssen, um sich seine Zukunft als Teufel zu sichern, bleibt ungelöst. Mit diesem Buch zeigt Tammsaare existenzialistische Züge.

Vor diesem letzten Roman hatte Tammsaare 1935 den Roman »Ich liebte eine Deutsche« (estn. »Ma armastasin sakslast«) abgefasst, der gleichfalls in deutscher Übersetzung erschienen ist. Aber erst 1977 und in Tallinn, wo man in einem Archiv die unmittelbar nach der Publikation angefertigte Übersetzung von Edmund Hunnius, der auch alle Bände von »Wahrheit und Recht« ins Deutsche übertragen hatte, gefunden hatte. Durch den Erscheinungsort ist der Roman praktisch spurlos an einer potenziellen deutschen Leserschaft vorübergegangen, obwohl er durch seine unkonventionelle Bearbeitung eines ewigen Themas – erneut geht es um eine unglückliche, vielleicht auch unmögliche Liebe – gerade bei einem deutschen Lesepublikum Aufmerksamkeit verdient hätte. Denn er verbindet das Thema mit der Position der deutschen Minderheit in der Zwischenkriegszeit, nicht jedoch mit einer hochnäsigen deutschen Adligen im Mittelpunkt, sondern mit einem estnischen Studenten, der seinen Minderwertigkeitskomplex nicht überwinden kann. Dadurch wird im Buch nicht stereotyp »das Fremde« angeprangert, sondern das mangelnde Selbstvertrauen, das in gewissen Kreisen vorherrschte. Zwar wies die zeitgenössische Kritik darauf hin, dass eine derartige Situation eher auf die Zeit der Jahrhundertwende zuträfe, aber in jedem Fall formt der Roman ein wichtiges Glied in der Kette der literarischen Behandlungen des schwierigen deutsch-estnischen Verhältnisses.

1934, unmittelbar nach Abschluss von »Wahrheit und Recht«, als er gleichsam noch in Schwung war und noch vieles zu sagen hatte, was er in seiner Pentalogie nicht hatte loswerden können, publizierte der Autor »Das Leben und die Liebe«. Dies war bis zur vorliegenden Übersetzung der einzige Roman von Tammsaare, von dem keine deutsche Ausgabe existierte, obwohl der Roman durchaus übersetzt worden ist: Bereits 1938 wurde er ins Lettische übertragen, danach folgten Ausgaben auf Russisch (1975), Armenisch (1978), Bulgarisch (1978), Litauisch (1978) und Tschechisch (1981). Nun wird endlich, mit einer Verspätung von gut achtzig Jahren, die deutsche Rezeptionslücke geschlossen.

Es gibt mehrere Gründe für die Verspätung. Neben der im Vorangegangenen deutlich gewordenen ohnehin etwas holprigen Aufnahme von Tammsaares Werken im deutschsprachigen Raum, die nicht zuletzt mit der politischen Geschichte des 20. Jahrhunderts zusammenhängt, spielte vermutlich auch die Aufnahme des Romans in Estland selbst eine Rolle. Die war nämlich nicht uneingeschränkt positiv, sondern eher zurückhaltend. Ein Grund hierfür mag gewesen sein, dass man nach dem monumentalen Zyklus »Wahrheit und Recht« an einen gewissen Stil Tammsaares gewöhnt war, den man hier nicht wiederfand. Damit nicht genug, versuchte der konkurrierende Loodus-Verlag sogar, den Roman bei der Zensur anzuschwärzen, die es seit der Errichtung des autoritären Regimes von Konstantin Päts im März 1934 wieder gab. Hintergrund hierfür war, dass bei Loodus kurz zuvor drei Titel wegen unanständigen oder schlüpfrigen Inhalts aus dem Verkauf gezogen worden waren und man der Konkurrenz den wirtschaftlichen Erfolg nicht gönnte. Und tatsächlich gibt es in »Das Leben und die Liebe« leicht erotische Passagen, die für die damalige Zeit neuartig, vielleicht sogar gewagt waren. Aber auch mit dem böswilligsten Blick ließen sich keine wirklich verdächtigen oder gar justiziablen Passagen in dem Buch ausmachen, sodass der Versuch im Sande verlief.

Möglicherweise auch wegen der zurückhaltenden Beurteilung in Estland ist es Adolf Graf, der in der DDR »Der Bauer von Körboja« übersetzt hatte, 1959 nicht gelungen, den Roman bei einem Verlag unterzubringen. Mit seinem Übersetzungsvorschlag von »Das Leben und die Liebe« biss er bei drei Verlagen auf Granit: Die deutsche Leserschaft, so hieß es in einem Ablehnungsbescheid, würde Tammsaare als tiefsinnigen Autor, als den Schöpfer von »Wahrheit und Recht« kennen, im Gegensatz dazu sei dies doch »leichte Unterhaltungs-Lektüre«.

Tatsächlich lässt sich bei oberflächlicher Betrachtung die Romanhandlung mit wenigen Sätzen beschreiben: Die Unschuld vom Lande gerät in der sündenpfuhligen Stadt in die

Fänge eines Lebemannes, die geglaubte Liebe erweist sich als Trugbild und die Ehe endet in der Katastrophe. Und um das Ganze ein wenig dramatischer zu machen, fallen am Ende auch noch Pistolenschüsse und stirbt der Bösewicht. Nicht auszuschließen ist, dass sich die Annahme, der Roman sei trivial, auch auf den schlichten Titel oder eben die behandelte Thematik gründet, die man ohne Umschweife mit den Schlagwörtern »Liebe, Ehe, Treue und Glück« umreißen könnte. Aber diese Thematik allein kann einen Roman wohl kaum in die triviale Ecke verweisen, es gibt viele Beispiele aus der Weltliteratur, die sich ebenfalls darum drehen. Nicht nur in Flauberts »Madame Bovary« (1856), Tolstois »Anna Karenina« (1877/78) oder Fontanes »Effi Briest« (1894/95), um nur einige zu nennen, geht es um die Liebe und die damit verbundenen Komplikationen.

Für Tammsaare war sie ein ewiges Thema. Das ist sie für zahlreiche Schriftstellerinnen und Schriftsteller und überhaupt für viele Menschen, aber bei ihm war es beinahe obsessiv. Schon in vielen seiner Kurzgeschichten spielt sie eine Rolle, und auch sein erster Roman hat sie zum Thema, auch wenn man es dem Titel »Der Bauer von Körboja« keineswegs entnehmen kann. Ebenso spielt die Liebe in allen fünf Teilen von »Wahrheit und Recht« eine große Rolle, besonders im vierten Teil, der auch am häufigsten mit dem der Pentalogie unmittelbar folgenden Roman »Das Leben und die Liebe« verglichen worden ist. So gesehen ist der deutsche Titel »Karins Liebe« doch nicht so schlecht gewählt. Und nach »Das Leben und die Liebe« folgte mit »Ich liebte eine Deutsche« ein weiterer Roman, der das entscheidende Stichwort im Titel führt.

Das Thema war schier unerschöpflich für Tammsaare, und er wiederholt sich in seinen Werken nicht, da er sich immer von einem anderen Blickwinkel her annähert bzw. andere Schwerpunkte setzt. Im vorliegenden Buch nun geschieht dies auf eine überraschende Art und Weise, und das dürfte der Hauptgrund dafür sein, dass die zeitgenössische Kritik so zurückhaltend war. Sie bemängelte unter anderem die bisweilen sehr langen Dialoge, Monologe und weitschweifigen Erörterungen.

Vielleicht war sie aber auch einfach nur ratlos, weil sie das Werk zu undeutlich fand. Dem estnischen Literaturwissenschaftler Endel Nirk zufolge hat die zeitgenössische Kritik den Roman schlichtweg nicht verstanden. Dafür spricht einiges, denn Tammsaare verstößt gegen alle Regeln, die zu einem vermeintlich guten Roman gehören. Es gibt keinen allwissenden Erzähler, es dominiert eine Polyphonie der Stimmen. Niemand hält die Fäden in der Hand, die Sympathie des Autors ist nicht eindeutig verteilt, und die verschiedenen Stimmen widersprechen einander ständig. Mit anderen Worten: Das Werk war für die zeitgenössische Kritik zu modern!

Nirk weist auch wiederholt auf den Einfluss von Fjodor M. Dostojewski (1821–1881) auf Tammsaare hin. Das an sich ist keine neue Erkenntnis, Tammsaare selbst hat immer wieder betont, wie wichtig der große russische Schriftsteller für ihn war. Auch hat er einen seiner großen Romane, »Verbrechen und Strafe«, selbst in Estnische übertragen. Die Beziehung zwischen Tammsaare und dem Werk des fast zwei Generationen älteren Dostojewski ist ein Lieblingsthema der estnischen Literaturwissenschaft. Sie hat kürzlich den Schriftsteller und ehemaligen Chefredakteur der wichtigsten estnischen Literaturzeitschrift »Looming«, Mihkel Mutt, zu einem Essay mit dem markanten Titel »Tamjevski und Dostosaare« inspiriert. Bei allen Ähnlichkeiten und, vor allem, Einflüssen des Älteren auf den Jüngeren ist aber nicht zu vergessen, dass es auch prinzipielle Unterschiede gibt. Hierauf wies auch Mutt hin: Während bei Dostojewski die Tat häufig aus der Idee heraus entstehe, sei es bei Tammsaare umgekehrt, dort würde erst gehandelt und gelebt, und danach darüber nachgedacht. Dieser zutreffenden Beobachtung kann man noch eine zweite des Essayisten Ilmar Vene hinzufügen: Von Dostojewski dürfe man getrost annehmen, dass er nicht unbedingt zu den Anhängern eines naturwissenschaftlich geprägten Weltbildes gehöre, während Tammsaare zweifellos ein Anhänger der neuen Zeit und damit eben auch ein Befürworter des Rationalismus gewesen sei. Und eben dieser »rationale Darsteller des irrationalen Lebens« (Mutt) ist es, der uns in diesem großen Roman mit seinem allumspannenden Titel begegnet.

Dennoch trete in diesem Roman, so Nirk, der Einfluss Dostojewskis am deutlichsten hervor, denn auch bei dem großen Russen gebe es eine chaotische Vielstimmigkeit, sodass es der Leserschaft überlassen bleibe, ihre eigenen Schlussfolgerungen zu ziehen. So werden viele Dinge ja auch gar nicht explizit gemacht, angefangen beim Ort der Handlung: Es dürfte sich hier um Tallinn handeln, aber gesagt wird das nirgendwo. Auch wissen wir nicht, womit Rudolf Ikka eigentlich sein Geld verdient, ebensowenig wird am Ende klargemacht, ob Eedi zur Polizei geht, um sich anzuzeigen, oder nicht, und wir wissen letztlich auch nicht, ob Irma, die stets auf ihre Eigenständigkeit und Freiheit gepocht hat, von ihrem Entschluss, ohne Rudolf nicht weiterleben zu wollen, nun Abstand nimmt und sich doch Eedi zuwendet.

Der Autor gibt keine fertigen Antworten, er bietet nur eine Ansammlung von Subjektivitäten, die er in dialogischer Form präsentiert. Wenn er sich einmischt, so ist er immer nur einer unter vielen, sozusagen auf Augenhöhe mit seinen Figuren, er steht niemals über ihnen. Das war für die zeitgenössische Kritik zu viel, aber aus heutiger Sicht ist der Roman eine Meisterleistung an gewagter Modernität.

Cornelius Hasselblatt, April 2016

Weiterführende Literatur:

Cornelius Hasselblatt: »Geschichte der estnischen Literatur. Von den Anfängen bis zur Gegenwart«. Berlin, New York: Walter de Gruyter 2006, S. 449–469.

Cornelius Hasselblatt: »Estnische Literatur in deutscher Übersetzung. Eine Rezeptionsgeschichte vom 19. bis zum 21. Jahrhundert«. Wiesbaden: Harrassowitz 2011, S. 131-139; 223–224.

Maire Jaanus: »Tammsaare and Love«, in: »interlitteraria« 10/2005, S. 179–195.

Jaan Kaplinski: »Tammsaare und Hemingway«, in: »Trajekt« 1/1981, S. 128–135.

Mihkel Mutt: »Tamjevski ja Dostosaare«, in: »Looming« 1/2014, S. 72–89.

Endel Nirk: »Ühe ammu aegunud mõrvaloo järeljuurdluskatse«, in: »Keel ja Kirjandus« 4/1983, S. 172–188.

Friedrich Scholz: »Ausdrucksformen des Paradoxen in Anton Tammsaares Roman ›Der neue alte Teufel aus dem Höllengrund‹«, in: »Jubiläumsschrift zum fünfzigjährigen Bestehen des Slavisch-Baltischen Seminars der Westfälischen Wilhelms-Universität Münster«. Münster: Aschendorff 1980, S. 151–165.

Erna Siirak: »A.H. Tammsaare in Estonian Literature«. Tallinn: Perioodika 1978.

Ilmar Vene: »Tammsaare ja Dostojevski. Maailmapiltide kõrvutus«, in: »Keel ja Kirjandus« 5/2007, S. 345–356.

ANTON HANSEN TAMMSAARE
(1878 – 1940)

BIOGRAFIEN

Anton Hansen Tammsaare (1878 – 1940) wuchs als viertes von zwölf Geschwistern in Albu, im Landkreis Järvamaa, auf. Seine Eltern hatten sich auf einem heruntergewirtschafteten Vorwerk niedergelassen und den Kampf gegen die Moorlandschaft aufgenommen. Das Leben auf dem Hof Tammsaare prägte den als Anton Hansen Geborenen, später wird er Tammsaare in den Autornamen aufnehmen. Nach dem Besuch von Dorf- und Pfarrschule wird Tammsaare Gymnasiast in Estlands zweitgrößter Stadt Tartu (Dorpat), lernt Russisch und Deutsch und schreibt erste Novellen. 1903 arbeitet Tammsaare in der Redaktion der größten estnischen Zeitung »Teataja«. Ab 1908 studiert er an der juristischen Fakultät der Universität Tartu, lernt Englisch und Französisch. Aufgrund einer verschleppten Tuberkulose zieht er zu seinem Bruder, dem Förster Jüri Hansen, in ein Dorf im Nordosten Estlands. Im Herbst 1912 verschlimmert sich die Krankheit, Tammsaare fährt zur Kur in den Kaukasus. Diese Reise wird die einzige bleiben, die ihn je aus Estland herausführt. 1919 heiratet er die zwanzig Jahre jüngere Käthe-Amalie Weltmann und zieht nach Tallinn (Reval). Zwischen 1926 und 1933 erscheint sein fünfbändiges Hauptwerk »Recht und Wahrheit«, dem noch weitere Romane folgen, so auch »Das Leben und die Liebe«. Am 1. März 1940 stirbt Tammsaare an seinem Schreibtisch.

Irja Grönholm, geboren 1951 in Eberswalde, studierte in Greifswald Biologie und arbeitete von 1974 bis 1984 an der Akademie der Wissenschaften in Berlin. Seit 1984 übersetzt sie aus dem Estnischen und wurde für ihre Arbeit vielfach ausgezeichnet. Von 1990 bis 2004 war sie Mitherausgeberin der Zeitschrift »estonia«. Zu den von ihr übersetzten Autoren zählen Jaan Kross, Maimu Berg, Eeva Park, Mari Saat und Jaan Tätte.

Cornelius Hasselblatt, geboren 1960 in Hildesheim, war von 1998 bis 2014 Professor für Finnougristik an der Reichsuniversität Groningen. Er war Mitbegründer der Zeitschrift »estonia«, deren letztes Heft zum estnischen EU-Beitritt 2004 erschien. Autor und Herausgeber zahlreicher Publikationen, u. a. »Lehrbuch des Estnischen« und »Geschichte der estnischen Literatur«. Er übersetzte Werke von Jaan Kross und Mati Unt ins Deutsche.

INHALT

DAS LEBEN UND DIE LIEBE ———— 5

ANHANG

ANMERKUNGEN ———————— 511
»TAMMSAARES LIEBE« NACHWORT
VON CORNELIUS HASSELBLATT ——— 513
BIOGRAFIEN ————————— 532